Remy Eyssen

Trügerisches Lavandou

REMY EYSSEN

Trügerisches Lavandou

Ein Provence-Krimi

Ullstein

Besuchen Sie uns im Internet:
www.ullstein.de

Wir verpflichten uns zu Nachhaltigkeit

- Klimaneutrales Produkt
- Papiere aus nachhaltiger Waldwirtschaft und anderen kontrollierten Quellen
- ullstein.de/nachhaltigkeit

FSC
MIX
Papier
FSC® C083411

Originalausgabe im Ullstein Paperback

Gesetzt aus der Quadraat Pro powered by *pepyrus*
Druck und Bindearbeiten: CPI books GmbH, Leck
ISBN 978-3-86493-237-3

Meiner Frau und meiner Tochter
für ihre Geduld und ihren Rat

Prolog

Seine Erinnerung lag hinter einer Wand aus Nebel, die jeden Moment auf ihn herabzustürzen drohte. Genauso wie damals beim Spielen, als der Sand auf ihn gerutscht war. Als er nicht mehr wusste, wo oben und unten war. Als er um ein Haar erstickt wäre. Genauso fühlte es sich jetzt an. Er kannte diesen Traum, und er wusste auch, wie er sich daraus befreien konnte. Genauso wie es der Kinderarzt mit ihm geübt hatte. Ruhig atmen und langsam zählen sollte er immer, wenn in ihm die Angst aufstieg. Wenn ihm heiß und kalt wurde und er sich nicht mehr dagegen wehren konnte. Wenn nicht einmal mehr weinen, nicht einmal schreien half. Weil er gefangen war in seinem eigenen Kopf. Wie ein Vogel in einem Käfig. Dann musste er ankämpfen gegen das schlimme Gefühl vom Sturz in die Finsternis.

Warum half ihm jetzt keiner? Er war doch erst sieben Jahre alt.

»Viel zu jung für solche Spinnereien«, hatte der Doktor gesagt. Drei Wochen musste er in dem alten Haus bleiben, und zu jedem Essen musste er Tabletten schlucken, genau wie die anderen Kinder. Vitamine, hatte die Krankenschwester gesagt. Aber der Junge war sich sicher, dass das gelogen war. Wenn er die kleine blaue Pille geschluckt hatte, war alles vergessen. Keine Angst mehr da, keine Käfer, die an der Zimmerdecke entlangkrabbelten und sich auf sein Bett fallen ließen. Kein schwarzer Tunnel mit hellem

Licht am Ende. Gar nichts mehr. Nur absolute Stille. Stimmen und Geräusche gänzlich verschluckt.

»Ist ganz einfach«, hatte der Doktor gesagt. »Wenn die Käfer wieder kommen, mach die Augen zu und zieh die Decke über dich. Dann können sie dich nicht sehen und krabbeln an dir vorbei.«

Natürlich wusste der Junge, dass auch das gelogen war. So große Käfer gab es gar nicht. Der Doktor erzählte ihm das nur, um ihn zu beruhigen. Aber der Trick funktionierte, und das war schließlich die Hauptsache. Wenn er die Hand ausstreckte, wäre da seine Kuscheldecke, und alles wäre wieder gut.

Der Junge streckte die Hand nach oben – und griff ins Leere. Da war keine Decke, da war kein Stuhl, da war gar nichts. War jetzt alles vorbei?

Was hatte der Doktor gesagt, der sich immer die Haare mit einem kleinen Gummiband am Hinterkopf zusammengebunden hatte? Der ihn immer »Kumpel« genannt hatte und ständig »Gimme five« mit ihm machen wollte. Wo war der Doktor jetzt?

Der Junge blinzelte, es war so heiß. Er konnte kaum noch atmen. Plötzlich war da ein Summen in der Luft, und dann kam das Brausen. Laut wie ein heranrasender Zug war das Geräusch. Der Boden zitterte, es war dunkel, und es roch nach Erde. Plötzlich fühlte der Junge, wie sein Körper ganz leicht wurde, und dann stürzte er ab. Er fiel tiefer und tiefer, und dann verlosch alles Licht.

1. Kapitel

Docteur Leon Ritter hatte die alte Küstenstraße gewählt, die Route de Vin, die Le Lavandou im Südwesten verließ und dann an einem Weingut nach dem anderen entlangführte, die wie Perlen an einer Schnur aufgereiht waren. Leon hatte das Dach seines fünfundzwanzig Jahre alten Peugeot-Cabriolets aufgeklappt und Radio Nostalgie, seinen Lieblingssender, eingestellt, der seine Hörer rund um die Uhr mit alten Chansons erfreute. Leon liebte Chansons, und an warmen Sommertagen wie diesem drehte er das Autoradio so laut, dass die Lautsprecher schepperten. Eine Viertelstunde später bog der Rechtsmediziner auf einen Feldweg ab und stellte den Motor aus. Die Musik verklang, und einen Moment klang die Stille laut in seinen Ohren. Er lehnte sich auf seinem abgewetzten Ledersitz zurück, atmete die Luft ein, die nach Weinreben und dem nahen Meer roch, und lauschte dem plötzlich wieder einsetzenden Geräusch der Zikaden, diesem gewaltigen, ewigen Orchester der Provence. Leon sah zum Himmel hinauf, wo ein kräftiger Mistral die Fetzen von Zirruswolken vor sich herschob. Genau das waren die Momente, in denen er wusste, dass er alles richtig gemacht hatte. Dass er sich richtig entschieden hatte, als er die Stelle in der Provence angenommen hatte, allen Unkenrufen seiner Kollegen zum Trotz.

Er konnte sich noch gut erinnern, wie er seinen Job als Oberarzt im Rechtsmedizinischen Institut der Universität Frankfurt gekündigt hatte. An die mitleidigen Blicke der Kollegen, die Prophezeiungen, dass er verkümmern, untergehen, in Vergessenheit geraten würde. Ein Job in einer unbekannten Provinzklinik irgendwo im Süden von Frankreich, das musste man sich mal vorstellen. Da zerfiel die Karriere eines Mannes in Trümmer, von dem es noch vor wenigen Wochen hieß, er könne schon bald der neue Leiter der renommierten Rechtsmedizin an der Johann Wolfgang Goethe-Universität in Frankfurt werden. Ein aufsteigender Stern am Medizinerhimmel. Das alles gab er auf für ... ja, wofür eigentlich? Für den Job eines Rechtsmediziners in der Provence?

Die Kollegen hatte ja recht: Er stand neben sich. Natürlich war es der Tod seiner Frau gewesen, der ihn ganz tief im Inneren seiner Seele erschüttert hatte. Eines Morgens, nach einer weiteren schlaflosen Nacht, hatte er plötzlich gewusst, dass er nicht in Frankfurt bleiben wollte. Nicht an der Uni und nicht in der Stadt, nicht einmal in Deutschland. Er würde etwas Grundsätzliches in seinem Leben ändern müssen, wenn er den Unfall seiner Frau verarbeiten wollte. Und er musste es gleich tun, bevor es zu spät war und das alte Leben ihn wieder einholte. An diesem Tag fiel ihm die kleine Anzeige am Schwarzen Brett auf. Die Stellenanzeige einer Klinik in der Provence, die sein Leben verändern sollte. Das war jetzt acht Jahre her, und er hatte es keinen Moment bedauert, diesen Schritt ins Ungewisse gegangen zu sein.

Leon nahm einen weiteren tiefen Atemzug und sah auf das glitzernde Meer, bis seine Augen tränten. Dann wendete er den Wagen und fuhr zurück auf die Straße in Richtung Hyères. Etwas außerhalb der Stadt lag die Klinik Saint-Sulpice keine halbe Stunde von Le Lavandou entfernt. Ein farbloser Bau aus den Siebzigern. Vor einigen Jahren war die Klinik durch einen modernen

Anbau erweitert worden. Seitdem besaß das Krankenhaus nicht nur eine hochmoderne Radiologische Abteilung, sondern sogar einen Hubschrauberlandeplatz. Dem Heliport war die neue Intensivstation für die Erstversorgung von Unfallopfern angeschlossen. Der Arbeitsplatz von Médecin Légiste Docteur Leon Ritter befand sich eine Etage tiefer, im Souterrain des neuen Anbaus: die Abteilung für Rechtsmedizin.

2. Kapitel

Leon hatte sein Peugeot-Cabriolet auf dem Mitarbeiterparkplatz im Schatten einer Pinie geparkt. Er ging um das Gebäude herum und betrat die Klinik durch den gläsernen Haupteingang, als könnte er auf diese Weise noch etwas Sonnenlicht und Wärme mit in seine voll klimatisierten Katakomben nehmen, wie er seinen Arbeitsplatz gelegentlich nannte.

Als Leon zum Empfang kam, wurde er von einer fröhlich lächelnden, etwas molligen Frau aufgehalten, deren Namensschildchen an der gestreiften Bluse sie als Schwester Monique auswies.

Die Schwester galt unter ihren Kollegen als pingelig und streng, nur bei Leon, »ihrem« Docteur, machte sie eine Ausnahme, was nicht nur daran lag, dass Leon ihr gelegentlich ein Pain au Chocolat aus der Bäckerei Loup in Lavandou mitbrachte. Schwester Monique bewunderte Leon. Seine entspannte Art, die dazu führte, dass ihn nichts aus der Ruhe brachte und dass er sich von niemandem etwas vorschreiben ließ. Nicht einmal von Dr. Hugo Bayet, dem Klinikleiter. Ginge es nach Schwester Monique, dann säße Leon nicht im Keller, sondern im Chefarztbüro im ersten Stock mit Blick auf den dunkelblauen Golf de Giens.

»Bonjour, Docteur«, rief sie von ihrer Empfangstheke aus und hielt einen Zettel in der Hand hoch, um Leon zu bedeuten, dass er herüberkommen solle.

»Schwester Monique«, begrüßte Leon sie freundlich. »Wie immer die Erste. Ohne Sie könnten wir die Klinik dichtmachen.«

»Ach, Docteur …« Die Schwester kicherte wie ein kleines Mädchen. Dann sah sie ihren Lieblingsdoktor an. »Die Staatsanwaltschaft hat angerufen.« Immer noch lächelnd reichte sie Leon den Zettel.

»Worum geht es denn?«, fragte Leon.

»Es geht um den Fall Lagarde. Sie brauchen das Gutachten noch heute«, sie zögerte kurz, als würde es ihr nicht zustehen, Kommentare abzugeben. »Sie wissen doch, wie die bei der Staatsanwaltschaft in Toulon sind.«

»Ich weiß. Wenn es nach denen ginge, müssten wir hier auch noch übernachten«, sagte Leon. »Na dann …«

Leon ging zur Treppe, die ins Souterrain führte und somit direkt in die Rechtsmedizinische Abteilung. Die Rechtsmedizin befand sich zwar in der Klinik Saint-Sulpice, aber die Abteilung arbeitete unabhängig. Ihre Auftraggeberin war vor allem die Staatsanwaltschaft, die auf rechtsmedizinische Gutachten in Strafprozessen angewiesen war. Dabei ging es neben Mord auch um andere Gewalttaten wie zum Beispiel Körperverletzung oder sexuellen Missbrauch. Gelegentlich wurde die Rechtsmedizinische Abteilung auch von Versicherungen um ihre Einschätzung gebeten, zum Beispiel um den Schweregrad von Verletzungen oder Erkrankungen eines Versicherungsnehmers wissenschaftlich zu beurteilen.

Die Klimaanlage im Autopsiesaal summte leise, und Leon spürte den kühlen Lufthauch, der durch den lindgrün gekachelten Raum zog. Leon hatte Jeans, Hemd und Leinensakko gegen ein hellblaues kurzärmeliges OP-Hemd und Hose getauscht. Flüchtig sah er zum Lüftungsschacht an der Decke hinauf. Als er hier angefangen hatte, hatte er sich immer wieder wegen der viel zu niedrig eingestellten Klimaanlage erkältet. Es hatte ihn zähe Auseinandersetzungen mit dem Hausmeister gekostet, aber schließlich hatten sie sich auf eine erträgliche Temperatur von einundzwanzig Grad Celsius geeinigt. Ein Kompromiss, der sogar von Leons Assistenten Olivier Rybaud akzeptiert wurde.

Rybaud hatte die erste Obduktion dieses Tages bereits vorbereitet. Die Tote auf dem Sektionstisch war mit einem Tuch abgedeckt. Auf einem Rollwagen lagen die wichtigsten Instrumente bereit, und auf dem flachen Touchscreen des Computers konnten alle relevanten Daten abgelesen werden. Leon tippte auf den Bildschirm. Jetzt tauchte eine Nummer auf und ein Name: Josette Hourriez.

Leon betrachtete die tote Frau, deren Körper mit einem hellgrünen Tuch bedeckt war, einen Moment lang. Am oberen Ende des Obduktionstisches war eine Strähne dünner grauer Haare zu sehen, die unter dem Tuch hervorgequollen war. Die Frau musste deutlich über siebzig sein, schätzte Leon und gab seinem Assistenten mit einem kurzen Nicken zu verstehen, dass er anfangen konnte. Wie ein Zauberer zog Rybaud mit einer schnellen Bewegung das Tuch zur Seite, und da lag sie. Die Haut wächsern, die Augen geschlossen. Der Körper ausgezehrt.

»Sie wiegt keine fünfzig Kilo mehr«, sagte Rybaud, der Leons Gedanken erriet.

»Bekannte Krankheiten?«

»Nach dem Tod ihres Mannes ist sie ins Altenheim gezogen«, antwortete der Assistent, als müsste jeder wissen, was das bedeutete.

Leon wunderte sich schon lange nicht mehr, dass sein Assistent Dinge wusste, die nicht in den Polizeiprotokollen standen.

»Sie kannten die Frau?«

»Sie nicht, aber ihren Mann«, sagte Rybaud. »Jean Hourriez. Der war ewig Versicherungsvertreter bei Assurance Provençal.«

»Hat sich denn sonst niemand um die alte Dame gekümmert?«, wunderte sich Leon. »Jemand aus der Familie?«

»Eine hat sich gekümmert ...«, sagte Rybaud vieldeutig und mit einer Geste zu dem aufgeklappten Laptop auf dem Rolltisch. »Steht alles im Polizeibericht.«

Mit gespielter Strenge musterte Leon den anderen Mann. »Wie lautet die erste Regel bei einer Autopsie?«

»Ich weiß, ich weiß«, sagte Rybaud. »Man soll nichts drauf geben, was die Flics sagen. Aber die sind ja nicht alle blöd.«

»Ganz im Gegenteil«, erwiderte Leon. »Auch zu viel Fantasie kann zu falschen Theorien führen.«

Leon hatte am Tag zuvor den kurzen Bericht über den Mord im Altenheim im *Var-Matin* gelesen. Demnach hatte die achtundzwanzigjährige Enkelin nach und nach das Konto ihrer bettlägerigen Großmutter geplündert. Irgendwann hatte die betagte Dame den Betrug durch einen Zufall bemerkt und ihre Enkelin zur Rede gestellt. Wenige Tage später hatte die junge Frau ihre Großmutter im Heim mit einem Kissen erstickt. Jedenfalls stand es so im Polizeibericht.

Wenn Leon eine Autopsie begann, war es ihm am liebsten, so wenig wie möglich über das Opfer zu wissen. Er wollte sich von den Eindrücken überraschen lassen und weitgehend unvoreingenommen an die Untersuchung gehen. Das war für ihn die sicherste Methode, nichts zu übersehen. Auch der kurze Artikel im *Var-Matin* hatte in seiner Fantasie bereits ein bestimmtes Bild erzeugt: eine schwächelnde alte Großmutter und ihre gierige Enkelin, die die alte Frau bestohlen hatte. Was lag da näher als ein Mord ...?

»Schließlich war die Enkelin die einzige Besucherin im

Raum!« Sein Assistent klang fast etwas gekränkt, doch er führte weiter aus. »Als der Pfleger ins Zimmer kam, hielt sie sogar noch das Kissen in der Hand, mit dem sie gerade ihre Großmutter erstickt hatte.«

»Das ist jetzt aber Spekulation«, unterbrach Leon seinen Mitarbeiter freundlich, aber bestimmt.

»Sie hat selbst gesagt, dass sie es getan hat.«

»Vielleicht war sie ja nur verwirrt«, sagte Leon. »Da geben Menschen leicht etwas zu, das sie nicht getan haben.«

»Die Flics haben sie jedenfalls in U-Haft genommen.« Für Rybaud war der Fall eindeutig.

»Die Polizei nimmt gerne jemand fest, wenn sie auf diese Weise schnell einen Fall abhaken kann«, meinte Leon. »Das haben wir doch schon zigmal erlebt.«

»Wenn die Situation aber so eindeutig ist?«, versuchte es Rybaud noch einmal.

»Fangen wir an«, überging Leon den Einwurf, als spräche er mit einem trotzigen Schüler.

Er schaltete das Aufzeichnungsgerät für den Untersuchungsbericht ein, das mit einem Gelenkarm an der Decke befestigt war und sich in alle Richtungen verstellen ließ. Rybaud zog den Rollwagen näher heran. Und Leon begann seinen Bericht. »Wir haben ein Opfer, weiblich. Alter ...« Leon unterbrach sich und sah Rybaud an.

»81 Jahre«, ergänzte der Assistent sofort. »Gewicht 46 Kilo, Größe 167 Zentimeter.«

»Alter 81 Jahre«, übernahm Leon die Daten für das Protokoll, »Größe 167 Zentimeter und Gewicht 46 Kilogramm.«

Das war eine der großen Qualitäten seines Assistenten: Rybaud hatte ein phänomenales Gedächtnis und konnte sich auch noch nach Monaten an einzelne Patientendaten erinnern. Leon griff nach dem Handgelenk des Opfers, hob den Arm leicht an und ließ ihn wieder neben der Toten sinken.

»Die Totenstarre hat sich bereits wieder abgebaut.« Leon beugte sich über die Tote und hob sie an der Schulter ein paar Zentimeter an, sodass er das Schulterblatt betrachten konnte. »Leichenflecken haben sich deutlich abgesetzt, was auf einen Todeszeitpunkt vor mindestens drei, eher fünf Tagen hindeutet.«

Leon umrundete das Opfer auf dem Sektionstisch. Einmal blieb er kurz stehen und nickte, als hätte die tote Frau ihm etwas gesagt. Leon hatte eine ungewöhnliche Vorgehensweise bei seinen Obduktionen: Er »sprach« mit den Toten, wie er es nannte. Seiner Theorie nach konnte niemand die Todesumstände genauer beschreiben als das Opfer selbst. Davon war Leon überzeugt. Man musste nur in der Lage sein, die Spuren richtig lesen zu können, um zu verstehen, was wirklich geschehen war. Anfangs hatten ihm seine Theorien bei den Kollegen spöttische Bemerkungen eingebracht. Aber seine Ermittlungserfolge gaben ihm recht. Leons Aufklärungsquote war legendär, und er wurde immer wieder zu Gastvorträgen an den medizinischen Universitäten von Aix oder Marseille eingeladen.

»Da sind Hämatome.« Rybaud deutete auf einige Flecken über dem Schienbein, die sich unterschiedlich verfärbt hatten.

»Vom Benutzen eines Rollators, würde ich vermuten.« Leon betrachtete die Unterarme der Toten. »Keine Abwehrspuren.«

»Abwehrspuren gegen ein Kissen?«, wiederholte Rybaud spöttisch und sah zu Leon.

»Was würden Sie tun, wenn jemand versucht, Sie mit einem Kissen zu ersticken?« Leon griff zu dem Rollwagen und zog ein sterilisiertes Skalpell aus der Schutzfolie.

»Machen wir weiter«, sagte er und schaltete das Aufzeichnungsgerät wieder ein.

3. Kapitel

In den Räumen der Gendarmerie nationale in der Avenue André del Monte in Le Lavandou herrschte Hochbetrieb. Dabei war es noch nicht einmal neun Uhr. Im Vorraum mit den hohen gläsernen Eingangstüren war es schon jetzt heiß und stickig. Das würde sich im Lauf des Tages noch steigern: Wenn die Sonne gegen Mittag auf die Fenster brannte, stieg die Temperatur in der Wache wie in einem Toaster. Eigentlich sollte die brandneue Klimaanlage für erträgliche Temperaturen sorgen, aber die Anlage streikte – mal wieder. »Une petite journée« hatte der Monteur versprochen. Gerade einmal einen Tag würde die Reparatur dauern, dann würde die Anlage garantiert wieder reibungslos laufen. Aus dem »kleinen Tag« waren inzwischen zwei Wochen geworden.

Ein dürrer Mann in kurzen Hosen und mit einem winzigen Hund auf dem Arm drängte sich nach vorn, um lauthals den Diebstahl seiner Brieftasche zu melden. Zwei Mädchen stritten mit einer Frau darüber, wer wessen Auto auf dem Parkplatz angefahren hatte, und ein Mann, der für diese frühe Stunde eindeutig zu viel Rosé intus hatte, beschwerte sich, dass er im Hafen von einem Hütchenspieler abgezockt worden war.

»Madame«, der Mann mit dem Hund tippte Isabelle auf den Arm, »wir waren zuerst hier.«

Aber Isabelle, die noch ihre Zivilkleidung trug, sah den Mann nicht einmal an, sondern schlängelte sich zur Tür ihres Büros durch, gleich auf der gegenüberliegenden Seite des Ganges. Sie öffnete die Tür, an der ein Messingschild mit ihrem Namen angebracht war.

Aufatmend betrat Isabelle ihr Büro und zog die Tür schnell hinter sich zu. Verglichen mit dem Gedränge draußen auf dem Flur war dies eine Oase der Ruhe. Doch dann stutzte sie und korrigierte sich mental: Ihr Büro wäre eine Oase der Ruhe gewesen, wenn da nicht ihr Kollege Lieutenant Kadir und diese Frau auf sie gewartet hätten. Isabelle schätzte die Besucherin auf Anfang vierzig, wobei diese sich jünger kleidete. Teure Kleidung aus der Boutique, dachte Isabelle. Sie sah sofort, dass die Besucherin geweint hatte.

»Entschuldige, dass wir hier so einfach reingegangen sind«, sagte der Lieutenant mit der dunklen Haut und den scharf geschnittenen Zügen eines Mannes aus dem Maghreb, die ihm bei seiner Arbeit schon so manches Vorurteil eingebracht hatten. Dabei war Lieutenant Kadir in Nizza geboren und galt unter Kollegen als französischer als die meisten Franzosen. »Da draußen, da konnte ich sie ja schlecht lassen«, fügte Kadir mit einer Kopfbewegung in Richtung Tür hinzu.

»Schon gut, was gibt es denn?«, fragte Isabelle, und man merkte ihr an, dass sie bereits ahnte, dass dies einer der Tage war, die nur mit schlechten Nachrichten daherkamen.

»Das ist Madame Julie Marsenne«, sagte Mohamad Kadir, den Isabelle, wenn sie unter sich waren, Moma rief. Er wies mit einer Geste auf die Besucherin. »Sie sucht ihre Kinder.«

»Sie sind weg, einfach so«, schniefte die Frau in ihr zusammengeknülltes Papiertaschentuch. »Das kann doch nicht sein, oder?«

»Wo?«, fragte Isabelle, während sie Madame Marsenne musterte. Ihr fiel auf, dass die Besucherin eine sündhaft teure Markenuhr trug. »Wo sind Ihre Kinder verschwunden, Madame?«

»Ich hatte den Wagen vor dem Supermarkt abgestellt. Wirklich nur ganz kurz. So wie immer.«

»Sie meinen, Sie haben die Kinder allein im Auto gelassen ...?«, fragte Isabelle vorsichtig.

»Das haben wir oft so gemacht. Die Kinder wissen, dass sie dann für ein paar Minuten das Auto nicht verlassen dürfen. Ich habe nur ein paar Müsliriegel geholt. Und als ich zurückkam, da ...«, für einen Moment versagte der Frau die Stimme. Dann hatte sie sich wieder gefangen. »Sie waren weg. Verschwunden, einfach so.«

Isabelle warf Lieutenant Kadir einen fragenden Blick zu.

»Wir waren ja nur zu zweit im Streifenwagen, als Madame Marsenne uns angehalten hat«, sagte Kadir. »Lieutenant Masclau und ich haben sofort alles abgesucht, aber da waren keine Kinder, nichts.«

»Auch nicht im Supermarkt?«, fragte Isabelle.

Moma schüttelte den Kopf. »Wir hätten sie nicht übersehen können. Um die Zeit waren noch kaum Kunden im Supermarkt.«

»Bitte«, die Frau sah Isabelle flehentlich an, »Sie müssen etwas unternehmen. Sie müssen sie suchen. Sie sind doch ...«, die Frau unterbrach sich, »noch so klein.«

»Wie alt sind Ihre Kinder, Madame?«, fragte Isabelle.

»Lucas ist sieben und Louisa ...«, die Frau schluchzte leise auf. »Louisa ist erst vier.«

»Ihre Tochter ist erst vier Jahre alt?« Isabelle klang ein wenig erschrocken. Am liebsten hätte sie die Frau gefragt, wie eine Mutter ihre beiden Kleinkinder am helllichten Tag aus den Augen verlieren konnte.

»Bitte, helfen Sie mir«, sagte die Frau flehentlich.

»Keine Sorge«, sagte Isabelle und legte ihrer Besucherin die Hand auf den Arm. »Wir werden Ihre Kinder finden, ganz bestimmt.«

»Sie würden nie weglaufen«, sagte Madame Marsenne. »Glauben Sie mir, Madame la Commissaire.«

»Capitaine. Capitaine Morell«, korrigierte Isabelle und schob das Namensschild auf ihrem Schreibtisch ein wenig in Richtung Madame Marsenne. Auf dem Schild stand neben dem Namen auch ihr Rang: Stellvertretende Polizeichefin. Und darauf war Isabelle stolz. Schließlich war sie die erste Frau, die es in Le Lavandou jemals an die Polizeispitze geschafft hatte.

»Fahndung?«, fragte sie Lieutenant Mohamad Kadir. »Wir haben den Markt und die angrenzenden Läden abgesucht«, fügte er hinzu. »Nichts.«

»Kennen sich die Kinder im Ort aus?«, fragte Isabelle.

»Bitte?«, sagte Madame Marsenne irritiert.

»Sie haben gesagt, dass Sie öfter mit Ihren Kindern bei dem Supermarkt geparkt haben?«

»Ja, es gab aber nie ein Problem, nie.«

»Würden Ihre Kinder den Weg nach Hause allein finden?«

»Nein, auf keinen Fall. Wir haben ein Haus auf dem Cap Nègre. Aber da wohnen wir eigentlich nur während der Sommerferien.« Sie sah sich unruhig um. »Bitte, können Sie denn nichts unternehmen? Die Polizei muss doch etwas tun können. Irgendetwas.«

»Das werden wir, Madame, keine Sorge«, sagte Isabelle freundlich und wandte sich an Kadir. »Einsatzleitung?«, fragte sie ihren Lieutenant.

»Weiß bereits Bescheid«, antwortete er. »Didier stellt gerade eine erste Suchmannschaft zusammen. Drei Blocks rund um den Supermarkt.«

»Wir brauchen einen größeren Suchradius«, Isabelle wies zu der Karte an der Wand ihres Büros, die Lavandou und Umgebung im Maßstab 1:25 000 zeigte. »Hier, von Saint-Claire im Osten die ganze Bucht entlang bis Port Bormes.«

Isabelle sah auf die Karte und dachte für einen Moment an ihre eigene Tochter. Wie sich Lilou vor einigen Jahren in der Hand dieses Psychopathen befunden hatte. Wie der Mörder ihrer Tochter das Messer an die Kehle gehalten und wie sie mit ihrer Waffe auf seinen Kopf gezielt hatte. Isabelle hatte noch nie zuvor so eine verzweifelte Angst gespürt. Ja, sie wusste nur zu gut, was die Mutter in diesem Augenblick empfand.

Isabelle betrachtete noch einmal die Karte. Es war zwar auch so kein besonders großes Suchgebiet, aber für zwei kleine Kinder bot es endlos viele Verstecke. Falls sie sich denn versteckten. Vielleicht marschierten sie ja in diesem Moment auch an irgendeinem Strand entlang. Oder jemand hatte sie auf einem der Campingplätze entdeckt und ihnen eine Orangenlimonade gemacht. Doch tief in ihrem Inneren wusste Isabelle, dass sie sich etwas vormachte. Sollten die beiden einfach nur weggelaufen sein, stellte sich eine völlig andere Frage: Warum hatte noch niemand die Kinder entdeckt?

»Gut, ich erweitere das Suchgebiet im Norden bis Collobrières«, sagte Kadir.

»In Ordnung, Moma. Ich will außerdem Straßensperren vor Favière und auf der D 559 gleich hinter dem Cap Nègre. Macht nur Stichproben. Jemand könnte die Kinder in Richtung Saint-Tropez mitgenommen haben.«

»Geht klar«, sagte Moma und griff nach dem Handfunkgerät, das er am Gürtel trug, und drückte die Sprechtaste.

»Kadir hier. Wir brauchen Leute für eine Fahndung nach zwei Kindern. Ja, sieben und vier Jahre alt. Besprechung in …«, er sah zu Isabelle herüber. Die hielt die fünf Finger ihrer linken Hand hoch. »In fünf Minuten«, sagte Moma, und Isabelle nickte. Er klemmte sein Funkgerät zurück an den Gürtel.

»Keine Sorge, Madame, wir finden Ihre Kinder. Bestimmt«, Isabelle legte ihre Hand freundlich auf die Schulter der mittlerweile wieder leise weinenden Mutter.

Das war gelogen. In Wirklichkeit hatte Isabelle nicht die geringste Ahnung, wo sie zuerst suchen sollte.

»Wie lange sucht ihr schon nach den Kindern?«, fragte Isabelle ihren Lieutenant.

Kadir sah auf seine Uhr. »Seit knapp fünfzig Minuten.«

»Ich hatte gerade erst entdeckt, dass die beiden nicht da waren. Ich bin über den Parkplatz gerannt und habe ihre Namen gerufen«, Madame Marsenne sah zu Isabelle. »Dann ist schon der Streifenwagen aufgetaucht.«

Moma bestätigte die Aussage mit einem stummen Nicken.

»Ich dachte, dass sie vielleicht irgendwo spielen würden«, murmelte Julie Marsenne.

»Sie werden sehen«, sagte Kadir, »spätestens nach ein paar Stunden kommen sie von ganz allein zurück.«

Isabelle hatte kurz aus dem Fenster in den leeren Hof des Polizeireviers gesehen. Sie bemühte sich, entspannt und besonnen zu wirken, als sie sich wieder zu der Mutter umdrehte. Es gab bei der Polizei eine Faustregel, und die besagte, dass fünfundachtzig Prozent aller Menschen, nach denen die Polizei fahndete, von allein wieder auftauchten. Aber das galt natürlich nur für Erwachsene, nicht für kleine Kinder. Die gleiche Regel besagte auch, dass die Chance, einen verschwundenen Menschen, der nicht von selbst wieder auftauchte, gesund wiederzufinden, nach den ersten vierundzwanzig Stunden dramatisch abnahm. Aber daran wollte Isabelle im Moment nicht denken. Warum sollte sie die Hoffnungen dieser Mutter zerstören? Mit allergrößter Wahrscheinlichkeit würden die beiden Kinder innerhalb der nächsten zwei bis drei Stunden irgendwo im Ort gefunden werden. Wahrscheinlich hatten sie sich nur verlaufen. So etwas geschah ständig in der Ferienzeit, wo Kinder im allgemeinen Gedränge schnell verloren gingen.

»Gibt es in dieser Gegend irgendjemanden, den die Kinder kennen?« fragte Isabelle. »Vielleicht einen Bekannten oder den Kinderarzt?«

Madame Marsenne hatte ihr Gesicht in die Hände gestützt und schüttelte langsam den Kopf. »Nein, ich glaube nicht.«

»Vielleicht sind sie in eines der Geschäfte für Strandspielzeug«, fiel Moma ein. »Davon gibt es jede Menge an der Promenade. Oder in einen der Eissalons.«

»Die Kirmes ...« Die Mutter sah Isabelle an. »Ich war mit den beiden gestern auf der Kirmes. Sie wollten gar nicht mehr nach Hause gehen, so gut hat ihnen das Karussell gefallen.«

»Haben Sie ein Foto von Ihren Kindern?«

»Ja, natürlich, hier auf dem Handy.« Julie Marsenne hatte das Handy aus der Tasche gezogen, mit dem Finger über die Fotoliste gescrollt und auf eines der Bilder getippt. »Können Sie das brauchen?«

Ein typisches Urlaubsfoto öffnete sich auf dem Screen: zwei Kinder, die auf der Kirmes nebeneinander in einer Gondel des Karussells saßen.

»Ja, das Bild ist gut«, sagte Isabelle. »Schicken Sie es mir rüber. Es wird von uns ausschließlich für die Fahndung verwendet.«

4. Kapitel

»Das Blutbild bekommen Sie in einer Stunde«, sagte Rybaud, »die Schnitte habe ich bis heute Abend präpariert.«

Die Obduktion der Leiche von Madame Lagarde hatte eine gute Stunde gedauert und war ohne besondere Überraschungen verlaufen. Keine unentdeckten Krankheiten, keine auffälligen Verletzungen. Aber trotzdem, oder gerade deswegen, hatte Leon etwas entdeckt, das, wenn es sich bestätigte, ein völlig neues Licht auf diesen Fall werfen würde. Die alte Dame hatte Leon ihr Geheimnis verraten, ihn wissen lassen, was geschehen war in jenem letzten Augenblick ihres langen Lebens. Ihren Tod hatte niemand kommen sehen. Aber er hatte dennoch Spuren hinterlassen.

»Es ist nicht so, wie wir dachten.« Leon hatte die Ergebnisse auf dem Bildschirm studiert. Dann drehte er sich um und betrachtetet nachdenklich den toten Körper.

»Sie meinen: Es ist doch nicht so abgelaufen, wie es im Polizeibericht steht«, in Rybauds Stimme klang die leise Kritik eines Mediziners, der sicher war, die bessere Diagnose erstellt zu haben.

»Wir haben uns beide geirrt.« Leon hatte den Kopf etwas schräg gelegt, als könnte er auf diese Weise besser in sich hineinhorchen. »Die alte Dame war zum Zeitpunkt ihres Todes eine leidlich gesunde Frau gewesen. Ihre körperlichen Schwächen waren vergleichsweise harmlos und ihrem Alter entsprechend. An den Organen gab es aus medizinischer Sicht keine Auffälligkeiten. Von einer Zyste in der rechten Niere und einigen Divertikeln im Darm einmal abgesehen, die stellten aber keine lebensbedrohenden Erkrankungen dar«, resümierte Leon.

»Auffällig sind dagegen die Spuren, die das Kissen hinterlassen hat«, sagte Leon und beugte sich über die Tote. »Als der Täter versuchte, es seinem Opfer mit Gewalt aufs Gesicht zu drücken und in den Mund zu stoßen. Dabei hat der Stoff Fäden in der Gebissprothese hinterlassen.«

Leon zupfte diese Fäden vorsichtig aus dem Mund und ließ sie in eine Phiole gleiten. Die Fäden stammten eindeutig von dem Kissen, und sie ließen nur einen Schluss zu: Leon spürte, wie ihm ein kleiner Schauer über den Rücken lief. Ein untrügliches Zeichen, dass er auf eine heiße Spur gestoßen war. Ein Gefühl des Erfolges.

Er zog die beleuchtete Lupe näher zu sich heran und hob mit einem kleinen Holzspatel vorsichtig das rechte Augenlid des Opfers um ein paar Millimeter an – nichts. Die Bindehaut war blass und sauber. Genauso verhielt es sich auch mit dem linken Auge. Dann drückte Leon die Ohrmuschel ein wenig nach vorn. Jetzt hätte er eigentlich die für einen Tod durch Ersticken so typischen blutigen Einschlüsse sehen müssen, die sich in dem Bindehautgewebe des Auges und hinter den Ohren bildeten, wenn dem Körper die Zufuhr von Sauerstoff verwehrt wurde. Wenn es zu einer Hypoxie kam und gleichzeitig das giftige Kohlenstoffdioxid nicht mehr abgeatmet werden konnte. All die dafür typischen Indikatoren gab es jedoch bei dieser Toten nicht: keine geplatzten Kapillaren in Augen oder Schleimhäuten, keine verräterischen Blutungen hinter den Ohren, keine akut geblähte Lunge.

Leon richtete sich auf und schwang die beleuchtete Lupe zur Seite. Er sah sekundenlang schweigend auf die Leiche der alten Frau. Dann sah er seinen Assistenten an.

»Was bedeutet …?«, fragte Rybaud ungeduldig.

»Die Enkelin hat sie nicht getötet«, stellte Leon schließlich sachlich fest und sah seinen Mitarbeiter an.

»Wer denn sonst? Madame Lagarde war allein im Zimmer.«

Leon gab ein leises Brummen von sich. »Sie war bereits tot«, sagte er knapp.

»Sie meinen …?« Rybaud unterbrach sich und sah irritiert zum Opfer.

»Die Frau war kurz zuvor an einem Herzinfarkt gestorben«, sagte Leon. »Einem klassischen Myokardinfarkt, wahrscheinlich ausgelöst durch eine verstopfte Herzkranzarterie. Genaueres werden wir erfahren, wenn wir den Brustraum und den Schädel eröffnet haben. Aber an der Schuldfrage wird das nichts mehr ändern.«

»Das würde ja bedeuten …?«, setzte Rybaud an, stockte dann aber.

»Dass die Enkelin eine Tote umgebracht hat. Wollten Sie das sagen?«, fragte Leon, und Rybaud sah seinen Chef an, als hätte der gerade einen geschmacklosen Scherz gemacht.

»Sie denken wirklich …?«, versuchte es der Assistent noch einmal und betrachtete die Tote.

»Madame Lagarde ist in aller Stille von uns gegangen, wie man so schön sagt«, meinte Leon. »Die Enkelin kam am frühen Nachmittag zu ihrer Großmutter ins Heim. Zu einer Zeit, wenn alte Leute gerne noch ihr Mittagsschläfchen machen. Sie betrat den Raum, und da lag ihre Großmutter mit geschlossenen Augen, als würde sie schlafen. Sie hat das Kissen genommen und zugedrückt. Bis der Pfleger ins Zimmer kam.«

»Aber wir kennen den genauen Zeitpunkt der Tat«, erinnerte Rybaud.

»Nein, wir kennen den Zeitpunkt, den die Polizei rekonstruiert hat«, sagte Leon. »Aber das ist nicht der Todeszeitpunkt. Den Abdrücken in der Haut und den Verfärbungen der Leichenflecken nach zu urteilen, ist der Tod von Madame Lagarde eine gute Stunde vor dem Besuch ihrer Enkelin eingetreten.«

»Aber dann«, Rybaud dachte laut nach, »dann ist das ja gar kein Mord, höchstens ...« Rybaud fischte in seinem Gehirn nach dem passenden Wort.

»Spannende Frage, was?« Leon zog die dünnen Latexhandschuhe aus und warf sie in einen Mülleimer, der sich per Annäherungssensor automatisch öffnete. »Das Schlimmste, was der Enkelin jetzt noch droht, ist Störung der Totenruhe.«

»Wir müssen sofort das Gericht informieren.«

»Ich kümmere mich gleich darum«, sagte Leon und deutete auf die Tote. »Wenn Sie hiermit bitte weitermachen würden.«

5. Kapitel

Über dem Kirmeseingang schwebte eine bunte handgemalte Tafel, auf der in Neonschrift PIRATES DES CARAÏBES stand. Daneben waren messerschwingende Seeräuber zu sehen und brennende Segelschiffe. Auf der Kirmes selbst ging es dagegen schon deutlich bescheidener zu. Der Veranstalter hatte seine wenigen Fahrgeschäfte auf dem Parkplatz gleich neben dem Sportplatz aufgebaut. Ein altes Kettenkarussell, eine Schiffschaukel und ein Miniriesenrad und natürlich die obligatorische Autoscooterbahn. Über allem lag die quäkende Stimme des Veranstalters, der vergeblich versuchte, die Rückkopplung der Lautsprecheranlage in den Griff zu bekommen, dabei aber nicht minder begeistert die Vergnügungen anpries.

Zwischen den Attraktionen gab es einige Buden, die abends Pommes mit Mayonnaise oder halbe Brathähnchen verkauften. Daneben gab es außerdem Stände für Zuckerwatte und gebrannte Mandeln. Zwei übernächtigte Kirmeshelfer waren dabei, die Abdeckplanen von den Sitzen der Fahrgeschäfte zu ziehen, und gaben sich alle Mühe, kleine Reparaturen an der Mechanik zu erledigen, bevor die Veranstaltung gegen Mittag wieder öffnen würde.

Die Kirmeshelfer sahen aus, als würden sie sich nach einer kühlenden Brise und der gnädigen Dunkelheit sehen, damit die Besucher nicht gleich erkannten, wie sehr die Piraten der Karibik in die Jahre gekommen waren. Überall blätterte an den Fahrgeschäften die Farbe ab, viele der Lichterketten brannten längst nicht mehr, und bei den Schaukelpferden auf dem Kinderkarussell quoll die verrottete Rosshaarfüllung aus den Rissen der Sättel. Es war noch nicht mal Mittag, es würde also noch eine Weile dauern, bis die Kirmes ihre Pforten öffnen würde.

Isabelle hatte vier junge Kollegen an die beiden Ausgänge der Kirmes postiert. Zusammen mit Lieutenant Masclau war sie auf dem Weg zum Veranstalter, einem gewissen Pierre Seguin, der sein Wohnmobil gleich hinter dem Karussell geparkt hatte.

Seguin saß auf den Stufen seines Wohnwagens. Er hatte sich dem Motto seiner Veranstaltung gemäß ein Piratentuch um den Kopf geknotet. Womit er für Isabelle eher wie eine übernächtigte Reinigungskraft als wie ein Freibeuter aussah. Den Mann schätzte sie auf Anfang fünfzig. Er war sonnenverbrannt und trug khakifarbene Bermudas. Seine Füße steckten in ausgelatschten grünen Crocs. Unter dem halb geöffneten Hemd mit den aufgekrempelten Ärmeln konnte Isabelle erkennen, dass der Mann offenbar komplett tätowiert war. Er hielt ein kleines Bündel Scheine in der Hand, die er in einen Papierumschlag abzählte, als Isabelle mit Lieutenant Masclau auf ihn zutrat.

»Monsieur Seguin?«, fragte Masclau, während der Mann auf den Stufen vergeblich versuchte, noch schnell das Geld in seine Hosentasche zu stopfen.

»Erwarten Sie jemand vom Finanzamt?« fragte Isabelle provozierend.

»He, bei mir ist alles legal!« Argwöhnisch betrachtete der Mann Isabelle und ihre Begleiter, die alle Uniform trugen.

»Ihre Geschäfte sind uns egal«, brummte Masclau, der wie meist schlechter Laune war. Er war genau in der richtigen Stimmung, um sich mit einem vorlauten Kirmesbesitzer anzulegen.

Isabelle sah ihn nur kurz mahnend an, und Didier Masclau schluckte runter, was er gerade sagen wollte.

»Was soll das werden? Etwa schon wieder 'ne Kontrolle?«, fragte Seguin. »Ihr wart doch erst gestern hier.«

»Sie sind doch Pierre Seguin?«, fragte Isabelle.

»Was interessiert die Flics, wer ich bin?«

»Vorsicht, Klugscheißer«, raunzte ihn Didier Masclau an. »Wir können das auch alles auf der Wache klären.«

»Pierre Seguin«, leierte der Mann mit genervtem Unterton. »Ja, meine Mitarbeiter arbeiten alle auf 450-Euro-Basis, und ja, sie sind alle angemeldet und versichert. Die Anlagen hier sind von der Police municipale inspiziert und abgenommen. Wir öffnen täglich um siebzehn Uhr und schließen um Punkt dreiundzwanzig Uhr. Sonst noch Fragen?«

»Wir suchen zwei Kinder, einen Jungen und ein Mädchen.« Isabelle hatte nach ihrem Handy gegriffen und zeigte dem Kirmeschef auf dem Display eines der Fotos, die Julie Marsenne ihr geschickt hatte. Der Junge hatte darauf seiner kleinen Schwester den Arm um die Schulter gelegt. Das Mädchen trug einen pinkfarbenen Rucksack, von dem aber nicht viel mehr als die Trageriemen zu sehen waren. Die Kinder lachten, und im Hintergrund sah man die bunte Beleuchtung des Karussells. Lucas hatte eine Portion Zuckerwatte in seiner freien Hand, die die Geschwister sich offensichtlich teilten. Den fröhlichen Gesichtern nach zu urteilen, schien es ihnen zu schmecken.

Pierre Seguin warf einen kurzen Blick auf das Display und zuckte dann mit den Achseln. »Ich kann mir keine Gesichter merken.« Er klang mürrisch. »Erst recht nicht von Kindern, echt nicht. Die sehen alle gleich aus für mich.«

»Das ist er! Der Typ mit der Zuckerwatte«, war da plötzlich eine Stimme zu hören. Im selben Augenblick drängte sich eine aufgeregte Madame Marsenne zwischen den Wohnwagen hindurch. Sie deutete auf Pierre Seguin. Ihr auf den Fersen folgte Lieutenant Kadir, der versuchte, mit der empörten Frau Schritt zu halten.

»Warten Sie doch, bitte, Sie können nicht einfach hier reinlaufen!«, sprach Kadir auf sie ein.

»Ich bin die Mutter! Ich suche meine Kinder«, sagte Madame Marsenne in einem verzweifelten Ton, als müsste jeder wissen, dass ihre Kinder verschwunden waren.

»Tut mir leid, Capitaine, aber …«, Kadir blieb etwas atemlos vor Isabelle stehen und drehte hilflos die Handflächen nach außen. »Ich konnte nichts machen.«

»Schon in Ordnung«, sagte Isabelle und legte der Mutter freundlich ihre Hand auf den Arm. »Also, was war mit dem Mann und der Zuckerwatte?«

»Er hat den Kindern das Zeug geschenkt«, sie deutete auf Pierre. »Ich habe deutlich Nein gesagt, aber er hat darauf gemeint, ein bisschen Zuckerwatte würde die Kinder schon nicht umbringen.«

»Hat er wirklich ›umbringen‹ gesagt?«, fragte Lieutenant Masclau.

»Das war doch nur so dahingesagt«, murmelte Pierre Seguin. Es schien, als spürte er plötzlich, dass es mit diesen Kindern offenbar ein ernstes Problem gab und er mitten darin steckte.

»Erklären Sie das ihr.« Isabelle machte eine Handbewegung in Richtung Madame Marsenne. »Sie ist die Mutter. Ihre Kinder sind verschwunden.«

»Glauben Sie, dass die beiden …?« Sie sah Isabelle erschrocken an.

»Nein, natürlich nicht«, sagte Seguin. »Tut mir echt leid, aber hier marschieren jeden Abend ein paar Hundert Leute durch.« Seguin sah den Blick von Madame Marsenne. »Kann ich das Foto noch mal sehen?«

»Sie sind vier und sieben Jahre alt«, ergänzte Isabelle und hielt ihm ihr Handy noch mal hin.

»Kann sein, dass ich mich erinnere«, murmelte der Mann in den Bermudas. »Ich hab der Kleinen da Zuckerwatte gegeben«, er tippte auf das Handyfoto. »Ich dachte, die Jüngeren kommen doch immer zu kurz. Da hat der Junge aber sofort auch was gewollt.«

»Das ist Lucas.« Julie Marsenne klang müde. »Er ist ihr Bruder.«

»Haben Sie die Kinder heute Morgen gesehen?« Isabelle sah den Veranstalter an. »So gegen acht Uhr?«

»Himmel, nein. Wir öffnen doch erst am Nachmittag«, verneinte Seguin.

»Die Kinder waren also heute Morgen nicht auf dem Platz?«

»Nein, wie denn? Hier ist doch noch alles geschlossen.«

»Sie haben doch sicher nichts dagegen, wenn wir uns mal umsehen.«

»Brauchen Sie dafür nicht so einen Durchsuchungsdings?«

»Aha, ein ganz Schlauer.« Lieutenant Masclau war mittlerweile richtig übel gelaunt.

»Was denken Sie, brauchen wir denn einen Beschluss?«, fragte Isabelle mit süßer Stimme.

»Das habe ich nicht gesagt.« Jetzt war Seguin verunsichert.

»Ich kann auch den Staatsanwalt anrufen, und dann stellen wir hier den ganzen Laden auf den Kopf.« Isabelle hielt ihr Handy demonstrativ in der Hand, den Zeigefinger bereit, das Display zu berühren.

»Schon gut. Schauen Sie sich nur um, wenn Sie das glücklich macht.« Seguin stand auf und hob die Hände, als würde er sich angesichts der uniformierten Beamten freiwillig ergeben. »Sehen Sie sich um, wo immer Sie wollen.«

Obgleich der Kirmesplatz klein war, gab es eine Menge Verstecke. Ganz besonders für zwei kleine Kinder, die von zu Hause abgehauen waren, dachte Isabelle. Aber warum sollten die beiden Geschwister so etwas tun? Aus welchem Grund würden sie das sichere Auto verlassen? Hatte es vielleicht zuvor Streit zwischen der Mutter und den Kindern gegeben?

Isabelle teilte die sechs Polizisten ein, die sie aus dem Präsidium abkommandiert hatte. Mit ihnen durchkämmte sie systematisch das Gelände. Die Kirmes war auf dem äußersten Teil des großen Marktparkplatzes aufgebaut worden. Vor einigen Jahren hatte die Gemeinde Palmen auf dem Platz pflanzen lassen, um dem wöchentlichen Bauernmarkt einen Hauch von Karibik zu verpassen. Die Idee hatte funktioniert. Seitdem war der Donnerstagsmarkt ebenso ein Highlight für die Bauern der Gegend wie für die Touristen.

Isabelle sah sich um. Was hoffte sie hier zu finden? Wenn die Kinder wirklich das Auto verlassen hatten, um zur Kirmes zu laufen, wären sie inzwischen längst zum Parkplatz am Supermarkt zurückgekehrt. Dabei wären sie zwangsläufig irgendjemandem aufgefallen. Jemand, der sie gefragt hätte, wo ihre Eltern waren. Oder was sie außerhalb der Öffnungszeiten auf der Kirmes zu suchen hatten. Solche Erwachsenenfragen machten Kindern Angst, und sie wären längst zum Auto ihrer Mutter zurückgelaufen. Doch niemand schien die Kinder gesehen zu haben.

Isabelle war am äußersten Ende des Platzes stehen geblieben. Dort wo der Wind den Geruch von Salzwasser und Seegras aus der nahen Bucht herüberwehte. Sie konnte das Meer zwischen Strandrestaurants und Sonnenschirmen glitzern sehen. Und wenn die Kinder doch zum Wasser gelaufen waren? Lucas hatte im letzten Sommer schwimmen gelernt, hatte die Mutter Isabelle erzählt. Aber Louisa war im Wasser völlig hilflos, wenn man ihr nicht die Schwimmflügel anlegte. Und wenn sie ehrlich mit sich war, konnte sie sich auch bei Lucas nicht vorstellen, dass er über einen längeren Zeitraum im Wasser echte Überlebenschancen hatte.

Isabelle gab sich einen Ruck. Sie würden hier nichts finden, das spürte sie. Aber hatten sie nicht der Mutter erklärt, dass die Kinder schon nach wenigen Stunden von ganz allein wieder auftauchen würden? Plötzlich kam sich Isabelle vor wie eine Lügnerin.

Seufzend trat sie wieder zu den Beamten der Gendarmerie, die sich hinter dem Karussell versammelt hatten. Zu Kadirs Füßen lag ein grauer Plastiksack, wie er für Gartenabfälle verwendet wurde.

»Und?«, fragte Isabelle.

»Nichts«, antwortete einer der Männer. »Ein paar Klamotten, Flip-Flops, Sonnenbrillen. Was die Leute so verlieren … und eine Tasche.«

»Was für eine Tasche?«, wollte Madame Marsenne sofort wissen.

»So eine mit 'ner Katze drauf.« Der Mann zuckte mit den Schultern. »Was kleine Mädchen so mit sich rumschleppen.«

»Ist die Tasche da drin?« Isabelle tippte mit der Fußspitze auffordernd gegen den Sack.

Der Beamte ging in die Knie und zog mit behandschuhten Fingern einen pinkfarbenen Kinderrucksack, auf dem eine Katze abgebildet war, aus dem Sack. Er gab den Rucksack an Isabelle weiter.

»Der gehört Louisa, das ist Louisas Rucksack.« Einen Moment

brach Julie Marsenne die Stimme. Isabelle konnte hören, wie die Mutter der Kinder schwer atmete und ihre Tränen unterdrückte.

»Sind Sie sicher?«, fragte Isabelle. Madame Marsenne nickte und versuchte, nach dem Rucksack zu greifen, aber Isabelle entzog ihn ihr.

»Natürlich bin ich sicher. Louisa hat den Rucksack doch ständig dabei. Sogar auf dem Foto, das ich Ihnen gegeben habe.«

Isabelle warf einen Blick auf das Bild auf ihrem Handy. Von dem Rucksack waren allerdings nicht mehr als ein paar Zentimeter der pinkfarbenen Träger zu erkennen, die sich über die schmalen Schultern der Vierjährigen spannten.

»Sie haben gute Augen, Madame«, sagte Isabelle anerkennend.

»Am Anfang hat sie ihn nicht mal zum Mittagsschlaf abgelegt.« Die Mutter wollte noch einmal nach dem Rucksack greifen, aber Isabelle zog ihn erneut zurück.

»Bitte nicht, Madame Marsenne«, erklärte Isabelle. »Das könnte ein Beweisstück sein.« Oder DNA-Spuren enthalten, fügte sie in Gedanken hinzu.

»Ein Beweis? Wofür?« Die Mutter klang alarmiert.

»War irgendetwas Spezielles darin?«, fragte Isabelle. »Damit wir wissen, ob das wirklich der Rucksack Ihrer Tochter ist.«

Madame Marsenne dachte einen Augenblick nach, dann sagte sie plötzlich: »Ihre Doda.«

»Das hier?«, fragte Isabelle und zog aus dem Rucksack ein hellblaues Tuch, das an eine Plastikente geknotet war. Isabelle betrachtete den Fund.

Julie Marsenne schluchzte auf. »Ihr Schmusetuch. Sie hat es zu ihrem ersten Geburtstag bekommen. Glauben Sie, dass Louisa hier irgendwo ...«, die Mutter sah sich hektisch um, als könnten ihre Kinder jeden Moment zwischen den Fahrgeschäften auftauchen.

»Wo genau habt ihr den Rucksack gefunden?«, fragte Isabelle Lieutenant Kadir.

»Gleich bei dem Kettenkarussell.« Kadir deutete auf das rote Karussell. »Der Rucksack lag neben dem Eingang unter den Abdeckbrettern.«

»Wir brauchen mehr Beamte«, sagte Isabelle nüchtern. »Und wir brauchen Werkzeug.«

»Um siebzehn Uhr wird aber hier aufgemacht«, tat sich Seguin wichtig.

Isabelle griff zum Handy und gab die Kurzwahl für die Einsatzzentrale ein. »Hier wird geöffnet, wenn ich es sage. Klar?«

6. Kapitel

Der Junge hatte Angst und zitterte am ganzen Körper. Konnte es wirklich so kalt sein? Aber sie hatten doch Sommer, so viel wusste er ganz sicher. Oder gab es vielleicht das hier alles gar nicht wirklich? Er wollte, dass dieser Albtraum aufhörte, wollte zurück in die Wirklichkeit. Zu seinen Spielsachen und zum Meer. Ganz besonders zum Meer. Dann würde er die Fische mit seiner neuen Taucherbrille betrachten. Er wollte den Wellen zuhören, wie sie an den Strand klatschten und die Muscheln zerschlugen, bis sie fein wie Staub waren und man Sandburgen daraus bauen konnte. Das hatte ihm Pepo erzählt.

Wenn er sich nicht bewegte, dachte der Junge, wenn er kaum noch atmete, dann tat auch nichts mehr weh. Aber nur eine kleine Bewegung, und eine Flamme von Schmerz raste durch seine Schulter, sodass ihm die Luft wegblieb. Dann wollte er schreien, aber er konnte nur krächzen, und er spürte, wie seine ausgetrocknete Zunge ihm am Gaumen klebte. Da kann man nicht schreien, nicht mal so leise wie eine Maus, dachte er.

In einem Film über Dinosaurier hatte er gesehen, wie ein Komet auf die Erde geknallt war und dann alle tot waren. Die Dinosaurier waren tot, die Vögel waren tot und die Insekten auch. Und dann war eine riesige Monsterwelle um die Erde gesaust, die hatte alles verschluckt, sogar den Eiffelturm. Wenn es ihn damals schon gegeben hätte, das hatte der Mann im Fernsehen gesagt. Das musste man sich mal vorstellen, wie das wäre, wenn er mit seiner neuen Taucherbrille ins Wasser sehen würde, und da stände dann der Eiffelturm, und die Doraden und die Langusten würden um ihn herumschwimmen.

Vielleicht hatte der Komet inzwischen ja wirklich eingeschlagen. Hatte die Erde getroffen, die jetzt natürlich eine Riesendelle hatte, und alles war weg. Die Schule, seine Eltern, seine Schwester und sogar Pepo, der Gärtner.

Der Junge hatte aufgehört zu zittern. Jetzt war ihm plötzlich heiß. Über ihm war Licht. Woher kam das Licht? Es tat in den Augen weh. Als er wieder hinsah, war es verschwunden. Er konnte nur den Deckel sehen mit den dicken hölzernen Balken. Hatte jemand den Deckel aufgemacht? Jemand hatte ihn zufallen lassen. Oder hatte er sich das nur eingebildet?

Der Junge versuchte erneut, sich zu bewegen. Warum half ihm keiner? Er merkte, wie ihm schlecht wurde. Da kam das Rauschen zurück, und gleich danach würde die große schwarze Welle ihn überspülen. So wie damals, als er die schlimmen Bauchschmerzen gehabt hatte. Bevor sie ihm den Blinddarm herausgeschnitten hatten, hat er eine Spritze bekommen. Dann war auch die Welle gekommen, und als er wieder aufgewacht war, hat er speien müssen. Jetzt war es ganz ruhig in dem düsteren Raum. Jetzt hatte er kein Bauchweh mehr, aber er war allein. Keine netten Krankenschwestern, die einem die Medizin brachten und die Gummibärchen. War da draußen niemand? Hatten ihn die Leute vergessen? Er wollte nicht mehr hier sein. Er wollte dahin, wo es warm war und hell.

Der Schrecken erwischte ihn ganz plötzlich. Und dann fühlte er sich, als ob sein ganzer Körper in Flammen stünde. So wie Paulinchen in dem Buch, das ihnen Josephine, ihr Kindermädchen, so oft vorgelesen hatte, obwohl sie das eigentlich nicht durfte. Der Junge spürte, wie Tränen in ihm aufstiegen. Er fühlte sich in diesem Moment so allein wie ein Staubkorn im Weltall. Dann kam das Rauschen und dann endlich auch die schwarze Welle, die ihn in die erlösende Ohnmacht riss.

7. Kapitel

Die Beamten der Gendarmerie nationale hatten ganze Arbeit geleistet. Genauer gesagt hatten die Männer der lokalen Peugeot-Niederlassung mit ihren Mechanikern ausgeholfen, denn es war verdammt schwierig, der Spur eines Kinderrucksacks unter ein Karussell zu folgen, wenn zwischen Bodenplanken und Erdboden kein halber Meter Platz war. Schließlich hatte man sich unter lautstarkem Protest von Pierre Seguin entschieden, die Platten Stück für Stück zu entfernen und nachzuschauen, ob sich in den Hohlräumen unter dem Karussell nicht eines der Kinder verborgen hatte. Keiner wagte es, den Gedanken zu Ende zu denken.

Nachdem man auch nach zwei Stunden noch immer nicht mehr als ein Basecap, einen Hammer und eine volle Windel gefunden hatte, entschloss sich Isabelle, auch die anderen Fahrgeschäfte unter die Lupe zu nehmen. Gegen den lautstarken Protest des Betreibers, der abwechselnd seine Unschuld beteuerte und den Flics mit juristischen Konsequenzen drohte. Doch Polizeichef Zerna hatte längst entschieden: An diesem Abend würde die Kirmes geschlossen bleiben. Schließlich musste die Polizei Pierre Seguin in jedem Fall gründlich vernehmen, auch dann, wenn keine neuen Spuren der Kinder auftauchten. Der Rucksack allein war schon Grund genug für eine umfangreiche Befragung aller Zeugen, die auf der Kirmes arbeiteten. Schließlich hatte

Pierre Seguin noch immer nicht erklären können, wie der Rucksack des vermissten Mädchens ausgerechnet unter seinem Karussell landen konnte.

Noch während Isabelle den Verdächtigen das erste Mal verhörte, tauchten die ersten Gerüchte über das Verschwinden der Kinder auf. Ein Fall wie dieser war vor der Öffentlichkeit natürlich nicht zu verheimlichen. Schließlich war die Polizei in solchen Fällen dringend auf die Mitarbeit der Bevölkerung angewiesen. Im Normalfall würde die Gendarmerie eine entsprechende Fahndung herausgeben und abwarten. In Südfrankreich verschwanden in den Sommerferien ständig Personen, ganz besonders in den Sommerferien. Ferien strapazierten die Nerven und waren Gift für viele Familien und Beziehungen. Da gab es Familienväter, die mit ihrem Ferienflirt durchbrannten. Frauen, die ihren Mann nicht mehr ertrugen, oder Jugendliche, die ihre Eltern satthatten. Darum ließen sich die Beamten von der Gendarmerie Zeit, wenn jemand bei ihnen aufkreuzte, um das Verschwinden eines Partners zu melden. Solange es keine Hinweise auf eine Straftat gab, wartete die Polizei erst einmal ab, sofern es sich um Erwachsene handelte, die verschwunden waren. Es war allgemein bekannt, dass die allermeisten Vermissten innerhalb der ersten achtundzwanzig Stunden von allein wieder auftauchten. Wozu also sich aufregen? Schließlich war man an der Côte d'Azur. Einem Ort voller Chancen und Versuchungen.

Waren dagegen vermisste Kinder im Spiel, sah die Sache völlig anders aus. Dann gingen die Behörden automatisch davon aus, dass die Kinder Opfer eines Verbrechens geworden sein könnten. Im Fall der Marsennes gab es jedoch noch einen anderen Grund, warum die Wellen der Empathie besonders hoch ausschlugen. Lucas und die kleinen Louisa waren ein Geschwisterpaar wie aus dem Bilderbuch, das auch eine Castingagentur nicht besser hätte zusammenstellen können. Den Rest erledigten die Journalisten.

Am Nachmittag hatte es die Story bereits von den lokalen in die Hauptnachrichten von Canal 6 geschafft, und keine Stunde später erschien zum ersten Mal das herzergreifende Foto des vierjährigen Mädchens mit den dunklen Kulleraugen und ihrem hübschen, braun gebrannten Bruder, der seinen schützenden Arm um die kleine Schwester hielt.

Die TV-Zuschauer konnten sich gar nicht sattsehen an der Tragödie. Die Medien waren wie hungrige Raubtiere. Alle wollten mehr. Mehr Schmerz, mehr Verzweiflung, mehr Tränen, mehr Angst. Und wehe, den Zuschauern wurde irgendein Detail vorenthalten. Das Publikum merkte sich alles, und es konnte gnadenlos sein.

8. Kapitel

Die ersten Journalisten waren bereits vor dem Polizeirevier in der Avenue André del Monte in Stellung gegangen, dabei wussten die meisten Beamten in der Gendarmerie nationale noch nicht einmal, dass Polizeichef Zerna eine dringliche Besprechung einberufen hatte.

Roger Marsenne, der Vater der verschwundenen Geschwister, war ein Studienfreund von Fabienne Laront, dem neuen Präfekten des Département Var. Dies machte Laront zu einer Art König in seinem Regierungsbezirk: Jedes der sechsundzwanzig Départements in Frankreich wurde von einem Präfekten geführt, die alle vom französischen Präsidenten persönlich ausgewählt und eingesetzt wurden. Eine besondere Konstruktion, die Frankreich Napoleon verdankte. Das verschaffte der Position der Präfekten eine ganz besondere Bedeutung. Inzwischen war das Amt zwar dezentralisiert worden, aber nicht wenige der Präfekten fühlten sich auch heute noch wie kleine Könige. Fabienne Laront gehörte zu dieser Sorte. Das war auch der Grund, warum Polizeichef Zerna an diesem Vormittag einen Anruf bekommen hatte, auf den er gerne verzichtet hätte. Fabienne Laront hatte Zerna mitgeteilt, dass er den Fall der verschwundenen Kinder zur Chefsache gemacht hatte. Zu seiner Chefsache, und dazu gehörte, dass diese Kinder gefunden werden mussten, und zwar umgehend.

Commandant Zerna war sauer. Die Polizeidirektion in Toulon hatte sich fünf Minuten nach Laront bei ihm gemeldet. Sie würden den Oberstaatsanwalt Bertrand Simon nach Le Lavandou schicken, um die Dinge, die getan werden mussten, zu koordinieren. Was nichts anderes bedeutete, als dass man an höherer Stelle kein Vertrauen in die Fähigkeiten des Polizeichefs hatte. Zerna wusste genau, was dahintersteckte. Der Präfekt hatte sich nicht etwa eingemischt, um zwei Kinder zu retten. In Wirklichkeit wollte er Oberstaatsanwalt Bertrand Simon zum nächsten Justizminister aufbauen. Und die Rettung von zwei verlorenen Kindern war der Stoff, aus dem Politikerträume waren.

Die Polizeistation platzte am frühen Nachmittag aus allen Nähten. Außer den Beamten der Gendarmerie waren auch noch die Einsatzleiter der Küstenwache, der Feuerwehr und der beiden Hubschrauber der mobilen Einsatzgruppe dabei. Zerna hatte beschlossen, gute Miene zum bösen Spiel zu machen und jetzt zu Anfang der Großfahndung erst einmal Optimismus zu verbreiten.

Das Meeting war auf vierzehn Uhr anberaumt worden. Aber bereits um dreizehn Uhr fünfzig war der Raum zum Bersten voll. Daraufhin hatte Zerna kurzerhand die Cafeteria zur Einsatzzentrale umfunktioniert. Jetzt ließ Zerna den Blick durch den Raum wandern. An der Wand hing mittlerweile eine große Karte, die das gesamte Quartier von Lavandou zeigte. Die Polizisten und Helfer unterhielten sich über die jüngsten Gerüchte in diesem Fall, und die immer lauter werdenden Stimmen verdichteten sich zu einem Brummen, das Isabelle an ein Wespennest erinnerte. In diesem Moment klopfte Commandant Zerna mit seinem Schlüssel hart auf die Tischplatte. Sofort unterbrachen alle Anwesenden die Gespräche.

»Gut. Fangen wir also an.«

»Sollten wir nicht auf den Vertreter der Staatsanwaltschaft warten?«, mischte sich Kommissarin Lapierre ein, die als Beobachterin der Kriminalpolizei von Toulon mit am Tisch saß. Lavandou hatte kein eigenes Kommissariat für Gewaltverbrechen. Daher wurde Kommissarin Lapierre immer dann in den Ferienort am Meer geschickt, wenn Toulon befürchtete, dass die Gendarmerie mit einem Fall überfordert wurde. Sehr zum Bedauern von Polizeichef Zerna. Dass aber diesmal sogar die Staatsanwaltschaft einen Beobachter zur Gendarmerie nach Lavandou schickte, erschien auch der Kommissarin mehr als übertrieben. Als würde sie nicht allein mit einem solchen Fall fertigwerden. Sie brauchten wirklich nicht auch noch einen Staatsanwalt vor Ort.

»Staatsanwalt Simon weiß, dass wir pünktlich loslegen müssen. Wir haben ein enges Programm«, erwiderte Zerna entsprechend trocken.

»Staatsanwalt Simon?«, fragte Isabelle, und es fiel ihr schwer, ihre Überraschung zu verbergen.

»Ja, Oberstaatsanwalt Bertrand Simon.« Zerna sah von seinen Notizen zu Isabelle und runzelte die Stirn. »Ich dachte, Sie beide kennen sich.«

»Ich, also wir«, stotterte Isabelle irritiert. Sie setzte neu an. »Das liegt schon einige Jahre zurück … Ich wusste nicht, dass er heute mit dabei ist.«

»Ist das ein Problem?«, fragte Zerna und sah seine Stellvertreterin kritisch an.

»Nein, natürlich nicht«, versuchte Isabelle ihre Verunsicherung zu überspielen.

»Heute und auch in den nächsten Tagen.« Zernas Antwort klang fast wie ein Stöhnen. »Die Präfektur hat ihn uns für die Dauer der Suche zur Seite gestellt.«

In diesem Augenblick bemerkte Isabelle einen Mann, der sich

an den Beamten vorbei nach vorn gedrängt hatte. Bertrand Simon, achtundvierzig Jahre alt, hatte ein waches, markantes Gesicht. Seine Haare waren dunkel mit ein paar grauen Strähnen, die ihn noch attraktiver machten. Er war schlank, gut trainiert und schien einige der Anwesenden zu kennen, die er im Vorbeigehen grüßte. Isabelle war hin- und hergerissen zwischen Neugier und dem Bedürfnis, professionell zu wirken, als er jetzt auf sie zukam.

»Capitaine Morell«, sprach er Isabelle mit ihrem korrekten Rang an, nachdem er einen schnellen Blick auf ihre Schulterklappen mit den drei silbernen Streifen geworfen hatte.

»Monsieur le Procureur«, erwiderte Isabelle ebenso korrekt.

»Lange nicht gesehen«, sagte Bertrand Simon mit einem provozierend charmanten Lächeln.

»Haben Sie nicht mal an einem Fall in Arles zusammengearbeitet?« Es war mehr eine Feststellung als eine Frage, die Zerna da stellte.

Damals hatte ein Mann sich seine Opfer unter den Fernfahrern gesucht, die er nachts auf abgelegenen Rastplätzen fand. Er erschlug seine Opfer mit einem Hammer und raubte sie aus.

»Ja, ich erinnere mich ganz dunkel.« Jetzt klang Isabelle ein wenig unaufrichtig.

»Schön, Sie im Team zu haben«, sagte Staatsanwalt Simon und reichte Isabelle höflich die Hand.

In diesem Moment öffnete sich die Tür zur Cafeteria noch einmal. Leon kam herein. Sein Blick fiel sofort auf Bertrand Simon, der die Hand von Isabelle ein wenig länger hielt, als es unter Kollegen üblich und angemessen gewesen wäre.

»Bonjour, Docteur. Wie schön, dass Sie es einrichten konnten«, Zernas Spott hinter der scheinbar so freundlichen Begrüßung war nicht zu überhören. »Ich nehme an, Sie kennen sich.«

Die beiden Männer nickten sich kurz zu, und Bertrand Simon ließ Isabelles Hand los. Leon setzte sich mit einem knappen Nicken neben die leitenden Beamten.

»Ich komme gleich zum Stand der Dinge im Fall Marsenne«, begann Zerna. »Es hat sich in den letzten Stunden wenig Neues ergeben, aber uns ist es zumindest gelungen, das Verschwinden der beiden Kinder teilweise zu rekonstruieren: Heute Morgen gegen acht Uhr hat Madame Marsenne ihren Wagen vor dem Supermarkt abgestellt. Sie ist kurz ins Gebäude gegangen, um noch ein paar Müsliriegel für ihre Kinder zu besorgen. Laut Aussage der Mutter hat die ganze Aktion keine fünf Minuten gedauert, da sich das Regal mit den Riegeln direkt bei den Kassen befindet. Madame Marsenne musste also nicht durch den ganzen Markt laufen.«

»Gibt es denn keine Überwachungskameras?«, fragte eine junge Polizistin in der ersten Reihe.

»Gute Frage. Doch, gibt es, tatsächlich haben wir die meisten Aufzeichnungen bereits ausgewertet«, antwortete Zerna. »Madame Marsenne kauft und bezahlt die Süßigkeiten an der Kasse, so wie sie es gesagt hat. Leider hatte sie ihren Wagen knapp außerhalb des Bereiches geparkt, der von den Kameras erfasst wird.«

»Das heißt, die Mutter hat ihre Kinder auf dem Parkplatz ganz allein gelassen?«, wunderte sich eine etwas mollige Polizeibeamtin.

»Die Mutter hat mir versichert, dass sie das schon öfter so gemacht hätte«, sagte Isabelle. »Um diese Zeit gibt es auf dem Parkplatz nur wenig Verkehr.«

»Trotzdem, eigenartig ist das schon, oder?«, hakte die mollige Polizistin nach.

»Messieurs dames, wir suchen zwei Kinder. Der Leichtsinn

der Mutter ist etwas, worum sich das Jugendamt kümmern kann, wenn die Kinder wieder da sind.«

»Eine Frage?« Ein Mann mit Basecap und dem kleinen goldenen Anker auf blauem Grund, dem Abzeichen der Küstenwache, am Ärmel, hob gelangweilt seinen Arm.

»Ja, bitte«, sagte Isabelle.

»Capitain Banet, Küstenwache Toulon«, stellte er sich vor. »Von wie viel Vorsprung sprechen wir hier? Ich meine, bevor die Kollegen von der Gendarmerie mit der Suche begonnen haben? Wie viel Zeit ist da vergangen?«

»Laut Aussage der Mutter waren es keine zehn Minuten«, sagte Zerna. »Aber ich denke, wir können da noch drei bis vier Minuten zugeben.«

»Das wäre dann etwa eine Viertelstunde«, meinte der Kapitän. »Schätze, da können Kinder ziemlich weit kommen, wenn keiner hinschaut.«

»Schwierig einzuschätzen, welche Entfernung kleine Kinder in dieser Zeit zurücklegen können«, meinte der Staatsanwalt.

»Um das beurteilen zu können«, sagte Leon, »müssten wir zunächst einmal klären, warum die Geschwister das Auto überhaupt verlassen haben. Es ist schließlich ein erheblicher Unterschied, ob ein Kind einen Schmetterling verfolgt oder ob es vor einem Hund davonrennt.«

»Danke, Docteur«, sagte Zerna etwas abschätzig. »Auf die psychologische Seite des Falles werden wir später noch einmal zurückkommen.«

»Ich würde aber jetzt schon gerne hören, was der Médecin Légiste zu dem psychologischen Hintergrund zu sagen hat«, sagte Kommissarin Lapierre und machte mit einem Blick in Richtung des Polizeichefs deutlich, dass sie keinen Widerspruch dulden würde.

»Das bringt uns doch jetzt nicht weiter.« Zerna klang genervt.

»Ganz im Gegenteil«, sagte die Kommissarin. »Auf diese Weise könnten wir das Suchgebiet vielleicht eingrenzen.«

Polizeichef Zerna verband ein eher gespaltenes Verhältnis mit dem Docteur. Das lag unter anderem daran, dass Zerna den Rechtsmediziner um seine Unabhängigkeit beneidete. Leon unterstand weder der Gendarmerie noch der Staatsanwaltschaft. Er erstellte seine Untersuchungsberichte unabhängig. Bezahlt wurde er dabei von der Klinik Saint-Sulpice. Hinzu kam noch, dass Leon bei den Beamten der Gendarmerie hohe Anerkennung genoss. Schließlich hatte er mit seinen eigenwilligen Methoden so manchen Fall geklärt, an dem die Frauen und Männer der Gendarmerie zunächst gescheitert waren. Sehr zum Ärger von Polizeichef Zerna, bei dem Leons Erfolge immer eine leichte Eifersucht auslösten. Schließlich war Zerna, der kleine Mann in den Cowboystiefeln mit den erhöhten Sohlen, der Commandant der Gendarmerie von Lavandou. Und Zerna war der Meinung, wenn jemand Anerkennung und Bewunderung für seine Arbeit verdiente, war es der Polizeichef und sonst niemand.

Leon wusste natürlich, dass er seine Kompetenzen überschritt, wenn er Theorien zu einem laufenden Fall entwickelte, das war die Arbeit der Gendarmerie. Aber wenn die Kommissarin aus Toulon ihn ausdrücklich darum bat, war das etwas anderes.

Also begann Leon. »Zwei unbeaufsichtigte Kinder, in einem Auto, morgens um kurz nach acht Uhr, direkt vor einem Supermarkt ...«

»Kinder, die laute Musik hören«, warf Lieutenant Kadir ein. »Das hat uns eine Mitarbeiterin aus dem Supermarkt bestätigt. Die Zeitangaben stimmen überein.«

»Gut, die beiden sitzen also im Auto und lassen laute Musik

laufen«, nahm Leon den Einwurf auf. »Eigentlich dürfen sie das Auto nicht verlassen.«

»Von der Straße aus müsste man das Auto auf dem Parkplatz doch sehen können«, unterbrach Zerna erneut. »Hat denn niemand etwas beobachtet?«

»Nein, der Wagen stand direkt hinter einer Gruppe von Oleandersträuchern«, erklärte Lieutenant Kadir. »Die Mutter hat gesagt, so wären die Kinder im Auto vor der direkten Sonne geschützt.«

»Bleiben wir noch bei dem, was wir haben«, erinnerte Leon. »Die Kinder saßen also im Auto, hörten Musik, warteten darauf, dass ihre Mutter zurückkam, als etwas geschah. Etwas, das sie aus dem Fahrzeug nach draußen lockte.«

»Gegen die Anweisung ihrer Mutter«, sagte Kadir.

»Du denkst, jemand hat sie mitgenommen?«, fragte Isabelle.

»Möglich wäre es«, meinte Leon. »Wen kennen die Kinder im Ort? Bei wem würden sie mitgehen oder gar in ein Auto steigen?«

»Haben wir schon gecheckt«, sagte Kadir. »Da gibt es niemanden, laut der Mutter. Außer der Nanny. Aber die hat sich ein paar Tage freigenommen und ist nach Toulon gefahren.«

»Was ist mit diesem Pierre Seguin?«, fragte Zerna.

»Wer ist Seguin?«, wollte der Staatsanwalt wissen.

»Der Mann von der Kirmes«, erklärte Lieutenant Kadir. »Die Kinder sind zwei Tage zuvor in seinem Karussell mitgefahren, und er hatte ihnen Zuckerwatte geschenkt. Sie waren angeblich begeistert.«

»Warum sollte dieser Seguin zum Auto der Marsennes gehen und sie mitnehmen?«, fragte der Staatsanwalt.

»Vielleicht ist er ja gar nicht zu ihnen gekommen, sondern sie sind zu ihm gelaufen«, wiederholte Lieutenant Kadir den Gedanken, den sie zu Beginn der Suche verfolgt hatten. »Sie sehen

Pierre Seguin zum Kirmesplatz gehen, steigen aus und laufen hinter ihm her.«

»Und dann bringt er sie nicht zurück?«, fragte Lieutenant Masclau. »Ist doch Blödsinn. Wir haben ihn befragt. Er hat sie nicht gesehen.«

»Behauptet er«, betonte Kadir.

»Immerhin kennen die Kinder den Mann.

»Und wir haben bei ihm den Rucksack des Mädchens gefunden.«

»Würden die Kinder freiwillig mit einem Mann mitkommen, den sie erst einmal getroffen haben?«

»Und wenn sie gar nicht freiwillig mitgegangen sind?«, fragte Lieutenant Kadir.

»Sie meinen, jemand hat sie entführt?«, fragte der Staatsanwalt. »So wie damals, bei dem Fall in Nizza.«

»Die Mädchen vom Strand?«, fragte Masclau.

Der Fall der sogenannten »Strandmädchen« hatte vor fünf Jahren die Polizei der Côte d'Azur einen Sommer lang in Atem gehalten. Damals waren nacheinander drei Mädchen verschwunden. In Marseille, in Nizza und in San Remo, gleich hinter der italienischen Grenze. Gemeinsam war den drei Fällen eigentlich nur gewesen, dass die Mädchen am helllichten Tag von öffentlichen Stränden verschwunden waren. Und dass die Mädchen Urlaub in der Provence gemacht hatten.

»Das waren aber doch keine Kinder«, Masclau winkte ab, »die Mädchen waren schon sechzehn. Das ist doch nicht dasselbe.«

»Ich sehe in diesen Fällen durchaus gewisse Ähnlichkeiten«, unterbrach Zerna, der das Gefühl hatte, dass dieser Fall vielleicht ein ganzes Stück größer war, als alle bisher vermutet hatten.

Die Polizei hatte damals die ganze Küste abgesucht, aber die jungen Frauen blieben verschwunden, bis heute. Die Presse hatte damals zwar behauptet, die amerikanische Familie des letzten Opfers hätte Lösegeld an eine internationale Entführerbande gezahlt. Aber diese Gerüchte hatten sich nie bestätigt. Und keine der jungen Frauen war wieder aufgetaucht.

»Haben die Marsennes denn Geld?«, fragte Masclau nun ganz direkt.

»Dr. Roger Marsenne betreibt ein medizinisches Labor«, sagte der Staatsanwalt.

»Erfolgreich?«

»Soweit ich weiß, ja«, meldete sich Leon zu Wort. »Es ist ein Labor, das auch schon für unser Institut gearbeitet hat.«

»Dann können wir eine Entführung zumindest nicht ausschließen«, meinte der Staatsanwalt.

»Haben wir alles schon durchgespielt, Monsieur le Procureur«, sagte Zerna etwas arrogant, »aber Entführer stellen üblicherweise Forderungen. Bisher haben die Eltern noch keine erhalten. Nichts, gar nichts.«

»Wäre es möglich, dass die Kinder zum Wasser gelaufen sind?« Die Kommissarin aus Toulon sah den Mann von der Küstenwache an.

»Möglich ist alles«, Kapitän Banet hatte sich in dem viel zu kleinen Kantinenstuhl weit zurückgelehnt. »Dann wären die Kleinen aber genau in die andere Richtung gelaufen. Ich möchte Ihnen ja nicht sagen, wie Sie Ihren Job zu machen haben, aber ich würde erst mal mit den Touristen am Strand reden.«

»Danke für diesen ungeheuer hilfreichen Tipp«, schaltete der Staatsanwalt sich mit spöttischem Unterton ein. »Haben Sie sonst noch eine Idee, wie Sie uns bei der Suche nach den Kindern helfen könnten?«

»Schon gut, schon gut«, der Mann von der Küstenwache hob die Hand in einer übertriebenen Geste der Entschuldigung. »Aber im Meer brauchen Sie mit Ihrer Suche gar nicht erst anzufangen. Wenn die Kleinen hier ins Wasser gefallen sind, spült die Strömung sie früher oder später von allein an den Strand zurück.«

»Sie meinen, falls sie ertrunken sind?« Isabelle klang empört.

Der Mann von der Küstenwache zuckte gleichgültig mit den Schultern. »Das Wetter war schlecht in der letzten Woche. Das Wasser hat zurzeit nicht mehr als siebzehn Grad. Da hält ein kleines Kind keine zehn Minuten durch.«

»Das vermuten Sie«, sagte Isabelle.

»Keine Vermutung. Das ist simple Mathematik. Normalerweise hat der Körper siebenunddreißig Grad Rumpftemperatur, ab dreiunddreißig Grad wird es kritisch. Und im Wasser kühlt der Körper zwanzig- bis dreißigmal schneller aus als an der Luft. Wenn die beiden wirklich hier ins Wasser sind, dann …«, der Mann von der Küstenwache ließ den letzten Teil des Satzes in der Luft hängen.

»Gehen wir also im Moment, solange keine Lösegeldforderung eingeht, erst einmal weiter davon aus, dass sie weggelaufen sind und sich verirrt haben«, sagte der Staatsanwalt.

»Einverstanden«, meinte Zerna. »Teilen wir zunächst die Suchmannschaften ein. Wie viele Kollegen sind im Augenblick draußen?«

»Ungefähr zwanzig«, meinte Isabelle. »Wir versuchen, in der Gegend weitere Augenzeugen aufzutreiben.«

»Hat die Befragung von Pierre Seguin noch etwas ergeben?« Zerna sah seine Stellvertreterin an.

»Er behauptet nach wie vor, den ganzen Morgen auf dem Kirmesplatz gearbeitet zu haben. Und da hätte er keine Kinder gesehen.«

»Glauben Sie ihm?«, fragte Zerna.

»Ich denke, er verheimlicht uns etwas«, antwortete Isabelle mit einem Schulterzucken.

»Kümmern Sie sich weiter um ihn«, sagte Zerna. »Ich will mehr Informationen über ihn. Woher er kommt, was er tut, wenn er nicht mit seinem Karussell unterwegs ist. Dieser Mann ist im Augenblick unsere beste Spur.«

9. Kapitel

Die schmale Corniche führte von Canadel in engen, unübersichtlichen Kurven in die Höhen des Massif des Maures. Es waren nur zwei Kilometer, aber sie brachten einen in eine andere Vegetation: Hier oben war es längst nicht mehr so beschaulich wie an der Küste, wo manche der alten Villen von Grundstücken umgeben waren, die noch bis zum Strand reichten. Hier oben auf dem Hügelkamm war es immer um einige Grad kühler als unten direkt am Meer. Hier wuchsen auch keine zarten Mimosen und gepflegten Palmen, sondern es stemmten sich krumme, uralte Seekiefern gegen den Mistral.

Zwischen den Bäumen wuchsen Ginster und Zistrosen. Die dornigen Büsche waren wie zu einer lebendigen Wand zusammengewachsen, als müssten sie dafür sorgen, dass kein Mensch dieses kleine Paradies betreten konnte.

Leon fuhr sein altes Cabriolet langsam durch die steilen Kurven. Auf dem Beifahrersitz saß Isabelle und ärgerte sich über sich selbst. Sie hätte schon vor zwei Stunden zur Villa der Marsennes hinauffahren sollen. Aber sie hatte sich vor dem Besuch bei den Eltern gedrückt. Ihr graute davor, den Marsennes schlechte Nachrichten zu überbringen. Aber es gab nichts, womit sie die Mutter hätte trösten können. Keine Spur, keinen Augenzeugen. Keinen Hinweis auf die verschwundenen Kinder, weder in Lavandou noch in der unmittelbaren Umgebung. Kurz gesagt, die Polizei wusste absolut nichts Neues. Die beiden Kinder blieben wie vom Erdboden verschluckt. Dabei hatten sie den Radius für die Suche noch zweimal erweitert, vergeblich.

Isabelle wusste, dass Zerna darauf gehofft hatte, spätestens am Nachmittag mit einer Spur aufwarten zu können. Aber daraus wurde nichts. Als der Polizeichef um fünfzehn Uhr fünfzehn in einer überstürzt angesetzten Pressekonferenz vor die Reporter getreten war, hatte er nichts in der Hand gehabt.

Bereits eine halbe Stunde vor Beginn dieser improvisierten Pressekonferenz drängten sich im Rathaus die Medienvertreter. Die Halle war gestopft voll, und die Schlange der Journalisten reichte über die Stufen des Rathauses hinunter bis zur Place Ernest Reyer. Das Ehepaar Marsenne war ebenfalls anwesend gewesen und war mit einem regelrechten Hagel von Fragen überschüttet worden. Die meisten hatte Julie Marsenne beantwortet. Roger Marsenne stand dabei steif neben ihr. Man sah ihm seine fünfundsechzig Jahre an, und es war auch nicht zu übersehen, dass die Frau an seiner Seite deutlich jünger war als er. Mit ihrer Art sich besonders jugendlich zu kleiden, schien sie den Altersabstand noch unterstreichen zu wollen. Leon hatte sich an den Journalisten vorbeidrücken müssen, um an der Pressekonferenz teilzunehmen. Dabei hasste er öffentliche Auftritte. Isabelle hatte ihn jedoch überredet, sich wenigstens kurz zu ihnen auf die Stufen zu stellen, wo bereits die Vertreter von Polizei, Feuerwehr und Küstenwache warteten. Es wurde gedrängelt, und die Tontechniker hielten dem Ehepaar Marsenne ihre Mikrofone vors Gesicht.

»Was macht denn der Médecin Légiste hier?«, rief eine blonde Frau so laut, dass sich die anderen Journalisten zu ihr umdrehten. »Hat die Polizei die Kinder etwa doch schon gefunden?«

Brigitte Dupin war eine taktlose und aufdringliche Person,

die für den TV-Sender Canal 6 arbeitet und die Skandale aller Art liebte. Ihre reißerischen Fernsehbeiträge waren berüchtigt. Ihre Spezialität war die Darstellung von Grausamkeiten. Wenn irgendwo im Département Blut floss, ob bei Unfällen oder Schlägereien, dauerte es nicht lange, und Brigitte Dupin tauchte auf, ihren Kameramann immer im Schlepptau. Lieutenant Didier Masclau hatte einmal gesagt, Brigitte Dupin könne Blut mit derselben Präzision riechen wie die Geier über der Steppe verendete Tiere.

»Sind die Kinder tot?«, fragte Dupin mit ihrer schneidend hellen Stimme in die Menge. »Verschweigt uns die Polizei etwas?«

Natürlich gab es nicht die geringsten Indizien dafür: Die Vermutungen waren völlig frei erfunden, aber sie waren aufsehenerregend genug, um schlagartig eine heftige Diskussion und neue Gerüchte loszutreten.

Das Gemurmel wurde lauter, und weitere Fragen wurden den Eltern zugerufen. Nach wenigen Sekunden riefen alle durcheinander, und es war nichts mehr zu verstehen. Journalisten rempelten sich im Kampf um die besten Plätze gegenseitig aus dem Weg, und Reporter versuchten vergeblich, das Chaos anzumoderieren. Erst als Isabelle mit erhobener Stimme gedroht hatte, die Pressekonferenz abzubrechen, war wieder Ruhe eingekehrt. Die Journalisten fragten zunächst nach Einzelheiten des Verschwindens, wollten Details zum Radius der Suche hören und zu möglichen Verbindungen. Aber es dauerte nur Minuten, bis die ersten Vorwürfe über das leichtsinnige Verhalten der Mutter auftauchten. Wie konnte diese Frau ihre Kinder im Auto mitten im Ort allein lassen? Hatte sie denn gar kein schlechtes Gewissen?

Während die Fragen auf sie einprasselten, blickte Roger Marsenne mit versteinertem Blick auf seine Unterlagen. Madame Marsenne wischte sich mit einem Taschentuch die Tränen aus den Augen.

Isabelle hatte zu diesem Zeitpunkt schon mehrfach die Konferenz beenden wollten. Doch auch nach diesem Angriff hatte Julie Marsenne sich wieder gesammelt. Immer wieder richtete sie sich an die Unbekannten, in deren Gewalt sich ihre Kinder möglicherweise in diesem Augenblick befanden. Dabei hielt sie das Foto von Louisa und Lucas in der Hand, von dem Dutzende auf der Konferenz verteilt worden waren.

Mit tränenfeuchten Augen und brechender Stimme hatte sie sich an die Öffentlichkeit gewandt. »Haben Sie Louisa und Lucas gesehen oder wissen Sie, wo sich unsere Kinder aufhalten? Dann flehe ich Sie an, melden Sie sich. Helfen Sie uns, damit wir Louisa und Lucas so schnell wie möglich wiedersehen. Die beiden sind liebe Kinder. Sie sind neugierig und ...«, sie zögerte einen kurzen Moment. »Und sie sind unschuldig. Wir beten dafür, dass wir Louisa und Lucas schon bald wieder in die Arme schließen können.«

Die Kameras hatten erneut auf das Foto mit den Kindern geschwenkt, doch Isabelles Blick war konzentriert auf die Eltern gerichtet.

»Ich gehe jetzt nach Hause«, hatte Monsieur Marsenne seiner Frau zugeraunt und sich in Richtung Ausgang bewegt. Isabelle hatte den Marsennes zugenickt und den Eltern einen Weg durch die Menschenmenge gebahnt. Sie hatte aus dem Augenwinkel beobachtet, wie Madame Marsenne sich bei ihrem Mann einhaken wollte, als suchte sie seinen Schutz. Doch ihr Mann war der Berührung ausgewichen und hatte zum Ausgang gedrängt, während sie dicht hinter ihm geblieben war und die Kameras der Journalisten ein regelrechtes Blitzlichtgewitter auf die Eltern abfeuerten. Isabelle hatte vorsorglich ein Motorrad der Gendarmerie bereitstellen lassen, das die Eltern auf ihrem Weg nach Hause begleitete. Sie selbst konnte nicht direkt mitfahren, obwohl sie dringend eine ruhige Unterredung mit Julie und Roger Marsenne führen musste.

Inzwischen war es später Nachmittag geworden, und die Sonne stand flach im Westen, über den Höhen des Massif des Maures. Leon hatte das Dach seines alten Cabriolets geöffnet, und Isabelle atmete die warme Luft in gierigen Zügen ein. Sie brachte den Geruch des Meeres mit sich.

»Er ist ein eigenartiger Mann«, sagte Isabelle plötzlich.

»Meinst du Monsieur Marsenne?«, fragte Leon.

»Er kann einem nicht in die Augen sehen.«

»Ist mir auch aufgefallen«, antwortete Leon, »er hat was Autistisches.«

»Asperger?«, fragte Isabelle.

»Gut beobachtet, Frau Doktor«, sagte Leon mit einem Lächeln.

Die Straße war noch enger geworden. Büsche und Mimosensträucher ragten weit über den Asphalt. Leon fuhr noch langsamer. Er drehte die Musik ein wenig lauter und lehnte sich in seinem Sitz zurück. Isabelle sah zu ihm herüber. In der Einsamkeit klang der Gesang der Grillen fast unnatürlich laut, so laut, dass er das Motorgeräusch und die Musik aus dem Radio übertönte.

»Was denkst du …?«, fragte er Isabelle, aber die antwortete nicht. Leon warf einen kurzen Blick auf seine Beifahrerin und sah, dass etwas sie beschäftigte.

»Bist du eigentlich glücklich mit deinem Leben?«, fragte Leon plötzlich und ohne jede Vorwarnung.

»Ob ich … Wie kommst du darauf?«

»Manchmal denke ich, wir sollten mehr gemeinsam unternehmen.« Er sah Isabelle von der Seite an.

»Was meinst du? Ich denke, du reist nicht gerne«, sagte Isabelle.

»Kann man so nicht sagen.«

»Du willst doch immer hierbleiben, wenn ich eine Reise vorschlage. Wir wollten ewig schon mal einen Trip durch die USA machen, oder nach Schottland.«

»Ich mag Le Lavandou«, sagte Leon. »Hier gibt es alles, was ich brauche.

»Siehst du«, sagte Isabelle. »Genau das meine ich.«

»Mir genügt es. Du und Lilou seid hier, das Meer, die Hügel und die wunderbaren Dörfer mit gemütlichen Bistros. Wo gibt es das noch mal in der Welt? Ich liebe es, die Sonnenaufgänge von deiner Terrasse aus zu beobachten. Um dann durch die Gärten in den Ort zu laufen und frische Croissants zu holen. Oder einen Café Crème am Bouleplatz zu trinken. Dann weiß ich immer, dass ich angekommen bin und dass mir nichts fehlt.«

»Stopp!«, rief Isabelle in diesem Moment und deutete nach vorne. »Das da ist es.«

Leon sah nach vorne, wo ein klotziger weiß getünchter Bau zwischen gepflegten Bäumen und Büschen auftauchte. In der Einfahrt vor dem eisernen Tor stand ein Streifenwagen der Gendarmerie. Der Beamte erkannte Leon und Isabelle und winkte sie durch.

Leon stellte den Motor ab, stieg aber noch nicht aus. Die Villa sah teuer aus, aber wenig einladend. Ein flacher Betonbau mit Fenstern, schmal wie Schießscharten.

Als würde sich hier jemand verstecken, dachte Leon. Er vermutete, dass die meisten Fenster in der von der Straße abgewandten Fassade des Gebäudes in Richtung Meer wiesen. Hier von der Einfahrt aus wirkte das Haus kalt und abweisend. Der Garten war akkurat gepflegt, wie für eine Gartenbauausstellung. Leon und Isabelle wechselten einen vielsagenden Blick.

»Irgendwie kalt«, sagte Isabelle.

»Irgendwie?«, fragte Leon. »Da brauche ich ja meinen Skianorak, damit mir hier warm wird.«

»Danke, dass du mitgekommen bist.« Isabelle sah sich um, als müsste sie fürchten, dass sie jemand beobachtete.

»Ich dachte, so kann ich gleich die DNA-Proben von den Hausbewohnern nehmen. Dann verschwenden wir bei der Spurensuche in Madame Marsennes Auto keine Zeit.« Leon zog hinter dem Fahrersitz eine abgegriffene, speckige Aktentasche aus Schweinsleder hervor. Die hatte er immer dabei, falls er überraschend zu einem Außeneinsatz gerufen wurde.

»Und ich dachte schon, du bist meinetwegen mitgekommen«, sagte Isabelle in gespielt gekränktem Ton.

Leon lächelte ihr zu, stieg aus und sah sich um. In der Auffahrt glänzten ein schwarzer Jeep und ein roter Tesla. Etwas abseits stand ein verbeulter Lieferwagen, auf dem in schwungvollen Buchstaben *Arbre & Jardinage* stand. Ein schlaksiger großer Mann um die fünfzig in Latzhose hob zwei prall gefüllte Müllsäcke in den Lieferwagen. Als er schwungvoll die Schiebetür zuwarf, federte sie wieder auf.

»Merde!«, fluchte der Mann laut und griff erneut danach. Nach dem dritten Versuch blieb die Tür des Lieferwagens zu. Der Fahrer setzte sich hinter das Steuer und startete den Motor. Dann fuhr er, ohne hinzuschauen, rückwärts die Auffahrt hinunter. Leon begriff sofort, dass der Lieferwagen im Begriff war, sein gepflegtes Cabrio zu rammen.

»He, stopp, anhalten!«, brüllte Leon den Fahrer durch das geöffnete Fenster an.

Hastig trat der Fahrer auf die Bremse. Etwas im Lieferwagen fiel polternd um.

»Was soll das?«, raunzte der Mann Leon an.

»Sie hätten um ein Haar meinen Wagen gerammt.«

»Um die alte Kiste wär's nicht schade.« Der Mann zuckte mit den Schultern. Dann gab er Gas, rollte die Auffahrt hinunter und verschwand durch das Tor auf die Straße.

»Alte Kiste, hat er gesagt.« Leon strich mit der Hand über die Tür, als müsste er sein Auto trösten. »Der spinnt doch.«

»Sympathische Leute«, kommentierte Isabelle ironisch.

»Sei nicht so streng.«

Isabelle sah sich achselzuckend um. Nichts in der Auffahrt oder auf dem Rasen deutete auf Kinder hin. »Hier draußen scheinen die Kinder jedenfalls nicht oft zu spielen.«

»Würde mich nicht wundern, wenn die Kinder tatsächlich davongelaufen sind«, brummte Leon.

»Mich auch nicht«, meinte Isabelle leise. »Wenn sie nicht erst sieben und vier Jahre alt wären.«

Beide ließen den Blick schweifen: Der Rasen vor dem Haus war akkurat gestutzt. Auf dem Gras lag kein einziges Blatt. Die Einfassungen der Beete waren alle präzise abgezirkelt.

»Guten Tag«, sagte eine Stimme, und es klang wie eine Frage. Im Eingang war eine Frau von Anfang fünfzig aufgetaucht und machte ihnen ein Zeichen. Sie wirkte etwas stämmig und grob, so wie sie die Post hielt, die sie gerade aus dem Briefkasten genommen hatte und die ihr dabei beinahe aus der Hand gerutscht wäre. Die Locken sollten sie eigentlich jünger erscheinen lassen, dachte Leon. Aber mit dieser Frisur erreichte sie das Gegenteil. Sie wirkte älter, als sie vermutlich war. In ihrer Jeans und der dunklen Bluse wirkte sie, als wollte sie sich vor den Besuchern verstecken. Sie wirkte nervös und sprach leise, sodass Leon und Isabelle genau hinhören mussten.

»Guten Abend, ich bin Capitaine Morell von der Gendarmerie Lavandou«, sagte Isabelle und fügte mit einer Geste in Richtung Leon hinzu: »Das ist Docteur Ritter von der Spurensicherung.«

Isabelle hatte ganz bewusst nicht Rechtsmedizin gesagt. Das war ein Begriff, der nach Tod klang. Spurensicherung klang da deutlich optimistischer.

»Mein Name ist Josephine Péan«, erwiderte die Frau, ohne den Besuchern die Hand zu reichen. »Ich helfe Madame Marsenne mit den Kindern.«

»Sie wohnen hier?«

»O nein«, es klang fast ein wenig empört. »Ich wohne in Cavalaire, aber die meiste Zeit bin ich hier, bei der Familie Marsenne.«

10. Kapitel

Die Stimmung im Salon der Marsennes war zum Greifen angespannt. Isabelle saß mit Madame Marsenne am Tisch. Josephine Péan, das Kindermädchen, brachte eine Karaffe mit Eistee und wollte Isabelle einschenken.

»Nein, danke.« Isabelle hielt die Hand über ihr Glas.

»Ich habe ihn aber extra frisch gemacht.«

»Na dann«, sagte Isabelle mit einem freundlichen Lächeln und nahm ihre Hand zur Seite.

»Sie können auch gerne ein Glas Wein haben«, bot Madame Marsenne ihrem Gast an.

»Du weißt, was wir ausgemacht haben, Julie …?«, warf Roger Marsenne vorwurfsvoll von der Seite ein.

»Du meinst, was *du* beschlossen hast«, die Frau quälte sich vor Isabelle ein falsches Lächeln ab. »Familienprobleme …«, setzte sie entschuldigend hinzu.

»Was hast du mit deinem Arm gemacht?« Roger Marsenne deutete auf zwei Kratzer am Ellenbogen seiner Frau, dort wo die Bluse ein kleines Stück hinaufgerutscht war.

»Alice hat sich mal wieder hinter den Büchern versteckt und wollte nicht herauskommen.«

»Hättest du nicht warten können? Irgendwann kommt sie schon von selbst«, erwiderte der Mann.

»Alice ist unsere Katze«, sagte Julie Marsenne, »das heißt, eigentlich ist sie die Katze meines Mannes.«

»Sie ist die Familienkatze«, korrigierte Monsieur Marsenne. »Dass du sie nicht in den Griff bekommst, kannst du ihr ja schlecht zum Vorwurf machen.«

Seine Frau lachte verächtlich.

»Ist das denn wirklich nötig, Docteur?«, fragte Monsieur Marsenne. Er saß auf dem Sofa und hatte den Kopf zurückgelehnt. Leon steckte ihm mit einem entschuldigenden Lächeln ein Wattestäbchen in den Mund und strich es über den Gaumen. Anschließend steckte er das Stäbchen in ein Reagenzglas, beschriftete es und legte es zu den anderen in die Aktentasche. Monsieur Marsenne beobachtete Leon währenddessen, aber er vermied es, ihm in die Augen zu sehen. Eine Auffälligkeit, die Leon schon bei der Pressekonferenz aufgefallen war.

»Ich dachte, es wäre Ihnen so lieber, als extra auf die Wache zu kommen«, sagte Leon.

»Wir haben nichts zu verbergen«, erklärte Madame Marsenne. »Wir haben Ihnen alles gesagt, was wir wissen. Wir haben nur einen Wunsch ...«, an dieser Stelle versagte ihr kurz die Stimme, aber nach wenigen Sekunden hatte sie sich schon wieder im Griff, »wir wollen doch nur unsere Kinder wiederhaben.«

»Ich kümmere mich nur um die Spuren«, erklärte Leon freundlich. »Capitaine Morell ist für die Ermittlungen zuständig.«

»Man hat uns gesagt, die Gendarmerie würde anrufen«, sagte der Vater. »Haben sie aber nicht.«

»Sobald es etwas Neues gibt, melden wir uns natürlich. Dann sind Sie die Ersten, die informiert werden«, versuchte Isabelle den Mann zu beruhigen.

»Und warum hören wir dann nichts? Wir sitzen hier doch nur rum und warten.« Marsenne machte eine abwertende Geste in

Richtung seines Handys, das auf dem Tisch lag. Als wäre das Gerät daran schuld, dass sie nichts von den Kindern hörten. Der Unternehmer griff zu seinem Telefon. »Ich werde es noch einmal probieren«, sagte er.

»Sie werden auch von unseren Kollegen nichts Neues erfahren. Glauben Sie mir, Monsieur Marsenne.« Isabelle wusste, dass ein verängstigter Vater in diesem Moment das Letzte war, was die Frauen und Männer in der Einsatzzentrale der Gendarmerie brauchen konnten.

Josephine hatte Madame Marsenne noch einmal Eistee nachgeschenkt und dabei ein paar Tropfen auf die schwarz lackierte Tischplatte getropft, die jetzt im Licht der Deckenlampe glänzten.

»Also wirklich ...« Der Tadel kam von Roger Marsenne.

»Kann doch mal passieren«, meinte seine Frau versöhnlich.

Die Nanny griff verunsichert zu dem Schwammtuch, das auf dem Tablett mit der Eisteekaraffe lag, als der Hausherr dazwischenging.

»Lassen Sie mich das machen.« Roger Marsenne hielt ein weißes, sorgfältig gefaltetes Taschentuch in der Hand, mit dem er demonstrativ den Tisch sauber wischte und polierte. Dann faltete er das Taschentuch wieder genauso präzise zusammen, wie er es aus seiner Tasche gezogen hatte, und reichte es der Angestellten.

»Tut mir leid, Monsieur«, entschuldigte sich Josephine.

»Schon gut«, sagte er und machte eine wedelnde Handbewegung, als würde er eine Fliege verscheuchen. »Gehen Sie jetzt ruhig nach Hause, Josephine.«

»Aber ich helfe gerne«, sagte die Hausangestellte.

»Nun gehen Sie schon. Wir müssen ja nicht alle hier warten«, wies sie Monsieur Marsenne an.

Widerstrebend wandte sich die Angestellte ab und machte

zögernd einige Schritte durch das Zimmer, wobei sie murmelte: »Bonne soirée.« In der Tür blieb Josephine noch einmal stehen. »Sie können mich anrufen. Wirklich, zu jeder Zeit. In der Nacht brauche ich keine zehn Minuten bis hierher. Und den Eistee habe ich in die Küche gestellt«, fügte sie an Julie Marsenne gewandt hinzu, bevor sie endgültig den Raum verließ und geräuschlos die Tür hinter sich schloss.

Inzwischen war es dunkel geworden. Vom Salon des Hauses aus konnte man die ganze Bucht überschauen. Auf dem Meer, das dunkel wie Tinte war, spiegelten sich bereits die Lichter von Le Lavandou.

»Ich lasse Ihnen den Beamten mit dem Streifenwagen hier«, sagte Isabelle, »nur zur Sicherheit.«

»Warum finden Sie nicht einfach unsere Kinder?«, brauste Madame Marsenne auf.

»Die Gendarmerie sucht mit allen zur Verfügung stehenden Beamten«, sagte Leon. »Und sie werden sie finden.«

»Glauben Sie das wirklich?«

Leon und Isabelle schwiegen. Roger Marsenne war aufgestanden und zu der großen Glasschiebetür gegangen, die vom Wohnzimmer auf die breite Terrasse führte, und sah schweigend durch die Scheibe nach draußen. Im Garten hatte sich die elektrische Beleuchtung eingeschaltet. Leon konnte Palmen und Hibiskusbüsche erkennen.

»Die Gendarmerie hat nur unnötig Zeit verloren«, brach es da erneut aus Julie Marsenne hervor. Die Mutter wischte ein paar Tränen aus ihrem Gesicht.

Ihr Mann schien die Geduld zu verlieren. »Wie oft habe ich gesagt, die Kinder sollen nicht allein im Auto bleiben?!« Monsieur Marsenne drehte sich zu seiner Frau um.

»Warum sagst du das jetzt?«, fragte sie eingeschüchtert.

»Darum sind sie doch weg!« Ihr Mann schüttelte den Kopf. »Weil du dich nicht richtig gekümmert hast. Tust du doch nie.«

Julie tat so, als hätte sie die letzte Bemerkung ihres Mannes nicht gehört. Stattdessen sah sie Isabelle an. »Es ist etwas passiert, oder?« Schärfer fügte sie hinzu: »Sie müssen das doch wissen! Sie haben doch Erfahrung in diesen Dingen.«

Isabelle schüttelte mitfühlend den Kopf. »Wir wissen es nicht. Wir wissen es wirklich nicht.« Jetzt tat es Isabelle leid, dass sie der Mutter versichert hatte, dass sie Louisa und Lucas noch an diesem Abend wieder in die Arme schließen könnte.

Wieder schwieg die Gruppe. Leon und Isabelle wussten, was die Eltern dachten, aber sich nicht zu fragen trauten. Was keiner in diesem Raum sich zu fragen traute: Waren die Kinder entführt worden – und lebten sie überhaupt noch?

In die quälende Stille hinein erhob sich Julie Marsenne, um ins Bad zu gehen und sich ein wenig Wasser ins Gesicht zu spritzen. Sie drehte den Wasserhahn im Gästebad auf und ließ sich das kühle Wasser zuerst über die Handgelenke laufen. Langsam beugte sie sich vor, um ihr Gesicht zu benetzen.

In diesem Moment hörte sie ihr Handy klingeln, das sie auf dem Sofa zurückgelassen hatte. Dann hörte sie ihren Mann rufen: »Julie, schnell, es ist für dich.«

11. Kapitel

Die Sonne brannte wie Feuer vom Himmel. Das Licht war grell, fast weiß. Glühend wie flüssiger Stahl. Es war Sommer, und seine Eltern standen auf der Terrasse. Sie hatten ein Geschenk dabei. Ein Geschenk für ihn. Es war das ferngesteuerte Boot, das Lucas sich so zu seinem Geburtstag gewünscht, aber nicht bekommen hatte. Louisa bekam immer, was sie wollte, zu ihm waren die Eltern nicht so nett. Ihn mochte überhaupt niemand. Doch jetzt, das Boot ...

In diesem Moment fühlte er einen Stich in der Wange. Lucas schüttelte den Kopf, und aus dem Augenwinkel sah er eine Wespe davonfliegen. Wo war er? Er war nicht in seinem Elternhaus auf dem Hügel. Wo waren seine Eltern? Das alles musste ein Traum sein. Ein hässlicher Albtraum.

Eben war doch alles noch wie immer gewesen. Aber da gab es ein beängstigendes Bild, das in sein Erinnerungspuzzle nicht hineinpassen wollte. Es war etwas geschehen, etwas Böses, etwas Schreckliches. Etwas, das es nicht geben konnte, nicht geben durfte. Der kleine Junge kämpfte gegen diese hässliche Erinnerung. Aber je mehr er sich dagegen wehrte, umso stärker stürzten die schlimmen Gedanken auf ihn. Sein Weltbild geriet durcheinander. Gedanken prasselten auf ihn ein. War das alles doch ein Traum und er würde aufwachen, wenn er die Zauberformel sprach wie im Märchen? Warum war da niemand, um ihm zu helfen? Wo waren Mama und Papa …?

Lucas lag auf dem Rücken. Um ihn herum nur trockenes Gras und über ihm das helle Licht, das durch einen Schacht zu fallen schien. Der Boden um ihn herum roch nach Moder und feuchter Erde.

Jetzt fühlte Lucas wieder den Stich der Wespe in seiner Backe. Es tat weh, gemein weh. Die Backe schien regelrecht zu brennen, glühend heiß. Als hätte er sich an einer Kerze verbrannt. Der Schmerz sickerte durch ihn hindurch wie geronnenes Wachs. Er bekam nicht mehr richtig Luft und begann nach Atem zu ringen. Was hatte der Arzt im Krankenhaus zu Mama gesagt? Er hätte eine Allergie. Ein Insektenstich könnte ihn umbringen.

Der Junge hatte Angst.

Er wollte nicht sterben.

12. Kapitel

Julie Marsenne stand wie versteinert neben dem Sofa. Das Klingeln ihres Handys war kein Anruf gewesen. Jemand hatte ihr eine SMS geschickt. Stumm starrte sie auf das Display ihres Mobiltelefons, dann reichte sie das Gerät an Leon weiter.

»Wir wollen zwei Millionen Euro. Keine Polizei, oder die Kinder sind tot«, hatten die Unbekannten geschrieben.

Es hatte keine Viertelstunde gedauert, dann erreichten drei weitere Streifenwagen die Villa. Im Wohnzimmer hatten sich inzwischen zwei Spezialisten über das Handy von Madame Marsenne gebeugt und versuchten unter Lieutenant Kadirs Leitung, den Absender der SMS zu ermitteln. Bei ihnen stand auch Polizeichef Zerna und wartete ungeduldig darauf, dass seine Leute etwas fanden, was er dem Staatsanwalt als Erfolg verkaufen konnte.

»Es muss doch einen Weg geben, diesen verdammten Absender herauszufinden.«

»Der Absender wird vom Provider unterdrückt. Je suis désolé«, entschuldigte sich Kadir.

»Dann rufen Sie eben den Provider an«, sagte Zerna verärgert.

»Das wird nicht funktionieren.«

»Ausland?«, brummte Zerna.

»Die SIM-Karte ist in Albanien registriert und ...« Lieutenant Kadir klang frustriert.

»Na und?«, unterbrach Zerna den Beamten. »Scheiß drauf. Die brauchen ordentlich Feuer unterm Hintern. Da muss uns eben mal die Präfektur helfen.«

Kadir presste die Lippen zusammen und schüttelte den Kopf.

»Und warum nicht?«, Zerna klang genervt.

»Der Handyvertrag lässt sich nicht zurückverfolgen, und über die diplomatischen Drähte dauert so was Wochen.«

»Merde alors«, fluchte der Commandant.

Madame Marsenne presste sich den Handrücken an die Stirn, als hätte sie starke Kopfschmerzen. Inzwischen trug sie einen Morgenmantel, obgleich die Temperatur im Wohnzimmer auch zu diesem Zeitpunkt noch mindestens fünfundzwanzig Grad betrug. Eine Gruppe von drei Polizisten durchsuchte das Haus in der Hoffnung, auf Indizien zu stoßen. So als hätten sich die Entführer bereits im Keller versteckt. Zwei weitere Beamte durchkämmten mit einem Spürhund den Garten. Gelegentlich blieb das Tier stehen und bellte eine Zypresse an. Dann flatterte eine weitere erschrockene Fledermaus aus einem der Bäume, was für weiteres Hundebellen sorgte.

Ein Hubschrauber kreiste über dem Gelände rund um die Villa und kontrollierte die Umgebung mit der Infrarotkamera. Erkannte der Co-Pilot ein verdächtiges Wärmesignal auf dem Bildschirm, schickte die Helikopterbesatzung einen Streifenwagen zu der entsprechenden Stelle. All das geschah in der vagen Hoffnung, die Entführer könnten sich in der Nähe des Elternhauses aufhalten, um die Marsennes im Auge behalten zu können. Bisher hatte die Bemühung der Polizei allerdings nur eine Gruppe Jugendlicher aufgespürt, die illegal im Nationalpark kampierten, was wegen der akuten Brandgefahr den ganzen Sommer lang streng verboten war.

Isabelle hatte der verstörten Mutter eine Hand auf den Arm

gelegt und versuchte, sie zu beruhigen. Obwohl Isabelle genau wusste, dass die Überlebenschancen für die Kinder mit jeder Stunde kleiner wurden. Madame Marsenne hatte inzwischen einen etwas glasigen Blick, was nicht nur daran lag, dass sich der schlimme Verdacht einer Entführung bestätigt hatte, sondern auch an den zwei Gläsern Wein, die die verzweifelte Mutter innerhalb kürzester Zeit getrunken hatte. Als sie sich das dritte Glas einschenkte, verließ ihr Mann wortlos den Raum. Nun stand Roger Marsenne auf der Terrasse und hielt eine kleine Gartenschere in der Hand, mit der er die Triebe eines Hibiskus stutzte.

»Nein, danke, nicht für mich.« Isabelle lehnte das Glas ab, das Madame Marsenne ihr einschenken wollte. Die Mutter nahm noch einen Schluck und sah durch die Tür nach draußen zu ihrem Mann.

»Sicher?« Die Hausherrin klang ein wenig gekränkt.

»Vielleicht sollten Sie mit Ihrem Mann reden«, sagte Isabelle vorsichtig in Richtung Roger Marsenne. »Ich könnte mir vorstellen, dass er jetzt lieber nicht allein wäre.«

»Roger?«, sagte Madame Marsenne spöttisch. »Der fühlt sich nur dann wohl, wenn er allein ist.«

»Ihr Mann zeigt nicht gerne seine Gefühle ...?« Isabelle musterte die Frau.

»Manchmal frage ich mich, ob er überhaupt Gefühle kennt.« Madame Marsenne klang bitter.

»Das klingt nach einer großen Enttäuschung«, mischte sich Leon leise in das Gespräch ein. Der Blick von Madame Marsenne schien seinen Verdacht zu bestätigen. »Aber er ist bestimmt ein guter Vater?«

»Ich weiß nicht«, Julie klang müde und enttäuscht. »Er ist nicht oft zu Hause.«

Leon sah in den Garten, wo Roger Marsenne jetzt den Zweig

eines blühenden Jasmins beschnitt. »So ein Garten macht eine Menge Arbeit. Da hat Ihr Mann bestimmt Hilfe.«

»Dafür haben wir Porez, den Gärtner. Sie müssten ihn eigentlich gesehen haben?«

»Ich hatte das Vergnügen«, sagte Leon mit ironischem Unterton, »er schien es ein wenig eilig zu haben.«

»Monsieur Porez hat es immer eilig, wenn irgendwo Polizei auftaucht«, sagt Madame Marsenne.

»Das kannst du doch gar nicht wissen«, Roger Marsenne hatte die letzte Bemerkung seiner Frau gehört, als er drei kleine Zweige auf den Tisch legte.

Sie verdrehte die Augen. »Mein Mann hat eine Schwäche für Menschen mit Vergangenheit.« Julie ließ das Wort »Vergangenheit« wie eine ekelerregende Krankheit klingen. Sie erntete einen verächtlichen Blick ihres Mannes. »Porez kommt mindestens zweimal die Woche ins Haus. Mit den Kindern hat er aber nichts zu tun. Das ist allein Aufgabe von Josephine, dem Kindermädchen.«

Die Lichter der Streifenwagen in der Auffahrt warfen flackerndes blaues Licht in den Salon.

»Ich will, dass die Polizeiautos wegfahren«, sagte Madame Marsenne. »Und zwar jetzt gleich.«

»Warum?«, fragte Isabelle.

»Sie haben doch die SMS gelesen. Was ist, wenn diese Leute Ernst machen und die Kinder ...« Madame Marsenne sprach ihre größte Angst nicht aus.

»Noch suchen wir ja ganz offiziell nach Ihren Kindern, so wie wir es tun würden, wenn sie einfach weggelaufen wären«, beruhigte Isabelle die Mutter. »Ohne die Polizei geht das nicht, das wissen diese Leute auch.«

»Da muss ich Capitaine Morell recht geben.« Leon beschriftete die DNA-Proben und schaute kurz auf. »Jetzt die Polizei komplett abzuziehen, würde nur zusätzliche Aufmerksamkeit erregen.«

»Wir werden genau das tun, was diese Leute verlangen.«

»Was heißt das konkret?«, fragte Isabelle freundlich.

»Ich will keine Polizei in der Nähe haben. Nicht im Haus und nicht, wenn wir diesen Menschen das Geld aushändigen«, erklärte Madame Marsenne.

»Ihnen ist klar, wie gefährlich das werden kann?«, fragte Isabelle. »Ich rate Ihnen wirklich dringend davon ab, das auf eigene Faust zu tun. Wir bleiben immer im Hintergrund, aber wir sind da, wenn Sie uns brauchen.«

»Nein. Das sind meine Kinder. Ich entscheide, was wir tun. Und ich will die Polizei nicht dabeihaben«, sagte Madame Marsenne bestimmt. »Auf keinen Fall.«

»Madame Marsenne«, Isabelle versuchte, ganz ruhig zu bleiben. »Wir müssen mit allem rechnen, auch dass diese Leute ...« Isabelle unterbrach sich kurz und sah die Mutter an. »Wir müssen davon ausgehen, dass diese Menschen zu allem entschlossen sind. Wirklich zu allem.«

Für einen kurzen Augenblick standen sich die beiden Frauen schweigend gegenüber, und Isabelle sah, dass Julie weinte. Sie reichte ihr ein Taschentuch

»Ich will die beiden doch nur wiederhaben. Nur gesund wiederhaben. Finden Sie sie, bitte«, sagte die Mutter.

»Das werden wir auch. Daran müssen Sie, bei allem, was Sie von jetzt an tun, fest glauben. Versprochen?« Julie Marsenne nickte, und Isabelle fragte sich in dem Moment, ob sie der verstörten Mutter nicht schon wieder zu viel versprach. »Denken Sie daran, diese Leute wollen Geld. Das bedeutet: Sie werden auf die Kinder gut aufpassen, damit ihnen nichts geschieht.«

»Wir werden zahlen, auf jeden Fall.« Julie trank noch einen Schluck aus ihrem Glas.

»Wie kommst du darauf, dass wir zahlen werden?« Roger Marsenne war vom Garten hereingekommen und mischte sich in das Gespräch ein. »Wir werden selbstverständlich mit der Polizei zusammenarbeiten. Und bei der Übergabe erwischen Sie sie. So machen Sie das doch bei der Polizei?«

»Bitte? Du willst kein Lösegeld zahlen?«, fragte Madame Marsenne ihren Mann fassungslos. »Was hast du vor? Willst du das Leben unserer Kinder aufs Spiel setzen für beschissene zwei Millionen Euro?«

»Lass uns woanders reden«, raunzte der Unternehmer seine Frau an.

Julie erhob sich, schwankte kurz, und das Ehepaar verschwand aus dem Zimmer.

Leon wäre schon längst gegangen, aber er hatte das Gefühl, dass er Isabelle in dieser Situation nicht allein lassen konnte. Er spürte, wie sehr ihr die Entführung der beiden Kinder zusetzte, und er wusste, warum. Es war die Erinnerung an die Geiselnahme, die ihre Tochter vor einigen Jahren fast das Leben gekostet hatte, die sie jetzt plötzlich wieder einholte.

Leon ging geräuschlos in die Küche, um sich noch ein Glas Wasser einzuschenken. Für einen Moment fragte er sich, ob irgendwo ein Fernseher zu laut lief, dann begriff er, dass die Stimmen von der Treppe zum Keller kamen. Es waren Julie und Roger Marsenne, die da stritten.

»Kannst du mir vielleicht auch sagen, woher ich zwei Millionen nehmen soll?«

»Treib es irgendwo auf. Nimm es aus der Firma.

»Das haben wir nicht, verstehst du?

»Sind dir deine Kinder nicht mal so viel wert?«

»Das habe ich nicht gesagt, verdammt«, fluchte Monsieur Marsenne.

Für einen Augenblick überlegte Leon, ob er sich diskret zurückziehen sollte. Er kam sich vor wie ein Spanner. Hier stritt sich ein Ehepaar um privateste Familienangelegenheiten, und die gingen ihn wirklich nichts an. Aber irgendetwas zwang ihn hierzubleiben. Er spürte, dass die Marsennes der Polizei nicht alles erzählt hatten.

»Doch, genau so seid ihr.« Jetzt sprach purer Zorn aus Julie Marsennes Stimme. »Die Marsennes sind Erbsenzähler. Das seid ihr immer gewesen.«

»Halt den Mund, verdammt noch mal«, sagte der Mann.

»Ach ja, wo ist denn das ganze Geld? Du hast nichts mehr, so sieht es doch aus.«

»Wir werden an das Geld kommen, das mir zusteht«, widersprach Marsenne zornig.

»Ich werde mit dem Anwalt reden«, sagte Julie.

»Du ...?«, sagte Roger.

»Sieh mich nicht so an«, sagte sie. »Wer hat denn auf den Treuhandfonds für die Kinder bestanden? Das waren deine Eltern.«

«Und weißt du auch, warum?«, fragte Marsenne seine Frau. »Weil sie dir nicht zugetraut haben, dass du das Geld zusammenhalten kannst.«

»Du denkst, du könntest dich mal wieder so durchschummeln«, schoss sie zurück. »Diese Leute haben eine klare Forderung gestellt, und wir werden sie erfüllen.«

»Du hast doch gar keine Ahnung, wie so ein Deal läuft.« Rogers Stimme klang merkwürdig gleichgültig.

»Ich will nur eines«, jetzt klang sie müde und traurig. »Ich will unsere Kinder wiedersehen. Dafür bin ich bereit, alles zu tun.«

»Du bist so was von naiv«, sagte er, als wäre die Übergabe das Letzte, was er ihr zutrauen würde.

Das Gespräch erstarb, und Leon hörte die beiden die Stufen der Kellertreppe heraufkommen. Er tat schnell einen Schritt zurück in die Küche und schenkte sich einen Eistee nach.

13. Kapitel

Wenn in diesem Moment einer der Polizisten vor der Villa zum Hügelkamm hinaufgesehen hätte, dort wo der Garten endete und der Nationalpark begann, hätte er es vielleicht bemerkt. Vor dem kalten Licht des Vollmondes durch den Schatten der Bäume geschützt, stand jemand, der die Villa genau beobachtete, der sich auskannte und sich bis dicht an den von Wildschweinen niedergetrampelten Zaun geschlichen hatte und nun im olivfarbenen Parka von den blassen Farben der Nacht nicht mehr zu unterscheiden war. Eine Person, die sich unsichtbar gemacht hatte, das mit Tarnfarben bemalte Gesicht unter einer Kapuze verborgen.

Die schwarzen Joggingschuhe mit der weichen Sohle waren zum Anpirschen auf der Jagd gedacht, das Handy in der Tasche war abgeschaltet. Das hochwertige Fernglas der Firma Steiner hatte speziell getöntes Glas, mit dem man auch noch im Mondlicht die Umgebung gut beobachten konnte. Aber jemand hatte beim Vorbereiten dieses perfekten Beobachtungspunktes noch weiter gedacht und die trockenen Äste an den Büschen und Bäumen abgeschnitten. Jemand wollte sich nicht durch das Knacken eines brechenden Astes verraten, sondern hier oben, hinter den Zweigen eines blühenden Ginsters und beschattet von den Blättern einer wilden Kastanie, in aller Ruhe die Villa beobachten. Der Plan war perfekt. Oder beinahe perfekt.

14. Kapitel

Die Sonne war gegen vier Uhr dreißig aufgegangen, was ungefähr die Zeit gewesen war, als Leon und Isabelle von ihrer langen Nacht in der Villa der Marsennes zurück nach Hause gekommen waren. Sie hatten kein Wort mehr über den Abend verloren, sondern waren erschöpft zu Bett gegangen und sofort eingeschlafen. Das heißt, Leon schlief sofort ein, während Isabelle wach neben ihm gelegen hatte, während die Ereignisse der letzten vierundzwanzig Stunden ständig neue Erinnerungen in ihr aufwühlten. Sie hatten umsonst auf eine neue Nachricht der Entführer gehofft. Die Kinder blieben verschwunden.

Als Leon nur wenige Stunden später gegen sieben Uhr erwachte und die Hand nach Isabelle ausstreckte, war sie längst wieder auf den Beinen. Das Haus war ruhig, und nur aus der Küche hörte Leon Geräusche. Er genehmigte sich eine kurze heiße Dusche, und zehn Minuten später kam er in die Küche, in der Isabelle vor dem Herd stand und Rührei mit Schinken und frischen Honigtomaten machte.

»Du hast es gut«, sagte Leon. Isabelle drehte sich um und sah ihn kritisch an. »Außer deinem Job hast du noch ein Talent: Du machst die besten Rühreier der Provence.«

»Alter Schmeichler. Du musst ja ziemlich hungrig sein«, meinte sie und gab ihm einen kleinen Boxer auf den Arm.

»Nein, das ist die Wahrheit«, sagte Leon, »wenn du mal irgendwann die Nase voll hast von der Gendarmerie, kannst du immer noch ein Lokal aufmachen.«

»Ein Rührei-Bistro?«

»Warum denn nicht«, Leon wollte ihr den Arm um die Schulter legen, aber sie drehte sich aus der Umarmung heraus.

»Ich habe seit vierundzwanzig Stunden nicht geduscht«, sagte sie.

Er schnüffelte an ihrem Nacken.

»Hmmm, ich rieche Jasmin, dazu Lavendel und einen Hauch von Rosmarin.«

»Hast du mit Lilou gesprochen?«, blockte sie seinen Flirtversuch ab.

»Ja«, sagte Leon und korrigierte sich sofort, »das heißt eigentlich nein. Also nicht so richtig.«

»Du wolltest die Sache lieber mir überlassen. Stimmt's?«, Isabelle hatte zwei rohe Eier in ein Porzellanschälchen geschlagen und reichte sie zusammen mit einer Gabel an Leon weiter.

»Lilou ist achtzehn Jahre alt und beginnt ihr Medizinstudium an der renommiertesten Universität Südfrankreichs.« Leon klapperte mit der Gabel die Eier schaumig. »Wenn ich da an meine Studienzeit denke ... Nach dem Abitur wollte ich nichts dringender als weg von zu Hause.«

»Sie ist noch so jung«, seufzte Isabelle und sah Leon mit besorgtem Blick an. »Fast noch ein Kind.«

»Nein, sie ist eine junge Frau«, korrigierte Leon. »Natürlich will sie lieber eine eigene Wohnung.«

»Im Studentenwohnheim ist es doch auch schön«, sagte Isabelle.

»Das ist ein Unterschied wie zwischen Jugendherberge und

Grandhotel«, widersprach Leon. »Ist doch klar, dass sie eine kleine Wohnung will. Sie möchte unabhängig sein, erwachsen.«

»Im Studentenwohnheim kann sie auch erwachsen sein.«

»Ich hab keine Lust auf so ein blödes Studentenheim.« Lilou kam in die Küche geschlendert, die Kopfhörer um den Hals gehängt. Sie trug eine abgeschnittene Jeans und darüber ihr weißes Lieblingsshirt mit dem Aufdruck »Save the animals«.

»Morgen, Schatz«, sagte Isabelle. »Magst du nicht mal wieder ein Kleid anziehen?«, fügte sie hinzu, obwohl sie wusste, dass dieser Vorschlag auf taube Ohren stoßen würde.

Lilou verzog gequält das Gesicht. »Soll ich vielleicht so rumlaufen wie diese Strandschnepfen aus Saint-Tropez?« Lilou legte ihre Hand aufs Herz, sah zu ihrer Mutter und klimperte mit den Wimpern.

Leon musste lächeln, als er Lilou ansah. Er war zwar nicht ihr leiblicher Vater, aber über die Jahre, die er mit den beiden zusammenlebte, war ihm Lilou wie die eigene Tochter ans Herz gewachsen.

Er genoss es, wenn sie gelegentlich alle zusammen zum Essen gingen und Lilou ihn als »mein Vater« vorstellte. In Leons Augen war Lilou die perfekte Mischung aus frech und klug. Genau so eine Tochter, wie er sie sich immer gewünscht hätte. Aber seine Frau hatte keine Kinder bekommen können. Und nach ihrem Tod ... Er atmete tief ein.

»Stöhnst du?«

»Ich stöhne nie«, sagte Leon.

»Natürlich stöhnst du. Alte Männer stöhnen.«

»Okay, vielleicht ein bisschen«, sagte Leon, »alte Männer müssen manchmal stöhnen.«

»Jetzt willst du nur hören, dass du jung geblieben bist – verglichen mit all den anderen Kerlen da draußen.«

»Ich bin jung geblieben. Das ist die Wahrheit.« Leon sah die beiden Frauen an.

»Einigen wir uns auf ordentlichen Durchschnitt«, meinte Isabelle.

»Ihr seid gestern spät gekommen. Wir wollten doch zusammen abendessen?« Lilou sah ihre Mutter an.

»Du hast recht. Tut mir leid«, sagte Isabelle. »Es gibt im Moment einfach zu viel zu tun in dem neuen Fall.«

Im Hintergrund liefen die Nachrichten im Fernsehen. Die Sendung eröffnete mit einem Beitrag über die verschwundenen Kinder der Familie Marsenne.

»Sind sie tot?«, fragte Lilou.

Isabelle und Leon wechselten einen schnellen Blick.

»Du weißt, dass wir über laufende Fälle nicht sprechen dürfen«, sagte Leon.

»Ich weiß«, sagte Lilou, »aber irgendwie kommt mir der Vater merkwürdig vor.«

»Merkwürdig? Was meinst du?«

»Du hast das Interview doch auch gesehen. Als würde es ihn alles nichts angehen. Die ganze Geschichte. Als ob da über Kinder von jemand ganz anderem gesprochen würde.«

»Gute Diagnose, Frau Doktor«, sagte Leon, »das ist mir auch aufgefallen.«

15. Kapitel

Es war erst sieben Uhr in der Früh, aber draußen vor der Tür der Gendarmerie in der Avenue André del Monte parkte bereits der Übertragungswagen von Canal 6 und sorgte für einen kleinen Stau. Lieutenant Kadir hatte schon zweimal Beamte nach draußen geschickt, um die Presse zu vertreiben, vergeblich. Erst als er mit dem Abschleppwagen drohte, war der Fahrer bereit gewesen, die mobile Sendestation einen halben Block zurückzuziehen und damit die Straße wieder freizugeben.

Die meisten der anwesenden Männer und Frauen der Polizeiabteilungen hatten kaum geschlafen. Es herrschte Unruhe, Anspannung lag in der Luft. Die Kinder waren mittlerweile seit vierundzwanzig Stunden verschwunden.

Isabelle drängte sich durch den Gang zu ihrem Büro durch und musste dabei ein paar Feuerwehrmänner zur Seite bitten, um ihre Tür zu erreichen.

»Capitaine, ich muss dringend mit Ihnen sprechen«, hörte sie da plötzlich eine Frauenstimme, die ihr bekannt vorkam. Jemand zupfte am Ärmel ihrer Uniformjacke. Isabelle drehte sich um und erkannte die Besucherin. Pilar Stoijak, die alle nur Pilar nannten. Pilar war kleinwüchsig und hatte ein undefinierbares Alter. Bei oberflächlichem Hinsehen hätte man sie für Mitte dreißig halten können, aber bei genauerer Betrachtung konnte sie genauso gut bereits die sechzig überschritten haben. Pilar behauptete, aus einer Sintifamilie in der Nähe von Les Saintes-Maries-de-la-Mer zu stammen. Aber wirklich überprüft hatte das noch nie jemand. Pilar tauchte regelmäßig bei der Polizei auf, wenn nach vermissten Personen gesucht wurde. Sie behauptete jedes Mal, das Zweite Gesicht zu haben und außerdem Zugang zu einer Welt, die den normalen Sterblichen, allen voran den Damen und Herren der Gendarmerie, verschlossen wäre.

Das war, fragte man Isabelle, natürlich Humbug, und der Beamte am Eingang hätte sie eigentlich gar nicht erst reinlassen dürfen. Ganz besonders an einem hektischen Tag wie diesem. Aber Pilar besaß einen starken Fürsprecher bei der Polizei: Zerna persönlich hatte sie ins Herz geschlossen, was daran lag, dass sie vor Jahren seinen Ehering, ein altes Erbstück aus der Familie seiner Frau, wiedergefunden hatte.

Das kostbare Stück war über einen Monat verschwunden geblieben, und Zernas Frau verdächtigte ihren Mann, dass er den Ring abgezogen und verloren hatte, um sich einer neuen Liebschaft als unverheirateter Mann präsentieren zu können.

Jedenfalls lag der Ring Pilar zufolge am Strand von Lavandou, und ihn dort wiederzufinden, grenzte an Zauberei. Aber Pilar hatte dem Polizeichef den Ring eines Morgens einfach auf den Schreibtisch gelegt. Seitdem stand sie unter seinem besonderen Schutz.

»Ich weiß, wie wir sie finden«, sagte Pilar nun zu Isabelle und stellte sich in die Tür von Isabelles Büro.

»Wen meinen Sie?«, gab sich Isabelle ahnungslos, in der Hoffnung, die Besucherin schnell wieder loszuwerden.

»Na, die Kinder«, sagte Pilar. »Ich kann es auspendeln. Ich brauche nur eine Landkarte und ein Foto von den beiden. Dann finde ich sie.«

»Bitte nicht«, murmelte Isabelle und hob abwehrend die Hände.

»Sie wissen, dass ich das kann«, sagte Pilar trotzig.

In diesem Moment kam ein Polizist, um Isabelle einige Ausdrucke zu überreichen.

»Die Berichte der vergangenen Nacht«, sagte der Lieutenant.

»Und?«, fragte Isabelle. Sie sah die Berichte nicht weiter an.

Der Beamte schüttelte den Kopf.

»Ich sag's doch«, meldete sich Pilar. »Ich kann sie finden, jetzt gleich.«

Isabelle legte ihre Hand auf Pilars Arm und sah den Polizisten an. »Würden Sie sich bitte um Madame Pilar kümmern?«, forderte sie den Polizisten auf. »Sie hat vielleicht eine Zeugenaussage für uns.«

»Aber … aber ich muss zum Briefing«, sagte der Polizist, bemüht, die Wahrsagerin so schnell wie möglich wieder loszuwerden.

»Vielen Dank, Lieutenant!« Isabelle wies mit einer freundlichen, aber bestimmten Geste den Gang hinunter. Nach einem letzten vorwurfsvollen Blick auf Isabelle verschwand der Beamte mit der Wahrsagerin, und Isabelle betrat ihr Büro und schloss die Tür hinter sich.

Sie hatte es nicht mal geschafft, ihr ohne Unterlass klingelndes Telefon abzuheben, als es klopfte und sich die Tür erneut öffnete. Porez, der Gärtner der Marsennes, drängte sich in den Raum, gefolgt von einem verärgerten Lieutenant Kadir.

»Ich habe ihm gesagt, dass er einen Termin machen muss, wenn er mit Ihnen sprechen will«, sagte Kadir. »Er wollte uns keine DNA-Probe geben.«

»Ich muss Ihnen keine DNA-Probe geben«, sagte Porez trotzig. »Nicht solange ich kein Verdächtiger bin.«

»Lassen Sie uns bitte einen Moment allein, Lieutenant«, sagte Isabelle, und Kadir verließ das Büro.

»Ich kenne meine Rechte.« Porez sagte das wie ein störrisches Kind.

»Sie wollen uns also nicht helfen, die Kinder zu finden?«, provozierte Isabelle.

»Das habe ich so nie gesagt.«

Isabelle hatte sich mittlerweile auf ihren Stuhl gesetzt und sah scheinbar uninteressiert in den Hinterhof der Polizeiwache hinaus, wo unter einer Persenning Zernas Motorboot auf einem Trailer stand.

Isabelle unterdrückte den Ärger über den Gärtner. Sie kannte das schon: Bei jedem größeren Fall bekam man es irgendwann mit Querulanten zu tun. Miesepetern, die der Polizei Schwierigkeiten machen wollten. So etwas gab es natürlich auch unter Zeuginnen, wobei die klassischen Querulanten eher unter den Männern zu finden waren. Meistens handelte es sich um einsame Menschen mit deutlich angeknackstem Selbstbewusstsein, die ein perverses Vergnügen an dieser kleinen Machtdemonstration fanden. Isabelle hatte mit den Jahren gelernt, sich nicht provozieren zu lassen. Es ging nicht darum, wer im Recht war, es ging einzig und allein darum, die Ermittlungen voranzutreiben. Und zwar so schnell wie möglich. Ganz besonders in einem Fall wie diesem, bei dem das Leben von zwei kleinen Kindern auf dem Spiel stand.

Isabelle drehte sich zu ihrem Besucher um und sah ihm in die Augen.

»Ich brauche Ihre Hilfe, Monsieur Porez«, sagte Isabelle in einem Ton, als würde jetzt alles ausschließlich von Porez abhängen.

»Als Zeuge hat man schließlich auch Rechte«, versuchte es der Gärtner noch einmal.

»Natürlich, da haben Sie völlig recht, Monsieur«, sagte Isabelle. »Deshalb bitte ich Sie ja auch um Ihre Hilfe. Es gibt ja auch nichts, was man Ihnen zur Last legt. Es geht hier nur darum, Sie als Täter auszuschließen. Aber Sie könnten uns natürlich sehr helfen bei der Spurensuche.«

»Ich weiß nichts«, murmelte Porez bockig.

»Natürlich nicht. Und wenn wir von vornherein alle Unverdächtigen aussortieren, könnten wir dem Labor und auch dem Steuerzahler eine Menge Zeit und Geld sparen.«

»Ich mag die Kinder«, sagte Porez schließlich und sah Isabelle an. »Echt, die beiden können einem leidtun.«

»Wie meinen Sie das?«

»Um die kümmert sich doch keiner«, führte der Gärtner aus. »Monsieur Marsenne sitzt den ganzen Tag im Labor, und Madame trifft sich mit ihren Freundinnen oder was weiß ich, was sie macht. Immer unterwegs. Aber das haben Sie nicht von mir.«

»Sie meinen, die Kinder sind häufig allein zu Hause?«, überging Isabelle die letzte Bemerkung.

»Nein, natürlich nicht. Es ist schon immer jemand da. Aber sie sind einsam. Machen nicht das, was Kinder in dem Alter sonst so tun.«

»Was tun denn Kinder in dem Alter?«, fragte Isabelle.

»Spaß haben, Streiche machen, Abenteuer erleben, alles, was verboten ist.« Porez lächelte zum ersten Mal, seit er Isabelles Büro betreten hatte. »Lucas hat mir mal erzählt, dass er noch nie beim Angeln war – zu gefährlich. Können Sie sich so was vorstellen? Wohnt am Meer und hat noch nie geangelt. Mein Großvater hat mich zum ersten Mal zum Angeln mitgenommen, da war ich noch nicht mal vier Jahre alt.«

»Sie müssen einen tollen Großvater gehabt haben«, sagte Isabelle freundlich.

»Er war großartig. Ist am Scheißkrebs gestorben. Hautkrebs,

hatte sein halbes Leben auf dem Kutter verbracht. Langusten und so ein Zeug.«

Isabelles Telefon auf dem Schreibtisch läutete, sie nahm ab.

»Morell«, meldete sie sich. »Ja, bin gleich da.« Isabelle legte den Hörer auf die Gabel und stand auf. »Ich muss zur Lagebesprechung. Kommen Sie, Monsieur Porez. Ich bring Sie nach hinten zur Bereitschaft. Der Test dauert wirklich nur ein paar Sekunden. Da wird nur mit einem Wattetupfer ...«

»Ja, ja, ich weiß, wie das geht«, unterbrach Porez sie, aber er widersprach nicht und folgte Isabelle.

16. Kapitel

Das Morgenbriefing war wenig ermutigend. Die Leiter der einzelnen Abteilungen beschrieben kurz die Ergebnisse ihrer Ermittlungen. Aber es gab nach wie vor nicht viel zu berichten. Die Straßensperren mit den Fahrzeugkontrollen hatten mehrere Betrunkene, ein gestohlenes Fahrzeug und einen Kofferraum voller gefälschter Markenklamotten ans Tageslicht befördert. Die Delinquenten erhielten alle eine Anzeige, wurden aber wegen Geringfügigkeit beziehungsweise gegen Kautionszusicherung entlassen. Nur der Autodieb hatte die Nacht in U-Haft verbracht. Doch auch er durfte am frühen Morgen gehen, weil er nachweisen konnte, dass er das Auto nur für einen Bekannten nach Nizza fahren sollte. Mit dem Diebstahl selbst hatte er nichts zu tun.

Unter den Polizisten hatte sich düstere Stimmung und ein Gefühl der Ohnmacht breitgemacht. Es gab keine vernünftigen Spuren, und niemand hatte irgendetwas Verwertbares entdeckt. Dabei hatten sich die Beamten reichlich Mühe gegeben. Jeder noch so banalen Spur wurde nachgegangen. Die Beamten befragten ununterbrochen Zeugen, werteten Aussagen aus oder durchsuchten leer stehende Gebäude in und um Lavandou. In der Kantine des Präsidiums war der Kaffeeautomat im Dauereinsatz. Gerüchte machten die Runde in den Polizeibüros. Beamte standen in den Gängen und sprachen in gedämpftem Ton über die neuesten Entwicklungen. Wenn irgendwo ein Telefon summte, spitzten die Frauen und Männer der Gendarmerie die Ohren. Alle erhofften und fürchteten gleichzeitig den einen erlösenden Telefonanruf. Den Anruf, der die Nachricht brachte, dass die Kinder lebend gefunden worden seien, oder aber den Anruf, der das Gegenteil verkünden würde. Die hässliche, schreckliche Botschaft, die keiner sich an diesem Morgen vorzustellen wagte.

Die Gendarmerie hatte versucht, das Umfeld der Eltern präzise auszuloten: Wer immer die Kinder mitgenommen hatte, musste sich über die Gewohnheiten der Familie genau informiert haben. Die Täter wussten offenbar, wann Roger Marsenne außer Haus war, wann der Gärtner kam, sogar wann die Nanny ihren freien Tag hatte – so genau, wie sie den Moment abgestimmt hatten, um die Kinder zu entführen, schien das auf der Hand zu liegen.

Isabelle und ihre Abteilung hatten mehrere Dutzend vermeintliche Zeugen vernommen, die in Wirklichkeit alle nichts zu sagen hatten. Immerhin hatten die Beamten selbst inzwischen eine recht genaue Vorstellung vom Leben der Marsennes. Es zeigte sich, dass, obgleich Roger Marsenne eine erfolgreiche und bekannte Firma führte, er sich aus dem gesellschaftlichen Leben, so gut es ging, heraushielt. Für die sozialen Kontakte war seine Frau zuständig wie bei so vielen Ehepaaren.

Inzwischen hatte Isabelle die genauen Ereignisse des Entführungsmorgens rekonstruiert. Eine Zeugin hatte den Peugeot-Minivan der Marsennes gesehen, als Julie ihn vor dem Supermarkt abgestellt hatte. Und es gab weitere Kundinnen, die sich genau zu erinnern glaubten, wo der Wagen auf dem Parkplatz gestanden hatte. Eine andere Zeugin wusste, dass Lucas und Louisa über das Autoradio laut Kinderlieder hörten, nachdem Madame Marsenne das Auto abgestellt hatte. Daraufhin sei Madame Marsenne noch einmal zu dem offenen Autofenster gegangen und habe die Kinder aufgefordert, die Musik leiser zu drehen, was sie angeblich auch brav gemacht hatten. In den nächsten zehn Minuten wurde nichts beobachtet, bis die Überwachungskameras Bilder einer verzweifelten Julie Marsenne aufgezeichnet hatten, die über das Gelände irrte und nach ihren Kindern rief. Nur wenige Minuten später stoppte bereits der Streifenwagen auf dem Parkplatz.

Aber ein verdächtiges Auto oder gar eine Entführung hatte niemand beobachtet. Auch das hatte jedoch nichts zu bedeuten, denn der Parkplatz des Supermarktes war um diese Zeit bereits gut besucht. Niemanden interessierte der Minivan, der halb hinter der Oleanderhecke verborgen war, an einer Stelle, die von den Überwachungskameras nicht eingesehen werden konnte.

Isabelle hatte sich die Zeugenprotokolle noch einmal durchgelesen, und auch die Aussagen von Julie Marsenne selbst war sie noch mal durchgegangen: Es war ein ganz normaler Vormittag für Madame Marsenne und ihre Kinder gewesen. Die Mutter war zeitig aufgestanden und hatte Lucas und Louisa an diesem Morgen allein versorgt. Die *nounou*, das Kindermädchen, hatte sich den Tag freigenommen, um eine kranke Freundin in Collobrières zu besuchen. Der Vater hatte in seinem Zweizimmerapartment in Toulon übernachtet. Also hatte Julie an diesem Vormittag selbst ein paar Dinge für die Kinder eingepackt, außer den üblichen Dingen auch Schminkutensilien, weil die Leiterin der Kita sich in den Kopf gesetzt hatte, mit den Kindern ein kleines Theaterspiel aufzuführen. Dazu freilich waren Lucas und Louisa nie gekommen.

Neben den Routineuntersuchungen hatten Isabelle und ihre Lieutenants Masclau und Kadir aber weitere Ermittlungen eingeleitet, über die sie nicht sprachen. Weder vor den Eltern noch vor den Journalisten – vor denen schon gar nicht. Isabelle und ihr

Team hatten auch die Adressen abgeklappert, an denen aus der Haft entlassene ehemalige Straftäter wohnten, deren pädophile Neigungen polizeibekannt waren. »Nur um auf Nummer sicher zu gehen«, hatte Isabelle dem Polizeichef gesagt. Aber auch diese Befragungen blieben ergebnislos.

In allen TV- und Radiostationen war die Nachricht von den verschwundenen Kindern der Aufmacher. Die Reporter interviewten so ziemlich jeden Einwohner von Lavandou, der ihnen vor die Kamera kam. Gerüchte verbreiteten sich in Windeseile. Fantastische Lösegeldforderungen der Entführer waren Gesprächsstoff. Theorien von Entführerbanden aus Nordafrika machten die Runde. Von heimlichen Märkten im Darknet, auf denen angeblich kleine Kinder verkauft wurden – ganz besonders blonde. Es war unmöglich, diese Spekulationen im Keim zu ersticken, solange sie die Sensationsgier der Menschen nicht mit echten Fakten befriedigen konnten.

In der Gerüchteküche brodelte es immer wilder, obwohl Zerna seinen Leuten immer wieder eingeschärft hatte, darauf zu achten, dass nicht die kleinste Information nach draußen drang.

Trotz der Storys in den Medien und obwohl es bereits am zweiten Tag so gut wie keinen TV-Zuschauer gab, der nicht das Foto der Kinder gesehen hatte, wurden immer wieder Fehlalarme ausgelöst, sowohl bei der Gendarmerie als auch bei der Police municipale, die für den Verkehr zuständig war. Irgendwo hatte ständig jemand irgendwas gesehen. Aber wenn der Zeuge dann von Beamten auf der Wache befragt wurde, entpuppte sich die Beobachtung in der Regel als Hörensagen.

Besonders die Gerüchte um einen Zusammenhang mit den »Strandmädchen« hielten sich entgegen aller Dementi. Zumal ein Journalist erfahren hatte, dass sich die italienische Polizei bei der Gendarmerie in Lavandou gemeldet hatte. Aber Isabelle konnte auch für die Kollegen in San Remo keine Ausnahme machen: Es gab keine Parallelen zum Fall der Strandmädchen. Sobald neue Erkenntnisse vorlägen, würde man die Kollegen in Italien informieren, versprach sie.

Inzwischen waren seit der Entführung mehr als dreißig Stunden vergangen, und allen war schmerzlich bewusst, dass die Zeit gegen sie spielte.

17. Kapitel

Die Route départementale D 12 schlängelte sich den schmalen Fluss Réal Martin entlang in Richtung Norden. Dabei führte die Strecke durch Weinberge und schier endlose Plantagen knorriger Olivenbäume, die der Stärke ihrer Stämme nach zu urteilen, schon seit über hundert Jahren hier wuchsen.

Julie Marsenne saß verkrampft hinter dem Steuer ihres roten Minis und hatte keinen Blick für die Schönheit der provenzalischen Landschaft. Sie hatten sich mit Isabelle abgestimmt, doch ihr Unwohlsein blieb. Ein Beamter in Zivil war ständig im Haus. Julie hatte ein ungutes Gefühl dabei, ihr Haus zu verlassen, aber die Lage würde sich auch nicht verbessern, wenn sie sich weiter einschloss. Sie dachte immer wieder an die Kinder. Es waren diese Bilder, die sie nicht mehr aus dem Kopf bekam. Das Geld würde alles lösen, dachte sie. Egal, was ihr Mann davon hielt. Sie würde das Geld beschaffen.

Ursprünglich wollte sie mit Roger gemeinsam zu dem Notar der Familie Marsenne nach Pierrefeu-du-Var fahren. Nach einigem Hin und Her hatte sich Roger im letzten Moment aber anders entschieden. Wie so oft, wenn irgendetwas dringend erledigt werden musste, das eine Entscheidung erforderte. Er würde rechtzeitig beim Notar eintreffen, das hatte er ihr immerhin zugesagt.

Roger war ein Pedant. Das war Julie zu Anfang ihrer Beziehung noch nicht so sehr aufgefallen, vielleicht hatte sie sich auch eingeredet, diese Schwäche würde von selbst vergehen – wer wusste das schon. Doch das Gegenteil war der Fall gewesen: Mit den Jahren wurde die Pedanterie ihres Mannes immer stärker und schlug gelegentlich sogar in Aggression um. Obwohl sie sich alle Mühe gab und selbst die Kinder verstanden, dass ihr Vater Unordnung nicht duldete, war er häufig unnahbar oder wurde laut. Trotzdem gab es immer wieder Tage, an denen sich Roger als freundlicher zugewandter Vater gab, aber diese Momente waren in letzter Zeit immer seltener geworden. Er benahm sich gelegentlich, als würde er in einer anderen Welt leben. Dann stutzte er die Rhododendronhecke mit der Nagelschere oder zog sich in sein Büro in Toulon zurück und blieb dort auch über Nacht. Früher war es ihr gelungen, die Marotten ihres Mannes zu ignorieren. Inzwischen war sie sich sicher, dass sich ihr Mann nicht mehr ändern würde. Aber daraus würde sie erst Konsequenzen ziehen, wenn dieser Albtraum vorüber wäre.

Roger war hochbegabt, ein Mathematik-Freak, das hatte sie immer gewusst und sich davon beeindrucken lassen – aber zusammenleben? Sie konnte schon lange keine wirkliche Verbindung mehr zu ihm aufbauen.

Roger und sie waren zunächst kinderlos gewesen. Roger lebte in seiner Welt und sie in ihrer. Dass sie trotz alldem eines Tages zusammen mit Roger ein Baby adoptiert hatte, war letztlich nur auf Druck ihrer Schwiegermutter geschehen, die bei dem kleinen Lucas ganz in ihrer Rolle als überengagierte Großmutter aufgehen konnte. Niemand hatte damit gerechnet, doch vor vier Jahren war Julie dann doch noch schwanger geworden – und Louisa wurde geboren.

Ihre Schwiegereltern hatten Julie nie als echtes Mitglied der

Familie Marsenne betrachtet, und das hatten sie Julie auch immer wieder spüren lassen. Für die alten Marsennes war Julie immer die kleine Assistentin aus dem Büro ihres Sohnes geblieben. Eine hübsche junge Frau, aber in den Augen der Schwiegereltern eben doch nur ein Vorstadtmädchen aus kleinen Verhältnissen. Viel zu blass und gesellschaftlich unerfahren, um Roger Marsenne zur Seite zu stehen, der das Labor seines Vaters mit vierzig Mitarbeitern eines Tages ganz allein führen würde.

Von den Problemen, die Julie mit Roger hatte, hatten die beiden natürlich gewusst. Schließlich war das kaum zu übersehen gewesen. Die Schwiegereltern waren daher stets überzeugt gewesen, dass die junge Frau es in Wirklichkeit nur auf das Geld der Familie abgesehen hatte.

Blödsinn, dachte Julie verärgert, als sie an den Ausläufern des Massif des Maures vorbeifuhr, dessen Felsen in der Nachmittagssonne tiefrot leuchteten. Wer hatte denn immer auf Rogers Eigenarten Rücksicht genommen? Wer hatte auch dann zu Roger gehalten, wenn sein Vater ihn mal wieder mit Verachtung und Spott gestraft hatte?

Es musste etwa drei Jahre her sein, dass ihr Schwiegervater beschlossen hatte, seine Enkelkinder zu den alleinigen Erben eines Treuhandfonds zu machen, der über zwölf Millionen Euro schwer war. Dieser Fonds würde den Kindern ab ihrem achtzehnten Geburtstag zur Verfügung stehen. Bis dahin würde der Fonds von einem Notar verwaltet werden. Natürlich sollten diese Bedingungen erst beim Tod der Großeltern greifen, und der lag damals noch in ferner Zukunft. Bis es eines Nachts zu dem Unfall kam, bei dem das Auto Feuer fing und Monsieur und Madame Marsenne in den Flammen zu Asche verbrannten.

Seit dem Unfall hatte sich Roger verändert, dachte Julie. Er schien noch stärker in sich gekehrt zu sein. Zog sich noch mehr aus dem gesellschaftlichen Leben zurück. Wenn er zu Hause war, verbrachte er viel Zeit in seinem kleinen Labor im Keller. Julie sah ihn nur noch selten. Für den Fall, dass es einmal spät wurde und Roger nicht mehr die vierzig Kilometer von der Firma in Toulon zurück nach Lavandou fahren wollte, hatte er sich ein kleines Apartment in der Nähe gekauft. Bald übernachtete er jedoch öfter in seinem Apartment als zu Hause. Natürlich hatte Julie sich Gedanken gemacht, ob es vielleicht eine andere Frau im Leben ihres Mannes gab. Aber inzwischen war sie sicher, dass das nicht der Fall war. Welche Frau würde sich mit einem Mann einlassen, der mit einer Pinzette Unkraut aus seinem golfplatzkurzen Rasen zupfte?

Im Labor der Marsennes hatte es bis vor Kurzem noch einen Geschäftsführer gegeben, einen gewissen Boulay, der noch von Rogers Vater eingesetzt worden war. Der Mann hatte über mehrere Jahre hinweg große Summen Geld aus dem Labor der Marsennes unterschlagen. Roger hatte zwar einen Prozess gegen Boulay angestrengt, den er auch in allen Punkten gewonnen hatte. Aber Boulay würde die veruntreute Summe niemals an Roger Marsenne zurückzahlen können.

Julie erreichte die ersten Häuser von Pierrefeu-du-Var, dem kleinen Ort in den Hügeln. Sie bog hinter dem Ortsschild nach Osten ab. Die Straße wurde enger, und Julie Marsenne öffnete die Fenster und schaltete die Klimaanlage ab. Für einen kurzen Augenblick dachte sie an etwas anderes als an die Gesichter ihrer Kinder.

Das Haus von Maître Sebastien Duchamp lag am Ende einer Auffahrt, die durch eine Platanenallee führte. Ein repräsentatives zweistöckiges Gebäude mit Türmchen an allen vier Ecken. Die Auffahrt überblickten hohe Fenster mit schmalen dunkelgrünen Läden, die Sonne und Wind ausgebleicht hatten. An den Hausmauern wuchs dichter Efeu, und am Ende der Auffahrt gab es ein Rondell mit einem Springbrunnen, in dem ein paar fette, müde Goldfische im Kreis schwammen. Ein provenzalisches Herrenhaus aus dem vorletzten Jahrhundert, das sich nicht recht zwischen Hameau und Château entscheiden konnte, dachte Julie Marsenne. In jedem Fall war es ein eindrucksvoller Bau, und der Ausblick über die bewaldeten Hügel des Massif des Maures war atemberaubend.

Julie hatte jedoch keinen Blick für die Aussicht übrig, sie quälte in diesem Moment nur eine Frage: Würde Maître Duchamp ihnen aus dem Treuhandfonds das Lösegeld für die Kidnapper geben? Julie parkte ihren Wagen zwischen einem BMW und dem roten Tesla ihres Mannes. Bevor sie ausstieg, warf sie einen prüfenden Blick in den Spiegel. Sie sah blass aus an diesem Nachmittag. Kein Wunder. Sie hatte in den vergangenen dreißig Stunden so gut wie gar nicht geschlafen. Sie hatte die Nacht auf dem Sofa verbracht und auf das Display ihres Handys gestarrt, aber die Entführer hatten sich nicht mehr gemeldet. Nur schweren Herzens hatte sie an diesem Vormittag ihr Haus verlassen. Sie wollte unbedingt dort sein, wenn sich die Entführer wieder meldeten. Sie musste da sein. Julie zwang sich, auszusteigen und Schritt für Schritt auf das Haus zuzugehen. Roger war bereits hier, das war ein gutes Zeichen. Sie hatte befürchtet, er würde alles der Polizei überlassen wollen. Sie dagegen wollte am liebsten auf der Stelle zahlen, alles tun, was die Entführer verlangten. Allein hätte sie kaum eine Chance bei Notar Duchamp gehabt, an das Lösegeld zu kommen. Wenn sie dagegen mit Roger zusammen zu dem Anwalt ging, sah es anders aus, schließlich war Duchamp seit Jahrzehnten der Notar der Marsennes. Das musste doch für etwas zählen.

Die dunkle Eingangstür zur Villa hatte sich geöffnet, und eine gepflegte Dame mittleren Alters begrüßte Julie Marsenne. Sie trug trotz der Hitze ein Kostüm.

»Kommen Sie herein«, sagte die Frau freundlich. »Der Maître erwartet Sie bereits. Ihr Mann ist vor zehn Minuten eingetroffen«, kam sie Julies Frage zuvor.

Kurz darauf saß Julie an einem runden Besprechungstisch zwischen dem Notar und ihrem Mann. Man trank Tee, und Roger hatte vor sich einen schmalen Ordner aufgeschlagen.

Der Notar tippte auf einen Schriftsatz. »Es heißt hier ausdrücklich, dass keinerlei Auszahlungen vorab möglich sind, solange die Nutznießer des Treuhandfonds nicht das achtzehnte Lebensjahr erreicht haben.«

»Niemand konnte ahnen, dass sie eines Tages entführt würden ...«, Julie versagte für einen Moment die Stimme.

»Dieser Vertrag ist verbindlich. Keine Auszahlung, außer die wirtschaftliche Lage der Kinder macht ein Eingreifen erforderlich. Was ich als Treuhandverwalter dann prüfen und genehmigen müsste«, erwiderte der Notar umständlich.

»Die Entführer wollen zwei Millionen«, sagte Madame Marsenne. »So sieht die momentane wirtschaftliche Lage für die beiden Kinder aus. Helfen Sie den Kindern, ich bitte Sie.«

»Ich bin immer noch der Meinung, dass es richtiger wäre, die ganze Angelegenheit der Polizei zu übertragen«, meldete sich Roger Marsenne zu Wort. »Dann brauchen wir das Geld vielleicht gar nicht.«

»Hast du nicht gelesen, was diese Leute geschrieben haben?! Keine Polizei! Willst du wirklich das Leben unserer Kinder aufs Spiel setzen?«

Die Männer sahen sich an und blickten dann zu Julie. Es war still geworden. Nach ein paar Sekunden unterbrach der Notar das Schweigen.

»Ich mache Ihnen einen Vorschlag: Der Treuhandfonds leiht Ihnen das Geld in Form einer einmaligen Auslage. Sie beide schulden damit dem Fonds die Summe von zwei Millionen Euro. Wir gehen natürlich alle davon aus, dass mit der Übergabe des Lösegeldes die Entführer festgenommen werden. Damit würde dann die Lösegeldsumme zurück an den Treuhandfonds fallen, und Ihre Schulden sind gelöscht. Zinsen fallen natürlich nicht an.«

Julie Marsenne seufzte erleichtert auf. »Vielen herzlichen Dank«, sagte sie und griff dankbar nach der Hand des Notars.

»Schon gut, schon gut«, dem Notar war die Geste unangenehm. »Wollen wir alle hoffen, dass diese schreckliche Zeit für Sie möglichst schnell zu Ende ist.«

18. Kapitel

Leon lief seit dem frühen Morgen unruhig zwischen Büro und Labor hin und her. Er brannte darauf, vonseiten der Rechtsmedizin etwas zur Aufklärung des Falles Marsenne beizusteuern, obwohl Leon genau wusste, dass es da eigentlich für ihn nichts zu tun gab.

Die Arbeit des Rechtsmediziners begann schließlich immer mit einem Opfer. Mit einem Menschen, der auf die eine oder andere Weise zu Tode gekommen war. Und der Rechtsmediziner war in der Lage, die Gründe für den Tod aufzudecken. Vorgänge aufzuklären, die Stunden, Tage und manchmal sogar viele Jahre zurücklagen. Das Problem in diesem Fall war: Er hatte nichts, womit er arbeiten konnte.

Liegt hier überhaupt ein Verbrechen vor, fragte sich Leon zum hundertsten Mal. Hatte ein Überfall stattgefunden? Oder hatte jemand die Kinder aus dem Auto gelockt und war mit ihnen verschwunden? Oder hatten die Geschwister das Auto doch aus eigenem Antrieb verlassen? Die Zeugenaussagen sowie die Videoaufnahmen des Supermarktparkplatzes ließen diesen Schluss durchaus zu. Vielleicht hatten sie Lust auf ein kleines Abenteuer gehabt, oder sie waren einfach nur auf die Suche nach ihrer Mutter gegangen.

Wer kann schon wissen, was im Kopf eines Siebenjährigen

und einer Vierjährigen vorgeht?, dachte Leon. Nur in einem Punkt war er sich sicher: Niemandem von den Frauen und Männern wären im morgendlichen Einkaufstress zwei kleine Kinder aufgefallen, die auf der Suche nach ihrer Mutter waren. Das alles war vor mehr als dreißig Stunden geschehen. Gab es überhaupt noch Hoffnung, die beiden Kinder lebend zu finden?

»Das hier sind die letzten Proben«, Rybaud war, ohne anzuklopfen, in Leons Büro gekommen.

»Aus dem Van?«, fragte Leon und betrachtete stirnrunzelnd die Ausdrucke, die sein Assistent ihm auf den Schreibtisch legte.

»Die sind aus dem Auto, und das hier sind die letzten Speichelproben.« Rybaud deutete auf die entsprechenden Hefter.

»Was ist mit dieser …?« Leon blätterte durch die Papiere.

» … mit der Blutprobe?«, vervollständigte Rybaud den Gedanken seines Chefs.

Leon warf seinem Assistenten einen kurzen Blick zu und musste an etwas denken, was Isabelle einmal gesagt hatte: Leon und Rybaud seien wie ein altes Ehepaar, bei dem der eine schon immer wusste, was der Partner wollte, noch bevor der Gedanke ausgesprochen wurde. Wahrscheinlich hatte Isabelle sogar recht, dachte Leon und lächelte über sich selbst. Dabei gab es im Grunde nichts zu lächeln, wenn er an den Vormittag dachte, den er hinter sich hatte. Als er nicht weitergekommen war, hatte er das getan, was er immer tat, wenn er in einem Fall stecken blieb: Er hatte sich in seinem Büro hinter Protokollen und Berichten verbarrikadiert und war alle Unterlagen noch einmal von vorne durchgegangen. Im Zentrum seines Interesses stand diesmal – in Ermangelung eines Opfers – der Tatort. Der Ort, an dem die Kinder zum letzten Mal gesehen worden waren: der Minivan der Familie. Leon hatte kurz nach der Sicherstellung des Wagens, den Madame Marsenne nutzte, wenn sie mit den Kindern unterwegs war, mit Klebefolie Spuren aus dem Fahrzeug gesichert. Dabei war er auf eine winzig kleine Blutspur gestoßen, die Rybaud mittlerweile analysiert hatte.

Nun betrachtete Leon erneut die Spur unter dem Mikroskop der Rechtsmedizin, während Rybaud ihm über die Schulter sah.

»Könnten Sie den Zeitpunkt der Verletzung nicht wenigstens ungefähr bestimmen?«

»Bei den Temperaturen, wie sie zurzeit in Lavandou herrschen?« Leon lehnte sich vom Mikroskop zurück und sah auf den Bericht, der vor ihm auf dem Labortisch lag, bevor er achselzuckend sagte: »Stunden, Tage. Sogar eine Woche wäre möglich.«

»Immerhin haben wir inzwischen die Blutgruppe bestimmt«, sagte Rybaud trotzig und tippte auf einen der Ausdrucke, die er Leon soeben auf den Schreibtisch gelegt hatte: A Rhesusfaktor negativ. Diese Blutgruppe war relativ selten und nur bei sechs Prozent aller Franzosen zu finden. Definitiv gehörte sie aber zu keinem Mitglied der Familie Marsenne.

»Und das hier wird Sie auch interessieren«, sagte Rybaud und reichte Leon das oberste Blatt der Computerauswertung. »Stammt von einem Monsieur Porez.«

»Das ist der Gärtner der Marsennes«, murmelte Leon und nahm seinem Assistenten den Ausdruck aus der Hand.

»Blutgruppe A Rhesus negativ«, Rybaud klang zufrieden und ein bisschen stolz, so als hätte er gerade im Alleingang den Fall gelöst.

»Bleiben noch etwa acht Millionen Franzosen mit der gleichen Blutgruppe«, warf Leon nüchtern ein. »Warten wir die DNA-Probe ab. Sonst noch was?«

»Nur die Dinger von der Klebefolie.« Rybaud griff in die Tasche seines Kittels und zog ein verschlossenes Reagenzglas hervor, das er seinem Chef zeigte.

»Was ist das?«, fragte Leon.

»Ich denke, das sind Insektenlarven oder was in der Art.«

Leon nahm das Glas und drehte es in der Hand. Die Gegenstände im Glas erinnerten ihn an kleine Pinienkerne. Er zog die große Lupe an ihrem Gelenkarm zu sich herunter, schaltete die LED-Beleuchtung an und betrachtete, was ihm sein Assistent gerade gegeben hatte.

»Ameisen.« Leon sah von dem leuchtenden Vergrößerungsglas auf. »Das sind Eier von Ameisen. Schicken Sie das sofort an die Kollegen in Aix. Die sollen feststellen, um welche Art von Insekten es sich da handelt.«

19. Kapitel

Bertrand sah gut aus, wie immer, dachte Isabelle. Jeans, blau-weiß gestreiftes Hemd, das auch nach einem harten Arbeitstag noch wirkte, als hätte er es eben frisch vom Kleiderbügel genommen. Seine bloßen Füße steckten in Lederslippern. Isabelle merkte plötzlich, dass sie ihn anlächelte. Die grauen Strähnen in seinen dunklen Locken hatte er damals allerdings noch nicht gehabt, erinnerte sich Isabelle. Aber er war ein verdammt gut aussehender Mann, auch wenn oder gerade weil inzwischen fast zehn Jahre vergangen waren. Man sah Bertrand an, dass er sich fit hielt. Er war der Typ Mann, bei dem einen andere Frauen beneideten, wenn man in seiner Begleitung einen Raum betrat, dachte Isabelle. Und sie saß mit diesem Mann zusammen in einem romantischen Café, mitten in der Altstadt von Hyères, an der Place Massillon.

Bertrand lehnte sich in seinem Stuhl zurück und schenkte Isabelle ein Lächeln, strahlend wie ein Sonnenaufgang über dem Mittelmeer. Der Staatsanwalt deutete mit dem Zeigefinger auf sie. »Café au Lait, richtig?«, sagte er im Siegertonfall.

»Fast«, sagte Isabelle. »Ein Café Crème wäre jetzt das Richtige.«

Bertrand sah sie verdattert an. »Ich hätte schwören können, dass du immer Café au Lait bestellt hast.«

»Dann hättest du gerade einen Meineid geleistet«, erwiderte Isabelle.

Es war Bertrands Idee gewesen, den Job für zwei Stunden an den Nagel zu hängen. Sie hatten sich eine kleine Unterbrechung verdient, nachdem sie fast zwei Tage lang rund um die Uhr auf den Beinen gewesen waren, um nach den vermissten Kindern zu suchen. Also fuhren sie in das nur zehn Kilometer entfernte Hyères, parkten den Streifenwagen in der Tiefgarage und schlenderten dann unter den Arkaden entlang, vorbei an Dutzenden von Feinkostläden, zur Place Massillon. Jetzt saßen sie in der Brasserie Le Bon Coing. Und Isabelle fragte sich zum hundertsten Mal an diesem Nachmittag: Warum tue ich das eigentlich?

Sie lebte schließlich in einer festen Beziehung mit Leon. Natürlich war das Zusammenleben mit einem viel beschäftigten Rechtsmediziner wie Leon nicht immer einfach. Und heute, nach inzwischen fast acht Jahren des Zusammenlebens, meldeten sich auch die Schmetterlinge im Bauch seltener, leider. Das Leben mit Leon war schön, keine Frage, aber es hatten sich auch Routinen eingeschlichen. Etwa bei der Arbeit. Leon blieb oft bis spät in die Nacht im Obduktionssaal. Gelegentlich wartete sie dann vergeblich mit einem kühlen Rosé oder einem heißen Tee – je nach Jahreszeit – auf ihrer Terrasse. Und wenn er doch kam, redete er nicht gerne über seine Arbeit.

Die Rechtsmedizin konnte ein belastender Job sein. Und Leon achtete darauf, dass er keine allzu drastischen Einzelheiten aus seinen Untersuchungen erzählte. Obgleich Isabelle merkte, dass es ihm gelegentlich auf der Seele brannte, genau das zu tun.

Dabei hatte Isabelle ebenfalls einen anstrengenden Job, der sie forderte, und sie hatte noch eine Tochter großgezogen. Leon unterstützte Isabelle natürlich. Er kümmerte sich rührend um Lilou, wenn er auch in Erziehungsfragen deutlich liberaler war als Isabelle.

Was soll das also, fragte sich Isabelle. Warum machte sie sich plötzlich Gedanken über ihre Beziehung, anstatt die kurze Pause in dem gemütlichen Café zu genießen? Hatte sie etwa ein schlechtes Gewissen?

Der kleine Abstecher nach Hyères, der Kaffee auf der Terrasse, was war schon dabei? Ein netter Gedankenaustausch unter Kollegen. Wenn man mal davon absah, dass diese beiden Kollegen einmal eine Beziehung gehabt hatten, korrigierte sich Isabelle selbstkritisch. Und nicht nur das, sie hatten damals sogar eine gemeinsame Zukunft geplant.

Kennengelernt hatte Isabelle ihren Kollegen auf einem Seminar in der Polizeiakademie von Marseille. An das Thema des Seminars erinnerte sich Isabelle noch genau: Analyse und Methoden der modernen Spurensuche in Mordfällen.

Isabelle und Bertrand waren sich schnell nähergekommen und hatten fast ein Jahr zusammen verbracht. Allerdings sahen sie sich nur sporadisch, das musste sie zugeben. Bertrand hatte Jura studiert und bewarb sich erfolgreich bei der Staatsanwaltschaft in Tour. Anfangs sah Isabelle ihren Freund wenigstens an den Wochenenden, aber dann wurden Bertrands Besuche immer seltener, und irgendwann war es ganz vorbei. Sie hatten sich noch einmal kurz in Marseille getroffen, zu einem gemeinsamen Mittagessen.

Danach hatte sie nichts mehr von Bertrand gehört. Er antwortete nicht auf ihre Mails, und er ging auch nicht ans Telefon. Eine Kollegin hatte Isabelle schließlich gesteckt, dass Isabelles Lover eine Neue hatte. Das war alles, was sie über das Privatleben von Bertrand wusste. Bis gestern, als Bertrand Simon bei der Einsatzbesprechung plötzlich wieder vor ihr stand.

»Polizeichefin von Le Lavandou!« Bertrand hob bewundernd seine Tasse, als wollte er mit ihr darauf anstoßen.

»Stellvertretende Polizeichefin«, berichtigte Isabelle ihn sofort.

»Ist doch ganz egal«, sagte Bertrand. »Hätte sich einer von uns damals vorstellen können, dass du mal die Gendarmerie von Lavandou leiten würdest? Und dazu noch in so einem heißen Fall.«

»Wir behandeln diesen Fall mit der gleichen Sorgfalt wie alle anderen.« Isabelle versuchte, cool zu klingen. Dabei wusste sie natürlich genau, dass das ein ganz besonderer Fall war.

»Isabelle, das ist ein Riesending«, widersprach Bertrand auch sofort. »Da sehen alle ganz genau hin. Der Präfekt, der Oberstaatsanwalt, die Spezialisten von der Kripo in Toulon.« Bertrand sah sie an wie einen Lottomillionär, der sein Glück nicht fassen kann. »Wenn du es geschickt anstellst, dann bist du ganz schnell raus aus deinem Flohladen am Meer. Schluss mit der Jagd auf Taschendiebe, Hütchenspieler und Falschparker.«

»Ich weiß nicht, aber ich mag meinen Flohladen am Meer.« Isabelle klang fast ein wenig gekränkt.

»So habe ich das nicht gemeint«, entschuldigte sich Bertrand und legte seine Hand auf ihre. »Ich helfe dir, dass du in Toulon landest – du kannst das!« Bertrand sah sie an und strich mit dem Finger sanft über ihre Hand. »Kripo, Mordkommission, Sonderdezernat. Isabelle, wenn du das geschickt machst, steht dir echt jede Tür offen. Ich glaube an dich.«

»Und wenn ich gar nicht zur Kripo will?« Isabelle zog ihre Hand weg.

»Das ist eine einmalige Chance. Du wirst sehen«, sagte er.

In diesem Moment klingelte ihr Telefon. Isabelle drückte die Annahmetaste. »Morell.« Sie sog scharf die Luft ein. »Verstehe. Haben Sie mit ihr gesprochen? Macht nichts, lassen Sie sie. Wo genau sind Sie? Ja, kenn ich. Sichern Sie das Gelände, und lassen Sie niemand hinein. Wir sind in fünfzehn Minuten bei Ihnen.«

»Und?«, fragte Bertrand.

»Es sieht so aus, als hätten sie die kleine Louisa gefunden«, sagte Isabelle.

»Wo?«

»Im Jardin Zoologique Tropical. Das ist so eine Art Kinderzoo. Keine fünf Kilometer von hier.«

»Sind sich deine Leute sicher, dass es sich um das gesuchte Mädchen handelt?«, fragte Bertrand.

»Schwer zu sagen. Die Kleine redet nicht«, sagte Isabelle und stand auf. »Komm, gehen wir.«

Der Staatsanwalt klemmte einen 10-Euro-Schein unter seine Kaffeetasse, und gemeinsam liefen sie die schmale Gasse hinunter.

20. Kapitel

Ursprünglich war das Gelände neben der Schnellstraße bei La Londe ein Lagerplatz für Holz gewesen. Bis jemand in den Siebzigerjahren auf die Idee gekommen war, die landwirtschaftlich ungenutzte Fläche zu einem »Parc des Oiseaux«, einem Vogelpark, zu erklären. Das war eine ziemlich blumige Bezeichnung für ein paar Tausend Quadratmeter Korkeichen, Staub und Steine. Dazwischen hatte der Besitzer ein paar rostige Käfige mit Papageien aufgestellt, von denen die meisten die Mauser hatten. Das Ganze war ein Projekt, das von Anfang an zum Scheitern verurteilt war. Erstaunlicherweise hielt sich der Park dennoch bis in die Achtzigerjahre.

Danach hatte es über zwanzig Jahre gedauert, bis das Gelände vor einigen Jahren eine Art Wiedergeburt erlebte: Der Jardin Zoologique Tropical wurde eröffnet. Jetzt gab es nicht nur einige exotische Vögel und kleine Affen zu bestaunen, sondern vor allem auch außergewöhnliche Palmen und seltene Kakteen. Dazwischen befanden sich Gehege voll von Schwarzen Lemuren, putzigen Erdmännchen und Makis, die aussahen, als hätten sie sich Karnevalsmasken angezogen.

Kinder liebten den Park ganz besonders, denn es gab auch einen Streichelzoo mit den obligatorischen genügsamen Eseln und Ziegen zum Anfassen. Der neue Besitzer hatte sich viel Mühe gegeben, und es fanden sich offenbar genug Touristen, die sich für zwölf Euro Eintritt in den Jardin Zoologique Tropical begaben.

Isabelle sah das Mädchen sofort. Es hatte sich im überhitzten Ticketbüro in die Lücke zwischen Aktenschrank und Wand gequetscht. Dort hockte das Kind nun wie eine in die Enge getriebene Katze und fauchte die beiden Beamten der Gendarmerie nationale an. Ein junger Beamter versuchte vergeblich, sich über einen Schreibtisch hinweg nach unten zu beugen, um das Kind aus seinem Versteck zu ziehen. In diesem Moment biss das Mädchen ihn in die Hand. Mit einem überraschten Aufschrei zog der Beamte abrupt seinen Arm aus der Falle und hielt sich die verletzte Hand.

»Putain de merde«, brüllte der Polizist jetzt voller Wut und schlug reflexmäßig nach dem Mädchen, verfehlte es jedoch, während seine Kollegin ihn bereits wegzog. »Verfluchtes Balg.«

In diesem Moment betrat Isabelle mit Bertrand den Raum.

»Was machen Sie da? Was soll das?«, fragte Isabelle scharf.

Der Mann rieb sich die Hand mit dem Bissabdruck und warf einen unwilligen Blick über die Schulter. »Was wollen Sie hier?«, blaffte der Mann Isabelle an, die in Zivil gekommen war. Schließlich war er es, der in diesem Raum die Uniform der Gendarmerie nationale trug. Und er war es auch, der hier die Ansagen machte.

»Verschwinden Sie nach draußen, alle beide«, sagte er.

Isabelle sah den Kollegen regungslos an, während sie ihren Ausweis aus der Jeanstasche zog und zusah, wie der junge Mann blass wurde.

»Capitaine Isabelle Morell, Gendarmerie Lavandou«, stellte sie sich vor und wies mit einer Handbewegung auf ihren Begleiter. »Und das ist Monsieur Simon, Procureur bei der Staatsanwaltschaft Toulon.«

»Pardon, konnte ich ja nicht wissen, Capitaine«, murmelte er, wobei er Isabelle so vorwurfsvoll die Hand hinhielt, als hätte sie ihn gebissen. »Die Kleine da ist ein echter Teufel.«

Isabelle ging nicht weiter auf die Bemerkung ein. »Treten Sie zurück«, wies sie ihn an.

Es war eng in dem Ticketraum des Jardin Zoologique. Die Kasse befand sich in einem ehemaligen Bauernhaus, das im gelben Stein der Provence gemauert war. Mittlerweile verkaufte die Dame hinter der Kasse auch Süßigkeiten und kalte Getränke. Hinter ihr stand ein Kühlschrank mit geöffneter Tür. Auf dem Boden davor standen ein paar Cola-Flaschen. Isabelle machte einen Schritt zur Seite und betrachtete das Mädchen in der Nische neben dem Aktenschrank. Ihr wurde schwer ums Herz. Die Kleine war blond. Vielleicht drei oder vier Jahre alt. Sie hatte auffallend große blaue Augen, genau wie die kleine Louisa Marsenne auf den Fahndungsfotos. In den langen blonden Haaren des Mädchens hatten sich Blätter und kleine Äste verfangen. Das Kind trug einen billigen Trainingsanzug, der eher einer Sechsjährigen gepasst hätte. Außerdem trug es ausgelatschte Sneakers ohne Schnürsenkel. Seine Hände waren übersät mit kleinen Verletzungen.

»Das ist sie nicht«, murmelte Isabelle Simon zu, der den Raum hinter ihr betreten hatte.

»Bist du sicher? Kann man doch gar nicht so schnell erkennen, oder?« Er bückte sich ein wenig, um bessere Sicht auf das kleine Mädchen in der Nische zu bekommen. »Das Alter kommt doch hin.«

»Glaub mir. Ich habe eine Tochter. Das ist nicht das Kind, das wir suchen. Da bin ich ganz sicher.«

Zugegeben, das Kind hatte eine gewisse Ähnlichkeit mit dem gesuchten Mädchen, dachte Isabelle. Sie hatte ungefähr das Alter und die Größe der kleinen Louisa. Aber das war auch schon alles.

»Wer hat sie gefunden?«, fragte Isabelle in die Runde, und die Frau hinter der Kasse hob den Arm.

»Sie klemmte unter dem Zaun fest«, sagte die Angestellte, »und als ich sie befreit habe, ist sie davongelaufen und hat sich hier versteckt.«

»Und sie hat gar nichts gesagt?« Isabelle sah den jungen Polizisten an.

»Keine Ahnung, nur so 'n Kauderwelsch.« Der Polizist sah zu dem kleinen Mädchen, das ihn ängstlich ansah. »Sie wissen doch, wie kleine Kinder so reden.«

»Sie ist aber unverletzt?«, insistierte Isabelle.

»Natürlich ist sie unverletzt«, empörte sich der Mann. »Sie hat doch mich gebissen, nicht andersrum.«

Das Mädchen murmelte etwas und wischte sich mit dem Handrücken über die laufende Nase. Isabelle bückte sich und griff nach einer der Cola-Flaschen. Das kleine Mädchen verfolgte jede ihrer Bewegungen. Isabelle drehte den Verschluss auf, und mit einem leisen Knacken löste sich der Deckel. Sie näherte sich vorsichtig und hielt dem Kind die Flasche hin. Das Mädchen riss Isabelle die Flasche regelrecht aus der Hand und nahm einige gierige Schlucke. Dann presste es die Flasche fest an sich, so als würde sie ihm gleich wieder abgenommen.

»Ich lasse die Kleine vom sozialen Dienst abholen«, Bertrand zog sein Handy aus der Tasche.

»Und dann?«, fragte Isabelle.

»Was meinst du?«

»Die Kleine hat doch bestimmt eine Familie. Eltern, Geschwister, die sich Sorgen machen«, sagte Isabelle.

»Du willst jetzt nicht wirklich anfangen, die Familie von dem Mädchen zu suchen«, sagte Bertrand mit leisem Spott in der Stimme. »Wir haben wirklich wichtigere Probleme.«

In diesem Moment murmelte das Mädchen etwas. Isabelle sah sie fragend an.

»Mumya …?«, wiederholte Isabelle das Wort, das sie aufgeschnappt hatte.

Es war eines der wenigen arabischen Wörter, die sie kannte, und bedeutete »Mama«. Sie hatte es bei ihrem algerischen Gemüsehändler auf dem Wochenmarkt gehört. So nannten die Kinder, die auf dem Stand mithalfen, ihre Mutter.

»Mumya«, wiederholte das Mädchen ganz zaghaft das Wort, als könnte es sich sofort in Luft auflösen. Jetzt liefen dem Kind Tränen die Wangen hinunter.

»Mumya«, sagte Isabelle und nickte. Mit einer Handbewegung gab sie dem Mädchen zu verstehen, dass es zu ihr kommen sollte.

Zögernd löste sich das Kind aus der Ecke. Es kam zu Isabelle, die vorsichtig ihren Arm um das Mädchen legte und es an sich heranzog.

»Wir bringen dich zu deiner *mumya*.« Isabelle nahm das Mädchen auf den Arm. Als die beiden Beamten der Gendarmerie nach dem Mädchen greifen wollten, klammerte es sich an Isabelle.

»Keine Angst, die Polizisten tun dir nichts.« Dabei sah Isabelle die Beamten an und schüttelte leicht den Kopf. Die uniformierte Frau und ihr Kollege wichen zurück.

»Na toll, und was machen wir jetzt?«, fragte Simon. »Ihre Familie suchen? Wie willst du die finden?«

»Ich habe da eine Idee, wo wir suchen müssen«, sagte Isabelle.

21. Kapitel

Die beiden Streifenwagen der Gendarmerie nationale verließen die Schnellstraße auf der Abfahrt Les Salins. Der junge Polizist saß am Steuer des ersten Wagens und folgte gehorsam Isabelles Anweisungen, die den Polizeieinsatz vom Rücksitz aus leitete. Auf dem Beifahrersitz saß Bertrand und dachte darüber nach, wie er der Einsatzleitung den kleinen Ausflug mit Lavandous stellvertretender Polizeichefin erklären sollte. Isabelle betrachtete unterdessen das Mädchen, das neben ihr auf dem Rücksitz saß und ihre Hand nicht mehr loslassen wollte.

Dieses Kind, dachte Isabelle, als es in die Augen des Mädchens sah, hatte offenbar schreckliche Dinge gesehen. Lucas und Louisa stammten aus einer völlig anderen Welt. Sie wuchsen in einem wohlhabenden Elternhaus mit all den dazugehörigen Privilegien auf. Privater Kinderhort, später einmal Privatschule und danach ein Studienplatz an einer Eliteuniversität. Das Mädchen an Isabelles Seite konnte von einem solchen Wohlstand nicht einmal träumen. Isabelle nahm aufgrund der Tatsache, dass das Mädchen Arabisch sprach, an, dass es aus Nordafrika stammte. Vielleicht aus Marokko oder Libyen. Es hatte ein schönes Gesicht und einen aufmerksamen Blick, mit dem es unentwegt Isabelle und die anderen Insassen des Autos musterte. Gerade als schmiedete es bereits einen neuen Fluchtplan und sei bereit, bei der ersten

Gelegenheit aus dem Wagen zu schlüpfen und sich zu verstecken. Keine Frage: Dies Mädchen war eine Kämpferin.

»Da vorne, wo sich die Straße teilt, halten wir uns rechts«, wies Isabelle an.

»Aber da geht's zu den Salinen?« Der Polizist verzog sein Gesicht, als hätte Isabelle von ihm verlangt, in einen faulen Apfel zu beißen.

»Folgen Sie einfach dem Weg und halten Sie vor der nächsten Kurve.« Isabelle hatte keine Lust, sich auf Diskussionen einzulassen.

Noch in den Fünziger- und Sechzigerjahren wurde in den flachen Becken der Salinen Meersalz abgeschöpft. Damals ein lohnendes Geschäft. Aber schon in den Siebzigern kam immer mehr billiges Salz aus dem Ausland auf den Markt. Die Salinen waren nicht mehr profitabel und wurden nach und nach geschlossen. Sie verödeten und füllten sich mit Brackwasser, in dem Krabben und Muscheln wuchsen. Ein Eldorado für große Vögel wie Reiher, Möwen und gelegentlich auch leuchtend pinkfarbene Flamingos, die es aus der Camargue hierher verschlagen hatte.

Die Naturschutzbehörde hatte vergeblich versucht, das gesamte ehemalige Salinengebiet unter ihren Schutz zu stellen. Inzwischen hatten die Immobilienpreise in Südfrankreich allerdings kräftig angezogen, und gierige Bauunternehmen erschlossen eine Parzelle nach der anderen. Heute waren von den Salinen nur noch ein paar Quadratkilometer Ödland geblieben.

Hier in der Ebene, nicht weit von der Küste entfernt, stand die Luft. Das Land war brütend heiß. Es gab nur wenige Platanen, die Schatten spendeten, ansonsten hatten Schilf und Büsche einen dichten Urwald gebildet.

Die beiden Streifenwagen zogen dicke Staubwolken hinter sich her. Isabelle hatte ihr Fenster ein Stück heruntergelassen. Sie mochte den Geruch von Brackwasser und feuchtem Schilf. Wortlos beobachtete sie den Staub, der durch das Fenster ins Innere des Autos trieb und im grellen Sonnenlicht glitzerte.

Kaum hundert Meter weiter lag auffallend viel Müll am Rand des Feldweges. Es waren hauptsächlich Reste von Bekleidung, zerrissene Schuhe jeder Größe und gebrauchte Schwimmwesten. Dazwischen zerbrochenes Kinderspielzeug und immer wieder leere Trinkwasserflaschen. Es waren Spuren einer der größten Völkerwanderungen in Frankreichs Geschichte.

In der Regel folgten die Flüchtenden aus dem Maghreb zu Fuß dem beschwerlichen Weg über Griechenland und Italien. Sie waren von Schleppern betrogen worden und häufig von Krankheiten und Unterernährung gezeichnet, wenn sie endlich in Frankreich ankamen. Manche hatten auch den direkten, aber weitaus gefährlichsten Weg per Boot über das Ligurische Meer gewählt, der die Zuwanderer direkt zur Côte d'Azur führte. Mitten hinein in eine Welt des Wohlstandes und des Überflusses. An eine Küste, zugepflastert mit Hotelanlagen und Ferienclubs. Und doch, auch hier gab es noch Lücken in der glitzernden Kulisse: geheime Stellen, wo die Boote unauffällig anlanden und die Passagiere vom Strand aus sofort in Wäldern und Sümpfen verschwinden konnten. Die Salinen von La Londe waren so ein illegaler Anlegeplatz.

Hier mitten im Schilf, zwischen brackigen Tümpeln, hatten zwei rostige Wellblechbaracken all die Jahrzehnte überstanden. Es waren ehemalige Schuppen, in denen die Salinenbauern noch im vergangenen Jahrhundert ihre Arbeitsgeräte verstaut hatten. Jetzt versteckten sich dort die Menschen auf der Flucht mit ihren wenigen Habseligkeiten.

Es war der ideale Platz, um sich mit anderen Flüchtenden zu besprechen, Erfahrungen und Tipps auszutauschen. Und vor allem, um sich vor den Behörden zu verstecken. Sollte tatsächlich einmal die Gendarmerie dieser abgelegenen Enklave einen Besuch abstatten, blieb noch immer die Flucht ins dichte Schilf.

»Fahren Sie langsamer und halten Sie da vorne bei den Platanen«, Isabelle deutete auf die krummen Bäume am Rande des staubigen Feldwegs.

Isabelle befahl ihren Leuten, zwei Minuten zu warten und ihr erst dann zu folgen. Schließlich wollte sie bei den Geflüchteten nicht gleich Panik wegen der Uniformierten auslösen.

Isabelle war schon einmal hier gewesen. Das war etwa zwei Jahre her. Damals hatten sich hier Drogenhändler getroffen, die eine Ladung Kokain übernehmen sollten. Aber Isabelle und ihre Kollegen von der Gendarmerie hatten einen Tipp bekommen. Neben achtzig Kilo Kokain gingen der Polizei bei dieser Aktion auch noch drei gesuchte Dealer ins Netz. Eine erfolgreiche Razzia, die sogar dem *Var-Matin* eine Story auf der zweiten Seite wert gewesen war und an die sich die stellvertretende Polizeichefin von Lavandou nicht ohne Stolz erinnerte.

Isabelle ging voraus, an der Hand hielt sie das kleine Mädchen. Von hier bis zum Jardin Zoologique war es nur etwas mehr als ein Kilometer Luftlinie. Gut möglich, dass die Kleine irgendwo auf der Strecke den Kontakt zu ihrer Familie verloren hatte. Es war also denkbar, dass einer von den Geflüchteten etwas darüber wusste.

Der Pfad führte mitten durch den grünen Urwald und war von dem Feldweg aus kaum zu erkennen gewesen. Isabelle folgte dem ausgetretenen Weg durch das Schilfdickicht. Libellen schwirrten über dem matschigen Weg und landeten auf den Schwimmpflanzen in den Salinen. Ab und zu sprang eine Kröte dicht vor Isabelle aus dem Schlamm und landete mit einem Platschen im nächsten Tümpel. Stechmücken umkreisten die Eindringlinge. Das Mädchen war stehen geblieben, als hätte das Schilfdickicht bei ihm böse Erinnerungen ausgelöst. Isabelle strich ihm beruhigend über die Haare.

»Keine Sorge, ich passe auf dich auf«, sagte Isabelle in sanftem Ton. »Ich bring dich zu deiner Familie.«

Isabelle bückte sich und nahm das verschüchterte Kind auf den Arm. Sofort entspannte es sich etwas und kuschelte sich dicht an sie. Isabelle folgte dem Weg noch gut fünfzig Meter weiter, dann öffnete sich der Pfad zu einer Lichtung. Hier standen die zwei rostigen Wellblechbaracken, die sie gesucht hatte, direkt zwischen mehreren kleinen Platanen, die Schatten spendeten. Davor saßen etwa zwanzig Menschen. Einige hatten ihre wenigen Habseligkeiten in Plastiktüten neben sich gestellt, die meisten schienen allerdings in den rostigen Baracken zu hausen. Menschen schliefen unter Plastikplanen, die sie mit Schnüren zwischen Bäumen und Büschen aufgespannt hatten und die den Flüchtenden bei Regen wenigstens einen minimalen Schutz boten. Die Szene hatte etwas Friedliches, dachte Isabelle. Da konnte man leicht vergessen, dass diese Menschen ihr Leben riskiert und ihre Heimat verlassen hatten, um sich auf eine Odyssee zu begeben, von der sie nicht wussten, ob sie nicht mit ihrem Tod enden würde.

»Bonjour«, rief Isabelle in die schläfrige Stille. Die Menschen sahen sich kurz zu ihr um, antworteten aber nicht und betrachteten sie misstrauisch. Drei junge Männer stellten sich demonstrativ Isabelle und dem Mädchen in den Weg. Einer hielt einen Holzknüppel in der Hand.

»Casse-toi«, blaffte er Isabelle an. Sie solle verschwinden.

»Ich suche die Eltern dieses Mädchens.« Isabelle ließ sich nicht aus der Ruhe bringen. Das Kind hatte sie auf den Boden gestellt, um die Hände frei zu haben. Jetzt klammerte sich die Kleine an ihr Bein.

»Hier sind sie nicht«, sagte der älteste der Männer. Isabelle hörte am Dialekt, dass der Mann aus dem Maghreb stammte. Vielleicht Algerien oder Tunesien.

»Kennen Sie die Familie?«

»Sind Sie von den Flics?«

In diesem Moment tauchten die uniformierten Polizisten hinter Isabelle auf. Zwei der jungen Männer versuchten, noch davonzulaufen, wurden aber gleich von den Polizisten gestoppt.

»Was wollen Sie?«, fragte der Mann. »Wir haben nichts getan.«

»Und was ist das da?« Der Polizist deutete mit einer abfälligen Handbewegung auf den sie umgebenden Abfall, den Menschen auf der Flucht zurückgelassen hatten.

»Ich habe den Bus angerufen. Die sind gleich da«, meldete sich die junge Polizistin bei Isabelle und steckte ihr Handy zurück in ihre Uniformtasche.

»Wir gehen hier nicht weg, wir kennen unsere Rechte.« Der Mann mit dem Knüppel hatte die Sprecherrolle für die Gruppe übernommen.

»Wir bringen Sie mit dem Bus in ein Flüchtlingslager«, versuchte Isabelle die Wogen zu glätten, »da werden Sie registriert und können auch gleich einen Asylantrag stellen.«

»Wir gehen nicht weg«, wiederholte der Mann, »wir bleiben hier.«

Sein Freund drängte sich neben ihn. Er hielt ein kleines Beil in der Hand, mit dem er gerade noch Feuerholz geschlagen hatte.

»Hier ist niemand, den Sie suchen«, sagte der Mann.

»Wir suchen die Eltern dieses Mädchens«, sagte Bertrand. »Sie werden ihr Kind doch bestimmt vermissen.«

»Sind Sie so was wie der Chef hier?«

»Simon, Staatsanwaltschaft Toulon«, stellte sich Bertrand vor.

»Der Chef hier ist Capitaine Morell.« Er wies mit einer Handbewegung auf Isabelle.

»Na und? Interessiert mich doch einen Scheiß«, antwortete der Mann, aber er klang jetzt schon weniger forsch.

Isabelle hielt das Kind immer noch an der Hand und musterte die Umgebung. Weitere Geflüchtete tauchten auf der Lichtung auf; offenbar hatten sie sich im hohen Schilf versteckt. Sie gingen zu dem Mann mit dem Knüppel und stellten sich der Polizei entgegen. Die Flics waren jetzt deutlich in der Unterzahl. Der Mann packte seinen Knüppel fester.

»Lass sofort das Ding fallen«, fuhr ihn einer der Polizisten scharf an.

Der Polizist neben Isabelle wollte seine Pistole ziehen, doch Isabelle machte ihm ein Zeichen, dass er die Waffe stecken lassen sollte. Der Mann gehorchte erstaunlicherweise, obgleich sich die Stimmung verschärft hatte.

Für einen Moment standen sich die beiden Parteien regungslos gegenüber. Wie beim Showdown in einem Western, wenn die große Schießerei nur noch ein Zucken im Gesicht des Bösewichts entfernt ist. Die Sonne knallte unbarmherzig vom blassblauen Himmel herab. Schweiß lief den Polizisten übers Gesicht.

In diesem Moment trat eine Frau aus dem Schilf. Sie war klein, trug einen Tschador und sah sich unsicher um. Isabelle spürte, wie das kleine Mädchen plötzlich ihre Hand losließ und loslief.

»Warte!«, rief Isabelle, aber das Mädchen hörte sie nicht mehr.

»Mumya«, schrie die Kleine, das Wort, das es in jeder Sprache gibt. In diesem Moment erkannte die Frau im Tschador, wer da auf sie zugelaufen kam.

»Ranai?«, rief die Frau fassungslos. Dann schloss sie ihr Kind in die Arme.

»Ist das Ihre Tochter?«, fragte Isabelle.

Der Mann mit dem Knüppel und die Frau wechselten ein paar Worte auf Arabisch.

Isabelle sah den Mann fragend an, doch es war die Frau, die letztlich das Wort an Isabelle richtete.

»Ranai ist meine Tochter«, sagte die Frau in stolperndem Französisch und nickte. »Ich spreche Ihre Sprache.«

Der Mann warf den Knüppel zu dem Feuerholz.

»Wir haben Ranai in der Nacht verloren«, sagt die Mutter, »als wir vor zwei Tagen hier angekommen sind.«

»Warum sind Sie nicht zur Polizei gegangen?«, fragte Isabelle

Die Mutter schüttelte stumm den Kopf, während das Mädchen sie umarmte und nicht mehr losließ.

»Polizei ist nicht gut«, sagte der junge Mann und presste seine Handgelenke gegeneinander, als hätte man ihm Handschellen angelegt. »Gefängnis.«

»Niemand muss ins Gefängnis«, erklärte Isabelle. »Sie werden nur registriert. Und ein Arzt schaut die Kinder an.«

...

Eine Stunde später saß Isabelle mit der ganzen Gruppe in einem Erstaufnahmelager am Stadtrand von Toulon. Keiner der Geflüchteten besaß Papiere, und niemand war bereit, mit der Polizei zu reden. Einzig die Mutter, der Isabelle ihr Kind zurückgebracht hatte, war bereit zu sprechen. Aber auch nur mit Isabelle. Dennoch war es wichtig zu klären, wie es überhaupt dazu gekommen war, dass die Tochter verloren gegangen war. Isabelle glaubte zwar nicht an eine Verbindung zu ihrem Fall, doch man wusste schließlich nie.

»Wie haben Sie die Küste erreicht«, fragte Isabelle die Mutter.

»Erst kleines Schiff, dann mit Gummiboot. Kleines Boot.«

»Sie sind mit einem Schlauchboot hierhergekommen?«, fragte Isabelle erstaunt.

»Wasser in Boot. Motor kaputt«, begann die junge Mutter.

Dort, mitten auf dem Meer, hatten die Schlepper sie ihrem Schicksal überlassen, erzählte sie. Die Menschen kannten die Küste nicht, keiner hatte irgendwelche Erfahrungen mit Booten, und es war eine stürmische Nacht.

»Wasser im Boot, immer mehr Wasser«, sagte die Frau und brach ab, als könnte sie so verhindern, dass die schrecklichen Bilder wieder in ihrer Erinnerung auftauchten.

»Und das Boot ...?«, fragte Isabelle vorsichtig.

»Gesunken.« Die Mutter nickte und legte ihrer Tochter den Arm um die Schultern, als müsste sie ihr Kind auch jetzt noch vor den Wellen beschützen.

»Und dann?«, fragte Isabelle. »Was geschah dann?«

»Ich wollte schwimmen, alle haben versucht zu schwimmen.« Sie schüttelte den Kopf. »Es war dunkel. Aber da war der Strand.«

»Was ist mit den anderen geschehen?«, fragte Isabelle vorsichtig.

»Alle haben den Strand erreicht«, sagte die Mutter. »Alle außer Ranai.«

»Ihre Tochter war nicht da?«, fragte Isabelle.

»Es war dunkel, so dunkel«, erinnerte sich die Mutter an die schrecklichen Stunden, die folgen sollten. »Wir haben die ganze Nacht gesucht. Aber ich habe immer gewusst, dass ich meine Tochter wiederfinde. Ich habe es gespürt, in meinem Herzen.

Und heute bist du gekommen und hast mir meine Ranai zurückgebracht. Ich danke dir, danke.«

Die Mutter nahm Isabelle in den Arm, und die erwiderte die liebevolle Geste, obwohl ihr Herz schwer war.

22. Kapitel

Nach Atem ringend war Lucas erneut aus einem wilden Traum erwacht. War es draußen immer noch oder schon wieder hell? Der Junge konnte keinen klaren Gedanken mehr fassen. Am Anfang hatte er Durst gehabt, sobald er aufgewacht war. Brennenden Durst, der sich anfühlte, als würde er alles kleiner machen, zusammenschrumpfen lassen. Das war mittlerweile vorbei. Am Anfang hatte er auch seinen Vater gehört und nach ihm gerufen. Oder hatte er sich das nur eingebildet und auch geträumt? Der Junge bekam keinen Ton heraus. Sie würden ihn nicht hören, wenn sie kamen.

Warum auch? Sie hatten ihn aufgegeben. Er war eingemauert wie der Graf in seinem Turm. In der alten Geschichte, die ihm Josephine erzählt hatte.

Plötzlich sah er in seinen Tagträumen das Kindermädchen, das manchmal so gemein zu ihm war. Das ihn mal eingeschlossen hatte, im Keller. Als seine Mutter zurückgekommen war, hatte Josephine behauptet, Lucas hätte sich im Keller versteckt und die Tür wäre von allein zugeschlagen.

Lucas mochte Josephine nicht besonders. Sie hatte weiche, fleischige Hände. Außerdem schwitzte sie immer, und wenn man sie anfasste, fühlte sie sich an wie ein nasser Schwamm. Und sie roch aus dem Mund, dachte Lucas. Und wenn sie *pain* oder *pipi* sagte, dann spuckte sie ihm kleine Tropfen auf den Pulli. Das war eklig.

Lucas hätte *maman* so gerne erzählt, dass er mit Pepo zum Angeln ging. Aber Josephine hatte ihm gesagt, wenn er es seiner Mama erzählte, könne Pepo ihn nie wieder mit zum Angeln nehmen. Pepo kannte viele Geschichten, und er wusste, wie man den Fisch mit dem Messer aufschnitt und dann den ganzen Glibber rausholte, durch einen Schnips mit dem Daumen. Er wusste von jedem Fisch, wie er hieß und wo er wohnte im Meer, und er wusste, wie man lebendige Würmer auf die Angelhaken pikste.

Pepo war immer nett zu ihm und zu Louisa auch. Pepo legte ihm manchmal den Arm um die Schulter, wenn sie auf der Mole beim Angeln saßen.

Der Junge spürte, wie er wieder in einen Traum abrutschte. Plötzlich tat ihm nichts mehr weh. Nicht die aufgeschlagenen Knie, nicht der Kopf, nicht mal die Zunge, die ihm am Gaumen klebte, als hätte er sie mit Pattex eingeschmiert. Es war ein angenehmer Schwebezustand zwischen Traum und Wirklichkeit. Es fühlte sich an wie damals, als er die Windpocken gehabt hatte und mit so hohem Fieber im Bett lag, dass alles in seinem Zimmer verschwamm. Damals hatte er auch nicht mehr gewusst, wo er war.

In diesem Moment wehte ihm plötzlich ein Luftzug ins Gesicht, und der Junge dachte, wie schön es wäre, wenn es jetzt ein Frühstück gäbe. Mit Kakao und Toastbrot und mit der leckeren Salami, die Josephine immer Donnerstag vom Markt mitbrachte. Er versuchte einen Moment lang noch, die Augen zu öffnen. Dann rutschte alles wieder in schwarze Dunkelheit.

23. Kapitel

Das Café Chez Miou am Quai Gabriel Péri lag direkt gegenüber vom Bouleplatz, im Herzen des Örtchens. Aber deshalb war es noch lange keine schicke Adresse, ganz im Gegenteil. An den Rattanstühlen im Gastraum löste sich langsam die Bespannung und stach den Gästen in den Rücken. Die Wände gehörten längst mal wieder gestrichen, und die Toilettentür schloss schon seit Wochen nicht mehr richtig. Über der Zapfanlage hinter dem Tresen hing ein kleines Werbeschild für Kronenbourg-Bier, das auch schon bessere Tage gesehen hatte. Aber all das störte hier niemanden. Wer ins Miou kam, freute sich in der Regel auf ein Glas kühlen Rosé oder bestellte bei Yolande einen Kaffee.

Leon saß an seinem Stammtisch und trank einen Café Crème. Der kleine runde Blechtisch stand direkt bei den Glastüren, die jetzt im Sommer wie eine Ziehharmonika zusammengeschoben waren, sodass das Bistro zur Straße hin offen und gut belüftet war. Hier auf dem Trottoir begann die sogenannte Terrasse, die vor allem von sonnenverbrannten Touristen bevorzugt wurde. Und es war genau diese Terrasse, die Bistrobesitzer Jérémy das meiste Geld einspielte. Denn hier konnten seine Gäste nicht nur eng an eng zusammenrücken, sondern hier verkaufte Jérémy auch seine legendären und maßlos überteuerten Eiskreationen. Diesen Sommer war »Hollyday on Ice« der Renner. Fünf dicke Kugeln, verziert mit dem obligatorischen Papierschirmchen, einer winzigen Plastiksonnenbrille und viel Schokolade. Die Kinder liebten es. Während sich also auf der Terrasse der Trubel des Strandlebens fortsetzte, zogen sich die Stammgäste lieber in den Schatten im Inneren des Bistros zurück. Natürlich hätte Jérémy für den Innenraum auch eine Klimaanlage einbauen lassen können, so wie sie in all den anderen Cafés liefen, aber er konnte Neuerungen nicht ausstehen. Sein äußerstes Zugeständnis an die Zeit von Internet und Social Media war ein Flachbildfernseher, den er aber nur bei Fußballmatches einschaltete, und auch dann nur, wenn seine Lieblingsmannschaft Olympique Marseille spielte.

Leon war vom Büro aus direkt ins Miou gefahren, um einen Moment abzuschalten und noch einen ruhigen Kaffee an der frischen Luft zu trinken. Das war es, was er in der Pathologie am meisten vermisste, das Tageslicht. Darum genoss er jetzt die späte warme Nachmittagssonne. Darum saß er jetzt hier. Leon mochte das Chez Miou. Nicht weil es besonders stylisch gewesen wäre, sondern weil es eine französische Seele hatte.

»Ich sage, es ist trotzdem eine Entführung!« Der Stimme von Michel hörte man die diversen Gläser Pelforth-Bier an, die er bereits intus hatte.

»Da wollen ein paar Jungs groß abstauben. Arbeitsscheu, aber scharf auf anderer Leute Kohle. Ist doch immer das Gleiche«, pflichtete ihm Edmonde bei, der an der Straße bei Cavalière einen fahrbaren Pizzastand betrieb.

»Wir wissen doch gar nicht, ob sie entführt wurden«, beruhigte Jérémy die Gemüter seiner Gäste.

»Ich habe aber gehört, dass die Eltern erpresst werden.« Yolande, die Frau von Jérémy, sagte das so, als wüsste sie noch viel mehr über die Sache, könnte aber darüber nicht reden.

»Ach ja, und woher hast du deine Insiderinformationen?« Michel ärgerte es, dass Yolande mal wieder besser im Bilde war als er.

»Ich schütze meine Quellen«, sagte Yolande wichtigtuerisch und drückte den Zeigefinger gegen ihre Lippen.

»Also nichts als Klatsch und Tratsch«, stellte Michel befriedigt fest.

Jérémy schob ein Tablett mit zwei Eisbechern auf den Tresen. »Einmal Tisch fünf«, rief er seiner Frau zu.

Yolande war die ideale Ansprechpartnerin für Gerüchte jeder Art. Sie bediente die Gäste an den Tischen und sorgte gleichzeitig dafür, dass aus kleinen Gerüchten große Gerüchte und aus großen Gerüchten »Tatsachen« wurden. Ihr Mann dagegen verachtete Tratsch, aber seine Frau lockte mit ihrer Art jede Menge Gäste in das Lokal. Also ertrug er Yolandes kleine Schwäche und mischte sich höchstens mal ein, wenn die Gerüchte gar zu wild wurden.

»Muss ja keine Erpressung sein«, meinte Edmonde. »Gibt doch genug Spinner, die da draußen rumlaufen und scharf auf kleine Kinder sind.«

Er wurde von einem lauten Seufzen und einem Ausruf unterbrochen. »Jérémy, wann schraubst du endlich mal ein neues Schloss in die Klotür?« Michel kam von der Toilette zurück.

»Für was brauchst du 'ne Tür? Hast du vielleicht Angst, dass sie dir was weggucken?«

Das war Véronique, die an der Bar stand und einen Pastis in der Hand hielt. Zwischen den Lippen die Gitanes, die sie nie aus dem Mund nahm, schon gar nicht in einem Bistro. Véronique war über fünfundachtzig, und Leon konnte sich gut vorstellen, wie sie noch vor ein paar Jahren auf ihrem eigenen Kutter gestanden und Doraden gefischt hatte. Véronique war sonnenverbrannt, zäh und unermüdlich. Meist trug sie eine grobe Leinenhose, so wie heute, die ihr nur bis an die Knöchel reichte. Ihre blau-weiß gestreifte Bluse hatte sie bis über die Ellenbogen hochgekrempelt. Ihre Füße steckten in Turnschuhen, und auf dem Kopf trug sie gelegentlich einen Strohhut, der schon vor Jahrzehnten aus der Form geraten war.

Darüber hinaus hielt Leon sie für eine herausragende Boulespielerin und hatte mit ihr zusammen schon so manchen Gegner besiegt.

»Natürlich wurden die beiden entführt«, sagte Véronique. »Warum sollte sich sonst jemand zwei Kinder von einem Supermarktparkplatz schnappen?«

»Und auch noch aus einer Familie, die endlos Kohle hat«, sagte Edmonde missgünstig, hielt stumm sein Glas über den Tresen, woraufhin Jérémy ihm Rosé nachfüllte.

»Vielleicht sind sie ja tatsächlich hoch in den Nationalpark gelaufen«, warf er dabei ein.

»Wäre nicht zum ersten Mal, dass sich da oben einer verirrt«, ergänzte Véronique.

»Quatsch, das ist jetzt ... wie lange her? Über zwei Tage?«, fragte Michel. »So lange hält doch kein Mensch da draußen aus, schon gar kein Kind.«

»Wahrscheinlich sind die beiden längst tot«, sagte Edmonde trocken.

»Wie lange überlebt ein Mensch ohne Essen und Trinken, Docteur?«, wandte Véronique sich an Leon.

Leon stellte in aller Ruhe seine Tasse zurück auf den Tisch und betrachtete die Gäste, die von der Bar aus gespannt zu ihm herübersahen. Es war sinnlos zu schweigen, das wusste Leon aus Erfahrung. Sie würden ihn so lange bedrängen, bis er schließlich doch irgendetwas aus einem laufenden Fall verriet. Genug, damit die Gäste im Bistro das Gefühl hatten, ihnen sei gerade ein großes Geheimnis anvertraut worden. Die zweite Möglichkeit bestand darin, dass Leon ein paar grausliche Details aus seiner täglichen Arbeit erzählte und so den Anwesenden das Gefühl vermittelte, sie hätten an einer Obduktion teilgenommen, und wenn es auch nur in ihrer Fantasie war. Auch das sorgte meist für Ruhe. In diesem Fall konnte er es riskieren, die Frage zu beantworten.

»Ohne Essen kann es ein Mensch Wochen aushalten, in Ausnahmefällen sogar bis zu einem Monat oder noch länger. Vorausgesetzt natürlich, er hat ausreichend zu trinken«, erklärte Leon, und alle warteten gespannt auf mehr Einzelheiten. »Ich erinnere mich da an einen Fall in Brest. Da habe ich einen Mann begutachtet, der hatte drei Monate in einem Keller überlebt, bevor er starb.«

»An dem wird nicht mehr viel dran gewesen sein«, meinte Michel ungerührt.

»Mon Dieu«, sagte Yolande. »Das muss man sich mal vorstellen, drei Monate nichts zu essen.«

»Unser Edmonde, der würde es nicht mal einen Tag aushalten!« Michel klopfte dem dicken Edmonde freundlich auf die Wampe, die nur von seinem Gürtel und einem schwarzen T-Shirt zurückgehalten wurde.

»Beim Trinken sieht die Sache ganz anders aus«, fuhr Leon fort. »Ohne Flüssigkeit hält der Körper vielleicht acht Tage durch, maximal. Kommt stark auf die Umgebungstemperatur an. In der Wüste geht das Verdursten bedeutend schneller als etwa in einem klimatisierten Raum.«

»Warum geht das Verdursten so viel schneller?« Michel hätte sich ein paar deftigere Details gewünscht.

»Wassermangel führt dazu, dass das Blut langsamer fließt«, erklärte Leon, der natürlich genau wusste, was sein Publikum von ihm erwartete. »Was wiederum zu Kreislaufproblemen, Fieber und Verwirrtheit führt.«

»Da tu ich doch gleich mal was dagegen«, sagte Michel und schob das Glas über den Tresen. »Machst du mir noch einen, Jérémy?« Ein paar Gäste lachten.

»Und was passiert dann?« fragte Edmonde neugierig.

»Die Durchblutungsstörung führt irgendwann zum Versagen der Nieren. Sauerstoff wird nicht mehr ausreichend zu den Organen transportiert, und es kommt zum Herzversagen – Ende«, erklärte Leon sachlich.

»Ich sage doch: Da gibt es nur eine Lösung«, verkündigte Michel. »Von innen den Körper mit einem kühlen Rosé nachfeuchten.«

Michel wandte sich wieder dem Tresen zu, wo Jérémy schon zwei kleine Gläser mit Wein gefüllt hatte. »Ich denke trotzdem, dass die Kinder davongelaufen sind«, sagte er achselzuckend.

Véronique griff zu ihrem Pastis, goss einen Schluck Wasser nach und schlenderte zu Leon herüber.

»Darf ich?«, fragte sie.

»Sie wissen doch, dass Sie immer willkommen sind.« Leon wies mit großer Geste auf den freien Stuhl an seinem Tisch.

»Na, was sagen Sie?«, fragte sie so leise, dass nur Leon sie hören konnte.

»Was meinen Sie, wozu?« Leon sah sie fragend an.

»Na, die Kinder. Louisa und Lucas. Was halten Sie von den Leuten?« Véronique sah Leon herausfordernd an. »Sie waren doch bei den Marsennes.«

»Woher wissen Sie …?« Leon sah seine Tischnachbarin an. Dann winkte er mit einem amüsierten Lächeln ab. »Ich will gar nicht wissen, wer Ihnen das verraten hat.«

»Madame Marsenne ist ja ganz umgänglich«, sagte die Frau,

»aber der Monsieur ...« Sie schüttelte die Hand vor der Brust. Was so viel heißen sollte wie: Der hat sie nicht mehr alle, aber wir reden nicht drüber.

»Kann ich nicht beurteilen«, versuchte Leon sich aus dem Klatsch herauszuhalten. »Aber ich denke, so ein Labor zu führen, muss ganz schön anstrengend sein.«

»Tut mir leid, Docteur«, sagte Véronique sofort. »Ich wollte Sie nicht in Verlegenheit bringen.«

»Tun Sie nicht, meine Liebe«, meinte Leon, und mit einem Blick auf ihr leeres Glas fügte er hinzu: »Darf ich Sie auf einen Pastis einladen?«

»Vielen Dank«, sie hob es hoch. »Ein Pastis am Nachmittag ist genug für eine alte Frau wie mich.«

»Jetzt übertreiben Sie aber, Madame.«

»Arbeitet eigentlich dieser Porez noch bei den Marsennes?«, wechselte Véronique plötzlich das Thema, und Leon sah sie fragend an. »Pepo, der Gärtner.«

»Ich denke schon, ich habe jedenfalls einen Gärtner bei den Marsennes gesehen.«

»Wundert mich, dass Roger Marsenne den beschäftigt.«

»Sollte ich jetzt fragen, warum?« Leon lächelte. »Jetzt erzählen Sie schon.«

»Es hieß damals, Pepo wäre da in so eine Sache verwickelt gewesen, beim Blumenfest«, setzte Véronique an.

»Bitte, Véronique.« Leon war neugierig.

»Eine Dreizehnjährige ist damals überfallen worden. Von drei jungen Burschen. Oben in Bormes hinter den Hallen, da wo alles für den Blumenumzug am nächsten Tag vorbereitet wurde.«

»Hat das Mädchen denn die Täter nicht erkannt?«

»Es war schon dunkel, als sie das Mädchen angegriffen haben. Zum Glück kam in diesem Moment jemand vorbei. Da sind die drei abgehauen«, erinnerte sich Véronique. »Dieser Pepo Porez soll einer von ihnen gewesen sein. Da war er gerade erst mal sechzehn.«

»Weiß Monsieur Marsenne von der Sache?«

»Keine Ahnung. Das Ganze liegt inzwischen über vierzig Jahre zurück. Die Leute vergessen schnell. Außerdem fiel die Sache für Porez unter das Jugendstrafrecht, und man hatte ihm nie eine direkte Beteiligung nachweisen können.«

»Ist vielleicht alles nur Gerede«, meinte Leon. »Davon gibt's hier doch jede Menge.«

»Da haben Sie recht. Klatsch haben wir hier wirklich genug.« Véronique zündete sich eine ihrer Gitanes an.

»Alles, woran ich mich erinnere, ist, dass er von seinen Eltern zu einer Tante nach Strasbourg geschickt wurde. Das muss Anfang der Achtziger gewesen sein. Mehr weiß ich nicht. Und dass Porez erst vor ein paar Jahren wieder nach Lavandou zurückgekommen ist.« Sie stockte einen Moment und suchte dann Leons Blick. »Ich habe gehört, dass er wieder in seinem Elternhaus bei Rayol lebt, wobei die Eltern lange tot sind.«

24. Kapitel

Isabelle saß jetzt schon seit Stunden in der Villa der Marsennes. Aber sie war schließlich selbst schuld. Sie hatte sich selbst zum Dienst an diesem Abend eingeteilt. Nur für den Fall, dass die Entführer erneut Kontakt aufnahmen und die Marsennes Unterstützung brauchten. Doch nichts geschah, das Handy lag wie tot auf dem flachen Tisch vor dem Sofa. Es ging eine bedrückende Atmosphäre von diesem Haus und diesem großen Raum aus, mit dem kalten Glanz, den Glas und poliertes Aluminium ausstrahlten. Zu trinken gab es Eistee, und auf dem Tisch vor dem Sofa standen die beiden schwarzen Pilotenkoffer mit zwei Millionen Euro in 200- und 100-Euro-Scheinen, die die Bank vorbeigebracht hatte. Isabelle war dabei gewesen, als sie noch einmal gezählt worden waren. Akkurate Bündel von 200-Euro-Scheinen, rund zehn Kilogramm Geld. Die Marsennes hatten alles genau so vorbereitet, wie die Unbekannten in ihrer SMS gefordert hatten. Das Geld, verpackt in Pilotenkoffern, bereit zur Übergabe.

Isabelle ließ die Marsennes nicht aus den Augen. Sie konnte die Spannung regelrecht spüren, die über dem Haus lag. Julie hatte sich von ihrem Mann zurückgezogen und saß am äußersten Rand des großen Sofas, auf dem eine ganze Partygesellschaft Platz gehabt hätte. Isabelle wusste, dass Julie Marsenne die Polizei für die Verzögerung verantwortlich machte. Warum hatte Roger auch darauf bestanden, die Scheine einzeln zu markieren. Das hatte unnötig Zeit gekostet. Wenn es nach Julie gegangen wäre, wäre das Geld längst übergeben.

»Und ich hätte längst meine Kinder zurück«, sagte Julie zum wiederholten Mal an diesem Abend.

Zwischendurch hatte Isabelle gehört, wie das Ehepaar sich in der Küche gestritten hatte. Isabelle war in Sorge gewesen, dass Julie einen Nervenzusammenbruch erleiden würde. Aber sie hatte sich nach dem Streit erstaunlich schnell wieder gefangen. So sehr die Entführung Julie zusetzte, so gelassen reagierte Roger, der die Lage immer zu kontrollieren schien.

»Ich geh mal kurz an die frische Luft«, sagte er jetzt, stand vom Sofa auf und ging auf die Terrasse, die von Strahlern erleuchtet wurde.

»Mein Mann hat es nicht so mit den Emotionen«, sagte Julie und sah Roger nach, der dazu übergegangen war, ein paar Oleanderblüten mit einer kleinen Schere zu beschneiden, und sie sorgfältig auf einem Gartentisch platzierte.

Julie sah, dass Isabelle ihren Mann durch die große Scheibe beobachtete. »Die sammelt der Gärtner morgen ein«, erklärte sie, als wäre das jetzt wichtig.

»Schade um die Blüten«, sagte Isabelle.

»Die Blüten interessieren ihn nicht.« Julie klang bitter. »Ihn interessiert nur die Ordnung.«

»Ihr Mann hat es nicht so mit Besuchern …?«, fragte Isabelle, als sie sah, wie Roger sich von ihnen abwandte.

Julie stieß die Luft aus, und es klang wie das leise Schnauben eines verletzten Tiers.

»Manchmal denke ich, er lebt in einer anderen Welt«, antwortete die Hausherrin. »Einmal bin ich spätabends nach Hause gekommen«, erinnerte sich Julie. »Das muss so gegen dreiundzwanzig Uhr gewesen sein, da saßen die beiden Kinder im Wohnzimmer und sahen Horrorfilme. Roger war in seinem Kellerlabor und machte irgendein Experiment. Er hatte die Kinder schlicht vergessen.«

»Ist sicher schwer für Sie«, sagte Isabelle und wunderte sich, wie einsam diese Frau sein musste, wenn sie ihr so viel Vertrauen schenkte, dass sie ihr diese Geschichte erzählte.

»Sie dürfen jetzt bitte nicht denken, dass mit unserer Ehe etwas nicht stimmt.« Julie klang wie jemand, der sich zu weit aus dem Fenster gelehnt hatte und jetzt zurückrudern wollte.

»Ich denke, es ist immer schwierig, eine Familie zusammenzuhalten«, antwortete Isabelle diplomatisch.

Für einen Moment schwiegen beide und sahen Roger zu, der noch immer stumm seine Blumen beschnitt. Dann legte Julie Marsenne Isabelle die Hand auf den Arm.

»Glauben Sie, dass diese Leute den Kindern etwas antun werden …?« Ihre Stimme schien zu versagen.

»Bestimmt nicht«, sagte Isabelle. »Nur lebendig und gesund sind die Kinder für diese Leute wertvoll.«

»Und wenn sie doch merken, dass wir mit der Gendarmerie zusammenarbeiten?«

»Das werden sie nicht, solange Sie uns die Organisation und die Vorbereitung der Geldübergabe überlassen«, sagte Isabelle und musterte die Mutter mit einem nachdenklichen Gesichtsausdruck.

• • •

Als Isabelle Madame Marsenne schließlich gegen Mitternacht verließ, hatten sich die Entführer immer noch nicht gemeldet. Die gesetzte Frist war abgelaufen.

»Diese Leute haben gemerkt, dass Sie von der Polizei sind«, sagte Julie, und der Vorwurf klang aus ihrer Stimme. »Ganz bestimmt.«

»Das glaube ich nicht«, sagte Isabelle. »Sie wollen Ihnen nur Angst machen.«

»Warum?«, fragte Julie.

»Sie wollen, dass Sie nervös werden. Dann werden sie noch einmal kurzfristig den Übergabeort wechseln. Damit Sie und die Polizei nichts mehr vorbereiten können.«

Mit einem weiteren Nicken verabschiedete Isabelle sich von Julie, Roger war bereits zu Bett gegangen. Isabelle verließ das Haus durch das Gartentor, lief um den Block und setzte sich in ein Zivilfahrzeug der Gendarmerie, das sie ein Stück weit vom Tor der Villa entfernt abgestellt hatte.

Isabelle wollte schon den Wagen starten, aber irgendetwas hielt sie davon ab. Sie hatte einfach nur das Gefühl, dass sie noch warten musste in dieser ruhigen Straße. Als könnte noch irgendetwas geschehen und die Marsennes würden ihre Hilfe brauchen. Also verharrte sie, wo sie war. Die Augen konzentriert auf die dunkle Straße gerichtet, in Gedanken bei den besorgten Eltern in der pompösen Villa.

Isabelle war für einen Augenblick eingeschlafen und wachte erschrocken auf. Ohne Frage, sie war überarbeitet, dachte sie, als sie sah, was sie aufgeweckt hatte: Die Garagentür der Marsennes hatte sich ein Stück geöffnet. Dann rollte fast geräuschlos ein Peugeot 308-Elektro aus der Garage und glitt mit einem Summen in die Nacht. Für den Bruchteil einer Sekunde fiel dabei das Licht der Straßenlaterne auf den Wagen, und Isabelle erkannte hinter dem Steuer Julie Marsenne. Erst hundert Meter weiter sah sie, wie bei dem E-Auto die Scheinwerfer eingeschaltet wurden. Isabelle wendete und fuhr dem Wagen, ohne zu zögern, hinterher.

Sie folgte dem Peugeot in sicherem Abstand durch die Nacht. Julie Marsenne kannte sich gut aus, das war offensichtlich. Über mehrere schmale Seitenstraßen erreichte sie nach wenigen Minuten die Weinstraße, die sich zwischen Le Lavandou und Hyères an der Küste entlangschlängelte.

Isabelle ließ ihren Wagen zurückfallen. Einen Moment dachte sie daran, die Zentrale über ihren nächtlichen Ausflug zu informieren, aber vielleicht wäre es besser, im Moment nur zu beobachten und nicht gleich mit der Kavallerie anzurücken. Isabelle schob das Mikrofon des Polizeifunks zurück in seine Halterung. Als sie sah, wie etwa hundert Meter vor ihr der Peugeot in einen Feldweg einbog, bremste sie nicht, sondern fuhr demonstrativ an der Abzweigung vorbei.

Kaum war die Abzweigung außer Sichtweite, wendete Isabelle jedoch und fuhr ohne Licht in Schrittgeschwindigkeit zurück. Sie stoppte ihren Wagen hinter einer Gruppe großer Ginsterbüsche, stieg aus und schloss geräuschlos die Fahrertür. Mit dem Fernglas beobachtete sie, wie keine fünfzig Meter vor ihr Julie Marsenne den Peugeot geparkt hatte. Die Frau öffnete die Heckklappe und sah nach den beiden schwarzen Pilotenkoffern, in denen sich das Geld befand. Zwei Millionen, genau wie es die Entführer verlangt hatten. Madame Marsenne setzte sich hinter das Steuer und schien zu warten.

Es war ungefähr eine Viertelstunde vergangen, als ein grauer Lieferwagen langsam die Weinstraße entlangkam und in den Feldweg abbog. Das Fahrzeug hatte nur sein Standlicht eingeschaltet, aber Madame Marsenne hatte den Lieferwagen bereits kommen sehen und war aus dem Auto ausgestiegen. In diesem Moment schaltete der Fahrer des kleinen Transporters das Fernlicht an. Der Peugeot, an dem Julie lehnte, stand plötzlich im grellen Scheinwerferlicht des Lieferwagens. Aber das Licht des Camions zeigte noch mehr: Isabelle, halb vom Ginsterbusch verborgen, wurde ebenfalls vom grellen Licht erfasst. Sie versuchte noch, sich hinter ihren Wagen zu ducken, doch es war zu spät.

In diesem Moment konnte sie hören, wie der Motor des Lieferwagens aufheulte und der graue Transporter im Rückwärtsgang zurück auf die Straße schoss. Isabelle riss die Tür ihres Autos auf, sprang hinein, startete und gab Gas. Aber der trockene Feldweg war voller Rinnen und Schlaglöcher, die unter den heißen Strahlen der Julisonne hart wie Beton wurden. Isabelle versuchte zu wenden, spürte aber im gleichen Augenblick, wie ihr Wagen über die Bankette rutschte und aufsetzte. Sie gab mehr Gas, doch die Antriebsräder drehten wirkungslos ins Leere. Die Geldübergabe war gescheitert.

Eine halbe Stunde später stand Isabelle wieder im Wohnzimmer der Marsennes und telefonierte mit der Einsatzzentrale. Auf dem Sofa saßen Julie und Lieutenant Kadir. Ein weiterer Polizist stand draußen vor der großen Fensterscheibe des Wohnzimmers. Monsieur Marsenne hatte auf einem Sessel Platz genommen, ein paar Meter von seiner Frau entfernt.

»Dann erweitern Sie den Suchradius eben bis nach Toulon«, instruierte die stellvertretende Polizeichefin die Zentrale. »Das habe ich doch schon gesagt. Es war ein Lieferwagen. Die Marke konnte ich nicht erkennen. Es ging alles zu schnell. Aber der Lieferwagen war alt, verschrammt und schmutzig.«

Für die Entführer war der Lieferwagen genau die richtige Wahl, dachte Isabelle. Von allen unauffälligen Autos war ein alter grauer Kleintransporter bestimmt das unauffälligste. Zu Hunderten fuhren diese Autos in der Gegend herum.

»Ich kümmere mich um die Absperrungen«, sagte Kadir mit einer kleinen Kopfbewegung in Richtung Julie. Eine Bewegung, die bedeutete, dass Isabelle ihn endlich auf dem Sofa ablösen sollte.

Isabelle setzte sich Julie gegenüber. Die Frau musterte sie mit Verachtung.

»Sie hätten mir nicht folgen dürfen«, sagte Madame Marsenne.

»Sie haben sich mit Ihrer Aktion in Lebensgefahr gebracht«, sagte Isabelle nach einem Moment des Schweigens. »Ist Ihnen das überhaupt klar?«

»Woher wollen Sie das denn wissen?«, antwortete Julie patzig. »Sie haben doch selbst dafür gesorgt, dass die Übergabe geplatzt ist. Ohne Sie wären die Kinder doch schon längst wieder zu Hause.« Julie schlug sich die Hände vor das Gesicht.

»Du erinnerst dich, was wir mit der Polizei verabredet hatten«, mahnte sie ihr Mann in etwas schulmeisterlichem Ton. »Jeden Schritt wollten wir mit der Gendarmerie genau abstimmen.«

»Das wolltest du vielleicht. Ich wollte nur alles so schnell wie möglich zu einem Ende bringen«, fuhr sie ihrem Mann über den Mund. »Das sind nämlich auch meine Kinder, weißt du.«

»Woher kannten Sie die Stelle für die Geldübergabe?«, wollte Isabelle wissen.

»Die Entführer haben sich noch einmal gemeldet«, sagte die Frau, »über SMS. Kurz nachdem Sie gegangen sind.«

»Warum haben Sie uns nicht sofort informiert?«, fragte Isabelle. »Vertrauen Sie uns nicht?«

»Das sind meine Kinder, und die gehen die Polizei gar nichts an«, rief die Mutter trotzig.

»Das ist nicht ganz richtig.« Isabelles Stimme wurde eine Spur härter. Sie ärgerte sich, dass Madame Marsenne die Arbeit der Polizei so geringschätzte. »Da es sich um eine Entführung handelt, geht es uns sehr wohl etwas an. Eine Entführung gilt in diesem Land als ein schweres Verbrechen. Da werden automatisch Polizei und Staatsanwaltschaft eingeschaltet.«

»Jetzt sind die Entführer jedenfalls erst mal weg«, sagte Roger Marsenne resigniert.

»Ich wusste schon, warum ich die Übergabe allein machen wollte«, sagte Julie mit hohler Stimme.

»Jetzt wissen wir nicht einmal mehr, ob sich diese Leute überhaupt wieder melden«, meinte Roger.

»Warum sagst du so was!?«, ging Julie verzweifelt auf ihren Mann los.

»Die Täter müssen im Moment weiter davon ausgehen, dass die Polizei nicht informiert ist«, gab Isabelle zu bedenken. »Alles, was sie gesehen haben, war ein Zivilfahrzeug in einem Feldweg. Das hätte auch ein Liebespaar sein können, das einen Nachtspaziergang gemacht hat. Der Weg führt schließlich durch den Wald bis zum Strand.«

»Diese Leute sind Verbrecher. Denen geht es doch nicht um Logik«, sagte Monsieur Marsenne frustriert.

»Nein, denen geht es nur ums Geld«, sagte Isabelle. »Und das liegt hier auf dem Tisch. Also werden sie sich wieder bei Ihnen melden.«

25. Kapitel

Eric hasste sich für das, was er hier tat. Wie weit war es mit ihm gekommen? Wie tief konnte ein Mensch sinken, fragte er sich. Und gab sich gleich darauf die Antwort: bis ganz nach unten, bis auf den Boden. Dabei war er doch nicht schlechter als all die anderen. Nein, war er wirklich nicht. Eric konnte sich noch gut an die Zeiten erinnern, als er gedacht hatte, er wäre endlich angekommen. In der Mitte der Gesellschaft, wie es immer so schön hieß. Damals als er das kleine Haus gemietet hatte, für seine Frau Patricia und für sich. Hundertfünfzig Quadratmeter in einem Vorort von Orange. Plus Garten. Der kam noch dazu, mit seinen fünfhundert Quadratmetern. Patricia hatte immer von einem eigenen Garten geträumt. Damals war sie schier ausflippt vor Glück. Echt. Alle waren neidisch, auf das Haus, die schöne Frau und natürlich seinen nagelneuen Peugeot, gestellt von der Firma. Genau so sah es damals nämlich aus.

Eric hatte einen Job bei einem wichtigen Zulieferer von Peugeot gehabt. Er hatte Bremsen zusammengebaut für Fahrzeuge mit Dieselmotoren. Aber irgendwann war damit Schluss gewesen. Ganz plötzlich. Die Firma, in der er arbeitete, wurde geschluckt. Und wer keinen neuen Job bekam bei Peugeot, stand auf der Straße. Und all das nur, weil er nicht bereit gewesen war, zukünftig für denselben Job weniger Gehalt zu akzeptieren. Da hatte er lieber alles hingeschmissen. Weil er stolz war. Stolz und blöd. Sie hatten ihm eine Abfindung geboten. Und er war darauf reingefallen, wie der Esel, der stur hinter der Karotte hertrabt, die man ihm vor die Nase hält. Sie hatten ihn rausgekauft. Und er, der Idiot, dachte, er machte einen besonders cleveren Deal. Dachte, für einen wie ihn fänden sie nicht so leicht Ersatz und würden ihn zuletzt bitten zurückzukommen – welch ein Irrtum.

Eric blieb stehen und sah zum Himmel. Verdammt, es sollte noch nicht so hell sein. Über dem Meer im Osten bildete sich ein erster heller Streifen, dabei war es gerade erst vier Uhr. Eric arbeitete sich in der Dämmerung leise nach vorne. Was machte er sich Sorgen? Um diese Zeit würden sowieso alle schlafen. In diesem Moment hört er eine Tür aufgehen. Das leise Quietschen eines Scharniers, das dringend Öl gebraucht hätte. Eilig drehte er den Kopf in Richtung des Geräuschs, dann sah er, wie die Tür eines Wohnwagens aufschwang, und der Mann mit dem Löwen-Tattoo auf der Glatze, der den Stand mit der Zuckerwatte betrieb, tauchte auf. Er zog die graue Jogginghose ein Stück herunter und pisste auf den Parkplatz, ohne seinen Wohnwagen zu verlassen. Wenn der Mann jetzt herübersehen würde, musste er ihn einfach sehen. Aber nichts geschah. Eric drängte sich tiefer in das Gebüsch aus Zistrosen, das hier den Platz begrenzte. Der Mann verschwand genauso schnell in seinem Wagen, wie er aufgetaucht war. Die Tür schloss sich, kurz darauf hörte man ein Bett quietschen, und dann lag wieder Ruhe über dem Platz.

Eric robbte zum Zaun, der die Kirmes umgab. Dorthin, wo die Wohnmobile der Besitzer der Fahrgeschäfte standen. Er hatte am Abend ein Stück Zaun gelockert. Eric war schmal, wie einer, der nicht ausreichend zu essen bekam. Er schlüpfte durch den Spalierzaun wie ein Aal durch die zu weiten Maschen einer Reuse. Eric lief ein paar schnelle Schritte und blieb dann geduckt stehen.

Vor ihm erhob sich das Kettenkarussell in den blassblauen Himmel, der den Morgen ankündigte. Das Schild mit den Piraten glänzte im ersten Licht des Tages, das jetzt langsam über den Horizont kletterte.

Gleich neben dem Zugang zum Karussell befand sich das Kassenhäuschen, und in dem gab es die Dose mit dem Aufdruck RESERVESICHERUNGEN. Eric wusste, dass darin keine Sicherungen aufbewahrt wurden, denn er hatte ein paarmal beim Karussell ausgeholfen, und da hatte er genau sehen können, wie Pierre, also Monsieur Seguin, das Geld kassierte. Das Hartgeld kam in die Kasse, aber die Scheine landeten, ordentlich gefaltet, in der grünen Blechdose. Ein paar Hundert Euro konnten dort sein. Eigentlich war es Pierres Gewohnheit, seine Einnahmen nachts mit in den Wohnwagen zu nehmen und unter seinem Kissen zu verstauen, aber an diesem Abend war er nicht dazu gekommen. Die Flasche Rosé hatte ihm einen Strich durch die Rechnung gemacht.

Eric konnte Pierre nicht leiden. Der Mann ließ Eric seine ganze Verachtung spüren. Wie hatte Pierre ihn genannt? Eine gescheiterte Existenz?

Eric spürte, wie sich ihm die Nackenhaare sträubten, wenn er nur daran dachte. Noch nie hatte ihn jemand eine gescheiterte Existenz genannt. Darum hatte er diese ganze Sache eingefädelt. Hatte eine Flasche Rosé besorgt und mit Pierre getrunken. Irgendwann hatte sich der Besitzer des Karussells in sein Wohnmobil zurückgezogen. Er hatte genug gehabt für die Nacht, da war sich Eric ziemlich sicher.

Eric war mit zwei leisen Schritten am Kassenhäuschen. Der Reserveschlüssel hing neben der Tür, gleich hinter der Tafel mit den Preisen: Kinder 3 Euro, und wenn man gleich ein Paket von 10 Tickets kaufte, kostete es nur 25 Euro. Ein Geschäft, das viele genervte Eltern gerne eingingen. Hatten sie dann doch wenigstens für eine Weile ihre Ruhe, und die Kinder waren glücklich.

Die Tür zum Kassenhäuschen ließ sich fast geräuschlos öffnen. Eric wusste genau, wo er zu suchen hatte. Hinter dem Stuhl mit dem durchgesessenen Kissen stand ein Schuhkarton. Er bückte sich, hob den Karton auf den Stuhl und schob den Deckel zur Seite. Da war sie, die grüne Blechdose. Eric öffnete sie kurz. Ein schmales Bündel Scheine. Eilig schloss er die Dose und steckte sie sich unter das Hemd. Dann verließ er das Kassenhäuschen und wollte gerade mit seiner Beute verschwinden, als er ein Knarzen hörte. Im selben Moment ging eine Tür auf.

»Pierre, bist du das?«, rief der Mann mit dem Zuckerwattestand aus seinem Wohnwagen in die Morgendämmerung.

Eric sah sich hektisch um. Da lag eine Plane am Boden. Eric bückte sich. Er würde sich die Plane schnappen und dann so tun, als wollte er sie unterm Karussell verstauen. Doch dafür war es jetzt zu spät.

»Wer ist da am Karussell?«, rief der Mann aus dem Wohnwagen.

»Ich bin es, Eric. Ich wollte nur für Pierre die Planen zusammenlegen.«

»Um die Zeit? Quatsch doch keinen Scheiß.«

Aus dem Augenwinkel sah er, wie der Mann aus dem Wohnwagen in seine Crocs schlüpfte und zu ihm herüberkam. Jetzt war es zu spät, um die Dose mit dem Geld noch loszuwerden. Also bückte er sich, griff nach der grauen Plastikplane, um sein Diebesgut verschwinden zu lassen. Und da sah er es: Im ersten Moment dachte Eric, da läge eine Puppe. Eine Schaufensterpuppe für Kindergrößen, eingewickelt in graue Plastikfolie. Wie in einen zu kleinen Müllsack, bei dem nur der Kopf herausschaute.

Es war ein Junge, dachte Eric, und er war blond gewesen. In

seinen Haaren hatten sich Kletten verfangen. Die Haut des Jungen war grau, wie altes Wachs, und spannte über den Wangenknochen. Die Augen waren unnatürlich verdreht und starrten regungslos in den Himmel. Eric betrachtete ihn wie gelähmt.

»Fass ihn nicht an!« Der Glatzkopf war aus seinem Wohnwagen gestiegen und raunzte Eric an. »Fass den bloß nicht an.«

»Ist der tot?«, fragte Eric wie gelähmt.

»Toter geht's gar nicht«, meinte der andere und griff nach seinem Handy. »Besser, wir rufen die Polizei.«

26. Kapitel

Das Handy klingelte, aber Leon konnte sich einfach nicht erinnern, wo er es hingelegt hatte. Es klingelte weiter. Lästig, nervig. Als er in seinem Büro am Computer gesessen hatte, hatte er es doch noch gehabt. Daran erinnerte er sich genau. Oder doch nicht? War das gestern gewesen?

Es läutete weiter. Was machte er sich eigentlich verrückt? Ständig rief irgendjemand im Büro an und nervte mit Nebensächlichkeiten. Aber was, wenn es diesmal ein wichtiger Anruf war? Wenn Isabelle ihn vielleicht brauchte?

Es klingelte weiter. Leon konzentrierte sich. Das Klingeln kam aus der Kühlkammer, der Leichenkammer. Er folgte dem enervierenden Geräusch. Es wurde immer lauter. Schien sich regelrecht in seinen Kopf zu bohren. Da war es wieder, direkt vor ihm. Erstaunt zog er die Bahre aus der Halterung nach vorne und wusste im selben Moment, wer da lag: Isabelle.

In dieser Sekunde wachte Leon auf.

Leon sah ein Handy auf seinem Nachttisch blinken. Das war nicht sein Handy. Es gehörte Isabelle. Sie lag neben ihm. Blinzelnd öffnete sie die Augen und sah ihn an.

»Geht's dir gut?«, murmelte sie.

»Alles in Ordnung«, antwortete Leon, »nur ein verrückter Traum.«

»Erzähl ihn mir beim Frühstück«, sagte Isabelle und drehte sich um. »Ich schlaf noch eine Runde.«

Leon nahm das Handy, sah kurz auf das Display und reichte es Isabelle.

»Für dich, das Büro«, sagte er.

»Um die Zeit?«, wunderte sich Isabelle, griff aber nicht nach dem Handy. »Es ist noch nicht mal sechs Uhr. Lass uns noch ein kleines bisschen schlafen.«

»Na gut …« Leon schaltete das Gerät aus. Isabelle lächelte dankbar. Leon drehte sich noch einmal um und legte liebevoll seinen Arm um sie. Im selben Moment zerriss jedoch erneut ein Klingeln die Stille. Diesmal war es Leons Handy.

»Sag ihnen, sie sollen uns in Ruhe lassen«, jammerte Isabelle.

Leon drückte auf die Gesprächsannahme. Warum wollten sie mit ihm sprechen, um diese Zeit?

»Ja, Ritter«, meldete er sich. Dann lauschte er konzentriert in den Hörer.

»Was wollen die denn?«, flüsterte Isabelle dazwischen. Leon hob beschwichtigend die Hand.

»Ja, natürlich wissen wir, wo das ist«, sagte er. »Geben Sie uns zwanzig Minuten. Und lassen Sie niemand in die Nähe. Keiner soll irgendetwas anfassen. Vor allem nicht das Opfer.«

Leon drückte den roten Knopf und beendete das Gespräch.

»Was wollten die von dir?«, fragte Isabelle.

»Von uns beiden«, sagte Leon, während er aufstand und in Richtung Badezimmer ging. »Sie haben offenbar Lucas Marsenne gefunden.«

»Tot?«, fragte Isabelle erschrocken.

Leon nickte nur kurz.

Zwanzig Minuten später waren Leon und Isabelle am Kirmesplatz. Inzwischen standen ein halbes Dutzend Polizeiautos am Eingang, und das Absperrband verhinderte, dass allzu neugierige Touristen Spuren vernichteten. Als ein Beamter der Gendarmerie Isabelle erkannte, hob er das Flatterband hoch und ließ sie und Leon passieren.

»Bonjour«, sagten Leon und Isabelle.

»Bonjour, es ist gleich da vorne, Capitaine.« Der Beamte deutete auf die Fahrgeschäfte. »Gleich neben dem Karussell.«

Inzwischen stand die Julisonne bereits eine Handbreit über dem Horizont, und Leon war froh, dass er im Rauslaufen noch seinen Strohhut aufgesetzt hatte. Am Karussell kam ihnen Masclau entgegen.

»Bonjour«, grüßte Leon.

»Bonjour Capitaine, Docteur«, sagte er höflich in Richtung Leon und ergänzte: »Die haben den Jungen ganz schön zugerichtet, so viel steht mal fest.«

»Ich hatte doch ausdrücklich darum gebeten, dass niemand ...«, begann Leon.

»Niemand hat den Toten angerührt«, unterbrach Masclau, »genau wie Sie gesagt haben.«

Leon stand jetzt vor dem Opfer. Offensichtlich hatte jemand versucht, den kindlichen Körper in eine der Regenplanen einzuwickeln, mit der man das Karussell bei Unwetter schützen konnte.

»Hat jemand von hier die Plane um den Jungen gewickelt?«, wollte Leon wissen.

»Der Zeuge hat mir gesagt, er hätte den Toten genau so hier gefunden.«

»Wer ist der Zeuge?«, fragte Isabelle.

»Eric Soundso«, sagte Masclau. »So ein kleiner Handlanger. Hat versucht, die Kasse vom Karussell zu klauen.«

»Ich möchte mit ihm sprechen«, sagte Isabelle.

»Er sitzt im Einsatzwagen.« Masclau deutete zum Eingang der Kirmes, wo zwei Streifenwagen und ein ausgebauter Minibus mit verdunkelten Scheiben standen. »Hat die Hosen voll. Ich glaube, er hat mit der ganzen Sache echt nichts zu tun.«

Leon kniete auf dem sandigen Boden. Er hatte seine verschrammte Aktentasche aufgeklappt und streifte sich ein Paar der hauchdünnen Latexhandschuhe über, um den Körper des Jungen auf Verletzungen zu untersuchen.

Der Junge, der da vor ihm in den Regenplanen lag, war etwa sieben Jahre alt und blond. Leon müsste ihn sich genauer ansehen, um festzustellen, ob es sich bei dem Jungen um das Entführungsopfer handelte, doch für den Moment galt es in jedem Fall, eine Untersuchung vor Ort durchzuführen – ob er nun Lucas Marsenne vor sich hatte oder nicht.

Vorsichtig zog Leon die Plane zur Seite. Der Junge lag auf der Seite, mit dem Rücken zu Leon. Er trug eine aufgekrempelte Jeans und ein völlig verdrecktes T-Shirt. Er war barfuß. An den Füßen hatte das Kind diverse Verletzungen, soweit Leon das auf den ersten Blick sagen konnte. Geronnenes Blut könnte ein Hinweis darauf sein, dass die Verletzungen bereits ein oder eher noch zwei Tage alt waren, dachte er bei sich.

Leon hob das T-Shirt etwas weiter an und wunderte sich, dass er keine Totenflecken erkennen konnte. Die Livores bildeten sich innerhalb der ersten zwei bis sechs Stunden nach dem Tod eines Menschen. Wie lautete der alte Spruch der Rechtsmediziner: Keine Totenflecken, kein Toter.

Eine Weisheit aus den Kindertagen der Rechtsmedizin, die im frühen achtzehnten Jahrhundert zu voller Blüte erwachsen war. Das Opfer schien genau auf ebendiesen Flecken zu liegen. Das hieße allerdings, dass es schon eine ganze Weile in dieser Position hier liegen musste. Leon wendete vorsichtig den Körper des Jungen, sodass er ihn jetzt von vorn sehen konnte. Die Beine und Arme des Jungen waren noch beweglich, aber Leon spürte, dass sich in den Gelenken Versteifungen aufgebaut hatten.

»Können Sie sagen, wie lange er schon tot ist?«

Leon hatte Polizeichef Zerna gar nicht kommen sehen. Aber es war klar, dass Zerna sich die Chance auf eine gute PR nicht würde entgehen lassen, schon gar nicht, wenn sie dazu beitrug, das eigene Renommee aufzumöbeln. Zumal bereits der Übertragungswagen von Canal 6 zur Absperrung rollte.

»Sehen Sie zu, dass keiner von diesen Leuten hier in die Nähe kommt«, schimpfte Zerna nun mit einem Blick über die Schulter.

»Geht klar, Patron«, antwortete Masclau übertrieben höflich, der wusste, dass sein Chef die altmodischen Umgangsformen mochte. Dabei winkte er in Richtung Eingang, wo Polizisten ein paar neugierige Touristen abwiesen, die trotz der frühen Stunde wie die Geier um das Gelände kreisten.

»Also«, fragte Zerna jetzt wieder an Leon gewandt, »wie lange ist er tot?«

»Schwer zu sagen.« Leon betrachtete den Jungen. Irgendetwas stimmte hier nicht. »Ich muss ihn mir genauer ansehen.«

»Ich bitte Sie«, sagte Zerna. »Irgendetwas werden Sie doch haben, das ich den Reportern geben kann.«

In diesem Moment begriff Leon, was ihn störte. Es war die linke Hand des Jungen. Eben hatte sie noch ausgestreckt am Körper angelegen. Jetzt, keine drei Minuten später, schien die Hand sich im Krampf zusammengezogen zu haben. Wie eine Spinne lag sie jetzt auf dem Bein des Jungen. Leon merkte plötzlich, wie sein Puls sich beschleunigte. Schweiß breitete sich auf seinem Rücken aus.

Er zwang sich, ruhig zu bleiben, und griff in die Aktentasche und zog eine kleine bleistiftdünne LED-Lampe hervor, die er einschaltete. Dann leuchtete er in die Augen des Opfers. Erst links, dann rechts. Er stutzte: Das war unmöglich. Leon versuchte es noch einmal, wobei er dafür sorgte, dass das Gesicht des Jungen jetzt im Schatten lag. Leon schaltete die kleine grelle Lampe an – und wurde blass.

Auch bei Rechtsmedizinern kam es gelegentlich zu ärztlichen Kunstfehlern. Verletzungen, die übersehen wurden, Krankheiten, deren Symptome nicht richtig erkannt wurden. Sogar tödliche Schussverletzungen konnten bei einer Obduktion gelegentlich übersehen werden. Das alles kam vor. Aber es gab eine Situation, die der absolute Albtraum für jeden Rechtsmediziner war: Wenn das tot geglaubte Opfer sich plötzlich als lebendig erwies.

»Wir brauchen einen Krankenwagen«, rief Leon dem Lieutenant mit sich überschlagender Stimme zu. »Sofort! Der Junge lebt!«

27. Kapitel

Lucas Marsenne lag auf der Intensivstation: Seine Identität war mittlerweile zweifelsfrei nachgewiesen. Eine Oberärztin und ein Notfallmediziner kämpften um das Leben ihres siebenjährigen Patienten, dessen Vitalwerte auf der großen Anzeige neben dem Krankenbett zu sehen waren. Endlich war der Puls des Siebenjährigen etwas gesunken, und die Sauerstoffsättigung stand jetzt wieder bei über fünfundneunzig Prozent. Leon, der in der Ecke des OP-Raumes stand, konnte zum ersten Mal erleichtert aufatmen.

Eine Intensivschwester hängte eine neue Flasche mit Ringerlösung an den Infusionsständer. Die Situation schien sich endlich zu entspannen. Seit fast zwei Stunden wurde der Junge jetzt auf der Station erstversorgt. Zwischendurch hatte es ein paarmal so ausgesehen, als würde das Kind es nicht schaffen. Sein Körper war vollkommen dehydriert. Es war ganz offensichtlich: Jemand hatte dafür gesorgt, dass der Junge von jeder Flüssigkeitszufuhr abgeschnitten war. Nur der robusten Gesundheit des Siebenjährigen war es zu verdanken, dass er diese Tortur überstanden hatte.

Aber warum hatten sich die oder der Täter nicht besser um das Wohl des Kindes in der Gefangenschaft gekümmert, fragte sich Leon. Was für ein Sinn hätte es, einen Siebenjährigen zu quälen?

Vielleicht geht es um Rache, führte er seine Überlegungen fort. Rache war eines der ältesten Mordmotive der Menschheitsgeschichte. Aber wer käme dafür infrage? Jemand, der die Familie aus der Nähe beobachtete. Jemand, der Schlimmes erlebt hatte und der sich an der Gesellschaft rächen wollte?

Es klopfte an der Tür.

»Nein, jetzt nicht!«, rief Dr. Menez, noch bevor der unbekannte Besucher die Tür öffnen konnte. Es gab zu viele Neugierige an diesem Morgen in der Klinik, und die Ärzte waren besorgt, dass Lucas einen Rückfall erleiden könnte. Bereits auf der Fahrt in die Klinik war der Junge ins Koma gefallen. Er hatte nicht mehr sprechen können, keinen noch so kleinen Hinweis geben können, wo er sich in den letzten achtundvierzig Stunden aufgehalten hatte. Und er konnte auch nicht dabei helfen, die wichtigste Frage von allen zu beantworten: Wo war Louisa, seine kleine Schwester?

Lucas konnte mit niemandem sprechen. Nicht mit seinen Eltern, die im Gang der Intensivstation warteten, nicht mit der Polizei, die die Abteilung bewachte, und nicht mit den Ärzten und dem Pflegepersonal.

Normalerweise hätte Leon den Jungen bis zur Notaufnahme begleitet und wäre dann zurück in seine eigene Abteilung gegangen. Aber in diesem Fall hatte Leon einen Sonderstatus. Dr. Menez hatte den Kollegen aus der Rechtsmedizin von Anfang an in seine Untersuchungen miteinbezogen. Vielleicht würde Leon aus dem Blickwinkel des Rechtsmediziners Spuren entdecken, die ein Unfallmediziner leicht übersehen hätte. Natürlich war eine Befragung des Opfers auch für Dr. Menez in diesem Moment vollkommen ausgeschlossen. Was der Siebenjährige jetzt unbedingt brauchte, war absolute Ruhe. Egal, welche Hoffnungen sich Eltern und Polizei gemacht hatten, der Junge konnte ihnen nicht helfen. Lucas lag im Koma, und so würde es auch für unbestimmte Zeit bleiben. Egal, wie sehr Eltern und Polizei die Ärzte drängten. Als Zerna den Leiter der Intensivstation gefragt hatte, ob man das Kind nicht irgendwie aus dem Koma aufwecken könnte, um mehr Information zu erhalten, hatte der Oberarzt den Polizeichef empört der Station verwiesen.

Die Anspannung war grenzenlos. Vor zwei Tagen waren die Kinder entführt worden. Nun schien die Lösung des Falles plötzlich in greifbare Nähe gerückt zu sein, und ausgerechnet jetzt waren alle zum Warten verurteilt. Zerna und die Beamten der Gendarmerie mussten sich mit der enttäuschenden Auskunft der Ärzte abfinden. Für die Eltern war es schier unerträglich, der Lösung des Falls so nahe zu sein und doch nicht das Geringste zu wissen. Auch die Eltern hatte Dr. Menez gebeten, ihren Sohn im Augenblick nicht zu besuchen. Zumindest so lange nicht, bis der Kreislauf des Kindes stabil wäre. Das konnte Stunden, aber im schlechtesten Fall auch Tage dauern.

Leon hatte das Kind so genau untersucht, wie es den Umständen entsprechend möglich war. Der Junge hatte zwei schwere Tage hinter sich, so viel konnte Leon jetzt schon mit Sicherheit sagen. Der Körper zeigte eine ganze Reihe unterschiedlicher Verletzungen. Da waren Schürfwunden an Händen, im Gesicht und an den Füßen. Außerdem eine Fraktur des dritten und vierten Rippenbogens. Dazu auch noch ein Bruch des Schlüsselbeins, was starke Schmerzen verursacht haben musste. Nach seinem ersten Eindruck würde Leon sagen, dass sie es hier mit einem Unfallgeschehen zu tun hatten. Vielleicht war der Junge gestürzt oder angefahren worden.

Fest stand, dass der Körper des Kindes stark dehydriert war. Nach Leons Einschätzung hatte Lucas in den letzten achtundvierzig Stunden überhaupt keine Flüssigkeit mehr zu sich genommen. Dasselbe galt für feste Nahrung. Wie sich bei der Blutuntersuchung herausstellte, hatte der Junge eine größere Menge eines Sedativums eingenommen. Eine Menge, die leicht für einen Erwachsenen gereicht hätte. Darüber hinaus war dem Kind zusätzlich eine hohe Dosis eines Schlafmittels appliziert worden, dessen genaue Struktur noch untersucht wurde. Beide Mittel hätten für sich ausgereicht, das junge Opfer umzubringen. Dass das Kind die Tortur überstanden hatte, grenzte, nach Aussage von Dr. Menez, an ein Wunder.

Leon hatte noch eine Beobachtung gemacht, die völlig aus dem Rahmen zu fallen schien. Jemand hatte dem Jungen ein kleines Armband aus den Blüten eines Oleanders geflochten. Das war deshalb bemerkenswert, weil der Oleander nicht nur wegen seiner verschwenderischen Blütenpracht gerühmt wurde, sondern schon bei den alten Griechen als hochgiftig galt.

28. Kapitel

Polizeichef Zerna hatte eine Krisensitzung für acht Uhr in der Frühe anberaumt. Leon bezweifelte, dass Zerna zu dieser frühen Stunde überhaupt Mitarbeiter motivieren konnte, sich in der Kantine zu versammeln. Er sollte sich irren. Als Leon gegen acht Uhr im Polizeirevier in der Avenue André del Monte eintraf, war die Station bereits voller Polizeibeamter. In der Kantine war kein einziger Sitzplatz mehr frei, und die besonders Neugierigen standen sogar in den Gängen. Sogar Kommissarin Lapierre hatte sich in aller Frühe auf den Weg gemacht, um rechtzeitig zum Briefing zu erscheinen.

Natürlich hatte sich die Meldung über den Jungen von der Kirmes längst herumgesprochen, und jeder Polizeibeamte der Gendarmerie nationale wollte dabei sein, wenn neue Entwicklungen in diesem rätselhaften Fall verkündet wurden.

Polizeichef Zerna saß wie üblich am Kopf des Besprechungstisches, direkt unter der vier Quadratmeter großen Detailkarte von Le Lavandou und Umgebung.

Wie ein Fürst, der sein kleines Reich verwaltete, dachte Leon. Zerna lächelte breit. Er genoss den Augenblick, in dem alle darauf warteten, dass der Chef der Gendarmerie diese außerplanmäßige Sitzung eröffnete. Zerna klopfte mit dem Schlüssel hart und laut auf die Tischplatte.

»Guten Morgen, messieurs dames. Ich freue mich, dass so reges Interesse am Fall Marsenne besteht.« Zerna warf einen Blick in die Runde gespannter Gesichter. »Trotzdem brauchen wir hier mehr Platz. Ich bitte daher alle Kollegen, die nicht unmittelbar an dem Fall arbeiten, jetzt den Saal zu verlassen.«

Gemurmel war zu hören, Stühle wurden gerückt, und ein gutes Dutzend Beamte verließen unter leisem Protest den Raum.

»Danke«, sagte Zerna, als die Tür geschlossen wurde. »Wie Sie alle wissen, wurde heute Morgen gegen fünf Uhr früh Lucas Marsenne gefunden.«

Zustimmendes Klopfen an den Tischen.

»Leider muss ich Ihnen mitteilen, dass es gesundheitlich nicht gut um den Jungen steht«, erklärte der Polizeichef. »Wer immer ihn entführte, hat ihn schwer misshandelt.«

»Verdammte Dreckschweine«, sagte Didier Masclau mit gepresster Stimme, aber doch so laut, dass ihn die anderen im Raum hören konnten. Zustimmendes Gemurmel brandete auf.

»Lieutenant, bitte«, beschwichtigte Isabelle.

»Stimmt es, dass der Junge nicht sprechen kann?«, fragte Kommissarin Lapierre, die wie üblich mit am Besprechungstisch saß.

»Der kleine Junge liegt noch immer im Koma«, sagte Zerna. »Das ist im Augenblick alles, was ich weiß.«

»Und was sollen wir jetzt tun? Was sage ich meinem Team?«, fragte eine Polizistin aus der ersten Reihe. »Wo sollen wir nach den Tätern suchen?«

»Wie sieht es mit den Zeugen von der Kirmes aus?«, fragte Zerna in Richtung von Isabelle.

»Wir haben im Augenblick nur zwei Zeugen«, erklärte die stellvertretende Polizeichefin und sah auf ihren Notizblock. »Da ist einmal ein gewisser Pierre Seguin, der auf der Kirmes ein

Karussell betreibt und in der Nähe von Pierrefeu-du-Var wohnt. Wir wissen im Augenblick noch nichts Genaueres, sondieren aber sein Umfeld. Der zweite Zeuge beziehungsweise Verdächtige heißt Eric Laurent. Er hat den Jungen angeblich rein zufällig bei dem Karussell gefunden.«

»Der Typ hat Dreck am Stecken, da gibt's ja wohl gar keine Zweifel«, platzte ein älterer Polizist dazwischen.

»Der wollte angeblich die Kasse vom Karussell klauen. Hat er zumindest gesagt. Da ist er ganz zufällig auf den Jungen gestoßen.«

»Dieser Seguin, ist der noch in U-Haft?«, fragte Zerna in Isabelles Richtung, obwohl er die Antwort kannte.

»Für die Unterbringung in der U-Haft bestand kein hinreichender Verdacht. Wir haben ihn nur als Zeugen befragt und ihn danach auf freien Fuß gesetzt«, sagte Isabelle. »Was sollten wir machen? Er hatte ein Alibi für den Zeitpunkt der Entführung.«

»Ist ja schon gut.« Zerna winkte ab.

»Gibt es zu diesem Zeitpunkt überhaupt Spuren, aus denen sich Rückschlüsse auf eine Entführung der Opfer ergeben könnten?«, fragte Kadir, der links neben Zerna saß und Zeugenaussagen durchblätterte.

»Genau diese Frage würde ich gerne unserem Médecin Légiste stellen.« Kommissarin Lapierre wies mit einer höflichen Geste auf Leon, der neben ihr Platz genommen hatte.

»Danke, Madame«, sagte Leon, »aber leider haben wir noch keinen Durchbruch erzielt. Vielleicht helfen uns ja die kleinen Steine dabei, dieses große Puzzle zusammenzufügen.«

»Was ist mit dem Fundort des Opfers?«, fragte Lieutenant Kadir.

»Wir wissen, dass der Fundort nicht das Versteck des Opfers gewesen sein kann«, begann Leon. »Der Junge ist also bereits verletzt gewesen, als ihn vergangene Nacht jemand zwischen den Planen abgelegt hat.«

»Und das hat keiner mitbekommen?«, mischte sich die Kommissarin aus Toulon wieder ein.

»Wir suchen händeringend nach Zeugen«, sagte Isabelle. »Wir sprechen mit jedem Anwohner. Bisher leider ohne Erfolg.«

»Wie lange lag der Junge bei dem Karussell?«, fragte die junge Polizistin, die ganz vorne auf der Stuhlkante saß, um auch ja kein Detail zu verpassen.

»Der Körper des Jungen weist Schürfwunden auf, an denen das Blut noch nicht geronnen war«, sagte Leon. »Nehmen wir diese Verletzungen als Zeitmaß, dann hat der Junge maximal vier Stunden dort gelegen.«

»Ist es möglich, dass das Kind sich aus eigener Kraft an diese Stelle geschleppt hat?«, wollte die Kommissarin wissen.

»Das halte ich für so gut wie ausgeschlossen«, erwiderte Leon. »Erstens war der Junge aufgrund seiner Verletzungen gar nicht in der Lage zu laufen«, begann er, »außerdem hatte er schwere Beruhigungs- und Schlafmittel im Blut. Er konnte sich also aus eigener Kraft kaum bewegen. Und dann würde sich auch die Frage stellen, ob niemandem ein Kind aufgefallen wäre, das sich mitten in der Nacht durch den Ort schleppt.«

»Das bringt uns zu einer weiteren Frage«, sagte Zerna. »Nämlich warum das Kind ausgerechnet dort am Karussell abgelegt wurde.«

»Sie meinen, es besteht eine Verbindung zwischen der Kirmes und dem Täter?«, fragte die Polizistin.

»Ist das nicht offensichtlich?«

»Jemand wollte das Kind loswerden«, überlegte Leon. »Vielleicht war die Belastung für den oder die Täter zu groß geworden. Eine Entführung bedeutet immer auch Stress.«

»Jemand wirft doch ein Kind nicht so einfach weg«, sagte die Kommissarin.

»Vielleicht dachte der Täter, der Junge wäre tot«, schlug Kadir vor. »Das haben wir im ersten Moment ja auch gedacht.«

»Das ist alles?«, fragte die Kommissarin.

»Nein, wir haben durch die Art der Verletzungen Hinweise auf den Aufenthaltsort des Opfers erhalten.«

»Was meinen Sie, Docteur?«, wollte Zerna wissen.

»Der Junge muss gestürzt sein«, begann Leon. »Er hat ein gebrochenes Schlüsselbein und zwei angebrochene Rippen.«

»Was schließen Sie daraus?«

»Kinder holen sich solche Verletzungen auf dem Spielplatz oder beim Fahrrad- und Skatebordfahren«, sagte Leon. »Diese Verletzungen sind schmerzhaft. Jeder Mensch würde in so einem Fall ein Kind zum Arzt bringen. Aber in unserem Fall sind die Verletzungen nicht versorgt worden.«

»Weil der Täter dachte, das Kind wäre tot.« Erneut war es die junge Polizistin, die aussprach, was alle dachten.

»Drecksbande«, murmelte Didier Masclau erneut, »dem Typ würde ich auch gerne mal die Rippen brechen.«

»Seit der Entführung sind knapp drei Tage vergangen«, resümierte Leon. »In dieser Zeit ist das Kind kaum oder gar nicht bewegt worden. Es gibt aber auch keine Abwehrverletzungen. Weder an Gesicht noch an Füßen oder an den Händen.«

»Abwehrverletzungen?«, fragte die junge Polizistin.

»Der Junge hat sich nicht gegen Übergriffe verteidigen müssen. Wir haben auch keinerlei Hinweise auf einen Fall von sexuellem Missbrauch gefunden.«

»Wo sollen wir Ihrer Meinung nach suchen?«, fragte Lieutenant Kadir. »Gibt es keine Spuren, die auf eine bestimmte Art von Versteck weisen?«

Leon dachte einen Moment nach und warf noch einen kurzen Blick auf die Unterlagen.

»Eine eindeutige Spur gibt es nicht, aber vielleicht Hinweise«, sagte Leon. »Erstens hat der Junge irgendwo gelegen, wo sein Körper vor direktem Sonnenlicht abgeschirmt wurde. Wir haben zurzeit eine sehr starke Sonnenstrahlung mit hohem UV-Anteil. Der Junge hat aber keinen Sonnenbrand.«

»Sie meinen, er lag in einem Keller?«, wollte Didier Masclau wissen.

»Ein Keller oder ein schattiger Raum. Das wären zumindest naheliegende Möglichkeiten«, sagte Leon. »Bei den Hautverletzungen handelt es sich um Abschürfungen und einige Hämatome. Vom Muster her würde ich sagen, der Junge ist eine Treppe hinuntergefallen.«

»Ist das nicht ein bisschen sehr weit hergeholt, Docteur?« Leon konnte Skepsis in Zernas Stimme hören. »Sonst noch etwas?«

»Ja, es gibt da noch etwas«, sagte Leon. »Der Junge hat zahlreiche Insektenbisse an den Beinen und an den Unterarmen.«

»Was waren das für Insekten?«, fragte Kommissarin Lapierre. »Kann man das schon sagen?«

»Camponotus herculeanus, Holzameisen«, sagte Leon. »Die Tiere sind etwa anderthalb Zentimeter lang. Ihre Bisse sind schmerzhaft und verursachen leichte Schwellungen auf der Haut. Diese Ameisenart ist relativ selten in der Provence.«

»Gibt es ein Fahndungsfoto von den Viechern?« Masclaus Frage brachte ihm einige Lacher ein.

»Leider nicht«, sagte Leon in gespieltem Ernst. »Aber Ameisen dieser Größe halten sich ausgesprochen selten in Häusern auf. Bisse dieser Ameisenart würden eher für ein Versteck im Freien sprechen. Vielleicht gibt es an der Stelle totes Holz, etwa

Zedern oder Fichten, die vom Borkenkäfer zerstört worden sind. Aus totem Holz bauen sich diese Ameisen ihre Nester.«

»Na dann, mesdames messieurs, Sie haben den Docteur gehört. Gehen wir an die Arbeit.«

29. Kapitel

Nur wenige Stunden später, gegen dreizehn Uhr, bekam Leon einen dringenden Anruf aus der Klinik auf sein Handy: Lucas Marsenne war zu sich gekommen.

Als Leon die Klinik erreichte, war er nicht der erste Besucher auf der Intensivstation. Am Bett seines Sohnes stand ein stummer Roger Marsenne in schwarzer Jeans und schwarzem Hemd und starrte auf Lucas, als hätte der Siebenjährige seinem Vater soeben den ganzen Tag verdorben. Neben ihm stand seine Frau Julie. Sie wirkte verstört, fast hilflos angesichts der Situation. Vorsichtig fuhr sie mit den Händen über ihren Sohn und schien die Kabel und medizinischen Zugänge nur mit den Fingerspitzen zu berühren. Sanft streichelte sie seine Hand, aber der Junge zeigte keine Reaktionen.

Lucas machte auf Leon ganz und gar nicht den Eindruck, als sei er gerade wieder zu sich gekommen. Ganz im Gegenteil, sein Blick war trübe, die Augen schienen verdreht, sodass die Pupillen fast vollkommen hinter den oberen Augenlidern verschwunden waren. Immer wenn sein Vater versuchte, ihn anzusprechen, zuckte der Junge zusammen, als ob ihn ein Stromschlag getroffen hätte, und starrte minutenlang auf die Zimmerwand. Dr. Menez stand zusammen mit der Stationsschwester am Bett des Kindes und versuchte, sich zwischen den Siebenjährigen und seinen Vater zu schieben. Aber Monsieur Marsenne beachtete den Arzt überhaupt nicht. Er beugte sich zu seinem Sohn und redete mit dem Kind, als müsste es ihn verstehen, während der Junge leise Klagegeräusche ausstieß.

»Lass ihn, Roger, bitte«, sagte Julie.

»Wir gehen jetzt hier raus«, sagte der Vater und schlug die Decke seines Kindes zurück. »Wir haben hier nichts verloren.«

»Sag so was nicht. Lucas ist hier bestimmt gut aufgehoben«, sagte Julie. »Wir können ja später noch einmal wiederkommen«, sagte sie in Richtung von Dr. Menez. »Wenn es ihm besser geht.«

»Ich muss Sie bitten, jetzt die Intensivstation zu verlassen«, Dr. Menez stellte sich dem Vater in den Weg und sprach diesmal in einem schärferen Ton.

»Ich bin selbst Mediziner, ich kann sehr gut beurteilen, ob mein Sohn Ihre Abteilung verlassen kann oder nicht«, sagte Monsieur Marsenne. »Der Junge wird bestimmt keine Minute länger bleiben als unbedingt nötig.«

In diesem Moment griff der Vater nach der Armbeuge des Siebenjährigen und zog den Infusionsschlauch vom Zugang ab. Ein feiner Strahl von Infusionsflüssigkeit sprühte über das Bett und auf die Anzeige der Vitalwerte.

»Roger, nicht ...!«, sagte seine Frau.

»Was tun Sie denn da?«, ging die Stationsschwester resolut dazwischen und tippte dem Vater auf die Hände, als hätte sie es mit einem ungezogenen Kind zu tun und nicht mit dem Chef eines der größten medizinischen Fachlabore Südfrankreichs.

»Wir gehen jetzt«, sagte der Vater zu seinem Sohn, aber der schien ihn gar nicht wahrzunehmen.

»Ich kann auch die Wachmänner rufen.« Die Schwester hielt jetzt ihr Funkgerät in der Hand, und der Daumen schwebte direkt über dem Kontaktknopf.

»Roger, bitte«, sagte Julie.

In diesem Moment löste sich Leon aus der kleinen Gruppe und ging auf den Vater zu.

»Monsieur et Madame Marsenne, hätten Sie einen Moment für mich?«, unterbrach Leon die angespannte Situation in einem Tonfall, als wollte er nur mal schnell über das Wetter plaudern. Aber die Unterbrechung genügte, damit die Beteiligten aus dem Tritt gerieten.

Leon legte dem Vater die Hand auf den Unterarm und schob ihn freundlich, aber bestimmt aus dem Zimmer nach draußen in den Gang. Julie folgte stumm.

»Ich denke, es ist jetzt gut für Ihren Sohn, wenn Sie ihm einen Moment Ruhe gönnen«, sagte Leon, als wäre die Sache bereits entschieden. Sanft schloss er die Tür hinter ihnen.

Einige Minuten später verabschiedete sich Monsieur Marsenne und entschuldigte sich bei Leon, dass er dringend in seinem Büro erwartet würde. Er ging den Gang hinunter, und Julie folgte ihm stumm.

Jetzt war Leon zum ersten Mal ohne die Eltern mit dem Entführungsopfer. Der Siebenjährige verhielt sich genauso, wie es Dr. Menez bereits am Telefon beschrieben hatte. Er war zwar aus einer tiefen Ohnmacht aufgewacht, aber das hieß noch lange nicht, dass er auch schon in der Gegenwart angekommen war.

Dr. Menez räusperte sich verhalten.

»Erleben Sie so etwas öfter hier oben?«, fragte Leon.

»Patienten, die selbst Mediziner sind, machen oft die größten Probleme«, sagte Dr. Menez.

»Ich denke, er war einfach nur fertig mit den Nerven«, sagte Leon.

»Allerdings. So was haben wir hier oben auch nicht oft«, sagte

Menez mit einem Kopfschütteln und einem letzten Blick auf den Jungen.

»Was meinen Sie, wann kann die Polizei den Jungen vernehmen?«, fragte Leon seinen Kollegen, als die beiden Mediziner auf den Gang der Intensivstation traten.

»Am besten noch nicht so bald«, sagte Dr. Menez.

»Das sehe ich genauso«, sagte Leon mit verschwörerischem Blick.

»Im Augenblick würde der Junge gar nichts sagen«, meinte Dr. Menez. »Jede Minute, in der er noch nicht von der Polizei befragt wird, ist ein Gewinn für das Kind.«

»Was ist Ihr Eindruck?«, fragte Leon den Kollegen. Menez sah ihn an, zögerte. »Das Kind war immerhin über achtundvierzig Stunden in der Gewalt seiner Entführer und trifft heute zum ersten Mal seinen Vater wieder.«

»Der scheint an dem Jungen nicht besonders interessiert zu sein«, sagte Dr. Menez.

»Sehe ich auch so«, sagte Leon. »Was halten Sie von der Reaktion der Mutter?«

»Ähnlich wie beim Vater. Es war kaum eine emotionale Bindung zwischen Mutter und Sohn zu spüren«, sagte der Arzt. Seufzend fügte er hinzu: »Aber nicht so auffällig wie beim Vater.«

»Als würde er seinen Vater nicht wiedererkennen«, sagte Leon. »Vielleicht will er ihn ja nicht wiedererkennen.«

»Warum nicht?«

»Keine Ahnung«, sagte Leon.

Diesmal betrat Leon allein das Intensivzimmer. Es war jetzt angenehm ruhig und kühl in dem Raum. Von den Anzeigetafeln der Vitalwerte kam ein regelmäßiges elektronisches Piepen. Leon sah zum Krankenbett. Es war leer. Leon stutzte: Das war unmöglich.

Leon und Dr. Menez hatten noch bis vor einer Minute vor der Zimmertür gestanden. Und die Fenster der klimatisierten Abteilung ließen sich nicht öffnen. Der Junge konnte diesen Raum also gar nicht verlassen haben. Leon ging in die Knie. Und da lag Lucas in seinem Schlafanzug mit den Rennautos darauf und hatte sich in die Krankenhausdecke eingewickelt. Als ihn Leons Blick traf, drehte er sich abrupt weg und gab ein Geräusch von sich, das wie ein leises Wimmern klang.

Leon griff vorsichtig nach dem zitternden Kind. Behutsam zog er den Jungen unter dem Bett hervor. Während er die ganze Zeit mit Lucas in einem freundlichen, unaufgeregten Ton redete. Dann hob Leon den Jungen auf das Bett, ordnete die Schläuche und Kabel der Überwachungsmonitore, bis aus der zuckenden EKG-Anzeige wieder eine ruhige Kurve geworden war, die nur noch neunzigmal in der Minute ausschlug. Dann war der Junge eingeschlafen.

30. Kapitel

Polizeichef Thierry Zerna hatte in seinen fünfundzwanzig Jahren Berufsleben die bittere Erfahrung gemacht, dass es so gut wie nichts gab, kein Geheimnis, keinen Skandal und schon gar keine Entführung, bei der sich nicht irgendjemand fand, der bereit war, jedes Ermittlungsdetail auszuplaudern. Manche Menschen taten das aus Geltungssucht, andere aus Geldgier. Anfangs konnte Zerna solche Informationen meist noch für eine Weile unter dem Deckel halten. Etwa mit der Drohung, dass er die »Innere« einschalten würde. Aber irgendwann brachen alle Dämme. Dann hieß es im Fernsehen »Sondermeldung«. Für Zerna stand der Begriff für gewaltigen Ärger.

Zerna hatte ein sehr ambivalentes Verhältnis zu Reportern. Auf der einen Seite brauchte er sie, denn der Polizeichef war eitel und hatte gelernt, dass man Reporter sehr gut für die eigene Karriere einsetzen konnte. Denn eines hatte Zerna ganz gewiss nicht vor, und das war, diesen Job zu behalten, bis die Frühpensionierung ihn erreichen und zur Teilnahme an Angelwettbewerben verdammen würde.

Zernas Traum war es, eines Tages in die Kriminalinspektion nach Marseille versetzt zu werden oder wenigstens zur Kripo nach Toulon. Am liebsten wäre ihm natürlich die Mordkommission gewesen. Über die notwendige Erfahrung verfügte er, und die entsprechenden Lehrgänge hatte er längst absolviert. Was ihm jetzt noch fehlte, war ein spektakulärer Fall. Ein Fall, an dem er sein Können und seine Erfahrung beweisen konnte. Die Art von Fall, bei dem er an einer Belobigung durch den Präfekten gar nicht mehr vorbeikam. Die Zeitung würde über den Erfolg berichten, und in den TV-Sendern würde er Interviews geben. Und genau so eine Chance hatte das Schicksal jetzt für ihn vorbereitet: Er, Commandant Thierry Zerna, könnte zu dem Mann werden, der die Entführung der Marsenne-Kinder beendet hatte. Das wäre genau eine der Polizeiaktionen, die ihn ganz nach oben katapultieren könnten. Es kam nur darauf an, dass er seine Joker in diesem Spiel geschickt einsetzte. Und wie so oft, wenn eine Sache gut anfing, tauchten sofort die ersten Hürden auf. In diesem Fall war es eine Eilmeldung: *Entführter Junge wieder aufgetaucht. Wo ist Louisa?*

Das fragte sich auch Zerna ununterbrochen. Jetzt fehlte nur noch sein Name in diesem Spektakel.

Kaum war die Eilmeldung über den Jungen von der Polizei bestätigt worden, fielen die TV-Reporter wie die Heuschrecken über den sonst so gemütlichen Ort am Meer her. Und damit hatte Zerna ein Problem. Denn inzwischen war das Getöse um die jüngsten Meldungen aus dem Entführungsfall so laut geworden, dass sich sogar der Innenminister persönlich eingeschaltet hatte. Genauer gesagt war es der *sécretaire d'État*, der Staatssekretär, der angerufen hatte. Das bedeutete, dass das Innenministerium ab sofort ganz genau hinsah und Zerna mit sinnlosen Anrufen nervte.

Polizeichef Zerna hatte seine wichtigsten Lieutenants in sein Büro gebeten. Außerdem waren Madame Lapierre und Oberstaatsanwalt Bertrand Simon mit im Raum. Auch wenn die Tatsache, dass Lucas hinter dem Karussell gefunden worden war, Pierre Seguin nicht automatisch zum Verdächtigen machte, sollte

Isabelle so schnell wie möglich noch mal ausführlich mit dem Mann reden. Dabei würde Staatsanwalt Simon sie begleiten. Der Polizeichef musterte kritisch die Runde.

»Wollte Capitaine Morell nicht auch an unserer Besprechung teilnehmen?« Zerna formulierte das weniger als Frage denn als Tatsache.

»Sie spricht gerade noch mit einer Zeugin«, verteidigte Lieutenant Kadir seine Chefin.

»Scheint ja ziemlich wichtig zu sein«, stänkerte Zerna.

»So wie es aussieht, könnte sie eine wichtige Aussage zu den Vorgängen der vergangenen Nacht machen. Sie heißt Carole Roux«, erläuterte Kadir.

Als Kadir den Namen nannte, verzog Zerna genervt das Gesicht.

Carole Roux saß mit durchgedrücktem Rücken und tadellos gebügelter Bluse in Isabelles Büro. Die ehemalige Abteilungsleiterin beim Elektrizitätswerk EDF war vor zwei Jahren in den Frühruhestand gegangen. Das war in dem Jahr gewesen, in dem ihr Mann an Lungenkrebs erkrankt war. Sie wollte in den letzten Jahren seines Lebens ganz für ihn da sein. Eine liebevolle Geste, aber leider vergebens. Ihr Mann starb bereits acht Monate nach der ersten Diagnose an seiner Krankheit. Seitdem lebte Madame Roux allein in ihrem Haus beim großen Parkplatz am Meer, auf dem auch der Donnerstagsmarkt stattfand.

Carole Roux war keine Unbekannte bei der Gendarmerie. Spätestens alle drei bis vier Monate erschien die Frau, um Anzeige gegen Unbekannt zu stellen. Es ging immer um dasselbe Verbrechen, wie Madame Roux selbst nicht müde wurde zu betonen. Jemand stahl blühende Zweige ihres Jasmins, den noch ihr seliger Mann angepflanzt hatte. Immer wenn der Busch in seiner prächtigsten Blüte stand, kamen die Vandalen, um das Gartenglück von Madame Roux zu plündern.

Nachdem die Polizei sich ja offenbar nicht für die Belange und Nöte des einfachen Bürgers zuständig fühlte, wie Madame Roux betonte, hatte sie die Angelegenheit inzwischen selbst in die Hand genommen. Und so war es auch zu erklären, dass sie morgens um zwei Uhr noch einmal einen Gang durch ihren nächtlichen Garten gemacht hatte und sich dann für einen Moment auf die Bank neben dem Jasmin niedergelassen hatte, um auf diese Weise mit ihrem verstorbenen Mann stumme Zwiesprache zu halten. Und genau in diesem Moment hatte sie es gesehen.

»Was haben Sie gesehen, Madame Roux?«, fragte Isabelle mit mäßigem Interesse.

»Na, den Kerl natürlich.« Madame Roux sah Isabelle zweifelnd an.

»Sie meinen den, der an Ihrem Jasmin immer die Zweige abbricht?«

»Nein, ich dachte, es geht um den Kerl, der den Jungen entführt hat«, sagte die Ältere mit leichter Empörung in der Stimme. »In der vergangenen Nacht. Ein echter Teufel ist das.«

»Was genau haben Sie gesehen, Madame?« Isabelle spürte einen kleinen Schauder ihren Rücken hinunterlaufen. Hatte Madame Roux dieses Mal wirklich etwas beobachtet oder handelte es sich wie so häufig um eine Fehlmeldung?

»Da hat ein Lieferwagen geparkt, so ein Camion.«

»Was für eine Marke?«, fragte Isabelle.

»Keine Ahnung, spielt das denn eine Rolle? Er war alt und verbeult. Stand irgendetwas drauf.«

»Was stand da drauf? Eine Werbung?«, fragte Isabelle, aber ihre Besucherin zuckte nur mit den Schultern.

»Ich konnte es nicht erkennen«, sagte sie unwirsch. »Es war schließlich dunkel.«

»Also, was genau haben Sie gesehen?« Isabelle wurde ungeduldig.

»Ich dachte, der Mann holt Planen aus seinem Lieferwagen.«

»Was für Planen?«

»Was weiß ich. Abdeckplanen. Um das Karussell vor Regen zu schützen.«

»Haben Sie also den Mann mit dem Lieferwagen erkennen können?«

»Nicht richtig. Er war groß. Ich dachte erst, es sei Monsieur Seguin selbst, der irgendwas zu seinem Karussell bringt.«

»Kennen Sie Seguin gut?«

»Was heißt schon ›gut‹? Das ist eine kleine Stadt. Jeder kennt doch Pierre mit seinem alten Karussell.«

»Und dann? Was hat der Mann dann gemacht?«

»Der Teufel«, korrigierte Madame Roux. Dann beugte sie sich näher an Isabelles Ohr. »Er hat gehinkt, wie der Beelzebub, der abscheuliche.«

»Na gut, dann eben der Teufel. Was hat der Teufel gemacht?«, fragte Isabelle, die entgegen ihrer sonstigen Art keinen Nerv für die Extravaganzen ihrer Zeugin hatte.

»Hat die Plane hinter das Karussell gelegt und ist dann mit dem Lieferwagen wieder weggefahren«, sagte die Rentnerin, und Isabelle sah sie skeptisch an. »Ich weiß, ich hätte gleich zur Polizei gehen sollen«, kam sie Isabelle zuvor.

»Sind Sie aber nicht«, erwiderte Isabelle nüchtern.

»Es ist mir erst wieder eingefallen, als die Nachricht von dem Jungen in Fernsehen kam. Was sind das nur für Menschen?« Die Dame schüttelte den Kopf, als könnte sie so den Schrecken der vergangenen Nacht loswerden.

Isabelle hob ihr Telefon ab und drückte eine Kurzwahltaste. Auf der anderen Seite hob sofort Lieutenant Kadir ab.

»Moma«, sagte Isabelle. »Kommst du mal bitte zu mir? Ich denke, Madame Roux hat eine wichtige Zeugenaussage zu machen ... Brauchen wir alles in Ton und Bild. Danke.«

31. Kapitel

Kurz hinter dem gemütlichen mittelalterlichen Örtchen Bormes-les-Mimosas zweigte eine schmale namenlose Straße ab, die sich zunächst vor allem durch ihre enormen Schlaglöcher auszeichnete. Wer hier zum ersten Mal entlangfuhr, musste glauben, die falsche Abzweigung erwischt zu haben. Die meisten Touristen gaben spätestens nach den ersten Haarnadelkurven auf und drehten um. Wer aber keine Angst vor engen Straßen, Steinschlag, Kies auf dem Asphalt oder entgegenkommenden einsamen Radfahrern hatte, erreichte nach weiteren zwei Kilometern den Col de Landon, den höchsten Punkt der Corniche.

Isabelle und Bertrand waren aus dem Streifenwagen ausgestiegen. Didier war hinter dem Steuer sitzen geblieben und genoss bei laufendem Motor und einer Außentemperatur von vierunddreißig Grad die Segnungen einer Klimaanlage.

Isabelle ging voraus. Einen Steinwurf von der Straße entfernt gab es, versteckt zwischen windgebeugten Seekiefern, Ginster und Wacholder, eine kleine Felsformation. Von hier aus, knapp vierhundertachtzig Meter über dem Meer, hatte man wirklich eine atemberaubende Aussicht. Nach Norden und Osten fiel der Blick auf den immergrünen Nationalpark, und im Südwesten lag, tief unter ihnen, das tintenblaue Meer, das in der Nachmittagssonne funkelte.

»Habe ich zu viel versprochen?« Isabelle war stehen geblieben und reckte ihr Gesicht in Richtung der Sonne. Eine sanfte Brise strich den Hügel herauf und trug den Geruch von warmem Wacholder und den ätherischen Ölen von blühendem Lavendel mit sich. Isabelle schloss für einen Moment die Augen und ließ sich vom Wind berühren, während über ihr das Sirren Hunderter Grillen widerhallte.

Plötzlich spürte Isabelle, wie Bertrand hinter sie trat und sie sanft umarmte. Für den Bruchteil einer Sekunde genoss sie seine Nähe. Und für den Bruchteil einer Sekunde spürte sie, was aus dieser Umarmung werden konnte. Dann zuckte sie zusammen.

»Hör auf. Was soll das?«, sagte sie und befreite sich mit einem Ruck aus seiner Umarmung.

Er riss die Arme zurück, als hätte er sich an ihr verbrannt. Isabelle machte demonstrativ einen Schritt zur Seite. Sie standen jetzt an der Felskante. Tief unten sah Isabelle Segelboote durch das glitzernde Meer treiben.

Bertrand schwieg.

»Das ist die Bucht von Cavalière«, erklärte sie, um die unangenehme Stille zwischen ihnen zu überbrücken. Sie deutete auf die Küstenlinie, jetzt wieder ganz die freundliche Reiseführerin. »Und was du da drüben siehst«, sie zeigte nach Osten, »ist das Cap Nègre. Da stehen einige der schönsten alten Villen der Gegend.«

Ein Hupen unterbrach sie. »Wir müssen!«, drang Didier Masclaus Stimme vom Auto her zu ihnen herüber.

»Ende des Ausflugs«, sagte Isabelle, jetzt völlig unromantisch.

»Ich dachte, du bist der Chef in dem Laden«, erwiderte Bertrand provozierend.

»Stellvertreterin«, korrigierte sie mit ironischem Unterton. »Bei uns geht alles streng nach Vorschrift.«

»Gut zu wissen«, sagte Bertrand. Wobei er offenließ, ob er die Hierarchie in der Gendarmerie meinte oder den kleinen Zwischenfall bei den Felsen.

Zwei Kilometer weiter gabelte sich die Straße, und Didier folgte einem staubigen Feldweg. Weitere fünfhundert Meter weiter führte der Weg aus der dichten Vegetation heraus auf eine breite, trockene Geländestufe, die wie die Dekoration für einen Märchenfilm voller Einhörner, Piraten und anderer Zauberwesen wirkte.

Das war der Moment, als ihnen der schwarze Audi-SUV entgegenkam. Der Fahrer hatte zu viel Gas gegeben, und der Kies spritzte gegen den Polizeiwagen, als sich die Autos beinahe touchierten.

»Verdammtes Arschloch«, brüllte Lieutenant Masclau aus dem offenen Fahrerfenster und drückte wütend auf die Hupe. Doch der schwere Wagen verschwand schleudernd auf dem Feldweg zwischen den Büschen.

»Hat jemand das Kennzeichen gesehen?«, rief Masclau aufgebracht.

Isabelle registrierte, dass das Gesicht ihres Lieutenants vor Zorn rot angelaufen war, und sie fragte sich, was Masclau wohl mit den beiden Kerlen in dem Audi gemacht hätte, wenn sie ihnen zu Fuß begegnet wären. Die Männer im Fahrzeug waren jung gewesen. Vielleicht zwischen achtundzwanzig und fünfunddreißig Jahre. Das hatte Isabelle sogar in dem kurzen Moment gesehen, in dem der SUV an ihnen vorbeigerauscht war.

»Ich sag's euch, das Arschloch erwische ich«, murmelte Masclau voller Wut.

»Beruhige dich, Didier«, sagte Isabelle beschwichtigend. »Jetzt wollen wir alle erst mal wieder runterkommen.«

Masclau parkte den Streifenwagen energisch unter zwei großen Platanen. Als sie ausstiegen, stand die heiße Luft regelrecht zwischen den Bäumen. Auf einer Rampe befand sich ein hellblauer Traktor, auf dem in Flammenschrift das Motto dieser Fantasiewelt prangte: »Cirque de la Nostalgie«. Für einen Moment schien alles in dieser schweren, heißen Luft stillzustehen. Kein Geräusch drang an ihre Ohren. Dann setzte wie auf Kommando das Zirpen der Grillen wieder ein. Das ewige Orchester der Provence.

Isabelle sah sich um. Zwischen den Reihen großer Platanen waren mehrere alte Kirmesfahrzeuge abgestellt. Daneben auf einem Metallregal lagerten aussortierte Teile. Im Hintergrund war ein Haus zu sehen. Ein fantasieloser grauer Bungalow aus den Siebzigerjahren. Sonne und Regen hatten das Mauerwerk brüchig gemacht. Unter den Dachziegeln quoll Efeu hervor. Ein paar Meter weiter folgte ein Anbau mit einer Doppelgarage, deren Tor weit offen stand. Das Regenwasser hatte über die Jahrzehnte der Vernachlässigung breite Bärte in den Putz des Anbaus gespült. Es war ein fast surrealer Ort, wo die Kirmesnostalgie so gar nicht in die einsame Provence passen wollte. Und wo es statt nach warmen Kräutern nach Motoröl und Reinigungsmittel roch.

»Hallo!?«, rief Isabelle, die sah, dass im Eingang zur Garage eine junge Frau in einer Latzhose vor einem alten umgekippten Flipperautomaten stand. Schon im Näherkommen erkannte Isabelle, dass es sich um eines der handbemalten Geräte handelte, wie sie in ihrer Kindheit noch zu Hunderten in den Cafés und Bistros zu finden gewesen waren. Dieser Automat, stellte sie im Näherkommen fest, wäre ein besonders kostbares Exemplar gewesen, wenn ihn nicht jemand mit einem Baseballschläger bearbeitet hätte. Jetzt lag er am Boden und streckte seine Beine in die Luft wie ein hilfloser Käfer. Der Körper aufgeplatzt, sodass man in sein Innenleben sehen konnte, das aus Dutzenden von Relais, Federn, Hebeln und Kabeln bestand. Das Mädchen stand vor dem Flipper, der jetzt nur noch Schrottwert besaß, wie vor einem verendeten Tier.

Isabelle hatte die junge Frau im ersten Moment auf Anfang zwanzig geschätzt, jetzt erkannte sie, dass sie deutlich jünger sein musste. Eher sechzehn als achtzehn.

»Da mochte wohl jemand keine Flipperautomaten«, sagte Isabelle, die diesmal Uniform trug. Sie deutete zum Wald, in dem die Männer mit dem Audi verschwunden waren.

»Waren das Ihre Besucher?«

Die junge Frau hatte sich mittlerweile auf den Boden gekniet, um den Schaden am Flipper besser betrachten zu können. Es war klar: Hier wäre jeder Reparaturversuch aussichtslos. Sie sah kurz auf, dann versenkte sie sich wieder in die Betrachtung des Schrotthaufens, als hätte sie Isabelles Frage nicht gehört. Isabelle blieb geduldig stehen.

»Was wollen Sie von mir?«, fragte die Jüngere nach einer Weile.

»Nur eine Frage. Hier wohnt doch Pierre Seguin?« Lieutenant Masclau klang genervt. Wie ein Bodyguard stand er neben seiner Chefin.

»Wer will'n das wissen?« Das Mädchen sah Isabelle und Didier herausfordernd an.

»Gendarmerie Lavandou.« Masclau deutete auf den Streifenwagen, aus dem mittlerweile auch Bertrand Simon ausgestiegen war und der die Aufschrift GENDARMERIE trug. »Lesen kannst du doch schon, oder?«

Isabelle nickte Masclau beschwichtigend zu. Sie würde ab sofort das Gespräch führen. Masclau hob entschuldigend die Hand.

»Ich muss Sie nicht hier rumschnüffeln lassen«, sagte die junge Frau trotzig.

»Sagt wer?«, fragte Isabelle. »Pierre?«

»Das geht euch ’nen Scheiß an.«

»Vorsicht, Mademoiselle, Vorsicht«, murmelte der Lieutenant. »Wir können dich auch mitnehmen und in der Gendarmerie befragen.«

»Haben Sie nicht das Schild am Tor gesehen?! Ist hier alles privat und so. Da können Sie nur mit ’nem Beschluss rein. Und ich glaub nicht, dass Pierre das will.«

»Jetzt machst du mich aber neugierig«, sagte Isabelle mit falschem Lächeln. »Wir haben zwar keinen Durchsuchungsbeschluss, aber wir haben jemanden dabei, der ihn uns sofort verschaffen kann«, sie deutete auf Bertrand. »Monsieur Simon ist der verantwortliche Staatsanwalt in diesem Fall. Du weißt doch, was ein Staatsanwalt macht, oder?«

Das Mädchen zuckte nur gleichgültig mit den Schultern.

»Wir unterstützen die Polizei natürlich immer gerne.«

Pierre Seguin war mit einem gewinnenden Lächeln und im zerrissenen Hemd in der Haustür aufgetaucht. In der Hand hielt er ein Tuch, auf dem Isabelle genau wie auf dem Hemd Blutflecken erkannte. Jemand hatte Pierre Seguin ordentlich im Gesicht erwischt. Über dem Auge hatte er eine kleine Platzwunde, und aus der Nase tropfte Blut.

»Brauchen Sie Hilfe?«, fragte Isabelle, zugegebenermaßen eher neugierig als besorgt.

»Nein, vielen Dank«, sagte Pierre, ebenso gespielt liebenswürdig. »Ist nicht der Rede wert.«

»Ich weiß nicht …« Isabelle musterte das Gesicht ihres Gegenübers. »Ich könnte einen Krankenwagen rufen.«

»Sie haben es doch gehört«, ging das Mädchen dazwischen, »er braucht niemanden.«

»Kein Grund, unhöflich zu werden, oder?«, brummte Masclau streitlustig. Er hätte die Kleine nur allzu gerne mit auf die Wache genommen, um sie dort zu verhören. Aufmüpfige Teenager gingen ihm gegen den Strich.

»Kannten Sie die Leute?«, erkundigte sich Isabelle mit einer kleinen Handbewegung in Richtung des zerstörten Flippers am Boden.

»Nur eine kleine Auseinandersetzung unter Bekannten«, sagte Pierre und legte den Kopf in den Nacken, um das Nasenbluten zu stoppen.

»Ungemütlicher Freundeskreis«, kommentierte Isabelle. »Sicher, dass wir Sie nicht zum nächsten Arzt mitnehmen sollen?«

»Der blutet mir aber nicht den Wagen voll«, sagte Masclau herzlos.

»Ich kümmere mich schon«, sagte das Mädchen. »Ist keine große Sache.«

»Wie alt bist du eigentlich?« Isabelle sah das Mädchen in der Latzhose fragend an.

»Zwanzig Jahre ab nächster Woche«, Pierre legte dem Mädchen die Hand auf die Schulter. »Colette macht ein Praktikum bei mir. Sie will Schlosserin werden. Kann ich sonst noch was für Sie tun, Madame?«

»Capitaine«, korrigierte Masclau die Anrede seiner Chefin.

»Ich weiß, warum Sie hier sind, Capitaine«, sagte Pierre Seguin.

»Umso besser«, sagte Isabelle, »dann erklären Sie uns doch bitte, was Sie in der vergangenen Nacht gemacht haben.«

»Geschlafen«, sagte Pierre und erntete einen bedauernden Blick von Isabelle.

»Ich frage mich, ob Sie begreifen, in welcher Lage Sie sich befinden …?«, sagte Isabelle.

»Was heißt hier ›Lage‹? Ist doch gut, dass der Junge wieder aufgetaucht ist.«

»Das Kind ist aber nicht irgendwo wieder aufgetaucht, Monsieur Seguin. Jemand hat den Jungen verletzt und dann ausgerechnet unter dem Karussell versteckt – unter Ihrem Karussell.«

»Jetzt mal im Ernst, Capitaine«, sagte Pierre. »Wenn ich wirklich etwas mit der Sache zu tun hätte, dann würde ich doch nicht das Kind in meinem Karussell verstecken. Das wäre doch bescheuert.«

»Oder ganz besonders schlau«, mischte sich zum ersten Mal Bertrand Simon in die Befragung ein. »Es gibt doch gar kein unauffälligeres Versteck. Täter suchen häufig die Nähe ihrer Opfer. Haben Sie das nicht gewusst?«

»Was soll das?«, sagte Pierre. »Wollen Sie mich verarschen?«

»Beantworten Sie einfach nur die Frage von Capitaine Morell«, sagte Bertrand Simon. »Was haben Sie morgens um zwei Uhr aus Ihrem grauen Lieferwagen zu Ihrem Karussell getragen?«

»Meine Antwort lautet: nichts«, sagte Pierre. »Okay, ich habe einen grauen Lieferwagen. Davon gibt es … wie viele im Var? Ein paar Hundert? Aber damit bin ich vergangene Nacht nicht gefahren. Ich habe unten auf der Kirmes noch eine Flasche Rosé getrunken. Die hat Eric spendiert. Dachte, dann könnte er mich beklauen, ohne dass ich was merke.«

»Sie kennen den Mann?«

»Na ja, ›kennen‹ … « Pierre zuckte mit den Schultern. »Eric ist ein armes Schwein. Job verloren, Familie verloren«, sagte er. »Sie wissen doch, wie so was läuft. Eigentlich wollte ich gestern Abend in meinem Wohnwagen übernachten. Dann bin ich aber doch noch hier hoch ins Haus.«

»Sie sind den Kindern schon vor der Entführung begegnet, richtig?«, unterbrach Staatsanwalt Simon. »Und ausgerechnet der Mann, der den Jungen angeblich gefunden hat, war einer von Ihren Angestellten?«

»Von meinen Angestellten? Ist ein bisschen viel gesagt – Eric macht Gelegenheitsjobs für mich.«

»Merkwürdig ist es trotzdem, oder?«

Pierre wurde plötzlich ernst. »Glauben Sie im Ernst, ich hätte die Kinder entführt? Um sie hier in der Garage zu verstecken? Um vielleicht ein bisschen Geld zu erpressen? Ja?«

»Sie haben noch immer meine Frage nicht beantwortet, Monsieur Seguin«, hakte Isabelle nach. »Also, wo waren Sie um zwei Uhr morgens?«

»Er war bei mir«, Colette legte besitzergreifend ihre Arme um die Taille des Mannes, von dem sie mindestens zwanzig Jahre trennten.

»Das können Sie bestätigen?«, fragte Isabelle kühl.

»Können Frauen lügen?«, sagte Pierre und hielt Isabelle seine Hände in einer Geste der Unterwerfung hin.

»Können wir uns mal umsehen?«, fragte Isabelle

»Nein, können Sie nicht, verdammt noch mal«, brauste Seguin plötzlich auf.

»Das sieht aber jetzt gar nicht gut aus«, meinte Masclau trocken.

»Ist mir scheißegal, wie das aussieht. Ich will einen richtigen Durchsuchungsbeschluss sehen. Glauben Sie bloß nicht, Sie wären die ersten Flics, die hier herumschnüffeln wollen.«

»Pass auf, was du sagst«, blaffte Masclau den Mann an.

Isabelle deutete auf die Jeans von Pierre. »Da tropft Blut auf Ihre Hose«, bemerkte sie sachlich.

»Merde«, fluchte Pierre.

»Na gut, dann fordere ich Sie auf, morgen früh um acht Uhr in die Gendarmerie zu kommen. Wir brauchen Ihre Zeugenaussage schriftlich.«

»Ich bitte Sie, das ist doch Blödsinn. Um die Zeit muss ich meinen Stand aufbauen.«

»Hier meine Karte.« Isabelle ignorierte seine Antwort und hielt Pierre Seguin ihre Visitenkarte hin, auf der groß das Logo der Gendarmerie prangte. »Acht Uhr.« Isabelle ließ ihren Blick über das Gelände schweifen und nickte. »Sie wollen also einen Durchsuchungsbeschluss?«

Den kannst du haben, dachte sie. Je früher, desto besser.

32. Kapitel

Leon saß in seinem Labor und blätterte durch die Unterlagen. Er brauchte dringend eine Spur. Etwas, das er bisher übersehen hatte. Irgendein Indiz, das in Richtung der entführten Louisa wies. Fingerabdrücke, Blutspuren, Anhaftungen, irgendetwas, das auf einen Verdächtigen oder den Ort, wo das Mädchen gefangen gehalten wurde, schließen ließ. Aber da war nichts. Das war der Grund, warum der Docteur seit dem Morgen in seinem Büro saß und über den Untersuchungsergebnissen brütete. Immer in der Hoffnung, dass sie doch irgendwas enthielten, das mit der Entführung der Kinder zusammenhängen könnte. Aber die Spurenlage war mehr als bescheiden. Es gab zwar Staubproben von den Schuhen des Opfers: Quarz, Malachit und Spuren von Kupfer. Eine Bodenmischung, die allerdings typisch war für die Provence – und insbesondere für das Massif des Maures.

Natürlich hatte Leon jede Menge Pflanzenanhaftungen in Form trockener Gräser an der Kleidung des Jungen sichergestellt. Aber auch unter dem Mikroskop war nicht viel mehr zu erkennen gewesen als mit bloßem Auge: Ein paar Kletten hatten sich im Aufschlag der Jeans verfangen. Leon kannte sie von zahlreichen anderen Tatorten. Arctium minus, die sogenannte Kleine Klette, die an der nordafrikanischen Küste weit verbreitet war. Aber genauso verbreitet war sie eben auch auf dem europäischen Ufer des

Mittelmeers. Und das bedeutete, es gab sie überall da, wo trockene Wiesen in der Sommerhitze verdorrten.

Leon nahm sich noch einmal den Medikamentenspiegel vor. Nach Aussage seiner Mutter hatte Lucas keinerlei regelmäßige Medikamente genommen. Allerdings war Leon bei den Bluttests auf einen hohen Wert von Benzodiazepinen gestoßen, ein Wirkstoff, wie er in starken Beruhigungsmitteln vorkam. Niemand würde einem gesunden Kind eine solch hohe Dosis verabreichen. Bei der Konzentration, die Lucas' Blutbild aufgewiesen hatte, hätte die Substanz bei einem Siebenjährigen ohne Weiteres zu Kreislaufversagen und oder sogar zu seinem Tod führen können. Weitere Befunde lagen bei diesem jungen Patienten nicht vor, noch nicht. Leon und Dr. Menez hatten bewusst keine umfangreichen medizinischen Untersuchungen vorgenommen, als der Junge in äußerst labilem Zustand in der Notaufnahme eingeliefert worden war. Die Ärzte waren sich einig gewesen, dass in dieser kritischen Phase der Organismus des Kindes so wenig Stress wie möglich ausgesetzt werden durfte. Darum standen Leon bislang nur die Ergebnisse der Schnelltests zur Verfügung. Immerhin lag auch eine Probe des Mageninhaltes vor. Das war nur Leons Vorsicht zu verdanken, weil er darauf bestanden hatte, dem Jungen den Magen auszupumpen, um die Möglichkeit einer Vergiftung auszuschließen. Leider war das Ergebnis nur wenig aufschlussreich: Der Junge hatte seine letzte Nahrung bereits komplett verdaut gehabt, und sein Magen war bis auf Spuren von Apfelsaft leer. Für Leon konnte das ein Hinweis darauf sein, dass dem Kind das Beruhigungsmittel durch die Zugabe von Apfelsaft eingeflößt worden war. Kein Wunder bei dieser hohen Dosis, dass den Jungen alle im ersten Moment für tot gehalten hatten. Leon atmete tief ein: Immerhin hatte sich der Zustand des Kindes inzwischen stabilisiert.

»Docteur.« Rybaud öffnete leise die Tür zu Leons Büro, nachdem sein Chef auf das Klopfen nicht reagiert hatte. Leon starrte wie hypnotisiert auf den Flachbildschirm seines Laptops, riss sich schließlich nur zögerlich los und winkte Rybaud herein.

»Und?«, fragte Leon, ohne aufzusehen.

»Alle Werte haben sich bestätigt. Der Wert für das Benzodiazepin liegt sogar noch etwas höher als bei den ersten Proben.«

»Noch höher?« Leon griff nach dem Computerausdruck, den Rybaud ihm hinhielt. »Was haben sich die Entführer von so einer hohen Dosis versprochen? Wollten sie den Jungen doch umbringen? Das ergibt doch alles keinen Sinn.«

Leon hatte in den letzten Stunden zweimal versucht, mit Lucas zu sprechen. Dafür hatte er sich jedes Mal viel Zeit genommen. Er hatte sich zu dem Siebenjährigen ans Bett gesetzt und bewusst ruhig und langsam geredet, in der Hoffnung, irgendeine Reaktion auszulösen. Es war eine einseitige Kommunikation gewesen, denn Lucas hatte kein Wort gesagt. Aber es war Leon immerhin gelungen, dass Lucas ab und zu den Blick auf ihn richtete, und einmal hatte Leon sogar das Gefühl gehabt, dass das Kind ihn anlächelte.

»Sie müssen sich keinen Vorwurf machen – es ist wirklich kein Wunder, dass man ihn für tot gehalten hat«, sagte Rybaud, der Leons Gedanken erahnte, und tippte auf eine Stelle in dem Zahlendschungel.

»Trotzdem«, sagte Leon, dem immer noch ganz übel wurde bei der Vorstellung, er hätte seinen Fehler nicht rechtzeitig bemerken können. »So etwas darf einem Rechtsmediziner einfach nicht passieren«, sagte er.

»Sie sind zu streng mit sich«, widersprach Rybaud.

»Ich hätte es sofort merken müssen.«

In diesem Moment läutete Leons Mobiltelefon auf dem

Schreibtisch. Er warf einen Blick auf das Display und nahm das Gespräch an.

»Was gibt es, Schwester Monique?«, fragte Leon und runzelte die Stirn. »Meine Güte, wie ist er denn da hingekommen? ... Nein, tun Sie das nicht. Auf gar keinen Fall. Versuchen Sie bitte, Dr. Menez zu erreichen. Ja, wir sehen uns oben.«

Leon beendete das Gespräch. Er schien einen Moment konzentriert nachzudenken, dann sah er Rybaud an.

»Lucas Marsenne steht auf dem Dach des Anbaus«, sagte Leon. »Er droht damit hinunterzuspringen.«

Der neue Klinikanbau verfügte über fünf Ebenen und das Dach, auf dem die Aggregate der Haustechnik summten. Dieses Dach war nur über eine Metalltreppe mit siebzehn Stufen zu erreichen. Leon, der unter leichter Klaustrophobie litt und daher Aufzüge mied, hatte die oberste Etage über das Treppenhaus erreicht und wurde bereits erwartet. In der Hand hielt er eine kalte Flasche Limo. Alain, ein bulliger, glatzköpfiger Krankenpfleger von knapp einem Meter neunzig Größe, erwartete ihn bereits.

Leon sah Alain an und atmete tief durch; die sechs Stockwerke hatte er zwar mühelos bewältigt, aber sein Atem ging schneller, als das noch vor ein paar Jahren der Fall gewesen wäre.

»Ich habe noch drei Kollegen auf dem Dach«, Alain zog das Funkgerät aus der Tasche. »Wenn ich das Signal gebe, kommen die von allen Seiten. Den Kleinen schnappen wir. Keine Sorge, Docteur.«

»Stopp, niemand außer mir geht auf das Dach.« Leons Stimme hatte einen ärgerlichen Unterton.

»Der Kleine muss doch da runter«, widersprach der Pfleger.

»Richtig, und darum gehe ich jetzt auch raus und rede mit ihm«, sagte Leon scharf. »Sie und Ihre drei Kollegen bleiben hinter dieser Tür«, er deutete auf die Metalltür, die zum Dach führte. »Haben wir uns verstanden?«

»Ich sag's ja nur«, Pfleger Alain klang jetzt gekränkt. »Wir schnappen den Kleinen, bevor der überhaupt merkt, was da läuft, dann ist er in Sicherheit.«

»Nein, ist er nicht. Wir wissen nicht, wie er auf Sie reagiert, schließlich hat er Schreckliches hinter sich. Ich werde da jetzt allein hinausgehen«, sagte Leon einen Ton schärfer, »und Sie rufen Ihre Kollegen zurück. Ich will da draußen niemanden sehen. Habe ich mich klar ausgedrückt?«

»Ich wollte ja nur helfen«, murmelte der Pfleger, mehr an sich selbst gewandt als zu Leon.

Die Schwester von der Intensivstation sah Leon überrascht an. So energisch hatte sie den Docteur noch nie erlebt.

»Schwester«, fragte Leon. »Wie lange ist das Kind schon da draußen?«

»Das ... das kann ich nicht sagen«, stotterte sie hilflos.

»Sie wissen nicht, wann Ihr Patient aus der Intensivstation verschwunden ist?«, fragte Leon kurz angebunden, was ihm im selben Moment schon wieder leidtat. Er konnte der Schwester ansehen, wie sehr sie ihren Fehler bereute.

»Wer waren seine letzten Besucher?«, fragte Leon, diesmal mit etwas freundlicherer Stimme.

»Die Eltern«, sagte Monique, »zuletzt waren noch mal die Eltern bei ihm.«

»Beide zusammen?«, fragte Leon.

»Nein, erst die Mutter. Der Vater tauchte ungefähr eine halbe Stunde später auf.«

»Hat der Vater mit dem Jungen gesprochen?«, wollte Leon wissen.

»Nein, kein Wort«, die Schwester schüttelte den Kopf. »Der

Junge hat geweint und gezittert«, erinnerte sie sich. »Ich habe Monsieur Marsenne daraufhin gebeten, das Zimmer zu verlassen, bis sich der Junge beruhigt. Das hat er dann auch getan.«

»Danach kam niemand mehr?«, hakte Leon noch einmal nach.

»Nein ...« Die Schwester zögerte. »Doch, das Kindermädchen kam kurz vorbei und hat etwas abgegeben. Unterwäsche und frische Kleidung.«

Leon nickte und öffnete die Metalltür nach draußen.

Das Dach der Klinik war den ganzen Tag von der Julisonne aufgeheizt worden. Jetzt gaben die Steinplatten am Boden die Wärme wieder ab. Als Leon an den Abluftschächten der Klimaanlage vorbeikam, schlug ihm heiße Luft entgegen, als ob er gegen einen Wüstenwind anmarschieren müsste. Das Klinikdach lag leer vor ihm, bis auf die Kamine der Gasheizung und einem kleinen Wald verschiedener Antennen. Den krönenden Abschluss bildete die weiße, basketballgroße Halbkugel einer Satellitentelefonanlage, mit deren Hilfe man auch noch telefonieren konnte, wenn einmal alle übrigen Kommunikationsmittel ausfallen sollten.

In diesem Moment spürte Leon eine frische Böe über das heiße Dach der Klinik streichen. Er blieb stehen, um sein Gesicht für einen Moment in den frischen Luftstrom zu halten, der den Geruch der Provence in sich trug. Blinzelnd ließ er den Blick über das gleißende Dach schweifen. Da entdeckte er den Jungen. Das Kind trug noch immer den mit Autos bedruckten Schlafanzug, den ihm seine Mutter mitgebracht hatte. Der Siebenjährige hatte sich an den äußersten Punkt des Daches zurückgezogen. Er stand jetzt auf der Feuerleiter, die gut zwei Meter über die Betonkante des Daches hinaufreichte. Er hatte die oberste Sprosse der Metallleiter erreicht und versuchte, sich an der Konstruktion hochzuziehen. Aber die Rohre des Geländers waren dick und heiß und die Hände des Jungen schmal. So war es für ihn schwer, einen sicheren Griff zu haben. Und vielleicht wollte er das ja auch gar nicht, dachte Leon für einen Moment.

Der Junge blickte in den Abgrund und richtete die Augen dann wieder auf Leon. Der erkannte den verzweifelten Ausdruck in dem Kindergesicht. Leon registrierte zeitgleich, welche Mühe Lucas hatte, sich auf den Beinen zu halten. Leon war stehen geblieben. Er konnte regelrecht dabei zusehen, wie den Jungen die Kräfte verließen. Als er jedoch einen Schritt auf Lucas zumachte, wandte dieser sich ab und gab einen leisen verzweifelten Ton von sich, wie ein kleines verwundetes Tier. Leon setzte sich auf den pilzförmigen Stutzen eines Lüftungsschachtes, keine zwei Meter von dem Kind entfernt.

»Dann müssen wir nicht so laut sprechen.« Leon klang so beiläufig, als wollte er über die Schule plaudern. »Schau mal, das habe ich dir mitgebracht.« Leon hielt dem Jungen die Limonadenflasche hin. »Ist schön kalt. Ich dachte, du könntest jetzt eine Orangina brauchen. Du musst viel trinken, weißt du.«

Leon beugte sich nach vorne, und sofort zuckte der Junge zurück. Er stöhnte leise und sah hinunter in den Hof der Klinik, der fünfundzwanzig Meter unter ihm lag. Leon schraubte die Aluminiumkappe ab und stellte die mit Kälteperlen beschlagene Flasche so auf die Mauer, dass der Junge sie erreichen konnte.

»Magst du was?«, fragte Leon. »Du musst Durst haben, nach so vielen Stunden.« Er setzte sich wieder und wies auf die Flasche. »Die mag ich besonders gerne.«

Der Junge musterte Leon, der noch nicht den kleinsten Versuch unternommen hatte, ihn von der Leiter zu locken. Vorsichtig schob der Junge seine Hand zu der Flasche. Er schwankte auf der Leiter wie trockenes Gras im Wind. Einmal knickte er ein, konnte sich aber gleich wieder fangen und erreichte die kleine Glasflasche letztlich.

»Wenn du da runterkommen willst, kann ich dir helfen«, sagte Leon halblaut.

Der Junge schüttelte den Kopf.

»Verstehe, du entscheidest«, sagte Leon. »Toller Blick von hier oben. Mutig von dir, hier raufzuklettern.«

Der Junge nahm einen zaghaften Schluck aus der Flasche.

»Cool, oder?«, sagte Leon.

Lucas Marsenne nickte.

Leon spürte, dass sie sich mit jeder Minute, die sie hier zusammen verbrachten, näherkamen. Es fehlte nur noch ein kleines Zeichen. Ein kleiner Vertrauensbeweis, und Lucas würde mit ihm reden.

»Wie ist das mit deiner kleinen Schwester?«, fragte er den Jungen beiläufig. »Ist die auch so mutig wie du? Ich habe eine Schwester, die hat früher die verrücktesten Dinge gemacht, als wir klein waren. Die hatte vor nichts Angst.«

Leon war ganz auf Lucas konzentriert. Das Kind erwiderte seinen Blick, und Leon hatte das Gefühl, der Junge setzte gerade zu einer Antwort an. Doch da lenkte ihn eine Bewegung, die er im Augenwinkel wahrnahm, ab: Zwischen den Schornsteinen richtete sich Alain, der Pfleger, auf, um dem Jungen den Fluchtweg über die Feuertreppe abzuschneiden. Doch seine Nervosität machte den Pfleger ungeschickt. Er wollte nach vorne stürmen, übersah aber die Schwelle am Boden, stolperte und stürzte.

Leon hatte für den Bruchteil einer Sekunde das Gefühl, als würde er alles in Zeitlupe erleben: die Bewegung des massigen Alain, die Hände des kleinen Jungen, der sich vor dem heranstürmenden Pfleger schützen wollte und mit seiner Hand am Geländer abrutschte. Der fassungslose Blick des Kindes. Und dann war es so, als würde er sich selbst sehen. Als würde er neben sich stehen. Leon sah, wie er nach dem Handgelenk des Kindes griff. Nicht kontrolliert, sondern instinktiv.

Wie sinnlos, schoss es ihm durch den Kopf, wie ausweglos. Der Junge fiel rückwärts und begann ins Bodenlose zu stürzen. Doch in diesem Sekundenbruchteil erkannte Leon, dass er das Kind tatsächlich am Handgelenk erwischt hatte. Mit einem Ruck zog er den Jungen aufs Dach zurück und hielt ihn fest. Zwanzig Meter unter ihnen zerschellte die Oranginaflasche auf dem Pflaster.

33. Kapitel

Es sollte eine kleine, ganz unauffällige Andacht in der Église Saint-Louis du Lavandou werden. Kein Medienrummel, keine Fernsehmesse, sondern ein stilles Gebet der Gemeinde. Die Gelegenheit, Fürbitten auszusprechen für die Eltern von Lucas und Louisa und natürlich für die Kinder selbst. Ein leuchtendes Zeichen der Solidarität aller »wahren Christen« in Le Lavandou, so hatte Père Joseph es einer Gruppe junger Touristen erklärt, nicht ahnend, dass die Messe jetzt schon im Internet als absolutes Must-see des Tages gehandelt wurde.

Die kleine gelb getünchte Kirche, die so gut versteckt an der Rue du Port lag, dass sie viele Touristen oft gar nicht fanden, hatte einen kantigen Glockenturm, der das Dach des Hauptschiffs nur knapp überragte.

Père Joseph sammelte die Gesangsbücher der Sonntagsmesse ein. Es gab nicht mehr viele Christen, die sich in der Gemeinde engagierten. Und Père Joseph wusste auch, woran das lag: Das Image der Kirche hatte gelitten, schlimmer noch, es war in den Staub getreten worden, lag zerbrochen am Boden. Genauso erschien es ihm: Wo früher innerhalb der Gemeinde Achtung und Respekt vor dem heiligen Versammlungsort herrschten, füllten die Gläubigen heute bei der Sonntagsmesse nicht einmal mehr die ersten drei Bankreihen. Die Vergehen, die den Priestern und der Kirche in letzter Zeit vorgeworfen wurden, hatten Père Joseph gelegentlich die Schamröte ins Gesicht getrieben.

Zu Beginn seiner Tätigkeit als Priester von Le Lavandou war Père Joseph öfter von Gemeindemitgliedern auf ein Glas Rosé eingeladen worden. Der Priester hatte sich geschmeichelt gefühlt, wenn er nach seiner Meinung zur Kirchengeschichte oder zu Auslegungen von Bibelzitaten gefragt worden war. Aber das war lange vorbei.

Heute machte Père Joseph lieber einen großen Bogen um Bistros wie das Chez Miou, damit er sich keine faulen Witze anhören musste. Wobei es fast ausschließlich um spitze Bemerkungen zum Thema Missbrauch und Moral ging. Der Pfarrer war ein Mann von Mitte vierzig, ein außerordentlich gut aussehender Mann noch dazu. Auch er hatte seine Sehnsüchte und Träume. Da nutzte weder beten noch beichten.

Vor Jahren hatte er eine Pfarrstelle in Clermont-Ferrand innegehabt. Irgendwann war damals gemunkelt worden, dass Père Joseph sich allzu auffallend um seine jungen Gemeindemitglieder kümmerte und dass er die hübschesten Ministranten hatte. Damals ließ die Gemeinde ihren Priester spüren, dass er genau beobachtet wurde. Gerüchte machten die Runde: War Père Joseph auch einer von diesen Priestern, die ihr Amt missbrauchten? Er war damals in die Offensive gegangen. Er hatte jeden Verdacht zurückgewiesen und eine Untersuchung seines Falls gefordert. Aber es gab keine Untersuchung, niemand wurde befragt. Unterlagen verschwanden. Kirchenmitglieder zogen im letzten Moment ihre Aussagen zurück. Vertuschen, verleugnen, verstecken war damals die Parole gewesen. Dabei hätte sich Père Joseph nur allzu gerne verteidigt. Er hatte in Bezug auf seine Ministranten nämlich tatsächlich nichts zu befürchten. Nie hatte er sich übergriffig verhalten. Die Erklärung war eine andere: Père Joseph hatte sein Herz an eine junge Frau verloren, zu der er eine ebenso heimliche wie leidenschaftliche Beziehung unterhielt.

Damals hatte er ernsthaft darüber nachgedacht, die Kirche ganz zu verlassen. In den sozialen Dienst zu wechseln oder eine kleine Außengemeinde irgendwo *outre-mer* zu betreuen. Da hatte ihm die Kirche ein großzügiges Angebot gemacht: eine überschaubare, aber feine Gemeinde an der Côte d'Azur für fünf Jahre zu betreuen – bei erhöhten Bezügen. Die Gemeinde Le Lavandou.

Père Joseph hatte das Angebot angenommen, und er war nicht allein gekommen. Misstrauisch hatte die Gemeinde, die hier im Süden besonders fromm und streng in der Einhaltung liturgischer Vorschriften war, ihren neuen Hirten beäugt. Ihren Hirten – und seine Begleitung, die reizende Chloé. Es war dennoch alles in allem eine glückliche Zeit für Père Joseph gewesen. Er konnte mit dem Menschen zusammen sein, den er über alles liebte. Heute wollte er daran nicht mehr denken und tat es dennoch. Es waren die Erinnerungen an Chloé, die wunderbare und einfühlsame Chloé, die seine große und einzige Liebe gewesen war. Doch Chloé war mit einer Freundin bei einem Segeltrip in einen Sturm geraten, der Père Josephs Glauben erschüttert hatte. Ihre Leichen waren eine Woche später in der Bucht von Toulon angeschwemmt worden.

Und heute erlebte Joseph, der schon am rechten Glauben gezweifelt hatte, wie sich die christliche Gemeinde von Lavandou erhob und zusammenstand, um einer Familie in Not zu helfen. Er erlebte, wie die Menschen Blumen auf die Kirchenstufen legten. Wie völlig Unbekannte plötzlich Mitgefühl zeigten. Wie sie einer verzweifelten Mutter und einem sprachlosen Vater dabei halfen, durch diese unfassbar schwere Zeit zu kommen. Für Joseph war es fast so, als hätte sich der Himmel ein Stück aufgetan und der Herr ihm ein Zeichen geschickt.

Père Joseph spürte, dass seine Gemeinde an diesem Nachmittag mehr von ihm erwarten würde als nur eine kurze, unauffällige Andacht im Seitenschiff der Kirche. Er würde viel mehr tun müssen, um die Erwartungen all der Menschen, die da kommen würden, zu erfüllen. Die Menschen würden sehen, dass die Kirche noch immer ihren festen Platz in der Gesellschaft hatte. Ganz besonders hier im Süden.

Der Priester rückte Blumen vor dem Altar zurecht, und die wenigen Gemeindemitglieder, die an der Morgenmesse teilgenommen hatten, halfen ihm, zusätzliche Stühle neben die Tür und in den Mittelgang zu stellen. Es würde eine würdevolle Veranstaltung werden. Joseph würde eine verkürzte Predigt halten. Er hatte nach langem Grübeln eine Stelle ausgesucht, Mose 45, in der es um Joseph, seine Brüder und den verlorenen Sohn ging. Anschließend würde er über die Verantwortung und den Mut und über die Kinder sprechen, die einen starken Glauben brauchten. Gerade jetzt, in diesen schwierigen, seelenlosen und unsicheren Zeiten. Der richtige Glaube war es doch, wonach alle suchten. Joseph würde die kleine Andacht mit ein paar kurzen Gebeten und einem gemeinsamen Vaterunser beenden, damit auch die Protestanten sich nicht ausgeschlossen fühlten.

Als Père Joseph am Nachmittag gegen sechzehn Uhr seine Kirche erneut betrat, gab es mehr als eine Stunde vor Beginn der Andacht für die Marsennes schon keinen freien Platz mehr auf den Bänken. Die Menschen standen in den Gängen und hinaus auf den engen Kirchplatz. Die Schlange der Kirchenbesucher reichte am Brunnen vorbei, aus dem Schatten der alten Zypressen hinaus bis hinunter in die Rue du Port.

Es wurde vereinzelt geweint und gemeinsam gebetet für die Gesundheit der kleinen Louisa. Und der Priester bat um den

Schutz aller Heiligen, damit das kleine Mädchen wieder gesund nach Hause käme. Auch Isabelle und Leon waren in die Kirche gekommen. Julie Marsenne hatte sie eingeladen, und jetzt saßen Leon und Isabelle in der ersten Reihe und würden bleiben müssen, bis das letzte Gebet gesprochen war. Genauso wie die Vertreter der Gendarmerie, der Feuerwehr, der Schule und der Gemeinde.

Erleichtert, dass sich der Gottesdienst dem Ende zuneigte, ließ Isabelle ihren Blick schweifen und blieb bei Josephine Péan hängen: Das Kindermädchen der Familie Marsenne trug einen langen grauen Rock und ein schwarzes Oberteil. Ihre ganze Garderobe schien aus grauen und schwarzen Klamotten zu bestehen, dachte Isabelle. Für eine Frau um die fünfzig, die in einem jungen Unternehmerhaushalt arbeitete, war sie erstaunlich trist angezogen.

»Als wäre sie auf einer Beerdigung«, flüsterte Isabelle Leon ins Ohr. Leon war die Frau schon bei den Marsennes aufgefallen, die auftrat wie eine graue Maus, aber immer zur Stelle war, wenn sie gebraucht wurde. Das Kindermädchen nahm Madame Marsenne kurz in den Arm. Einige Besucher flüsterten miteinander.

Josephine Péan schien ihrem kleinen Auftritt in der Kirche durchaus etwas abzugewinnen. Isabelle hatte sie bei den Marsennes nicht annähernd so engagiert gesehen wie an diesem Spätnachmittag in der Kirche. Josephine Péan schüttelte ein paar Hände. Das Kindermädchen hatte sogar ein Kuscheltier dabei, einen kleinen Stoffpinguin. Leon beobachtete, wie Josephine das Spielzeug der Mutter reichte und sich dabei eine Träne aus den Augen wischte. Alles live vor Brigitte Dupin von Canal 6 – und ihrer laufenden Kamera.

»Was soll das?« Monsieur Marsenne wollte nach dem Spielzeug greifen, das Josephine der Mutter überreicht hatte.

»Aber das gehört doch Louisa«, belehrte das Kindermädchen den Vater.

»Sie hat recht«, murmelte Julie Marsenne, »das ist eines von Louisas Lieblingstieren.«

»Ich dachte, wir könnten es gemeinsam zur Windrose bringen«, sagte Josephine.

»Was sollen wir an der Windrose?«, fragte Roger Marsenne irritiert.

»Dort bringen alle ihre Blumen hin«, sagte das Kindermädchen mit tragischem Blick. Monsieur Marsenne sah sie verständnislos an. »Sie müssen sich das ansehen, Monsieur. Die Kerzen, die Blumen, die kleinen Geschenke. Es ist einfach unglaublich.«

»Ich weiß nicht«, sagte die Mutter. »Ich glaube, ich möchte das nicht sehen.«

»Ich gehe da ganz bestimmt auch nicht hin.« Roger Marsenne war kurz angebunden und drängte an den Besuchern vorbei nach draußen.

Doch auch ohne ihn formierte sich eine regelrechte Prozession, die mit Madame Péan an der Spitze durch die Altstadt zur Promenade und weiter bis zum Strandcafé Calypso marschierte. Gleich gegenüber dem Café befand sich die Windrose. Es war eine mäßig geschmackvolle Bodenbemalung, die die sechs Winde zeigte, die von Land oder von See aus auf Le Lavandou trafen. Das Bodengemälde wurde von einer dicken, mit einem Aluminiumrahmen eingefassten Glasplatte geschützt. Aber wer genauer hinsah, konnte erkennen, dass das Kunstwerk unter der heißen Sonne gelitten und seine Farbe verloren hatte. Obwohl es seit seiner Entstehung vor über zwanzig Jahren bestimmt schon ein Dutzend Mal übermalt worden war.

Normalerweise verabredeten sich hier Liebespaare zum Abendspaziergang, oder alte Männer führten ihre Toutous, ihre kleinen Hündchen, spazieren. Aber heute war alles anders. Heute hatten sich weit über hundert Menschen bei der Windrose versammelt, zur inneren Einkehr und um gemeinsam zu singen.

Auf einer kleinen Staffelei stand das Foto der verschwundenen Louisa mit ihren großen Kulleraugen, die jeden, der das Foto betrachtete, um Hilfe anzuflehen schienen. Dutzende von Kerzen, Teelichtern und Windlampen flackerten in der Abendbrise. Ergriffen standen die Menschen am Strand und hielten sich an den Händen. Als eine kleine Gruppe schließlich die Marseillaise anstimmte, sangen alle voller Inbrunst mit. Sogar Brigitte Dupin war so ergriffen, dass sie schwieg und sich ganz auf die Wirkung der Bilder verließ, die ihr Begleiter Tony mit seiner Kamera einfing.

34. Kapitel

Nur mit Mühe war es Leon doch noch gelungen, sich von der Prozession abzusetzen und noch einmal zur Klinik Saint-Sulpice zu fahren, um nach Lucas zu sehen. Leons Besuch war mit den Marsennes abgesprochen, und er geschah auf besonderen Wunsch von Dr. Menez. Der Leiter der Intensivstation, der mit Leon seit Jahren befreundet war, hatte sofort bemerkt, dass der Rechtsmediziner einen besonderen Draht zu dem verstörten Kind hatte. Die Junge sprach immer noch nicht und geriet in Panik, wenn nur ein fremder Pfleger in den Raum kam. War Leon anwesend, beruhigte Lucas sich jedoch schnell wieder. Doch selbst bei seinen Eltern hatte der Siebenjährige gelegentlich Schreianfälle wie ein kleines Kind.

Dr. Menez hatte nicht nur ein gutes Herz, sondern auch viel Geduld, wofür Leon ihn bewunderte. Es war auch Dr. Menez gewesen, der entschieden hatte, dass Lucas Marsenne noch mindestens vier Tage auf der Intensivstation bleiben konnte. Auf diese Weise hatte ständig jemand aus dem medizinischen Personal ein Auge auf den jungen Patienten. Leon wusste, dass Dr. Menez damit vor allem eine Sache verzögerte: Lucas' Verlegung auf die jugendpsychiatrische Station.

Menez war nicht nur ein Facharzt mit großer Routine, sondern er brachte auch die Lebenserfahrung mit, die man brauchte, wenn es galt, unbequeme Entscheidungen zu fällen und diese auch gegen seinen Chefarzt durchzusetzen. Etwas stimmte nicht mit Lucas Marsenne, dessen war er sich sicher. Und sein Gefühl sagte Dr. Menez, dass nicht nur die Entführung den Jungen so verstört hatte, sondern Einflüsse, die direkt aus seinem unmittelbaren Umfeld kamen. Vielleicht würde das Gespräch mit Leon die Klarheit bringen, die sie alle so dringend brauchten. Also hatte er Leon gebeten zu kommen.

Doch auch Leon war in der Klinik mit Lucas nicht wirklich weitergekommen. Der Junge sprach zwar inzwischen Worte aus, die aber in keinem Zusammenhang mit den Umständen der Entführung zu stehen schienen. Schließlich hatten Dr. Menez und er entschieden, dass sie am nächsten Morgen es noch einmal mit Lucas versuchen wollten. Bestimmt war es gut, dem Jungen noch eine weitere Nacht Ruhe zu gönnen.

Schließlich war Leon zurück nach Lavandou gefahren. Er hatte seinen Wagen auf der Avenue du Général de Gaulle geparkt und dann den Fußweg hinter den Restaurants zum Hafen genommen. Er erinnerte sich, wie er als Jugendlicher durch diese Gassen gelaufen war, wenn er mit den Eltern seine Tante Odette in ihrem alten Haus bei Pierrefeu-du-Var besuchte. In den engen Durchgängen hatten die Lokale früher ihre Gasflaschen stehen gehabt, mit denen sie kochten oder die Eismaschine betrieben. Das war in den Achtzigern gewesen. Inzwischen waren die Lokale natürlich längst umgebaut und mit der neuesten Küchentechnik versehen.

Plötzlich verlangsamte Leon seinen Schritt. Die Frau mit der auffälligen Designerbluse und der modischen Jeans war ihm schon in der Avenue du Général de Gaulle aufgefallen. Nur Anwohner benutzten heute noch die Abkürzung durch die muffigen, engen Gässchen, die zum Fischereihafen führten. In der Dunkelheit und bei der schlechten Beleuchtung des Piers konnte Leon die Frau zunächst nicht genau erkennen, die vor einem jungen Mann stehen geblieben war, den sie fest in ihre Arme schloss.

Leon grüßte im Vorbeigehen mit einem freundlichen *Bonsoir*. Erst in diesem Moment erkannte er, wen er da vor sich hatte: Julie Marsenne, die Mutter des vermissten Mädchens. Leon fügte seinem Gruß noch schnell ein höfliches *Madame* an und blieb stehen.

»Bonsoir, Docteur«, sagte Julie Marsenne und versuchte, die peinliche Situation zu überspielen. »Das ist der freundliche Docteur, von dem ich dir erzählt habe – der sich so um Lucas kümmert«, erklärte sie ihrem Gegenüber.

»Bonsoir, Monsieur«, sagte Leon. Jetzt wo er die Frau neben ihrem jugendlichen Begleiter sah, nahm Leon wahr, dass der Altersunterschied zwischen den beiden mindestens zwanzig Jahre betragen musste.

Leon reichte dem Mann, der das alles völlig gelassen hinzunehmen schien, freundlich die Hand.

»Arnaud Fournier«, stellte er sich vor, und Leon dämmerte, dass er den Mann kannte. Fournier trug eine abgeschnittene Jeans und ein weit aufgeknöpftes Leinenhemd, das er an den Ärmeln bis zu den Ellenbogen hochgekrempelt hatte, sodass man seine kräftigen Unterarme sehen konnte.

»Arnaud geht bald auf Weltreise«, sagte Julie in die entstandene Stille hinein.

»Na ja, Weltreise …«, sagte Arnaud bescheiden.

»Stimmt doch«, unterbrach ihn Julie.

Leon erinnerte sich jetzt, dass er Fournier kürzlich im Chez Miou gesehen und ihn auf ein Glas Rosé eingeladen hatte. Daher wusste er auch, dass der Mann regelmäßig in einem der Strandrestaurants kellnerte, um sich das Geld für Reparaturen seines Schiffs zu verdienen. Fournier hatte bei diesem Gespräch erwähnt, dass er mit seinem historischen Kutter, auf dem er auch wohnte, ganz am Ende des Steges festgemacht hatte.

»Arnaud und seine Freunde unterstützen uns bei der Suche nach Louisa«, schob Julie Marsenne nun schnell hinterher. Sie griff in ihren Einkaufskorb und zog einen dicken Stoß von Vermisstenaufrufen heraus, die inzwischen in jedem Schaufenster, an jeder Mauer und an jedem Laternenpfahl hingen. Sie zeigten alle das gleiche Motiv: die kleine Louisa mit ihren Kulleraugen und darunter die Frage *Wer hat dieses Kind gesehen?*

»Wir helfen Ihnen doch gerne, Madame.« Fournier legte der Frau die Hand freundlich auf die Schulter, was Leon nicht entging.

»Monsieur Fournier und seine Seglerfreunde sind wirklich sehr hilfsbereit«, sagte Julie und atmete tief durch, als müsste sie sich schnell noch eine Dankesrede ausdenken. »Sie wollen sogar eine Kreuzfahrt für Louisa machen.«

»Eine Sternfahrt, Madame«, korrigierte der Segler sie milde.

»Natürlich, eine Sternfahrt. Und dann legen die Segler in allen Häfen der Côte d'Azur unseren Suchfolder aus. Vielleicht …« Die Mutter unterbrach sich und zog ein Tempo aus der Tasche, mit dem sie sich eine Träne aus dem Auge wischte.

»Wir werden sie finden«, sagte der junge Mann mit warmer Stimme zu Julie Marsenne. »Ganz bestimmt werden wir sie finden. Sie werden sehen!«

Leon konnte den Optimismus des jungen Mannes nicht teilen, aber er schwieg. Schließlich war das kleine Mädchen inzwischen seit knapp vier Tagen verschwunden. Rein statistisch gesehen sank damit die Chance, dass das Mädchen noch lebte, gegen null.

»Und Sie, Docteur, was denken Sie?«, stellte der junge Mann die Frage, die Julie Marsenne sich verkniffen hatte.

»Ich denke«, sagte Leon langsam, »ich denke, wir sollten die Hoffnung nicht aufgeben.«

Ein dankbarer Blick von Julie Marsenne traf ihn.

35. Kapitel

Es war eine dieser Nächte, die einfach nicht abkühlen wollten. Die Luft war zäh und ruhte bewegungslos zwischen den Hügeln. Der Mond war noch nicht aufgegangen, und Leon und Isabelle beobachteten die Fledermäuse, die über die Terrasse huschten, um im nächsten Augenblick wieder in der großen Zypresse zu verschwinden.

»Noch ein Glas?«, fragte Leon, der eine Flasche Rosé in der Hand hielt. Doch Isabelle schien mit ihren Gedanken ganz woanders zu sein.

»Hmmmmm.«

»Ich betrachte das mal als ein Ja«, meinte Leon ironisch und füllte noch einmal ihr Glas, das sie ihm stumm hinhielt.

»Das ist ein L'Angueiroun. Der Prestige vom letzten Jahr.« Leon schnüffelte an seinem Glas. Er wusste, dass das einer von Isabelles Lieblingsweinen war. Sie mochte den Hauch von Aprikosen, der im Glas mitschwang. Leon erinnerte der Wein immer an ein Picknick am Strand und den Geruch sonnenbeschienener Pinien.

Sie schwiegen. Leon sah zu ihr hinüber und dachte darüber nach, wie glücklich er mit dem Leben war, das er hier am Meer führen durfte, und wie glücklich er mit Isabelle war. Trotzdem spürte er, dass seiner Partnerin etwas auf der Seele lag. Und er ahnte auch schon, was es sein konnte. Lilou würde im Herbst in Aix ihr Medizinstudium beginnen. Nach achtzehn Jahren würde sie zum ersten Mal ihr Zuhause und vor allem ihre Mutter zurücklassen, um ihr eigenes Leben zu entdecken. Ein Gedanke, an den sich Isabelle nur schwer gewöhnen konnte. Und ein Gedanke, der ihr Angst machte, das war Leon völlig klar.

»Kannst du dir vorstellen, dass Madame Marsenne ein Verhältnis hat?«, fragte er, als ihm die Szene am Pier wieder einfiel.

Isabelle wurde von der Frage so überrascht, dass sie ein wenig von dem Wein verschüttete, den ihr Leon gerade erst eingeschenkt hatte. Sie wedelte mit der Hand, um sie in der warmen Nachtluft zu trocknen.

»Wie kommst du denn darauf?« Isabelle sah über die Dächer von Lavandou zur großen Mole hinunter. »Kann ich mir nicht vorstellen.«

»Und warum nicht?«, fragte Leon. »Sie ist eine attraktive Frau.«

»Findest du?« Isabelle hatte sich zu Leon umgewandt.

»Und sie hat einen Mann, der etwas merkwürdig ist«, fuhr Leon fort. »Um es milde auszudrücken.«

»Sie ist verwirrt«, sagte Isabelle. »Verständlich, oder?«

»Ich habe sie mit einem Mann gesehen heute Abend. Einem jungen Mann.«

»Echt jetzt?«, fragte Isabelle neugierig.

»Er hatte ganz offensichtlich auf sie gewartet. Bei den Treppen hinten am Fischereisteg.«

»Vielleicht hast du dir da nur etwas eingebildet.«

»Bestimmt nicht«, sagte Leon amüsiert. »Ich bin Forensiker, schon vergessen?«

»Und woran erkennt der Forensiker, ob Menschen ein Verhältnis miteinander haben?«

»Das möchtest du jetzt gerne wissen ...«, zog er Isabelle auf. Mit einem breiten Lächeln setzte Leon sich neben sie auf das Sofa und sprach in seinem verführerischsten Ton. »Es sind die Blicke, die unterdrückten Bewegungen, die dann entstehen, wenn nur Leidenschaft die Menschen steuert.«

Isabelle setzte sich auf. So als könnte sie hinter einer korrekten Haltung ihre geheimsten Gedanken verbergen.

»Und das hast du bei ihr erkannt in ... wie kurzer Zeit?«, fragte Isabelle.

»In Sekunden, dafür haben wir Forensiker ein Gespür.« Er wollte seinen Arm um sie legen, aber sie erhob sich.

»Ich bin fix und fertig. Ich gehe ins Bett«, sagte Isabelle.

»Ist irgendwas?«, fragte Leon vorsichtig.

»Nein, wieso denn? Wie kommst du darauf?«

»Weil du plötzlich so merkwürdig bist.«

»Bin ich doch gar nicht.«

»Hast du ein schlechtes Gewissen?«, fragte Leon mit gespielt strenger Stimme.

»Quatsch.« Isabelle ging zur Tür. »Ich bin nur müde.«

Gedankenverloren sah Leon ihr hinterher. Irgendetwas bekümmerte sie, und er würde herausfinden, was das war.

36. Kapitel

Der Raum war dunkel. Niemand konnte von außen hineinschauen. Wie auch? An die Fenster kam man nicht heran. Am späten Abend kam nur noch selten ein Auto auf der D 14 vorbei. Dann drang für einen Augenblick Licht in das Zimmer, und die Strahlen der Scheinwerfer tasteten wie blasse Krallen durch den düsteren Raum. Auch wenn ein besonders Neugieriger es schaffen sollte, sich an die hinteren Fenster heranzuschleichen, würde er nichts in der Dunkelheit erkennen. Kein attraktives Ziel für einen Einbrecher.

Erfahrene Diebe gingen dorthin, wo mit hoher Wahrscheinlichkeit etwas zu holen war. Wie zum Beispiel in den teuren Villen vor Saint-Tropez oder in den alten, prächtig restaurierten Häusern im historischen Ort Grimaud. Da wo die reichen Leute Urlaub machten und ihre teuren Uhren und den Schmuck zu Hause neben dem Bett liegen ließen, während sie ihren Lunch im Voile Rouge oder in einem der anderen sündhaft teuren Restaurants am Plage Pampelonne genossen. Sie hatten ganz recht, am Strand wurden sie nicht bestohlen. Erst wenn sie vom Lunch zurückkamen, mussten sie feststellen, dass ihr Zuhause ausgeraubt worden war.

Nein, Einbrecher waren für das heruntergekommene Haus keine Gefahr, und wenn ein besonders neugieriger Einbrecher aus Ermangelung anderer Ziele doch den Weg hineingefunden hätte, hätte er sich vermutlich betrogen gefühlt. Durch das Hoftor, das so einfach zu knacken war wie ein Osterei, vorbei an dem grauen Lieferwagen, der in der Einfahrt unter einer Platane vor sich hin rostete, würde er das Häuschen durch die Hintertür betreten. Erst dann würde er bemerken, dass er nicht allein war in diesem Haus. Dass ihn jemand die ganze Zeit beobachtet hatte. Jemand, der seine Augen überall hatte. Jemand, der viel zu verlieren hatte, jemand, der einen stillen Kampf in der Finsternis führte.

Jemand, der Kinderkleider gebügelt hatte. Jemand, der ordentlich war, sehr ordentlich. Ein Kleidchen nach rechts, wo schon das Nachthemdchen und eine frische Wegwerfwindel bereitlagen. Links daneben ein zweiteiliger Schlafanzug, hellblau, mit Flugzeugen bedruckt. Daneben die Jeans für den nächsten Tag. Den Blick zufrieden auf die sortierten Kleidungsstücke gerichtet.

Der Beobachter setzte sich in den Sessel und tippte auf das Display des Mobiletelefons auf dem Esstisch und erweckte damit das Gerät zum Leben. Es dauerte nur eine Sekunde, dann meldete sich das Programm mit einem leisen »Ping«. Das war das Zeichen, dass die Software bereit war, eine Bewegung zu erkennen und mit der Aufzeichnung zu beginnen. Ein Finger strich über das Display, eine Liste von Einträgen sprang auf. Da waren alle, die die Kamera in den letzten Stunden erfasst hatte. Ganz oben auf der Liste erschien das Symbol einer Kamera. Der Finger tippte das Icon an, und das Display wechselte in den Livemodus. Es dauerte keine Sekunde, dann erschien ein Echtzeitbild. Die Kamera hatte auf den Nachtbildmodus geschaltet. Ein Restlichtverstärker sorgte zwar für leichte Unschärfe, aber auf dem Handydisplay waren Details auch so gut zu erkennen.

Es war das Überwachungsbild eines Kinderzimmers. Ein großzügiger hell gestrichener Raum mit einem Kinderbett in Form eines Rennautos. Auf dem Bett lag eine Decke, die mit dem blau-weißen Logo von Olympique Marseille bedruckt war. In dem großen Regal an der Wand standen Bücher und Dutzende von Autos jeder Größe. Den Boden bedeckte eine elektrische Eisenbahn, von der jede Menge weiterer Streckenbauteile in einer offenen Rollkiste gestapelt waren. Das zweite Regal hatte eine klappbare Tischplatte, sodass man es auch als Schreibtisch nutzen konnte.

Das Ganze war ein Traum von einem Kinderzimmer, aber es war fast zu ordentlich, um wirklich gemütlich zu wirken. Der Bildausschnitt auf dem Handy wurde von Kuscheltieren begrenzt. Die Videokamera war offenbar so platziert, dass sie von Spielzeug weitgehend verborgen wurde.

In diesem Moment ging im Kinderzimmer das Licht an. Für eine Sekunde war das Bild heillos überblendet, aber dann regelte die Software die Blende nach. Jetzt war der nächtliche Besucher gut zu erkennen. Das war kein Einbrecher, sondern der Mann, dem das Haus gehörte. Roger Marsenne, der Vater der entführten Kinder. Und er schien keine Ahnung zu haben, dass er heimlich beobachtet wurde.

Monsieur Marsenne ging gezielt zu dem großen Kleiderschrank, in dem die Wäsche für die Kinder aufbewahrt wurde. Mit geübtem Griff schob er einige Kleiderbügel zur Seite. Dahinter verbarg sich ein Regalbrett, und man musste schon so groß wie Roger Marsenne sein, um mit den Fingerspitzen den Briefumschlag erreichen zu können, der ganz hinten, dicht vor der Wand, lag. Monsieur Marsenne zog den Umschlag aus seinem Versteck, öffnete ihn und entnahm ihm ein schmales Päckchen Geldscheine, die von einer Banderole zusammengehalten wurden. Er zählte sich eine Handvoll Scheine ab, verschloss den Umschlag wieder und versteckte ihn zurück an seinem Platz. Dann löschte er das Licht, und das Zimmer sah aus wie zuvor.

Die Hand des Beobachters wischte über das Display, und die Ansicht des Kinderzimmers verschwand. Wäre nun jemand an dem Haus entlanggeschlichen und hätte die Ohren gespitzt, so hätte er leise die Melodie eines Kinderlieds gehört.

»Sur le pont d'Avignon, on y danse, on y danse. Sur le pont d'Avignon, on y danse tout en rond ...«

37. Kapitel

Es war der vierte Tag seit der Entführung von Louisa und Lucas Marsenne. Und wie an den Tagen zuvor erschien pünktlich um acht Uhr eine Beamtin der Gendarmerie nationale, baute sich vor dem gläsernen Eingangsportal der Wache auf und verteilte eine kurze Presseerklärung an die wartenden Journalisten. Wieder füllte die Mitteilung nicht einmal eine Seite, die rechtlichen Hinweise und die Adresse der Pressestelle mit eingerechnet. Man hätte die Presseerklärung auch mit einem einfachen Satz zusammenfassen können: Es gab keine neue Spur im Fall Marsenne.

»Dafür hätte ich echt nicht so früh aufstehen müssen.« Ein in der Morgensonne schwitzender Journalist wedelte mit der Pressemitteilung in der Luft herum, als wäre sie toxisch.

»Warum sagen die Flics nicht einfach, dass sie feststecken?«, fragte eine Reporterin, die sich bereits in Positur gestellt hatte und deren Kameramann nur noch auf ihr Startsignal wartete.

»Hast du jemals eine Pressemitteilung gesehen, in der die Flics zugeben, dass sie Scheiße gebaut haben?« Der Reporter nickte seinem Kameramann zu und schnitt mit der flachen Hand in Höhe seines Gürtels durch die Luft. Was so viel heißen sollte wie: Die Kameraeinstellung geht nur bis hier und keinen Zentimeter weiter. Das war auch besser so. Denn während der Reporter ein frisch gebügeltes Hemd trug und darüber einen modischen orangefarbenen Pulli, steckten seine sonnengebräunten Beine in einer zerfransten abgeschnittenen Jeans und ausgelatschten Sneakers.

»Können wir?«, fragte der Reporter. Der Kameramann nickte ihm zu und zeigte die Faust mit dem Daumen nach oben.

Der Sender erwartete einen Kommentar über den Fall, von dem die ganze Côte d'Azur sprach, also bekam der Sender seinen Kommentar. Gib den Affen Zucker, dachte der Reporter. Die Zuschauer liebten die Story von dem süßen kleinen Mädchen. Und wenn die Polizei schon nichts an Neuigkeiten zu bieten hatte, dann musste er eben eine Reaktion provozieren.

Kurz holte er Luft, dann begann er mit sonorer Stimme in die Kamera zu sprechen. »Die Côte d'Azur hält noch immer den Atem an: Ein ganzes Land jagt die Entführer der kleinen Louisa. Der unheimliche Fall um das Verschwinden eines vierjährigen Mädchens wird von Tag zu Tag mysteriöser. Dazu trägt auch der Umstand bei, dass der ebenfalls entführte Bruder des Mädchens, der siebenjährige Lucas, vor zwei Tagen völlig überraschend wieder aufgetaucht ist. Für wenige Stunden hofften die Eltern und die Polizei, dass dieser geheimnisvolle Fall damit gelöst wäre. Aber dann kam die große Enttäuschung. Der siebenjährige Bruder des Mädchens, der bestimmt sagen könnte, wo seine kleine Schwester steckt, kann nicht sprechen. Er leidet seit der Entführung unter einer Bewusstseinsstörung, einer partiellen Amnesie. Wie geht es jetzt weiter im Fall Marsenne?«

Die Stimme des Reporters hatte jetzt einen mitleidigen Ton angenommen. »In diesem Moment sitzen die Eltern der Kinder in ihrer Villa am Meer und warten verzweifelt, dass endlich das Telefon läutet. Sie warten, dass die Polizei oder die anderen Suchmannschaften endlich eine Spur von dem kleinen Mädchen mit den traurigen Augen gefunden haben.«

Während vor der Wache die Übertragungswagen aller großer TV-Sender die Straße versperrten und die Reporter sich immer wildere Geschichten ausdachten, herrschte im Büro des Polizeichefs dicke Luft. Commandant Thierry Zerna hatte seine Abteilungsleiter zu sich bestellt. Das, was er zu sagen hatte, war nur für den engsten Kreis gedacht. Es gab eine Menge Ermittlungsschritte, die man den Journalisten besser vorenthielt. Dazu gehörte auch jeder Hinweis darauf, dass in der Wache die Zusammenarbeit verschiedener Resorts nicht klappte, wie überhaupt alles, was die vorbildliche Arbeit der Gendarmerie von Le Lavandou in irgendeiner Form infrage stellte.

»Das hier ist nichts, nichts, nichts«, der Polizeichef warf die Pressemeldung auf seinen Schreibtisch. »Die lassen sich doch nicht verarschen! Mit dieser Pressemeldung stehen wir doch da wie die Idioten.«

»Wir haben getan, was wir konnten«, versuchte die stellvertretende Polizeichefin den Commandant der Dienststelle zu beruhigen.

»Das war aber zu wenig«, sagte Zerna bitter.

»Und was würden Sie denn vorschlagen?«, fragte Isabelle bewusst provozierend. Sie konnte es nicht leiden, wenn Polizeichef Zerna die Bemühungen ihres Teams nicht anerkannte.

»Wir machen schon überall Druck, Patron, echt«, nörgelte auch Didier Masclau. »Einige aus unserem Team habe ich nach Hause schicken müssen, weil sie seit Tagen nicht mehr richtig geschlafen haben.«

»Dann sollen sie eben mehr Kaffee trinken.«

»Wir können natürlich noch mehr Zeugen suchen«, meldete sich Lieutenant Kadir. »Wenn wir den Suchradius über Hyères hinaus ausdehnen ...?«

»Dann tun Sie das. Wenn wir Zeugen haben, muss es doch

auch Verdächtige geben.« Der Polizeichef kämmte sich mit den Fingern durch die Haare. »Was ist mit diesem Pierre Seguin oder mit diesem Porez, verdammt noch mal?!«

»Bei denen besteht vielleicht ein Anfangsverdacht«, sagte Kadir. »Aber nichts, was den Untersuchungsrichter in Toulon überzeugen könnte.«

»Dann muss man eben was finden, das den Richter überzeugt«, schoss Zerna zurück. Er schwieg einen Moment und fragte dann etwas ruhiger: »Was wissen wir eigentlich über die Familie Marsenne?«

»Obwohl wir verschiedene Befragungen durchgeführt haben, wissen wir kaum mehr, als in der Zeitung steht«, gab Kadir zu.

»Ich will aber mehr wissen.« Der Polizeichef sah Lieutenant Kadir an. »Sehen Sie sich bei den Marsennes mal um, aber vorsichtig. Ich will nicht, dass die Gendarmerie als herzlos gilt. Sie kennen ja diese Reporter.«

»Dann brauchen wir aber auch mehr Leute«, rechnete Isabelle nüchtern nach.

»Sagen Sie, was Sie brauchen, und ich fordere die Leute an.« Zerna tat so, als würden die gesamten Einsatzkräfte des Var nur noch auf sein Kommando warten.

»Warum hören wir nichts von dem Bruder des Mädchens?«, warf Didier Masclau ein.

»Docteur?« Zerna sah Leon an, der ebenfalls in das Büro bestellt worden war und aufmerksam, aber schweigend der Diskussion folgte. »Sie haben doch mit dem Jungen gesprochen.«

»Habe ich leider nicht«, widersprach Leon sachlich. »Keiner von uns weiß, was der Junge in den fraglichen Tagen durchgemacht hat. Aber eines steht fest: Es hat ihn so sehr mitgenommen, dass er schwer traumatisiert ist.«

»Traumatisiert, na klar.« Masclau betonte das Wort, als wäre es toxisch und er würde gleich mit Leon die Geduld verlieren. »An irgendetwas muss der Junge sich doch erinnern. Ein Haus, einen Keller, ein Zimmer. Die Fahrt mit dem Auto. Irgendwas – verdammt noch mal.«

»Wie ich schon sagte«, Leon ignorierte die Unterbrechung und fuhr in seinen Erläuterungen fort, »das Kind hat ein so einschneidendes Erlebnis gehabt, dass es die Erinnerung daran vollständig blockiert hat.«

»Aber irgendwann wird der Junge doch wieder reden?«, hakte Zerna nach.

»Vermutlich.« Leon ließ sich nicht aus der Ruhe bringen.

»Also, wann?«, Zerna klang genervt.

»Vielleicht heute, vielleicht nächste Woche, vielleicht aber erst in einem Monat«, sagte Leon provozierend sachlich.

»Nächste Woche ist zu spät«, unterbrach Zerna, wobei er klang, als wäre Leon persönlich verantwortlich für das Schweigen des Kindes.

»Sie haben den Kleinen doch vom Dach geholt«, sagte Masclau. »Da muss er doch was gesagt haben, irgendwas …?«

»Er erinnert sich an den letzten Abend mit seiner Mama und seiner Schwester zu Hause.«

»Ja, und dann?«

»Dann nichts mehr«, sagte Leon.

»Wir sind mit zweihundert Mann Bereitschaftsdienst im Einsatz.« Zerna zählte die einzelnen Organisationen an den gespreizten Fingern der rechten Hand ab. »Wir haben die Feuerwehr und die Police municipale zur Verfügung. Wir haben inzwischen sogar zwei Helikopter im Einsatz und die Küstenwache noch dazu. Und bei all diesem Aufwand haben wir … wie viele neuen Spuren?« Zerna machte mit seiner Hand eine Faust und sah seine Truppe an. »Zéro, nada, nichts.«

»Und wenn es keine frische Spur mehr geben kann?«, überlegte Masclau.

»Was meinen Sie damit?«, fragte Zerna seinen Lieutenant.

»Vielleicht geht es ja darum nicht weiter, weil die Kleine längst tot ist.«

»Sind Sie verrückt?« Zerna sah seinen Lieutenant verärgert an. »Wie kommen Sie darauf? Wissen Sie vielleicht etwas, das Sie uns vorenthalten?«, provozierte er ihn. »Na, dann nur raus damit.«

»Ich ... nein, ich habe nur mal ...« Masclau unterbrach sich. »Ich habe nur mal so nachgedacht. Könnte doch sein, oder?«

»Nur so nachgedacht, verstehe.« Zerna sprach plötzlich bedrohlich ruhig. »Das ist genau die Art von Nachricht, die dieses Büro niemals verlassen darf.«

38. Kapitel

»Solltest du nicht um acht Uhr bei der *bitch* von den Flics sein?« Colette hielt zwei dampfende Tassen Tee in den Händen, die sie vorsichtig zum Tisch trug.

Pierre saß am Frühstückstisch und hatte das Sieb der Benzinpumpe seines Traktors ausgebaut. Jetzt war er dabei, das Teil mit einer uralten Zahnbürste zu reinigen.

»Hmm, hmm«, machte Pierre und drehte das kleine Sieb so, dass die Sonne sich darin brach. »Perfekt.«

»Wenn du nicht hinfährst, steht die blöde Kuh in 'ner Stunde wieder hier auf der Matte«, meinte Colette. »Wetten?«

»Irgendwann geben sogar die Flics auf, uns zu nerven. Wirst sehen«, sagte Pierre.

»Die *bitch* sah aber nicht aus, als würde sie so schnell aufgeben«, meinte Colette.

Pierre sah von seiner Arbeit auf. Colette reichte ihm eine der Tassen mit dampfendem Tee.

»Für mich …?«

»Dachte, du magst auch einen.«

»Bist ein Schatz.« Pierre griff nach einem Putzlappen, der auf dem großen zerschrammten Holztisch lag, und wischte sich die öligen Hände sauber. Dann griff er nach dem Tee, den Colette ihm hinhielt. Die Tasse war zerkratzt, der Griff abgebrochen, aber die Abbildung von dem bösen Clown aus dem Horrorfilm ES war noch gut zu erkennen.

»Hast du das Zeug weggeschafft?«, fragte Pierre, während er vorsichtig den ersten heißen Schluck schlürfte.

»Ist alles unten im Schuppen, genau wie du gesagt hast.«

»Gut gemacht.«

»Meinst du echt, die kommen nicht wieder? Hast du nicht gesehen, wie die Alte mich gestern angeglotzt hat?«, fragte die junge Frau.

»Keine Sorge«, beruhigte Pierre seine Freundin. »Die sind hinter mir her. Du interessierst die gar nicht.«

Erst in diesem Moment merkte Pierre, dass es ganz still geworden war. Wie auf Kommando hatten die Grillen das Zirpen eingestellt. Es war so ruhig, als würde die Natur den Atem anhalten. Pierre spürte, wie sich ihm die Nackenhaare aufstellten. Da schrie ein Eichelhäher und löste sich direkt über ihm aus einer alten Platane. Der große Vogel segelte laut krächzend davon.

»Was ist?« Colette sah sich nervös um.

Pierre hob die Hand und legte den Finger auf den Mund. »Sie sind da«, flüsterte er.

Er nickte kurz in Richtung Haus. Colette stellte ihre Tasse auf den Tisch und verschwand in der Haustür. Pierre sah sich um und griff zu der schweren Rohrzange, mit der er die Benzinpumpe gelöst hatte.

Der nachtschwarze Audi Q5 löste sich aus dem Schatten des Waldes wie ein böser Geist. Langsam und fast geräuschlos rollte er auf Pierre zu, der am Tisch sitzen geblieben war. Es war sinnlos, jetzt noch abzuhauen, das war Pierre klar, und statt zu flüchten, versuchte er, trotz abgedunkelter Scheiben die Männer in dem Wagen zu zählen. Aber er konnte nur einen sehen, und der saß hinter dem Steuer. Es war ungewöhnlich, dass Marseille nur einen Mann schickte. Um ihn einzuschüchtern, war das eindeutig zu wenig.

Ein kleiner, aber stämmiger Mann stieg aus dem teuren SUV.

»Hast gedacht, wir hätten dich vergessen?«

»Ich hätte nicht gedacht, dass du allein herfinden würdest, Yves«, provozierte Pierre den Gangster.

»Wo hast du's?«

»Was meinst du?« Pierre spielte den Ahnungslosen.

»Du dealst mit Meth.« Yves tunkte den Zeigefinger in Pierres Tee. »Hast du gedacht, wir merken das nicht?«

»Lavandou gehört nicht mehr zu Maurice' Quartier.«

»Sagt wer?« Mit einer fließenden Bewegung griff Yves in die Tasche seiner Lederjacke und zog ein Springmesser hervor.

Die Waffe wirkte geradezu schmächtig in der massigen Hand des Mannes. Aber Pierre hatte schon mal gesehen, wie Yves mit seinem Messer einen Mann verletzen konnte.

»Steck das Ding weg! Was soll der Scheiß, Mann?« Pierre versuchte unauffällig, sich nach dem Haus umzusehen.

»Maurice meint aber, du schuldest ihm inzwischen dreißigtausend.«

»Spinnt der jetzt?« Pierre wollte aufstehen.

In diesem Moment schnellte Yves' Hand mit dem Messer nach vorn und stoppte erst dicht vor Pierres linkem Auge.

»Setz dich hin, Arschloch«, sagte er ruhig.

»Das letzte Mal waren wir bei zwanzigtausend Euro.«

»Letztes Mal war letztes Mal«, erwiderte Yves mit einem gewissen Bedauern in der Stimme. »Leg die Kohle einfach hier drauf.« Yves griff nach einem Teller. Er schleuderte das angebissene Croissant auf den Boden und stellte den Teller genau vor Pierre.

»Dreißig, wo soll ich die denn hernehmen?«

»Weiß ich doch nicht. Und ehrlich gesagt, es ist mir auch scheißegal. Wolltest mit den großen Hunden pissen gehen. Die Szene für Meth ist klein, Arschloch. Besonders wenn einer wie du den Stoff gleich eimerweise verkauft.«

»Das hab ich nicht getan. Und das weißt du auch.«

»Ich weiß nur, dass du die Preise kaputtmachst. Und da stehen wir überhaupt nicht drauf. Versteh die Dreißigtausend als Entschädigung. Sind so 'ne Art Zinsen.«

»Was, wenn ich dir sage, dass du dir deine Zinsen in den Arsch schieben kannst?« Pierre wog seine Chancen ab. Der kleine Idiot war offenbar allein gekommen. Der dachte wohl, er könnte schnell noch was in die eigene Tasche stecken.

»Nimm dein Messer und überfall 'ne Tankstelle, aber lass mich in Ruhe«, sagte Pierre.

Yves antwortete nicht, sondern stieß einen grellen Pfiff aus, Einen Augenblick später ging die Haustür auf, und da stand Henri. Ein schlaksiger blonder Mann, dessen Haarwuchs so dünn war, dass man aus der Entfernung vermuten konnte, er hätte eine Glatze. Henri war ein Mann, der sich für unwiderstehlich hielt, seine nicht vorhandenen Muskeln mit Steroiden aufpumpte und seine T-Shirts grundsätzlich zwei Nummern zu klein trug.

Henri hatte sich Colette geschnappt, die er jetzt wie einen Schutzschild vor sich herschob. Er hatte ihr den linken Arm um den Hals gelegt, in der rechten hielt er eine automatische Pistole, die er ihr an die Schläfe presste.

»Colette!«, entfuhr es Pierre. »Scheiße, was soll das denn?«

»Pierre, bitte ... Was wollen die? Ich versteh das alles nicht«, rief Colette mit kippender Stimme.

»Klappe, Fotze!« Yves spuckte die Bemerkung mit aller Verachtung aus.

»Was wollt ihr von der Kleinen?«, sagte Pierre. »Sie hat keine Ahnung. Sie weiß von gar nichts.«

»Umso schlimmer, wenn wir ihr dafür wehtun müssen.« Henri schüttelte den Kopf. »Du baust Scheiße, und die Kleine muss dafür leiden. Finde ich echt gemein. Aber wenn du es so haben willst ...«

»Wenn ich es euch doch sage: Ich habe nichts. Denkt ihr, ich hab hier die Tausender rumliegen?«

Ohne Vorwarnung schlug Yves zu. »Maul halten, habe ich gesagt.« Der Schlag traf Pierre genau unter dem linken Auge, und er strauchelte.

»Aufhören!«, rief Colette. »Hört auf, bitte.«

»Du kannst deinem Freund helfen«, sagte Henri. »Ist ganz einfach.«

Henri bugsierte das Mädchen die drei Stufen vor der Haustür hinunter und schob seine Gefangene zu Pierre und Yves.

»Jeder hat was im Bunker«, sagte Henri. »Ich meine, falls er mal schnell wegmuss, weil sie hinter ihm her sind.«

»Hinter mir ist keiner her.«

»Umso besser. Wo hast du dein Geld?« Sein Blick wanderte über Colette. Er hatte mittlerweile etwas Böses. »Wo ist sein Bunker? Die Kohle, wo hat er die?«

»Leck mich«, brummte Pierre und rieb sich die Schwellung im Gesicht.

»Dann müssen wir eben mit verschärften Regeln spielen.« Henri nahm die Pistole von der Schläfe seines Opfers und strich mit der Mündung über Colettes Brüste.

»Hör auf, du Schwein!« Es fiel Pierre zunehmend schwer, die Fassung zu bewahren, doch er hielt seinen Blick fest auf Colettes Gesicht gerichtet.

Der schnelle Blickwechsel zwischen Pierre und seiner Freundin entging Henri nicht. Auch nicht, dass Pierre ganz vorsichtig den Kopf schüttelte.

»Na, klingelt's da?« Jetzt drückte Henri seinem Opfer die Waffe schmerzhaft gegen die Rippen.

»Hör auf, du tust mir weh«, jammerte Colette. »Sag ihnen, dass das alles nicht wahr ist, Pierre.«

»Lasst die Kleine in Ruhe, die weiß überhaupt nichts.«

»Dann solltest du darauf achten, uns die richtigen Antworten zu geben.«

»Einer von euch beiden wird in jedem Fall bluten«, sagte Henri in offensichtlicher Vorfreude. »Du entscheidest, wer gleich Schmerzen haben soll. Du oder sie.« Er deutete mit seiner Pistole zuerst auf Colette und dann auf Pierre.

»Hör schon auf mit dem Scheiß, Henri. Das ist nicht witzig«, versuchte Pierre tapfer zu sein.

»Also sie, na gut«, sagte Henri gleichgültig und drückte ab.

Der Schuss aus der Sig Sauer SP 9 Millimeter knallte über die einsame Ebene. Ein paar Augenblicke schwiegen alle, und Pierre versuchte herauszufinden, wo er oder, schlimmer noch, wo Colette getroffen war.

»Bist du verletzt?«, keuchte er.

»Nein«, Colette schluchzte, »mir geht's gut. Mir geht es gut.«

»Hast du gesehen, Pierre?« Yves klang gleichgültig. »So schnell kann's gehen. Eben noch beim gemütlichen Frühstück und im nächsten Moment, bam!« Yves schlug dicht vor Pierres Gesicht die Hände zusammen.

Henri griff in die Tasche seiner Jacke und zog ein paar Handschellen hervor.

»Mach ihn am Tisch fest«, sagte Henri und deutete auf die massive Verschraubung, die die Metallplatte mit den Tischbeinen verband.

Henri zerrte Colette ein paar Schritte in Richtung des Metallregals, in dem die Ersatzteile lagen. Mit einer geübten Handbewegung kettete er die junge Frau an. »Schön hierbleiben«, sagte er und rüttelte an den Handschellen seiner Gefangenen.

Henri hatte Blut gerochen, und alle spürten, dass der Gangster nicht einfach wieder gehen würde. Er war keiner, der mit leeren Händen zurückkam, wenn Maurice ihn schickte, einen schmutzigen Job zu erledigen.

Pierre saß schwitzend am Tisch, eine Hand festgekettet, die andere hatte Henri fest umklammert, wobei er die Handfläche studierte, als ob er seinem Opfer die Zukunft lesen wollte.

»Na komm.« Selbst Yves wirkte beunruhigt.

»Was willst du? Geht doch eben erst so richtig los.« Henri betrachtete interessiert das Werkzeug, das auf dem Tisch lag.

»Maurice hat ›einschüchtern‹ gesagt. Nur einschüchtern, verstehst du?«, erinnerte Yves den anderen.

»Jetzt scheiß dich nicht ein, nur weil du's nicht genau so machst, wie es der Boss gesagt hat. Ist doch so.« Henri deutete auf die rostige Baumschere, mit der Pierre an diesem Morgen noch das Regal vom Efeu freigeschnitten hatte. »Gib mir die Scheißschere da. Los, mach schon.«

Colette schluchzte auf und verfolgte die Szene mit schreckgeweiteten Augen.

»Was hast du vor?« Yves reichte Henri die große Schere mit den langen Griffen. Er ahnte, dass die ganze Sache dabei war, aus dem Ruder zu laufen, aber jetzt konnte er die Dinge nicht mehr aufhalten.

»Halt's Maul, und halt seine Hand fest!« Yves nahm seinem Kumpel die Schere aus der Hand und setzte sie an dem kleinen Finger an. Genau über dem Gelenk, wo der Finger an den Mittelhandknochen stieß.

»Mann, du willst doch nicht wirklich ...«, sagte Yves.

»Noch einmal. Nur fürs Protokoll«, der Gangster mit den blonden Haaren hielt die Schere Pierre vor das Gesicht und schnappte die Schneiden auf. »Gib mir die Kohle, und wir sind weg.«

»Ich habe es dir doch gesagt: Hier ist nichts. Ich kann's dir besorgen, aber nicht hier. Da müssen wir nach Toulon.« Diesmal klang Pierre nicht mehr so aufsässig wie noch vor ein paar Minuten.

»Okay, dann wird es gleich wehtun.« Henri ließ so etwas wie Bedauern in seinen Worten mitschwingen.

»Hört auf, hört sofort auf mit dem Scheiß. Bitte«, flehte Colette

Vergeblich. Henri sah Pierre in die Augen. Für einen kurzen Moment zögerte er, aber nicht wegen Skrupeln. Er schien die Angst und die Verzweiflung seines Opfers regelrecht zu genießen. Dann presste er mit Wucht die beiden Griffe der Gartenschere zusammen. Es knirschte, als die handgeschliffenen Schnittkanten Sehnen und Knochen wie einen grünen Zweig durchtrennten. Pierre versuchte noch, sich zu beherrschen, zu verdrängen, was hier geschah, und vor allem, sich den Schmerz zu verbeißen. Es gelang ihm nur ein oder zwei Sekunden. Dann spürte er ein Brennen, als hätte sein Peiniger den kleinen Finger der rechten Hand in glühendes Metall getaucht. Ein lautes, unmenschliches Brüllen kam aus Pierres Kehle, Blut schoss aus der Wunde. Dann wurde er ohnmächtig.

39. Kapitel

»Haben Sie das gesehen?«, fragte Masclau, der Isabelle und Leon im Flur abgefangen hatte. »Da draußen sind Reporter aus ganz Europa. Einer kommt sogar aus Korea.«

»Nordkorea oder Südkorea?«, provozierte Isabelle ihren Lieutenant.

»Nord, Süd, weiß ich doch nicht.«

»Madame la Capitaine?« In diesem Moment rief eine Stimme nach Isabelle.

Die stellvertretende Polizeichefin kannte diese Stimme nur zu gut und verdrehte innerlich die Augen. Pilar, die Wahrsagerin, drängte sich an der Schlange der Reporter vorbei, in ihrem Kielwasser Lieutenant Kadir, dem es sichtlich schwerfiel, mit der quirligen Pilar Schritt zu halten.

»Ich habe sie«, sagte Pilar triumphierend. Und nachdem Isabelle auf die Bemerkung nicht einging, ergänzte sie: »Das Mädchen, ich weiß, wo die kleine Louisa ist.«

»Pilar, seien Sie mir nicht böse, aber wir haben alle zu tun.« Isabelle unterdrückte ihre Gereiztheit nur mit Mühe.

»Ich dachte, Sie wollen die kleine Louisa finden«, beharrte die Wahrsagerin trotzig.

»Der Polizeichef wartet auf uns, entschuldigen Sie uns, Madame«, kam Leon Isabelle zu Hilfe.

»Ich kann nur sagen: Ich weiß, wo sie ist«, wiederholte Pilar selbstbewusst.

»Haben Sie sie gesehen? Hat sie Ihnen eine Botschaft geschickt, Ihnen aufs Handy gesprochen? Nein?«, fragte Isabelle die Besucherin.

»Nein, aber ...«

»Haben Sie mit der Vermissten geredet?«, hakte Isabelle nach.

»Capitaine, das ist *Pilar*«, sagte Kadir, und er sagte es so, als würde er einen geheimen Zauber aufdecken. »Pilar hat das Zweite Gesicht.«

Isabelle warf ihrem Kollegen einen Blick zu. »Danke, Moma, ich kenne Pilar, und die anderen kennen sie auch. Das hier ist die Polizei, wir sammeln Beweise, keine Geister.«

Ein paar der Anwesenden kicherten.

»Sie kann helfen, bestimmt«, insistierte Moma.

»Dann soll sie hier warten, bis sie mit ihrer Aussage dran ist. So wie auch ihre erste Aussage zu Protokoll genommen wurde – die übrigens ohne Ergebnis geblieben ist, nicht wahr?« Isabelle warf ihrem Lieutenant und Madame Pilar einen vielsagenden Blick zu und deutete auf die Bänke im Flur. »Wir müssen jetzt erst mal zu unserer Besprechung.«

»Sie hat wirklich das Zweite Gesicht«, sagte Kadir voller Überzeugung. »Meine Großmutter hatte auch das Zweite Gesicht. Sie konnte mit Charles de Gaulle sprechen. Und da war der schon zehn Jahre tot. Das ist eine Tatsache.«

»Ich warte«, sagte Pilar und nahm auf der Bank Platz. »Ich habe Zeit ...«

Isabelle antwortete nicht.

Das Einsatzbriefing unterschied sich nicht von den übrigen Besprechungen der letzten Tage. Die Einsatzpläne wurden besprochen, Hunderte von Helfern strategisch verteilt. Doch neue Spuren gab es nach wie vor nicht. Inzwischen gingen der Gendarmerie die Zeugen aus, und die Entführer meldeten sich nicht mehr. Leon hatte inzwischen noch einmal versucht, mit Lucas Marsenne zu sprechen. Aber die Unterhaltungen verliefen immer nach dem gleichen Muster. Der Junge sprach über den letzten Abend mit seiner Schwester und der Mutter. Danach hatte die Erinnerung des Siebenjährigen einen Riss und setzte erst wieder in dem Augenblick ein, als er in einem Kellerloch zu sich kam. Und auch hier war es für Leon schwierig, zwischen der Fantasie des kleinen Jungen und der Wirklichkeit zu unterscheiden. Aber die Erinnerungen von Lucas wurden von Mal zu Mal klarer. Leon war überzeugt, dass es nur eine Frage der Zeit war, bis man auch die verschütteten Erinnerungen aus Lucas' Erinnerung bergen konnte. Doch das brauchte Zeit, und Zeit, da waren sich alle einig, blieb ihnen nicht mehr.

»Was hat die Befragung dieses Mannes von der Kirmes ergeben? Dieser …?«, fragte Zerna.

»Pierre Seguin«, half Isabelle ihrem Chef. »Er ist nicht aufgetaucht.«

»Na, dann holen Sie ihn her«, sagte Zerna, und dann zu Leon: »Sie fahren am besten gleich mit. Wir brauchen einen Spurenvergleich. Von dem, was Sie an der Kleidung von Lucas Marsenne gefunden haben. Dem Staub und diesen Dingern da.«

»Kletten«, half Leon der Erinnerung des Polizeichefs nach.

»Kletten, sag ich doch, alles, was Sie sonst noch um das Haus herum finden.«

Der Blick, den Zerna ihnen hinterherschickte, ließ keinen Zweifel daran, dass sie sich ohne neue Ergebnisse gar nicht mehr auf der Wache sehen zu lassen brauchten.

Zerna hatte für Leon und Isabelle noch ein zweites Einsatzfahrzeug mitgeschickt, in dem sie von Lieutenant Masclau und zwei weiteren Beamten begleitet wurden. Es war ein klarer Tag. Der Himmel strahlte in intensivem Blau, wie man es an solchen Tagen nur erleben konnte, wenn der Mistral die Luft sauber geblasen hatte, sodass sie durchsichtig erschien wie Glas.

Leon und Isabelle waren mit dem Peugeot vorausgefahren. Leon hatte das Dach des Cabriolets zurückgeklappt. Die enge Straße war menschenleer, und der Fahrtwind trieb den Geruch von Blättern und warmer Erde in den Wagen, als sie an den grünen Weinfeldern vorbeifuhren.

»Es muss schlimm sein«, sagte Isabelle, und Leon sah stumm weiter geradeaus. »Wenn ich mir das vorstelle. Da gehst du mit deinen Kindern nichts ahnend in den Supermarkt, und plötzlich sind sie weg. Ich bewundere Madame Marsenne für ihre Haltung.«

»Manchmal scheint sie mir fast zu viel Haltung an den Tag zu legen«, sagte Leon.

»Wie meinst du das?« In Isabelles Stimme schwang ein leiser Vorwurf mit.

»Als wäre da ein ohnehin schon großer Schmerz in ihrer Seele, den sie zu verbergen versucht.«

»Wundert dich das?«, fragte Isabelle. »Diese Frau ist schwer traumatisiert.«

»Vielleicht hat sie ja die Hoffnung schon aufgegeben, dass sie ihre Tochter …«, Leon unterbrach sich und warf Isabelle einen schnellen Seitenblick zu.

Die stellvertretende Polizeichefin deutete nach vorn, wo der Feldweg abzweigte. »Bei dem Feldweg müssen wir nach rechts.«

Leon verlangsamte das Tempo und bog auf einen schmalen Kiesweg ein. Es war so, als führe man in eine andere Welt. Eben noch war die Luft heiß, staubig und trocken. Jetzt im Schatten der gewaltigen Kastanien und Platanen wurde es schlagartig angenehm kühl. Der Feldweg wurde breiter, und die Vegetation aus Büschen und Sträuchern wich zurück. Die Zufahrt führte an einer Gruppe von Eukalyptusbäumen entlang, die in der Sommerhitze ihre ätherischen Öle verdampften. Der unverkennbare Duft von Eukalyptus erfüllte die Luft, so intensiv, dass er Leon fast den Atem nahm. Keine fünfzig Meter weiter parkte Leon seinen Wagen unter der Gruppe von Platanen vor Pierre Seguins Haus.

Sobald sie das Paar vor dem Haus sahen, war klar, dass etwas passiert sein musste: Der Mann hielt seine blutverschmierte rechte Hand an die Brust gepresst. Das Mädchen zerrte an einer Handfessel, mit der es an ein Regal gekettet war, gerade weit genug entfernt, dass es den Verletzten nicht erreichen konnte.

»Hier, hier sind wir!«, rief die junge Frau erschöpft.

»Monsieur Seguin!?«, stieß Isabelle erschrocken aus, und der Verletzte stöhnte. Isabelle sah Leon an. »Kümmere du dich um den Mann, ich kümmere mich um das Mädchen.«

Seguin saß gebückt auf der Bank. Sein Gesicht war blass, fast weiß. Im ersten Moment dachte Leon, der Mann hätte eine Schussverletzung, dann sah er die blutverschmierte Gartenschere auf dem Tisch.

»Damit?«, fragte Leon und deutete auf die Schere.

Pierre nickte nur.

»Kann ich mir das mal ansehen?« Leon griff vorsichtig nach der Hand, die der Mann fest an seinen Körper presste. »Ich bin Arzt.«

»Sind Sie verletzt?«, fragte Isabelle gleichzeitig das Mädchen.

»Diese gemeinen Schweine, die haben ihm mit der Schere …« Die junge Frau unterbrach sich.

»Was genau ist passiert?« Isabelle sprach ganz ruhig und strich Colette beschwichtigend über den Kopf.

»Der eine hat ihn festgehalten. Dann haben sie die Schere genommen«, sagte Colette, »und den Finger einfach abgeschnitten.«

»Wer, wer hat das gemacht?«

»Colette, du redest kein Wort mehr mit den Flics«, rief Pierre und zuckte im gleichen Moment vom Schmerz überwältigt zusammen.

»Bitte, helfen Sie ihm«, sagte das Mädchen. »Ich dachte schon, sie wollten ihn umbringen.«

»Das glaube ich nicht.« Isabelle klang nicht besonders beunruhigt.

»Hast du gesehen, was er mit dem Finger von deinem Freund gemacht hat?«, fragte Leon.

Das Mädchen schüttelte den Kopf.

In diesem Moment tauchte der Streifenwagen am Waldrand auf und parkte kurz darauf bei der Gruppe vor dem Haus. Lieutenant Masclau und die beiden Streifenpolizisten stiegen aus.

»Wir haben einen Notfallkoffer im Streifenwagen«, sagte Isabelle zu Leon.

»Den Koffer brauchen wir. Bitte holen Sie ihn, schnell«, rief Leon dem Lieutenant zu.

40. Kapitel

»Wo ist Louisa?«, fragte Isabelle. »Wo ist das Kind?«

Es war heiß und stickig im fensterlosen Befragungsraum der Gendarmerie. Pierre Seguin saß auf einem der unbequemen Plastikstühle am Tisch mit der zerschrammten Resopalplatte, auf der eine Videokamera stand und das Verhör aufzeichnete. Isabelle sah, dass der Verdächtige Schmerzen hatte.

Mehr als zwei Stunden lang hatten die Ärzte die Verletzung versorgt. Aber außer die Wunde zu versorgen, hatten sie nichts tun können. Die Beamten hatten zwar rund um den Tatort nach dem abgetrennten Finger gesucht, aber nichts gefunden. Unter normalen Umständen hätte man dem Verletzten mindestens zwei Tage gegeben, um sich von all dem Stress zu erholen. Aber das hier waren keine normalen Umstände. Sie hatten keine Zeit.

Deshalb saßen sie in diesem stickigen Befragungsraum. Pierre hatte einen dicken Verband um die rechte Hand, die er in einer Armschlinge vor der Brust trug. Er galt in diesem Moment als Verdächtiger in einem Entführungsfall. Deshalb war Isabelle auch nicht allein, sondern führte die Befragung zusammen mit ihrem Kollegen Lieutenant Masclau durch. Polizeichef Zerna hatte darauf bestanden. Erstens entsprach dieses Vorgehen den Vorschriften, und außerdem wollte sich Zerna auf gar keinen Fall nachsagen lassen, er hätte nicht alles getan, um aus diesem Karussellbesitzer die Wahrheit herauszuquetschen.

Seit der Festnahme und der Operation von Pierre Seguin waren vier Stunden vergangen. Isabelle hatte die Minuten gezählt. Sie hatte darauf bestanden, die Erste zu sein, die mit dem Verdächtigen sprach. Sie kannte Seguin, seine Familienverhältnisse und seine Vorgeschichte. Sie wusste, wie man ihn packen konnte. Zumindest hatte sie das geglaubt.

Aber sie hatten nichts erreicht, gar nichts. Jetzt wurde die Zeit knapp. Zerna hatte ihr zwei Stunden für die Befragung zugesagt, nicht mehr. Wenn sie dann immer noch nicht weitergekommen war, würde Pierre Seguin nach Toulon gebracht und dort von einem Verhörspezialisten vernommen werden.

Und genau so würde es auch kommen, dachte Isabelle bitter. Denn bisher hatte der Verdächtige nicht den kleinsten Hinweis auf ein mögliches Versteck von Louisa gegeben. Er hatte ihnen überhaupt nichts Brauchbares gesagt, gar nichts. Es blieb ihr keine halbe Stunde mehr. Isabelle spürte, wie Masclau, der ihr gegenübersaß, immer wütender wurde.

Wenn Seguin tatsächlich in die Entführung verwickelt war, spielte er seine Rolle als zu Unrecht Verdächtigter wirklich überzeugend, dachte Isabelle.

»Ich habe Ihnen doch alles gesagt, was ich weiß.« Pierre verzog sein Gesicht vor Schmerzen. Wie ein guter Bürger, der trotz Verletzung der Polizei helfen wollte.

»Einen Scheiß hast du«, sagte Masclau gereizt. »Wir suchen ein Kind, ein vierjähriges Mädchen, falls du es immer noch nicht kapiert hast. Ein Kind, das in deinem Karussell gesessen hat.«

»Mir geht diese Geschichte genauso ans Herz wie Ihnen.« Er zuckte zusammen, als er wie zum Zeichen seiner Unschuld die verletzte Hand auf sein Herz legen wollte. »Ich möchte Ihnen helfen, echt. Was soll ich denn machen, damit Sie mir glauben?«

»Wie wäre es zum Beispiel, wenn Sie bei der Wahrheit anfangen würden«, unterbrach ihn Masclau bissig und deutete auf den Verband. »Wer hat das getan, und was genau wollten diese Leute von Ihnen?«

»Das habe ich Ihnen doch alles schon erzählt.«

»Verdammt, dann erzählen Sie es eben noch mal.«

»Ich kenne die Leute nicht, die das getan haben.« Pierre hob demonstrativ seine verletzte Hand. »Das habe ich doch schon gesagt. Das Ganze muss ein Irrtum gewesen sein.«

»Ein Irrtum? Scheiße, der Typ hat dir den Finger abgeschnitten. Nur so zum Spaß ...?«

»Diese Leute wollten, dass ich ihnen helfe, mit meinem Fahrgeschäft Drogen zu transportieren. Ich habe natürlich Nein gesagt.«

»Natürlich, weil Sie so ein verdammt braver Bürger sind.« Masclau stellte sich dicht neben Pierre Seguin und flüsterte ihm ins Ohr. »Sie reden seit Stunden Scheiße und stehlen uns die Zeit, während irgendwo ein unschuldiges Kind um sein Leben kämpft.«

»Aber ...«, wollte Seguin sich verteidigen.

»Doch, genau das tun Sie!« Masclau schlug so fest mit der flachen Hand auf die Tischplatte, dass die Videokamera einen kleinen Sprung machte.

In diesem Moment wollte Isabelle das Verhör abbrechen und Masclau aus dem Raum schicken. Aber der Kollege hatte ja recht. Isabelle empfand genauso wie Masclau, wenn sie ehrlich war. Beim Gedanken, dass der Mann, der hier vor ihr saß, ein vierjähriges Mädchen versteckte und damit drohte, das Kind umzubringen, spürte sie eine hilflose Wut in sich aufsteigen.

»Wie sieht der Deal aus?«, fragte Isabelle und hob gleichzeitig die Hand, um Seguins Widerspruch abzuwürgen.

»Was für'n Deal?«, fragte Pierre. »Es gibt keinen Deal.«

»Wir wissen doch, wie so was läuft«, sagte Masclau. »Am Anfang geht alles glatt. Aber wenn Zahltag ist, fangen die Dinge an, aus dem Ruder zu laufen.« Masclau beugte sich nach vorn, um Seguin in die Augen zu sehen. »Ist doch so, oder?«

»Mit dem Geld kommen die Probleme«, übernahm Isabelle wieder die Befragung. »Irgendwann läuft immer etwas schief. Und plötzlich sind die Opfer nur noch lästige Zeugen. War es bei den Kindern der Marsennes auch so? Haben Sie darum den Jungen zurückgebracht? Oder vielleicht, weil er Ihnen leidgetan hat?«

»Ich will gehen«, sagte Pierre unvermittelt.

»Mir scheißegal, was Sie wollen«, sagte Masclau übellaunig.

»Ich kenne meine Rechte«, begann Pierre erneut.

»Ich werde Ihnen gleich mal was über Ihre Rechte erzählen«, raunzte Masclau Seguin an.

Isabelle beobachtete jede Bewegung des Verdächtigen, der einen Schluck Mineralwasser aus einer Plastikflasche trank, die vor ihm auf dem Tisch stand. Seguin hatte ja recht, dachte Isabelle. Sie hatten wirklich nichts gegen den Mann von der Kirmes in der Hand. Und wenn sie nicht innerhalb der nächsten Minuten etwas fanden, dann würden sie ihren einzigen verdächtigen Zeugen wieder ziehen lassen müssen.

»Wer arbeitet bei der Entführung sonst noch mit Ihnen zusammen?«

»Niemand, jetzt fangen Sie ja wieder damit an. Was soll der Scheiß?«, fragte Pierre.

»Sie wollen uns doch nicht erzählen, dass Sie sich so einen Coup ganz allein ausgedacht haben«, hakte Isabelle nach.

»Ich habe mir nichts ausgedacht.« Isabelle hörte jetzt Sorge in der Stimme von Seguin. Plötzlich stand er auf, als wollte er zur Tür gehen.

»Hinsetzen«, bellte Masclau ihn an.

»Sie können mich nicht hierbehalten. Ich kenne das Gesetz, Arschloch.«

In diesem Moment sprang Masclau auf, beugte sich über den Tisch und holte aus. Für einen Augenblick schien es, als könnte aus der Befragung ein Fall für die Innere Aufsicht werden. Doch statt des klatschenden Geräuschs einer fetten Ohrfeige war nur ein höfliches Klopfen zu vernehmen. Die Tür öffnete sich. Kadir kam herein und reichte Isabelle einen Computerausdruck.

»Ich habe was, das wird dich interessieren«, sagte Lieutenant Kadir.

»Hat es mit Monsieur Seguin zu tun?« Isabelle betrachtete misstrauisch das Blatt.

»Würde ich mal meinen«, sagte Kadir mit einem gewissen Stolz in der Stimme.

Isabelle überflog den Computerausdruck. Dann blickte sie auf und sah Lieutenant Kadir an.

»Hast du das überprüft?«, fragte sie und begann zu lächeln.

»Na klar«, meinte Kadir. »Der Patron erwartet euch in seinem Büro.«

• • •

Was die Ermittlungen der Gendarmerie ans Tageslicht befördert hatten, war zwar nur ein kleiner Erfolg, aber er reichte immerhin, um Zerna versöhnlich zu stimmen. Denn er zeigte dem Staatssekretär des Innenministeriums, dass Commandant Zerna die Sache voranbrachte, und das war das Wichtigste.

Pierre Seguin war keineswegs nur der nette, verschrobene

Techniker mit dem Fahrgeschäft aus nostalgischen Zeiten. Seguin war polizeibekannt, weil er sich an minderjährige Mädchen rangemacht hatte: Die Anzeigen waren zwar alle wieder fallen gelassen worden, aber die Agenda der Ermittlungen gegen Seguin reichte über zwanzig Jahre zurück. Zuletzt war Seguin in Rennes auffällig geworden. Die Anklage hatte mit einem Kompromiss geendet. Die Anzeige wurde zurückgezogen, wenn sich Pierre im Gegenzug dazu bereit erklärte, dass er zu allen Schulen einen Abstand von mindestens zweihundert Metern hielt.

Es war nicht ganz klar, ob Seguin sich an diese Vereinbarung gehalten hatte oder nicht. In jedem Fall wohnte er jetzt mit Colette zusammen. Und diese Colette war keineswegs zwanzig Jahre alt, wie er vor Isabelle behauptet hatte. Sie würde zwar in wenigen Tagen Geburtstag feiern, aber es war nicht ihr zwanzigster, sondern ihr siebzehnter. Die Mutter hatte das Mädchen, das als notorische Ausreißerin galt, vor über zwei Monaten als vermisst gemeldet.

Jetzt hatte der Sozialdienst der Gendarmerie das Mädchen in eine pädagogische Einrichtung gebracht, bevor der Jugendrichter eine Entscheidung über Colettes weiteren Verbleib fällen würde.

Der kleinen Louisa hatte sie das jedoch nicht näher gebracht.

41. Kapitel

Enzo Liardo saß hinter dem Steuer seines Lieferwagens und schwitzte. Das lag nicht etwa daran, dass die Klimaanlage des dunkelblauen Mercedes Sprinter ausgefallen war. Sondern vielmehr an der heißen Fracht, die der Achtundzwanzigjährige quer durch Italien bis an die Côte d'Azur transportiert hatte. Was ein zufälliger Passant durch die abgedunkelten Scheiben nicht hätte erkennen können, war die Art der Fracht: Das Auto war vollgestopft mit Imitaten teurer Modeaccessoires. Schuhe von Prada, Taschen von Louis Vuitton und Gürtel von Gucci. Enzo hatte gefälschte Luxusware an Bord, wo immer man hingriff. Auf den Wochenmärkten der Provence würde der Kram wahrscheinlich an die zweihunderttausend Euro bringen. Der Sachwert der falschen Ware tendierte gegen null. Würde Enzo geschnappt, würden die Bullen den ganzen Kram vernichten, und er müsste alles zu Hause in Neapel der Mafia erklären. Keine schöne Vorstellung.

Es war Enzos erste Fahrt, die er für seine Auftraggeber ganz allein durchzog. Das bedeutete, er trug eine Menge Verantwortung. Die harten Jungs in Neapel hatten zunächst Zweifel an Enzos Fähigkeiten gehabt. Schließlich war er jung und unerfahren. Aber er hatte sich inzwischen einen Namen als entschlossener und mutiger Stratege gemacht. Genau so jemanden suchten die Geldgeber in Neapel.

Enzo war ein Kind der Straße. Aber er war auch jemand, auf den man sich verlassen konnte. So hatte er sich in den letzten Jahren vom Kleinganoven zum Fahrer hochgearbeitet. Das war eine Karriere, auf die er sich etwas einbilden durfte, dachte Enzo. Und genauso würde es auch dieses Mal sein. Alles hatte wie am Schnürchen geklappt. Bis jetzt. Jetzt stand er in Le Lavandou im Stau. Enzo hatte sein Smartphone aus der Tasche gezogen und flirtete mit Sahra, der wunderschönen süßen Sahra mit den üppigen Lippen und dem tollen Körper. Mit Sahra, der er jetzt am Handy vorsäuselte, wie sehr er sie vermisste und dass die Geschäfte blendend liefen. Dabei malte sich Enzo aus, was sie alles zusammen anstellen könnten, Sahra und er, wenn er sie erst wieder in den Armen hielt.

Auf der Hauptstraße vor Le Lavandou hatte sich ein kleiner Stau gebildet, und so hatte Enzo sich von seinem GPS auf einem Umweg mitten durch den Ort leiten lassen. Um diese Jahreszeit staute sich der Verkehr allerdings überall, egal, wie raffiniert der Schleichweg war, den das Navi vorschlug. Es war die Tageszeit, zu der die letzten Badegäste vom Strand kamen und die ersten Touristen schon wieder in die Brasserien einfielen, um ihre Sundowners zu trinken.

Als Enzo von seinem Handy aufsah, musste er feststellen, dass das GPS ihn zum Haupteingang der örtlichen Gendarmerie geführt hatte. Und genau da steckte er jetzt fest. Enzo der Fahrer, Enzo mit den gefälschten Klamotten, den nachgemachten Markengürteln und den kopierten Taschen. Vor ihm Flics und hinter ihm Flics. Alle winkten und gestikulierten, um den Verkehr wieder zum Laufen zu bringen. Aber das war nicht so einfach.

Denn Auslöser des ganzen Chaos war ein Motorboot, das gerade mit einem Trailer aus dem Hof der Polizeiwache geschleppt wurde.

Was Enzo nicht wissen konnte, war, dass das Boot, das jetzt mit dem Trailer zum Hafen geschleppt wurde und ins Wasser gelassen werden sollte, dem Polizeichef persönlich gehörte. Normalerweise hätte das alles bereits im Juni geschehen sollen. Aber nicht in diesem Jahr. Es gab einfach zu viel zu tun in der Gendarmerie. Der Termin hatte sich mehrfach verschoben, bis Zerna ihn schließlich ganz vergessen hatte. Heute hatte die Bootsfirma termingerecht ihren Fahrer und einen Helfer geschickt. Die beiden hatten den Trailer mitsamt dem Boot an den Haken gehängt und losgelegt. Zerna hätte den Termin gerne abgesagt, aber dafür war es natürlich zu spät gewesen. Das 7-Meter-Boot mit den beiden fetten Evinrude-180-HP-Außenbordmotoren am Heck hatte die Straße schon halb überquert, als der Fahrer merkte, dass er sich verschätzt hatte. Der alte offene Range Rover, der den Bootstrailer zog, saß fest. Der Fahrer hatte die Kurve aus der Hofausfahrt zu eng genommen – und aus. Es ging nicht mehr vor und nicht mehr zurück. Zumindest konnte der Kameramann von Canal 6 jetzt ein paar ungewöhnliche Bilder aufnehmen, wenn sich im Fall Marsenne schon nichts tat.

Enzo allerdings hatte wenig Interesse daran, sein Bild im französischen Fernsehen zu sehen, und versuchte, den Mercedes Sprinter zu wenden. Ein heikles Unterfangen in der engen Avenue André del Monte. Mit einigen riskanten Lenkmanövern wendete der Mann aus Neapel den großen Mercedes-Van und war bereit, in die Gegenrichtung zu starten.

Was Enzo beim Rangieren nicht bemerkt hatte, war, dass sich die Seitentür des Präsidiums geöffnet hatte und Isabelle zusammen mit Lieutenant Kadir und Pierre Seguin auf die Straße getreten war. Auf Anweisung des Richters sollte der Verdächtige nach Toulon überführt werden. Jetzt standen die beiden Beamten mit ihrem Verdächtigen zwar auf der Straße, aber ihren Streifenwagen hatten sie jenseits des Motorbootes abgestellt, das inzwischen beide Spuren der Straße komplett blockierte.

»Nimm die Handschellen«, wies Isabelle ihren Lieutenant an. Normalerweise wäre der Verdächtige noch direkt im Hof in einen Streifenwagen gesetzt worden. Dafür brauchte es keine Handschellen. Aber der Hof war dicht.

In diesem Moment erkannte Pierre Seguin seine Chance und sprintete los. Es dauerte keine Sekunde, bis Kadir »Bleiben Sie stehen!« schrie, aber da war Seguin schon dabei, im Verkehrsdurcheinander unterzutauchen. Entsetzt starrten Isabelle und ihr Lieutenant auf die leeren Handschellen in Kadirs Händen.

»Verflucht!« Isabelle griff sich an die Stirn und sah ihren Lieutenant an, der verwirrt die Handschellen betrachtete, als wäre der Verdächtige durch einen Zaubertrick verschwunden.

»Lauf, Moma! Los«, rief Isabelle. Aber inzwischen hatte sich das Motorboot derartig verkeilt, dass überhaupt nichts mehr ging. Nicht mal ein Fußgänger wäre in diesem Moment an dem Hindernis vorbeigekommen.

Pierre Seguin konnte das nur recht sein. Er hatte keine Zeit, um sich nach Verfolgern umzuschauen. Sein Blick war ganz auf den dunklen Mercedes-Van vor ihm fixiert, den im Moment nur noch ein im Weg stehender Clio ausbremste. Mit zwei großen Sprüngen erreichte Pierre den Van und riss die Tür auf. Mit einem Ruck hatte er den jungen Fahrer bei dessen vollen schwarzen Locken gepackt und vom Steuer weggerissen. Nur mit einer Hand konnte sich Enzo am Rahmen der offenen Fahrertür halten. Dann grätschte Pierre in den Van und drückte aufs Gas, noch bevor er richtig auf dem Fahrersitz saß. Der Mercedes, dessen Motor weitergelaufen war, machte einen Satz nach vorn. Dabei schüttelte der Wagen Enzo ab wie ein wilder Mustang seinen Reiter. Jetzt war auch die Straße nach vorne frei, und von hinten würde in den nächsten Minuten kein Polizeiauto nachkommen können. Enzo lag schreiend auf der Straße, Pierre gab Gas und nahm die steile Straße nach Bormes-les-Mimosas hinauf.

...

Vergeblich versuchten Kadir und seine Kollegen, Ordnung in das Chaos aus Reportern, Neugierigen und Polizisten zu bringen, die sich alle vor der Gendarmerie drängten. Isabelle tat das einzig Vernünftige, sie lief zurück in die Polizeiwache, erstattete Bericht und startete eine Fahndung nach Pierre Seguin. Schließlich hatten sie gerade ihren Hauptverdächtigen in einem Entführungsfall verloren. Keine Zeit für Schuldzuweisungen. Jetzt ging es nur noch darum, Straßensperren zu errichten, und zwar so schnell wie möglich, solange der Flüchtige noch nicht das Fahrzeug gewechselt hatte.

Die entscheidende Meldung ging um einundzwanzig Uhr in der Polizeizentrale ein. Ein Feuerbeobachter hatte Rauch in den schroffen Tälern des Massif des Maures gemeldet. Ein Fahrzeug war offenbar abgestürzt und brannte in einer der engen Schluchten. Zerna schickte seine Stellvertreterin und den Rechtsmediziner dazu. Möglich, dass er etwas bemerkte, was der Spurensicherung durch die Lappen gehen könnte. Zerna war für jeden Hinweis dankbar.

Es dauerte eine Dreiviertelstunde, bis Leon und Isabelle den Unfallort in den einsamen Hügeln erreichten. Die letzten zweihundert Meter waren mühsam. Ein steiler, schmaler Pfad führte von der Straße bis zum Grund der Schlucht. Die Pompiers, die Männer der Feuerwehr, hatten sich abgeseilt und Schläuche gelegt. Als Leon und Isabelle schließlich den Ort erreichten, war das

Feuer gelöscht. Die Pompiers hatten ganze Arbeit geleistet. Zum Glück war die Schlucht felsig und wenig bewachsen. So als hätte jemand einen kleinen Streifen Steppe in dieses enge Tal gelegt, dachte Leon, als er den Grund der Schlucht erreichte. Seine Knie zitterten leicht, und er spürte, wie ihm Schweißperlen den Rücken hinabliefen.

Leon blieb stehen, beugte sich vornüber, stützte seine Hände auf die Oberschenkel und atmete schwer. Weniger vor Anstrengung als vor Stress. Er war nicht schwindelfrei, und Orte wie dieser machten ihm zu schaffen. Isabelle war allerdings die Einzige vor Ort, die von Leons kleiner Schwäche wusste, und so sollte es auch bleiben.

»Geht's wieder?«, fragte Isabelle mitfühlend und legte ihm die Hand auf die Schulter.

»Alles klar«, Leon atmete tief durch. »Ich liebe Klippen und Schluchten. Ganz besonders im Dunkeln.«

Isabelle sah ihn an und lächelte.

»Ich hab hier was«, rief Lieutenant Masclau, der vorgegangen war und schon mit der Feuerwehr gesprochen hatte. Die Feuerwehrleute hatten gar nicht erst versucht, das Fahrzeug zu löschen. Sie ließen es ausbrennen und konzentrierten sich darauf, zu verhindern, dass das Feuer auf eine Gruppe Ginsterbüsche übergriff oder die obersten Zweige einiger hoher Pinien in Brand setzte. Außerdem wollten die Pompiers ausschließen, dass kleine Brandherde sich über das Wurzelgeflecht unterirdisch durch den Boden fraßen, um dann, zwanzig oder dreißig Meter vom Brandherd entfernt, wieder auszubrechen und ein neues Feuer zu entfachen. Deshalb wässerten die Feuerwehrmänner die Umgebung und würden eine Feuerwache auch die nächsten achtundvierzig Stunden vor Ort lassen.

»Wir haben Knochen gefunden«, erklärte der Einsatzleiter dem Rechtsmediziner. »Ist aber alles total verkohlt.«

»Was ist mit Kleidung?«, fragte Leon.

»Was glauben Sie denn?« Der Einsatzleiter deutete auf das Fahrzeug, von dem nur noch ein ausgebranntes Blechgerippe übrig war. Rauch kräuselte sich in der Luft. »Bei so einem Fahrzeugbrand können Temperaturen von tausend Grad und mehr entstehen. Da bleibt nichts übrig.«

»Fürs Barbecue langt es jedenfalls« sagte Masclau und kassierte einen kritischen Blick seiner Chefin.

»Wo haben Sie die Knochen entdeckt? Im Auto?«, fragte Leon den Feuerwehrmann.

»Mehr unter dem Wrack«, meinte der Mann. »Ist schwer zu sagen nach so einem Brand.«

»Hier etwa?«, fragte Leon, der in die Knie gegangen war und seine Hände mit festen Bauhandschuhen vor der Hitze schützte, die der Boden und das Wrack noch immer abstrahlten.

Leon hielt eine eiserne Rohrzange in der Hand, mit der er an etwas zerrte, das sich unter der Karosserie verklemmt hatte.

»Können Sie das bitte mal anheben?« Leon sah Masclau an, reichte ihm die schwere Zange und deutete auf das Rohrgeflecht des Fahrersitzes.

»Das kostet aber extra«, grinste Masclau.

»Anheben«, sagte Isabelle trocken.

Das Drahtgeflecht hob sich, und Leon griff mit einer Flachzange nach etwas schwarz Verkohltem, das er vorsichtig unter dem Wrack hervorzog. Es hatte die Form eines Knochens von etwa zwanzig Zentimetern Länge. An seinem Ende hing etwas, das wie ein handtellergroßer Fetzen Gewebe aussah.

»Scheiße, was ist das?«, fragte Masclau und zog eine angewiderte Grimasse.

»Jedenfalls nicht Ihr Verdächtiger.« Leon drehte das Knochenstück mit der Flachzange. Eine Batterie starker Scheinwerfer beleuchtete inzwischen den nächtlichen Tatort.

»Was denkst du?«, fragte Isabelle

»Ich müsste es zur Sicherheit noch mal im Labor untersuchen«, erwiderte Leon und hielt das Fundstück ins Scheinwerferlicht. »Aber ich denke, wir haben es hier mit einem Sus scrofa zu tun. einem Wildschwein.«

»Spareribs«, sagte Masclau schnaubend. »Hab ich doch gleich gesagt, wir machen Barbecue.«

Die Feuerwehrmänner lachten.

»Ich schätze, unser Mann ist über alle Berge«, fügte Masclau dann, plötzlich ernst geworden, hinzu.

»Das Wildschwein liegt jedenfalls schon eine ganze Weile hier«, meinte Leon und steckte den Fund in eine durchsichtige Asservatentüte.

»Wie lange?«, fragte Isabelle.

»Einige Monate oder mehr«, sagte Leon. »Ich denke, es war reiner Zufall, dass der Kadaver da lag.«

»Das denke ich auch«, sagte Isabelle und sah die steile Felswand nach oben.

»Da wollte jemand Spuren vernichten«, sagte Masclau.

»Die Schlucht ist gut gewählt, um ein Auto verschwinden zu lassen«, sagte Leon. Kleine Straße, wenig befahren, abgelegen. Steile, enge Schlucht. Damit hätte sich der Täter einen ordentlichen Vorsprung verschaffen können.

»Wenn sein Auto nicht gebrannt hätte«, sagte der Einsatzleiter.

»Ich denke, der Brand war nicht eingeplant«, meinte Leon. »Seguin wollte das Auto unauffällig verschwinden lassen.«

»Also verstärken wir die Fahndung«, meinte Isabelle. »Wir

können nur hoffen, dass Seguin mit seiner Verletzung zur Weiterbehandlung in eine Klinik oder zu einem Arzt gehen wird.«

»Ihr sucht einen Mann, dem der kleine Finger der rechten Hand fehlt«, Leon grinste. »Kann doch nicht so schwer sein, den zu finden.«

42. Kapitel

Der Anruf von Julie Marsenne erreichte Isabelle gegen zweiundzwanzig Uhr. Sie fuhr sofort zur Villa. Eine Viertelstunde später stand Isabelle im Wohnzimmer der Marsennes. Bei ihr waren Lieutenant Kadir, das Kindermädchen Josephine sowie Julie Marsenne, die vor unterdrückter Anspannung zu beben schien.

Die Entführer hatten sich erneut gemeldet. Wieder war die Nachricht per SMS aus Albanien gekommen. Wieder auf einer Leitung, die für die französischen Behörden nicht nachzuverfolgen war. Die Meldung war kurz und simpel. Sie bestand aus einem Foto, das eine getigerte Katze zeigte. Das stark gemusterte Fell war gut zu erkennen, genauso wie das Halsband mit dem Namensschildchen »Alice«. Die Aufnahme hätte eines der üblichen Katzenfotos aus dem Internet sein können, wenn da nicht diese Schnur gewesen wäre. Die Schnur, die jemand der kleinen Katze um den Hals geknotet hatte und an der sie jetzt tot an einem Ast hing. Die rosa Zunge war aus dem Maul gequollen, der Körper stand in einem grotesken Winkel zum Kopf, und die Augen waren rot unterlaufen.

Darunter war ein kurzer Text: »Keine Polizei! Warten auf Anweisungen.«

Isabelle betrachtete das Foto auf dem Display von Madame Marsennes Handy.

»Alice«, las Isabelle laut den Namen auf dem Handy. »Ist sie das? War das der Name Ihrer Katze?«

»Da hat sich aber jemand mächtig ausgetobt.« Kadir hatte seiner Chefin über die Schulter gesehen.

»Ja«, Julie Marsenne nickte. »Das ist unsere Katze.«

»Tut mir leid«, sagte Isabelle, während sie das Handy an Kadir weiterreichte. »Die Kinder hatten sie bestimmt sehr gern.«

»Nein, hatten sie nicht«, mischte sich Josephine in die Unterhaltung ein.

»Sie ist ... ich meine, sie war ein schwieriges Tier«, versuchte Julie zu erklären. »Mein Mann hat sie beim Spaziergang am Meer gefunden. Sie war krank. Roger hat sie zum Arzt gebracht. Ich weiß nicht, wie oft. Er hat ein kleines Vermögen in das Tier gesteckt.«

»Diese Katze war ein Mistvieh«, sagte Josephine schroff. »Tut mir leid, wenn ich das hier so sage. Ich hätte sie längst ins Tierheim gebracht. Aber Ihr Mann hing ja geradezu an dem Biest.«

»Die Kinder mochten sie trotzdem sehr«, versuchte Julie Marsenne, der Nanny zu widersprechen.

»Von wegen«, sagte Josephine. »Wenn eines der Kinder auch nur in die Nähe kam, hat sie gefaucht. Nach Lucas hat sie sogar einmal mit den Krallen geschlagen.«

»Davon haben Sie mir nie was gesagt«, meinte Julie vorwurfsvoll.

Josephine zuckte mit der Schulter. Als wollte sie sagen, dass das in diesem Hause doch sowieso niemanden interessierte.

»Moma, sollten wir nicht versuchen, eine Fangschaltung zu legen?«, fragte Isabelle ihren Lieutenant. »Nur falls die Entführer sich doch telefonisch melden sollten.«

»Das würde aber nur klappen, wenn die Entführer sich übers

Festnetz melden«, sagte Kadir, »aber das haben sie bisher noch nicht getan.«

»Nein, ich will keine Fangschaltung«, Julie Marsenne schüttelte energisch den Kopf. »Sie kennen meine Einstellung.«

Isabelle unterdrückte ein Seufzen und wechselte das Thema: »Wie geht es Ihrem Sohn?«

»Ich möchte nicht über ihn sprechen«, antwortete die Mutter. »Es ist so ...«, sie suchte nach einem geeigneten Wort.

»Schmerzhaft?«, half Isabelle.

»Ja, schmerzhaft«, sagte Madame Marsenne.

»Ich habe gehört, er macht Fortschritte.« Isabelle sah Julie fragend an.

»Bitte.« Julie Marsennes Stimme klang müde.

»Lassen Sie uns wenigstens mit dem Polizeipsychologen sprechen, wie Sie auf dieses Foto am besten reagieren«, schlug Isabelle Madame Marsenne vor.

»Keine Polizei, sogar mit Ausrufezeichen.« Kadir betrachtete das Display. »Ziemlich aggressiv.«

»Nach wie vielen Tagen haben Sie gesagt, wird es kritisch für das Opfer?«, wandte Julie Marsenne sich an Isabelle, der es einen Moment die Sprache verschlug.

»Da gibt es keine festen Regeln, Madame«, versuchte Kadir die aufkommende Tragödie herunterzuspielen.

»Aber Sie haben doch selbst gesagt ...«, setzte Julie an, als sie von Isabelle unterbrochen wurde.

»Das Wichtigste ist jetzt, dass die Entführer sich sicher fühlen«, meinte Isabelle. »Wir dürfen also keinen Druck aufbauen und müssen sehr vorsichtig reagieren.«

Einen Moment war es still. Dann: »Ich habe schon geantwortet.« Wie Madame Marsenne das sagte, klang es regelrecht trotzig.

»Sie haben mit den Entführern gesprochen?« Isabelle konnte es nicht fassen. »Aber wir hatten doch vereinbart …?«

»Über WhatsApp. Ich will das alles zu einem Ende bringen, Capitaine. Das ist mir zu viel. Ich kann nicht mehr. Verstehen Sie das nicht?«

»Ich kann Sie nur zu gut verstehen, Julie. Darf ich Julie sagen?«, fragte Isabelle freundlich, und die Mutter nickte. »Wir wollen auch, dass das hier schnell und friedlich zu Ende geht. Aber wir wollen auch die Täter schnappen und vor Gericht stellen. Wir müssen verhindern, dass die Entführer so etwas wieder tun.«

»Das ist mir egal«, meinte Julie patzig.

»Sie sind frustriert, das verstehe ich«, versuchte Isabelle die Wogen zu glätten.

»Das verstehen Sie nicht. Ihr Kind wurde nicht entführt«, sagte Madame Marsenne. »Ich habe auf die Nachricht geantwortet, dass wir jederzeit bereit sind, das Geld zu übergeben.«

In diesem Moment hörte man an der Haustür Stimmen. Lieutenant Kadir stand auf und ging in die Eingangshalle.

»Sie können da nicht reingehen«, hörte Isabelle die Stimme ihres Lieutenants.

»Ich denke, hier entscheidet immer noch Madame Marsenne, wer ihr Haus betritt und wer nicht.«

Isabelle schreckte hoch. Sie hatte die laute und leicht quäkende Stimme sofort erkannt. Im nächsten Moment betrat Pilar Stoijak den Raum.

»Ich bin hier, weil ich weiß, wie wir Ihre Tochter finden.« Pilar streckte Julie ihre Hand hin, lächelte und ergänzte: »Ich bin Pilar.«

Mit zwei Schritten war Isabelle bei der Frau. »Madame Pilar, darüber haben wir doch schon gesprochen.« Isabelle bemühte sich, Julie Marsenne abzuschirmen. »Sie können nicht einfach zu den Leuten in die Häuser marschieren. Das ist ein Polizeieinsatz.«

Sie seufzte. Bereits als sie an diesem Abend zurück ins Präsidium gekommen war, hatte sie gesehen, dass Pilar tatsächlich noch immer auf der Bank vor ihrem Büro wartete. Isabelle hatte sich die Zeit genommen und Madame Pilar eine Viertelstunde lang klargemacht, dass es eine Straftat war, in Polizeiermittlungen einzugreifen.

»Madame Marsenne ist an Ihrer Hilfe nicht interessiert«, sagte Isabelle nun. »Also, bitte …« Isabelle machte eine Handbewegung in Richtung Tür.

»Sie will also nicht wissen, wo ihre Tochter ist?«, fragte Pilar provozierend. »Das glaube ich nicht.«

»Pilar, bitte«, sagte Isabelle. »Das hatten wir doch alles schon.«

»Ich habe sie gesehen, Ihre Tochter.« Pilar tat so als hätte sie Isabelle gar nicht gehört.

»Sie haben Louisa gesehen? Wann, wo?«, fragte Madame Marsenne. Zum ersten Mal an diesem Abend schien sie sich aus ihrer Starre zu lösen.

»Es reicht jetzt, Pilar.« Isabelle griff die Besucherin freundlich, aber bestimmt am Ellenbogen, um sie aus dem Raum zu schieben.

»Louisa war in der Kirche«, sagte Pilar.

»Haben Sie das gehört? Louisa war in der Kirche«, hauchte Julie sichtlich ergriffen.

»Nein, war sie nicht«, sagte Isabelle nüchtern.

»Aber sie hat sie doch gesehen.« Julie schien nun sichtlich verwirrt.

»Haben Sie mit ihr gesprochen, Pilar? Was hat sie gesagt?«, fragte Isabelle die Besucherin, um die Scharade zu enttarnen.

»Nichts«, musste Pilar zugeben. »Ich war fast bei ihr, und da ist sie verschwunden.«

»Einfach so? Pilar, bitte, das ist doch Humbug.« Isabelle atmete tief ein und sah zur Zimmerdecke.

»Sie haben gesagt, Sie könnten meine Tochter finden«, wandte sich Julie an Pilar.

»Ich bitte Sie, Julie ...«

»Ich erkenne die Schwingungen des Bösen«, raunte Pilar da.

»Pilar hat *le deuxième visage*«, flüsterte Moma Kadir seiner Chefin zu, »ich hab's dir heute Morgen schon gesagt.«

»Lass jetzt aber gut sein, Moma«, rügte Isabelle.

»Meine Großmutter hatte auch das Zweite Gesicht.« Moma ließ sich nicht davon abbringen. Er wusste, dass er nicht der Einzige war, der in dieser Runde für Übersinnliches offen war.

»Vielleicht kann Madame Pilar ja wirklich helfen.« Julie zögerte und sah den Lieutenant an.

»Einfach nur Pilar«, sagte die Frau mit dem Zweiten Gesicht. »Ich brauche nur eine Karte der Umgebung.«

»Das ist alles?«, wunderte sich Julie.

Pilar griff zur Antwort in eine Tasche ihrer weiten Bluse, die sie über einem bodenlangen Rock trug. Dann öffnete sie ihre Hand.

»Das Pendel lügt nie«, sagte Pilar. Zwischen Daumen und Zeigefinger hielt sie ein Silberkettchen, an dessen Ende eine Metallkugel hin und her schwang.

»Kann ja nicht schaden, oder?«, fragte Julie den Lieutenant.

Isabelle musste sich eingestehen, dass sie diesen Kampf verloren hatte.

43. Kapitel

Die Nacht war samtschwarz und umhüllte ihn wie ein Vorhang. Der Fotograf hatte sich mit dem Jogginganzug im Camouflagestil gut für den nächtlichen Einsatz vorbereitet. Mithilfe einer kleinen Klappleiter konnte er bequem die Astgabel einer alten Korkeiche erreichen. Von hier hatte er den perfekten Überblick über das nächtliche Anwesen der Marsennes.

Der Fotograf schwenkte mit dem Teleobjektiv über den gepflegten Garten und fokussierte schließlich auf den runden Tisch, der auf der Terrasse stand. Jetzt konnte er die kleine Gruppe genau erkennen. Alle Gesichter waren Pilar zugewandt. Die Frau mit dem Zweiten Gesicht hielt ihre Augen geschlossen und ließ mit der rechten Hand die Kugel ihres Pendels über einer Landkarte kreisen.

Der Beobachter zoomte näher heran. Neben Pilar erkannte er Capitaine Morell an den drei goldenen Steifen auf ihren Schulterklappen und ihren Lieutenant, ebenfalls in Uniform. Und natürlich Josephine, die auf Anordnung von Madame Marsenne eine Flasche Rosé für die nächtliche Séance geöffnet hatte. Der Beobachter lächelte zufrieden und schoss ein Foto nach dem anderen. Die Medien würden ihm die Bilder aus den Händen reißen.

Isabelle ahnte nicht, dass sie beobachtet wurden und dass diese nächtliche Sitzung Folgen haben würde. Nur mühsam unterdrückte sie ihren Unwillen: Den Kampf hatte sie zwar verloren, doch das hieß noch lange nicht, dass sie diesen Humbug gutheißen musste.

»Ich fühle dunkle Schwingungen ...«, flüsterte Pilar. »Ganz üble Schwingungen.«

Alle sahen Pilar schweigend und erwartungsvoll an. Nach einigen quälend langen Sekunden räusperte sich Isabelle.

»War es das jetzt oder kommt da noch was?«, fragte sie kritisch, doch niemand antwortete.

»Da ist noch mehr«, sagte Pilar in diesem Moment. »Ich sehe Schatten, viele Schatten, eine Armee der Schatten.«

»Können Sie den Ritter mit dem schwarzen Mantel sehen?«, fragte Josephine beunruhigt, die sich auszukennen schien. Sie war mit einer frischen Kanne Eistee auf der Terrasse erschienen.

»Und was bedeutet das jetzt?« Isabelle wurde es zu bunt, und sie sah ihren Lieutenant auffordernd an. Schließlich trug Kadir eine Mitschuld daran, dass sie jetzt an einer blöden Séance teilnahm, dachte Isabelle, statt gemütlich mit Leon auf der Terrasse zu sitzen und den Fledermäusen zuzusehen.

»Was ist das für ein Ritter? Der mit dem schwarzen Mantel?«, drängte sie weiter.

In diesem Augenblick legte sich Pilar die Hand an die Stirn. »Ich kann ihn sehen, den schwarzen Ritter«, hauchte sie.

Im selben Moment begann das Pendel zu schwingen und kam schließlich zitternd über einer Stelle auf der Karte zum Stehen.

Isabelle spürte einen Windstoß. Es roch plötzlich nach faulem Obst, und die feuchte Luft ließ sie frösteln. Ein Schauer lief ihr über den Rücken. Du bist übermüdet, dachte sie. Zeit, ins Bett zu gehen.

»Er ist weg«, Pilar richtete sich auf. »Der schwarze Ritter. Einfach so ... Ich habe seine Schwingungen verloren.«

»Weg?«, hakte Julie entsetzt nach.

»Das bedeutet gar nichts«, kam Pilar den anderen Fragen zuvor. »Ich hatte heute einfach keine gute Verbindung.«

»Bei meiner Oma kam da immer was«, sagte Kadir enttäuscht.

Isabelle musste grinsen.

»Das ist nicht lustig«, sagte Josephine streng.

»Wir versuchen es besser ein anderes Mal«, schlug Pilar vor.

Isabelle beugte sich über den Tisch und nahm die Straßenkarte an sich.

»Die bekommen Sie wieder«, versprach Isabelle der Gastgeberin und löste damit die kleine Séance auf.

Eine Viertelstunde später machten sich die Besucher auf den Heimweg. Vor der Tür blieb Pilar kurz stehen. Für einen Moment waren sie und Isabelle allein.

»Danke, dass Sie nicht weiter gefragt haben«, sagte Pilar.

»Was gefragt habe?«, antwortete Isabelle.

»Na, wegen des schwarzen Ritters«, sagte Pilar.

»Der bedeutet nichts Gutes, richtig?«, rutschte es Isabelle heraus, bevor sie sich zurückhalten konnte.

»Es bedeutet, dass der Tod im Haus ist«, sagte Pilar, als wäre das eine unumstößliche Tatsache.

Gegen ihren Willen fragte sich Isabelle, ob die verrückte Pilar nicht vielleicht recht haben könnte.

44. Kapitel

Julie hatte sich noch ein letztes Glas Wein eingeschenkt, obwohl sie sich geschworen hatte, in Zukunft abstinent zu leben. Zumindest bis ... ja, bis wann eigentlich? Sie brauchte den Alkohol, um den klaren Blick zu bewahren, zumindest redete sie sich das ein. Es gab so viele Dinge zu beachten während dieses Horrors, den sie momentan durchlebte. Sie wurde überhäuft mit unerbetenen Ratschlägen guter, besorgter Menschen. Alle wollten helfen. Alte Bekannte, die sich Jahre nicht mehr gemeldet hatten, wollten plötzlich Trost spenden, nach dem Motto: »Ich kann mir vorstellen, was Sie gerade durchmachen müssen.«

Das war Quatsch, niemand wusste, was in ihr vorging. Niemand hatte auch nur eine vage Vorstellung, was sie durchmachen musste. Die Entführung ihrer Kinder entwickelte sich immer mehr zum Albtraum. Sie spürte, dass sie langsam die Übersicht verlor. Manchmal erwischte sie sich schon dabei, dass sie die Tage nicht mehr auseinanderhalten konnte. Wie lange war das her, dass der ganze Albtraum begonnen hatte? Wann hatte sie ihre kleine Tochter zum letzten Mal gesehen? Diese Frage wollte sie sich doch nicht stellen. Und warum sprach Lucas noch immer nicht mit ihr?

Julie sehnte sich danach, dass das alles endlich vorbei war. Aber niemand verstand sie. Die Polizei wollte die Täter jagen, fassen und vor Gericht stellen. Egal, ob dabei das Opfer in tödliche Gefahr geriet!

Es war inzwischen spät geworden. Julie fühlte sich alleingelassen. Jetzt hätte sie ihren Mann gebraucht. Wenn sie nachts durch das große Haus lief und an allen Fenstern und Türen rüttelte, um sicherzugehen, dass sie verschlossen waren. Aber da war kein Mann, der ihr half. Niemand, an den man sich anlehnen konnte, auf den man sich verlassen konnte, mit dem sie ihr Leben bis zum letzten Atemzug teilen wollte. Irgendwann würde dieser Albtraum zu Ende gehen, und danach würde sich endlich auch ihr Leben ändern.

Julie schaltete das Licht im Wohnzimmer aus. Sie ging zum Fenster, schob den Vorhang ein paar Zentimeter zur Seite und erkannte schräg gegenüber dem Gartentor den unauffälligen schwarzen Renault der Gendarmerie. In dem Wagen war die Innenbeleuchtung abgeschaltet. Trotzdem konnte Julie die beiden Männer im Zwielicht erkennen. Sie trugen Zivil und beobachteten das Haus rund um die Uhr. Julie wollte in dieser schwierigen Phase keine Fremden im Haus haben, vor allem keine Polizisten. Aber sie spürte auch, dass das Polizeiauto mit den beiden Männern ihr ein Gefühl von Sicherheit verlieh. Sie ging zurück in das Wohnzimmer, wo ihr Weinglas noch immer auf dem Esstisch stand, als sie das Geräusch hörte. Ein leises Knarzen. Es hörte sich an wie Schritte.

»Hallo?«, rief sie in Richtung der Eingangshalle. Es geschah nichts. Vielleicht war einer der Polizisten ins Haus gekommen, sie konnten natürlich jederzeit das Badezimmer benutzen. Allerdings war ausgemacht, dass sie vorher Madame Marsenne um Erlaubnis fragten. Jetzt hörte sie wieder Schritte. Jemand war im ersten Stock. Dort wo sich ein Badezimmer und die Kinderzimmer befanden.

Sie erwog einen Moment lang, die Polizisten draußen in dem schwarzen Renault zu rufen. Aber das hätte bei der Gendarmerie einen ganzen Rattenschwanz von Aktionen ausgelöst, sie hätte als Sicherheitsmaßnahme das Haus verlassen müssen und weiß Gott was. Und sie war müde, hundemüde. Wollte endlich schlafen. Den ganzen Wahnsinn für ein paar Stunden vergessen. Sie hatte doch richtig entschieden. Es war das Beste so – für alle. Wieder nahm sie die Schritte wahr.

Ganz bestimmt einer der Polizisten aus dem Auto. Kein Grund, einen Aufstand deswegen zu machen. Wobei, eigentlich sollten die Polizeibeamten sich ausschließlich im Parterre aufhalten, schoss es ihr durch den Kopf. Auf einmal fröstelte Julie in ihrer dünnen Seidenbluse. Aber sie hatte doch die beiden Männer in dem Zivilfahrzeug der Polizei erkannt. War es möglich, dass sie heute Abend zu dritt waren? Planten sie eine Aktion, in die man sie bewusst nicht eigeweiht hatte? So wie beim letzten Mal? Sie durfte die Kontrolle nicht verlieren. Sie würde diese Polizistin anrufen. Jetzt gleich. Capitaine Morell. Als sie zu ihrem Handy griff, glaubte sie eine Tür zu hören, die mit einem hellen Klicken vorsichtig ins Schloss gedrückt wurde. War Roger vielleicht doch nach Hause gekommen, und sie hatte ihn nur nicht gehört? Seine unangenehme Art, sich durch das Haus zu bewegen, ohne dabei das geringste Geräusch zu verursachen, war etwas, an das Julie sich nie hatte gewöhnen können.

»Roger?«, fragte sie mit unsicherer Stimme in die Dunkelheit des Treppenhauses. »Roger, bist du das …?«

Kein Fremder würde sich in das Haus schleichen, das von zwei Männern in einem dunklen Wagen beobachtet wurde, beruhigte sich Julie. Worüber machte sie sich also Gedanken? Was für einen Grund hätte ein Fremder, in das Haus einzusteigen?

Wie wäre es mit zwei Millionen Euro? Sind die etwa kein guter Grund, gab sich Julie selbst die Antwort. Sie schauderte. In diesem Moment schaltete sich das Licht im Garten und im Haus automatisch ab. Es war eine simple, aber wirkungsvolle Methode, um Strom zu sparen.

Um zwei Uhr morgens schaltete die Anlage zeitgesteuert auf Stromsparlichter um. Kleine, in den Boden eingebaute Lampen, die Julie immer an die Leuchtstreifen im Flugzeug erinnerten, die die Fluchtwege markierten, sorgten dafür, dass man die nötigsten Wege auch so fand.

Julie hatte keine Lust auf eine Auseinandersetzung mit ihrem Mann. Sie trug ihre Slipper in der Hand, als sie barfuß die Treppe nach oben lief.

Es war still, dann sah sie im schwachen Licht der Nachtlampe, dass eine der Türen einen Spalt offen stand. Es war die Tür zum Kinderzimmer. Julie war sicher, dass sie sie am Abend geschlossen hatte. Sie ging langsam auf die Tür zu und drückte sie auf. Einen Moment schwankte sie, als sie erkannte, dass da jemand im Zimmer war. Der Schweiß brach ihr aus, und als ihre Augen sich an das Dämmerlicht gewöhnt hatten, sah sie eine Frau, die ihr den Rücken zuwandte. Julie tippte auf den Schalter mit dem kleinen roten Leuchtpunkt. Mit einem Schlag wurde das gesamte obere Geschoss beleuchtet. Die Frau fuhr herum. Es war Josephine. Sie hatte auf dem Kinderbett Kleidung und ein paar Spielsachen ausgebreitet, die sie jetzt ordentlich in einer dunklen Sporttasche verstaute.

»Josephine! Ich dachte, Sie wären längst nach Hause gegangen«, sagte Julie überrascht.

»Tut mir leid, wirklich, weil ich ... Ich wollte nur frische Sachen für Lucas holen«, stotterte das Kindermädchen verunsichert.

»Da hätten Sie mich doch fragen müssen – ich habe nicht mit Ihnen gerechnet.«

»Ja, natürlich, ich weiß. Tut mir wirklich leid«, sagte Josephine. »Aber Sie hatten so viel zu tun, und da wollte ich auf keinen Fall stören.«

Julie stand am Bett und hob einen Pullover hoch. »Pullis, dafür ist es doch viel zu warm?«

»Ich dachte, dass er vielleicht mit einem der Pfleger durch den Park gehen möchte. Morgens kann es noch sehr kühl sein.«

»Sie hätten wirklich mit mir darüber sprechen müssen.«

»Ich kann die Sachen ja wieder zurück in die Schubladen legen.«

»Nein, lassen Sie nur. Ist schon in Ordnung«, sagte Julie Marsenne blass. »Mein Gott, Sie haben mir vielleicht einen Schrecken eingejagt.«

»Es tut mir wirklich leid«, wiederholte Josephine, die sah, wie Madame Marsenne ein Polizeiauto aus der gepackten Tasche nahm und es nachdenklich betrachtete. »Das mag er ganz besonders«, sagte Josephine mit Blick auf das Spielzeug. «Hat ihm Monsieur Porez zum Geburtstag geschenkt.«

»Danke, ich weiß, womit der Junge gerne spielt«, antwortete Julie, wobei sie selbst merkte, dass sie bissig klang.

»Dann darf ich ihm die Sachen bringen?«, fragte das Kindermädchen.

»Ich denke, das sollte der Stationsarzt entscheiden.«

Josephine wartete, aber Madame Marsenne war offenbar nicht an einem weiteren Gespräch interessiert.

»Gute Nacht, Josephine.«

»Gute Nacht, Madame«, antwortete Josephine, nahm die Tasche und ging.

45. Kapitel

»Du hast *was* gemacht?« Leon sah Isabelle entgeistert an und vergaß beinahe, die klein gehackte Petersilie auf das Rührei zu streuen, das er gerade für seine Partnerin zubereitet hatte.

Isabelle schmunzelte. Sie war spät nach Hause gekommen, als Leon bereits tief und fest geschlafen hatte. Als sie ihn sanft angestoßen hatte, um ihm zu sagen, dass sie wieder da war, hatte er nur schlaftrunken gebrummelt und sich auf die andere Seite gerollt. Im selben Moment war er wieder eingeschlafen.

Jetzt saßen sie wie jeden Morgen zusammen in der Küche. Leon machte ihr eines seiner legendären Rühreier mit Bacon und frischen Tomaten, und Isabelle hatte für sie beide ein kleines Schälchen Müsli mit frischen Waldbeeren vorbereitet.

»Wir hatten eine richtige Séance, mit Medium, Silberpendel, Kraftfeldern und allem Drum und Dran«, berichtete Isabelle mit leichter Ironie in der Stimme.

»Und, hat es funktioniert? Der Kontakt mit der Zwischenwelt, meine ich?« Leon stellte das Rührei vor Isabelle. Sie wackelte mit ihrem Kopf wie ein indischer Guru.

»Gute *vibrations*, sehr gute *vibrations* …«, raunte Isabelle.

»Echt jetzt?«

»Na ja. Der schwarze Mann kam kurz vorbei …«, Isabelle wedelte mit den Händen durch die Luft.

»Und …? Was hat er gesagt, der schwarze Mann?«

»Nichts«, gab Isabelle kleinlaut zu.

»Die Geister haben wohl gerade wenig Zeit.« Leon grinste.

»Wahrsagen ist eben nichts für Berufsskeptiker wie dich.« Isabelle aß genüsslich von ihrem Müsli.

»Was steht eigentlich später im Vernehmungsprotokoll? Laut Aussage des schwarzen Mannes …« Leon lachte.

»Ich hätte ihn nach seiner E-Mail-Adresse fragen sollen.«

Beide lachten.

»Pilar hat die Gegend ausgependelt, wo die Kinder angeblich versteckt waren.«

»Nicht dein Ernst?«

»Doch, mit ihrem Pendel. Du kannst dir das echt nicht vorstellen. Das Versteck ist irgendwo im Massif des Maures, sagt sie«, erzählte Isabelle. Leon hörte ihr amüsiert zu und wartete ab, was als Nächstes käme. »Ich habe schon auf der Karte nachgesehen.«

»Und, wo ist es?«

»Nördlich von Collobrières. Sind ungefähr sieben Quadratkilometer, die da infrage kommen – wenn man dem Pendel glauben will.« Isabelle zuckte mit der Schulter.

»Wer würde nicht einem Pendel glauben?«, spöttelte Leon. »Sieben Quadratkilometer, in dieser Gegend. Dagegen ist Lotto eine sichere Geldanlage.«

»Das weiß ich selbst. Aber wenn ich mir vorstelle … was gewesen wäre, wenn Lilou als Vierjährige entführt worden wäre. Ich glaube, ich hätte es sogar mit Bleigießen versucht.«

»Wir werden das kleine Mädchen finden. Ganz sicher«, sagte Leon.

»Du weißt, dass heute schon der fünfte Tag ist, Leon.« Isabelle sah nachdenklich von der Terrasse in Richtung Meer.

»Wer ist jetzt der Pessimist?«, fragte Leon.

46. Kapitel

Leon hatte es sich in den vergangenen Tagen zur Gewohnheit gemacht, den kleinen Lucas zu besuchen. Der Junge hatte nach wie vor ein Zimmer in der Kinderabteilung der Klinik Saint-Sulpice. Die guten Verbindungen zur Klinikleitung, aber vor allem auch das Engagement von Leon hatten dazu geführt, dass Lucas das Zimmer länger belegen konnte, als es die internen Dienstanweisungen der Klinik vorsahen. Trotzdem wurde der Oberarzt inzwischen ungeduldig und hatte bereits am Tag zuvor den Arztbericht unterschrieben.

Die Kinderabteilung befand sich im obersten Stock des Neubaus. Es bedeutete für Leon, der Aufzüge hasste, ein kleines Opfer, täglich bis in den sechsten Stock zu laufen, um den Patienten zu besuchen. Aber irgendwie hatte er das Gefühl, dass er es dem siebenjährigen Lucas schuldig war, seit er ihn vom Dach gerettet hatte.

Leon war vor Zimmer 611 stehen geblieben und klopfte. Er wusste natürlich, dass niemand »Herein« rufen würde. Aber er versuchte, alltägliche Rituale beizubehalten. Lucas verweigerte nach wie vor jede Art von Unterhaltung. Aber er war in der Lage, auf einfache Fragen zu antworten. Dabei sagte er nur das Allernötigste, und auch das nur mit den Menschen in seiner nächsten Umgebung. Leon war einer der ganz wenigen Klinikmitarbeiter, die der Junge akzeptierte. Die meisten Besucher jagten dem Kind Angst ein. In diesem Fall wandte Lucas sich schweigend ab oder er verkroch sich in der Ecke neben dem Bett, bis die Fremden sein Zimmer wieder verlassen hatten.

Leon war aufgefallen, dass Lucas gelegentlich einzelne Wörter ganz klar aussprach. Segelboot, Auto oder Nana, wie er sein Kindermädchen nannte, waren solche Wörter. Komplette Sätze formulierte der Junge dagegen so gut wie gar nicht. Im Gegenteil, es hatte sogar den Anschein, als wäre das Kind in seiner geistigen Entwicklung seit seiner Entführung um Jahre zurückgefallen. Als müsste es das Sprechen neu lernen.

Ganz besonders galt das für alle Fragen nach den achtundvierzig Stunden, die der Junge in der Gewalt der Entführer verbracht hatte. Was diese beiden Tage anbetraf, schien seine Erinnerung nach wie vor wie ausgelöscht. Trotzdem wurde Leon manchmal den Verdacht nicht los, dass der Junge ihm etwas vorspielte. Dass Lucas sehr wohl verstand, was ihn Leon fragte, dass das aber eine Art Schutz für das Kind war und es sogar Angst hatte, diese geheime Tür zu seiner Seele zu öffnen.

Vorsichtig drückte Leon die Zimmertür auf. Aber so viel Rücksicht wäre gar nicht nötig gewesen. Lucas hatte Leon sofort erkannt, und ein winziges Lächeln erschien auf seinem Gesicht.

»Hast du gut geschlafen?«, fragte Leon.

»Gut geschlafen«, wiederholte der Junge, und Leon war sich nicht sicher, ob das eine Antwort war oder ob Lucas ihn nur spiegelte. Aber Leon wertete es schon als kleinen Erfolg, dass der Junge überhaupt reagierte, indem er seine Worte übernahm. Es war ihre besondere Art von Unterhaltung.

Lucas rutschte in seinem Bett zur Seite, griff zu dem rollbaren Nachttischchen und zog die Blechschublade auf. Dann nahm er etwas darin auf und zeigte Leon seine zur Faust geschlossene

Hand. Er öffnete die Hand, und da lagen zwei kleine blaue Tabletten.

»Sind das die Tabletten, damit du besser schläfst?«

»Nana«, sagte Lucas und ließ die Tabletten in den kleinen Mülleimer fallen, in dem die Schwester auch gebrauchte Spritzen entsorgte.

»Du solltest die aber schon nehmen, wenn die Schwester sie dir gibt«, sagte Leon. »Du willst doch schnell gesund werden.«

»Nana«, wiederholte der Junge.

»Josephine? Was ist mit deiner Nana?«, fragte Leon irritiert.

Leon wusste, dass die Geschwister ihr Kindermädchen so nannten. Lucas antwortete nicht, sondern beugte sich über das Bild, das er auf seinem Malblock begonnen hatte. Leon betrachtete es. Die Zeichnung zeigte eine Art Tür oder einen Torbogen und kleine Striche in der Luft, die Vögel darstellen konnten, dachte Leon. Lucas saß konzentriert und über seinen Block gebeugt auf dem Bett und zeichnete. So gestört seine sprachlichen Fähigkeiten waren, so verblüffender war sein zeichnerisches Talent. Diesmal hatte er einen Zugang gezeichnet, wie zu einer Höhle.

»Das ist eine Höhle …?«, sagte Leon, um sich noch einmal zu vergewissern.

»Höhle«, wiederholte der Junge.

Leon war alarmiert.

»Du warst in einer Höhle?«, fragte Leon und versuchte, sich die Anspannung nicht anmerken zu lassen.

»Kalt«, sagte der Junge, während er etwas zeichnete, das wie Buschwerk aussah und zwischen den Steinen wuchs.

»Du warst in einer Höhle, aber dir war kalt«, wiederholte Leon. Waren sie gerade dabei, eine Unterhaltung über das Versteck von Lucas' Kidnappern zu führen?

»Es war kalt, so wie in einem Keller?«, tastete Leon sich vorsichtig heran.

Lucas schwieg mit großen Augen.

»Ein Keller …?«, wiederholte Leon, aber der kleine Junge schwieg und sah über die Dächer von Hyères, wo man in der Ferne das Meer in der Sonne glitzern sah.

Leon bemerkte, dass Lucas noch etwas gezeichnet hatte. Ein rotes Auto, gut zu erkennen. Ausgesprochen stimmig in den Proportionen von Rädern und Karosserie. Durch das vordere Seitenfenster war eine Person zu sehen. Vielleicht ein Mann. Er schien eine Kappe auf dem Kopf zu tragen.

»Gefällt mir«, sagte Leon und tippte auf die Zeichnung. »Ein schickes Auto. Sportwagen, richtig?«

»Auto«, schien Lucas zu bestätigen.

»Ist das das Auto von deinem Vater?«

»Nana«, sagte Lucas erneut.

»Das ist das Auto von Josephine?«

Leon spürte, dass der kleine Lucas gerade dabei war, ihm ein Geheimnis zu verraten. Noch eine oder zwei Fragen, und Lucas würde vielleicht sagen, wer ihn entführt hatte. Aber es konnte genauso gut sein, dass eine falsche Frage ihn für Stunden oder gar Tage verschrecken würde. Er würde sehr behutsam vorgehen müssen.

»Ein schönes Auto«, wiederholte Leon.

In diesem Moment klopfte es, und die Tür ging einen Spalt auf. Leon erkannte Josephine, das Kindermädchen. Der Junge gab seinem Block ein Stoß, sodass der auf den Boden rutschte. Auch er hatte gesehen, wer da in der Tür stand. Lucas drehte sich weg und rollte sich wie ein verängstigtes Tier zusammen. Leon stand von seinem Stuhl auf und gab Josephine Péan ein Zeichen mit der Hand.

»Lassen Sie uns draußen reden«, murmelte er, und das Gesicht verschwand. Leon folgte ihr.

In den Fluren der Kinderstation war es an den Wochenenden meist ziemlich ruhig. Nur ab und zu hasteten Eltern mit besorgten Gesichtern vorbei, die mit den Ärzten verhandelten. Unter den hohen Fenstern standen Stühle und Tische für Besucher. Josephine stellte eine schwarze Sporttasche auf den Boden.

»Das sind Sachen zum Wechseln«, sagte sie. »Lucas kann doch nicht tagelang in denselben Klamotten rumlaufen.«

»Bringt ihm seine Mutter denn nichts von zu Hause vorbei?«

»Madame Marsenne gibt im Moment eine Pressekonferenz vor dem Rathaus. Es ist sehr wichtig, dass die Leute Louisa nicht vergessen, hat sie gesagt.«

»Verstehe«, meinte Leon vieldeutig. »Madame Marsenne ist im Moment sicher sehr beschäftigt?«

»Bitte, Docteur, das haben Sie aber nicht von mir.«

»Fällt unter die ärztliche Schweigepflicht.« Leon lächelte freundlich.

»Madame Marsenne nimmt das alles sehr mit, müssen Sie wissen. Auch wenn sie es nicht so zeigen kann«, bemühte sich Josephine, die Dinge richtigzustellen.

»Sie hat wohl nicht viel Zeit für ihre Kinder«, tastete sich Leon vorsichtig weiter vor.

»Sie tut, was sie kann«, entschuldigte Josephine die Mutter. »Und wenn es eng wird, bin ich ja da.«

»Die zuverlässige Ersatzmutter«, meinte Leon freundlich. Einen Moment dachte Leon, er hätte Madame Péan vielleicht mit seiner Bemerkung gekränkt, aber da war dieses stolze Lächeln auf ihrem Gesicht.

»Wenn Sie so wollen«, sagte Josephine.

»Was ist mit dem Vater?«

»Monsieur Marsenne?« Josephine machte eine abfällige Handbewegung.

»Kinder sind nicht so seine Sache?«, fragte Leon.

»Manchmal bekommen Kinder die falschen Eltern vom lieben Gott zugeteilt«, sagte Josephine.

»Klingt so, als hätten die Marsennes eine Menge Probleme.«

»Madame reist viel, und er ist ständig auf Kongressen. Vergangenen Juni hat Monsieur Marsenne sogar den Geburtstag von Lucas vergessen. Zum Glück hatte ich ein Geschenk besorgt«, sagte das Kindermädchen nicht ohne Stolz.

Während Madame Péan weiter von ihren Errungenschaften als Ersatzmutter berichtete, fiel Leons Blick auf die Uhr im Gang, und er zuckte zusammen.

»Ich muss zurück ins Institut«, sagte er entschuldigend und stand auf.

»Natürlich«, erwiderte das Kindermädchen und stand ebenfalls auf. »Weiß man denn irgendwas Neues über Louisa?«

»Alle arbeiten auf Hochtouren«, sagte Leon, »aber ich weiß auch nicht mehr als Sie.«

»Sie haben doch Erfahrung mit solchen Fällen«, sagte Josephine und sah sich um, aber der Flur war leer. »Wenn man so viele Tage von einem Kind nichts mehr hört ... Glauben Sie, dass es dann vielleicht ...« Josephine unterbrach sich.

»Sie meinen, ob es vielleicht nicht mehr lebt? Das kommt einzig und allein darauf an, wie gut es versorgt wurde.«

»Ich verstehe.« Einen Moment schwieg sie, dann fiel ihr Blick auf die Tür, hinter der der Sohn der Familie Marsenne untergebracht war. »Könnten Sie Lucas das bitte geben?«, fragte sie und reichte Leon die Sporttasche.

»Sie können ihm die Sachen doch selbst bringen«, sagte Leon verwundert, griff aber nach der Tasche, gerade als Josephine Péan diese wieder zurückzog. Bevor Leon sich entschuldigen konnte, sah er, dass eine schmale Tablettenschachtel aus der Sporttasche gerutscht war. Josephine hatte sofort nach der Schachtel gegriffen. Er konnte trotzdem den Namen des Mittels erkennen: Dormazepin. Ein Beruhigungsmittel. Ein starkes.

»Zum besseren Einschlafen«, erklärte Josephine schnell, und es klang wie eine Entschuldigung.

»Die wollten Sie aber nicht dem kleinen Lucas bringen?« Leon ließ die Frage wie einen Scherz klingen.

»Nein, mon Dieu. Natürlich nicht«, Josephine steckte erschrocken die Schachtel in ihre Tasche. »Die habe ich in der Apotheke abgeholt, für meine Nachbarin.«

»Na gut«, Leon griff nach der schwarzen Sporttasche mit den Sachen für Lucas. »Dann bringe ich ihm noch schnell die Sachen ins Zimmer.«

»Ich wollte Ihnen aber keine Mühe machen.«

»Kein Problem«, sagte Leon. »Ich wünsche Ihnen noch einen schönen Tag.«

Damit verschwand Leon bei Lucas im Krankenzimmer.

47. Kapitel

Im ersten Moment als Isabelle die Gendarmerie betrat, hielt sie das lächelnde Gesicht ihres Kollegen Masclau für einen Ausdruck von Freundlichkeit. Aber sie spürte schnell, dass da etwas anderes im Busch war. Masclau lächelte sie nicht an, er schien sich lustig über sie zu machen.

»Bonjour.« Isabelle winkte Masclau zu.

»Bonjour«, grüßte Masclau zurück und formte seine Hände zu Monsterkrallen, mit denen man kleine Kinder erschreckt. »Wuwuwu«, fügte der Lieutenant grinsend hinzu, woraufhin Isabelle irritiert mit dem Kopf schüttelte und sich an dem Kollegen vorbeischob. Was der wohl hatte?

Um sieben Uhr dreißig hatte Zernas Sekretärin aus der Gendarmerie bei Isabelle angerufen und sie informiert, dass der Polizeichef sie und Leon pünktlich um acht Uhr morgens in seinem Büro erwarten würde. Die Sache wäre dringend und könne nur im kleinen Kreis besprochen werden.

Was immer es war, dachte Isabelle, es schien Masclau zu amüsieren.

»Weißt du, was hier los ist?«, fragte sie Leon.

»Nein, aber ich ahne was«, brummte er.

Isabelle klopfte bei Zerna und hatte die Tür bereits geöffnet, bevor der Polizeichef noch »Herein« sagen konnte. Von einem

»kleinen Kreis« konnte nicht die Rede sein. Das Meeting war so gut besucht, dass das Treffen in Zernas Büro eher an eine Geburtstagsfeier als eine Krisensitzung erinnerte.

Zerna saß in seinem schweren Ledersessel. Ein Geschenk des Polizeichefs von Cheyenne in Wyoming, nachdem Zerna dort ein Vierteljahr an einem internationalen Austauschprogramm der Polizei teilgenommen hatte. Leon ahnte, warum Zerna seinen Ledersessel so schätzte. Erstens weil das Möbelstück ein Geschenk eines echten US-Marshalls war, und zweitens machte der Stuhl den Polizeichef im Sitzen größer. Besonders wenn er so hinter seinem schweren Eichenholzschreibtisch thronte.

Am Besprechungstisch in der Mitte des Raumes hatten Kommissarin Lapierre und Staatsanwalt Bertrand Simon Platz genommen. Mit am Tisch saßen drei weitere Beamte der Gendarmerie, die die Fahndung nach Louisa Marsenne koordinierten.

Ihnen gegenüber hatten Isabelle und Kadir Aufstellung genommen. Leon sah sich um und fühlte sich an seine Zeit im Internat erinnert, wo ungezogene Schüler vor dem Direktor antreten mussten, um sich einen Rüffel abzuholen. Er beschloss, die Angelegenheit nicht zu persönlich zu nehmen, und suchte sich einen Platz bei Kadir und Isabelle.

»Guten Morgen, messieurs dames«, begann Zerna steif. Er stützte beide Handflächen auf die Platte seines Schreibtisches und lehnte sich so weit vor, als wollte er im nächsten Moment darüberspringen.

»Bevor wir zu den jüngsten Entwicklungen im Fall Marsenne kommen, muss ich einen anderen Vorfall ansprechen, der mir völlig unbegreiflich ist und der gerade dabei ist, diese Gendarmerie zum Gespött der Medien zu machen. Und ich werde nicht zulassen, dass man meine Polizeistation der Lächerlichkeit aussetzt.« Zerna unterbrach sich kurz, und alle im Raum schwiegen.

Sie wollten nichts von der Standpauke verpassen, die sich Isabelle, Kadir und unfreiwillig auch Leon anhören mussten.

»Es geht um eine nächtliche Séance im Haus von Madame Marsenne«, sagte Zerna und funkelte sie an.

»Das war ein privates Treffen und hatte nichts mit den Ermittlungen zu tun«, nahm Isabelle ihren Mitarbeiter sofort in Schutz.

»Wenn Sie glauben, dass das Gespräch so privat war, dann haben Sie aber heute Morgen noch nicht die Onlineseite des *Var-Matin* angeschaut«, ging Zerna seine Stellvertreterin an.

»Nein, habe ich nicht, ich beziehe meine Informationen über die Onlineausgabe von *Le Monde.*« Einen Moment lang tat es Isabelle gut, ihrem Chef unter die Nase zu reiben, dass sein Informationshorizont nicht über die Lokalnachrichten des *Var-Matin* hinausreichte.

»Nein? Dann haben Sie aber was verpasst«, sagte Zerna.

»Nämlich?«

»Gleich auf der zweiten Seite ist eine Gruppe bei einer nächtlichen Séance zu sehen.« Jetzt kam Zerna in Fahrt. »Auf der Terrasse der Villa Marsenne. Einer meiner Lieutenants und meine Stellvertreterin lassen da ein Pendel kreisen, zusammen mit einer Wahrsagerin und einer verzweifelten Mutter auf der Suche nach ihrem Kind.«

»Die Personen sind doch gar nicht zu erkenne«, unterbrach Kadir. »Die Gesichter wurden von der Redaktion verpixelt.«

»Nicht zu erkennen?«, wiederholte Zerna. »Die müssen gar nicht zu erkennen sein, wenn in dem Artikel zu lesen ist, dass zwei von ihnen zur Gendarmerie nationale gehörten. Was denken Sie sich eigentlich?«

»Das geht alles auf meine Kappe«, fiel Isabelle ihrem Chef ins Wort. »Madame Marsenne hat mich gefragt, ob Pilar es mit ihrem Pendel versuchen darf, und ich habe zugestimmt.«

»Sie haben was …?«, fragte Zerna übertrieben fassungslos.

»Ich hatte gehofft, die ganze nächtliche Veranstaltung würde die Mutter des Mädchens wenigstens für einige Minuten ablenken.«

»Hellsehen gehört eigentlich nicht zu unseren Ermittlungsmethoden«, sagte Zerna. »Ich denke, das ist Ihnen bekannt.«

Isabelle atmete tief durch, weil es so scheinheilig war, dass Zerna nun auf sie losging. Schließlich war er derjenige mit dem Faible für die Wahrsagerin. Doch ihr war klar, dass der Kampf so nicht zu gewinnen war. »Sie haben keine Kinder, Commandant«, sagte sie dann.

»Was hat das denn bitte mit diesem … diesem Gespenstertreffen zu tun?«

»Es geht um Hoffnung«, sagte Isabelle. »Hoffnung ist eine starke Kraft, wenn man verzweifelt ist.«

»Davon abgesehen wäre das nicht der erste Fall, an dessen Aufklärung eine Wahrsagerin beteiligt war«, meldete sich jetzt auch Leon.

»Von Ihnen hätte ich etwas mehr wissenschaftliche Nüchternheit erwartet, Docteur«, sagte Zerna spitz.

»Es hat in meiner beruflichen Praxis so einige scheinbar aussichtslose Fälle gegeben, bei denen es erst zu einer Wende gekommen ist, als jemand von außen den Fall aus einer neuen Perspektive betrachtet hat.«

»Dann beschäftigen wir doch am besten gleich eine Wahrsagerin im Präsidium«, ätzte Zerna. »Pendel statt Computerfahndung. Klingt vielversprechend.«

»Keiner von uns hat doch ernsthaft geglaubt, dass wir auf diese Weise erfahren, wo die kleine Louisa versteckt gehalten wird.« Isabelle schüttelte den Kopf.

»Wir werden herausfinden, wer diese illegalen Fotoaufnahmen gemacht hat. Und wir werden diese Leute zur Rechenschaft ziehen.« Madame Lapierres Stimme klang zornig.

»Wirklich, das wollen Sie? Ich denke, je weniger Beachtung die Gendarmerie der Sache schenkt, umso weniger dringt davon nach außen«, bemerkte Leon.

»Zu spät, verdammt«, sagte Zerna. »Die Bilder haben doch längst die Runde gemacht.«

»Dann ist das doch nur noch eine unbedeutende Lokalmeldung«, mischte sich Kadir ein, »die ist morgen schon wieder vergessen.«

»Ach, halten Sie die Klappe«, raunzte Zerna seinen Lieutenant an.

»Sehen wir die Sache doch mal positiv.« Leon sah, wie der Zorn in dem Polizeichef aufstieg. Zernas Gesichtsfarbe wechselte von einem leichten Pink zu Scharlachrot.

»Und wie, bitte, soll das gehen?« Zernas Bemerkung klang wie eine Drohung.

»Das kennen wir doch alle«, erklärte Leon. »Manche Menschen hören oder sehen etwas, das sie gleich wieder vergessen haben. Gelingt es, solche Erinnerungen aufzuspüren, hat man mitunter einen völlig neuen Ansatz bei der Ermittlung.«

»Wir lesen aber hier keinen Kaffeesatz, sondern leisten bewährte Ermittlungsarbeit«, polterte Zerna spuckesprühend.

»Mit einer Silberkugel?«, stichelte Kommissarin Lapierre.

»Silberkugel, Tarotkarten oder ein ausgestopftes Kaninchen, das ist doch ganz egal«, meinte Leon, »solange es hilft, scheinbar verloren gegangene Erinnerungen zu wecken.«

»Ich dachte, Sie sind Rechtsmediziner, Docteur, ein Mann der Wissenschaft«, sagte Zerna, »das ist doch alles nichts als Hokuspokus.«

»Leider konnte ich an der spiritistischen Sitzung nicht teilnehmen«, sagte Leon betont freundlich in Richtung Isabelle, »aber ich würde etwas darum geben, ich wäre dort gewesen.«

Die Leiter der Einsatzgruppen kicherten.

»Das ist nicht lustig«, mahnte Zerna.

»Das kann doch niemand wirklich ernst nehmen«, sagte Isabelle.

»Ach ja?«, fragte der Polizeichef. »Wissen Sie, was der *Var-Matin* geschrieben hat?« Rot vor Empörung malte er Anführungszeichen in die Luft. »›Hilfe aus dem Jenseits — Gendarmerie von Lavandou im Fall Marsenne festgefahren, jetzt soll Wahrsagerin helfen.‹« Zerna klatschte mit der Hand auf den aufgeschlagenen *Var-Matin*, der mitten auf seinem Besprechungstisch lag. »Das ist doch zum Schämen!«

»Ich würde sagen, jetzt beruhigen wir uns alle erst einmal«, meldete sich zum ersten Mal an diesem Morgen Staatsanwalt Simon zu Wort. »Zugegeben, diese Story wirft kein besonders gutes Licht auf die Arbeit des Präsidiums, aber ich habe bereits mit Paris telefoniert. Das Innenministerium wird die Sache nicht weiterverfolgen.«

»Das ist alles? Das war's, ja?«, fragte Zerna misstrauisch.

»Es wird vielleicht ein paar kleine personelle Umstellungen geben«, sagte Simon, »aber die dienen nur der Entlastung der Fahndungsteams.«

Der Polizeichef hatte sich sofort Staatsanwalt Simon zugewandt und sah ihn jetzt lauernd an. »Was sind das für … Umstellungen?«, fragte Zerna, der etwas zu ahnen schien.

»Für die Dauer der Ermittlungen hat mich das Innenministerium zum Leiter der Sonderkommission ›Louisa‹ ernannt.«

»Sonderkommission? Ich wusste gar nicht, dass wir eine Soko Louisa haben«, protestierte Zerna.

»Das wurde erst letzte Nacht eingerichtet. Natürlich gilt das alles nur vorübergehend«, versuchte Bertrand die Wogen zu glätten und sah Isabelle an. »Damit kann ich Ihnen die Wege ins Innenministerium deutlich verkürzen.«

»Ich werde das so an mein Team weitergeben«, bemerkte Isabelle kühl.

Bertrand lächelte sie breit an, was Leon nicht entging.

Die Polizisten in Zernas Büro sahen sich einen Moment betreten an. Hatten sie gerade ihren Polizeichef verloren?

»Wir brauchen mehr Leute. Werden Sie die Suchmannschaften wie geplant um eine weitere Hundertschaft aufstocken, Commandant?«, richtete sich einer der Lieutenants an Zerna.

»Fragen Sie nicht mich«, sagte Zerna blass. Er hob seine Hände, als wäre er beim Griff in die Portokasse erwischt worden, und deutete dann mit einem Kopfnicken auf Staatsanwalt Simon. »Fragen Sie ihn.«

Einen Moment lang schwiegen alle etwas peinlich berührt. Die Frauen und Männer um Zerna sahen sich irritiert an.

»Können wir bitte weitermachen?«, meldete sich schließlich, als das Schweigen allzu lang wurde, Isabelle zu Wort, die nach Zerna die ranghöchste Polizistin im Raum war.

»Bitte, machen Sie genauso weiter wie bisher«, sagte Simon. »Das alles soll nur helfen, die Abläufe zu optimieren.«

Leon wusste, dass die Dinge im Präsidium ab sofort ganz und gar nicht mehr so laufen würden wie bisher. Bertrand Simon würde versuchen, mit einem Fahndungserfolg im Fall Marsenne seine Vita aufzupeppen, und Zerna würde genau das Gleiche für sich versuchen. Kopfschüttelnd betrachtete Leon die beiden Männer.

Zerna seinerseits wusste, was zu tun war. Er würde dafür sorgen, dass Simon über Polizeiaktionen so spät wie möglich oder gar nicht informiert wurde, dass Berichte liegen blieben, und dass möglichst viele Entscheidungen an der Staatsanwaltschaft vorbei getroffen wurden. Es gab so viele Möglichkeiten in einer Behörde wie der Gendarmerie nationale von Lavandou, Informationen bestimmten Mitarbeitern vorzuenthalten. Eine Sonderkommission am Polizeichef vorbei einzuberufen? Die würden schon sehen, was sie davon hatten.

48. Kapitel

Der kleine Casino Supermarkt lag verlassen in der Mittagshitze am Boulevard de la Plage. Paulette Munière hatte die Netze über die Obstauslage gezogen, um müde Sommerwespen davon abzuhalten, sich über die angestoßenen Weintrauben und Pfirsiche herzumachen. Paulette würde sich zwei gegrillte Hähnchenschenkel bei Poulets à Gogo in der Avenue du Général de Gaulle gönnen, obwohl sie sich vorgenommen hatte, in diesem Sommer fünf Kilo leichter am Strand aufzutreten. Das war ohnehin schon gründlich misslungen. Sie würde also, wie jeden Tag, zwei knusprige Hähnchenschenkel und dazu Pommes mit Mayonnaise verputzen. Die große Portion, weil es inzwischen auch schon egal war. Danach würde sie noch ein gutes halbes Stündchen auf ihrem Liegestuhl am Strand entspannen, bevor sie wieder zurück in den Supermarkt musste.

Gerade als Paulette die Kasse abschließen wollte, sah sie die Frau die Straße überqueren. Mit ihren steifen Bewegungen war sie unverkennbar: Josephine Péan.

Jetzt nicht, dachte Paulette, aber es war zu spät. Josephine winkte und hielt genau auf Paulette zu. Zu spät, um sich unauffällig aus dem Staub zu machen.

Paulette mochte Josephine nicht besonders, dabei waren sie beide im Kochclub von Lavandou. Sie hatten sogar zusammen im Teamkochen den Preis für das beste Coq au Vin gewonnen. Das war im vergangenen Winter gewesen. Seitdem hatten sie sich aber kaum mehr gesprochen. Paulette hatte nur gehört, dass ihre Bekannte inzwischen bei den Marsennes so etwas wie eine Festanstellung als Haushälterin hatte. Paulette mochte die etwas arrogante Art der anderen Frau nicht. Josephine nervte Paulette mit ihren langweiligen Klatschgeschichten aus den sogenannten »besseren Kreisen«. Außerdem war sie furchtbar besserwisserisch und nahm sich überhaupt zu wichtig. Paulette wunderte sich im Grunde, warum ein gebildeter Mann wie Monsieur Marsenne ausgerechnet jemanden wie Josephine beschäftigte.

»Paulette«, rief Josephine schon im Näherkommen.

Paulette wünschte, sie hätte heute den Laden schon zehn Minuten früher dichtgemacht.

»Bonjour, Josephine«, sagte Paulette und steckte demonstrativ den Schlüssel ins Schloss des Rollladens. »Ich bin schon auf dem Sprung.«

»Warte bitte, nur einen ganz kleinen Augenblick, ma chère«, säuselte Josephine. »Ist auch echt nur eine Kleinigkeit.«

»Wieso, was brauchst du denn?«

»Du hast doch Windeln.«

»Windeln?«, wunderte sich Paulette.

»Ja, Kinderwindeln, du weißt schon.«

»Welche Größe brauchst du denn?« Paulette verzog leicht genervt das Gesicht, drehte den Schlüssel zurück und schob die Jalousie wieder ein Stück hoch.

»Größe für vier Jahre«, sagte Josephine.

»Für wen brauchst du denn so was?«, fragte Paulette neugierig.

»Meine Cousine besucht mich. Die hat einen Sohn, der ist, der ist … vier.«

»Und da trägt er noch Windeln?«

»Bei manchen Kindern dauert es eben seine Zeit, bis sie trocken sind«, sagte Josephine und wedelte mit der Hand eine Wespe davon.

»Ich dachte schon, du brauchst sie vielleicht für Lucas.«

»Lucas?«, sagte Josephine, als hätte Paulette sie bei etwas Verbotenem ertappt. »Wie kommst du denn darauf?«

»Hast du mir nicht selbst erzählt, dass er wieder nach Hause kommt?«

»Aber Lucas ist doch schon größer«, wechselte Josephine das Thema und klang jetzt ein wenig gekränkt. Gerade so, als würde sie über ihr eigenes Kind sprechen. »Der braucht nun wirklich keine Windeln mehr.«

»Habe oft an dich denken müssen in den letzten Tagen«, sagte Paulette.

»Wieso?«, fragte das Kindermädchen irritiert.

»Jetzt sieh mich nicht so an«, meinte Paulette. »Du hast doch alles miterlebt. Wie die Kinder verschwunden sind und so.«

»Ich darf nicht darüber sprechen«, antwortete Josephine kurz.

»Sagt wer?«, fragte Paulette.

»Die Familie Marsenne und natürlich die Polizei.«

»Wenn die eigenen Kinder verschwinden ...«, murmelte Paulette. »Muss doch entsetzlich sein, so was.«

»Louisas Mutter ist sehr tapfer.«

»Ja? Dass du es bei den Marsennes noch weiter aushältst. Ich weiß nicht, ob ich das könnte.«

»Hab ich auch erst gedacht.«

Paulette sah, wie Josephine sich mit einem Papiertaschentuch den Schweiß vom Nacken wischte. In der Sonne war es inzwischen unerträglich heiß geworden. »Irgendwie gewöhnst du dich an alles.«

»Auch daran, dass eines der Kinder immer noch bei den Entführern ist?«, fragte Paulette skeptisch.

»Nicht so, wie du denkst«, korrigierte Josephine sich sofort. »Ich meine, du erschrickst nicht mehr so wie am Anfang, einfach weil du mit allem rechnest.«

»Du denkst, es ist möglich, dass die Kleine vielleicht schon tot ist …?«, fragte Paulette.

»Das habe ich nicht gesagt. Aber bei dem Jungen hätte ich auch nicht geglaubt, dass er so plötzlich wieder auftaucht.«

»Und niemand hat auch nur eine Ahnung, wo er war.«

»Die Polizei denkt, sie hatten ihn in einem Keller versteckt oder irgendwo draußen. In einer Scheune oder so«, sagte Josephine.

»Warum erzählt der Junge nicht einfach, was los war?«, fragte Paulette.

»Er will, aber er kann nicht, hat der Docteur gesagt«, Josephine setzte ihre wichtige Miene auf. »Das muss man sich mal vorstellen. Ist doch gruselig, oder?«

Paulette nickte und sagte mit einem Blick auf die Uhr: »Ich muss los. Ich hol dir die Windeln. Ein oder zwei Pakete?«

»Gib mir lieber gleich zwei.«

Paulette verschwand in dem engen Gang zwischen Nudeln und Spülmitteln. Es dauerte keine Minute, da war sie wieder da, zwei weiße Windelpakete unter dem Arm. Sie reichte sie Josephine.

»Was bekommst du von mir?«

»Zwölf Euro. Gib mir das Geld beim nächsten Mal. Ich möchte jetzt nicht die Kasse wieder einschalten.«

»Lieb von dir! Dann bonne journée«, antwortete Josephine mit einem Lächeln, stopfte die beiden Windelpakete in eine Plastiktüte und marschierte davon.

49. Kapitel

Isabelle hatte ein zufriedenes Lächeln im Gesicht, als sie aus der Tierarztpraxis im Zentrum von Grimaud kam und in den Streifenwagen einstieg, den Masclau auf dem Parking du Centre abgestellt hatte.

»Du strahlst, als hättest du im Lotto gewonnen«, sagte Masclau.

»Der Arzt hat Seguin erkannt«, sagte Isabelle. »Eindeutig.«

Tierarzt Dr. Blum hatte die Gendarmerie am Vortag darüber informiert, dass in seiner Praxis eingebrochen worden war. Ihm waren Antibiotika und Verbandsmaterial gestohlen worden. Es war nicht ungewöhnlich, dass in der Hauptsaison häufig Einbrüche in Arztpraxen und Apotheken stattfanden. In der Regel waren die Einbrecher Drogenabhängige auf der Suche nach Stoff für den nächsten Schuss. Auch hinter diesem Einbruch hatte der Tierarzt zunächst die Tat eines Junkies vermutet. Der Arzt hatte den Einbrecher überrascht, aber der war trotzdem in der Dunkelheit entkommen. Erst bei der Durchsicht der gestohlenen Güter hatte Dr. Blum sich gewundert, dass sich der Unbekannte mit Mitteln ausgerüstet hatte, mit denen man eine Wunde versorgen konnte. Daraufhin hatte Dr. Blum die Polizei informiert.

Der Tierarzt hatte auf Anhieb Pierre Seguin auf den Fotos erkannt, die ihm Isabelle gezeigt hatte. Wie sich herausstellte, hatte der Gesuchte seinerzeit in der Fremdenlegion eine Ausbildung als Sanitäter gemacht.

»Und jetzt?«, fragte Masclau.

»Schicken wir ein Dutzend Leute nach Grimaud, die Zeugen aufspüren sollen. Vielleicht haben wir ja diesmal Glück.«

Wie immer bei spektakulären Fällen meldeten sich täglich neue »garantiert zuverlässige« Augenzeugen auf der Wache und nervten die Beamten mit ihren Beobachtungen. Die meisten Anrufer hatten in Wirklichkeit überhaupt nichts gesehen und wollten sich nur wichtigmachen. Oder noch nerviger: Sie wollten ihren Nachbarn oder ein Familienmitglied denunzieren. Die Beamten des Präsidiums mussten jeden, der sich meldete, befragen. Auch wenn die angeblichen Beobachtungen noch so absurd klangen. Da war ein vierjähriges blondes Mädchen, das dem Entführungsopfer glich, angeblich auf dem Markt von Avignon gesehen worden. Ein weiteres kleines Mädchen war in einem Spielwarengeschäft in Bordeaux aufgetaucht, ein weiteres im Großen Basar von Marrakesch und noch eines auf dem Flohmarkt in Paris, im Flughafen der Insel La Réunion oder in einem Café in Agadir.

Natürlich musste kein Beamter der Gendarmerie nationale nach Übersee fliegen, um Hinweisen irgendwelcher Spinner nachzugehen. Aber es musste in jedem Fall recherchiert und ein Protokoll angelegt werden. Berichte mussten verfasst werden, und es wurden Personendaten quer über den halben Globus ausgetauscht. Die Gendarmerie hatte zwar noch keine weiteren Zeugen aufgetrieben, aber der Einbruch von Pierre Seguin war immerhin eine Spur, die Hoffnung machte.

An diesem Nachmittag zitierte Staatsanwalt Simon die leitenden Polizeibeamten in die Inspektion in der Avenue André del Monte. Madame Lapierre war extra aus Toulon gekommen. Auch Leon war in das Büro des Polizeichefs bestellt worden. Zu Leons Überraschung hatte Staatsanwalt Simon im Sessel von Zerna Platz genommen. Diesmal saß der Polizeichef auf seinem eigenen Besuchersessel. Eine peinliche Situation, aber Leon hatte die Vermutung, dass die Situation von Zerna ganz bewusst inszeniert worden war, um seinen Konkurrenten in eine möglichst peinliche Lage zu versetzen.

Die Erfolgsbilanz, über die in diesem kleinen Kreis ganz offen gesprochen wurde, fiel geradezu erbärmlich für die Beamten der Gendarmerie von Le Lavandou aus. Sie hatten auch am Tag vier der Entführung keine erwähnenswerten Erfolge vorzuweisen.

»Hat die Rechtsmedizin noch etwas für uns?«, wandte sich der Staatsanwalt an Leon, und es lag ein Hauch von Verzweiflung in seiner Stimme.

Leon sah ganz bewusst erst zu Zerna und dann zu Isabelle. An Staatsanwalt Simon sah er entschlossen vorbei, als er zu sprechen begann. »Zu den Spuren, die wir an der Kleidung des Jungen gefunden haben, gab es keine passenden Hinweise auf dem Grundstück von Pierre Seguin oder irgendeinem anderen Grundstück, das die Polizei untersucht hat«, erklärte Leon. »Die sichergestellten Blüten, Kletten und Gräser sind überall im Massif des Maures zu finden. Anders verhält sich das mit den Holzameisen, die nur noch an wenigen Orten in der Provence vorkommen. Das hängt damit zusammen, dass diese spezielle Ameisenart in den letzten Jahrzehnten von aus Übersee eingeschleppten Kleinameisen verdrängt worden ist.«

»Und was bedeutet das jetzt für die Fahndung?«, fragte Masclau.

»Das bedeutet«, sagte Leon, »wenn Sie einen Platz finden, an dem diese große Holzameise noch siedelt, haben Sie potenziell den Ort gefunden, an dem die Entführer Lucas Marsenne versteckt gehalten haben.«

»Wenn das so ein gutes Versteck war«, überlegte Staatsanwalt Simon laut, »warum haben die Täter den Jungen dann freigelassen und auf dem Kirmesplatz abgelegt?«

»Gute Frage«, meinte Leon. »Die ganze Entführung scheint mir überhaupt recht unprofessionell abgelaufen zu sein.«

»Solche Rückschlüsse überlassen Sie doch bitte dem Ermittlerteam«, sagte Zerna.

»Nein, das interessiert mich auch«, meldete sich Madame Lapierre. »Wie meinen Sie das, Docteur?«

»Ich weiß, was ich jetzt sage, ist eigentlich Ermittlungsarbeit, aber ich habe das Gefühl, wir haben es in diesem Fall mit ausgesprochenen Dilettanten zu tun.«

»Dilettanten, die bereit sind, ein Kind verdursten zu lassen«, ergänzte Isabelle.

»Dilettanten ohne Herz«, resümierte Leon. »Eine gefährliche Kombination.«

»Hat der Junge Ihnen denn wirklich nach wie vor gar nichts gesagt, mit dem wir arbeiten können?«, fragte Simon. »Es muss doch eine Möglichkeit geben, um – sagen wir mal – schneller vorwärtszukommen.«

»Sie denken aber nicht an einen medizinischen Eingriff, oder?« fragte Leon gespielt ahnungslos.

»Wenn man mithilfe gut dosierter Medikamente den Kleinen dazu bringen könnte, das Leben seiner Schwester zu retten – warum denn eigentlich nicht?«

»Ja, warum nicht?«, pflichtete Masclau dem Staatsanwalt bei.

Leon atmete einmal tief durch, um seinen Zorn zu dämpfen. »Der Kleine, wie Sie ihn nennen, ist ein schwerst traumatisiertes Kind, das unter einer partiellen Amnesie leidet. Kein Versuchskaninchen, mit dem man ...«

»Entschuldigung, wenn ich wieder unterbreche«, sagte Simon, »aber ich hatte ein paarmal das Gefühl, der Kleine, ich meine, das Kind könnte simulieren.«

»Der Junge ist erst sieben Jahre alt, da simuliert er doch keine Amnesie«, der Vorwurf in Isabelles Stimme war nicht zu überhören.

»Hmmm«, sagte Leon. »Ich frage mich tatsächlich auch, seit ich mit Lucas rede, ob der Junge uns vielleicht etwas vorspielen könnte.«

»Aber warum sollte er das tun?«, fragte Simon.

»Ich glaube, er hat Angst«, sagte Leon.

»Warum?« Zerna sah Leon mit schief gelegtem Kopf an.

»Weil er den Täter kennt?«, schlug Leon vor.

»Wer käme da infrage?«, meldete sich Kommissarin Lapierre.

»Ich bin immer noch nicht überzeugt, dass der Mann vom Kettenkarussell unschuldig ist«, meinte Masclau. »Warum rennt der davon, wenn er nichts zu verbergen hat?«

»Vielleicht will er nicht in den Knast, schließlich hat der auch sonst Dreck am Stecken«, antwortete Kadir.

»Was ist mit diesem Eric, der angeblich das Kind auf dem Kirmesplatz gefunden hat?«

»Unverdächtig«, unterbrach Zerna barsch. »Und er hat ein Alibi. Ein armes Würstchen, der Typ.«

»Und was ist dann mit diesem Porez?«, hakte Masclau nach. »Der soll sich ja ganz besonders um den Jungen gekümmert haben.«

Masclau betonte das Wort »besonders«, sodass jeder im Raum wusste, was gemeint war.

»Falls du jetzt einen Fall von Kindesmissbrauch vermutest, vergiss es«, nahm Isabelle den Gärtner in Schutz. »Ich habe mich drei Stunden mit ihm unterhalten. Der ist ein bisschen eigenbrötlerisch, aber nichts deutet für mich darauf hin, dass er in irgendeiner Form unlautere Absichten mit den Kindern hatte. Und er hat freiwillig seine DNA-Probe auf der Wache abgegeben.«

»Was ist mit Josephine Péan?«, fragte Zerna.

»Ich habe manchmal das Gefühl, dass sie die Einzige war, die sich wirklich um die täglichen Bedürfnisse der Kinder gekümmert hat«, sagte Isabelle.

»Bei dem Kindermädchen ist mir etwas aufgefallen«, meldete sich Leon zu Wort und hatte sofort die Aufmerksamkeit der Anwesenden. »Ich habe Madame Péan gestern in der Klinik getroffen. Angeblich wollte sie frische Kleidung für Lucas Marsenne vorbeibringen. Dabei ist ihr eine Schachtel Dormazepin aus der Tasche gefallen. Das ist ein starkes Beruhigungsmittel, das den Wirkstoff Benzodiazepin enthält.«

»Und?«, fragte Zerna.

»Es handelt sich um den gleichen Wirkstoff, den wir auch im Körper des Jungen gefunden haben«, antwortete Leon. »Madame Péan hat auf Nachfrage behauptet, sie habe das Mittel für eine Nachbarin in der Apotheke geholt.«

»Ich hoffe, Sie haben sie nicht mit dem Mittel zu dem Jungen gelassen?«, sagte Kommissarin Lapierre.

»Natürlich nicht«, sagte Leon. »Sie hat übrigens wirklich eine alte Nachbarin, die sie unterstützt.«

»Wie häufig wird dieses Mittel in Frankreich verschrieben?«, fragte Simon.

»Ich habe nachgesehen«, antwortete Leon. »Zehntausende Mal. Dormazepin ist bei Internisten und Neurologen einer der beliebtesten Tranquilizer.«

»Dann muss da also kein Zusammenhang bestehen zwischen Lucas' Blutwerten und den Tabletten in der Tasche von Madame Péan?«, hakte Kommissarin Lapierre noch einmal nach.

»Aus rechtsmedizinischer Sicht nicht«, sagte Leon zögernd.

»Ich möchte trotzdem, dass wir der Frau noch mal auf den Zahn fühlen. Sie hatte die Gelegenheit und die Betäubungsmittel – nur ein Motiv fehlt uns hier noch, warum diese Nanny die Kinder entführen sollte. Finden Sie das heraus«, ordnete Simon an.

»Josephine Péan«, betonte Isabelle überdeutlich. »Der Name des Kindermädchens ist Josephine Péan.«

»Dann kümmern Sie sich am besten auch um Ihre Zeugin, Capitaine Morell«, sagte Zerna zu Isabelle.

50. Kapitel

Es war schon später Nachmittag, als Josephine Péan endlich die Tür ihres Hauses am Ortsrand von Collobrières aufschloss.

»Da bin ich wieder«, verkündigte sie mit fröhlichem Singsang in Richtung Flur. »Maman ist wieder zu Hause.«

Niemand antwortete. Aber das war Josephine egal. Sie trug ihre Einkaufstüten in die Küche und räumte die Lebensmittel in den Kühlschrank und die Vorratsfächer. Josephine war bester Laune. Sie drückte den Einschaltknopf ihres Internetradios, und die ersten Takte von »La Mer«, gesungen von Charles Trenet mit seiner unvergleichlichen Olivenölstimme, schlängelten sich aus dem Lautsprecher.

Es war diese Musik, die den ewigen Sommer verhieß. Josephine dachte wehmütig an die Zeit, als das Leben nur aus Ferien und Strand bestanden hatte. Es waren glückliche Jahre gewesen, an die zu denken sie immer mit einer gewissen Wehmut erfüllte. Denn es war nicht so geblieben. Sicher, sie hätte bestimmt viele der Probleme verhindern können, die noch kamen, aber sie wusste einfach nicht, wie. Und als sie schließlich merkte, was los war, war es zu spät.

Aber das war alles so lange her. Jetzt hatte sie ihre eigene kleine Familie, dachte sie und wischte den Esstisch, bis er glänzte. Ordnung war schließlich das Wichtigste im Leben, Ordnung und Bescheidenheit. Die Grundfesten für ein moralisches Leben.

Aus dem Radio drang inzwischen Desireless mit »Voyage, voyage«, und für einen Augenblick überlegte Josephine, dass sie in ihrem Leben mehr hätte verreisen müssen. Sie hatte immer von Mexiko geträumt und von den Stränden der Copacabana. Dabei war sie im wirklichen Leben kaum über Aix oder Toulon hinausgekommen. Nur einmal hatte Josephine eine Tante in Brest besucht. Das war zu ihrem zwanzigsten Geburtstag gewesen – so lange war das her. Aber eines Tages, wenn die Kinder groß wären, würde sie das alles nachholen. Bis dahin gab es in der Familie genug zu erleben. Den Kindern beim Größerwerden zuzuschauen zum Beispiel. Das Glück zu erleben, aber sich auch den Widrigkeiten des Lebens zu stellen. Kinder und Familie zu verteidigen gegen alle bösen Einflüsse, gegen die ganze gefährliche Welt da draußen.

Für einen Moment stiegen in Josephines Kopf hässliche Erinnerungen an die letzten Tage auf. Für einen Augenblick dachte sie über die Dinge nach, die sich ereignet hatten, schlimme Dinge. Josephine dachte an all das Leid, das Menschen in ihrer Nähe ertragen mussten. Die Ärmsten. Sie würde ihre Familie verteidigen. Koste es, was es wolle. Nichts durfte das Glück zerstören, das sie für sich und ihre kleine Familie aufgebaut hatte.

Was war das aber auch für eine wunderbare Familie, dachte Josephine. Nie wurde gestritten. Alle verstanden sich. War das nicht überhaupt das Allerwichtigste, dass sich alle verstanden, dachte Josephine. Die Probleme überließ sie gerne den anderen da draußen. Sollten die sich doch mit all diesen Scheußlichkeiten herumärgern: Drogen, Trennungen, Streit, Betrug. So was gab es in ihrer Familie nicht. Weil sie so viel Zeit und Mühe darauf verwendet hatte, die Mitglieder ihrer Familie sorgfältig auszusuchen. »Liebe« stand dabei an oberster Stelle. Denn wer liebte, behandelte auch den anderen mitfühlend und mit Respekt. Und Respekt war die zweite Säule einer perfekten Familie.

Josephine merkte, dass sie ins Träumen geraten war. Draußen hatte bereits die Dämmerung eingesetzt. Allerhöchste Zeit, dass sie sich um ihre Lieben kümmerte. Um das richtig zu machen, so viel hatte Josephine in ihrem Leben gelernt, musste man besonders von den Kindern die Widrigkeiten der Welt fernhalten. Darum zog sie jetzt die Vorhänge zu. So konnte von außen niemand sehen, was sich drinnen abspielte. Josephine betrat den Flur, in dem ein randvoller Wäschekorb stand.

»Meine Güte, das sind ja Berge«, sagte Josephine laut angesichts der Arbeit, die da auf sie zukam.

»Ich habe es euch schon so oft gesagt, ihr könnt nicht jeden Tag alle eure Klamotten in den Korb schmeißen«, sagte Josephine laut. »Lucas, du bist doch schon vernünftig. Du kannst deine Schwester ruhig ein wenig anleiten in diesen Dingen. Vor allem dann, wenn ich nicht zu Hause bin.«

Sie hatte sich zu dem Korb hinuntergebeugt und zupfte ein paar Klamotten heraus, die ineinander verwurstelt waren. Schließlich hielt sie eine Jeans in Kindergröße in der Hand. »Das ist doch die Jeans, die ich dir aus dem Géant mitgebracht habe.« Erneut hatte Josephine das laut ausgesprochen. Sie betrachtete das Kleidungsstück. »Die hast du keine drei Mal getragen. Also wirklich.«

Sie nahm den Korb und trug ihn in die Küche. Keine fünf Minuten später drehte sich bereits die Trommel der Waschmaschine.

Josephine stand auf und griff nach dem Tablett, auf das sie zwei Schälchen gestellt und mit einem sauberen Küchenhandtuch abgedeckt hatte. Josephine war in ihre flachen Hausschuhe gestiegen, die jetzt über den Linoleumboden platschten. Leise summend ging sie zum Ende des Flurs, wo eine Tür zur Kellertreppe führte, und schloss die Tür auf.

»Da bin ich wieder. Hallo, meine Lieben. Will denn keiner von euch beim Waschen helfen? Das macht ihr doch so gerne. Eltern freuen sich, wenn die Kinder ordentlich mithelfen«, rief sie.

Josephine stieg die Treppe hinunter. Das Kellergewölbe war mit hellen LED-Lampen bestückt, die ein hartes Licht verbreiteten. Hier unten war nichts mehr von »La Mer« oder »Voyage, voyage« zu hören. Hier unten war es still wie in einem Grab. Ein paar Motten umflatterten die Flurlampe, aber auch die schienen sich vollkommen lautlos zu bewegen. Ein fremder Besucher hätte diese absolute Stille vielleicht unheimlich gefunden, aber Josephine blühte regelrecht auf. Ihr missmutiger Gesichtsausdruck der letzten Stunden verwandelte sich in ein seliges Lächeln, als sie sich ans Ende des Flurs begab. Hier standen die Fahrräder der Familie, ein zusammengelegter Kinderwagen und ein unbenutzter, originalverpackter Gartengrill. Hinter diesen Dingen stand ein Regal mit Umzugskisten. Ein unerwünschter Eindringling hätte sich tief bücken müssen, um festzustellen, dass dieses Regal auf Rollen stand.

Josephine schob das Regal mit geübtem Griff zur Seite. Dahinter verbarg sich eine weitere Tür.

»Ich habe euch etwas mitgebracht«, sagte Josephine fröhlich. Sie hatte das Tablett auf den Stuhl gestellt, der neben dem Regal im Gang stand. Jetzt nahm sie das Tuch herunter, und da standen drei Erdbeertörtchen mit einem Klecks Schlagsahne, die Josephine noch in der Küche mit dem Sahnespender aufgetragen hatte. Außerdem gab es da noch eine kleine Kerze, die das Kindermädchen mit einem Feuerzeug anzündete.

»Ich habe eine ganz tolle Überraschung mitgebracht«, kicherte sie glücklich, »aber die gibt es nur für brave Kinder.«

Sie öffnete die Tür und verschwand in dem Raum.

Einen Moment später tönte ein Kinderchor in voller Lautstärke aus dem Raum.

»Sur le pont d'Avignon, on y danse, on y danse. Sur le pont d'Avignon, on y danse tout en rond ...«

51. Kapitel

Leon saß an seinem Stammplatz im Chez Miou. Auf dem kleinen Tisch stand sein Café au Lait, den Yolande ihm gerade gebracht hatte. Sie hatte vergeblich versucht, »ihren Docteur« in ein Gespräch über den Fall Marsenne zu verwickeln. Leon war auffallend kurz angebunden gewesen und hatte immer wieder auf den Artikel im *Var-Matin* geschielt, der aufgeschlagen vor ihm auf dem runden Blechtisch lag.

Leon ging eine Sache nicht mehr aus dem Kopf, die er selbst zum ersten Mal während der Besprechung wirklich laut ausgesprochen hatte. Die Entführung könnte eine Tat von Dilettanten gewesen sein. Es war töricht von Julie Marsenne, das Geld selbst übergeben zu wollen. Das Risiko, dass irgendetwas schiefging, war viel zu hoch. Doch Madame Marsenne hatte keine Ruhe gegeben. Schließlich hatte sie sich durchgesetzt. Beim nächsten Kontakt mit den Entführern würde sie das Geld persönlich übergeben.

»Es geht um meine Tochter«, hatte Madame Marsenne der Polizei erklärt. »Ist ihnen überhaupt klar, was das bedeutet?«

Staatsanwalt Simon und Polizeichef Zerna hatten sich nach einem ausführlichen Gespräch einverstanden erklärt. Aber nur solange Julie Marsenne sich an die Regeln halten würde, die sie mit Staatsanwalt Simon und Polizeichef Zerna vereinbart hatte.

Dieses Mal würde die Behörde besser auf die Übergabe vorbereitet sein. Dabei stand der Familie Marsenne eine ganze Armada von Hilfskräften zur Verfügung. Polizei, Feuerwehr, Küstenwache, sogar das Militär, wenn es denn gebraucht würde. Und als wäre das noch nicht genug, gab es sogar einen Hubschrauber, der auf dem Sportplatz geparkt worden war und auf seinen Einsatz wartete.

Polizeichef Zerna hatte sogar Leon um seine Einschätzung von Julie Marsennes Gemütszustand gebeten. War die Mutter der kleinen Louisa überhaupt in der Lage, den Stress einer erneuten Geldübergabe zu überstehen?

Julie Marsenne war eine verzweifelte Mutter, sagte sich Leon, die jedes Risiko in Kauf nehmen würde, um ihr Kind zurückzuholen. Sie hätte Haus und Hof beliehen, und sie war bereit, für ihre Tochter durch die Hölle zu gehen.

Aber war sie wirklich so entschlossen? Leon konnte manchmal bei Julie nicht genau unterscheiden, ob sie wirklich niedergeschlagen und am Ende ihrer Kraft war oder ob ihre Verzweiflung nicht auch für die Medien inszeniert war. Sie hatte in den wenigen Tagen, die seit der Entführung vergangen waren, gelernt, wie man Reporter so manipulieren konnte, dass sie mit ihren Berichten und Interviews maximales Interesse bei den Zuschauern und Lesern erzeugten. Und nur darauf kam es an. Dass das Foto ihrer Tochter wieder und wieder auf allen Kanälen gezeigt wurde. Wenn erst einmal die Aufmerksamkeit der Öffentlichkeit nachließ, wäre ihre Louisa schnell vergessen. Darum war sie wild entschlossen, die Übergabe der Geisel so schnell wie möglich durchzuziehen.

Diese Frau würde sich immer wieder in Gefahr bringen. Man musste sie vor sich selbst schützen, dachte Leon. Aber was war mit dem Vater von Louisa?

Leon lehnte sich in dem Korbstuhl im Chez Miou zurück, nahm einen Schluck von seinem Kaffee und schlug den *Var-Matin* erneut auf. Der Artikel, der den Anstoß für seine Gedanken gegeben hatte, befand sich auf Seite sieben unter der Rubrik »Aus dem Département Wirtschaft und Finanzen«. An dieser Stelle der Zeitung wurden dynamische Unternehmen vorgestellt. Aber genauso wie aufstrebende Unternehmen gefeiert wurden, gab es über andere Firmen auch weniger gute Nachrichten. Die Laborgruppe Marsenne in Toulon gehörte in diesem Quartal zu den Verlierern. Laut dem Artikel gab es Gerüchte, dass das Unternehmen zurzeit auf äußerst wackeligen Füßen stand. Natürlich hatte jeder Unternehmer Neider, die gerne schlecht über ihn sprachen. Das galt ganz besonders für Unternehmen, die im Medizinsektor ihr Geld verdienten.

Aber es gab noch eine zweite Meldung im Wirtschaftsteil des *Var-Matin*: Darin hieß es, die kleine innovative Laborgruppe Marsenne in Toulon habe den Verkauf ihres Unternehmens an den Pharmariesen Mareg, der für den Herbst geplant war, erst noch einmal zurückgestellt. Man wolle die Vierteljahresbilanz abwarten, die Zahlen noch einmal bewerten, um dann gestärkt und »trittsicher«, wie der Journalist schrieb, erneut an den Start zu gehen. Kurz gesagt, dachte Leon, die Firma Marsenne hatte offenbar Probleme mit ihren Bilanzen.

»Haben Sie einen Moment für mich?«, riss Véroniques Stimme Leon aus seinen Gedanken. Er sah von der Zeitung auf. Véronique stand vor seinem Tisch mit zwei Boulekugeln in den Händen, die sie leise gegeneinanderprallen ließ.

»Was kann ich für Sie tun, Véronique?«

»Es geht um ein Problem, das wir nur auf dem Platz lösen können«, sagte Véronique und deutete mit einem Kopfnicken in Richtung Bouleplatz.

»Ich verstehe«, Leon faltete die Zeitung zusammen und legte sie neben seinen Kaffee.

»Ich hoffe, ich halte Sie nicht von der Arbeit ab?«

»Doch, genau das machen Sie«, sagte Leon und erwiderte ihren überraschten Blick, »und dafür bin ich Ihnen sehr dankbar.«

Während sie nebeneinander das Café verließen, klärte Véronique ihn auf. Seine Boulefreundin hatte eine Partie gegen drei Touristen provoziert. Auf solche kleinen Spiele ließen sich die Stammgäste vom Boulodrome am Quai Gabriel Péri gerne ein. Dabei wurden die Profis aus dem Miou und allen voran das Doppel aus Véronique und Leon von übermütigen Touristen leicht unterschätzt. Besonders wenn die Feriengäste bereits das erste Glas Rosé getrunken hatten. So war es auch diesmal. Eine Engländeerin, die mit Véronique ein Team gebildet hatte, wollte plötzlich eilig ins Hotel und hatte ihre Partnerin im Stich gelassen. Die beiden Gegner, ebenfalls Engländer, akzeptierten gerne einen Ersatzspieler aus dem Miou. Und sie glaubten den Sieg sicher in der Tasche zu haben, als Véronique mit Leon an ihrer Seite aus dem Bistro kam.

»Na gut«, sagte einer der Engländer. »Worum spielen wir?«

»Um alles«, sagte Leon und versuchte, ein gefährliches Gesicht zu machen.

»Um alles?« Die beiden Männer wechselten einen unsicheren Blick.

»Keine Sorge«, Leon grinste die Männer an. »Hier gibt der Verlierer dem Gewinner einen Rosé aus.«

Die Männer lachten. Véronique und Leon waren ein eingespieltes Team. Genauer gesagt waren sie ein Team, das legendäre Siege davongetragen hatte.

Leon und Véronique ließen die Gegner die ersten beiden Runden gewinnen. Die Männer wurden leichtsinnig. In der dritten

Runde kam dann die Ernüchterung. Die Engländer hatten zwei ihrer Kugeln so nahe am Bouchon platziert, wie die kleine hölzerne Zielkugel hier genannt wurde, dass keine Briefmarke mehr dazwischengepasst hätte. Es wäre für Leon also aussichtslos gewesen, mit einem flachen *roule* eine eigene Kugel an das Bouchon heranzurollen. Aber auch für einen direkten Wurf lagen die Kugeln des Gegners im Grunde zu gut geschützt auf der sandigen Bahn. Eine ziemlich aussichtslose Situation für das Team Leon und Véronique. Die Engländer grinsten siegesgewiss.

»Bestell schon mal ein Bier für mich«, sagte der Engländer und sah zu Leon. »Bier gilt doch auch, oder? Ich meine, nachher, wenn wir unseren Sieg begießen.«

»Bier geht in Ordnung«, bestätigte Véronique knapp.

Leon antwortete nicht, sondern stellte sich in den Wurfkreis und nahm Maß. Die kleine Gruppe war längst nicht mehr allein auf der Bahn. Wenn sich Leon und Véronique, die beiden Boulestars aus dem Miou, auf ein Match einließen, gab es immer etwas zu sehen. Und so hatten sich etwa ein Dutzend Neugierige an der Bahn aufgereiht, die diese Partie diskutierten.

Leon ließ sich von alldem nicht beirren. Das war seine letzte Kugel. Danach wäre Véronique dran, aber ihr räumten die kundigen Zuschauer nur geringe Chancen ein, da sie zwar die Rolltechnik perfektioniert hatte, für steile Würfe allerdings nicht gerade bekannt war. Die ganze Aufmerksamkeit konzentrierte sich im Augenblick auf den »Docteur«.

Leon konzentrierte sich. Er war jetzt ganz allein mit sich und der Kugel in seiner Hand. Er ließ den Arm ein paarmal vor und zurück schwingen. Das war immer der aufregendste Moment eines Spieles, dachte Leon. Wenn Sieg oder Niederlage an einer einzigen Kugel hingen.

Leon holte aus, sein Arm schwang nach oben, dann ließ er die

Kugel los. Sie beschrieb eine steile Kurve, erreichte ihren höchsten Punkt und stieß dann wie ein Raubvogel nach unten. Es tat einen Schlag, Eisen gegen Eisen, dann sprang die Kugel der Engländer in weitem Bogen gegen die hölzerne Bahnbegrenzung. Dort wo eben noch die gegnerische Boulekugel gelegen hatte, lag jetzt die Kugel von Leon wie einzementiert. Ein anerkennendes Raunen ging durch die Menge. Einige der Beobachter applaudierten. Jetzt lagen wieder alle Chancen bei Leon und Véronique.

Das letzte Spiel war leicht gewonnen. Leon und Véronique mussten nicht mehr viel Druck machen. Der Gegner war verunsichert, und Verónique und Leon putzten die beiden vom Platz. Ein eiskaltes Kronenbourg-Bier war genau das Richtige für die Briten, um die Niederlage hinunterzuspülen und ihr Selbstbewusstsein zu reparieren.

Véronique hatte ihren Partner zu seinem Tisch begleitet, wo immer noch die aufgeschlagene Zeitung mit den Wirtschaftsmeldungen lag.

»Ist wirklich bitter für die Marsennes«, sagte Véronique mit Blick auf die Zeitung. »Probleme mit der Firma, und dann trifft die Familie so ein Schicksalsschlag. Die arme Frau ist ganz allein mit ihren Sorgen.«

»Na ja, da gibt es ja noch den Ehemann.«

»Roger? Den können Sie vergessen. Für den gibt es nur die Firma und die Forschung. Für Gefühle ist bei dem kein Platz.«

»Vielleicht tröstet er sich ja mit dem Kindermädchen.«

»Mit Josephine?« Véronique schnaubte verächtlich. »Die hat viele Aufgaben, aber ganz bestimmt nicht, den Hausherrn in einsamen Stunden zu trösten.«

Leon betrachtete amüsiert seine Boulepartnerin. Er hatte sie selten so offen reden hören. Sie hatte alle Veränderungen miterlebt: die Entwicklung, die Lavandou durchgemacht hatte, von einem verträumten Fischerdorf zu einer funkelnden Ferienstadt. Jeder kannte Véronique in Lavandou, und sie kannte endlose Geschichten über die Bewohner der kleinen Stadt am Meer. Aber sie konnte auch gut schweigen. Bei ihr, so wusste Leon, waren Geheimnisse gut aufgehoben.

Gelegentlich konnte Véronique aber auch ruppig werden. Zum Beispiel wenn ein ahnungsloser Tourist ihr im Miou erklären wollte, warum sie im Bistro nicht rauchen durfte. Dann wurde sie unangenehm, direkt und verletzend. Aber Leon wusste genau, dass sich hinter der harten Schale eine empfindsame Seele verbarg. Dass sie so harsch über Roger Marsenne sprach, erregte also seine Aufmerksamkeit.

»Wie können Sie da so sicher sein? Ich meine, dass da nichts läuft zwischen Marsenne und dem Kindermädchen?«

»Diese Frau hat eine Menge mitgemacht in all den Jahren. So eine Frau lässt sich nicht auf ein Abenteuer mit ihrem Arbeitgeber ein.«

»Was ist passiert?«, wollte Leon wissen. »Sie sagten gerade, es sei eine Menge geschehen in all den Jahren. Was haben Sie damit gemeint?«

Véronique sah ihn an mit einem Blick, der abwog, ob sie Leon ein Geheimnis anvertrauen konnte oder nicht. »Ich weiß nicht«, Véronique begann vorsichtig. »Ich kenne Madame Péan ja kaum.«

»Aber trotzdem wissen Sie etwas, meine Liebe.« Leon spürte, dass da etwas in der Luft lag. Etwas, das mit dem Verschwinden der Kinder zu tun haben konnte. Eigentlich hasste er Klatschgeschichten, aber auf der anderen Seite quälte ihn eine tiefe Neugier, weil jede Spur in diesem verflixten Fall eine Chance barg, das Mädchen doch noch zu retten.

»Josephine hat früh geheiratet. Alfons, ihre große Liebe. Die beiden kannten sich aus der Schule. Schließlich beschlossen sie, eine Familie zu gründen. Sie machte eine Ausbildung zur Buchhalterin, und er eröffnete ein Installationsgeschäft. Bäder, Wasserleitungen, Haustechnik, solche Sachen eben. Sie kauften ein altes Haus in Collobrières und bauten es um.«

»Klingt nach einem glücklichen Leben«, sagte Leon.

»War es auch, anfangs. Dann wurde Josephine schwanger. Als sie im sechsten Monat war, starb ihr Mann bei einem Autounfall. Sie erlitt einen Nervenzusammenbruch.«

»Wie schrecklich«, murmelte Leon. »Aber immerhin hatte sie noch ihr gemeinsames Kind.«

»Das kleine Mädchen starb nur ein paar Wochen später, kurz nach der Geburt, plötzlicher Kindstod«, erinnerte sich Véronique. »Niemand konnte jemals genau sagen, warum.«

Leon schauderte. »Wie hat Josephine es verkraftet?«

»Sie war am Boden zerstört. Musste stationär behandelt werden.«

»Sie ist hier in Lavandou geblieben?«, wunderte sich Leon.

»Nein. Ich habe mal gehört, sie sei nach Avignon gegangen. Aber das waren vielleicht nur Gerüchte. Angeblich hat sie dort unter dem Mädchennamen ihrer Mutter gelebt und gearbeitet.«

»Als Buchhalterin?«, forschte Leon nach.

»Nein, sie hat in einer Kinderklinik gearbeitet, als Krankenschwester.«

Leon setzte sich auf. »Wann ist sie zurückgekommen?«

»Keine Ahnung. Ich weiß nur, dass sie wieder in ihr altes Haus in Collobrières gezogen ist. Seit wann interessieren Sie sich so für alte Familiengeschichten?«

»Seit Kinder spurlos verschwinden«, murmelte Leon, mehr für sich als für seine Bekannte.

52. Kapitel

Isabelle hatte die Spätschicht in der Gendarmerie übernommen. Die Kollegen und Kolleginnen hatten wirklich bis ans körperliche Limit gearbeitet und brauchten dringend Ruhe. Auch heute Nacht würden wieder Dutzende von Polizisten bei der Suche nach Louisa im Einsatz sein. Sie jagten einen Gegner, den sie nicht kannten. Von dem sie nur eine vage Vorstellung hatten. Die Männer und Frauen der Gendarmerie nationale würden diese Nacht stichprobenartig den Verkehr kontrollieren. Das Augenmerk war diesmal auf Vans und Kombis gerichtet. Die Entführung lag jetzt bald eine Woche zurück, und die Spezialisten und Berater der Zentrale in Toulon gingen davon aus, dass die Täter ihr Opfer vielleicht bewegen würden, wenn man den Druck auf den Straßen erhöhte. Falls die Entführer das nicht schon längst getan hatten, dachte Isabelle.

Darum würde es diese Nacht auch Straßensperren auf kleinen Nebenstraßen geben. Außerdem würde man verschärft die Jachthäfen zwischen Sainte-Maxime und Hyères kontrollieren. Immerhin bestand eine vage Möglichkeit, dass die Täter ihr Opfer an Bord eines Bootes versteckten. Wenn auch die wenigen Spuren an Lucas Marsennes Körper eher auf ein Versteck an Land als auf dem Wasser hindeuteten.

Isabelle hatte noch lange über Einsatzplänen und Karten gesessen. Hatte mit dem Einsatzleiter der Feuerwehr verhandelt und mit dem Leiter der Police muncipale, der für alles zuständig war, was mit der Organisation des Straßenverkehrs zusammenhing. Nun setzte sie sich auf ihren Schreibtischstuhl, lehnte sich zurück, verschränkte die Hände hinter dem Kopf und atmete zum ersten Mal an diesem Tag tief durch.

In diesem Moment hörte sie ein Klopfen, und die Tür ging auf, noch bevor sie »Bitte« gesagt hatte. Bertrand Simon betrat den Raum.

»Pardon, ich dachte nicht, dass du noch da bist«, sagte Bertrand.

»Falls du Kopien von den Einsatzplänen brauchst«, Isabelle deutete auf den Schreibtisch mit den Ordnern, »bitte bediene dich.«

»Danke. Ehrlich gesagt bin ich froh, wenn ich einen Moment Ruhe habe«, sagte Bertrand.

»Geht mir genauso«, meinte Isabelle und schloss demonstrativ die Augen.

Bertrand lächelte, trat hinter Isabelle und legte ihr die Hände auf die Schultern.

»Habe ich dir schon gesagt, dass du einen Superjob machst?«

»Bertrand, bitte.« Mit einem Schulterzucken schubste sie seine Hände weg. Die Geste wirkte nicht empört, aber energisch, und ein leiser Vorwurf schien in der Bewegung mitzuschwingen. Isabelle stand auf und war jetzt fast genauso groß wie ihr Besucher.

Bertrand hatte einen schnellen Schritt zurück getan und betrachtete seine Kollegin.

»Weißt du, dass du dich gar nicht verändert hast?«, sagte er.

»Lass gut sein, Bertrand. Was kann ich für dich tun?« Isabelle deutete zum Schreibtisch. »Im blauen Ordner sind die aktuellen

Einsatzpläne von der Police municipale. Die wolltest du doch vorhin haben.«

»Deswegen bin ich eigentlich nicht gekommen«, Bertrand schenkte ihr sein breitestes Lächeln.

Isabelle sah den Mann an, für den sie einst beinahe ihre Karriere aufgegeben hätte.

Erinnerungen stiegen in ihr hoch. Schöne Erinnerungen. Sie konnte sie nicht verhindern. Zwischen diesem Mann und ihr gab es mehr als nur eine alte Freundschaft. Wenn sie ihn ansah, erinnerte sie sich daran, wie sie als junge Frau gewesen war. Und er war auch heute noch ein attraktiver Mann, in seinem Herzen noch immer der neugierige Junge, der Abenteurer. Plötzlich war er ihr so nahe, dass es beinahe wehtat.

»Das alles ist über zwanzig Jahre her. Die Welt hat sich verändert«, sagte sie. »Und ich auch.«

Bertrand machte einen weiteren Schritt auf sie zu und griff sanft nach ihrem Ellenbogen. Sie ließ ihn gewähren. Einen Moment zu lange, als dass es noch als freundschaftliche Geste durchgegangen wäre.

Isabelle spürte ein leichtes Zittern durch ihren Arm gehen. Für den Bruchteil einer Sekunde tauchte Leon vor ihr auf. Was tat sie da?

»Hör auf, Bertrand.« Isabelle bemühte sich, mit ihm wie mit einem alten Freund zu sprechen.

Aber Bertrand ließ nicht los. Er hielt sie fest. Nutzte die plötzliche Nähe und zog Isabelle an sich.

Erst da stieß sie ihn zurück. »Spinnst du jetzt?« Diesmal war echte Empörung in ihrer Stimme zu hören.

»Nimm doch nicht alles so grässlich ernst«, sagte er. »Du bist einfach zu vernünftig, um ein bisschen Spaß zu haben.«

Es klopfte an der Tür.

»Ja, bitte«, sagte Isabelle laut, erleichtert über die Unterbrechung.

Kadir kam herein, im Schlepptau Paulette Munière.

»Entschuldige, Isabelle«, sagte Kadir mit einem kurzen Blick zu Bertrand. »Hier ist eine Zeugin, die unbedingt mit dir reden wollte.«

»Madame Munière«, sagte Isabelle freundlich. »Was kann ich für Sie tun?«

»Ach, ihr kennt euch tatsächlich?«, wunderte sich Kadir.

»Natürlich, aus dem kleinen Supermarkt in Favière.«

»Können wir allein reden?«, fragte Paulette.

»Lasst ihr uns einen Moment allein, bitte?« Es handelte sich nicht um eine Frage, und die beiden Männer verließen brav den Raum.

»Es geht um Josephine Péan«, sagte Paulette.

»Das Kindermädchen der Marsennes?«, fragte Isabelle, und Paulette nickte.

»Ich meine, es geht darum, was sie so einkauft«, sagte Paulette.

»Was kauft sie denn ein?«, fragte Isabelle, ohne eine Miene zu verziehen.

»Es ist mir unangenehm, darüber zu reden, was meine Kunden einkaufen, im Grunde geht das ja niemanden was an, aber ich dachte ...« Sie unterbrach sich.

»Ich verspreche Ihnen, es bleibt alles unter uns.«

»Bestimmt?«

»Ganz bestimmt.«

Paulette sah sich kurz um, als könnte sich irgendwo noch jemand in dem Raum verstecken.

»Sie hat Windeln gekauft.«

»Was für Windeln?«

»Für ein vierjähriges Kind«, sagte Paulette leise. »Die hat sie ausdrücklich verlangt. Dabei hat Josephine gar keine Kinder.«

»Vielleicht war es ja für eine Freundin«, schlug Isabelle vor.

Paulette schüttelte den Kopf. »Es ist so … Sie kauft häufig Kinderkram ein«, sagte sie. »Crunchies mit Sammelfiguren. Quetschiebrei aus der Tube. Pudding oder Kinder Pinguí, solche Sachen.«

»Was meinen Sie?«, fragte Isabelle vorsichtig.

»Seit Louisa verschwunden ist, kauft Josephine Windeln.«

»Kommen Sie«, Isabelle stand auf und griff nach ihrer Uniformjacke.

»Wohin gehen wir?«, wollte Paulette wissen.

»Wir reden mit Commandant Zerna.«

53. Kapitel

Tony saß in seinem Pick-up und hatte die Fenster geöffnet. Er konzentrierte sich auf die Straße. Er durfte den Wagen vor sich nicht aus den Augen verlieren. Einen metallicfarbenen Peugeot 5008. Ein Zivilfahrzeug, aber Tony hatte sofort das Blaulicht der Gendarmerie nationale hinter dem Kühlergrill erkannt. Vier weitere Fahrzeuge hatten sich angeschlossen, als das kleine Kommando aus dem Hof in die Straße einbog. Das war keine Kaffeefahrt, das war ein verdeckter Einsatz, dachte Tony, und damit lag er genau richtig.

Tony war schlecht drauf. Er fühlte sich übel behandelt. Aber er würde ihnen zeigen, was eine gute Story war. So konnten sie nicht mit jemand umspringen, der jahrelang nur Topstorys geliefert hatte. Ja, er war unerlaubt auf ein fremdes Grundstück eingedrungen. Und nein, er hatte die Leute natürlich nicht gefragt, ob sie etwas dagegen hätten, ihr Bild in den Medien zu sehen. Aber was war das auch für ein Mist? Scheißgesetze. Recht am eigenen Bild, wenn er sich daran immer halten würde, hätte er nicht eine Story für die lokale Tageszeitung, geschweige denn einen TV-Beitrag untergebracht. Nicht einen.

Die Redaktionsleitung hatte ihm gesagt, er solle ein paar Tage verreisen, freinehmen, Urlaub machen. Doch was sie meinten, war, dass er sich verpissen sollte. Konnte ja keiner wissen, dass dieser Marsenne Anzeige wegen Einbruchs, unerlaubten Eindringens auf das Grundstück und was sonst noch erstatten würde. Statt Geld für die Story zu bekommen, konnte er sich jetzt nach einem Anwalt umsehen, der ihn aus diesem Schlamassel wieder raushauen würde.

Die Geschichte über die Hellseherin war nicht gut angekommen bei den Zuschauern. Ein gewisser Hohn der Polizei gegenüber, das schon, ja. Aber alles in allem empfanden die Menschen Sympathie für eine Mutter, deren Kinder entführt worden waren. Selbst wenn sie in ihrer Verzweiflung eine Wahrsagerin um Hilfe bat. Über eine unglückliche Mutter durfte man sich nicht lustig machen. War ein Fehler gewesen. Sein Fehler. Da hatte die Redaktion des *Var-Matin* schnell beschlossen, ein Opfer zu bringen, und das sollte er sein – dumm gelaufen. Dabei war er nur derjenige gewesen, der die Geschichte angeboten hatte; dass sie am nächsten Morgen die Titelseite *des Var-Matin* geschmückt hatte, war schließlich nicht allein seine Entscheidung gewesen. Heuchler, allesamt.

Non, merci, messieurs dames, nicht mit mir, dachte Tony. Diesen Gefallen würde er ihnen nicht tun. Darum saß er jetzt in seinem Pick-up, die Fenster offen, die aufnahmebereite Kamera auf dem Beifahrersitz, und konzentrierte sich darauf, dass er den Anschluss nicht verlor.

Er hatte an diesem Abend lange genug vor der Polizeistation gewartet. Er ahnte, dass etwas passieren würde. Nur nicht, wann und wo. Es war eine Art Eingebung gewesen, dass er vor der Wache stehen geblieben war. Obgleich die tägliche Pressekonferenz zum ersten Mal seit dem Beginn der Entführung gestrichen worden war, aus Mangel an Neuigkeiten. Das Interesse der Zuschauer für das Thema begann langsam zu erlahmen. Die meisten Reporter hatte daraufhin ihre Habseligkeiten eingepackt und waren weitergezogen. Sollte sich etwas Neues ergeben, würde man es in den Spätnachrichten senden. Aber es sah nicht danach aus.

Und trotzdem war Tony mit seinem Pick-up vor der Gendarmerie stehen geblieben, war ausgestiegen, hatte sich auf eine Bank gesetzt und gewartet. Weil seine Nase ihm signalisierte: »Achtung, es liegt was in der Luft.« Jahrzehntelange Reportererfahrung. Tony war überzeugt, dass sich seine Nase nie irrte. Er konnte eine gute Story förmlich riechen, und genau das war passiert, direkt vor dem Eingang der Gendarmerie nationale. Er hatte gesehen, wie Capitaine Morell aus der Tür kam, und fast im selben Moment hatte ein Streifenwagen mit Blaulicht vor dem Eingang gehalten. Aus dem Wagen war dieser Docteur Ritter von der Rechtsmedizin gestiegen. Die beiden hatten sich rasch unterhalten und waren zurück in die Wache gelaufen. Und keine drei Minuten später war schon der Konvoi aus dem Hof der Polizeistation gefahren.

Tony trat auf die Bremse. Die Autos waren verschwunden. Verdammt, er hatte nicht aufgepasst. War an der letzten Abzweigung einfach vorbeigefahren. Er bremste so scharf, dass der Kies über die Bankette spritzte. Dann presste er den Rückwärtsgang rein und jagte zur letzten Abzweigung. Da waren sie wieder. Einen knappen Kilometer voraus fuhr der Konvoi. Er schlug das Lenkrad ein, gab Gas, und dann war Tony wieder auf der Spur. Wie ein guter Jagdhund, immer auf der Fährte.

54. Kapitel

»Langsam jetzt«, sagte Isabelle zu dem Kollegen hinter dem Steuer. »Es ist wichtig, dass wir unauffällig vorgehen.« Sie saß im ersten Wagen des Konvois und hatte das Kommando über die Operation. Auf der Rückbank hinter ihr waren die beiden Lieutenants Masclau und Kadir.

Masclau griff zum Funkgerät und drückte die Sendetaste. »Abstand halten, alle Fahrzeuge an der Kreuzung abstellen, Scheinwerfer löschen und Gelände sichern.«

»Verstanden«, knarzte es aus dem Gerät.

»Wir sind da«, sagte der Beamte hinterm Steuer zu Isabelle.

»Masclau, Kadir, ihr kommt mit mir. Die anderen sollen zurückbleiben.«

In diesem Moment tauchte ein Beamter in Tarnuniform neben dem Beifahrerfenster auf, der in dem Fahrzeug hinter ihnen gesessen hatte. Der Mann klopfte kurz an die Scheibe. Isabelle ließ sie absinken.

»Ich habe zwei Scharfschützen in Position«, sagte der Mann. Er deutete auf ein kleines Haus etwa siebzig Meter vor ihnen. »Es ist das Haus am Ende der Straße, mit dem Balkon im ersten Stock.« Der Mann deutete die Straße hinunter. »Wir haben den Eingang im Visier und die angrenzenden Dächer. Falls da jemand flüchten will.«

»In Ordnung«, sagte Isabelle. »Aber es wird nur geschossen, wenn ich es sage. Wir brauchen diese Leute unbedingt lebend.«

»Geht klar.«

»Wie lange brauchen Sie, bis Sie auf Position sind?«

»Vier Minuten«, der Mann in der Tarnuniform zeigte vier Finger. Isabelle nickte. Hinter ihr sperrten Bewaffnete die Straßen ab. Eigentlich eine überflüssige Aktion, dachte Isabelle. Um diese Zeit war in dem kleinen Ort Collobrières, mitten im Massif des Maures, kein Einheimischer mehr auf der Straße. Man konnte höchstens einem Touristen begegnen, dem der Rosé den Orientierungssinn getrübt hatte. Wobei sich auch dann meist ein besorgter Einheimischer fand, der bereit war, den Besucher zu seinem Hotel zurückzubringen. Aber inzwischen war es weit nach Mitternacht, Restaurants und Bistros hatten geschlossen, und auch die Touristen lagen längst im Bett.

Das Haus von Josephine Péan war von einer brusthohen Mauer umgeben. Über den Rand quollen Blüten von Jasmin wie frisch geschlagene Sahne, und neben dem Eingangstor wuchs eine prächtige Bougainvillea. Das Haus hatte einen kleinen aufgeräumten Vorgarten. Auf der Rückseite ging das Grundstück ohne Zaun in offenes Gelände über. Das ideale Versteck für jemanden, der nicht gestört werden will, dachte Isabelle, während sie das Haus musterte. Es hätte einen neuen Anstrich vertragen. Die Dachziegel waren zum Teil zerbrochen, und Efeu hatte sich in den Mauerritzen ausgebreitet. Regenfälle, Wind und die Sonne der Provence hatten tiefe Spuren auf der Hauswand hinterlassen.

In diesem Moment tauchte Leon neben Isabelle auf. Er wurde von einem Uniformierten aufgehalten, der in seiner Tarnkleidung wie ein Geist aus der Finsternis aufgetaucht war.

«Wer sind Sie?«, fragte der Polizist in einem scharfen Flüsterton. »Haben Sie die Absperrung nicht gesehen?«

»Schon gut, Lieutenant, das ist der Médecin Légiste. Er gehört zu uns«, sagte Isabelle und wandte sich an Leon. »Du musst bitte hier warten, bis das Haus gesichert ist.«

»Pardon, Monsieur, ich dachte, Sie wären ein Tourist«, sagte der Mann in Tarnkleidung und ließ seinen Blick über Leon schweifen, der in seiner normalen Kleidung zwischen den Männern in Polizeimontur hervorstach.

»Schon in Ordnung«, meinte Leon.

»Ma Capitaine«, sagte der andere Mann nun zu Isabelle. »So wie es im Augenblick aussieht, befindet sich mindestens eine Person im Haus.«

»Nur eine? Was ist mit dem oberen Stockwerk?«

»Nichts«, sagte der Beamte. »Wir haben das Haus mit der Wärmebildkamera gescannt. Da hätten wir etwas sehen müssen.«

»Was ist mit dem Keller?«

»Da kommen wir mit der Kamera nicht hin«, er sah Isabelle an. »Riskieren wir es?«

»Wir können nicht warten«, sagte Isabelle. »Sie und Ihre Leute sichern die Rückseite des Gebäudes. Wir kommen von vorne.«

Im gleichen Moment erschien Masclau vor ihnen. »Wir wären so weit«, flüsterte er.

Isabelle zog kommentarlos ihre Sig Sauer 9 Millimeter aus dem Gürtelholster, und Masclau tat es ihr gleich. Die stellvertretende Polizeichefin nickte ihrem Lieutenant zu.

»Na dann.« Isabelle wandte sich an Leon. »Ich rufe dich rein, wenn wir das Gebäude gesichert haben.«

»Sei vorsichtig«, sagte Leon.

»Gehen wir«, Isabelle lächelte. Dann duckte sie sich. Jetzt konnte sie sich im Schutz der Mauer bis auf wenige Meter auf die Eingangstür zubewegen.

Isabelle war immer besorgt, wenn Leon bei einem Einsatz dabei war. Schließlich war er ein Zivilist, und er war unbewaffnet. Diesmal war es aber nicht auf Leons Initiative geschehen, dass er mit nach Collobrières gekommen war, sondern das war der ausdrückliche Wunsch des Polizeichefs gewesen. Damit hatte Zerna nicht nur einen erfahrenen Notfallmediziner bei dem Einsatz dabei, sondern Leon könnte bereits direkt vor Ort erste Spuren sichern. Kurz gesagt, Leons Anwesenheit würde die ganze Aktion verkürzen und höchstwahrscheinlich belastbare Indizien liefern.

Isabelle konzentrierte sich. Sie atmete tief durch. Und wenn sich die ganze Aktion als ein Schlag ins Wasser erweisen würde?

Sei nicht so pessimistisch, schalt sie sich. Das Team hatte gute Arbeit geleistet. Alle Informationen über Josephine Péan wiesen nur in eine Richtung: zu den Kindern.

Sie hatten in Madame Péan eine Verdächtige, die völlig zurückgezogen in den Hügeln des Massif des Maures wohnte. Eine Frau, die ein Trauma erlebt hatte, als ihr einziges Kind vor Jahren kurz nach der Geburt gestorben war. Eine Frau, die inzwischen als Kindermädchen ausgerechnet bei der Familie arbeitete, deren Kinder entführt worden waren. Eine Frau, die angeblich allein lebte, aber regelmäßig in einem Supermarkt Windeln, Lebensmittel und Süßigkeiten für Kinder einkaufte. War diese Frau die Lösung des Rätsels? Hatte sie die beiden Kinder entführt und noch immer die kleine Louisa in ihrer Gewalt, nach der ganz Frankreich suchte?

Isabelle und Masclau waren fast lautlos bis an das Haus herangeschlichen. Nicht einmal die Hunde des Nachbarn hatten das Team bemerkt. Vom schmalen Flüsschen Réal her, das jetzt im Sommer zu einem stehenden Gewässer verdunstete, war das Quaken der Frösche zu hören. Ein Kauz flog neben Isabelle aus dem Gebüsch und segelte im Mondlicht in die Zweige einer alten Korkeiche.

Masclau hielt das Funkgerät dicht an den Mund. »Alle bereithalten«, sagte er leise. Dann nickte er dem Kollegen von dem Sonderkommando zu, der sie begleitete. Der Mann ging in die Knie, steckte einen Dietrich mit einem batteriebetriebenen Rüttler in das Sicherheitsschloss. Es ertönte ein kurzes metallisches Surren, dann hörte man es klicken, als das Schloss aufsprang. Der Mann des Einsatzkommandos drückte vorsichtig auf die Klinke. Die Tür öffnete sich einen Spalt, und der Polizist nickte Isabelle zu.

»Gehen wir rein«, sagte Isabelle, jetzt nicht mehr im Flüsterton.

»Zugriff, Zugriff«, rief Masclau in sein Handfunkgerät. Dann stieß er die Tür auf, die gegen einen Schirmständer im Flur knallte.

Durch die Vordertür und den Hintereingang stürmten ein Dutzend Polizeibeamte in das Haus. Isabelle machte einen Satz in die Küche. Ihre Lieutenants gaben ihr Deckung, während sie, die Pistole im Anschlag, ihren Blick durch den Raum schweifen ließ. Aber am Bügelbrett stand nur Josephine und glättete Kinderkleidung, die zum Trocknen an einem Gestell hing.

»Die Hände nach oben«, rief Isabelle. »Ich will Ihre Hände sehen.«

»Bitte, tun Sie meiner Familie nichts«, Josephine Péan klang verängstigt.

Isabelle sah Kadir an und machte eine Kopfbewegung in Richtung Josephine. Kadir verstand sofort und legte der Verdächtigen Handschellen an.

Schwere Schritte waren zu kören, als mehrere Beamte in voller Kampfausrüstung die Treppe aus dem ersten Stock nach unten polterten und bei Isabelle Meldung machten.

»Oben ist alles sauber«, verkündete der Polizist.

»Parterre, auch alles sauber«, meldete ein Polizist, der mit Isabelle in die Küche gelaufen war.

»Haben Sie den Keller überprüft?«, fragte Isabelle.

»Sind gerade dabei. Zwei Mann sind unten. Aber da gibt's nicht viel zu durchsuchen.«

»Was ist denn mit dem Garten?«, fragte Isabelle. »Es könnte einen Schuppen geben oder eine Garage. Wir durchsuchen jetzt alles.«

»Nichts bisher, aber wir sind dran«, sagte der Gendarm und lief zurück in den Flur.

Isabelle folgte ihm, und das Gefühl, sich vielleicht geirrt zu haben, lag bleischwer in ihrem Magen. Dass es hier wirklich nichts zu finden gab, wie war das möglich? Keine Spuren, kein entführtes Kind, nichts außer einer fünfzigjährigen Frau, die das Leben gezeichnet hatte.

»Was will die Polizei von mir?«, fragte Josephine und versuchte, ihre Hände so zu halten, dass die Ärmel ihre Bluse die Handschellen verbargen.

»Wo ist das Mädchen?«, fragte Isabelle.

»Alle sind in Sicherheit«, Josephine klang so, als müsste sie Isabelle beruhigen und nicht umgekehrt.

»Wo ist Louisa?« Masclau wurde ungeduldig. »Jetzt reden Sie schon, merde alors.«

»Keine Sorge, der böse Mann kann den Kindern nichts tun«, erklärte Josephine der stellvertretenden Polizeichefin.

»Madame Péan, Sie müssen uns bitte sagen, wo das Mädchen ist«, Isabelle klang immer noch freundlich, aber bestimmter. »Das Mädchen braucht Hilfe. Jetzt gleich.«

»Die Kinder sind in Sicherheit. Das weiß ich genau«, sagte Josephine.

Leon war in der Tür aufgetaucht.

»Ich habe da was im Keller entdeckt«, sagte Leon. »Ich brauche eine Taschenlampe.«

»Ich komme selbst mit«, sagte Isabelle und winkte den Lieutenant heran. »Moma, du auch.«

Die drei erreichten die steile Kellertreppe und eilten die Stufen hinab.

»Es ist gleich dahinten«, Leon deutete in den Gang, »ganz am Ende.«

Am Ende des Ganges blieben sie stehen. Hier gab es nichts außer ein paar rostige Fahrräder, eine zerrissene Hollywoodschaukel und einen Gartengrill.

»Ich mach jetzt das Licht aus«, sagte Leon und griff nach der Taschenlampe, die Isabelle ihm reichte. »Achtet auf die Wand hinter den Kartons.«

Leon knipste das Licht aus. Einen kurzen Moment mussten sich die Augen der drei an die Dunkelheit gewöhnen, dann sah man es. Hinter dem Regal war ein kleiner Spalt in der Wand, durch den Licht fiel.

»Helfen Sie mir bitte mal, Lieutenant.« Leon gab Isabelle die Taschenlampe zurück. Dann schob er mit Kadirs Hilfe das Regal zur Seite – und da war die Tür. Sie schloss offenbar nicht richtig. An ihrem Rahmen schimmerte Licht durch. Leon griff nach der Klinke.

»Warten Sie«, Kadir zog seine Waffe.

»Ich denke, die brauchen wir nicht«, sagte Isabelle.

Leon drückte die Tür auf. Im schwachen Licht der Taschenlampe, die Isabelle hielt, sah man einen gedeckten Tisch, wie für einen Kindergeburtstag. Am Ende des Tisches saßen ein etwa siebenjähriger Junge und ein kleineres Mädchen. Spiele standen auf dem Tisch und zwei Schälchen mit Obst und Sahne.

»Mein Gott«, flüsterte Isabelle tonlos.

Da saßen Lucas und Louisa – als Schaufensterpuppen. Angezogen genau wie auf dem Fahndungsfoto.

»Warte einen Moment.« Leon hatte einen zweiten Schalter neben der Tür entdeckt und betätigte ihn. Gleißendes Licht erfüllte den fensterlosen Raum. Dazu sprang die Musik an.

»Sur le Pont d'Avignon on y danse, on y danse, on y danse tout en rond«, gellte es in voller Lautstärke durch das stille Haus.

55. Kapitel

Tony hatte seinen Wagen ganz am Ende der Allée des Cèdres abgestellt, sich die Kamera geschnappt und so getan, als wäre er ein ahnungsloser Tourist bei einem nächtlichen Spaziergang. Er hatte Glück. Die Gasse mündete in einen Feldweg, und der endete an einer mannshohen Rosmarinhecke, die wiederum einen perfekten Beobachtungsposten abgab. Genau vor Tony, keine fünfzehn Meter entfernt, lag das Haus, das aus welchen Gründen auch immer das Interesse der Polizei erregt hatte. Von hier konnte er alles genau sehen und mit der Kamera aufnehmen. Jede Aktion, jeden Handgriff der Polizeibeamten.

Eine Zeit lang waren nur einige Beamte zu sehen, die sich auf der Straße in Position gebracht hatten, und nach dem Zugriff, den er auf Kamera hatte, waren über einen längeren Zeitraum nur Rufe und das Rumpeln schwerer Stiefel zu hören gewesen. Als er, dumpf und abgerissen, aber doch unverkennbar, die Melodie eines Kinderliedes aus den Tiefen des Hauses hallen hörte, lief es ihm kalt den Rücken runter. Was erlebte er da gerade mit? Das Lied brach ab, und kurz darauf konnte Tony im Zwielicht erkennen, wie die Flics eine mit Handschellen fixierte Frau zum Gefangenentransporter bringen wollten, diese sich aber wehrte und um sich schlug. Es dauerte einen Moment, bis Tony erkannte, wer sich da gegen die Flics warf: niemand anderes als Josephine Péan, das Kindermädchen der Marsennes. Tony ließ die Kamera laufen und schwitzte vor Glück.

In diesem Augenblick öffnete sich die Haustür erneut, und zwei Uniformierte trugen zwei kleine Körper auf einer Bahre zu einem Krankenwagen. Warum lachten die Männer? Tony kniff die Augen zusammen, doch sie hatten ein Laken über die Kinder gelegt.

Genau so würden es später die Zuschauer sehen können, hochauflösend und in 8K: Es war der berühmte Moment, den man in einem Reporterleben nur ein einziges Mal erlebte, dachte Tony. Der Moment, wenn alles stimmte, wenn sich ein Dutzend Zufälle zu einem einzigen, einmaligen Augenblick verdichteten, »The one and only«-Moment, wie der Chef von Canal 6 einmal so treffend gesagt hatte. Hier war er. Der Augenblick, in dem entführte Kinder befreit wurden. Der Moment, in dem die kleinen Körper auf einer Trage in Sicherheit gebracht wurden.

Als die Kinder keine fünf Meter mehr von Tony entfernt waren, strauchelte jedoch einer der Polizisten. Die Trage schwankte, und Tony selbst zuckte zusammen, als er begriff, dass die kleinen Körper ins Rutschen gerieten. Erst dann erkannte er, dass es Schaufensterpuppen in Kinderklamotten waren, die hier im Staub der Provence landeten. Es war der Moment, der die Gendarmerie von Lavandou endgültig zum Gespött des ganzen Département machen würde, und Tony hatte alles dokumentiert. Danke, lieber Gott.

Inzwischen verlief der Gendarmerie-Einsatz längst nicht mehr unauffällig, diskret und erfolgreich, auch wenn sich Zerna das so gewünscht hätte. Alle an der Aktion Beteiligten hätten sich das gewünscht. Aber die Zeit ließ sich nun einmal nicht zurückdrehen. Staatsanwalt Bertrand Simon hatte entschieden, dass das

Sondereinsatzkommando um drei Minuten nach Mitternacht ausrückte, um die kleine Louisa zu befreien. Das war die Chance, hatte Simon gedacht, die würde er sich doch nicht von einem Provinzpolizisten wie Zerna vermasseln lassen. Es hatte alles so verdammt schnell gehen müssen. Gefahr in Verzug. Zerna wurde im letzten Moment von seinen engsten Mitarbeitern informiert, gerade noch rechtzeitig. Er kam verspätet, aber er war vor Ort und stand jetzt vor den Trümmern seines Sondereinsatzes. In diesem Moment hätte er sich gewünscht, auf der Wache geblieben zu sein. Jetzt stand er da, mit leeren Händen wie ein Volltrottel. Kein Opfer, keine Spuren; nicht einmal einen anständigen Verdächtigen zum Verhaften gab es. In einem Punkt konnte sich Zerna allerdings sicher sein: Die Schlagzeilen von morgen würden sich ausgiebig mit diesem peinlichen Fehlschlag beschäftigen.

Inzwischen versammelten sich immer mehr Anwohner und Feriengäste, die zum Teil noch ihre Pyjamas trugen, hinter den rot-weißen Absperrbändern mit dem Aufdruck *STOPP – Gendarmerie*. Natürlich hatte sich trotz der nachtschlafenden Stunde blitzschnell das Gerücht herumgesprochen, dass die entführte Louisa in dem einsamen Haus am Ende der Straße gefunden worden sei. Und die Kindermörderin noch gleich dazu. Nichts davon stimmte, dachte Zerna. Hier gab es keine Täterin, hier gab es ja nicht einmal ein Opfer. Ihm war flau im Magen.

Leon hatte sich inzwischen gründlich in dem Haus umgesehen und von Sofa, Fernsehsessel und dem Kellerraum mit Klebefolie DNA-Proben genommen. Dabei war er sich allerdings fast sicher, dass diese Spuren ins Leere führen würden. Sie würden hier nichts Verdächtiges finden. Es hatte keine Entführer in diesem Haus gegeben, und Leon, der von Anfang an nicht an Josephine als Täterin geglaubt hatte, war mit jeder Minute vor Ort überzeugter davon, dass er richtiggelegen hatte. Für ihn war Madame Péan eine einsame, unglückliche Frau, die immer noch dem Baby nachtrauerte, das sie vor Jahrzehnten verloren hatte.

Doch Polizeichef Zerna sah das ganz anders. Er brauchte dringend einen Erfolg, um ihn in der morgigen Presseerklärung verkünden zu können, und da passte ihm Leons skeptische Einschätzung der Lage überhaupt nicht ins Bild. Er trat vor den Rechtsmediziner, als der aus dem Keller kam.

»Auf ein Wort, Docteur …?«, sagte Zerna, und Leon blieb stehen. »Ist ein verrückter Fall, oder? Haben Sie je etwas Ähnliches erlebt?«

»Die Umstände sind in der Tat ungewöhnlich. Da muss ich Ihnen recht geben.« Leon streifte sich die dünnen Schutzüberzüge von den Schuhen, die dafür sorgten, dass ein Tatort nicht durch Polizeibeamte kontaminiert wurde. »Allerdings glaube ich nicht, dass es in diesem Haus Spuren gibt, die in irgendeiner Weise zu den Kidnappern führen.«

»So? Glauben Sie nicht?« Zerna gab ein falsches Lachen von sich, das sich wie das Schnauben eines Pferdes anhörte. »Was haben Sie erwartet, Docteur? Dass die Entführer da unten brav am Tisch sitzen und warten, dass die Polizei anrückt?«

Leon zuckte stumm mit den Schultern und wollte sich am Polizeichef vorbeischieben, als Zerna ihn mit falscher Freundlichkeit am Arm festhielt. »Jemand, der so was macht, ist doch zu allem fähig.«

»Sie glauben ernsthaft, Madame Péan hätte die Kinder entführt?« Leon sah den Polizeichef an und musste dafür seinen Blick nach unten richten, was Zerna nicht ausstehen konnte.

»Entführt, verschleppt, irgendwie hängt die Frau da mit drinnen. Das ist doch ganz offensichtlich. Glauben Sie einem erfahrenen Polizisten. Die ganze Sache ist faul, oberfaul, wenn Sie mich fragen. Was wir brauchen, Docteur, sind Spuren, Spuren, Spuren.«

»Mal sehen, was die Tests ergeben«, sagte Leon.

»Richtig so, Docteur. Wenn wir uns da richtig reinhängen, werden wir auch etwas finden.« Zerna warf einen demonstrativen Blick auf seine Armbanduhr, eine wasserdichte Omega, die ihm seine Frau zum zwanzigsten Hochzeitstag geschenkt hatte. »Wir sehen uns morgen im Büro. So früh wie möglich, ja?«

»Ich brauche Zeit für die DNA-Abgleiche«, sagte Leon und unterdrückte nur mit Mühe den genervten Ton in seiner Stimme.

»Natürlich, also morgen, nein, heute um zehn Uhr. Schlafen Sie noch ein wenig«, sagte Zerna.

Draußen tauchten die Scheinwerfer der Polizei das Haus von Madame Péan in strahlendes Licht, was das alte Gebäude wie eine Theaterkulisse aussehen ließ. Und die Zuschauer bekamen etwas geboten.

Staatsanwalt Simon hatte es sich nicht nehmen lassen, noch direkt vor Ort eine erste Befragung von Madame Péan vorzunehmen, ohne Erfolg. Josephine Péan schwieg. Frustriert über den Fehlschlag, gab er einem der jüngeren Polizisten das Zeichen, die Frau mit dem Streifenwagen abtransportieren zu lassen. Doch in diesem Moment überflog ein Hubschrauber das Gelände so tief, dass vom sandigen Boden Staub aufwirbelte und die Dachpfannen im Sog der Rotoren klapperten. Die drei Polizisten, die Josephine jetzt in einen der Streifenwagen setzen sollten, waren nur einen winzigen Moment abgelenkt, doch Josephine Péan erkannte sofort ihre Chance. Sie riss sich los und rannte auf die Schaulustigen zu.

»Bitte, helfen Sie mir«, schrie sie. »Das sind gar keine Polizisten, das sind alles Betrüger.«

Zwei Polizeibeamte hatte die Frau mit wenigen Schritten wieder eingeholt. Sie packten sie grob an den Armen.

»Aufhören, Sie tun mir weh«, schrie Josephine und hielt ihre Handgelenke in Richtung der Umstehenden, die hinter dem Absperrband standen und nicht genau wussten, was sie von alldem halten sollten. Jedenfalls wirkte die Frau nicht wie eine Entführerin. Was tat die Polizei nur?

»Die Männer wollen mir wehtun! Sehen Sie, was die mir angetan haben?« Madame Péan hielt jetzt die Hände hoch über ihren Kopf, damit jeder die Handschellen sehen konnte. »Bitte, ich flehe Sie an: Alarmieren Sie die richtige Polizei. Das hier sind alles Verbrecher!« Josephine Péans Stimme überschlug sich. »Die fangen kleine Kinder und bringen sie um.«

»Was sagen Sie da?«, fragte ein Mann im Morgenmantel neugierig, der sich in die erste Reihe der Zuschauer vorgedrängt hatte. »Wer bringt kleine Kinder um?«

»Diese Leute sind alle keine echten Polizisten. Das sind ganz gemeine Kinderfänger!«

»Was soll das Theater? Kommen Sie jetzt mit, verdammt noch mal«, sagte einer der Polizisten und riss grob an der Kette, mit der die Handschellen aneinander befestigt waren.

»Bei Gott, helfen Sie mir!«, flehte Josephine. »Sehen Sie denn nicht, dass diese Männer uns täuschen wollen?«

»Schluss jetzt, habe ich gesagt. Sie müssen sich wirklich beruhigen, Madame«, sprach der Polizist auf sie ein, wobei er Josephine mit sich zog und die Handschellen ihr in die Gelenke schnitten, sodass sie vor Schmerz das Gesicht verzog.

»Was machen Sie da?«, rief der Mann hinter der Absperrung. »Lassen Sie die Frau los. Die hat doch nichts getan.«

Der zweite Polizist versuchte, Madame Péan an den Schultern festzuhalten.

»Er hat mir wehgetan«, jammerte Josephine sofort mit kippender Stimme.

»Wo wollen Sie die Frau hinbringen?«, rief der Zuschauer den Polizisten zu, doch er erhielt keine Antwort, was die Stimmung endgültig kippen ließ.

»Hat man Sie angefasst?«, fragte eine der Umstehenden Josephine Péan besorgt.

»Quatsch, niemand hat die Frau angefasst!«

»Was ist, wenn sie recht hat?« Der Mann drängte an das Absperrband und packte jetzt den Ellenbogen des Polizisten.

»Finger weg«, zischte der Polizist.

»Wohin bringen Sie die Frau?«, fragte der Mann in zunehmender Wut.

»Das geht Sie einen Scheiß an«, sagte der Polizist und riss seinen Arm aus dem Griff des Zuschauers. »Wenn Sie mich noch mal anfassen, nehme ich Sie fest, wegen Widerstand gegen die Staatsgewalt. Gleich hier.«

»Das sollen Flics sein?«, rief ein anderer. »Die sind von der Entführerbande, die die kleinen Kinder fängt.«

»Zeigen Sie uns doch mal Ihren Ausweis!« Eine Gruppe hatte sich zusammengetan und in ihrer Aufregung das Absperrband zerrissen. Geballt drängten sie sich jetzt zwischen die Polizisten, die Josephine festhielten, und den Streifenwagen. Die Lage begann brenzlig zu werden.

»Aus dem Weg, bleiben Sie zurück. Das ist ein Polizeieinsatz«, brüllte einer der Flics mit überschnappender Stimme.

In diesem Moment tauchte Isabelle auf. Sie sah, wie einer der Beamten nach seiner Waffe griff. Mit zwei Schritten war sie neben ihm.

»Lassen Sie um Himmels willen die Waffe stecken«, zischte sie ihn an und hielt kurz seine Hand fest.

Dann griff Isabelle zu dem Dienstausweis in ihrer Jackentasche. Sie hielt den weißblauen Ausweis mit ihrem Foto wie einen magischen Schutzschild vor die Leute. Und der Zauber wirkte.

»Capitaine Morell von der Gendarmerie Nationale«, sagte Isabelle so laut, dass ihre Stimme die Aufregung für einen Moment übertönte, »wir bringen eine Zeugin zur Befragung nach Lavandou auf die Wache. Das ist alles. Wenn Sie mehr Informationen wünschen, dann wenden Sie sich bitte telefonisch an die Kollegen vor Ort.«

Isabelle sprach in ruhigem, unaufgeregtem Ton. Wo eben noch eine aufgeheizte Menge bereit gewesen war, auf die Polizisten loszugehen, standen jetzt Leute in Hausschlappen, Schlafanzügen und Bademänteln und sahen beschämt zu Boden. Es gab noch ein wenig Gemurmel, aber bereits Sekunden nach Isabelles Ansage zogen sich die Ersten zurück in ihre Häuser.

Isabelle öffnete, ohne weitere Zeit zu verlieren, die Tür des Einsatzfahrzeugs und hielt schützend die Hand über den Kopf von Josephine Péan, damit sie sich beim Einsteigen nicht stoßen konnte. Sie ließ sich selbst in den Wagen gleiten, und nur wenige Minuten später lag die kleine Gasse wieder so ruhig da, dass niemand hätte ahnen können, was sich hier soeben zugetragen hatte.

56. Kapitel

Als Leon und Isabelle nach Hause fuhren, leuchtete im Osten schon ein erster Lichtstreifen über dem Meer. Leon hatte das Verdeck des Cabriolets zurückgeklappt, und Isabelle genoss die Fahrt durch den frühen Morgen. Kein Auto war um diese Zeit unterwegs. Isabelle lehnte sich zurück und atmete den Geruch des frischen Tags.

»Du glaubst nicht, dass sie damit etwas zu tun hat?«, fragte Isabelle.

»Du hast sie doch selbst gesehen«, antwortete Leon. »Sieht so jemand aus, der Kinder entführt?«

»Ja«, sagte Isabelle kurz.

Leon sah sie fragend an.

»Du sagst doch immer, dass man einem Verdächtigen nie ansieht, ob er Täter ist.«

»Du hast gut aufgepasst, brav«, lobte Leon frech im Lehrertonfall.

»Na ja, manchmal sagst du ja auch kluge Dinge.«

»Nur manchmal?«

»Ich ersetze ›manchmal‹ durch ›so gut wie nie‹.«

Leon lächelte.

Isabelle sah zu Leon hinüber. Sein Gesicht wirkte im warmen Morgenlicht markant und geheimnisvoll. Als hätte er in seinem

Leben Dinge gesehen, über die er niemals reden würde. Sie hatte wirklich Glück gehabt, damals als sie Leon begegnet war. Was zur Hölle hatte sie geritten, dass sie auf einmal mit einem abgelegten Ex-Freund flirtete? Was sollte das? War sie nicht zufrieden mit dem, was sie an Leon hatte?

Doch, du bist zufrieden, antwortete sie sich selbst. Aber bist du auch glücklich? Kein Mensch ist immer glücklich, versuchte sie sich zu beruhigen. Du träumst von einer Abwechslung, von der ungezügelten Leidenschaft.

»Ich liebe die kühle Luft am Morgen«, sagte Leon.

Sie schwieg.

»Ist was?«

»Wieso, was soll denn sein?«, wiegelte sie ab.

»Du hast diese kleine Falte zwischen den Augenbrauen. Die hast du immer, wenn du über etwas nachgrübelst.«

»Tu ich doch gar nicht.« Sie drehte sich schnell weg und ließ ihren Augen auf dem Horizont ruhen, aus Angst, er könnte ihr die kleine Lüge ansehen.

Es ist nichts gelaufen mit Bertrand, sagte sie sich, und es würde auch nichts laufen.

Bist du dir da ganz sicher, fragte die zweite Stimme in ihrem Kopf.

»Es ist Viertel nach sechs«, unterbrach Leon ihre Gedanken. »Das Papou könnte schon offen haben.«

Das entlockte Isabelle ein Lächeln, und so fuhr Leon den kleinen Umweg.

Die Bäckerei Chez Papou war tatsächlich bereits geöffnet, und Leon kaufte zwei Croissants, die sie auf Isabelles Terrasse in der frühmorgendlichen Sonne frühstückten. Dazu gab es einen Café Crème. Im Anschluss duschten Leon und Isabelle schnell und sehr heiß, und pünktlich um zehn Uhr hielt Leon vor der Polizeiwache. Er stieg aus und öffnete Isabelle die Beifahrertür. Leon deutete im Spaß eine kleine Verbeugung an.

»Madame«, sagte er übertrieben höflich.

»Merci, Monsieur«, sagte Isabelle und ging davon.

Leon sah ihr nach. Schon nach drei Schritten blieb Isabelle stehen und kam zu ihm zurück. Leon lächelte. Er nahm sie in die Arme und zog sie zu sich heran. Sie sah ihn einen Moment an, dann küsste sie ihn kurz und leidenschaftlich auf den Mund, als könnte sie etwas Kostbares beschützen. Für einen Augenblick war Leon von Isabelle wie verzaubert. Dann ließ er sie los. Sie lächelte, wandte sich um, lief die drei Stufen zur Wache hinauf und verschwand durch die getönte Glastür.

Über der Polizeistation lag eine Anspannung, die man regelrecht spüren konnte. Als warteten alle darauf, dass jeden Moment die endgültige Wahrheit über den Fall Marsenne ans Licht käme. Dass all die Anstrengungen der Polizeibeamten sich endlich gelohnt hatten. Doch bisher lehnte Josephine Péan jede Zusammenarbeit mit der Gendarmerie ab. Der Versuch von Lieutenant Kadir, irgendwie an die Zeugin heranzukommen, war gründlich schiefgelaufen – sie hatte zu hyperventilieren begonnen und sagte nun endgültig gar nichts mehr. Genauso war es dem Polizeichef persönlich mit der Verdächtigen ergangen. Josephine Péan hatte nicht kooperiert und jede Kommunikation abgelehnt. Sie saß steif auf ihrem Plastikstuhl im Befragungsraum und beleidigte die Beamten. Jetzt ruhte Zernas Hoffnung allein auf dem psychologischen Geschick seiner Stellvertreterin.

Josephine Péan war erschöpft, und Zerna waren geeignete Polizistinnen für eine weitere Befragung ausgegangen. Fest stand nur, dass sich Josephine Péan von keinem männlichen Beamten befragen lassen wollte. Dabei hatten Masclau und Kadir alles versucht, mit der Verdächtigen ins Gespräch zu kommen. Sie waren rücksichtsvoll gewesen. Ihren Wünschen entgegengekommen. Kadir hatte sogar einen frischen Café Crème aus dem Automaten in der Kantine geholt. Bis sie schließlich entschieden, die freundliche Linie aufzugeben und schärfer nachzufassen. Die letzte halbe Stunde hatten sie die fünfzigjährige Zeugin in die Mangel genommen. Josephine hatte lichte Momente gezeigt, aber auch Augenblicke tiefster Verwirrtheit.

In diese Atmosphäre hinein betrat Isabelle das Vernehmungszimmer. Der Raum war eng und hatte etwas Bedrückendes. Bis auf den Besprechungstisch, drei Klappstühle aus Plastik, ein Regal und den großen Spiegel an der Wand war der Raum leer. Die Wände waren graugrün gestrichen, und es gab keine Fenster. Immerhin waren jetzt am Morgen die Temperaturen noch erträglich. Aber das würde sich schon bald ändern. Da die Klimaanlage noch immer nicht funktionierte, würde es in Kürze unerträglich heiß und stickig im Vernehmungszimmer werden.

Josephine Péan saß auf einem Plastikklappstuhl. Sie beachtete Isabelle bei deren Eintreten gar nicht, starrte die Wand an. Josephine wirkte so, als hätte sie es aufgegeben, den Polizisten ihr merkwürdiges Leben zu erklären. Niemand verstand sie. Da konnte sie genauso gut schweigen.

»Madame Péan, ich möchte mich mit Ihnen unterhalten«, sagte Isabelle freundlich. Es kam keine Reaktion. »Ich habe nur ein paar Fragen an Sie. Wenn Sie die beantworten, kann das hier alles ganz schnell zu Ende sein. Dann kommen Sie hier raus.«

Isabelle wusste, dass auf der anderen Seite des venezianischen Spiegels sich in diesem Augenblick mindestens ein halbes Dutzend Polizeibeamte drängten, um nur nichts von dem erwarteten Geständnis der Verdächtigen zu verpassen. Isabelle betätigte den Startknopf der Videokamera. Das kleine rote Licht ging an und signalisierte, dass die Kamera lief und alles aufzeichnete. Erst dann griff Isabelle in die Tasche ihrer Jacke und zog eine kleine Flasche Mineralwasser hervor. Josephine sagte nichts, doch Isabelle sah den durstigen Blick, den die Zeugin auf die kleine Flasche warf. Isabelle öffnete die Flasche und schob sie der anderen Frau hin. Josephine nahm ein paar gierige Schlucke.

»Welche Fragen?«, sagte Josephine leise. Isabelle sah sie nur ruhig an. »Welche Fragen soll ich beantworten?«

»Wohin haben Sie Louisa gebracht?«, fragte Isabelle, ohne die Stimme zu heben.

»Den Kindern geht es gut«, antwortete die Frau, als hätte sich jemand auf einem Kindergeburtstag nach dem allgemeinen Befinden der kleinen Gäste erkundigt. »Sie wachsen schnell in diesem Alter«, fuhr sie fort. »Da tut es einem um jeden Augenblick leid, den man nicht mit ihnen zusammen sein kann.«

»Wohin – haben – Sie – die – kleine – Louisa – gebracht, Josephine?«, wiederholte Isabelle. Diesmal betonte sie die Frage Wort für Wort.

»Ihr geht es gut, der Kleinen geht es gut, wirklich. Sie ist bei mir gut aufgehoben. Das haben sogar die Eltern gesagt«, antwortete Josephine schnell, bemüht, von den direkten Fragen über das Wohl des Mädchens wegzukommen.

Für einen Moment fühlte Isabelle sich wie elektrisiert. Hatte diese Frau gerade gesagt, dass das gesuchte Mädchen sich bei ihr befand?

»Ich bin sicher, dass Sie sich gut um Louisa kümmern«, sagte Isabelle, als wäre nichts geschehen. »Wir alle in der Wache wissen das, und dafür sind Ihnen auch alle sehr dankbar.«

»Sie bekommt gutes Essen«, sagte Josephine. »Nicht das Zeug aus den Kitas. Ballaststoffe und nicht ständig nur Milchprodukte.« Josephine beugte sich vertraulich zu Isabelle vor, die ihr an dem schmalen Tisch gegenübersaß. »Und natürlich nur ganz selten Süßigkeiten.« Josephine hob drohend den rechten Zeigefinger. »Da bin ich ganz konsequent.«

»Es ist beruhigend, dass Sie so gut auf das Kind aufpassen«, Isabelle fürchtete, dass Josephine wieder aufhören könnte mit dem Reden. »Ich habe Louisa gar nicht in Ihrem Haus gesehen.«

»Sie ist unten im Kinderzimmer. Wo denn sonst?«, behauptete Josephine.

»Nein, im Kinderzimmer waren nur Puppen«, sagte Isabelle. »Das wissen Sie doch.«

»Keine Puppen«, jetzt klang Josephine regelrecht beleidigt. »Das sind meine Kinder.«

»Und Louisa?«, fragte Isabelle.

»Das sind alles meine Kinder, alle beide.«

»Aber natürlich, Josephine. Darum wollen Sie doch auch, dass es Ihren Kindern gut geht«, sagte Isabelle.

»Natürlich, eine Mutter sorgt sich immer um ihre Kinder«, dozierte Josephine.

»Darum ist es ja so wichtig, dass wir Louisa finden, Josephine. Sie muss zum Arzt, und zwar so schnell wie möglich«, fuhr Isabelle fort.

In diesem Moment meldete sich das Handy, das in einer durchsichtigen Asservatentüte auf dem Tisch lag, mit einem melodischen Glockenton. Isabelle griff nach dem Mobiltelefon. Es war einer der Gegenstände, die sie Josephine Péan gleich nach der Festnahme abgenommen hatten, zusammen mit der Uhr und den Papieren, die sie im Haus gefunden hatten. Isabelle zog das Handy zu sich heran und betrachtete das Display.

»Das ist mein Handy. Das hab ich schon dem Kommissar gesagt«, die Frau klang belehrend. »Ich will nicht, dass Sie es untersuchen.«

Isabelle nahm das Handy in die Hand. Auf dem Display blinkte ein Icon in Form eines stilisierten Wappens.

»Security«, las Isabelle laut. »Ein Überwachungsprogramm«, sie sah die Frau an. »Was beobachten Sie denn damit?«

Josephine zuckte mit den Schultern.

»Und was ist das hier?«, fragte Isabelle und hielt ihr das Handy direkt vors Gesicht, als hätte sie noch etwas entdeckt. Josephine war so irritiert, dass sie eine Sekunde lang auf das Display starrte. Lange genug, um die Gesichtserkennung auszulösen. Jetzt war das Handy entsperrt.

»Danke schön«, sagte Isabelle.

»Das können Sie nicht machen«, sagte Madame Péan empört. »Das dürfen Sie gar nicht.«

Isabelle sah fasziniert auf das Display des Telefons in ihrer Hand: Jetzt war eine Kameraaufnahme zu sehen. Sie zeigte das Kinderzimmer in der Villa der Marsennes. Auf der Bettkante saß Lucas, steif und apathisch, neben sich die Reisetasche aus der Klinik.

•••

»Erstklassige Arbeit«, gratulierte Commandant Zerna wenige Minuten später seiner Stellvertreterin. Die beiden sahen durch die Spiegelscheibe in den Befragungsraum, wo Josephine Péan saß und abwesend vor sich hin starrte.

»Sie weiß nichts«, sagte Isabelle.

»Was soll das heißen?« Zerna klang geradezu beleidigt. »Sie klaut den Kindern ihres Arbeitgebers die Klamotten und baut sich im Keller eine Familie aus Schaufensterpuppen auf. Sie sagt sogar bei der Befragung, dass sich das Mädchen bei ihr befindet. Wer tut denn so was? Also, entschuldigen Sie.«

»Unüblich, sicher«, sagte Isabelle, »verboten ist es aber nicht.«

»Sagen Sie, Capitaine«, Zerna sah seine Stellvertreterin skeptisch an, »gibt es einen Grund, warum Sie mit diesem Fall nicht klarkommen? Gibt es vielleicht irgendetwas, das Sie darüber wissen, aber bisher nicht ansprechen wollten? Raus damit. Jetzt wäre der richtige Zeitpunkt, über Geheimnisse zu sprechen. In zehn Minuten geht die Pressekonferenz los.«

»Was für ein Geheimnis sollte das sein?«, fragte Isabelle irritiert.

Zerna hob ratlos die Hände und sah seine Stellvertreterin an. Es war einer dieser Momente, in denen Isabelle gerne etwas gesagt hätte, von dem sie genau wusste, dass sie es hinterher bereuen würde. Gerade da kam Bertrand Simon in den Überwachungsraum.

»Entschuldigung, ich wollte Ihr Gespräch nicht unterbrechen«, sagte der Staatsanwalt höflich und betrachtete durch den Spiegel die Verdächtige.

»Tun Sie nicht«, antwortete Zerna. »Wir sind uns ganz einig.«

»Entschuldigung, Commandant, aber das sehe ich etwas anders«, protestierte Isabelle.

Simon nahm einen Ausdruck aus der Klarsichthülle, die er in der Hand hielt, und reichte ihn Zerna.

»Vielleicht beantwortet das hier Ihre Fragen.« Simon klang zufrieden.

Der Ausdruck umfasste nur wenige Zeilen, aber sie schienen den Polizeichef wie magisch in ihren Bann zu ziehen.

»Was ist das?«, wollte Isabelle wissen.

Zerna reichte ihr schweigend den Ausdruck.

»Kommt vom Jugendamt in Nantes«, kommentierte Simon.

»Damit haben wir diese Madame Péan«, sagte Zerna zufrieden. »Da kommt sie nicht mehr raus.«

»Sie hat schon einmal ein Kind entführt …?« Isabelle ließ ungläubig das Blatt sinken. »Wo wurde der Fall verhandelt?«

»Es gab nie eine Verhandlung«, antwortete Simon. »Die Anzeige wurde noch am selben Tag wieder zurückgezogen. In dem Moment, als das Kind wieder aufgetaucht ist.«

»Moment«, sagte Isabelle. »Wenn es keine Anzeige und keine Verhandlung gab, woher stammen dann diese Unterlagen? Die müssten doch eigentlich bei den Ermittlungsakten liegen, und darauf hat höchstens das Gericht Zugriff.«

Simon und Zerna sahen sich an. Simon lächelte. Zum ersten Mal waren die beiden Männer einer Meinung.

»Der Vorfall ereignete sich in Nantes, wo ich meinen ersten Fall als Staatsanwalt verhandelt habe«, sagte Simon. »Das ist jetzt ungefähr fünfzehn Jahre her.«

»Und daran erinnerst du dich noch?«, wunderte sich Isabelle.

»Nein, aber ein alter Kollege von mir, mit dem ich bei der Staatsanwaltschaft Nantes zusammen angefangen habe: Abteilung Leib und Leben.«

Isabelle schüttelte kommentarlos den Kopf.

»Ist vielleicht kein Fehler, wenn man einen kurzen Draht zur Staatsanwaltschaft hat«, sagte Zerna trocken.

»Was ist da passiert?«, fragte Isabelle und gab den Ausdruck an Simon zurück.

»Damals verschwand ein kleines Mädchen aus einem Vorort von Nantes«, erklärte Bertrand Simon. »Es wohnte im Haus neben Josephine Péan. Sie hatte wohl ein paarmal auf das Kind aufgepasst. Aber damals, als das kleine Mädchen verschwand …«, er sah auf den Computerausdruck. »Damals hatte sie behauptet, nicht zu wissen, wo das Mädchen sein könnte. Dabei lag es in einem extra von der Péan hergerichteten Kinderzimmer und schlief brav in seinem Bettchen. Während die nette, hilfsbereite Nachbarin der Polizei bei der Suche half. Vier Stunden später wurde das Mädchen von Josephine Péan den Eltern übergeben.«

»Klingt für mich trotzdem nach Kindesentführung.« Zerna rieb sich die Hände, als hätte er gerade ein kompliziertes Rätsel gelöst.

»Für mich auch«, sagte Simon, »aber der zuständige Untersuchungsrichter hat das damals leider anders gesehen.«

Isabelle konnte in Echtzeit beobachten, wie die Laune ihres Chefs sich von Minute zu Minute verbesserte.

»Also tatsächlich kein Prozess?«, fragte Isabelle ungläubig.

»Nein, kein Prozess, nicht einmal eine Anhörung. Alle waren froh, dass das Mädchen wieder gesund aufgetaucht ist«, sagte Simon. »Nichts sprach gegen Madame Péans Erklärung, dass sich die Fünfjährige bei ihr im Bett versteckt hätte.«

»Gibt's doch nicht«, sagte Isabelle empört.

»Alle waren zufrieden. Die Eltern hatten ihr Kind wieder, und das kleine Mädchen hatte die ganze Aufregung sowieso verschlafen.«

»Damit hat sich das Gericht zufriedengegeben?«

»Wir haben natürlich noch weiter ermittelt«, sagte Simon, »aber da gab es nichts. Und so verschwand der ganze Vorgang unter der Rubrik ›Ermittlungen eingestellt‹ im Archiv.«

»Und jetzt?«, fragte Isabelle, während sie durch den Spiegel die Zeugin beobachtete.

»Wir haben gleich eine Pressekonferenz«, sagte Zerna, wobei er fast einen frohlockenden Unterton hatte.

»Sie wollen den Journalisten den Einsatz als Erfolg verkaufen?«

»Ja, warum nicht?«, fragte Zerna betont arglos. »Die Verdächtige hat schließlich schon mal genau das Gleiche getan.«

»Sind das nicht geschützte Ermittlungen?«, fragte Isabelle.

»Nur wenn die Verdächtige zum Zeitpunkt der Tat unter achtzehn Jahre alt war«, sagte Zerna.

»Und das war nicht der Fall«, ergänzte Simon. »Josephine Péan war damals neunzehn.«

»Aber Details gehen natürlich nicht nach draußen?«, versicherte sich Isabelle.

»Offiziell nicht, aber Sie wissen doch, wie die Leute hier sind«, sagte Zerna, »ganz besonders die Medien.«

»Aber deshalb können wir ja trotzdem andeuten, dass es bei diesem Fall eine Vorgeschichte gab«, sagte Simon vorsichtig.

»Das hast du nicht wirklich vor ...?« Isabelle konnte nicht fassen, dass Bertrand den Journalisten eine Zeugin zum Fraß vorwerfen wollte.

Der Staatsanwalt erwiderte ihren Blick ruhig, sagte aber nichts.

Zerna brach das Schweigen. »Die Verdächtige hat ein eigenes Kind verloren und ein anderes bei sich zu Hause versteckt«, sagte er zufrieden. »Ja, doch, so was nenne ich eine verwertbare Vorgeschichte.«

57. Kapitel

Es war von Anfang an sein Fehler gewesen: Der Auftrag hatte schließlich gelautet, Videomaterial zu sichten und beim geringsten Verdacht die entsprechende Aufzeichnung sofort an Lieutenant Kadir weiterzuleiten. Es war keine Rede davon gewesen, die Aufzeichnungen wegzuwerfen, obwohl die Videoüberwachung dieser E-Tanksäule sowieso nichts als Bildstörungen aufgenommen hatte.

Serge Nicolas konnte natürlich versuchen, die CD aus der Tankstelle ungeprüft verschwinden zu lassen. Damit wäre sie weg, würde niemand mehr stören, und der zweiundzwanzigjährige Polizeiaspirant könnte sich um Wichtigeres kümmern. Aber blöderweise hatte Lieutenant Kadir zufällig beobachtet, wie Serge versucht hatte, die Aufzeichnung mit dem Stempel »BESCHÄDIGT« zu versehen und auf diese Weise zu entsorgen, ohne sie überhaupt geprüft zu haben. Jetzt kam der Lieutenant alle paar Minuten an seinem Tisch vorbei, um zu fragen, ob es etwas Neues gab. Man sah ihm auf die Finger, das war Serge klar. Also musste er jetzt wenigstens so tun, als würde er die Aufzeichnungen der Überwachungskameras ganz besonders sorgfältig überprüfen. Aufzeichnung um Aufzeichnung und Minute um Minute.

Serge musste dafür sorgen, dass er möglichst bald durch war mit dieser verdammten Kontrolle. Schließlich hatte er noch anderes zu tun. Nach Feierabend erledigte der junge Flic noch Auslieferungen für ein Gartencenter. Er und besonders seine kranke Mutter waren auf diesen kleinen Zusatzverdienst angewiesen. Serge rief in dem Center an, dass er sich heute um eine Stunde verspäten würde. Darüber war der Manager des Centers wenig erfreut. Diesmal würde man es ihm noch nachsehen, man war ja kein Unmensch. Aber wenn das noch einmal vorkäme, müsste man sich nach einem anderen Fahrer umsehen.

Genau in diesem Moment meldete Serges Computer, dass er etwas gefunden hatte. Quälend langsam und unscharf baute sich auf dem Monitor ein Standbild der Videoaufzeichnung auf. Serges Aufmerksamkeit galt sofort einem roten Auto. Auf der körnigen Aufzeichnung war zu sehen, wie ein Mann in Jeans und Sakko das Kabel zwischen dem Wagen und der E-Tanksäule löste. Der Mann warf das Ladekabel in den Kofferraum und verschwand im Auto in Richtung Hyères. Die eingespiegelte Aufzeichnungszeit stand bei vier Uhr achtundvierzig in der Früh. Unter normalen Umständen hätte das nichts bedeutet. Aber dieses Auto war nicht normal, darum war es Serge Nicolas auch sofort aufgefallen. Es war ein teures E-Auto, ein roter Tesla Model S. Davon gab es nicht viele in dieser Gegend, und die allerwenigsten davon waren rot. Aber Serge hatte eine Liste vor sich auf dem Tisch liegen, auf der alle Fahrzeuge verzeichnet waren, die in Zusammenhang mit der Familie Marsenne standen. Darunter auch ein roter Tesla. Der Besitzer hieß Roger Marsenne, Chef von Laboratoire Marsenne in Toulon und Vater der entführten Kinder.

58. Kapitel

Zerna hatte die Pressekonferenz um dreizehn Uhr noch einmal verschoben, was gemessen an der schwachen Öffentlichkeitsarbeit der letzten Tage niemanden ernsthaft überraschte. Die meisten Journalisten hatten schon vor Tagen ihre Koffer gepackt und waren wieder abgereist. Nur ein paar Unverdrossene waren geblieben. Und natürlich die lokalen Medien. Die Nachricht von dem geheimnisvollen Haus mit der Puppenfamilie im Keller hatte sich zwar schon herumgesprochen und für eine gewisse Aufmerksamkeit gesorgt. Aber nicht einmal diese Nachricht konnte den Fall wirklich neu beleben. Niemand von der Presse interessierte sich im Augenblick noch dafür.

Für die Polizei sah es anders aus: Jeder Tag, der keine neuen Erkenntnisse brachte, war ein verlorener Tag. Der Polizeichef hatte seine wichtigsten Beamten in sein Büro gebeten, und da saßen sie jetzt vor den Trümmern ihrer Ermittlungen. Da hatte es auch nichts gebracht, dass die Gendarmerie Josephine Péan festgenommen hatte. Das war nicht mehr als ein Befreiungsschlag von Commandant Zerna gewesen. Jetzt hatte die Gendarmerie von Lavandou immerhin eine Verdächtige in der Untersuchungszelle, der sie Entführung in Tateinheit mit Erpressung vorwerfen konnten. Aber die Anklage stand auf wackligen Beinen. Nicht einmal Zerna ging davon aus, dass die Anklage gegen Josephine Péan

Bestand haben würde. Dazu kam noch, dass Madame Péan sich entschieden hatte, ab sofort jede Aussage zu verweigern.

»Wir sind im Augenblick noch dabei, die Hintergründe in diesem ungewöhnlichen Verhalten zu untersuchen«, versuchte Zerna vor Kommissarin Lapierre und dem Staatsanwalt die Spur künstlich aufzubauschen.

»Ungewöhnliches Verhalten«, wiederholte Lieutenant Masclau. »Wenn Sie mich fragen, Commandant ...? Ich würde sagen, die Zeugin ist total ...« Masclau machte mit der Hand eine Bewegung, als müsste er eine große Schraube in seinem Kopf festdrehen. Einige der Anwesenden lachten.

»Wo genau stehen wir denn bei den anderen Spuren?«, erkundigte sich Kommissarin Lapierre, die extra für eine Pressekonferenz gekommen war und daher wenig Interesse daran hatte, unverrichteter Dinge nach Toulon zurückzufahren.

Immerhin war wenigstens Leon im Haus von Madame Péan fündig geworden. Im Wohnzimmer und im Badezimmer konnte der Rechtsmediziner eindeutig DNA der kleinen Louisa und Fingerabdrücke ihres Bruders Lucas isolieren. So wie Leon die Spur interpretierte, hatten sich die Kinder im Wohnzimmer und auf der Toilette des verdächtigen Hauses aufgehalten.

»Und wann war das?« Kommissarin Lapierre klang skeptisch.

»Das können wir im Moment noch nicht genau sagen«, meinte Leon. »Das Beste, was wir hier liefern können, sind Schätzwerte.«

»Was erwarten Sie?« Kommissarin Lapierre sah Isabelle an. »Schließlich war Madame Péan das Kindermädchen. Wessen DNA sollten wir denn sonst da finden?«

»Es war Josephine Péan aber nicht erlaubt, mit den Kindern Ausflüge zu unternehmen, ohne dass sie das vorher mit der Mutter abgesprochen hätte«, sagte Isabelle achselzuckend. »Und die gibt an, dass die Kinder nie mit Josephine Péan in deren Haus waren. Irgendwas geht also tatsächlich nicht auf.«

In diesem Moment ging die Tür auf, und Kadir betrat das Büro.

»Jetzt nicht«, Polizeichef Zerna wedelte mit der Hand, als wollte er eine lästige Schnake verscheuchen, »wir wollten doch eine halbe Stunde nicht gestört werden.«

»Was gibt es denn jetzt so Dringendes?«, fragte Isabelle freundlich.

»Ich denke, wir haben bei der Bildauswertung der Überwachungskameras einen Treffer gelandet.«

»Geht es vielleicht etwas genauer?« Madame Lapierre klang gereizt.

»In der Nacht auf vergangenen Donnerstag, also am Morgen der Entführung gegen fünf Uhr wurde ein auffälliger Wagen an einer E-Tankstelle erkannt. Ein roter Tesla S.«

»Das bedeutet?«, fragte Simon.

»In Lavandou und Umgebung sind nur sieben dieser Fahrzeuge angemeldet.«

»Wen wundert es?«, warf Masclau ein. »So eine Kiste gibt's in der Ausstattung erst ab siebzigtausend Euro aufwärts.«

»Dann wird es ja wohl nicht so schwierig sein, herauszufinden, wer die Besitzer dieser Fahrzeuge sind«, sagte Zerna.

»Einen Besitzer kennen wir mit Sicherheit.« Kadir reichte Zerna den Computerausdruck mit der Fahrzeugliste. »Roger Marsenne.«

»Und warum zum Teufel erfahre ich das erst jetzt?« Zerna betrachtete den Ausdruck noch einmal genauer.

»Der Neue hat die Bilder im Schneideraum ausgewertet«, sagte Kadir.

»Monsieur Nicolas hat alles richtig gemacht.« Isabelle sah

Lieutenant Kadir an. »Hätte nur mal jemand in den Eingangskorb sehen müssen.«

»Dieser Polizeiaspirant Nicolas«, fragte Lapierre. »Ist der im Haus?«

»Er ist oben«, Masclau deutete zur Decke. »Im Labor.«

»Ich möchte mit ihm sprechen«, sagte Staatsanwalt Simon und stand auf.

»Warten Sie«, meinte Zerna und sah die anderen an. »Ich möchte mir die Aufnahme auch gerne ansehen.«

59. Kapitel

Das »Labor«, wie die Beamten der Gendarmerie von Le Lavandou den Raum im ersten Stock spöttisch nannten, war ein von Computern und Druckern zugestellter kleiner Raum, der eher an eine Rumpelkammer als an ein Hightechlabor erinnerte. Die Luft in dem Büro war stickig und von den elektronischen Geräten, die hier liefen, immer überhitzt.

Der Polizeichef betrachtete konzentriert den Bildschirm, der mit einem externen CD-Laufwerk verbunden war. Im Moment war nur etwas zu sehen, das wie Schneesturm aussah. Da tauchte plötzlich aus diesem weißen Rauschen, wie die Fee aus dem Nebel, eine Bildsequenz auf. Ein Auto war zu erkennen.

»Ein Tesla, keine Frage.« In Simons Stimme schwang Bewunderung mit.

Die Aufnahme war im Dämmerlicht entstanden, und die Kamera verfügte nur über eine äußerst schwache Farbwiedergabe, dennoch schimmerte das Rot durch.

»Stopp«, sagte Zerna, und Serge hielt die Bildsequenz an.

Auf dem Video war nicht viel zu erkennen. Die Kamera sollte eigentlich Kunden abschrecken, die sich, ohne zu zahlen, im Shop bedienen wollten. Benzin war kein uneingeschränkt gutes Geschäft mehr, seit immer mehr teure E-Autos kamen, um an der Tankstelle ihre Batterien aufzuladen. Das Bezahlsystem galt als einigermaßen sicher. Trotzdem gab es gerade während der Ferienzeit immer wieder Betrüger, die sich mit gestohlenen Karten die Tanks füllen ließen.

Nur darum verfügte diese Tankstelle über eine Kamera, die so angebracht war, dass sie von oben die Nummernschilder erfasste. Doch jemand hatte die Einstellung der Kamera verschoben. Mit dem Erfolg, dass zwar Autos sogar im Vorbeifahren erfasst wurden, aber auf den Aufnahmen weder das Nummernschild zu erkennen war noch, wer sich da in das Auto setzte.

»Erkennt jemand den Fahrer?« Zerna deutete auf den Wagen.

»Da kann man den linken Arm des Fahrers sehen.« Masclau kam einen Schritt näher und betrachtete den Flachbildschirm.

»Könnte genauso gut eine Frau sein«, sagte Isabelle.

»Ich denke nicht.« Serge beugte sich näher an den Bildschirm und tippte auf die schemenhafte Figur im Auto.

»Wie jetzt? Keine Frau?«, fragte Masclau.

»Helles Hemd, Ärmel aufgekrempelt ... und das da ...«, murmelte Serge und vergrößerte den Bildausschnitt.

»Was soll da sein?«, fragte Zerna.

»Gliederarmband, Metall«, sagte der junge Polizist knapp. »Ich wette, der Typ trägt 'ne Rolex.«

»Na ja, das ist aber vor allem Spekulation.« Ein wenig Bewunderung für die genaue Beobachtung des jungen Polizisten schwang in Zernas Stimme mit. Aber das hätte er niemals zugegeben.

»Der Wagen ist jedenfalls eindeutig ein Tesla«, meinte Serge mit einem Nicken in Richtung des Flachbildschirms. »Man kann sogar das Logo auf der Heckklappe erkennen, wenn man so reinzoomt.«

»Sage ich doch«, bestätigte Kadir. »Soll ich diesen Marsenne jetzt anrufen, oder was?«

Zerna zögerte einen Moment und sagte dann: »Ich unterbreche kurz die Besprechung. Auf einen Kaffee in der Kantine!«

»Danke, aber ich brauche jetzt keinen Kaffee«, widersprach Masclau irritiert.

»Ich möchte mich aber ein paar Minuten mit Capitaine Morell allein unterhalten.« Diesmal klang es wie eine dienstliche Anordnung.

»Natürlich, Patron.« Masclau hob entschuldigend die Hände. Er und die anderen verließen den Raum. Jetzt waren Zerna und seine Stellvertreterin allein. Isabelle sagte nichts und beobachtete ihren Chef.

»Monsieur Marsenne wirkt gelegentlich vielleicht etwas eigentümlich«, begann Zerna, und es klang so, als wollte er den Unternehmer in Schutz nehmen.

»Was meinen Sie mit ›eigentümlich‹?«, fragte Isabelle.

»Sie wissen, dass er schon mehrfach im Sanatorium war?«

»Nein, wusste ich nicht.« Es klang wie eine Frage. «Aber es überrascht mich nicht.«

»Ich habe noch seinen Vater gekannt. Antoine Marsenne, den Gründer von Laboratoire Marsenne.«

»Warum erzählen Sie mir das?«, fragte Isabelle.

»Der alte Marsenne hat eine Menge für die Stadt getan«, fuhr Zerna unbeirrt fort. »Ohne ihn hätte es seinerzeit weder den Tennisplatz noch die Segelschule gegeben.«

»Ein großzügiger Bürger also.« Nur leise klang der Spott aus Isabelles Worten. »Aber ich verstehe nicht, was das mit Roger Marsenne zu tun hat?«

»Er ist ein wichtiges Mitglied unserer Gemeinde.«

»Und er zahlt vermutlich immer brav seine Steuern«, sagte Isabelle.

»Ich habe ihn gestern im Lions Club getroffen.« Zerna sah Isabelle an. »Er leidet sehr unter dem Verschwinden seiner Tochter. Auch wenn er es nicht so zeigen kann.«

Natürlich musste Zerna seine Mitgliedschaft im Lions Club erwähnen. Isabelle wusste, wie viel diese gesellschaftliche Anerkennung dem Polizeichef bedeutete. Zerna kam aus bescheidenen Verhältnissen, hatte er ihr mal auf einer Weihnachtsfeier erzählt. Sein Vater hatte auf einer Werft gearbeitet und war Alkoholiker gewesen. Er war an Leberzirrhose gestorben, da war Thierry Zerna gerade einmal sechzehn Jahre alt gewesen. Zerna hatte gelernt, wie wichtig und wie mühevoll es war, anerkannt und respektiert zu werden. Und wie vergänglich diese Dinge waren. Seine Mitgliedsurkunde für den Lions Club hing gerahmt über seinem Schreibtisch. Gleich neben dem Foto, das ihn mit dem zehn Kilo schweren Gelbflossenthunfisch zeigte, den er vor ein paar Jahren beim Angelwettbewerb vor der Île de Port-Cros aus dem Meer gezogen hatte – der erste Preis.

»Ich habe den Eindruck, dass in der Familie Marsenne überhaupt niemand seine Gefühle richtig zeigen kann«, sagte Isabelle.

»Urteilen Sie nicht so streng über ihn.« Zerna sah seine Stellvertreterin an.

Isabelle kannte ihren Chef gut, und sie wusste genau, wann er etwas vor ihr verheimlichte. Er war kein guter Lügner. Nicht die schlechteste Eigenschaft.

»Sie wissen, wo Ihr Bekannter war in dieser Nacht?« Isabelle nickte in Richtung Standbild, das immer noch auf dem Bildschirm zu sehen war. »Ich meine, falls er das da tatsächlich sein sollte.«

»Er hat es schwer«, sagte Zerna. »Er ist nicht so der gesprächige Typ.«

»Er hat eine Geliebte?« Das war Isabelle so rausgerutscht.

»Das habe ich nicht gesagt«, blockte Zerna ab.

»Ich kann mit ihm reden, wenn Ihnen das lieber ist«, sagte Isabelle.

»Nein, danke. Das übernehme ich selbst«, sagte Zerna.

»Er ist ein Zeuge. Und ein Freund von Ihnen noch dazu.« Isabelle konnte nicht vermeiden, dass ihre Stimme einen vorwurfsvollen Ton annahm.

»Kein Freund, wir sind nur zufällig Mitglieder im selben Club. Aber er ist kein Verdächtiger«, sagte Zerna schnell.

»Verstehe, wir können ja schlecht gegen ihn wegen nächtlichen Fahrens mit einem teuren Auto ermitteln.«

Zerna sah seine Stellvertreterin an. Er war sich nicht sicher, ob sie gerade einen Scherz auf seine Kosten gemacht hatte.

»Sehen wir nach den anderen in der Kantine.« Isabelle stand auf. Es war immer wieder ein schönes Gefühl, die Lage zu kontrollieren, dachte sie. Ganz besonders, wenn der Gegner der eigene Chef war.

60. Kapitel

Leon war nach der Besprechung schnell aufgebrochen und zurück in das Institut für Rechtsmedizin gefahren. Er hatte keine Lust, für Zerna mal wieder die heißen Kartoffeln aus dem Feuer zu holen.

Natürlich konnte er den Polizeichef verstehen. Leon wusste, dass die Reporter seine Auftritte bei Pressekonferenzen schätzten. Und Leon wusste auch, wie man die Meute der Journalisten bei Laune hielt. Aber er war nur bereit, in die Manege zu gehen, wenn es der Sache diente. Wenn wenigstens ein kleiner Hinweis, ein Hauch von neuer Erkenntnis über einem Fall lag. Voilà, dann war Leon der Erste, der bereit war, eine noch so dünne Spur zu einer interessanten Story zu machen. Aber im Fall Marsenne hatte die Gendarmerie versagt: Es gab nichts zu vermelden, zumindest nicht bis zu diesem Vormittag. Und wenn Zerna ehrlich war, musste er selbst zugeben, dass die realitätsferne Puppenwelt von Josephine Péan vielleicht für die TV-Sender ein Knüller war, die Ermittlungen in dieser Richtung sie allerdings keinen Millimeter weiterbrachten.

Wahrscheinlich verhielt es sich tatsächlich genau so, wie es das Kindermädchen geschildert hatte: Josephine Péan war eine Frau, die den Verlust ihres einzigen Kindes nicht verschmerzen konnte und sich daher eine Fantasiewelt im Keller gebaut hatte.

Es war eine Art Theaterinszenierung. Eine Flucht aus der realen Welt – und nicht mehr.

Da gaben die Bilder der Überwachungskamera an der Tankstelle weitaus wichtigere Hinweise in dem Entführungsfall. Leon wusste nicht, warum, aber er konnte spüren, dass die Videoaufzeichnung von der Tankstelle eine relevante Spur barg. Daraus Schlüsse zu ziehen, war natürlich Sache der Gendarmerie nationale. Da musste sich der Médicin Légiste raushalten, leider.

Was hatte Zerna einmal zu ihm gesagt? Leons Zuständigkeit, was die Ermittlungen anging, endete an der Tür des Instituts für Rechtsmedizin. Um die Welt da draußen kümmerte sich ausschließlich die Polizei. Leon kannte die Regeln genau. Trotzdem war er ständig in Versuchung, eigene, unerlaubte Ermittlungswege zu beschreiten, die er mit niemandem abgesprochen hatte. Schon gar nicht mit dem Polizeichef.

»Docteur?« Die Stimme seines Assistenten riss Leon aus seinen Gedanken.

Rybaud, der mit seinen Stulpenhandschuhen aus grünem Gummi, der dunklen Jeans und dem schwarzen Leinenhemd wie der Bösewicht in einem Horrorfilm aussah, hielt Leon einen Computerausdruck hin.

»Der DNA-Abgleich mit dem Gärtner, es hat wieder nicht geklappt«, sagte Rybaud enttäuscht.

»Aber es war doch Material da?«, fragte Leon.

»Schon, aber es war viel zu wenig, und es war kontaminiert«, erwiderte Rybaud. »Ich habe es dreimal durch den Sequenzierer laufen lassen.«

»Und was ist das hier?« Leon betrachtete den Ausdruck, den Rybaud ihm gereicht hatte.

»Der Computer hat die Wahrscheinlichkeit für eine Übereinstimmung der Proben berechnet.«

»Und?«, fragte Leon.

»Die Übereinstimmung zwischen diesen Proben liegt bei weniger als achtzig Prozent.« Es fiel Rybaud sichtlich schwer, die Niederlage einzugestehen.

»Schöner Mist.« Leon zeigte auf den Ausdruck. »Damit brauchen wir beim Haftrichter gar nicht erst anzutreten.«

»Ich könnte uns eine neue Probe besorgen«, bot sich Rybaud an.

»Lassen Sie lieber mich das machen«, Leon steckte den Ausdruck zu einer Akte. »Der Mann ist ein bisschen schwierig.«

Leon war aufgestanden und hatte nach seinem Sakko gegriffen. Er freute sich darauf, dem künstlichen Licht und der summenden Klimaanlage der Institutsräume zu entkommen. Frische Luft würde ihm guttun und ihn auf neue Gedanken bringen.

»Da ist noch was, was ich nicht verstehe und worüber ich mit Ihnen reden wollte.«

»Nämlich?« Leon sah ihn an.

»Es geht um die Spuren von Erbrochenem im Auto von Madame Marsenne.«

»Was ist damit?«

»Das Erbrochene stammt von dem entführten Mädchen, so viel steht fest. Da ist die Analyse ganz eindeutig«, sagte Rybaud. »Es handelt sich um Couscous mit Gemüse.«

»Wie alt ist die Spur?«

»Maximal eine Woche, aber wahrscheinlich deutlich frischer«, antwortete Rybaud.

»Der Tag der Entführung?«, überlegte Leon und musterte seinen Assistenten.

»Couscous zum Frühstück?«, antwortete sein Assistent zweifelnd.

»Ich habe ein anderes Problem damit: Wenn sich eines der

Kinder auf der Fahrt zum Supermarkt erbrochen hätte, wäre das doch der Mutter aufgefallen.«

»Was meinen Sie?«

»Warum hat sie dann kein Wort darüber verloren, dass es einem der Kinder schlecht geworden ist?«, fragt Leon.

61. Kapitel

Isabelle hatte sich in einem der beiden Besuchersessel in Zernas Büro niedergelassen, als ein kurzes Klopfen zu hören war, auf das Zerna mit einem lauten »Bitte« reagierte.

In der Tür erschien Brigitte, die Sekretärin des Polizeichefs. »Monsieur Marsenne ist hier«, sagte sie.

Zerna stand von seinem Ledersessel auf und umrundete den schweren Eichenholzschreibtisch, als Roger Marsenne das Büro betrat. »Kommen Sie rein, Roger. Schön, dass Sie es so kurzfristig einrichten konnten.«

Zerna reichte dem Besucher die Hand, die dieser jedoch ignorierte. Stattdessen tat Roger Marsenne ein paar vorsichtige Schritte in das Büro. Er erinnerte Isabelle an ein scheues Tier, das in einen fremden Käfig geraten war. Erst in diesem Moment erkannte der Besucher Isabelle in ihrem Stuhl.

»Bonjour, Monsieur Marsenne«, sagte sie freundlich.

Marsenne schien durch die stellvertretende Polizeichefin regelrecht hindurchzusehen, als er sich an Zerna wandte.

»Ich dachte, das wäre ein Gespräch nur unter Clubfreunden«, sagte Marsenne.

»Genau das ist es ja auch«, sagte Zerna.

»Dann verstehe ich allerdings nicht, warum Sie eine weitere Person ...«

»Roger, ich bitte Sie«, versuchte es Zerna mit der Kumpelnummer. »Ihre Aussage könnte bei den Ermittlungen eine Rolle spielen. Wenn da kein zweiter Beamter anwesend war, hat Ihre Aussage keine Beweiskraft.«

»Dann müssten Sie noch einmal hierherkommen und erneut aussagen«, sagte Isabelle freundlich. »Das wollte Commandant Zerna Ihnen ersparen.«

»Das ist meine Stellvertreterin, Capitaine Morell«, fügte Zerna hinzu.

»Ich weiß«, er nickte Isabelle zu. »Wir sind uns schon begegnet.«

Für einen Moment saß Isabelle ihrem Chef und dem Besucher schweigend gegenüber.

»Wie geht es Ihrem Sohn?«, fragte Isabelle höflich.

Wieder antwortete Monsieur Marsenne nicht, sondern wandte sich seinem Bekannten aus dem Lions Club zu.

»Bin ich deswegen hier?«, fragte er. »Um mit Ihnen über meinen Sohn zu sprechen? Er ist in einem Sanatorium bei Aix-en-Provence. Die Ärzte meinten, er brauche jetzt erst mal sehr viel Ruhe.«

»Nein, Roger«, sagte Zerna, »deswegen habe ich Sie nicht hierhergebeten.« Zerna griff nach dem schmalen Aktenordner auf seinem Schreibtisch. Er zog einen Ausdruck aus den Unterlagen. Es war die Aufnahme der Überwachungskamera an der Tankstelle. Er reichte sie Monsieur Marsenne.

Der Mann betrachtete einen Moment schweigend das Foto, dann legte er es sorgfältig vor sich auf den Schreibtisch.

»Wohin waren Sie am vergangenen Donnerstag um acht Uhr achtundvierzig unterwegs?«

»Das weiß ich nun wirklich nicht mehr, vermutlich auf dem Weg zum Labor.«

»Ist das da nicht Ihr Wagen?« Zerna tippte auf die Aufnahme.

»Weiß ich nicht.« Marsenne warf einen zweiten Blick auf das Foto. »Gut möglich.«

»Sie fahren einen Tesla – so viele gibt es davon in der Gegend nicht, Monsieur Marsenne«, sagte Isabelle behutsam.

»Na gut, dann ist das eben mein Wagen.«

»Das Bild entstand morgens um vier Uhr achtundvierzig ...?« Zerna betonte die Tatsache wie eine Frage, und Isabelle beobachtete dabei den Mann, der da vor ihr saß und sichtbar nervös wurde. Monsieur Marsenne, Sohn einer wohlhabenden Unternehmerfamilie. Promovierter Biologe, Besitzer einer Villa an der Côte d'Azur, saß in einem Polizeibüro und hatte Angst. Isabelle betrachtete ihren Chef, und sie spürte, wie ihm die Situation insgeheim gefiel. Es schien ihm gutzutun, den prominenten Bekannten aus dem Lions Club in Bedrängnis zu sehen.

»Können wir es vielleicht kurz machen?« Marsenne räusperte sich und streckte den Rücken durch. »Ich habe noch eine Besprechung.«

»Fünf Uhr morgens. Um die Zeit geht schon die Sonne auf, richtig?«, sagte Isabelle, die Marsennes Terminprobleme ignorierte.

»Das kann ich Ihnen nun wirklich nicht sagen«, meinte Marsenne. »Ich kann nachts besser arbeiten, dann ist es still im Labor. Keine Ablenkung.«

»Manche Dinge können eben nicht warten«, meinte Isabelle.

Marsenne warf ihr einen undurchdringlichen Blick zu und schwieg.

»Sie haben eine Wohnung in Toulon?«

»Wohnung, na ja«, sagte Marsenne abschätzig. »Es ist nur ein Zweizimmerapartment. Ich benutze es gelegentlich, wenn es im Labor später geworden ist.«

»Letzten Donnerstag, ist es da spät geworden?«

Marsenne nahm das Foto in die Hand und betrachtete noch einmal den eingespiegelten Zeitstempel. »Vier Uhr achtundvierzig.«

»Lange gearbeitet.« Zerna klang verständnisvoll.

»Oder hatten Sie sich verfahren?«, fragte Isabelle.

»Wie kommen Sie denn darauf?«, tat Marsenne ahnungslos.

»Das Foto wurde an der Elf-Tankstelle in Lavandou aufgenommen. Von da sind es mindestens fünfundzwanzig Kilometer bis zu ihrem Apartment in Toulon.«

»Was hatten Sie zu tun in Lavandou, morgens um Viertel vor fünf?«, fragte Isabelle noch einmal, diesmal ein wenig schärfer.

»Ich wollte nachdenken.«

»Nachdenken, worüber?«, wollte Zerna wissen.

»Spielt das denn eine Rolle?«

»Nachdenken kann man bestimmt auch in Toulon?«, hakte Isabelle nach, aber Marsenne ignorierte ihre Frage.

»Ich muss jetzt los.« Marsenne sah auf die Uhr. »Sonst noch was?«

»Erzählen Sie mal: Wie machen Sie das mit dem Nachdenken?« Isabelle sah Marsenne an, der ihrem Blick auswich. »Ich meine, gibt es da ein besonderes Ritual?«

Monsieur Marsenne reagierte nicht auf Isabelles Frage, sondern sprach den Polizeichef an.

»Sie haben gesagt, das hier wäre ein rein informelles Gespräch.«

»So ist es auch gedacht«, bestätigte Zerna.

»Das heißt, ich stehe nicht unter Verdacht?«, fragte Marsenne.

»Unter was für einem Verdacht könnten Sie denn stehen?«

»Sehen Sie, genau das meine ich«, sagte Marsenne.

»Es ist nur ein Gespräch.« Isabelle saß ganz entspannt auf

ihrem Stuhl. »Wie der Commandant bereits sagte. Es sei denn, wir erfahren irgendetwas, das zum Beispiel eine Festnahme nötig machen würde.«

»Wie kommen Sie denn darauf?« Marsennes Stimme klang jetzt empört.

»Das war ja nur ein Beispiel«, ruderte Isabelle zurück.

»Aber davon sind wir weit entfernt, mein lieber Roger«, sagte der Polizeichef und lachte künstlich.

»Das heißt, ich kann gehen, wenn ich will?«, fragte Marsenne.

»Natürlich«, Zerna unterbrach sich. »Aber lassen Sie uns erst noch einmal kurz über die fragliche Nacht reden.«

Der Unternehmer antwortete nicht, sondern wischte sich die Hände an seiner Hose ab und erhob sich.

»Dann möchte ich mich jetzt verabschieden«, sagte Marsenne, und dann an Zerna gewandt: »Sie wissen ja, wo Sie mich finden.«

Marsenne nickte Isabelle knapp zu. »Capitaine, bonne journée. Au revoir, Thierry. »

Damit verschwand Roger Marsenne aus dem Büro, ohne sich noch einmal umzudrehen oder die Tür hinter sich zu schließen.

»Super«, sagte Zerna vorwurfsvoll, »das haben Sie ja toll hingekriegt.«

Isabelle achtete nicht auf ihren Chef. Etwas ging ihr durch den Kopf.

»Ich bin sicher, er verschweigt uns etwas«, murmelte sie. »Nur was?«

62. Kapitel

»... und vergib uns unsere Schuld, wie auch wir vergeben unseren Schuldigern. Und führe uns nicht in Versuchung, sondern erlöse uns von dem Bösen. Amen.«

Bei den letzten Worten waren Julie Marsenne die Tränen gekommen. Sie wischte sich mit einem Papiertaschentuch über die Augen und wusste, dass jeder in der Église Saint-Louis zu ihr herübersah. Dieses Mal waren es die Frauen des Gemeinderates gewesen, die zu einem gemeinsamen Gebet für die kleine Louisa aufgerufen hatten.

Das Interesse an dem Fall hatte nun, knapp eine Woche nach der Entführung, deutlich nachgelassen. Aber es hatte immerhin noch gereicht, alle Kirchenbänke zu füllen, und einige der Besucher mussten sogar in den Gängen stehen. Dazu waren noch ein gutes Dutzend Presseleute erschienen, die ihre Handys und Mikros auf Julie Marsenne gerichtet hatten, die wieder in der ersten Bankreihe saß. Zumindest bis die Reporter von Père Joseph in den hinteren Teil der Kirche verwiesen wurden. Schließlich war das hier ein Haus Gottes, erinnerte der Priester die Gemeinde und erntete zustimmendes Gemurmel.

Der Priester hatte nur eine kurze Andacht gehalten, die mit dem Vaterunser endete. Danach hatte Madame Marsenne zusammen mit der Reporterin des *Var-Matin* zu einer spontanen Pressekonferenz im engen Kirchhof geladen. Inzwischen waren noch weitere Reporter eingetroffen, und die Gruppe der Neugierigen reichte schnell bis hinaus auf die Rue du Port.

Obwohl Julie schon ahnte, dass die Fragen, die gestellt werden würden, für sie nur schwer zu ertragen wären, hatte sie um das Treffen gebeten. Zwei Frauen aus der Gemeinde gingen schützend vor Julie, um allzu aufdringliche Reporter auf Abstand zu halten.

Julie Marsenne gab sich tapfer. Sie hatte in den letzten Tagen gelernt, wie wichtig solche Begegnungen mit der Presse waren. Nur wenn die Journalisten mit Informationen gefüttert wurden, waren sie bereit, über die Entführung zu berichten. Solche Berichte waren nötig, damit Behörden wie die Feuerwehr oder die Polizei den Namen der entführten Kinder weiterhin ganz oben auf ihrer Agenda hatten.

Als Julie Marsenne die Steinstufen hinunter zu dem engen Platz vor der schweren Kirchentür ging, stürzten sich die Reporter wie ein Schwarm Moskitos auf sie, und die beiden Gemeindefrauen hatten keine Chance mehr, sie abzuschirmen. Auch wenn es keine Neuigkeiten bei der Fahndung gab, war doch eine Mutter, der man die Kinder geraubt hatte, immer für eine Meldung in den Nachrichten gut.

»Madame Marsenne, Madame«, rief Brigitte Dupin von Canal 6. »Was gibt es Neues von Ihrer Tochter?«

»Wir haben leider immer noch nichts gehört.« Madame Marsenne räusperte sich.

Eine der Damen griff nach dem Mikrofon, das eine Journalistin der Gruppe entgegenstreckte.

»Madame Marsenne würde gerne ein paar Worte sagen«, informierte die Frau vom Gemeinderat.

Julie nahm das Mikrofon an sich, und sofort verstummte das Gemurmel auf dem Platz.

»Ich möchte zunächst ein Dankeschön sagen, an all die vielen wunderbaren Menschen, die uns in diesen schweren Stunden geholfen haben und es immer noch tun«, sagte Madame Marsenne und fuhr fort: »Wie die meisten von Ihnen wissen, haben wir unseren tapferen Sohn Lucas wieder bei uns, aber wir vermissen noch immer seine Schwester, unsere geliebte Louisa. Ich weiß, dass unser kleines Mädchen noch immer hier in der Nähe ist. Ich kann spüren, wie sehr sie sich nach ihrer Familie sehnt. Und ich möchte ihr zurufen: Gib nicht auf, wir werden dich finden, und dann wird alles wieder gut.« An dieser Stelle brach Julies Stimme. Ein Seufzen ging durch die Menge, und vereinzelt flossen die Tränen. Taschentücher kamen zum Einsatz.

»Die Polizei hat doch schon alles abgesucht, was soll denn noch passieren?«, rief eine Frau aus der Menge. Sie war in ihren Fünfzigern, hatte eine üppige Haarverlängerung und trug allzu enge Leggings, dazu ein T-Shirt mit einem Peace-Zeichen aus glitzernden Strasssteinen. In ihren Armen hielt sie einen kleinen Hund wie ein Baby, das sie vor der Menge schützen musste.

Ein Mann in Khakihemd, Bermudashorts und Sandalen, die er mit Socken trug, meldete sich zu Wort. Er hielt ein Mikro mit einem Aufkleber in der Hand. Radio Holiday stand auf dem Sticker.

»Pascal Maraux, Radio Holiday«, stellte er sich vor. »Die Feuerwehr und die Küstenwache waren aktiv, aber gefunden haben sie nichts. Wäre es nicht möglich, dass Ihre Tochter schon weg ist? Ich meine: Irgendwo in ’ne andere Stadt oder gleich über die Grenze ins Ausland?«

»Was stimmt denn nicht mit Ihnen? Wollen Sie der Frau wehtun?«, fragte eine empörte Besucherin und schüttelte den Kopf. »Was sind Sie für ein herzloser Mensch!«

Die Frauen stützten Madame Marsenne, der man ansah, wie sie gegen ihre Gefühle ankämpfen musste.

»Sie ist hier, Louisa ist irgendwo in der Nähe – das weiß ich einfach«, wiederholte Madame Marsenne, so als müsste sie sich selbst von dem überzeugen, was sie da gerade gesagt hatte. »Ich weiß, dass die Polizei alles unternommen hat, was in einem solchen Fall üblicherweise unternommen wird«, sagte sie. »Aber das war eben nicht genug.«

»Wollen Sie damit sagen, dass die Polizei bei der Fahndung Fehler gemacht hat?«, versuchte es einer der Journalisten.

»Denken Sie daran, die Gendarmerie nationale zu verklagen?«, rief ein anderer.

»Nein, natürlich nicht«, stellte Madame Marsenne sofort richtig. »Es ist nur ...«, ihre Stimme versagte.

»Die Polizei sucht schon seit über einer Woche nach Ihrer Tochter«, hakte der Journalist nach, in der Hoffnung bei der gequälten Mutter wenigstens noch einen richtigen Gefühlsausbruch auszulösen, den er später in den 19-Uhr-Nachrichten präsentieren könnte. »Stimmt es, dass die Suche inzwischen sogar auf Norditalien und Spanien ausgedehnt wurde? Dass die Mafia eine Rolle spielen könnte?«

»Sie ist aber nicht im Ausland, sie ist hier!« Jetzt klang Madame Marsenne gequält. Die Verschlussgeräusche von Kameras waren zu hören. »Ich kann Louisa hören, wie sie nach mir ruft.«

»Wie fühlt man sich, wenn man weiß, dass das eigene Kind seit einer Woche in den Händen von Entführern ist?« Brigitte Dupin von Canal 6 war kurzfristig abgedrängt worden, hatte sich nun aber wieder zu Madame Marsenne in die erste Reihe vorgekämpft.

»Was glauben Sie denn, wie man sich fühlt?« Die Stimme der

Angesprochenen war leise. »Man fühlt sich hilflos und verzweifelt.«

»Lauter!«, rief jemand vom Ende des überfüllten Vorplatzes.

»Was sagen Sie denn dazu, dass Ihr Kindermädchen in die Entführung verwickelt sein soll?«, rief eine junge Journalistin, die ein Handy auf Julie Marsenne gerichtet hatte.

»Das ist ein ganz schlimmes Gefühl«, sagte Julie und kämpfte mit den Tränen. »Schließlich habe ich ihr vertraut. Wir alle haben ihr vertraut.«

»Verstehe ich das richtig, dass die Polizei die Frau festgenommen hat?«

»Diese Frage kann ich nicht beantworten«, sagte Madame Marsenne. »Da müssen Sie die Polizei fragen.«

»Ihre Kinder, ich meine, Ihr Sohn«, sagte die Journalistin von Canal 6. »Was sagt er denn, dass seine Nanny ihn entführt hat?«

»Das habe ich nicht gesagt«, verteidigte sich Julie Marsenne. »Wir wissen nicht, ob unser Kindermädchen mit den Entführern zusammengearbeitet hat.«

»Was hat Ihr Sohn Ihnen erzählt? Der muss sich doch erinnern, was er erlebt hat?«

»Mein Sohn hat einen schweren Schock erlitten und wird in einer Kinderklinik ärztlich betreut.« Jetzt klang die Mutter plötzlich sehr sachlich.

»Aber an irgendwas muss er sich doch erinnern.« Jetzt meldete sich wieder die Frau mit dem Hund.

»Er leidet unter einer partiellen Amnesie. Er kann sich an seine Entführung nicht erinnern.«

»Haben Sie das Gefühl, Sie hätten sich selbst mehr um Ihre Kinder kümmern müssen?«, bohrte Brigitte Dupin, die sich erneut nach vorn gedrängt hatte. Sie konnte die Angst und Unsicherheit der Mutter fühlen.

»Wie oft habe ich mich das in den letzten Tagen gefragt«, Julie Marsenne klang jetzt traurig. »Sie haben ganz recht. Ich engagiere mich bei verschiedenen Hilfsorganisationen. Das bedeutet, ständig Termine in ganz Frankreich wahrzunehmen. Da sind Sie froh, wenn Sie jemanden zu Hause haben, dem Sie Ihre Kinder anvertrauen können, bei dem die Kleinen sich wohlfühlen. Aber mir war es immer wichtig, auch etwas zurückzugeben, weil wir doch so viel Glück hatten.«

»Wohin das führt, sehen wir ja«, meldete sich wieder die Frau mit dem Hund, was ihr ein paar böse Blicke der Umstehenden einbrachte.

Auf ein Zeichen der Frauen aus der Kirchengemeinde nickte Julie Marsenne völlig entkräftet. »Ich möchte mich noch einmal bei Ihnen allen bedanken, dass Sie hierhergekommen sind«, sagte sie zum Abschluss. »Ihre Anteilnahme bedeutet mir sehr viel. Danke.«

Julie Marsenne gab das Mikro an eine der Gemeindefrauen zurück und wollte schon gehen, als der Reporter von Radio Holiday ihr etwas zurief.

»Eine Frage noch, Madame Marsenne«, tönte Pascal Maraux über die Köpfe der anderen. »Seit der Entführung ist inzwischen eine Woche vergangen. Ist es Ihnen schon einmal in den Sinn gekommen, dass Louisa nicht mehr lebt?«

Es wurde schlagartig still auf dem Platz vor der Kirche.

»Petit con!«, rief eine wütende Stimme aus der Menge. Vereinzelt wiederholte sich die Beleidigung gegen den Radio-Holiday-Journalisten.

Warum das Offenkundige aussprechen? Manche Leute hatten wirklich keinen Anstand.

Madame Marsenne zögerte einen Moment, dann drängte sie sich an den Leuten vorbei auf die Straße. Die Menschen wichen zurück. Niemand folgte der Frau, als sie durch die Rue Rabelais in Richtung des Jachthafens verschwand.

Niemand achtete auf den gut aussehenden Mann, der Julie Marsenne bei ihrem kurzen Auftritt nicht aus den Augen gelassen hatte. Jetzt folgte Arnaud Fournier der Frau zum Jachthafen.

63. Kapitel

Die Straße war schmal und kroch wie eine Schlange die Hügel des Massif des Maures hinauf. An zügiges Fahren war nicht zu denken. Doch wer wollte hier schon schnell fahren, wo hinter jeder Kurve eine neue Überraschung warten konnte? Leon hatte das Verdeck seines Peugeot aufgeklappt und genoss es, gemütlich die D 21, Route départementale, hinaufzufahren. Er sah zu Isabelle hinüber, die neben ihm saß. Sie hatte sich zurückgelehnt und hielt die Hände in den warmen Wind, und im Radio sang Georges Moustaki »Ma solitude«.

»Manchmal liebe ich meinen Job«, sagte Leon mit einem Grinsen.

»Klar, weil du dich vor der Arbeit drücken kannst, wann immer du willst«, sagte Isabelle frech.

»Ich drück mich nicht, ich verlasse mein Institut am helllichten Tag nur, um der Polizei zu helfen.«

»Lügner«, sagte Isabelle mit einem liebevollen Lächeln.

»Schuldig«, Leon hob die linke Hand wie zum Schwur. »Ich verlasse mein Büro gerne. Aber nur wenn ich auf diese Weise mit dir ein paar Stunden ergattern kann.«

Inzwischen war die Straße noch schmaler geworden, und sie erreichten nach ein paar letzten, engen Kehren den Col de Babaou. Obwohl die Anhöhe nur vierhundertfünfzig Meter über dem Meer lag, war die Aussicht atemberaubend. Im Norden konnte man die Berge der Haute Provence im fernen graublauen Licht sehen und im Süden, keine zehn Kilometer Luftlinie entfernt, das glitzernde Meer. Wie große Schiffe schwammen die Îles d'Or, die Goldenen Inseln, vor der Küste.

Leon hatte an der Aussichtsstelle gehalten, war ausgestiegen und sah über das Land. Der Mistral hatte die Luft sauber geblasen. Leon musste seine Hand vor die Augen halten, um nicht von der Sonne geblendet zu werden, die sich auf dem glänzenden Meer spiegelte.

»Man kommt sich vor wie der König der Welt«, murmelte Leon und breitete die Arme aus. Der Wind hatte die Richtung gewechselt und wehte jetzt kräftig aus Südost.

»Sagen wir mal, wie der König der Provence.« Isabelle klang liebevoll. »Los, wir müssen weiter.«

»Ach komm ... ich dachte, wir würden uns ein paar Stunden freinehmen.« Er ging zu ihr und legte seine Hand auf ihre Schulter.

»Wir müssen wirklich los.« Isabelle sah demonstrativ auf ihre Uhr. »Porez wartet schon auf uns.«

»Ja, bloß keine Gemütlichkeit aufkommen lassen«, brummte Leon. »Jetzt weiß ich wenigstens, warum du die stellvertretende Polizeichefin geworden bist. Ich wette, du bist in der ganzen Schulzeit nicht einmal zu spät gekommen.«

»Erwischt.« Sie grinste Leon an. Er wollte sie in den Arm nehmen, aber sie drehte sich von ihm weg. Ein leichter Schatten hatte sich plötzlich auf die Idylle gelegt.

»Alles klar bei dir?«, fragte Leon.

»Ja, wieso fragst du?«

»Weiß nicht, du bist so kühl. Seit ein paar Tagen schon, ehrlich gesagt«, sagte Leon.

»Zu viel Gefühl ist auch nicht gut.« Isabel klickte den Sicherheitsgurt ein.

»Findest du, dass wir eine glückliche Beziehung haben?«

»Ich glaube, es gibt Leute, die sind schlechter dran als wir.« Es klang traurig, wie Isabelle das sagte.

»Das klingt aber nicht besonders zuversichtlich.« Leon war vor dem Auto stehen geblieben.

»Tut mir leid, war nicht so gemeint«, sagte Isabelle.

»Vielleicht ist es ja wirklich an der Zeit«, sagte Leon.

»An der Zeit für was?«, fragte Isabelle irritiert.

Leon stieg ein und antwortete ihr dabei mit einem Lächeln. »An der Zeit für ein paar Tage Urlaub.«

»Ich weiß nicht, ob ich das kann«, meinte Isabelle. »Solange wir das Mädchen noch nicht gefunden haben.«

»Ich bitte dich, Isabelle, dafür bist du doch nicht allein verantwortlich.« Leon startete den Motor.

»Wenn ich mir das vorstelle: Da lässt du deine Kinder im Auto allein, nur für ein paar Minuten. Dann kommst du zurück, und sie sind verschwunden. Einfach so, spurlos. Ist das nicht entsetzlich?«

»Es gibt da etwas, das ich nicht verstehe«, sagte Leon.

»Was verstehst du nicht?«

»Wenn jemand ein Kind entführt, um Lösegeld zu erpressen, dann will er die Sache doch möglichst schnell hinter sich bringen.«

»Worauf willst du hinaus?«, fragte Isabelle.

»Kinder bedeuten für einen Entführer doch nur Stress. Die müssen sicher versteckt werden. Die weinen nach ihren Eltern. Die wollen essen und trinken. Müssen aufs Klo, brauchen einen Platz zum Schlafen.«

»Was willst du damit sagen?«

»Entführer wollen üblicherweise doch ihre Geiseln so schnell wie möglich wieder loswerden«, sagte Leon.

»Und dann genauso schnell mit dem Lösegeld verschwinden«, ergänzte Isabelle.

»Warum melden sie sich dann nicht mehr? Was ist da los?«

»Weil sie sich neu sortieren müssen? Ich habe Madame Marsenne von Anfang an geraten, dass sie die Verhandlungen und die Geldübergabe uns überlassen sollte. Alleingänge bringen da gar nichts. Da sind ziemlich üble Typen an der Côte d'Azur unterwegs. Die sind hart drauf.«

»Also, die erste Geldübergabe hat nicht geklappt«, sagte Leon. »Aber inzwischen sind Tage vergangen. Warum gibt es keine neuen Forderungen?«

»Sie wollen die Eltern quälen«, sagte Isabelle. »Oder ...« Sie unterbrach sich.

»Oder ...«, Leon sah sie an. »Oder das Mädchen ist längst tot. Ist es das, was du meinst? Und sie suchen nach Alternativen, wie sie an das Geld kommen und das Mädchen loswerden?«

»Das darfst du nicht sagen. Ist ganz schlecht fürs Karma«, meinte Isabelle.

Bevor Leon etwas erwidern konnte, deutete Isabelle nach vorne, wo zwei gewaltige Kastanienbäume wie ein großes grünes Tor die Abzweigung zu einem Bauernhof markierten.

Am Straßenrand stand ein handgemaltes Schild: *Crème de Marrons et Legumes.*

»Ich liebe Maronencreme«, sagte Leon. »Die hat es immer bei meiner Tante in Nizza gegeben.« Ohne zu zögern, bog er auf den staubigen Feldweg ein, der wie ein Tunnel mitten hinein in die dichte Vegetation aus Ginster und Rosmarin führte.

64. Kapitel

Der Peugeot zog eine Staubfahne hinter sich her, als er über den Feldweg durch die dichte Macchia rumpelte. Sonne, Wind und Regen hatten große Schlaglöcher in die Fahrbahn gegraben, die jetzt, in der sommerlichen Trockenheit, mit puderfeinem Staub gefüllt waren. Nach etwa einem halben Kilometer durch die dichte immergrüne Vegetation erreichten Isabelle und Leon eine Senke, in der der Bauernhof von Pepin Porez lag.

Es war ein Bau aus dem vorletzten Jahrhundert, errichtet aus dem ockerfarbenen Stein, der dieser Gegend seine typische Farbe verlieh. Ein eigentümlicher Bau, der in den vergangenen Jahrzehnten immer wieder erweitert und verändert worden war, sodass an den Übergängen Erker, Treppen und Türmchen entstanden waren. Das Gelände rundherum war terrassenförmig angelegt. Auf einigen der Geländestufen befanden sich Treibhäuser, deren Fenster allerdings so verdreckt waren, dass Leon sich fragte, wie überhaupt noch ein Sonnenstrahl ins Innere dringen konnte.

Leon hatte unter einer Gruppe von vier Platanen geparkt, die eine Art natürlichen Carport bildeten. Die ganze Anlage erinnerte weniger an ein Bauernhaus als an ein kleines Bergdorf, das man in der Provence ›Hameau‹ nannte.

Kaum waren Leon und Isabelle ausgestiegen, setzte das Zirpen der Grillen wieder ein. Obwohl Leon jetzt schon fast neun Jahre in Lavandou lebte, löste der Gesang der Zikaden bei ihm jedes Mal aufs Neue regelrechte Glücksgefühle aus.

»Monsieur Porez«, rief Isabelle laut, aber nichts regte sich. Sogar die Gebäude schienen in der heißen Sonne Siesta zu halten. Neben dem Eingang stand ein grober Holztisch, auf dem Leon geflochtene Tabletts voller Einmachgläser erkannte. Leon nahm eines der Gläser in die Hand und betrachtete den Aufkleber, der aussah, als hätte ihn ein Kind gezeichnet.

»Crème de Marrons«, las Leon vor. »Domaine le Refuge, Collobrières«, er schnüffelte an dem Glas. »Riecht jedenfalls köstlich.«

In diesem Moment erschien Pepin Porez in der Haustür. Leon schätzte das Alter des Mannes auf Mitte fünfzig. Ihm fiel sofort auf, dass der Maronenbauer leicht hinkte. Offensichtlich waren seine Beine unterschiedlich lang. Wahrscheinlich eine Hüftdysplasie aus Kinderzeiten. Leon sah, dass Porez versuchte, das Hinken zu verbergen, was es umso auffälliger machte. Porez trug eine blaue Latzhose und ein ausgewaschenes, ehemals grünes T-Shirt. Auf dem Kopf hatte er einen zerbeulten Strohhut. Er hielt ein kurzes gebogenes Messer in der Hand, mit dem er eine dampfende Esskastanie aufschnitt.

»Monsieur Porez?«, fragte Leon höflich.

»Was wollen Sie von mir?« Der große, schmale Mann nahm Leon das Glas mit der Maronencreme aus der Hand.

»Ich verkaufe keine einzelnen Gläser. Wenn Sie was mitnehmen wollen, müssen Sie schon ein Dutzend kaufen. Donnerstags in Lavandou auf den Wochenmarkt, da können Sie die Gläser auch einzeln kaufen.«

Monsieur Porez stellte das Glas ordentlich auf das Tablett zurück. Dann roch er an der Esskastanie, die er gerade aufgeschnitten hatte, und drückte sie mit Daumen und Zeigefinger zusammen.

»Die braucht noch eine oder zwei Wochen«, sagte Porez und warf die Marone ins Gras.

»Wir kennen uns ja schon«, Isabelle deutete kurz auf Leon. »Und das ist Docteur Ritter.«

»Bonjour, Monsieur«, Leon sah sich um. »Wunderschön haben Sie es hier.«

»Was wollen Sie von mir?«, grummelte der Maronenbauer erneut.

»Der Docteur ist unser Médecin Légiste«, klärte ihn Isabelle auf. »Ich habe Ihnen doch schon am Telefon gesagt, dass wir eine neue Probe brauchen.«

»Ich hab Ihnen schon mal so eine verdammte Probe gegeben. Das war's!«

Es war Zernas Idee gewesen, Leon mit Isabelle zu Porez zu schicken. Die Gendarmerie brauchte dringend eine neue DNA-Probe, wenn sie den Zeugen als Verdächtigen auch nur in Erwägung ziehen wollten.

»Keine Sorge, tut auch nicht weh«, versuchte Leon die Atmosphäre aufzulockern.

»Mein Anwalt hat gesagt, ich könnte das auch verweigern.«

Leon ignorierte den Mann und zog eine Phiole mit Wattestäbchen und einem Gummistöpsel aus seiner Jackentasche. »Tut mir leid, aber beim letzten Test ist mit den Proben etwas schiefgegangen«, erläuterte er.

»Ist nicht mein Problem«, sagte Porez trotzig.

»Sie würden uns wirklich sehr helfen«, sagte Leon gutmütig.

»Mein Anwalt hat gemeint-«, setzte der Gärtner an, doch er wurde von Isabelle unterbrochen.

»Ich weiß«, sagte Isabelle, »Sie müssen das nicht machen.«

Porez nahm stumm das Tablett mit den Gläsern, als wollte er sie ins Haus schaffen.

»Die Polizei kann in einem solchen Fall auch eine richterliche Anordnung erwirken, Monsieur Porez«, sagte Leon, und Porez zögerte.

»Wollen Sie wirklich, dass wir Sie auf die Wache bringen?«, fragte Isabelle. »Damit die DNA-Probe unter Zwang genommen werden kann? Obwohl Sie uns schon einmal freiwillig eine gegeben haben?« Isabelle stellte sich Porez in den Weg und fixierte ihn.

Der Gärtner knallte das Tablett mit den Einmachgläsern so fest auf den Tisch, dass sie klirrten. »Denken Sie wirklich, ich hätte das getan?« Porez klang gekränkt, als er Leon ansah. »Glauben Sie wirklich, ich hätte Lucas und Louisa entführt?«

»Dafür bin ich nicht zuständig. Da müssen Sie die Polizei fragen«, sagte Leon geduldig. »Alles, was ich von Ihnen brauche, ist eine vollständige DNA-Probe, damit wir Sie aus dem Kreis der Verdächtigen ausschließen können.«

Porez zögerte. Leon wusste, dass das, was er sagte, nicht ganz der Wahrheit entsprach. Natürlich könnte man mit einer DNA-Probe unter Umständen einen Verdächtigen ausschließen. Aber man konnte mithilfe einer solchen Probe genauso gut einen Verdacht erhärten.

»Sagen Sie mal ›Ah‹!« Leon hielt bereits das Wattestäbchen in der Hand und steckte es dem Bauern sofort in den Rachen, als dieser brav seinen Mund öffnete. Der Mann hustete. »Ist schon vorbei, keine Sorge.«

Pepin Porez war von Leons Aktion so überrascht worden, dass er tatsächlich den Mund geöffnet und die Prozedur über sich hatte ergehen lassen.

»Das war's wirklich schon«, sagte Leon. «Danke.«

»Ich habe doch noch gar nicht zugestimmt«, protestierte Pepin Porez.

»Zu spät«, Leon verschloss die Phiole mit dem Gummistopfen und steckte die Probe ein. »Aber war nicht schlimm, oder?«

»Ich werde mich beschweren«, antwortete Porez trotzig.

»Haben Sie denn einen Grund, die neue Probe zu verweigern?«, fragte Leon interessiert.

»Sehen Sie, jetzt fangen Sie auch schon an. Ist ganz egal, was ich mache, ich bin sofort verdächtig.«

»Warum glauben Sie das?«, fragte Isabelle.

»Vorher hat sich doch keiner für die Kinder interessiert. Aber jetzt, auf einmal ...«

»Wollen Sie damit sagen, dass die Kinder vernachlässigt wurden?«, wollte Leon wissen.

»Habe ich nicht gesagt. Ich bin nur der Gärtner bei den Marsennes.«

»Für die Kinder gab es ja ein extra Kindermädchen. Das muss sich doch gekümmert haben.«

»Josephine ...?« Porez schnaubte verächtlich. Er tippte sich mit dem Zeigefinger an die Stirn. »Die hat die Kinder angefasst, als wären sie Porzellanpüppchen. Wer weiß, vielleicht sind sie das ja auch.«

»Sie halten nicht viel von den Marsennes?«, fragte Isabelle.

»Manchmal haben mir die Kinder leidgetan, das hab ich Ihnen doch schon gesagt«, murmelte der Gärtner.

»Wieso?«, fragte Isabelle

»Waren oft so allein im Garten, mit ihren ganzen Spielsachen.«

»Hat sich die Mutter nicht gekümmert?«

»Na ja«, Porez winkte ab. »Wenn sie überhaupt mal da war. Immer unterwegs, die Madame.«

»Und Sie? Haben Sie mal was mit den Kindern unternommen?«, fragte Isabelle.

»Einmal ... da bin ich mit Lucas und Louisa zum Angeln. Wir sind raus Richtung Brégançon. Ich wollte den beiden zeigen, wo unser Präsident Ferien macht.«

»Das war eine gute Idee«, sagte Leon.

»Das hat der Vater aber ganz anders gesehen. Als er erfahren hat, dass wir mit einem Boot unterwegs gewesen waren, hat er sich aufgeführt, als wäre ich mit den Kindern heimlich in die Karibik gesegelt.«

»Aber den Kindern hat es gefallen?«, fragte Leon.

»Wir haben drei Doraden rausgezogen. Die Kinder hatten einen Riesenspaß, so viel ist sicher. Aber die Eltern ... Von da an hieß es für mich, dass ich das Haus nicht mehr betreten durfte. Und mit den Kindern sollte ich möglichst noch nicht einmal reden. Aber was interessiert Sie das eigentlich?«

»Na ja ... ich hab alles, was ich brauche«, sagte Leon und sah Isabelle an.

»Das heißt, das war's jetzt endlich?«

Isabelle hielt seinem Blick stand. »Ich würde mich gerne kurz bei Ihnen umsehen.«

»Haben Sie einen Durchsuchungsbeschluss?«

»Ich würde mich nur gerne einmal umsehen«, bemühte sich Isabelle.

»Ohne einen Beschluss dürfen Sie mein Haus nicht betreten.«

»Wenn wir so nett gebeten werden«, sagte Isabelle zynisch, und sah Leon an, »werden wir uns mit Vergnügen eine richterliche Anordnung besorgen.«

»Ist mir scheißegal. Ich bin die nächste Zeit sowieso nicht hier.«

»Da muss ich Sie enttäuschen, Monsieur Porez«, sagte Isabelle. »Ich fordere Sie hiermit auf, sich für eine Befragung zur Verfügung zu halten. Sagen wir, für eine Woche. Sie dürfen in dieser Zeit Lavandou nur nach Rücksprache mit uns verlassen.«

»Das können Sie nicht machen, das ist doch Wahnsinn«, widersprach Porez zornig.

»Sie haben keine Ahnung, was wir alles können.«

65. Kapitel

Es war Nachmittag, als Leon in das Rechtsmedizinische Institut zurückkehrte. Rybaud erwartete ihn bereits. Leon legte die Phiole vor sich auf den Tisch. Er arbeitete jetzt schon mehr als fünf Jahre mit Rybaud zusammen und spürte sofort, wenn seinen Assistenten etwas beschäftigte. Und heute war einer dieser Tage.

»Der Abstrich von Pepin Porez. Davon brauchen wir so schnell es geht eine Analyse.«

»Die Sequenzierer sind alle besetzt«, sagte Rybaud.

»Dann müssen wir eben eine der Untersuchungen abbrechen und das hier vorziehen – es wäre doch lächerlich, wenn aufgrund technischer Probleme die Auflösung des Falles aufgehalten würde.« Leon deutete auf die Phiole, die auf seinem Schreibtisch lag.

»Ich weiß nicht …« Rybaud nahm die Probe mit spitzen Fingern auf und drehte sie im künstlichen Licht.

»Was ist los?«, fragte Leon, doch Rybaud antwortete nicht. »Irgendetwas beschäftigt Sie doch. Raus mit der Sprache!«

»Ich habe …«, Rybaud räusperte sich. »Ich habe etwas übersehen.«

»Bitte, Rybaud, reden Sie schon. Was gibt es?«

»Es ist wegen der Plane.«

Leon sah Rybaud fragend an.

»Die Plane, in der der Junge eingewickelt war, als er am Karussell gefunden wurde.«

»Was war mit der Plane?«, drängte Leon.

»Mir war nicht klar, dass sie vom Tatort stammte. Ich dachte, die wäre vom Krankenwagen und unbenutzt. Da habe ich sie in den Müll geworfen.«

Wie vom Donner gerührt starrte Leon ihn an. Es gibt in der Rechtsmedizin Fehler, die dürfen einfach nicht passieren, dachte Leon. Das Verwechseln von Opfern gehörte zu solchen unverzeihlichen Irrtümern, oder das Vertauschen von Gewebeproben, das Kontaminieren von Spuren. Aber der schlimmste aller Irrtümer, etwas, das im Labor auf gar keinen Fall geschehen durfte, war das Vernichten von Beweismaterial.

»In den ... Müll?«, fragte Leon ungläubig.

»Ich habe sie wiedergefunden. An dem Tag herrschte ein ziemliches Durcheinander«, sagte Rybaud kleinlaut. »Erst wurde uns ein totes Kind angekündigt, und ich hab sofort den Bestatter informiert. Dann wurde das Opfer plötzlich in die Notaufnahme eingeliefert. Da werfen die Flics leicht mal was weg. Es ging an dem Tag hoch her.«

»Der Müll wurde noch nicht abgeholt?«, fragte Leon, und Rybaud nickte. »Glück gehabt.«

»Ich konnte alles sicherstellen«, sagte Rybaud unsicher.

»Wir müssen davon ausgehen, dass sich an der Plane DNA des Entführers befindet.«

»Ich weiß, darum habe ich zurzeit vier Tests laufen.«

Rybauds Blick hatte etwas Flehentliches. Nichts war peinlicher, als bei Untersuchungen grobe Fehler zu begehen. Ganz besonders bei einem Fall, der so genau von der Öffentlichkeit beobachtete wurde wie dieser.

»Na gut. Wir lassen die Sequenzierer weiterlaufen, bis die

Tests durch sind. Solange geben wir keine Details der Untersuchung nach außen und verschanzen uns hier.«

66. Kapitel

Es war windig, und das Meer war kühler geworden. Der Strand war nur mäßig besucht. Die Sonne schwebte hinter einem Schleier aus feinem Dunst. Leon konnte regelrecht spüren, dass die UV-Strahlung trotzdem hoch war. Er betrachtete all die Unbelehrbaren, die trotz aller Warnungen in der prallen Sonne lagen.

»Die werden heute Nacht schlecht schlafen«, sagte Leon.

»Selbst schuld«, meinte Isabelle mitleidslos.

Leon und Isabelle saßen nebeneinander auf einem Stapel alter Liegestuhlmatratzen und beobachteten das Treiben am Strand.

»Weißt du, wie lange wir das nicht mehr gemacht haben?«

»Was meinst du?«, sagte Isabelle.

»Das hier«, sagte Leon. »Einfach am Strand sitzen und Touristen beobachten.«

»Jetzt sind wir ja hier«, erwiderte Isabelle und legte ihre Hand auf seinen Arm.

»Also, worum geht's?«, fragte Leon. »Ich hatte das Gefühl, du wolltest etwas mit mir besprechen.«

»Nein, wollte ich nicht.« Isabelle schüttelte den Kopf.

»Da ist die Falte«, Leon tippte Isabelle sanft auf die Stirn. »Die taucht nur auf, wenn du etwas auf der Seele hast.«

»Stimmt doch gar nicht«, sagte sie wie ein Mädchen, das beim

Schummeln ertappt worden war, und tastete sich über die Stirn. Leon grinste breit.

In diesem Moment meldete sich Isabelles Handy. Sie warf einen Blick auf das Display.

»Das Präsidium, da muss ich ran.« Isabelle nahm ab. »Morell hier, was gibt's? ... Seid ihr sicher? Natürlich, wir müssen uns treffen, sofort. Natürlich bei den Marsennes.« Isabelle steckte das Handy wieder ein und suchte Leons Blick.

»Wichtig?«, fragte Leon.

»Die Entführer haben sich gemeldet«, antwortete Isabelle.

• • •

Eine Viertelstunde später standen Isabelle und Lieutenant Kadir im Wohnzimmer der Marsennes.

»Verstehe ich das richtig, die Gendarmerie hört uns ab?«, fragte Madame Marsenne mit Empörung in der Stimme.

»Nein«, korrigierte Isabelle. »Das dürfen wir gar nicht. Aber wir können das Handy eines unbekannten Anrufers über das Netz verfolgen, solange er telefoniert oder eine SMS schickt.«

»Sie haben am Telefon gesagt, Sie hätten eine Spur des Anrufers?«, fragte Roger Marsenne Isabelle.

»Alles, was wir wissen, ist, dass Ihre Frau um siebzehn Uhr fünfundzwanzig eine SMS empfangen hat«, erklärte Isabelle. »Und dass der Absender zu diesem Zeitpunkt über einen Funkmast in Lavandou eingeloggt war.«

»Sie meinen, die Kidnapper sind hier in Lavandou?« Monsieur Marsenne klang beunruhigt.

»So sieht es aus«, sagte Kadir.

»Sie hören mich also doch ab«, meinte Julie kühl.

»Nein, das tun wir nicht«, wiederholte Lieutenant Kadir. »Wir verfolgen nur die Spur, die der Entführer im Handynetz hinterlässt.«

»Na und?« Roger wandte sich an seine Frau. »Sei doch froh, wenn die Polizei an dem Kerl dran ist.«

»Wir würden gerne die SMS sehen, die der Täter ihnen geschickt hat.«

»Ich weiß nicht, ich ... «, sagte Madame Marsenne zögernd.

»Jetzt zeig ihnen schon die verdammte SMS«, fuhr ihr Mann sie an.

Julie schaltete ihr Handy ein und hielt es Isabelle so hin, dass sie das Display sehen konnte. Die Nachricht bestand nur aus sechzehn Wörtern.

»Übergabe, letzte Chance, warten Sie auf unsere Anweisungen. Halten Sie sich die nächsten 24 Stunden bereit.«

Isabelle runzelte die Stirn.

»Ich wünsche nicht, dass Sie bei der Lösegeldzahlung dabei sind.« Madame Marsenne sah Isabelle an.

»Die Geldübergabe kann aber sehr gefährlich werden«, sagte Isabelle. »Sie haben es doch selbst miterlebt.«

»Was ich gesehen habe, ist, was passiert, wenn sich die Polizei einmischt.«

»Was wollen Sie damit sagen?« Kadir konnte sofort jede Freundlichkeit verlieren, wenn jemand etwas gegen seine Chefin sagte. »Wer weiß, was passiert wäre, wenn Sie allein zu der Übergabe erschienen wären.«

»Dann hätte ich wahrscheinlich schon längst meine Tochter zurück.« Madame Marsenne sah Isabelle trotzig an.

»Schon gut«, versuchte Isabelle die Wogen zu glätten. »Wir würden diesmal versuchen, einen Übergabeort zu bestimmen, den wir zuvor präpariert haben.«

»Nein«, sagte Julie trotzig.

»Ich würde ein mobiles Einsatzkommando *stand-by* haben.« Isabelle konnte spüren, wie Julie Marsenne unter der Vorstellung einer solchen Lösegeldübergabe litt.

»In der SMS stand ›Keine Polizei‹«, sagte Julie.

»Wir hätten erfahrene Spezialisten bei der Übergabe dabei. Die sichern das Gelände, die haben Nachtsichtgeräte, wir können rechtzeitig Straßen sperren …«, versuchte es Isabelle erneut bei Madame Marsenne.

»Ich denke auch, dass wir mit der Polizei zusammenarbeiten sollten«, mischte sich Roger ein, aber seine Frau ließ ihn gar nicht zu Wort kommen.

»Wir? Wir machen gar nichts. Die nächste Übergabe werde ich ganz allein machen. Genauso wie diese Leute es verlangen!« Julie schien gar nicht mehr auf das zu achten, was Isabelle ihr zu erklären versuchte.

»Madame, bitte …«, versuchte Isabelle erneut, die Mutter zu unterbrechen.

»Ich habe Ihnen lediglich zugesagt, dass ich Sie informiere, wenn diese Leute sich erneut melden. Und das habe ich gerade getan.« Julie Marsenne war plötzlich wieder ganz ruhig. »Ich habe allerdings nie gesagt, dass auch die Polizei an dieser Aktion teilnehmen darf.«

»Ist Ihnen denn noch immer nicht klar, in was für einer Lage wir sind, Madame Marsenne?«, mischte sich Kadir erneut ein. »So etwas tun Leute, denen alles egal ist. Die kennen kein Mitleid. Das sind Profis.«

»Eines ist doch mal sicher«, sagte Roger Marsenne zu Isabelle. »Wenn Sie sich nicht eingemischt hätten, müssten wir jetzt nicht hier sitzen. Da wäre Louisa schon längst zu Hause.«

Isabelle sah zu Roger Marsenne hinüber. Er hatte vor sich auf dem Tisch ein Sudokuheft liegen, in das er ab und zu Zahlen kritzelte. Anschließend legte er es wieder auf Kante mit der schwarzen Tischplatte.

Isabelle wurde aus diesem Mann nicht schlau. War er wirklich so desinteressiert an der Rettung seiner kleinen Tochter oder verbarg er hinter dieser kühlen, herzlosen Art nur seinen Kummer?

»Wie wäre es, wenn Sie und Ihre Frau dieses Mal mit der Polizei zusammenarbeiten würden?«, schlug Isabelle vor. »Und wir sorgen dafür, dass Ihre Tochter heil nach Hause kommt.«

»Können Sie uns das garantieren?«, fragte Roger Marsenne.

»Wir würden alle Einheiten in Bewegung setzen, über die wir verfügen. Wir könnten den Übergabeort so dicht machen, dass da keine Maus mehr entkommen kann.«

»Das ist leicht gesagt.«

»Und ganz nebenbei könnten wir dafür sorgen, dass Ihr Geld bei Ihnen bleibt«, sagte Kadir.

Für einen Moment schwieg die Gruppe, und Isabelle und Kadir wechselten einen schnellen Blick.

»Das ist mir egal«, sagte Julie schnell.

»Sie wollen Ihr Geld nicht behalten?«, fragte Isabelle erstaunt.

»Ich will nicht das Geld, ich will meine Tochter zurück«, sagte Julie Marsenne entschieden.

»Dann arbeiten Sie endlich mit uns zusammen, verdammt noch mal!« Kadir war sauer.

»Lieutenant!«, unterbrach Isabelle scharf ihren Mitarbeiter.

»Solche Sprüche müssen wir uns von Ihnen nicht bieten lassen.« Roger Marsenne stand auf.

»Tut mir leid, wir sind alle etwas angespannt«, entschuldigte sich Isabelle.

»Wenn ich Sie richtig verstehe, können Sie den Täter jederzeit verfolgen, richtig?«, erkundigte sich Roger Marsenne bei dem Lieutenant.

»Nicht jederzeit«, sagte Kadir. »Aber jedes Mal, wenn sich das gesuchte Handy neu einloggt.«

»Dann haben Sie ihn doch schon fast«, sagte Monsieur Marsenne, und seine Frau sah ihn erschrocken an. »Ich bin wirklich dafür, dass wir diesmal die Polizei einschalten.«

»Gute Entscheidung«, sagte Kadir.

»Entschuldigen Sie uns bitte für einen Moment.« Julie dirigierte ihren Mann dezent, aber entschlossen in Richtung Terrasse. »Wir müssen nur kurz etwas besprechen.«

»Muss das jetzt sein?«, fragte ihr Mann.

»Ja, das muss jetzt sein.« Julie war zur großen Glastür gegangen. Roger folgte ihr widerwillig.

Isabelle und Kadir wechselten einen schnellen Blick. Isabelle stand auf und ging zu den Bildern, die neben dem Kamin hingen.

»Ich weiß doch, wo du hinwillst«, Julie versuchte zu flüstern, aber sie redete dabei so laut, dass Isabelle im Wohnzimmer es hören konnte. »Wir hatten etwas ausgemacht. Schon vergessen?«

»Lass mich in Ruhe«, Roger klang nur noch genervt. »Vielleicht ist alles längst vorbei ... Wir müssen auch einsehen, wenn wir verloren haben«, sagte er.

»Ist das dein Ernst?«, fragte Julie erschrocken.

»Wenn es nach mir gehen würde, wäre das Geld schon längst wieder auf der Bank, aber du ...«, er ließ den Gedanken in der Luft hängen.

»Du bist von einer solchen Kälte«, sagte sie verachtend.

»Das sagst ausgerechnet du.«

»Bei dir könnte man denken ... dir wäre ganz recht, wenn Louisa nicht gefunden würde.«

»Das sagst du, ausgerechnet du?« Roger war plötzlich laut geworden.

Isabelle und Kadir sahen irritiert zu dem Ehepaar.

Julie ging einen Schritt näher zu ihrem Mann und sprach jetzt leise. »Was bist du nur für ein Monster? Ich frage mich, warum ich dich überhaupt geheiratet habe.«

»Dabei bist du diejenige, die kein Herz hat«, sagte er zu seiner Frau.

Isabelle sah, wie Julie sich von ihrem Mann abwandte, während ihr die Tränen die Wangen hinunterliefen.

67. Kapitel

Alles, was Isabelle gegen Roger Marsenne hatte, war ihr Bauchgefühl. Irgendetwas stimmte hier nicht. Weil ihr Instinkt ihr häufig genug schon gute Dienste erwiesen hatte, war sie, nachdem sie sich von den Marsennes verabschiedet hatte, in ihren Wagen gestiegen und hatte ihn keine hundert Meter weiter am Straßenrand geparkt und gewartet. Und tatsächlich: Sie hatte noch keine Viertelstunde vor der Villa gewartet, als der rote Tesla von Monsieur Marsenne die Straße heraufkam und beinahe geräuschlos an ihr vorübersummte. Isabelle startete ihren Peugeot, ein dunkelblaues Zivilfahrzeug aus dem Fuhrpark der Gendarmerie, und folgte Marsenne. Die Fahrt bis an den Stadtrand von Toulon hatte zu dieser nächtlichen Stunde keine vierzig Minuten gedauert. Isabelle fiel es leicht, dem auffälligen Wagen in sicherem Abstand zu folgen. Nur einmal hätte sie ihn fast verloren. Kurz entschlossen hatte Isabelle Gas gegeben und war über eine Kreuzung geschossen, wobei sie die Blitzanlage ausgelöst hatte. Sollten sich doch die Erbsenzähler von der Verwaltung damit auseinandersetzen.

Wenige Minuten später war Marsenne von der Schnellstraße abgebogen, und die beiden Fahrzeuge erreichten das Geschäft am Rande des Industriegeländes. Isabelle parkte in sicherem Abstand hinter dem roten Tesla und schaltete die Lichter aus.

Sie sah, wie Marsenne aus seinem Wagen stieg, zum Eingang

eines Ladens ging und gegen die Scheibe klopfte. Die Tür wurde geöffnet. Eine knappe Begrüßung, und die Tür schloss sich wieder hinter dem nächtlichen Besucher.

Roger Marsenne schien mehr über das Verschwinden der Kinder zu wissen, als er zugab, oder zumindest andere Motive zu haben als seine Frau. Was hatte Bertrand ihr vor drei Tagen erzählt? Roger Marsenne hätte finanzielle Probleme, große Probleme. Das Vermögen der Firma steckte in einem Treuhandfonds, über den nur die beiden Kinder verfügen konnten. Die Frage war doch: Wer würde von dem Treuhandfonds profitieren, wenn den Kindern irgendetwas passierte?

Der merkwürdige Biologe war ein begnadeter Zahlenmensch und Wissenschaftler. Aber er galt auch als Sonderling. Roger Marsenne hatte kein wasserdichtes Alibi für den Zeitpunkt der Entführung. Bei ihrem Gespräch in Zernas Büro hatte der Biologe sich nur äußerst vage über den fraglichen Morgen geäußert. Und er hatte auch keine Erklärung liefern können, warum er nach Mitternacht mit dem Auto in Hyères herumgefahren war.

Aber brauchte dieser Mann überhaupt ein Alibi? Das fragte sich Isabelle schon den ganzen Abend. Warum? Er war schließlich der Vater der verschwundenen Kinder. Es gab keinen Grund, nach Indizien zu suchen, die ihn belasten könnten. Roger Marsenne galt bei seinen Mitarbeitern als besessenes Arbeitstier. In seinem Labor wusste jeder, dass der Chef sich gelegentlich in sein Büro zurückzog und für Stunden nicht mehr zu erreichen war. Ein hart arbeitender, etwas eigenwilliger Familienvater. Vielleicht war er genau das? Aber es war auch bekannt, dass die Geschäfte von Laboratoire Marsenne nur mäßig liefen, obwohl Roger Marsenne einige wirklich kluge Köpfe engagiert hatte.

Seine Frau hätte es sicher vorgezogen, wenn ihr Mann sich weniger um sein Büro und mehr um seine Familie gekümmert hätte, dachte Isabelle. Das betraf insbesondere die Kinder, die Roger immer auf Abstand hielt, wie Julie Marsenne Isabelle anvertraut hatte. Als ob es sich nicht um kleine Kinder, sondern um gefährliche Viren aus seinem Labor handeln würde. Gleichzeitig hatte sie auch über Julie Marsenne selbst nicht nur Schmeichelhaftes gehört: ständig abwesend, flatterhaft, mehr auf den Schein bedacht als auf das Kindeswohl. Es war vertrackt.

Das Geräusch einer schlagenden Autotür ließ Isabelle aufschrecken. Sie war tatsächlich für einen Moment eingenickt. Jetzt sah sie, wie ein großer BMW-SUV auf der anderen Straßenseite gestartet wurde. Der schwere Wagen schaltete die Scheinwerfer ein und rollte fast lautlos davon. Der Fahrer war ganz offensichtlich aus dem Geschäft mit den beiden Palmen am Eingang gekommen. »Magasin Voile« prangte auf der Schaufensterscheibe. Ein Geschäft für Segelbedarf. Im Inneren des Ladens war es dunkel. Aber Isabelles Augen gewöhnten sich in der schlecht beleuchteten Straße schnell an die Lichtverhältnisse. Nach ein paar Sekunden erkannte sie einen Lichtschimmer, der irgendwo aus dem Inneren des Geschäfts kommen musste, und als Isabelle ihr Seitenfenster ein Stück herabließ, konnte sie gedämpftes Gelächter hören, das ebenfalls von der gegenüberliegenden Straßenseite zu ihr drang.

Es gab hier am Rande von Toulon viele Läden, die mit Zubehör für Motor- und Segelboote handelten. Das Meer und der Jachthafen lagen nur einen knappen Kilometer entfernt. Der ideale Platz, wenn man exklusiven Wassersportarten nachging. Aber es gab auch ein paar schummrige Ecken in dieser glitzernden Welt wohlhabender Freizeitkapitäne. Eine solche Ecke war das Magasin Voile.

Der Besitzer des Ladens, Christophe, hatte außerhalb der Öffnungszeiten einmal in der Woche ein Herz für ganz besondere Kunden. Dann traf man sich zu einer verschwiegenen exklusiven Runde Poker im Hinterzimmer des Geschäfts. Die Gendarmerie hatte längst von dieser Unregelmäßigkeit des Geschäfts gehört. Aber solange sich niemand beschwerte – und Nachbarn gab es in diesem Industriegebiet nicht –, ließ man den Dingen ihren Lauf.

Isabelle hatte einen jungen Lieutenant zu den Marsennes abkommandiert, der ab sechs Uhr in der Frühe die Villa beobachtete. Nur für den Fall, dass sich die Entführer wieder melden sollten. Wobei ihr Instinkt ihr sagte, dass das nicht geschehen würde.

Isabelle, deren Nacken in ihrem Observierungsfahrzeug langsam steif wurde, beschloss, auf Verstärkung zu warten. Die Jachtbesitzer von Toulon waren zwar nicht gerade für ihre Aggressivität bekannt, aber wer weiß? Eine Polizistin allein gegen eine Männerrunde, die beim Poker gestört wurde, könnte trotzdem Probleme bekommen.

Isabelle hatte gegen einundzwanzig Uhr fünfzehn mit Masclau auf der Wache telefoniert und ihn gebeten, mit ihr zusammen das Magasin Voile und seinen Besitzer Christophe zu besuchen. Warum sie mitten in der Nacht einer harmlosen Pokerrunde einen Besuch abstatten wollte, verriet sie ihrem Kollegen nicht so genau.

Zwanzig Minuten später sah Isabelle einen Wagen heranrollen, der hinter ihr zum Halten kam. Sie erkannte Masclau, sobald er das Autolicht ausgeschaltet hatte. Er stieg aus. Der Lieutenant kam an ihre Tür, und sie ließ die Scheibe herunter.

»Lust auf ein Spielchen, Capitaine?«, scherzte er.

»Marsenne ist da vor zwei Stunden rein«, erwiderte Isabelle.

»Haben wir einen Durchsuchungsbeschluss für den Laden?«

»Haben wir nicht«, sagte Isabelle knapp.

»Aber …«, wollte Masclau beginnen, der genau wusste, dass seine Chefin nicht zu bremsen war, wenn sie erst mal einen Entschluss gefasst hatte.

»Aber was?«, unterbrach sie ihn schroff.

»Ich habe nichts gesagt.« Masclau streckte seine Hände abwehrend vor sich. Eine seiner besseren Eigenschaften war, dass er wusste, wann kein Widerspruch geduldet wurde.

Isabelle stieg aus und schloss die Autotür. »Erstens will ich sehen, wie Roger Marsenne seine Nächte verbringt, während seine Tochter irgendwo gefangen gehalten wird, und außerdem soll er wissen, dass wir ihn im Auge haben.«

»Na dann …«, meinte Masclau.

Die beiden überquerten die nächtliche Straße. Vor der Tür zum Segelgeschäft blieben sie stehen. Masclau klopfte mit den Fingerknöcheln gegen die Scheibe. Sein Ring machte ein klackerndes Geräusch, das bis auf die leere Straße hallte. Nichts passierte. Masclau klopfte erneut, diesmal härter, dringlicher. Schließlich ging das Licht an, und Christophe kam zur Tür.

»Was ist los?«, murrte Christophe, der in gelbem Poloshirt, Designerjeans und teuren Lederslippern erschien. Er begriff sofort, wer die nächtlichen Besucher waren.

»Na Christophe, noch fleißig bei der Abrechnung?«, fragte Masclau ironisch.

»Was wollen Sie von mir? Ich bin müde und wollte gerade dichtmachen.«

»Capitaine Morell«, sagte Isabelle. »Wir möchten nur kurz mit Monsieur Marsenne sprechen.«

»Ist nicht hier«, sagte Christophe.

»Aber Sie kennen Roger Marsenne …?«, fragte Isabelle.

»Ich sage doch, er ist nicht da. Sonst noch was?«, sagte der Ladenbesitzer patzig.

»Sie werden verdächtigt, Glücksspiele zu organisieren. Sie haben bestimmt schon gehört, dass so was strafbar ist«, provozierte Masclau. Ihm ging das arrogante Getue von Christophe auf die Nerven. Wenn es nach ihm gegangen wäre, hätten sie sich den Kerl geschnappt und ein wenig im Präsidium gegrillt. Einfach so, und selbst wenn nichts dabei rauskam, hätte Masclau zumindest das befriedigende Gefühl gehabt, dass solche Typen nicht machen konnten, was sie wollten, nur weil sie die Taschen voller Geld hatten. Aber es ging ja leider nicht nach ihm, und Isabelle hatte eben ihre eigene Art.

Einen Moment lang sah Christophe die beiden Polizisten zweifelnd an.

»Kommen Sie rein«, sagte er dann, plötzlich gespielt freundlich, und hielt die Tür auf. Er ging voraus und zog einen Vorhang vor einem Durchgang zur Seite, der zu einem Materiallager führte. Da saßen fünf Männer in Designerklamotten und tranken eine Flasche Weißwein, die in einem Eiskühler stand.

»Wir haben hohen Besuch in unserer bescheidenen Runde«, sagte Christophe ironisch.

»Voilà, die Flics«, sagte ein korpulenter Mann, der seine Ärmel extra hoch aufgekrempelt hatte, damit die Mitspieler seine Rolex Sea-Dweller am Handgelenk sehen konnten.

»Wenn Sie mitmachen wollen?«, begrüßte sie ein dicker Mann, dem der Schweiß im Gesicht stand.

»Kommen Sie etwa, um uns zu sagen, dass so eine kleine Pokerrunde unter Freunden verboten ist?« Christophe griff zur Weinflasche und schenkte sich und seinem Nachbarn großzügig nach.

»Du auch noch einen?«, fragte er den Mann mit der teuren Uhr.

Der Mann hob sein Glas hoch. »Ich denke, ich bleibe doch noch ein bisschen«, sagte er.

»Ich auch«, meinte einer der anderen Männer, »verspricht eine interessante Nacht zu werden.«

»Unter Freunden sind Kartenspiele erlaubt«, nahm Isabelle wieder den Faden auf, »unter Geschäftsleuten nicht.«

»Was soll das werden? Eine Razzia?«, fragte Christophe. »Klar doch, hier sind nur die ganz bösen Buben.« Christophe sah die Runde an und lachte herzlich.

»Wenn du Ärger willst, den kannst du gerne haben«, knurrte Masclau den Gastgeber an.

Isabelle konnte den Zorn ihres Kollegen spüren. Sie legte kommentarlos ihre Hand auf seinen Ellenbogen.

»Wir möchten Monsieur Marsenne sprechen«, sagte Isabelle.

»Roger Marsenne?«, fragte ein Mann aus der Runde, der trotz der stickigen Luft ein blütenweißes Sakko trug.

»Wen denn sonst?« Masclaus Zorn war unverhohlen.

»Ist nicht da«, sagte der Mann mit der Rolex.

»Ich habe ihn aber hier hineingehen sehen«, Isabelle sah auf die Uhr. »Vor zwei Stunden.«

»Vielleicht hat er sich ja davongemacht«, der Mann im Sakko spreizte die Finger, bewegte sie wie Flügel.

»Roger ... hallo, mein Freund, wo steckst du?«, rief der Spieler mit der Rolex in die Dunkelheit des Lagers. Dann sah er Masclaus Blick und zuckte mit den Schultern.

»Sie wissen, dass die Behinderung einer Ermittlung einen Straftatbestand darstellt«, meinte Isabelle trocken.

»Jetzt machen Sie uns aber Angst«, scherzte Christophe. »Was hat er denn ausgefressen, unser Roger?«

Isabelle gab Masclau ein Zeichen.

»Na gut, wenn Sie das hier für einen Witz halten, dann brauchen wir jetzt erst mal Ihre Namen.«

»Wieso, was werfen Sie uns denn vor?«

»Gar nichts. Bisher befragen wir Sie nur als Zeugen«, beantwortete Isabelle die Frage.

»Dann würde ich sie recht herzlich bitten, meine Geschäftsräume zu verlassen«, sagte Christophe.

»Und ich möchte Ihre Ausweise sehen, und zwar jetzt gleich.« Masclaus ohnehin strapazierte Geduld hing nur noch am seidenen Faden.

»Ich frage mich, ob Sie das überhaupt dürfen?«, stänkerte der Mann mit der Rolex.

»Jetzt hören Sie mal gut zu«, sagte Isabelle im Tonfall einer Lehrerin. »Wir ermitteln in einem Entführungsfall. Und glauben Sie mir: Ja, wir dürfen. Oder wollen Sie vielleicht nicht, dass das kleine Mädchen gefunden wird?«

»He, he, he, mal ganz langsam«, brummte der Mann mit dem Sakko.

»Da hätten Sie uns aber auch gleich als Zeugen laden können«, sagte Christophe.

»Hätten wir, haben wir aber nicht«, blaffte Masclau den Spieler an.

Isabelle merkte auf, als ein Tor zugeschlagen wurde.

»Das sind nur die Zulieferer für den Supermarkt«, erklärte Christophe, als er ihren lauernden Gesichtsausdruck bemerkte. »Diese Leute arbeiten die ganze Nacht.«

»Genau wie wir.« Der Mann mit der Uhr lachte über seinen Scherz, die anderen Spieler gluckston.

»Haben Sie einen Hinterausgang?«, fragte Isabelle den Gastgeber.

»Nein«, sagte Christophe, »aber es gibt eine Laderampe für die Lastwagen.«

»Verdammt.«

»Der ist weg«, brummte Masclau trocken.

Isabelle suchte den Blick ihres Kollegen, ein Glimmen in den Augen. »Ich hab da eine Idee.«

Plötzlich hatte sie es eilig.

68. Kapitel

Das Maison Blanche gehörte zu einer der teureren Wohnanlagen in der Bucht von Toulon. Es war ein achtstöckiger strahlend weißer Komplex, bei dem jedes der Apartments einen freien Blick auf den Hafen und aufs Meer hatte. Vor zwanzig Jahren hatte es um dieses Apartmenthaus einen heftigen Krach im Baureferat gegeben, weil für das ganze Projekt keine korrekte Genehmigung vorlag. Aber dann stellte sich heraus, dass auch die katholische Kirche mit einem nicht unerheblichen Betrag als Bauherr und zukünftiger stiller Miteigentümer eingetragen war. Und plötzlich lief alles wie von Zauberhand: Die Genehmigungen wurden im Eilverfahren abgesegnet, und die Bauarbeiten begannen noch in derselben Woche. Böse Zungen behaupteten, dass der Bischof den Umbau seiner Villa inklusive einiger unerhörter Extras, wie etwa eines Whirlpools, gleich mit abrechnen durfte.

Jedenfalls galt das Maison Blanche heute als sehr gute Adresse, auch wenn es architektonisch nicht eben ein Hingucker war. Isabelle und Masclau hatten ihre Wagen auf der Straße abgestellt. Die beiden Gebäude des Wohnkomplexes lagen im Halbdunkel. Auf den gepflegten Grünanlagen konnte Isabelle Agaven, Palmen und große alte Pinien erkennen, die eigens verpflanzt worden waren. *Maison Blanche* stand in schwungvollen Leuchtbuchstaben über dem gläsernen Eingangsportal.

»Lass gut sein«, sagte Masclau zu seiner Chefin. »Ich habe es schon dreimal versucht. Wenn du mich fragst, hat dieser Marsenne keine Lust, ans Telefon zu gehen.«

»Versuch es trotzdem noch mal«, forderte ihn Isabelle auf.

Masclau war müde, zog schlecht gelaunt sein Smartphone aus der Jackentasche und drückte die Wiederholungstaste. Er hielt das Gerät so, dass Isabelle das Freizeichen hören konnte, das aus dem Gerät drang.

»Ich habe dir doch gesagt, dass er nicht rangeht«, Masclau schaltete ab. »Marsenne ist nicht in seinem Apartment, glaub's mir. Wahrscheinlich liegt er längst in seiner Villa im Bett und schläft, während wir uns hier die Füße in den Bauch stehen.«

Isabelle war am Eingang stehen geblieben. Sie ließ ihre Fingerspitzen über die zwei Dutzend Klingelknöpfe gleiten. Es gab keine Namen auf dem Klingelbrett, nur Zahlen auf den Messingschildchen. Zu jedem Klingelknopf gehörten zwei Ziffern, die eine stand für die Etage und die zweite für das entsprechende Apartment.

»Für Herren, die Wert auf Diskretion legen«, sagte Isabelle.

»Für 'ne schnelle Nummer mit ihrer Sekretärin«, kommentierte Masclau grob. »Kennst du die Apartmentnummer von Marsenne?«

»Warte«, sagte Isabelle und wischte mit ihren Fingern über ihr Smartphone. »Acht, zwölf«, murmelte sie.

»Was?«, fragte Masclau.

»Marsennes Adresse: achter Stock, Apartment 12. Haben mir die Kollegen in Toulon geschickt.«

Isabelle fand das entsprechende Klingelschildchen und drückte den dazugehörigen Knopf. Nichts tat sich. Irgendwo in dem Haus war ein Klappern zu hören, als ob eine Tür zufiele. Isabelle hob den Finger an die Lippen.

»Ich habe nichts gehört«, sagte Masclau leise. »Versuch es noch einmal, aber länger.«

Isabelle drückte noch einmal den Klingelknopf. Diesmal ausdauernder. Keine Reaktion.

»War wohl nichts«, kommentierte Masclau.

Isabelle steckte ihr Handy ein.

»Warum hängst du dich eigentlich so an Roger Marsenne auf?«, fragte Masclau seine Chefin. »Du denkst doch nicht, dass er die eigenen Kinder …«

»Ich denke vor allem, dass zwei Millionen Euro 'ne Menge Geld sind.« Isabelle hob die Hand. Sie hatte wieder etwas gehört. Auch Masclau konnte jetzt ein deutliches Schaben hören. Als würde jemand einen Stuhl über Steinboden schieben.

»Könnte überall sein«, Masclau machte eine resignierte Geste in Richtung der Klingelanlage. »Lass uns gehen.«

»Es war immerhin den Versuch wert.« Isabelle klang ein wenig enttäuscht.

Im gleichen Augenblick war wieder ein Klappern zu hören, dieses Mal einige Etagen über ihnen.

»Da oben ist jemand«, sagte Masclau.

Isabelle war zögernd stehen geblieben, hin- und hergerissen zwischen dem überdeutlichen Gefühl, dass ihr etwas entgangen war, und dem Wunsch, nicht noch mehr Zeit zu verschwenden. Gerade wandte sie sich ein letztes Mal den Klingelschildern zu, da tat es einen ohrenbetäubenden Schlag. Glas zerbarst, als das Vordach über dem Eingang in einen Regen von Splittern zerstob und ein dunkler Klumpen mit einem dumpfen Knall auf den glänzend polierten Granitboden aufschlug. Für einen Moment herrschte Stille.

»Mein Gott«, entfuhr es Isabelle nach einigen Sekunden, und sie spürte, dass sie den Atem angehalten hatte. Für einen kurzen

Augenblick versuchte sie sich einzureden, dass das, was da lag, nichts weiter als ein Stapel gebrauchter Badehandtücher war, die von einem der Balkons herabgefallen waren. Doch noch im selben Moment wurde ihr klar, dass die Wahrheit eine andere war: Aus dem Kleiderhaufen sickerte Blut auf den polierten Steinboden.

Es war nicht zu leugnen, da lag ein Mensch. Gelenke gebrochen, Arme und Beine grotesk verdreht, aber doch ein menschliches Wesen. Der Mann trug einen Pyjama und darüber einen glänzenden seidenen Morgenmantel.

Isabelle wollte sich abwenden, aber etwas zwang sie, hinzuschauen zu diesem Mann, dem der Sturz durch das Glasdach einen Teil seines Gesichts weggerissen hatte. Und der Isabelle nur um eine Armeslänge verfehlt hatte.

»Verdammte Scheiße, verdammte.« Sogar der sonst so hartgesottene Masclau musste sich abwenden und ein paar tiefe Atemzüge kühler Nachtluft nehmen, bevor er sich zögernd neben den Mann am Boden kniete.

Inzwischen wurden Türen aufgestoßen. Bewohner erschienen auf den Terrassen und Balkons. Lichter gingen an. Stimmen waren zu hören.

»Was soll der Lärm? Wissen Sie, wie spät es ist?«, rief eine Frau.

»Was ist denn passiert?«, wollte jemand wissen. »Ich habe einen lauten Knall gehört.«

»Ruf doch mal einer die Polizei.«

»Da unten, da liegt doch einer«, kam eine Stimme von weiter oben.

»Wo?«

»Direkt im Eingang. Oh, mein Gott!«

»Bleiben Sie bitte alle in Ihren Wohnungen«, versuchte Isabelle die Bewohner zu beruhigen, aber ihre Stimme war noch schwach vom Schrecken der letzten Minuten.

»Bleiben Sie in Ihren Wohnungen und schließen Sie die Türen«, rief Masclau so laut und so unhöflich, wie er nur konnte. »Das ist eine Anweisung der Gendarmerie nationale.«

Isabelle hatte ihr Handy aus der Tasche gezogen. »Ich gebe in der Zentrale Bescheid«, sagte Isabelle. »Wir brauchen mindestens ein Dutzend Leute, um das Areal zu sichern und nach Zeugen zu suchen.«

»Ich rede schon mal mit den Anwohnern da drüben.« Masclau deutete zur Südseite des Hauses, wo jetzt überall neugierige Bewohner über die Balkongitter sahen.

»Bevor wir nicht alle Personalien haben, darf niemand das Gebäude verlassen«, sagte Isabelle streng.

»Als Erstes müssen wir herausfinden, wer das überhaupt ist.« Masclau deutete mit einer Kopfbewegung in Richtung des Mannes am Boden.

»Nein«, sagte Isabelle kurz und bestimmt.

»Wie ›nein‹?«, fragte Masclau.

»Wir wissen, wer das ist.« Isabelle machte eine Kopfbewegung in Richtung des Toten. »Achter Stock, Apartment 12.«

»Du meinst …?«

»Sieh ihn dir doch an.«

69. Kapitel

Grelle Scheinwerfer machten die Nacht rund um das Maison Blanche zum hellen Tag. Das Gelände war abgesperrt. Der Hauptzugang war doppelt gesichert. Wer jetzt das Haus verlassen wollte, musste sich namentlich bei einem der Beamten abmelden. Das Areal rund um den Eingang war noch einmal gesondert gesichert. Über das letzte der Flatterbänder der Gendarmerie durften nur Leon und die Frauen und Männer der Spurensicherung steigen. Und auch das nur, wenn sie den Médecin Légiste gefragt hatten.

Leon trug einen weißen Einwegoverall aus Polypropylen-Gewebe über seiner Kleidung. Eine Antikontaminierungsvorkehrung, die für alle Polizisten galt, wenn sie sich am Tatort aufhielten.

Obwohl in dieser Nacht ein kräftiger Mistral für Abkühlung sorgte, fühlte Leon sich in dem luftdichten Overall wie in einer Sauna. Ihm saß noch immer der Schreck in den Knochen, seit ihn Isabelle gegen zwei Uhr in der Frühe aus dem Bett geklingelt hatte. Im Hintergrund ihres Handys hatte Leon Polizeisirenen gehört, und für einen Moment hatte er die Sorge, sie wäre vielleicht in einen Unfall verwickelt gewesen.

»Es geht um die Marsennes«, hatte Isabelle sofort gesagt. War die Polizei dem entführten Kind doch noch auf die Spur gekommen? Es gab viele schreckliche Momente im Leben eines Rechtsmediziners. Das brachte der Beruf so mit sich, aber Leon hatte gelernt, damit fertigzuwerden. Woran er sich jedoch nie gewöhnen würde, war der Anblick eines toten Kindes.

»Was ist passiert?« Leon hatte mit belegter Stimme gesprochen.

»Roger Marsenne ist tot«, hatte Isabelle gesagt. »Wie es aussieht, ist er vom Balkon gesprungen.«

»Ist der Bestatter schon da?«, hatte Leon gefragt, und es war ihm schwergefallen, seine Erleichterung zu überspielen.

»Nein, ich habe niemand zum Tatort gelassen«, hatte Isabelle gesagt. »Ich wollte, dass du dir den Toten zuerst ansehen kannst.«

»Danke.« Weniger Neugierige am Tatort bedeuteten weniger falsche Spuren, denen sie nachgehen müssten.

»Ich habe dir einen Wagen geschickt, der müsste jeden Augenblick da sein« waren Isabelles letzte Worte gewesen, bevor sie aufgelegt hatte.

Dreißig Minuten später war Leon am Tatort erschienen. Die Frauen und Männer der Gendarmerie machten respektvoll Platz, als der Médecin Légiste den Eingang des Hauses erreichte. Masclau führte den Docteur zu der Leiche, die mit einer goldenen Folie abgedeckt war. Isabelle wartete bereits an der Eingangstür.

»Es ist durch das gläserne Vordach gestürzt«, erklärte sie und wies auf die Splitter und großen Blutlachen am Boden. »Hier, direkt neben mir. Ein paar Zentimeter weiter und …« Isabelle war der Schrecken noch immer anzumerken. »Ich habe noch nie gesehen, wie jemand von einem Haus gesprungen ist.«

»Das ist eine hässliche Art zu sterben.« Leon ging in die Hocke und zog die Folie zur Seite.

Erschrockenes Gemurmel von den Zuschauern war zu hören,

und mit einem Stirnrunzeln bedeckte Leon die Leiche des Mannes erneut. Zwei ältere Damen und ein Mann hatten sich bis in die erste Reihe vor den Absperrbändern gedrängelt. Die kleine Gruppe befand sich inzwischen keine drei Meter mehr von Leon entfernt.

»Lieutenant«, sagte Leon, »schicken Sie bitte die Leute weg. So kann ich hier nicht arbeiten.«

»Messieurs dames, Sie haben den Docteur gehört«, sagte Masclau laut. Er breitete die Arme aus und wedelte mit den Händen, als ob er im Hühnerstall für Ordnung sorgen würde.

Eine kurze Windböe wirbelte die goldene Abdeckfolie in die Luft. Einer der Zuschauer nutzte die Gelegenheit und hielt seine Handykamera so, dass er und der Tote zusammen auf das Bild kamen. Der Anwohner grinste breit über seinen gelungenen Coup.

»Handys einstecken, sofort, alle«, sagte Masclau scharf, »oder wir beschlagnahmen die Geräte.«

»Das dürfen Sie gar nicht«, rief eine empörte Frau.

»Wollen Sie es darauf ankommen lassen?«, fragte der Lieutenant mit kalter Beamtenstimme. Die Zuschauer steckten widerstrebend ihre Handys ein.

»Er ist von ganz oben runter.« Masclau deutete zur achten Etage hinauf.

»Hinter der Absperrung bleiben«, erinnerte Leon. »Das gilt auch für Sie, Masclau. Oder ziehen Sie wenigstens einen Overall über.«

»Entschuldigung«, sagte der Polizist und hob demonstrativ die Hände, als würde er Leon großzügig seinen Arbeitsplatz überlassen. Masclau konnte die Overalls der Spurensicherung nicht leiden. Seiner Meinung nach sahen alle Polizisten darin lächerlich aus, wie Michelin-Männchen. Er ging freiwillig einen Schritt zurück.

»Er ist uns genau vor die Füße geklatscht«, murmelte der Lieutenant, »das hat geklungen, als wäre ein Sack Kartoffeln da runtergekommen.«

»Lieutenant, bitte ...«, kam es tadelnd von Isabelle.

»Tschuldigung«, sagte Masclau, »war aber so, echt.«

Leon kniete sich erneut neben die Leiche und konzentrierte sich ganz auf die Verletzungen. Der Sprung von einem Gebäude ist ein sehr verzweifelter Weg, um aus dem Leben zu scheiden, dachte Leon. Der menschliche Instinkt ist nicht darauf programmiert, sich in den Tod zu stürzen. Selbstmörder glauben, sie könnten ihren Sturz so kontrollieren, dass sie mit dem Schädel zuerst aufschlugen. Doch der menschliche Körper versucht, den Sturz instinktiv zu korrigieren, denn er ist darauf programmiert, den Kopf und vor allem das empfindliche Gehirn zu retten. Darum bewegt sich der Selbstmörder im Sturz ähnlich wie eine Katze, die immer versucht, auf ihre Pfoten zu fallen.

Auch Marsenne hatte versucht, seinen Körper im letzten Moment in die Waagerechte zu drehen. Doch das Glasdach, das gut zwei Meter über den Eingang hinausragte, hatte das verhindert. Als der stürzende Körper auf die Scheibe geprallt war, hatte diese Roger Marsenne das Gesicht vom Schädel geschnitten und beinahe den Kopf abgerissen.

Für einen Moment betrachtete Leon die schweren Verletzungen. Ob der Mann den Schlag auf das Glasdach noch gespürt hatte? War es möglich, dass er den Aufprall tatsächlich noch einige Sekunden überlebt hatte?

»Das ist ziemlich viel Blut«, Isabelle schien Leons Gedanken zu lesen. »Ich dachte, Tote bluten nicht?«

»Tun sie auch nicht«, sagte Leon, und Isabelle sah ihn überrascht an.

»Du meinst ...«, Isabelle wollte es nicht aussprechen.

»Durchaus möglich, dass er noch für einige Sekunden gelebt hat.« Leon deutete auf den Hals des Toten. »Die Glasscherben haben ihm die Carotis aufgeschnitten.«

»Das bedeutet?«, fragte Isabelle.

»Mit jedem Herzschlag wird Blut aus dem Körper gepumpt ...«

»Aber das hat er nicht mehr mitbekommen, oder?«, fragte Isabelle.

»Nein, höchstwahrscheinlich nicht.« Leon betrachtete den verletzten Hals, wo der Schnitt auch ein Stück der großen Schlagader und mehrere Sehnen freigelegt hatte.

»Sag schon. Hat er was mitbekommen?«, wollte Isabelle wissen.

»Bei so schweren Verletzungen des Gehirns würde ich denken, dass er nichts mehr mitbekommen hat. Wenn er tatsächlich den Sturz überlebt haben sollte, dann nur noch für wenige Sekunden.«

»Was für eine entsetzliche Vorstellung.« Sie wandte sich ab und atmete tief durch.

Masclau hatte einen Moment neben Leon gestanden und ihn schweigend beobachtet. Als Leon die Körpertemperatur des Opfers rektal maß, musste auch Masclau für einen Augenblick zu Boden schauen. Ein paar Polizisten der Gendarmerie deckten den Ort des Geschehens mit Stellwänden gegen Gaffer ab.

»Achter Stock«, sagte Masclau zu Leon. »Wollte wohl auf Nummer sicher gehen.«

»Was macht eigentlich alle so sicher, dass es sich um einen Selbstmord handelt?«, fragte Leon.

»Es ist hier passiert. Genau vor unseren Augen«, sagte Isabelle. »Marsenne hat sich immer in sein Apartment zurückgezogen, wenn er allein sein wollte. Da war sonst niemand. Außerdem hat Marsenne einen Abschiedsbrief hinterlassen.«

»Wo?«, wollte Leon wissen.

»Oben, in seinem Apartment.«

Als Leon fünf Minuten später das Apartment betrat, war er einen Moment abgelenkt vom Blick auf das Meer mit seinen glitzernden Lichtern im Hafen. Die Wohnung selbst war fantasielos und schlicht eingerichtet, was nicht so recht zu der fantastischen Aussicht passen wollte. Den Räumen war anzusehen, dass sie nur zu gelegentlichen Übernachtungen dienten. An der Wand gab es einige Fotoplakate. Ansichten von einem leeren Strand und Segelbooten im Sturm.

Leon trug, genau wie alle anderen, Latexhandschuhe. Je mehr falsche Spuren ausgeschlossen werden konnten, umso schneller konnten die DNA-Tests abgewickelt werden. Am Boden lagen verstreut zwei Lederslipper. Auf dem Tisch lag eine teure Markenuhr. Offensichtlich war Marsenne dabei gewesen, ins Bett zu gehen, als er sich plötzlich entschieden hatte, Selbstmord zu begehen. War so etwas vorstellbar?

Erneut ließ Leon den Blick schweifen. Es gab nur zwei Stehlampen im Wohnzimmer, die noch aus den Achtzigern stammten und nur mattes Licht lieferten. Es gab einen Flachbildfernseher, und in der Garderobe ein kaum benutztes Golfset. Ab und zu blitzte die Kamera des Tatortfotografen auf und erhellte für Sekunden die makabre Szene.

»Bitte machen Sie auch Aufnahmen von der Terrasse und besonders von der Brüstung«, bat Leon den Fotografen.

»*Bien sûr*, Docteur«, nickte der Fotograf Leon zu.

»Wo ist der Abschiedsbrief?«, wollte Leon von Isabelle wissen.

»Hier.« Isabelle tippte auf eine Taste des aufgeklappten Laptops, der mitten auf einem antiken Esstisch stand.

Der Computer gab ein leises Klicken von sich, und eine Seite erschien, auf der nur zwei Sätze standen:

Ich kann mit meiner Schuld nicht länger leben. Bitte verzeih mir, ich liebe dich – trotz allem, Roger

Leon hatte den Brief halblaut vorgelesen.

»Von welcher Schuld spricht er?«, murmelte Isabelle nachdenklich.

»Du meinst, dass er hinter der Entführung stecken könnte?« Leon sah Isabelle an. »Und was ist sein Motiv?«

»Wenn die Kinder tot sind, würde deren Treuhandfonds an die Eltern fallen«, sagte Isabelle. »Das haben die Kollegen in Toulon mittlerweile herausgefunden, obwohl der Notar sich gesträubt hat, irgendeine Form von Auskunft zu geben. Ist der Familie treu wie ein loyaler Hund. Nur dass ihm langsam die Herren ausgehen.«

Leon antwortete nicht, sondern ging aufmerksam durch das kleine Apartment und blieb dann vor dem aufgeklappten Laptop stehen.

»Du glaubst nicht, dass er es war?«, fragte Isabelle.

»Ist das der Brief, den ein Selbstmörder in den letzten Minuten seines Lebens an seine ›geliebte‹ Frau richten würde?«, fragte Leon.

»Warum nicht?« Isabelle betrachtete den kurzen Text. »Er entschuldigt sich für einen großen Fehler und bittet seine Frau um Verzeihung.«

»Der Brief ist so banal«, warf Leon ein. »Der würde zu jedem Suizid passen. Da fehlen jegliche Emotionen.«

»Dann passt das doch genau in das Verhaltensmuster von Roger Marsenne«, widersprach Isabelle.

»Da bin ich ganz Ihrer Meinung, Capitaine«, drang plötzlich Zernas Stimme durch die Stille. Isabelles Chef hatte das Apartment betreten und die letzte Bemerkung seiner Stellvertreterin gehört. »Vielleicht ist Marsenne auch kein großer Briefschreiber. Vielleicht sind die paar Zeilen der Gipfel an Emotion, die er aufbringen konnte.«

»Das glaube ich nicht.« Leon war etwas widerstrebend auf den breiten Balkon getreten und beugte sich vorsichtig ein kleines Stück über das Geländer. Von hier oben hatte man bestimmt eine gute Übersicht, aber für jemanden wie Leon, der nicht schwindelfrei war, hatte diese Höhe auch etwas Bedrohliches.

Vor dem Haus hatten sich ein gutes Dutzend Anwohner versammelt, und es wurden ständig mehr. Polizisten sorgten dafür, dass keiner der Gaffer dem Toten unter der Folie zu nahe kam.

»Wie lange dauert das denn noch mit den Bestattern?« Leon wurde ungeduldig.

»Ich weiß nur, dass Lieutenant Kadir die Leute vom Bestattungsinstitut bereits informiert hat«, sagte Masclau. »Sie müssten eigentlich längst hier sein.«

Draußen waren die Stimmen der Zuschauer zu hören, die von unten heraufhallten. Von der Straße her blinkten unaufhörlich die Blaulichter der Streifenwagen. Ein älterer Herr beschwerte sich lautstark über die nächtliche Störung. Von einem anderen Balkon klang Françoise Hardy mit ihrem Chanson »Comment te dire adieu« durch die Nacht. Wenn man sich von den blinkenden Lichtern abwandte und den Blick auf das nachtschwarz glitzernde Meer richtete, erinnerte in diesem Moment nichts daran, dass hier vor kaum einer Stunde ein verzweifelter Mensch den Tod gefunden hatte. Und plötzlich wusste Leon, was ihn die ganze Zeit am Tod dieses Mannes so irritierte.

»Ein Sprung in den Abgrund«, Leon war in die Knie gegangen und peilte am Geländer entlang, »das hätte nicht seinem Verhalten entsprochen.«

»Woher wollen Sie das wissen?«, fragte Zerna.

»Roger Marsenne war ein introvertierter Mensch, der sich gerne vor der Welt zurückzog. Solche Menschen verabschieden sich still und heimlich aus dem Leben. Aber dieser Selbstmord«, Leon wies auf den Computer, »verlangte nach maximaler Öffentlichkeit.«

Zerna machte ein unwilliges Geräusch. »Sie spekulieren, Docteur«, brummte er.

»Ein Selbstmord«, fuhr Leon unbeirrt fort, »das ist der letzte ganz private Moment im Leben eines Menschen. In einer solchen verzweifelten Situation würde sich ein Mann wie Roger Marsenne vielleicht eine einsame Stelle im Wald suchen, um sich dort zu erhängen. Oder er würde Tabletten nehmen. Oder er würde sich ertränken, aber ein Sprung aus dem achten Stock? Das passt einfach nicht.«

»Was passt daran nicht?«, hakte Zerna provozierend nach.

»Das Zerstörerische einer solchen Tat.« Leon sah noch einmal in den Abgrund. »Das hier ist ein Angriff auf den eigenen Körper und den öffentlichen Raum. Zerstörerisch und wütend.«

»Ist alles nur Spekulation, richtig, Docteur?«, fragte Zerna.

»Richtig, alles nur Spekulation ... Und fünfundzwanzig Jahre Berufserfahrung«, fügte Leon nach einer kurzen Pause hinzu.

»Na bitte, aber unser Selbstmörder hier hat sich nun mal vom Balkon gestürzt«, meinte Zerna trocken. »Vielleicht hat er ja gedacht, er könnte fliegen. Was weiß ich. Wir werden es nie erfahren. Aber dafür hat uns Monsieur Marsenne ja einen Abschiedsbrief hinterlassen. Darum wissen wir, was sich hier abgespielt hat: Marsenne hat die Balkontür geöffnet, ist übers Geländer gestiegen und fertig.«

Leon war nur mit halbem Ohr den Ausführungen des Polizeichefs gefolgt und stattdessen noch mal unmittelbar vor dem Geländer stehen geblieben. Er zog eine bleistiftdünne Lampe aus der Tasche, die er einschaltete und Isabelle reichte.

»Hältst du die bitte mal?«, sagte er.

»Was tun Sie da?« Zerna spürte, dass die Dinge gerade wieder anfingen, sich seiner Kontrolle zu entziehen. Wie immer, wenn der Médecin Légiste sich einmischte.

Leon hatte eine Plastikphiole aus der Tasche gezogen. In der rechten Hand hielt er eine Pinzette, mit der er ein paar Fasern unter einer Schraube hervorzupfte, die den Sichtschutz am Balkongeländer fixierte.

»Sieht so aus, als wäre er hier übers Geländer«, sagte Leon und betrachtete seinen Fund.

»Na bitte, sage ich doch«, meinte Zerna

»Aber an dieser Schraube ist er hängen geblieben ...«, dachte Leon laut nach.

»Wie kommen Sie darauf?« Jetzt klang Zerna offen ungeduldig.

»Ich habe Stofffasern gefunden.« Leon drehte die Phiole zwischen Daumen und Zeigefinger im Licht.

»Kommen Sie, Docteur. Die könnten genauso gut von der Putzfrau stammen«, versuchte es Zerna mit etwas Sarkasmus in der Stimme.

»An den Fasern klebt Blut«, sagte Leon sachlich. »Es ist frisch und könnte von einem Kratzer stammen.«

»Gibt es denn irgendeinen klaren Beweis, der gegen einen Suizid spricht?« Zerna sah Leon an.

Noch bevor er etwas sagen konnte, war eine Auseinandersetzung zu hören, die vom Eingang des Gebäudes bis in den achten Stock heraufdrang.

»Wo ist er? Ich will meinen Mann sehen«, war Julie Marsenne zu hören. »Jetzt gleich.«

Leon konnte von der achten Etage aus beobachten, wie sich die Witwe in Richtung Haustür nach vorne drängte, dort wo der tote Körper des Selbstmörders gerade von den Bestattern im Leichensack auf eine Bahre gelegt und festgeschnallt wurde.

»Lassen Sie mich vorbei, bitte. Ich will doch nur zu meinem Mann. Aber die Flics wollen mich nicht zu ihm lassen«, rief Julie Marsenne mit kippender Stimme.

Lieutenant Kadir stellte sich der Witwe in den Weg und griff nach ihrem Arm.

»Bleiben Sie bitte hinter der Absperrung, Madame. Das hier ist ein Tatort.«

»Lassen Sie mich los«, rief Julie Marsenne und verpasste dem Polizeilieutenant eine schallende Ohrfeige. Nur die Anwesenheit von zwei resoluten Polizistinnen konnte Schlimmeres verhindern.

»Jetzt verschwinden Sie endlich«, sagte ein aufgebrachter Herr im Seidenschlafanzug zu den Polizeibeamtinnen. »Die arme Frau. Was muss sie denn noch alles durchmachen?«

Die Bestatter, die endlich angekommen waren, wollten gerade den Toten auf der Bahre wegtragen, als sich ihnen die Witwe in den Weg stellte.

»Ich will Roger sehen.« Madame Marsenne sprach mit zitternder Stimme, die jeden Moment zu versagen drohte.

»Das geht jetzt leider nicht, Madame.« Die Polizistin, die neben der Bahre stand, legte Julie Marsenne freundlich die Hand auf den Arm.

»Warum darf ich ihn denn nicht sehen?«

»Das kann nur der Médecin Légiste entscheiden«, sagte die Polizistin.

In diesem Moment hielt der Aufzug mit einem melodischen Gong im Erdgeschoss. Leon stieg aus. Bei ihm waren Isabelle und

Zerna. Leon warf einen kritischen Blick auf die Bahre, die gerade in den Leichenwagen geschoben werden sollte. Die Männer in ihren grauen Anzügen waren stehen geblieben. Jetzt sahen alle fragend zu Leon.

»Was sollen wir jetzt tun?«, fragte der ältere der beiden Bestatter Leon. »Sie will unbedingt ihren Mann sehen«, ergänzte er halblaut.

»Ich mach Ihnen einen Vorschlag, Madame Marsenne«, sagte Leon so laut, dass auch alle anderen es hören konnten. »Sie kommen morgen früh in die Rechtsmedizin. Dann können Sie in aller Ruhe und Stille von Ihrem Mann Abschied nehmen.«

»Aber ich wollte ihn doch nur ganz kurz sehen …«, sagte Madame Marsenne noch einmal.

Hinter der Absperrung drängelten sich die Neugierigen. Kameras blitzten. Es war an der Zeit, dass er das hier auflöste.

»Das hätte Ihr Mann doch ganz bestimmt nicht gewollt«, sagte Leon zu der Witwe, »dass Sie ihn identifizieren, vor so vielen fremden Menschen. Diesen ganzen Rummel. In der Rechtsmedizin sind Sie ganz allein mit Ihrem Mann. Da können Sie sich so viel Zeit lassen, wie Sie wollen.«

Madame Marsenne schwieg einen Moment. »Werden Sie auch dort sein, Docteur?«, fragte sie.

»Natürlich«, sagte Leon, und Madame Marsenne nickte kaum sichtbar. »Und jetzt lassen Sie bitte die Männer ihre Arbeit machen.«

Julie nickte, nun etwas kräftiger, trat einen Schritt zurück und ließ die beiden Bestatter durch.

70. Kapitel

Es war mittlerweile weit nach Mitternacht, und der Wind war abgeflaut. Leon und Isabelle saßen schweigend in Leons Cabrio und genossen die warme feuchte Luft, die vom nahen Meer heraufstieg. Die Anspannung der letzten Stunden schien von den beiden abzufallen, während sie die Küstenstraße entlangfuhren. Leon war müde und hatte wie meistens das Verdeck zurückgeklappt: Es waren dreißig Kilometer von Toulon nach Le Lavandou, der warme Fahrtwind würde ihn wach halten.

»Wie fühlst du dich?« Leon sah kurz zu Isabelle, die sich neben ihm in den Ledersitz gekuschelt hatte. Ihre Antwort war nur ein müdes Murmeln.

Isabelle sah zum Himmel hinauf, an dem man in dieser klaren Nacht Tausende von Sternen sehen konnte. Sie fühlte sich erschöpft.

»Hey, geht's dir gut?«, fragte Leon, diesmal mit leichter Sorge in der Stimme.

»Du machst dir zu viele Gedanken«, sagte Isabelle. »Ich bin einfach nur müde.«

Isabelle hatte keine Lust zu reden. Nicht über Lilou und ihre Gedanken, wie das Leben wohl weitergehen würde, wenn ihre Tochter ihr Medizinstudium demnächst in Aix-en-Provence beginnen würde.

»Aix ist nicht einmal zwei Autostunden von Lavandou entfernt«, tröstete Leon, der sich denken konnte, was Isabelle in diesen Tagen beschäftigte. Er wusste, wie schwer Isabelle die Trennung von ihrer Tochter fiel.

»Sie fehlt mir jetzt schon«, erwiderte Isabelle.

»Sie wird eine tolle Zeit haben«, sagte Leon, »und die Uni hat den besten Ruf in Frankreich.«

»Es ist nicht die Uni, die mir Sorgen macht.«

»Ich weiß, was du denkst«, Leon sah zu ihr hinüber. »Die Studenten werden vor ihrer Tür Schlange stehen. Das ist halt so, wenn man so eine hübsche Tochter hat wie wir«, sagte er mit einem Lächeln.

»Wie beruhigend«, sagte Isabelle. Tatsächlich war es nicht nur Lilou, die sie umtrieb. Der Fall lag ihr schwer auf der Seele, und sie konnte die Gedanken an das kleine Mädchen, das irgendwo in der Hand der Erpresser war, nur mit Mühe an den Rand ihres Bewusstseins verdrängen. Schlechter gelang ihr dies nur bei dem Gedanken an Bertrand. Dabei gab es nichts, was sie sich hätte vorwerfen müssen. Oder war allein schon die Tatsache, dass sie sich mit ihrem Ex im Café traf, eine Art von »Fremdgehen«? Heimlich, dachte sie. Wenn sie streng mit sich sein wollte, musste sie zugeben, dass sie sich heimlich mit ihm getroffen hatte.

»Irgendwas beschäftigt dich doch.« Leon sah mit einem Blick zu ihr hinüber, der Isabelle sofort ein schlechtes Gewissen machte.

Aber was sollte sie tun? Leon alles beichten? Aber was eigentlich? Dass sie sich gelegentlich daran erinnerte, wie es damals war vor über zwanzig Jahren mit Bertrand, dem jungen, aufstrebenden Juristen? Einem Mann, den sie sicherlich geheiratet hätte, wenn er nicht verschwunden wäre aus ihrem Leben. Einem Mann, den sie jetzt nach so vielen Jahren wiedergetroffen hatte und bei dem sie sich heute fragte, was sie mal an ihm gefunden hatte. Und der sie trotzdem an die schönen Momente erinnerte, auch an die erotischen. Bertrand war ein Mann aus einer anderen Zeit.

»Ich bin einfach nur sehr müde«, sagte Isabelle, und das war nicht einmal gelogen.

»In zwanzig Minuten liegst du in deinem gemütlichen Bett«, sagte Leon.

»Versprochen?«

»Versprochen.«

71. Kapitel

Der Tag, an dem sich alles ändern sollte, kündigte sich mit heftigen Windstößen aus Osten an. Die Luft war heiß. Über dem Büro des Hafenkapitäns flatterte der rote Wimpel, der immer dann hochgezogen wurde, wenn ein Sturm kam.

Leon hatte nur ein paar Stunden geschlafen und danach ausgiebig geduscht. Um acht Uhr dreißig meldete sich sein Handy mit einem melodischen Gong. Rybaud hatte eine etwas kryptische SMS formuliert, die Leon in Alarm versetzte.

»Wir haben eine Übereinstimmung«, stand da auf dem Display seines Smartphones.

Leon versuchte, seinen Assistenten telefonisch zu erreichen, vergeblich. Das lag nicht etwa daran, dass Rybaud unzuverlässig war, sondern ganz im Gegenteil. Rybaud hielt sich penibel an seine Arbeitszeiten und rechnete Überstunden auf die Minute genau ab.

Nach einem schnellen Frühstück, das aus einem Rührei und frischer Tapenade, der unvergleichlichen Olivenpaste der Provence, bestand, setzte sich Leon in seinen Wagen und fuhr zum Institut.

Auf seinem Schreibtisch lagen ordentlich sortiert einige Computerausdrucke. Sie zeigten die DNA-Strukturen der Proben, die Leon und sein Assistent in den vergangenen vierundzwanzig

Stunden in die Geräte eingelesen hatten. Rybaud hatte zwei Werte mit gelbem Marker angestrichen.

Die eine DNA-Analyse stammte von Hautschuppen, die Leon auf der Plane gefunden hatte, in die Lucas eingewickelt gewesen war, als er von dem Unbekannten auf dem Kirmesplatz abgelegt worden war. Die Gegenprobe stammte von einem der Verdächtigen, der tatsächlich, wie Leon es bereits vermutet hatte, aus der allernächsten Umgebung der entführten Kinder stammte – Pepin Porez, der Gärtner. Diesmal hatte das Ergebnis eine Trefferwahrscheinlichkeit von neunundneunzig Prozent.

Leon griff zum Telefon und ließ sich mit Zerna verbinden.

»Commandant«, sagte Leon, »wir haben einen Treffer.«

Leon meinte den Polizeichef am anderen Ende der Leitung regelrecht aufatmen zu hören.

•••

Isabelle hatte es ihrerseits eilig. Zerna wollte sie im Büro sehen, so bald wie möglich. Aber Isabelle hatte noch einen zweiten Anruf bekommen, der kam von Bertrand Simon. Es gab etwas, das er ihr unbedingt zeigen wollte. Es gehe um die Vergangenheit eines ihrer wichtigsten Zeugen, hatte er geheimnisvoll angedeutet.

»Das sind Unterlagen, die ich nur ungern mit in die Gendarmerie bringen würde«, hatte Simon am Handy gesagt.

»Und warum nicht?«, wollte Isabelle wissen.

»Weil es die Unterlagen gar nicht gibt«, hatte der Staatsanwalt gesagt.

Isabelle betrat die Eingangshalle der Auberge de la Calanque, die sie an die alten Kurhotels in Marokko und Algerien erinnerte. Große zusammengeschobene Glastüren, kühle Ecken und Terrassen mit Markisen, wenn man Schutz vor der Sonne suchte. Der warme Wind blähte die weißen Leinenvorhänge auf. In der Halle saßen Gäste in gemütlichen Sesseln an niedrigen Holztischchen, tranken Kaffee, nahmen ein verspätetes Frühstück ein oder spielten eine Runde Backgammon.

Die Angestellte an der Rezeption hatte das fein geschnittene olivfarbene Gesicht einer Frau aus dem Maghreb. In ihrem Französisch glaubte Isabelle einen tunesischen Akzent zu erkennen.

»Ich bin mit Monsieur Simon verabredet«, sagte Isabelle und stellte sich schnell vor, »Capitaine Morell, von der Gendarmerie.«

»Bonjour, Capitaine«, sagte die Angestellte freundlich. »Monsieur le Procureur hat schon nach Ihnen gefragt. Er ist oben«, sie deutete zur Decke. »Gleich das erste Zimmer in der ersten Etage. Darf ich Ihnen einen Tee bringen, Capitaine?«

»Lieber nur einen Noisette. Ich bleibe nicht lange«, sagte Isabelle und ärgerte sich, dass sie der Angestellten Erklärungen darüber abgab, wie sie ihre Zeit im Hotel zu verbringen gedachte. Musste sie sich dafür rechtfertigen, dass sie eine Arbeitsbesprechung mit ihrem Ex in einem Hotelzimmer hatte?

Isabelle klopfte an die Tür im ersten Stock, und nur Augenblicke später wurde geöffnet.

»Komm rein«, sagte Bertrand, der sein weißes Hemd über der Jeans trug und es an den Ärmeln aufkrempelte.

»Entschuldige«, sagte Isabelle schnell. »Ich kann genauso gut unten warten.«

»Sag bloß, du hast noch nie einen Mann gesehen, der sich das Hemd in die Hose steckt«, sagte Bertrand mit einem breiten Lächeln, während er das Hemd hinter seinen Bund schob.

»Was gibt's? Ich hab's ein wenig eilig«, sagte Isabelle betont unbeeindruckt.

»Ich wünsche dir auch einen schönen guten Morgen«, sagte Bertrand. Der provozierende Unterton war nicht zu überhören.

»Ich habe bereits von deinem nächtlichen Erlebnis gehört. War es sehr schlimm?«

»Er ist mir beinahe auf die Füße gefallen …«, Isabelle schüttelte den Kopf, als könnte sie so die schlimmen Bilder der Erinnerung loswerden.

»Tut mir leid, dass du das erleben musstest«, sagte Bertrand ernst.

»Schon gut. Was sind das für Unterlagen, die du nicht mit in die Gendarmerie bringen wolltest?« Isabelle wechselte schnell das Thema.

Sie sah sich in dem Hotelzimmer um, als Bertrand nicht direkt antwortete. Die beiden Flügeltüren, die zu dem breiten Balkon führten, standen weit offen, sodass eine leichte Brise durch den Raum ging. Im Hotelgarten standen ein gutes Dutzend Palmen, über deren grünes Blätterdach man auf den Jachthafen und dahinter auf die Bucht von Lavandou und das glitzernde Meer sehen konnte.

»Nicht schlecht«, murmelte Isabelle, nachdem Simon immer noch keine Anstalten machte, ihr zu antworten.

»Es erinnert mich irgendwie an Arles«, Bertrand sah sich um. »Weißt du noch, die kleine Pension in der ehemaligen Bäckerei?«

»Mit diesen grässlichen Leuten im Nebenzimmer, die die ganze Nacht gestritten haben?«, machte Isabelle der Ernüchterung Platz.

»Ich denke gerne daran.« Bertrand klang jetzt fast ein wenig trotzig.

»Ich dachte, wir wollten über eine Zeugenaussage sprechen?«, sagte Isabelle.

»Früher warst du nicht so ungemütlich«, sagte Bertrand.

»Früher habe ich auch noch nicht ein ganzes Dezernat leiten müssen.«

»Entschuldige«, sagte Bertrand, als er sich an ihr vorbeidrängte. »Kann ich mal?«

Er ging zur Kommode, auf der seine Uhr und ein schmaler Goldring lagen. Isabelle war das Schmuckstück nicht entgangen.

»Lass uns loslegen. Um wen geht es?«, fragte Isabelle.

»Wusstest du, dass gegen Pepin Porez schon einmal wegen sexuellen Missbrauchs ermittelt wurde?«

»Im Ernst? Wann war das?«

»1990.«

Isabelle dachte kurz nach. »Da kann Porez doch höchstens fünfzehn Jahre alt gewesen sein.«

Bertrand griff zu einem schmalen Aktenordner und legte ihn auf das breite Doppelbett.

»Genau gesagt war er sechzehn Jahre alt«, sagte der Staatsanwalt.

»Worum ging es?«, fragte Isabelle.

»Missbrauch eines zwölfjährigen Mädchens. Aber die Ermittlungen gegen ihn wurden eingestellt. Ich kenne also keine Details.«

»Ich dachte, Jugendsachen wären unter Verschluss?«, sagte Isabelle. »Vor allem dann, wenn sie eingestellt worden sind.«

»Isabelle, unsere Jahrgangsbeste an der Polizeiakademie ...«, machte sich Bertrand mit breitem Lächeln über sie lustig. »Ich kenne da zufällig jemanden vom Jugendstrafrecht.«

»Danke, ich will es gar nicht wissen.« Isabelle drehte mit spitzem Finger die Akte, sodass sie das Aktenzeichen lesen konnte. »Deswegen hast du mich aber nicht sehen wollen – das wäre auch am Telefon gegangen«, sagte sie, und ihre Frage war schon die Antwort.

»Ich dachte, du hättest Lust auf einen Tee mit Meerblick«, schwindelte er und machte mit der Hand eine ausholende Geste, als würde er ihr die ganze Côte d'Azur zu Füßen legen. »Ich denke oft an unsere gemeinsame Zeit. Das sind schöne Erinnerungen.«

»Ich erinnere mich nur, dass du eines Tages nicht mehr aufgetaucht bist.«

»Mein Gott, das ist doch schon so lange her ...«

Bertrand stand jetzt genau vor Isabelle und legte seine Hände auf ihre Hüften. Isabelle war einen Augenblick stumm vor Verblüffung bei dieser übergriffigen Geste.

»Bertrand, ich ...« Sie wandte das Gesicht ab, das er gerade küssen wollte.

Bertrand wich ein paar Zentimeter zurück.

»Wenn ich dich sehe, dann ist alles wieder da«, versuchte er die Situation zu retten. »Unsere Reisen, die romantischen Orte, die wir entdeckt haben – einfach die ganze Zeit mit dir.«

Aus dem Augenwinkel sah sie, wie er zu dem goldenen Ring griff und ihn schnell in seiner Hosentasche verschwinden ließ.

»Ich habe gehört, du bist inzwischen verheiratet?«, sagte sie, und er rückte noch ein Stück von ihr ab. »Wie schön, hast du Kinder?«

»Du bist eine Spaßbremse.« Das klang nach echtem Bedauern.

»Was hast du erwartet?«, fragte sie. »Hast du gedacht, du kommst hierher, und alles ist wie früher?«

»Ich dachte, du freust dich, wenn wir uns wiedersehen.«

»Ich freue mich, wenn ich meine Tochter sehe. Und wenn ich mit meinem wunderbaren Mann zusammen bin.«

»Früher hast du nicht alles so ernst genommen«, warf Bertrand ihr vor. »Warum bist du hierher ins Hotel gekommen?«

»Ganz ehrlich?« Sie sah ihm fest in die Augen. »Weil das mein Job ist. Weil es da draußen eine Mutter gibt, der jemand ihre Kinder genommen hat. Eines davon suchen wir noch immer, falls du es nicht gemerkt haben solltest.«

»Jetzt bist du sauer«, konstatierte Bertrand.

»Ja, das bin ich. Weil du mich zwingst, dir zu sagen, dass da nichts mehr ist zwischen uns beiden, und zwar seit über zwanzig Jahren. Und noch etwas, Bertrand«, sie sah ihm fest in die Augen. »Es war damals keineswegs nur schön und romantisch, wie du sagst.«

In diesem Augenblick klopfte es an die Zimmertür.

»Ja?«, sagte Bertrand kurz, der jetzt verärgert klang.

Die Mitarbeiterin von der Rezeption betrat den Raum und hielt ein kleines Tablett mit einem Noisette und zwei Stücken Zucker in der Hand.

»Nein, danke«, sagte Isabelle und griff nach ihrer Tasche, die auf dem Bett lag. »Danke, aber ich muss los.«

»Aber der Kaffee …?«

»Setzen Sie ihn auf die Rechnung des Procureur. Das zahlt alles der französische Steuerzahler«, sagte Isabelle.

Ohne sich noch einmal umzudrehen, verließ sie das Zimmer.

72. Kapitel

Es war still im Sektionsraum der Rechtsmedizinischen Abteilung der Klinik Saint-Sulpice. Leon hörte nur das leise Summen der Klimaanlage, die die Raumtemperatur exakt auf angenehmen einundzwanzig Grad hielt. Leon trug einen blassblauen OP-Kittel, genau wie sein Assistent Rybaud. Und genauso, darauf legte Leon Wert, wie das ärztliche Personal jeder anderen Abteilung in dieser Klinik.

Die beiden Autopsieräume waren passend dazu blassblau gefliest und strahlten im immer gleichen LED-Licht. Jede Nische, jede Ablage, jedes Regal, überall war penibel gewischt und aufgeräumt. Diese Abteilung hatte so gar nichts von den düsteren und beklemmenden Räumen, wie man sie aus Horrorfilmen kannte, dachte Leon. Ganz im Gegenteil, er legte Wert darauf, dass die Untersuchungstische mit ihren hochmodernen Geräten eher an einen klinisch sauberen Operationssaal als an einen Leichenschauraum im dunklen Keller erinnerten.

In diesem Moment war ein Surren zu hören, als ob etwas im Ventilator der Klimaanlage schleifen würde. Leon stutzte einen Moment, hörte genauer hin, dann lächelte er.

»Sie ist wieder da«, sagte Rybaud. »Aber man kommt nicht an sie ran. Habe ich schon versucht.«

»Wir hatten doch ausgemacht, dass wir sie ab jetzt in Ruhe

lassen«, sagte Leon. In diesem Moment konnte Leon das Geräusch besser hören. Das war kein mechanischer Schaden in der Klimaanlage. Nein, was er da hörte, war der melodische Gesang einer Zikade.

Als das kleine unscheinbare Insekt vor zwei Jahren zum ersten Mal in der Abteilung aufgetaucht war, hatte es für Aufregung gesorgt. Rybaud hatte sich damals in den Kopf gesetzt, das Tier zu fangen und wieder auszusetzen.

Er hatte wirklich alles versucht. Lüftungsschächte auf achtzehn Grad abgekühlt, sie mit Chloroformdampf geflutet oder mit Netzen verschlossen. Eines Tages war Rybaud sogar mit einer Zikadenfalle erschienen, die ihm ein Olivenbauer geschenkt hatte. Vergeblich.

Manchmal dachte Leon, die Zikade wäre für immer verschwunden. Aber nur um einige Tage später wieder zu hören, dass sie ein neues Versteck in der Belüftungsanlage gefunden hatte. Schließlich hatte Leon beschlossen, die Zikade in Ruhe zu lassen. Seit dieser Zeit lebten Mensch und Tier in einer erstaunlichen Symbiose miteinander. Zumindest in der Rechtsmedizinischen Abteilung des Klinikums Saint-Sulpice. Inzwischen fehlte Leon seine Mitbewohnerin regelrecht, wenn sie mal wieder für Tage oder Wochen in Schweigen verfiel. Darum war er angenehm überrascht, als Rybaud die Rückkehr der kleinen Sängerin in die Unterwelt verkündigte.

Mit einem Kopfschütteln zwang Leon sich dazu, sich wieder zu konzentrieren. Die Leiche von Roger Marsenne lag aufgebahrt auf dem großen Seziertisch. Der Mann, den Leon nur einige wenige Male auf Benefizveranstaltungen in Le Lavandou getroffen hatte, wirkte schmal und zu leicht für seine Größe, beinahe zerbrechlich.

»Soll ich einschalten?«, fragte Rybaud und deutete mit einer

Handbewegung auf das Aufnahmegerät, das von der Decke herunterhing und in das Leon während der Obduktion seine Untersuchungsberichte diktierte.

»Noch nicht, später«, sagte Leon, der es nicht mochte, beim Nachdenken unterbrochen zu werden.

Das Rechtsmedizinische Institut verfügte zwar über modernste Analysecomputer – ein MRT-Gerät und ein DNA-Sequenzierer waren vorhanden –, aber nach Leons Ansicht war nichts aufschlussreicher als der erste Blick auf den Toten. Dieser erste Eindruck hatte ihn schon oft auf die entscheidende Spur gebracht. Eine unscheinbare Verletzung, eine ungewöhnliche Körperhaltung, alles konnte Hinweise darauf geben, wie ein Mensch gestorben war. Darum nahm sich Leon für die Begutachtung zu Beginn jeder Untersuchung viel Zeit. Der kleine Riss in der Kniekehle des Toten war ihm sofort aufgefallen. Natürlich war eine solche Verletzung nicht besonders ungewöhnlich, wenn sich ein Selbstmörder auf so brachiale Art das Leben genommen hatte. Dieser Mann hatte sich angeblich kopfüber vom Balkon gestürzt. Da waren Schnitt- und Platzwunden sowie Dutzende Knochenbrüche keine Überraschung, ebenso wie Hämatome, Quetschungen und Stauchungen. Die vorhandenen Verletzungen bestätigten Leons Erwartungen: Vor ihm lag die Leiche eines Mannes, der aus großer Höhe ungebremst auf ein Glasdach aufgeschlagen war.

In der Regel stellten sich Selbstmörder auf Dächer oder Simse, wenn sie in den Tod springen wollten. Dieser Mann war offenbar über das Geländer geklettert und hatte sich dann einfach fallen lassen. Er hatte beim Sturz ein Glasdach durchschlagen und im allerletzten Augenblick doch noch versucht, seinem unausweichlichen Schicksal zu entkommen, indem er den Kopf zur Seite gerissen hat. Leon bückte sich. Das Gesicht auf der rechten Seite des Mannes war zum Teil wie abgeschält. Schulter, Hals und Schlüsselbein hatten das ganze Aufschlaggewicht des Mannes auffangen müssen. Die ungeheure Wucht des Aufpralls hatte diese Körperpartie regelrecht zermalmt.

Hatte der Mann noch gewusst, was er tat, als er sich vom Balkon stürzte, oder befand er sich in seiner Verzweiflung bereits im Delirium?, fragte sich Leon. Die gesplitterten Knochen in Hals, Brust und Schultern hatten Haut und Gewebe durchstoßen. Die schweren Knochen- und Organverletzungen waren leicht zu ertasten und zum Teil auch zu sehen. Und noch etwas war Leon schon auf den ersten Blick aufgefallen. Als der Schädel brach, war Blut aus Ohren und Nase des Opfers geflossen. Was wiederum bedeutete ...

»Was glauben Sie, Docteur, kann jemand solche Verletzungen überleben?« Rybaud war neben Leon aufgetaucht und sah ihn an.

»Schwer zu sagen«, meinte der Docteur. »Vielleicht ein paar Sekunden.«

»Was für ein Albtraum«, sagte Rybaud. »Erst der Sturz, dann der Aufschlag, und dann da zu liegen, im eigenen Blut. Man sieht, was passiert, aber kann nichts tun.«

Leon hatte zu dem Ausleger an der Decke gegriffen, an dem die große beleuchtete Lupe befestigt war. Er zog das Vergrößerungsglas zu sich heran. Da klopfte es, die Tür zum Autopsieraum öffnete sich ein Stück, und Schwester Monique erschien.

»Entschuldigen Sie, Docteur«, sagte die Schwester, »da draußen ist Madame Marsenne, sie hat gesagt, sie hätte einen Termin bei Ihnen. Ich habe ihr gesagt, sie könnte ihren Mann hier in der Rechtsmedizin identifizieren.«

»Das ist richtig«, Leon wandte sich zu Rybaud um. »Decken Sie bitte das Gesicht ab.«

Vor der Tür zur Abteilung für Rechtsmedizin gab es einen kleinen

Warteraum. Zu den ersten Dingen, die Leon damals in seiner neuen Abteilung geändert hatte, gehörten die Fotos an der Wand. Irgendeine unterforderte Innenarchitektin hatte den provenzalischen Charakter der Klinik unterstreichen wollen. Nur so waren die kitschigen Fotodrucke von Lavendelgebinden und Olivenölkännchen zu erklären, die rundum an den Wänden hingen. An einem ruhigen Wochenende hatte Leon kurz entschlossen die Bilder im Wartezimmer abgehängt und durch Drucke von Gemälden van Goghs und Cézannes ersetzt. Keiner der Kollegen hatte jemals ein Wort darüber verloren. Wahrscheinlich war es nie jemandem aufgefallen.

Julie Marsenne stand vor einem kleinen Spiegel neben der Tür und wischte sich mit einem Kleenex vorsichtig eine Träne aus dem Augenwinkel. Dabei schien sie sorgfältig darauf zu achten, dass ihr Make-up nicht durcheinandergeriet.

»Bonjour, Madame«, sagte Leon höflich. »Ich hatte Sie später erwartet.«

»Aber Sie haben doch gesagt ...«

»Das ist in Ordnung, Madame. Ich muss Ihnen nur sagen«, Leon unterbrach sich, als müsste er überlegen, wie er das Problem am besten ansprechen sollte. »Also, wenn Sie uns etwas mehr Zeit lassen würden, dann könnten wir Ihren Mann ...«

»Nein«, sie schüttelte den Kopf. »Ich möchte das alles nur hinter mich bringen. Ich möchte hier nur schnell wieder raus«, fügte sie leise hinzu.

»Verstehe«, Leon wechselte einen kurzen Blick mit der Schwester. »Ich könnte Schwester Monique bitten hierzubleiben.«

»Nein. Ich meine, das ist nicht nötig, vielen Dank.«

Leon gab der Schwester mit einem Nicken zu verstehen, dass sie allein bleiben wollten.

»Ist er das?« Madame Marsenne deutete auf den Toten auf

dem Obduktionstisch, über den Rybaud noch schnell das hellgrüne Leichentuch gezogen hatte.

»Ja«, sagte Leon.

Einen Moment standen sie schweigend nebeneinander im Obduktionsraum. Irgendwo aus den Tiefen der Belüftungsanlage war die Zikade zu hören. Die Witwe starrte eine Weile stumm auf den Toten. Plötzlich ging sie entschlossen nach vorne und griff nach dem Tuch.

»Warten Sie, Madame«, konnte Leon noch sagen. Aber die Warnung kam zu spät. Madame Marsenne hatte das Tuch bereits weggezogen.

Als die Witwe das Gesicht ihres toten Mannes sah, blieb sie abrupt stehen. Sie schien einen Augenblick zu schwanken, wie ein Reisender, der nach einer langen Schiffsfahrt zum ersten Mal wieder festen Boden unter den Füßen spürte. Madame Marsenne griff nach dem Rand des Obduktionstisches. In diesem Moment war Leon schon bei ihr, um sie zu stützen.

»Ist das Ihr Mann?«, fragte Leon förmlich.

Madame Marsenne nickte nur stumm und sah auf den Toten hinab, dem der Sturz das halbe Gesicht zerstört hatte.

»Kommen Sie«, sagte Leon und führte die Witwe nach draußen.

73. Kapitel

Dieses Mal war Isabelle auf Nummer sicher gegangen. Sie war mit dem Renault der Gendarmerie als Erste in den Feldweg eingebogen. Bei ihr im Auto saß nur Lieutenant Masclau. Im zweiten Wagen folgten vier weitere Polizisten. Ein Team der Sondereinheit würde in zehn Minuten eintreffen. Ein Helikopter stand in Pierrefeu bereit.

In einem Waldstück von mächtigen alten Esskastanienbäumen ließ Isabelle die beiden Fahrzeuge anhalten. Sie stieg aus und machte ihrem kleinen Team noch einmal klar, was für alle auf dem Spiel stand.

Pepin Porez war mit hoher Wahrscheinlichkeit der Entführer von Lucas und Louisa Marsenne. Isabelle war sich nicht sicher, ob sich der Gesuchte in diesem Moment auf dem Gelände des Gehöftes Le Refuge aufhielt. Telefonisch war er nicht zu erreichen gewesen. Wenn er wirklich der Entführer war, und davon ging die Polizei aus, dann war er wahrscheinlich der Einzige, der wusste, wo die kleine Louisa Marsenne gefangen gehalten wurde. Das bedeutete, Porez durfte bei seiner Festnahme auf keinen Fall getötet oder schwer verletzt werden. Die Gendarmerie brauchte seine Aussage, dringend. Capitaine Isabelle Morell stieg wieder in ihren Wagen. Sie und Masclau würden als Erste bei dem Bauernhaus eintreffen und die Lage sondieren. Würde es Probleme mit Porez geben, waren da immer noch die Kollegen im zweiten Fahrzeug, um die Aktion zu sichern.

»Fahren wir«, sagte Isabelle. »Wenn Sie nichts anderes hören, folgen Sie in fünf Minuten.«

Isabelle bog mit dem Wagen in den Hof ab. Sie stoppte unter einer der Platanen, und Masclau und sie stiegen aus. Beide trugen Zivil. Das ließ ihren Einsatz weniger offiziell erscheinen und würde Porez vielleicht leichter vor die Tür locken. Isabelle gab ihrem Lieutenant ein Handzeichen, dass sie es auf der Rückseite versuchen würde, während er weiter energisch an die Haustür klopfte.

»Monsieur Porez«, rief Masclau. »Wir müssen dringend mit Ihnen sprechen.«

Niemand rührte sich. Der Hof lag ruhig und friedlich in der Sonne. Auf einem Tisch gleich neben der Eingangstür war ein Regal mit verschiedenen Sorten von Maronencreme aufgebaut, die Isabelle schon bei ihrem letzten Besuch registriert hatte. Daneben eine schwarze Tafel, auf der die Preise notiert waren. Außerdem stand da noch eine Kiste mit frisch geernteten Feigen. Die Früchte waren reif, süß und saftig und wurden von Wespen umschwärmt.

»Hallo, Monsieur Porez. Sind Sie da?« Dieses Mal klopfte der Lieutenant mit der Faust. Er drückte auf die Klinke, und die Tür öffnete sich ein Stück.

Isabelle hatte inzwischen das Bauernhaus umrundet. Es war nichts zu hören, bis auf das ewige Zirpen der Zikaden. Wie waren diese kleinen Insekten nur in der Lage, so laute Töne zu produzieren, fragte sie sich wie immer. In diesem Moment hörte sie ein Klirren. Das Geräusch kam aus der Scheune gegenüber, deren Tor offen stand. Gleich neben dem Tor gab es einen Komposthaufen. Er roch nach fauligen Früchten und wurde von fetten Fliegen und gelben Zitronenfaltern umschwärmt. Wieder ein Geräusch, wieder aus der Scheune. Isabelle war zur Rückwand des Gebäudes geschlichen und betrat leise die Scheune. Automatisch wollte sie zu ihrer Waffe greifen, doch sie hielt sich zurück.

Wir brauchen ihn unverletzt, sagte sie sich. Er ist vielleicht der Einzige, der weiß, wo das Kind ist.

»Monsieur Porez«, rief sie in das Halbdunkel der Scheune. Im Dämmerlicht konnte sie zunächst nicht erkennen, dass sie beobachtet wurde. Der Mann hatte im tiefen Schatten des Raumes gestanden.

Als sie seine Bewegung wahrnahm, war es bereits zu spät. Sie wollte ausweichen, aber er traf sie mit einem heftigen Stoß in die Seite. Isabelle schlug mit voller Wucht gegen ein eisernes Metallregal. Wie ein Blitz durchfuhr der Schmerz ihren Körper, und sie stürzte zu Boden. Isabelle lag auf dem Rücken wie ein hilfloser Käfer und rang nach Luft. Erst in diesem Augenblick erkannte sie Porez, der sich über sie beugte und ihr die Sig Sauer 9 Millimeter aus dem Gürtelholster riss.

»Mund halten«, drohte Porez und zielte dabei auf Isabelle, die sich auf den Bauch gewälzt hatte, jetzt am Boden kniete und keuchend nach Atem rang.

»Legen Sie die Waffe weg.« Isabelle musste husten. »So machen Sie es nur noch schlimmer.«

»Ta gueule«, zischte Porez sie an.

In diesem Moment kam Masclau in die Scheune gelaufen. Er erfasste die Situation mit einem Blick. Das Ziehen seiner Waffe und das Anvisieren des Gegners geschahen ganz automatisch. Es war eine hundertmal in der Schießausbildung geübte Bewegung, die damit endete, dass die Mündung von Masclaus Waffe mitten auf die Stirn von Porez zielte.

»Nicht schießen, Didier, um Himmels willen«, stieß Isabelle

zwischen zwei Atemzügen keuchend hervor. Der Stoß von Porez drehte ihr noch immer die Luft ab.

»Waffe fallen lassen. Sofort!« Masclau sah Porez starr in die Augen.

»Hör auf«, schrie Isabelle, »hör auf, meine Waffe ist gar nicht durchgeladen.«

»Verdammt noch mal!« Masclau entspannte sich schlagartig. Er betrachtete Isabelles Dienstwaffe in Porez' rechter Hand. Der Hahn war gespannt, aber der kleine Sicherungsanzeiger stand auf Rot. Was so viel bedeutete, wie dass sich keine Patrone in der Kammer der Waffe befand.

»Verdammtes Arschloch«, wiederholte Masclau und packte die Waffe, mit der Porez immer noch auf Isabelle zielte. »Ich hab gesagt, du sollst das Ding fallen lassen.«

»Ich drück ab, ich schwör es«, sagte Porez drohend. »Ich drück ab.«

»Quatsch, gar nichts tust du, Idiot.« Masclau zerrte an Isabelles Waffe.

In diesem Moment drückte Porez den Abzug durch. Doch die Pistole gab nur ein metallisches Klicken von sich, als der Hahn auf die leere Kammer traf.

Das war der Augenblick, in dem Masclau die Beherrschung verlor. Er holte aus, und seine geballte Faust traf Porez voll gegen das Kinn. Der Gärtner strauchelte und kämpfte um sein Gleichgewicht. Masclau setzte zum nächsten Schlag an, als Isabelle ihn am Arm packte.

»Hör sofort auf damit, Didier«, sagte sie verärgert.

»Er wollte dich erschießen«, rief Masclau. »Hast du das überhaupt mitbekommen?«

»Er hat mich geschlagen, der Flic hat mich geschlagen«, jammerte Porez in diesem Moment und griff sich an die Nase. Dann betrachtete er seine Hand. »Ich blute. Ich zeige Sie an, ich zeige Sie alle an.«

Masclau hielt Porez im Polizeigriff. Isabelle hob ihre Waffe vom Boden auf, dann stellte sie sich direkt vor den Verdächtigen.

»Pepin Porez, ich nehme Sie fest wegen Erpressung und der Entführung von Lucas und Louisa Marsenne«, Isabelle versuchte, so professionell wie möglich zu sprechen, während sie spürte, wie das Adrenalin in ihrem Körper langsam wieder abebbte.

»Lucas und Louisa, ich?« Er schüttelte den Kopf. »Mann, ihr Amateure, das könnt ihr doch nicht wirklich glauben? Wer behauptet das? Ich habe doch die Kinder nicht ... So was könnte ich gar nicht, niemals.«

Isabelle betrachtete Porez, der jetzt von vier Polizisten zu einem der Polizeifahrzeuge gebracht wurde. Isabelle konnte es nicht glauben. War das wirklich der Mann, der zwei Kinder entführt hatte und zwei Millionen Euro erpressen wollte?

»Gratuliere, Capitaine«, einer von Isabelles Kollegen klopfte ihr auf die Schulter. »Dafür gibt's mindestens 'ne Woche Sonderurlaub.«

»Danke«, sagte Isabelle skeptisch, »aber ich fürchte, das mit dem Urlaub muss noch eine Weile warten.«

74. Kapitel

Im Vernehmungszimmer war es heiß wie in einer Sauna, was nicht nur an den warmen Sommertagen lag, sondern vor allem an der Klimaanlage, die bei Außentemperaturen von dreißig Grad oder darüber regelmäßig ihren Dienst quittierte. Das Problem bestand seit Jahren: Das System hätte längst ausgetauscht gehört, aber der Besitzer der Installationsfirma war zufällig der Schwager des Polizeichefs. Der Mann hatte die Anlage eingebaut, jetzt stand er auch für die Wartung gerade. Aber genau an diesem Punkt hakte es. Ständig fehlten Ersatzteile oder Reparaturtermine platzten. Die Klimaanlage war ein ewiges Ärgernis. Aber was sollte man machen? Wenn Zerna seine Frau auf ihren Bruder ansprach, war sie immer gleich für Tage beleidigt. Doch heute schien die Hitze niemanden zu stören.

Überall im Revier konnte man die Erleichterung spüren: Sie hatten den Entführer der Kinder gefunden. Jetzt kam es nur noch darauf an, dass Porez verriet, wo er die kleine Louisa gefangen hielt, und zwar so schnell wie möglich.

Der Gang vor dem Vernehmungsraum war voller Polizisten, und Gerüchte hatten Hochkonjunktur, sodass sich Zerna schließlich genötigt sah, persönlich alle wieder an ihre Schreibtische zurückzuscheuchen.

Zerna war allerbester Laune. Keine Stunde nachdem Isabelle

ihren Erfolg gemeldet hatte, hatte er einen Anruf aus dem Innenministerium in Paris bekommen. Und zwar vom Minister persönlich. War das zu fassen? Als er mit dem Innenminister verbunden wurde und sich mit »Commandant Zerna, Gendarmerie Le Lavandou« vorstellte, war er aufgesprungen und hatte neben seinem Schreibtisch Haltung angenommen.

»Monsieur le Ministre«, hatte Zerna gesagt, »ich bin stolz, Ihnen mitteilen zu können, dass die Gendarmerie unter meiner Leitung den Entführer der beiden Kinder der Familie Marsenne gestellt und verhaftet hat.«

»Sehr gut, Commandant, sehr gut«, sagte der Minister. »Hat der Täter gestanden?«

»Noch nicht, Monsieur le Ministre, aber ich erwarte, also wir erwarten, dass er das jede Minute tun wird. Wie haben den Täter in der Zange. Da kommt er nur noch mit einem Geständnis raus.«

»Na, hoffen wir mal. Das Innenministerium setzt große Erwartungen in Sie.«

»Ich habe Ihnen den Täter gebracht, Ministre, ich werde Ihnen auch das Geständnis dieses Ungeheuers bringen.«

»Ungeheuer? Ungeheuer ist gut. *Bonne journée*, Commandant«, hatte der Minister knapp gewünscht und aufgelegt.

Eine Weile stand Zerna nur stumm da und spürte den Wellen von Glück nach, die wie elektrischer Strom durch seinen Körper pulsierten. Wie lange hatte er dieses Gefühl schon nicht mehr gespürt? Wenn es nach ihm ginge, würde er sich jetzt in ein gemütliches Bistro setzen, sich ein wenig feiern lassen und bei einem Glas Rosé die Welt genießen. Aber es ging eben nicht nach ihm. Zerna wusste natürlich ganz genau, dass sie keineswegs mit einem schnellen Geständnis rechnen konnten. Darum hatte er angeordnet, das gesamte Gelände des Gehöfts Le Refuge akribisch zu durchsuchen.

Zwei Stunden später waren fünfzig Polizeibeamte vor Ort. Dazu kamen noch die Helfer der Feuerwehr und ein paar Freiwillige, zwei Suchhunde und ein Hubschrauber mit Wärmebildkamera, der das Gelände bereits in allen Richtungen überflogen hatte, vergeblich. Entweder das gesuchte Kind war nicht auf diesem Gelände, oder es war auf eine Weise versteckt worden, dass der Hubschrauber es nicht erkennen konnte. Zerna war wild entschlossen, die kleine Louisa zu finden, hier und heute. Das hatte er schließlich dem Minister versprochen. Da sollte ihm bloß keiner mit Ausflüchten kommen. Hier würde so lange gesucht, bis etwas gefunden würde.

Während sein Hof auf den Kopf gestellt wurde, saß Porez im Befragungsraum und schwitzte. Unter seinen Achselhöhlen hatten sich auf dem schmutzigen Khakihemd dunkle Schweißflecken gebildet. Porez saß da wie ein Mann, der sich einfach nicht eingestehen wollte, dass er verloren hatte, dachte Isabelle. Sie saß ihm gegenüber an dem verschrammten Metalltisch mit der blassgrauen Resopalplatte. An Porez' Handschelle befand sich jetzt eine Metallkette, die an einer Öse des Tisches fixiert war.

»Was wollen Sie denn noch wissen?« Porez' Stimme hatte einen beleidigten Tonfall angenommen.

»Erzählen Sie uns die Wahrheit«, sagte Isabelle, »dann ist das hier alles ganz schnell zu Ende.«

»Ich erzähl Ihnen die Wahrheit, die ganze Zeit erzähle ich die Wahrheit.«

»Sie wissen, was wir hören wollen.«

»Das weiß ich eben nicht. Ich weiß nur, dass ich mit dem ganzen Mist nichts zu tun habe.«

Isabelle sah Porez freundlich an. Obwohl sie am liebsten in den Flur gegangen wäre und Kadir mit Porez allein gelassen hätte. Der Lieutenant war verheiratet und hatte selbst eine kleine Tochter. Aber Isabelle blieb im Vernehmungsraum. Sie sah auf die Uhr. Die Befragung dauerte jetzt schon mehrere Stunden. Porez hatte auf einen Anwalt verzichtet – offenbar traute er nur einer Berufsgruppe weniger als Polizisten. Anwälten.

Ursprünglich wollte Zerna selbst die Vernehmung führen, aber Isabelle hielt das für keine gute Idee. Auch Masclau räumte sie keine Erfolgschancen ein. Zu grob, zu aggressiv, hatte Isabelle dem Polizeichef gesagt. Wenn sie überhaupt eine Chance hatten, dann nur, indem sie Porez zeigten, dass dieses kleine Mädchen ein verängstigtes Kind war, das sich in einer Notlage befand und um das eine Mutter trauerte. Isabelle wollte sein Mitleid wecken.

Pepin Porez hatte sich auf den Blechstuhl gefläzt und sah in dem fensterlosen Raum zur Decke. So als würde ihn das alles gar nichts angehen. Aber Isabelle sah an seinem suchenden Blick, dass diese Lässigkeit nur gespielt war. Er hatte Angst, eine Menge Angst. Und er sah aus wie einer, der etwas versteckte. Irgendwo tief in seiner Seele.

»Sie könnten das alles mit einem Wort beenden«, sagte Isabelle in freundlichem Ton.

»Nein, kann ich nicht. Weil ich nämlich nichts weiß.« Der Tatverdächtige schwieg.

Isabelle betrachtete ihn. Er kam ihr vor wie jemand, der fliehen wollte, aber wusste, dass es da keinen Ausgang für ihn gab. Je länger die Vernehmung dauerte, umso größer wurden Isabelles Zweifel an der Schuld dieses Mannes. Vielleicht log Pepin Porez tatsächlich nicht? Oder er verbirgt etwas anderes, überlegte Isabelle.

»Damals in Bormes, auf dem Frühlingsfest. Sie erinnern sich …?«, begann Kadir ohne Vorwarnung.

Porez sah ihn erschrocken an.

»Versteh ich nicht«, sagte Porez.

»Sie verstehen ganz genau. Ich rede von der Kleinen, über die Sie damals hergefallen sind. Wie alt war das Mädchen, elf Jahre?«

»Nein, sie war zwölf«, sagte Porez, als ob das irgendetwas verbessern würde.

»Toll«, sagte Kadir spöttisch. »Ihr seid also zu dritt über das Mädchen hergefallen.«

»Nein, sind wir nicht.«

»Das hat aber damals die Polizei ermittelt.«

»Das Verfahren wurde eingestellt. Kam ja nicht mal vor Gericht.«

»Aber bestreiten tust du's nicht?«, drängte Kadir.

»Das war 'ne Jugendsache. Ich war erst 16. Außerdem ist das alles längst verjährt. Das dürfen Sie gar nicht wissen.«

»So, dürfen wir das nicht?«, sagte Kadir mit zynischem Unterton.

»Warum haben Sie die kleine Louisa entführt?«, fragte Isabelle.

»Ich hab sie nicht entführt«, sagte er. »Scheiße, das habe ich Ihnen doch schon tausendmal gesagt.«

»Was haben Sie gegen das Mädchen? Oder ist es das Geld?« Isabelle ging nicht auf Porez' Bemerkung ein, sondern rutschte auf dem Stuhl ein Stück weiter auf ihr Gegenüber zu. Porez schwieg und versuchte, an ihr vorbeizusehen.

»Du warst geil auf sie? Wolltest die kleine Louisa haben, ja?«, ging jetzt Kadir dazwischen. »Genauso wie damals die Kleine in Bormes.«

»Nein, das wollte ich nie. Ich hab mit Louisa und Lucas manchmal gespielt, wenn ihre Mutter nicht da war … Ich mag die beiden. Echt.«

»Klar, wir haben ja gesehen, wie Sie die beiden mögen«, sagte Kadir bitter.

»War doch sonst keiner da. Hat sich niemand interessiert für die Kleinen.«

»Ich denke, das war's dann.« Kadir nickte Isabelle zu.

Isabelle sah den Verdächtigen schweigend an.

»Kann ich jetzt gehen?«, fragte Porez.

»Sie scheinen gar nicht zu begreifen, worum es für Sie geht, Monsieur Porez. Sie können nicht gehen, nein.«

»Wieso nicht?« Porez rutschte nervös auf seinem Stuhl hin und her. »Ich geh jetzt, mir langt's.« Der Gärtner wollte aufstehen, aber die Kette an der Handschelle hielt ihn zurück.

»Hinsetzen«, sagte Kadir streng. »Sie gehen nirgendwohin. Ganz bestimmt nicht.«

»Monsieur Porez, Sie sind unser Hauptverdächtiger in einem Fall von Kindesentführung. Erpressung und Menschenraub, das sind schwere Verbrechen, sehr schwere.« Isabelle sprach klar und sachlich.

»Da reden wir von zehn bis fünfzehn Jahren, Minimum«, sagte Kadir.

»Das können Sie nicht machen. Ich habe mit alldem nichts zu tun.«

»Aber dass Sie in der fraglichen Nacht Lucas Marsenne zum Kirmesplatz gebracht haben, das bestreiten Sie ja kaum. Dafür haben wir sogar Augenzeugen, Monsieur Porez.«

Porez zögerte einige Sekunden.

»Das bedeutet Knast, so oder so«, sagte Kadir.

»Wo hatten Sie den Jungen versteckt, Porez?« Isabelle sah den Mann an, als wollte sie ihn schlagen.

»Ich hab ihn zum Karussell gebracht«, Porez sprach leise, fast flüsternd. »Was hätte ich denn sonst tun sollen, verdammt?«

Isabelle hielt den Atem an. War Porez gerade dabei zu gestehen?

»Sie hätten zur Polizei gehen können«, sagte Isabelle.

»Was hätte ich sagen sollen? Ich hab den Lucas doch nur gefunden.«

»Na klar, gefunden ...« Kadirs Stimme triefte vor Sarkasmus.

»Er lag in einem trockenen Brunnenschacht.«

»Wo?« Das Wort klang aus Isabelles Mund wie ein Befehl.

»Da ist schon lange kein Wasser mehr drinnen. Der Brunnen ist seit zwanzig Jahren trocken.«

»Und wo befindet sich dieser ominöse Brunnen?«, fragte Kadir genervt.

»Oben auf dem Grundstück von Le Refuge«, sagte Porez zögernd.

»Auf Ihrem Hof?«, wunderte sich Kadir.

»Wer hat den Jungen da reingeworfen in den Brunnen?«, fragte Isabelle. »Mein Gott, jetzt reden Sie endlich, wenn Sie's wirklich nicht waren, rücken Sie jetzt endlich raus mit der Sprache, verdammt.«

»Scheiße, ich habe ihn rufen hören in der Nacht.«

»Aus dem Schacht?«, fragte Isabelle.

»Sag ich doch.«

»Was haben Sie da gedacht?«

»Nichts hab ich gedacht. Ich bin hin mit der Taschenlampe«, sagte Porez. »Ich hab gedacht, das ist bestimmt mal wieder so ein besoffener Tourist. Ist schon mal einer reingefallen vor ein paar Jahren. Ich wollte dem helfen.«

»Helfen ...?« Kadir lachte gepresst.

»Monsieur Porez«, sagte Isabelle »Uns interessiert nur eine Frage: Wo ist das Kind, wo ist Louisa?«

»Ich weiß es nicht«, wimmerte Porez, »ich hab wirklich keine Ahnung. Lucas war allein und hat nicht mehr reagiert.«

In diesem Moment vergaß Kadir alle Vorschriften. Der Mann,

der sich sonst immer so korrekt verhielt, machte plötzlich einen schnellen Schritt nach vorn, packte den Verdächtigen an seinem Khakihemd und riss ihn nach vorn. Porez schlug mit dem Oberkörper und dem Kopf auf die Tischplatte.

»Lass mich los«, schrie Porez erstickt.

»Moma, hör auf, sofort«, rief Isabelle, aber Lieutenant Kadir hörte sie nicht.

Der Lieutenant beugte sich bis auf ein paar Zentimeter an Porez heran.

»Wo ist das Kind?«, fragte Kadir. »Wo hast du das Mädchen versteckt? Verfluchte Scheiße, ich schwöre, ich mach dich fertig.«

75. Kapitel

Leon hatte die Obduktion von Roger Marsenne fast abgeschlossen. Der Tote zeigte keine besonderen Auffälligkeiten, jedenfalls nicht aus medizinischer Sicht. Leon schätzte, dass Roger bei seinem Sturz zuletzt eine Geschwindigkeit von mindestens sechzig Stundenkilometern erreicht hatte. Der Tod war durch multiples Organversagen eingetreten, wie Leon es ins Obduktionsprotokoll diktierte. Schwerste Frakturen des Scheitelbeins waren die mortalen Folgen. Genauer gesagt war der Schädel beim Aufschlag regelrecht zerplatzt. Das Gehirn war aus dem Riss in der Schädeldecke herausgequollen. Wenn es zu einer solchen Verletzung kam, stellte der Körper schlagartig alle Funktionen ein. Sollte das Opfer diesen Sturz tatsächlich um ein paar Sekunden überlebt haben, dann war davon auszugehen, dass Roger Marsenne davon nichts mehr mitbekommen hatte.

Leon betrachtete die Leiche. Marsenne war ein Mann gewesen, der gemessen an seiner ungesunden Lebensweise zwischen Laborarbeit, Familienproblemen und Spielsucht einen erstaunlich gesunden Körper besessen hatte. Allerdings wiesen verschiedene deutlich erhöhte Blutwerte auf die regelmäßige Einnahme von Psychopharmaka hin. Nach Aussage seiner Frau hatte Roger Marsenne diese Tabletten zur Dämpfung seines Asperger-Syndroms eingenommen. Es handelte sich um die gleichen Substanzen, die Leon auch im Blut von Lucas Marsenne nachgewiesen hatte.

Die Verletzungen dieses Körpers entsprachen alles in allem ziemlich genau dem, was Leon erwartet hatte. Es gab allerdings eine Spur, die bei genauerer Betrachtung nicht ins Bild von einem Suizid passen wollte. Diese ganz besondere Verletzung hatte sich Leon bis zum Ende seiner Untersuchung aufgehoben. Es war die Wunde in der rechten Kniekehle des Opfers, die ihn stutzig gemacht hatte.

Leon hatte die beleuchtete Lupe am Gelenkarm nach unten gezogen. Jetzt lag die Leiche von Roger Marsenne Bauch nach unten auf dem Sektionstisch. Leon betrachtete fasziniert den Riss in der Haut der rechten Kniekehle. Es war eine Schürfwunde, nicht länger als ein Zeigefinger. Leon nahm vom Rollwagen ein durchsichtiges Plastiklineal mit deutlicher Skalierung, das er an die Verletzung anlegte.

»Machen Sie mir bitte Fotos von der Verletzung mit und ohne Lineal.«

Rybaud machte mit einer hochauflösenden Kamera die Aufnahmen, die direkt über WLAN in die Datenbank der Rechtsmedizin eingelesen wurden. Danach legte er die Kamera zurück auf den Rollwagen.

»Stellen Sie sich vor, Rybaud«, Leon sah von dem Toten auf und musterte seinen Assistenten, »Sie wollten Ihrem Leben ein Ende setzen und sich vom Balkon eines achtstöckigen Hauses in die Tiefe stürzen. Wie würden Sie das machen? Der Stuhl hier ist das Geländer.« Leon schob einen Stuhl aus Aluminium vor Rybaud.

»Ich versteh nicht ganz«, antwortete Rybaud vorsichtig. Er war sich nicht sicher, ob sich sein Chef mit ihm nur einen Scherz erlaubte oder ob er Dr. Ritter gerade brillieren sah. Schließlich war Leon für seine ungewöhnlichen Untersuchungsmethoden bekannt.

»Was geht Ihnen durch den Kopf, wenn Sie sich vorstellen, Sie würden springen?«

»Keine Ahnung ... Ich würde vermutlich bis zum Geländer gehen und dann ...« Rybaud dachte einen Moment nach.

»Das Geländer ist ungefähr hüfthoch.«

»Gibt es Stühle?«, fragte Rybaud.

»Einen Verandastuhl, ja.«

»Ich würde bis zum Geländer gehen und auf den Stuhl steigen«, Rybaud stand vor der Stuhllehne.

»Und dann?«, wollte Leon wissen.

Rybaud schwang sein rechtes Bein über den Stuhl und stand jetzt mit dem Rücken zu Leon. Er ruderte theatralisch mit den Armen. »Und dann Abflug.«

»Sie würden sich also vorwärts in den Abgrund stürzen?«

»Wie denn sonst? Ich will doch wissen, wohin die Reise geht.«

»Vorwärts in den Tod ...«, sagte Leon nachdenklich, und Rybaud nickte. »Und wie kommt dann die Verletzung in die Kniekehle?«

»Kommt darauf an, woher sie stammt.«

»Sie stammen von einer Kreuzschlitzschraube an dem Geländer. Ich habe am Geländer eine Vergleichsprobe genommen«, sagte Leon.

»Dann ist der Mann auf keinen Fall vorwärts gesprungen«, überlegte Rybaud.

»Richtig«, sagte Leon. »Aber wenn jemand rückwärts über das Geländer gestoßen wurde ... Jemand, der sich nicht mehr wehren konnte ...?«

»Worauf wollen Sie hinaus, Docteur?«

»Ich möchte mir die Schädelfraktur noch einmal ansehen.«

Leon stand auf und ging zum Kopf des Opfers. Eine Weile betrachtete er die Wunde durch die starke Lupe.

»Ich brauche noch ein paar Fotos«, sagte Leon.

76. Kapitel

Die Gendarmerie in der Avenue André del Monte platzte aus allen Nähten. Die Nachricht von einer ernst zu nehmenden Verhaftung hatte sich wie ein Lauffeuer verbreitet und das zuletzt erloschene Interesse der Medien mit neuer Gewalt aufbranden lassen. Reporter drängten sich in die Kantine mit gezückten Notizblöcken, das Handy am Ohr. Die Kameraleute der TV-Stationen filmten alles, was sich bewegte, und wenn sie nicht von den Polizeibeamten an die frische Luft gesetzt wurden, gab es sowieso nur eine Frage, die alle interessierte: »Hat Porez endlich verraten, wo er die kleine Louisa versteckt hat?«

Die Besprechung, die Zerna angesetzt hatte, war natürlich ausschließlich für Polizisten der Gendarmerie gedacht, aber heute drückte der Polizeichef beide Augen zu. Er genoss den Moment, als er mit seinem Team in die Kantine marschierte und die Kameras liefen. Erst als auch dieser Raum zu klein für den Ansturm wurde, ließ der Polizeichef die Kantine räumen. Es dauerte gut zwanzig Minuten, bis sich die Lage beruhigt und die Reporter endlich das Gebäude verlassen hatten.

Die Besprechung in der Kantine begann Zerna mit der üblichen Lobhudelei. Zunächst auf sich selbst und dann auf das Team, dem es gelungen war, einen landesweit gesuchten Entführer und Erpresser zu verhaften.

»Diesen Erfolg verdanken wir ganz besonders unserer unermüdlichen Kollegin Capitaine Morell und ihrem großartigen Team.« Zerna teilte den Ruhm mit verhaltenem Klatschen und falschem Lächeln.

Die übrigen Beamten applaudierten wild, als Isabelles Name fiel. Einige trampelten zustimmend auf dem Boden. Natürlich wusste Zerna, dass Porez noch nicht gestanden hatte. Und es sah auch nicht so aus, als würde er das so bald tun. Aber allein dass Porez zugegeben hatte, den Jungen in der fraglichen Nacht unter dem Karussell versteckt zu haben, wertete Zerna, genauso wie die meisten Polizisten im Raum, als eine Art von Teilgeständnis.

»Ich möchte mich auch bei allen anderen Kollegen und Kolleginnen für ihr unermüdliches Engagement bedanken«, sagte der Polizeichef.

»Wie stehen unsere Chancen, dass Porez gesteht?«, wollte Staatsanwalt Simon wissen.

»Es hat fast vier Stunden gedauert, bis er zugegeben hat, dass er den Jungen auf seinem Grundstück gefunden hat«, sagte Masclau und malte bei dem Wort »gefunden« imaginäre Anführungszeichen in die Luft.

»Heißt das, wir müssen noch mal vier Stunden warten?«, fragte der Staatsanwalt ungeduldig, und Masclau zuckte mit den Schultern.

»Was wird jetzt aus dem Mädchen, wenn er es wirklich war?« unterbrach Kommissarin Lapierre und sah Zerna, der neben ihr saß, fragend an.

»Was meinen Sie, Madame la Commissaire?«

»Wenn Porez das Kind entführt hat, dann muss er es schließlich auch versorgen«, erklärte Madame Lapierre. »Eine Vierjährige braucht Essen und Trinken. Sie braucht Zuwendung, ein warmes Bett, jemanden, der sie beruhigt. Wenn Sie diese Person festnehmen, dann ...« Madame Lapierre ließ den Gedanken einen Moment in der Luft hängen. »Wer kümmert sich dann um das Mädchen?«

»Wir haben alles auf dem Hof durchsucht«, sagte Kadir. »Da gab es keine Spur eines Kindes, nicht die geringste.«

»Aber dass wir den Täter haben, in diesem Punkt sind wir doch einig«, sagte Zerna.

»Sind wir das?«, stellte Madame Lapierre die Frage, die Zerna sofort Farbe ins Gesicht trieb, und sah Leon an. »Ich hatte das Gefühl, Sie sind nicht von Porez' Täterschaft überzeugt, Monsieur le Médecin Légiste?«

»Haben Sie uns etwas zu berichten?«, fragte Zerna, und es klang so, als wollte er auf keinen Fall etwas anderes als Bestätigung hören.

»Wenn Porez tatsächlich die beiden Kinder entführt hat«, sagte Leon, »dann frage ich mich, warum Monsieur Marsenne vergangene Nacht vom Balkon gesprungen sein soll.«

»Wie wäre es mit Verzweiflung?«, fragte Zerna. »Sie wollen uns doch nicht erzählen, dass der Vater seine Kinder entführt hat?«

»Warum nicht? Ein Motiv hätte er: hohe Schulden. Und er hatte Gelegenheit, die Tat zu begehen«, sagte Leon.

»Unsinn.« Zernas Gesichtsfarbe war zu einem ungesunden Hellrot geworden. »Marsenne ist ein geachtetes Mitglied der Gesellschaft. Er hat sich nie etwas zuschulden kommen lassen. Es gibt keinen Grund zu glauben, er hätte nicht Selbstmord aus schierer Verzweiflung begangen.«

»Da muss ich widersprechen, Commandant.« Leon sprach betont höflich, aber bestimmt. »Die Obduktion vermittelt ein anderes Bild.«

»Ich bitte Sie, Docteur«, sagte Zerna. »Den Selbstmord werden wir erst einmal zurückstellen. Im Moment hat die Rettung der kleinen Louisa absoluten Vorrang. Das scheint mir das Allerwichtigste, und nicht irgendwelche Spekulationen über einen Selbstmord, der plötzlich keiner mehr sein soll.«

»Die Fakten der Obduktion sollten wir zu keinem Zeitpunkt außen vor lassen«, sagte Leon und legte einen schmalen Aktenhefter vor sich auf den Tisch.

»Nun gut«, Zerna lehnte sich in seinem Stuhl zurück, »dann bin ich gespannt auf den Untersuchungsbericht der Rechtsmedizin. Bitte, Docteur. Aber machen Sie es kurz.«

»Danke«, sagte Leon.

In der Kantine wurde es still, so wie meistens, wenn Leon von seiner Arbeit berichtete. Niemand wollte etwas von dem verpassen, was der Rechtsmediziner zu sagen hatte.

»Die Verletzungsspuren, die wir an der Leiche von Roger Marsenne gefunden haben, weisen eindeutig auf Fremdeinwirkung hin.«

»Aber sicher sind Sie sich nicht«, ätzte Zerna.

»Den Spuren nach zu urteilen, war Marsenne dabei, zu Bett zu gehen. Er trug bei seinem Sturz einen Pyjama. Außerdem waren seine Schuhe auf dem Fußboden verstreut, als hätte er sie verloren. Bereitet sich so ein verzweifelter Mann auf einen Suizid vor?«

»Solche Schlüsse zu ziehen, ist allerdings Aufgabe der Polizei und nicht die der Rechtsmedizin«, erinnerte Zerna besserwisserisch.

»Dann zu den forensischen Untersuchungen«, Leon ließ sich von Zerna nicht verunsichern. »Auffällig, neben zahlreichen Sturzverletzungen, ist ein kleiner Schnitt in der rechten Kniekehle, der ganz offensichtlich durch eine lose Schraube des Balkongeländers verursacht wurde.«

»Woher wissen Sie das?«

»Es wurde genau dokumentiert.« Leon schob dem Polizeichef zwei Fotos über den Tisch. Eines war die Detailaufnahme des fraglichen Geländerabschnitts, inklusive der Schraube, das andere war eine Aufnahme der entsprechenden Verletzung am Bein des Opfers.

»Um sich auf diese Art zu verletzen«, erklärte Leon, »hätte sich Marsenne auf das Geländer setzen und sich dann rückwärts in die Tiefe stürzen müssen.«

»So was macht doch niemand«, brummte einer der Beamten in der ersten Reihe.

»Danke, der Meinung waren wir auch. Jemand muss ihn über das Geländer gestoßen haben.«

»Und das hätte sich Monsieur Marsenne einfach so gefallen lassen«, sagte Zerna spöttisch.

»Das haben wir uns auch gefragt. Ich habe mir daraufhin die Fraktur am Scheitelbein noch einmal genauer angesehen beziehungsweise das, was nach dem Aufschlag auf dem Steinboden von einer möglichen ersten Fraktur noch zu erkennen war.«

»Das ist doch wieder nur so eine Theorie«, kam Masclau seinem Chef zu Hilfe.

Gleichgültig reichte Leon ein weiteres Foto an Zerna und Staatsanwalt Simon weiter. »Das Bild zeigt am oberen Rand des Scheitelbeins eine etwa zehn Zentimeter lange Bruchkante«, erläuterte Leon.

»Was ist das?«, fragte Kommissarin Lapierre, für die der Anblick des stark zertrümmerten Kopfes nur schwer zu ertragen war.

»Es gibt eine glatte Kante am Rand der Schädelverletzung. Der Schlag wurde mit einem scharfkantigen, harten, schweren Gegenstand ausgeführt. Eine Eisenstange, ein Stuhlbein, etwas in der Art.«

»Sie spekulieren wieder?«, sagte Zerna.

»Nicht ganz. Wir wissen, dass der Schlag nicht tödlich war, das Opfer aber betäubt hat. Dabei hat sich ein großes Hämatom am Scheitelbein rechts gebildet. Marsenne lebte also noch, als ihn jemand kurz darauf rückwärts über das Geländer gezogen und von der Terrasse gestoßen hat.«

»Da sind Sie sich sicher ...?« Zerna konnte nur schwer verbergen, dass er von Leons Schlussfolgerungen beeindruckt war.

»Ja, ich verstehe die Spuren als eindeutige Hinweise auf den Ablauf des Geschehens auf der Terrasse«, erklärte Leon.

»Wir werden diesen Spuren nachgehen«, sagte Zerna, »aber zunächst werden wir noch einmal den Hof von Porez durchsuchen und dabei jeden Stein umdrehen. Ein Kind war da, es liegt doch nur nahe, dass das andere ebenfalls da ist.«

Die Anordnung des Polizeichefs löste Gemurmel unter den anwesenden Polizisten aus.

»Wir *haben* alles abgesucht«, sagte eine junge Polizistin, die sich ganz nach vorne gedrängelt hatte.

»Der Hof hat über vier Hektar Land, Patron«, beschwerte sich Masclau. »Da ist nichts, bestimmt nicht. Sonst hätten wir es garantiert entdeckt.«

»Sie drehen jeden Stein um!« Commandant Zerna klang genervt. »Und danach durchsuchen wir ihn noch einmal. Und wenn wir die ganzen vier Hektar durch ein Salatsieb schütten müssen: Wir werden das Mädchen finden.«

77. Kapitel

Isabelle saß seit einer Viertelstunde auf der Bank an der Uferpromenade. Sie hatte vier Stunden Verhör hinter sich und fühlte sich ausgelaugt und erschöpft wie nach einem Marathonlauf. Verhöre konnten ungeheuer anstrengend sein. Man musste jede Sekunde voll konzentriert sein, denn jeden Moment konnte der Befragte irgendein Detail erwähnen, das später als Druckmittel gegen ihn verwendet werden konnte.

Der Verdächtige stand allerdings die ganze Zeit ebenso unter Höchstspannung, wenn auch aus ganz anderen Gründen. Glaubwürdig zu lügen, und das über Stunden hinweg, bedeutete Stress pur. Falsche Alibis aus dem Stegreif zu konstruieren, war geistige Schwerstarbeit. Jedes Detail seiner Aussage musste der Verdächtige dabei neu erfinden. Und alles musste zum Schluss wieder zusammenpassen. Verdächtige mussten sich genau erinnern können, was sie Stunden zuvor noch behauptet hatten.

Isabelle wusste, worauf sie sich einzustellen hatte, wenn sie einen Verdächtigen wie Porez befragen wollte, und trotzdem war es jedes Mal wieder ein Marathon für das Gehirn.

Porez hatte während der vierstündigen Befragung gewissermaßen eine Beteiligung bei der Entführung zugegeben: Lucas war in einem Brunnenschacht auf Porez' Grundstück eingesperrt worden, und der Gärtner hatte den Jungen, von dem er laut seiner

Aussage angenommen hatte, dass er tot war, unter dem Karussell auf dem Rummelplatz versteckt. Das konnte zweierlei bedeuten. Entweder traute sich Porez noch nicht, die volle Wahrheit zu sagen, weil sie ihn als herzlosen Menschen mit all seinen Schwächen und dunklen Seiten zeigen würde. Oder aber er hatte tatsächlich mit der Entführung nichts zu tun. Aber war das möglich? Dafür hatte Porez schon zu viele Details preisgegeben, die eigentlich nur der Täter wissen konnte.

Isabelle lehnte sich auf der Bank zurück, schloss die Augen. Sie genoss die warmen Strahlen der Julisonne auf ihrem Gesicht und das Geräusch der Wellen, die müde an den Strand schwappten. Leon hatte ihr bei der Besprechung zugeflüstert, dass er Isabelle gerne treffen würde, am üblichen Platz. Es sei wichtig. Der Platz war die Bank an der Uferpromenade. Hier verabredeten sie sich gelegentlich. Wenn sie auf andere Gedanken kommen wollten oder, wie Leon einmal sagte, um zu wissen, warum er sich für einen Job an der Côte d'Azur entschieden hatte und nicht an der Uniklinik in Frankfurt geblieben war. Doch diesmal bereitete ihr Leons Wunsch, sie so spontan zu treffen, leichtes Unbehagen.

War es möglich, dass er etwas bemerkt hatte, fragte sie sich, während sie nach Leon Ausschau hielt. Aber was sollte er schon bemerkt haben. Da war schließlich nichts passiert – so einfach war das.

»Ist der Platz neben Ihnen noch frei?« Leon stand vor der Bank und lächelte Isabelle an.

»Ich lass mich nicht von fremden Männern ansprechen.«

Leon hielt ein Plastikschälchen mit Brombeeren in der Hand.

»Vielleicht kann dich ja das hier umstimmen.«

»Überredet«, Isabelle betrachtete die Beeren und lächelte zurück.

»Weißt du, was heute für ein Tag ist?«, fragte er.

»Keine Ahnung«, sagte Isabelle verunsichert.

»Heute genau vor acht Jahren haben wir uns zum ersten Mal hier verabredet.«

»Und du hattest ein Schälchen Brombeeren dabei ...« Isabelle war gerührt. Sie küsste ihn auf die Wange. »Dass du dich daran erinnerst.«

»Nicht schlecht für einen alten weißen Mann, oder?«

»Für einen sentimentalen alten weißen Mann«, korrigierte sie ihn.

Leon setzte sich auf die Bank neben sie und reichte ihr die Brombeeren.

Isabelle nahm eine. »Hmmm, da kann man die Sonne schmecken«, sagte sie und lehnte sich an seine Seite. »Du bist ein Schatz.«

Für eine Weile saßen sie still auf der Bank und sahen auf das Meer hinaus, das in der Sonne funkelte und glatt dalag wie ein Bergsee. In dem Schälchen war eine letzte Brombeere geblieben.

»Für dich.« Leon hielt sie Isabelle hin.

Isabelle griff danach, steckte sie in den Mund und kaute genüsslich. »Köstlich ...«, sagte sie, und nach einer Weile: »Was hältst du von Porez?«

Normalerweise galt bei ihren Treffen an der Bank ein ungeschriebenes Gesetz: Es wurde niemals über laufende Fälle gesprochen. Dass Isabelle von Porez sprach, war ein untrügliches Zeichen dafür, dass ihr der Fall auf der Seele brannte.

»Das müsste ich dich fragen. Du hast doch stundenlang mit ihm gesprochen«, sagte Leon.

»Ich weiß ... aber«, sie brach ab und sah zu den Inseln am Horizont.

»Dich beschäftigt doch etwas. Also, raus damit.«

Sie setzte sich auf. »In dem Punkt hatte Kommissarin Lapierre recht. Wenn Porez wirklich der Täter ist, dann hat das kleine Mädchen jetzt niemand mehr, der sich um sie kümmert.«

Leon sah Isabelle einige Sekunden an. Er sagte gar nichts.

»Du glaubst nicht, dass sie noch lebt. Ist es das, was du denkst?«, fragte Isabelle.

»Wenn ich mir das vorstelle: Eine Vierjährige, die sich fast eine Woche in Gefangenschaft befindet.« Leon wiegte bedächtig den Kopf.

»Du könntest ja wenigstens so tun, als würdest du glauben, dass sie noch lebt«, sagte Isabelle mit trotzigem Unterton in der Stimme.

In diesem Moment summte ihr Handy.

»Morell«, meldete sie sich und hörte dem Anrufer zu. »Wo genau war das? Verstehe. Warten Sie auf die Spurensicherung. Ich bin gleich da.« Sie schaltete das Handy ab.

»Wichtig?«, fragte Leon.

»Sie haben die tote Katze bei Porez gefunden. Die von dem Foto, das die Entführer geschickt haben«, erklärte Isabelle.

»Seid ihr sicher?«, fragte Leon.

Isabelle war aufgestanden. »Ich sehe es mir an.«

Leon nahm Isabelle in den Arm und gab ihr einen schnellen Kuss. »Wir sehen uns später zu Hause.«

78. Kapitel

Eine Viertelstunde später saß Leon an seinem Stammplatz im Chez Miou. Zur Mittagszeit waren kaum Gäste im Café. Yolande brachte Leon einen Café Crème.

»Wissen Sie etwas Neues über das Mädchen?«, fragte Yolande ernsthaft besorgt.

»Ich weiß nicht mehr als Sie«, antwortete Leon.

»Jetzt übertreiben Sie aber, Docteur«, sagte Yolande mit einem warmen Lächeln, das sie nur an Leon verschenkte.

Jean-Claude kam von der Bar herüber. Heute ohne Rollstuhl. Offenbar erwartete er keine Kontrolle der Invalidenkasse.

»Ich dachte, du wärst mit den anderen oben in den Hügeln bei Porez«, sagte Jean-Claude.

»Zum Glück brauchen die mich da nicht«, sagte Leon.

»Die Flics finden doch sowieso nichts«, bemerkte Jean-Claude abfällig.

»Sei mal nicht so streng mit unserer Polizei«, sagte Leon, »in den letzten Tagen haben die wirklich rund um die Uhr gearbeitet.«

»Meine Tipps haben die Flics ja nicht interessiert – typisch«, meinte Jean-Claude.

»Wieso?« Leon war neugierig zu hören, was für Tipps sein

französischer Freund wohl der Polizei gegeben hatte. Er war nicht der Typ dafür, Gerüchte nachzureden, um sich wichtigzumachen.

»Soll ich dir sagen, was ich glaube?« Jean-Claude versuchte eine rhetorische Frage.

»Nein«, unterbrach Yolande sofort, »das will keiner hören.«

»Ich habe ihnen gesagt, sie sollen sich auch beim Château umsehen.«

»Welches Château?«, fragte Leon. »In den Hügeln gibt es kein Château.«

»Das Château Fourmi«, sagte Jean-Claude spöttisch.

»Ameisen?«, meinte Leon. »Wieso Ameisen?«

»Das war mal ein Herrenhaus. Ist im achtzehnten Jahrhundert gebaut worden. Heute ist es nur noch eine Ruine.«

»Und wem gehört es?«

»Einer Engländerin. Die wollte mal ein Hotel draus machen vor dreißig Jahren. Aber die hat wieder aufgegeben.«

»Lass mich raten«, sagte Leon. »Zu teuer …?«

»Nein, wegen der vielen *fourmis*, wegen der Ameisen.«

»Wo ist dieses Haus?« Plötzlich war Leons Neugier geweckt.

»Ich weiß, dass sie da oben alle Häuser durchsucht haben«, warf Yolande ein.

»Die alte Ruine bestimmt nicht.« Jérémy sah von der Theke herüber.

»Und warum nicht?«, fragte Yolande.

»Weil das nur noch ein Haufen alter Steine ist, was willst du denn da durchsuchen?«, fragte Jérémy.

»Ameisen«, sagte Leon plötzlich. »Was für Ameisen?«

»Was weiß ich, was für Ameisen das sind. Klein, haben sechs Beine und krabbeln. Und wenn du nicht aufpasst, fressen sie dir den Kühlschrank leer«, sagte Jean-Claude.

»Das stimmt«, sagte Yolande. »Die schleppen dir alles raus.

Meiner Oma haben sie mal ein halbes Pfund Kaffeebohnen geklaut. In einer Nacht. Ist das zu fassen?«

»Das Château ist also kein echtes Schloss?«, fragte Leon noch einmal.

»Natürlich nicht. War auch nie eins. Ist 'ne verdammte Ruine, sag ich doch«, sagte Jean-Claude.

»Wie weit ist das von hier?«, fragte Leon.

»Mit dem Auto sind es keine zwanzig Minuten in die Hügel hinauf«, versuchte Yolande die Aufmerksamkeit des Docteur zu gewinnen.

»Ich hätte es dem Docteur gar nicht erst erzählen sollen«, sagte Jean-Claude zu Yolande, »jetzt muss ich ihn begleiten, wetten?«

• • •

Der uralte Peugeot 304 schleppte sich gefährlich schwankend die steile Corniche hinauf von einer Serpentine zur nächsten. Leon hatte das Fenster auf der Beifahrerseite bis zum Anschlag geöffnet und atmete gegen die Reisekrankheit an, die ihn jedes Mal überkam, wenn er nicht selbst am Steuer saß. Sie waren auf einer schmalen Piste unterwegs, die so eng war, dass Leon Sorge hatte, Jean-Claude könnte die Kontrolle über sein altersschwaches Auto verlieren und im Straßengraben landen.

»Hast du nicht gesagt, nach der letzten Kreuzung wären es nur noch drei Kilometer?« Leon spürte, wie ihm der Schweiß ausbrach. Ein sicheres Zeichen, dass ihm gleich schlecht werden würde. Aber er war zu stolz für die Bitte um eine kurze Rast.

»Drei Kilometer, fünf Kilometer. Ist doch ganz egal«, erwiderte Jean-Claude munter. »Ihr Deutschen wollt es immer ganz genau wissen.«

Jean-Claude war auf die Deutschen schlecht zu sprechen. Schließlich war es ein Tourist aus Stuttgart mit einem BMW gewesen, der ihn vor zehn Jahren vom Fahrrad geholt hatte. Seitdem war er angeblich auf einen Rollstuhl angewiesen. Das behauptete jedenfalls Jean-Claude, zumindest solange die Unfallversicherung einen ordentlichen Beitrag zu seiner Rentenversicherung dazuzahlte.

»Sind das Esskastanien?« Leon deutete auf eine Gruppe mächtiger Bäume, um die der Feldweg einen Bogen schlug.

»Ja, wird im Herbst alles zu Maronencreme verarbeitet«, sagte Jean-Claude.

Plötzlich bremste er scharf ab. Zwischen den Bäumen war eine zweistöckige Ruine aufgetaucht. Sie stiegen aus. Es war still hier draußen in dem großen Wald aus Esskastanien. Nur der Gesang der Grillen war zu hören, der, wie von einem unsichtbaren Dirigenten geführt, an- und abschwoll.

Vom ursprünglich dreistöckigen Herrenhaus standen nur noch die Wände und die gemauerten Kamine. Zwischendecken und Böden waren eingestürzt. Türen und Fensterstöcke waren vermutlich schon vor Jahrzehnten aus den Wänden gebrochen worden.

Das war das Schicksal vieler alter Häuser in der Provence. Sie wurden von Generation zu Generation weitervererbt, aber niemand kümmerte sich um sie. Der Grund lag auf der Hand, Bauen war teuer. Selbst eine Ruine zu erhalten, kostete eine Menge Geld. Geld, das die Erben nicht aufbringen wollten oder konnten. So wie in diesem Fall. Jean-Claude wusste nur, dass das sogenannte Château heute einer Erbengemeinschaft in England gehörte, und denen schien egal zu sein, was aus ihrer Ruine in der Provence wurde.

Der ehemalige Eingang des Hauses war mit grauen Brettern

vernagelt. Daneben hing ein Schild mit weißer verblichener Schrift auf rotem Grund: »Privé – Passage interdit«.

»Betreten verboten«, las Leon. »Na ja.« Wer würde schon dieses Grundstück betreten wollen?

»Ich habe dir gleich gesagt, dass du hier nichts findest ...« Jean-Claude trat gegen eine rostige Cola-Dose, die klappernd zwischen den Bruchsteinen verschwand.

Steine, Staub und Hitze, dachte Leon und betrachtete die Zitronenfalter, die um eine Bougainvillea taumelten, die an der Mauer des Hauses hochkroch. Leon war vor einem eingestürzten Stück Hauswand in die Knie gegangen. Er zog eine Plastikphiole mit Gummistopfen aus der Jackentasche.

»Was hast du vor?« Jean-Claude beugte sich zu Leon herunter.

»Warte es ab«, sagte Leon.

In diesem Moment sprang Jean-Claude auf und klopfte sich mit der flachen Hand gegen die Hosenbeine.

»Verdammte Scheißviecher, verdammte«, fluchte er.

»Genau die suche ich.« Leon schubste mit dem Finger eine knapp drei Zentimeter große Ameise in das Röhrchen und verschloss es mit dem Stöpsel. Dann drehte er die Phiole in der Sonne und betrachtete das Insekt.

»Das sind ja echte Monster«, murmelte Jean-Claude misstrauisch und musterte den Fang.

»Camponotos herculeanus«, dozierte Leon. »Liegt an den Borkenkäfern.«

»Verstehe ich nicht.«

»Die Borkenkäfer zerstören die Fichten, und die Holzameisen, die sammeln auf, was übrig bleibt«, erklärte Leon seinem Freund.

»Und jetzt?«, fragte Jean-Claude.

»Das ist die gleiche Sorte Ameisen, die wir bei dem Jungen gefunden haben«, Leon betrachtete die große Ameise in der Phiole. »Wie weit ist es von hier zu Porez' Hof?«

»Zwei, vielleicht drei Kilometer«, antwortete Jean-Claude.

»Porez hat behauptet, er hätte den Jungen in der Nähe seiner Ferme gefunden. Wie nahe das war, hat er nicht gesagt.«

»Du meinst, die kleine Louisa könnte tatsächlich hier irgendwo sein?« Jean-Claude machte eine Kopfbewegung in Richtung des eingestürzten Hauses.

»In der Ruine müssen wir gar nicht erst anfangen zu suchen. Was wir brauchen, ist so etwas wie ein Keller oder ein Schacht«, sagte Leon.

Die beiden Männer sahen sich schweigend um. Leon hob einen Stein vom Boden auf, als könnte der bei der Suche nach einem Versteck helfen.

»Die Kapelle«, fiel Jean-Claude plötzlich ein.

»Welche Kapelle?«, fragte Leon.

»Manche dieser alten Herrenhäuser hatten eigene Kapellen. Meistens waren die im Haus und hatten einen separaten Zugang«, sagte Jean-Claude. »Der musste zum Beten immer für fromme Besucher offen gehalten werden.«

»Hier finden wir bestimmt nichts mehr.« Leon warf den Stein ins vertrocknete Gras.

»In diesem Haus gab es ja auch keine Kapelle«, sagte Jean-Claude. Leon sah ihn fragend an. »Hier war die Kapelle vom Haus getrennt. Soweit ich mich erinnere, stand sie da oben bei den Kastanien.« Jean-Claude deutete den Hang hinauf.

»Zeig sie mir«, bat Leon, der spürte, wie in ihm der Jagdinstinkt erwachte.

»Ich hätte es dir echt nicht erzählen sollen …« Jean-Claude stampfte schwer atmend den Hügel hinauf. Die Luft war heiß und stickig und stand regelrecht zwischen den Büschen und den mächtigen Kastanienbäumen. Leon spürte, wie ihm der Schweiß den Rücken hinunterlief. Der Himmel war inzwischen verhangen. Warmer Wind kam aus dem Osten übers Meer. Ein Sturm kündigte sich an.

»Ist gleich da vorne, in der Senke«, sagte Jean-Claude.

»Gut versteckt.« Leon erkannte nichts außer einigen mannshohen Rosmarinbüschen.

»Ist 'ne Ruine, auch die Kapelle. Wenn du nicht genau weißt, wo sie ist, dann findest du sie nie«, sagte Jean-Claude, während er sich mit dem Rücken voran den letzten Meter durch die Wacholdersträucher zwängte.

Dann standen sie vor der Ruine der Kapelle. Sie bestand aus einem einzigen engen Raum, eine Art begehbarer Gebetsstock, von dem aber nur noch die Grundmauern existierten. Der Raum bot Platz für ein kurzes Gebetbänkchen. An einer der eingestürzten Wände hatte irgendwann einmal ein Heiliger gehangen, von dem nur noch die rostigen Halterungen existierten. Das steinerne Weihwasserbecken hatte jemand mit einer verbogenen Eisenstange aus der Wand gestemmt, es aber dann auf dem Boden liegen gelassen. Vermutlich war es für einen Abtransport zu schwer gewesen.

Vom Dach war so gut wie gar nichts mehr vorhanden, und trotzdem hatte jemand versucht, in diesem Chaos wenigstens einen Hauch von Ordnung herzustellen. Der Boden war erst kürzlich gefegt worden. An der Wand lehnte ein Reisstrohbesen mit aufgebogenen Borsten.

Als Leon die Ruine betrat, wusste er sofort, dass die Suche nach der kleinen Louisa hier und jetzt ein Ende gefunden hatte. Er hatte es von dem Moment an gewusst, als er das Summen gehört hatte. Es war ein böses, ein gefährliches Summen, gleichmäßig wie eine Maschine. Es war das Geräusch des Todes.

Das Mädchen lag zusammengerollt wie ein kleines Tier auf der Seite, die Knie angezogen bis unter das Kinn. Auf einen ersten schnellen Blick hätte es auch nur ein pinkfarbener Jogginganzug sein können, den jemand achtlos in die Ecke geworfen hatte. Aber dann sah Leon die blonden Haare und den Fliegenschwarm, der wie eine lebendige, summende Wolke um den kindlichen Körper schwebte.

»Oh, verdammte Scheiße«, keuchte Jean-Claude, als er nach Leon die Ruine betreten hatte. Er hielt sich die Hand wie einen Schutzschild vor das Gesicht und drehte den Kopf weg.

Leon musste sich zwingen, Schritt für Schritt näher auf das Opfer zuzugehen, bis er schließlich das Gesicht erkannte. Als Leon erschrocken und fasziniert zugleich auf das Gesicht der Toten hinuntersah, erschien es ihm, als ob das Kind ihn anlächeln würde. Das war so unwirklich und so entsetzlich, dass Leon sich abwandte und weinen musste.

»Komm nicht näher«, sagte Leon zu seinem Begleiter. Es war eine überflüssige Bemerkung, denn Jean-Claude hatte vor Schreck ein paar Schritte zurück gemacht. Jetzt stand er da, beugte sich nach vorne und versuchte, mit frischer Luft gegen die aufsteigende Übelkeit anzuatmen.

Leon brauchte fast eine Minute, bis er sich wieder in der Lage fühlte, den Anblick des toten Mädchens zu ertragen. Er nahm ein Paar Latexhandschuhe aus der Tasche und zog sie sich über. Mit einem ärgerlichen Summen stoben die dicken Fliegen auseinander. An ihren schillernden Flügeln konnte Leon sie erkennen: Calliphoridae, die Schmeißfliegen.

Vorsichtig, fast behutsam versuchte Leon den Arm des Opfers ein wenig anzuheben. Steif bewegte sich der kindliche Körper mit.

»Was machst du da?« fragte Jean-Claude.

»Das Kind liegt schon mindestens drei Tage hier«, sagte Leon. »Wahrscheinlich länger.«

»Du meinst, die haben sie gleich nach der Entführung umgebracht?«

»Ich denke, ja, aber genauer können wir das erst bei der Autopsie feststellen«, sagte Leon.

»Was für ein Schwein tut so etwas?«, fragte Jean-Claude.

Die gleiche Frage hatte sich in diesem Moment auch Leon gestellt. Ein erster Blick auf das Opfer zeigte keine auffälligen Verletzungen. Aus dem Augenwinkel sah Leon, dass sein Begleiter ein Handy aus der Tasche gezogen hatte.

»Halt, Jean-Claude. Warte!« Leon hatte die Hand gehoben.

»Musst du das nicht melden?« Jean-Claude machte eine vage Kopfbewegung in Richtung der Toten.

»Selbstverständlich müssen wir das«, sagte Leon, »aber ich will verhindern, dass die Medien hiervon erfahren. Zumindest jetzt noch nicht.«

»Was hast du vor?«

»Ich verschaffe uns Zeit«, sagte Leon.

Die Idee war Leon gekommen, als er die hauchdünne Silberfolie aus seiner Jackentasche zog, um die Tote damit abzudecken. Niemand außer den Entführern wusste in diesem Moment, dass das Mädchen tot war. Also würden die Kidnapper auch weiter auf der Lösegeldzahlung bestehen. Bei der Geldübergabe könnte die Gendarmerie die Täter festnehmen, ohne befürchten zu müssen, dass sie damit die kleine Louisa unnötig in Gefahr brachten. Der Trick würde darin bestehen, dass niemand vorzeitig von Louisas Tod erfuhr. Vor allem niemand von der Polizei.

Eine halbe Stunde später bog ein schmutzig grauer Lieferwagen in die Zufahrt zur Ruine ein. Mit dem Auto kamen fünf Polizisten zu dem Leichenfundort, alle in Zivil. Die Gruppe bestand aus Isabelle, die die Leitung über diesen Einsatz hatte, und vier weiteren Beamten, denen Isabelle vertraute.

Das größte Problem für Leon hatte darin bestanden, Zerna zu überreden, für den Plan grünes Licht zu geben. Denn dieser Bluff, dessen Ausgang völlig ungewiss war, würde den Polizeichef möglicherweise um den größten Triumph seiner Karriere bringen. Den Tod der kleinen Louisa konnte man unter diesen Umständen unmöglich auf Dauer vor der Öffentlichkeit verheimlichen. Das war allen Beteiligten klar. Aber man konnte versuchen, die Informationen wenigstens für die nächsten zweiundsiebzig Stunden geheim zu halten.

Um die Zahl der Beteiligten möglichst klein zu halten, hatte Leon vorgeschlagen, die Staatsanwaltschaft vorab nicht zu informieren. Isabelle hatte überraschend schnell zugestimmt, obwohl die Aktion gleich eine ganze Reihe strenger Polizeivorschriften verletzte.

Leon hatte darauf bestanden, sofort mit der Autopsie des Opfers zu beginnen. Vielleicht würde die Rechtsmedizin schnell auf Spuren stoßen, die einen Hinweis auf die Entführer geben konnten. Der Polizeichef ließ sicherheitshalber am Fundort vier Beamte in Zivil zurück, die von einem Wohnmobil aus Tag und Nacht den Tatort observierten.

79. Kapitel

Es war bereits dunkel, als der graue Lieferwagen vor der rückwärtigen Zufahrt der Klinik Saint-Sulpice hielt. Leon hatte den Pförtner informiert, dass ein Kind in die Rechtsmedizin eingeliefert würde, das Opfer eines Fahrradunfalls bei Draguignan geworden war. Die Übergabe der Toten verlief reibungslos, wenn auch für alle Beteiligten schwer auszuhalten.

Leon hatte zunächst überlegt, ob er die Autopsie ohne seinen Assistenten Rybaud durchführen sollte, aber schließlich hatte er diesen Plan wieder verworfen. Es war sicherer – und nicht zuletzt auch einfacher –, einen zuverlässigen Vertrauten an seiner Seite zu wissen, als eine komplizierte Lügengeschichte über den Tod eines »unbekannten« Kindes aufrechtzuerhalten.

Doch es gab da noch ein Gespräch, das Leon führen musste und das er bis jetzt vor sich hergeschoben hatte: das Gespäch mit der Mutter des kleinen Opfers.

Leon hatte Madame Marsenne für einundzwanzig Uhr in die Rechtsmedizin gebeten. Um diese Zeit würden alle Mitarbeiter das Institut bereits verlassen haben, und sie wären ungestört.

Leon hatte in seinen fünfundzwanzig Berufsjahren schon öfter Identifizierungen von verstorbenen Kindern miterleben müssen. Es waren jedes Mal verstörende Erfahrungen. Es gab Menschen, die angesichts eines toten Familienmitgliedes an der

Bahre zusammenbrachen. Es gab Menschen, die konfrontiert mit dem Tod nur noch leise wimmern konnten, und andere, die ihre Verzweiflung laut herausschrien. Aber am tiefsten in seine Erinnerung hatten sich die Momente eingebrannt, wenn Eltern ihre verstorbenen Kinder identifizieren mussten. Ein Kind zu verlieren, war ein entsetzliches und unbegreifliches Erlebnis. Auch wenn Mütter oder Väter sich »tapfer« verhielten, hatte Leon doch jedes Mal die gewaltige Last gespürt, die auf den Seelen dieser Menschen lag. Vor seinen Augen waren Eltern zerbrochen, Zukunftsträume geplatzt, Lebensfreude verpufft.

Leon konnte nur schwer einschätzen, wie Madame Marsenne auf den Anblick ihrer verstorbenen Tochter reagieren würde. Aber diese unglückliche Frau hatte Ehemann und Kind innerhalb von nur vier Tagen verloren, Leon machte sich also auf das Schlimmste gefasst.

Wie kann überhaupt ein Mensch so viel Leid ertragen, fragte sich Leon.

Vorsichtshalber hatte er Isabelle gebeten, Madame Marsenne zu begleiten. Auf diese Weise würde zum einen verhindert, dass Madame Marsenne sich hinter das Lenkrad setzte, und außerdem könnte man unliebsamen Begegnungen mit Reportern vorbeugen, die überall auf neue Informationen lauerten.

»Das Opfer ist ein Mädchen von vier Jahren«, Leon hatte das Aufnahmegerät eingeschaltet. »Mit einer Körpergröße von 105 Zentimetern und …?« Leon sah seinen Assistenten an.

»15 Kilogramm Gewicht«, soufflierte Rybaud seinem Chef.

»15 Kilogramm Körpergewicht«, wiederholt Leon, »und entspricht damit den Durchschnittswerten ihrer Altersgruppe.«

Leon hatte die beleuchtete Lupe von der Decke heruntergezogen und betrachtete eine Reihe kleiner Verletzungen in der Haut des Opfers, während er seine Beobachtungen weiter diktierte.

»Eine erste Betrachtung der Leiche zeigt keine auffälligen Verletzungen. Es finden sich einige oberflächliche Schürfwunden an Armen und Beinen, die allerdings nicht ursächlich mit dem Tod des Opfers in Verbindung stehen müssen. Hämatome sind nicht zu sehen, Totenstarre ist voll ausgebildet. Livores an der rechten Körperseite. Der Position dieser Totenflecken nach zu urteilen, ist der Körper nach Todeseintritt nicht mehr bewegt worden ...«

Leon hatte mit der eigentlichen Obduktion noch nicht begonnen. Die Öffnung der drei Körperhöhlen Brustraum, Bauchraum und Schädel würde er später zusammen mit seinem Assistenten vornehmen. Es war am besten, wenn die Mutter den Körper ihrer Tochter so unversehrt wie nur irgend möglich zu sehen bekam. Für die großen Schnitte war auch später noch Zeit.

Schon die erste Begutachtung des toten Mädchens hatte ergeben, dass das Kind weder vergewaltigt noch auf irgendeine andere gewaltsame Weise missbraucht oder verletzt worden war. Am Körper des toten Kindes waren keinerlei Abwehrspuren zu erkennen. Rybaud hatte Blutproben und Abstriche des Opfers bereits ins Labor gebracht. Dabei richtete Leon sein Augenmerk auf eine mögliche Überdosierung mit Psychopharmaka, wie man sie auch bei dem Bruder des Mädchens gefunden hatte.

Zerna hatte darauf bestanden, bei der Identifizierung des Opfers dabei zu sein. Er war darum auch als Erster im Sektionsraum eingetroffen. Der Polizeichef stand auf der anderen Seite des Obduktionstisches und versuchte, sich vor Leon abgebrüht und professionell zu geben, und wirkte dabei doch nur umso nervöser. Leon sah unauffällig zu Zerna hinüber, während er seine Beobachtungen auf Band sprach. Zerna tat so, als würde er den Rechtsmediziner bei seiner Arbeit interessiert beobachten, aber Leon wusste genau, dass der Besucher über seine Schulter hinweg zur Wand gegenüber sah.

»Werden Sie auch bei den Schnitten dabei sein?«, fragte Leon den Chef der Polizei, obwohl er die Antwort kannte.

»Ich denke, das wird nicht nötig sein«, sagte Zerna ein wenig zu schnell. »Es genügt, wenn ich die Identifizierung durch die Mutter bezeugen kann.«

Vom Gesetz her war es grundsätzlich notwendig, dass der Polizeibeamte, der den entsprechenden Fall bearbeitete, auch die Identifizierung des Opfers bestätigte. Auch wenn sich die Gendarmerie gelegentlich, so wie in dieser Nacht, über diese Regel hinwegsetzte. Der Beamte vom Dienst würde die Identifizierung unterschreiben, wenn er zwischendurch mal Zeit hatte.

Aber der Fall der kleinen Louisa wurde zu genau beobachtet, als dass die Gendarmerie sich die geringste Ungenauigkeit leisten konnte. In diesem Moment hörte Leon Schritte im Gang.

»Das müsste Madame Marsenne sein«, der Polizeichef sah auf seine Uhr, »ich kümmere mich schon.«

Zerna verschwand kurz auf dem Gang, und Leon zog schnell das hellgrüne Leichentuch über das tote Kind. Im nächsten Moment betraten Zerna mit seiner Stellvertreterin und Madame Marsenne den Obduktionsraum. Julie Marsenne zögerte, als sie den kühlen, stillen Raum betrat. Ihr Blick bewegte sich unruhig hin und her, als hätte sie Angst, etwas zu sehen, das sie nicht sehen wollte.

»Mein herzliches Beileid, Madame Marsenne.« Leon ging auf die Besucherin zu und gab sich so professionell wie möglich. »Es dauert nicht lange. Sie müssen nur die Identität des Opfers bestätigen, Madame. Aber bitte tun Sie das nur, wenn Sie sich ganz sicher sind, dass Sie das Opfer erkannt haben. Sie können sich ruhig Zeit lassen.«

Madame Marsenne schluckte und nickte tapfer. Als Isabelle

sie am Ellenbogen stützen wollte, schob sie Isabelles Hand zur Seite.

»Es geht schon«, sagte Julie Marsenne leise.

»Wenn Sie Hilfe brauchen?«, bot Isabelle an.

»Ist sie das?« Julie Marsenne flüsterte beinahe, als sie auf den toten Körper deutete, der sich unter dem grünen Leichentuch abzeichnete. Jetzt klang ihre Stimme heiser. »Sie ist so … so klein.«

»Sie hat die Beine angezogen«, sagte Leon. »So haben wir sie gefunden.«

»Und warum haben Sie sie nicht …?«, begann Madame Marsenne.

»Die Totenstarre, die wird sich erst in einigen Stunden lösen«, sagte Leon, der die Erfahrung gemacht hatte, dass es besser war, wenn man unangenehme Wahrheiten nicht umschrieb, sondern die Dinge von Anfang an beim Namen nannte. Madame Marsenne hatte einige zaghafte Schritte zum Tisch gemacht.

Als ginge sie auf dünnem Eis, dachte Leon, der Madame Marsenne nicht aus den Augen ließ. Leon sah, wie viel Kraft es die Mutter kostete, jetzt so dicht bei ihrer toten Tochter stehen zu müssen. Er sah sie fragend an. Madame Marsenne nickte zaghaft, als könnte sie so den letzten Blick auf ihr Kind noch einen Moment lang hinauszögern. Leon griff nach dem hellgrünen Leichentuch und zog es eine Handbreit nach unten.

Die Menschen reagierten ganz unterschiedlich auf den Anblick des Todes. Es gab Mütter, die die Gesichter ihrer toten Kinder streichelten, selbst wenn sie durch einen Unfall schwer entstellt worden waren. Nicht selten küssten Eltern ihre Kinder zum allerletzten Mal. Sie berührten ihre Arme, ihre Beine, oder sie ergriffen ihre Hände und wollten sie gar nicht mehr loslassen. Als könnten sie so den Funken des Lebens im Körper des toten Opfers erneut entfachen.

All das tat Madame Marsenne nicht. Im Gegenteil, sie schien vor allem darum bemüht zu sein, Haltung zu bewahren. Sie sah zu ihrem toten Kind, aber ihr Blick fand keinen Halt in dem kleinen Gesicht. Madame Marsenne hielt den Moment des Abschieds für einige Sekunden in der Schwebe. Dann nickte sie Leon zu.

»Ja, das ist sie«, sagte Madame Marsenne seltsam mechanisch und leise.

»Sie erkennen also Ihre Tochter?«, fragte Leon noch einmal nach und wollte das Leichentuch noch ein Stück weiter von dem toten Körper zurückschlagen.

»Ja, das ist meine Tochter.« Die Mutter klang jetzt regelrecht ungeduldig. Sie hielt die Hand schützend vor ihre Augen, als wollte sie verhindern, dass das Opfer sie noch einmal anschauen könnte.

»Das ist Louisa«, sagte Julie Marsenne noch einmal deutlicher, sodass jeder im Raum es hören konnte.

Dann drehte sie sich um und ging mit schnellen Schritten zur Tür. Isabelle, Zerna und Rybaud wichen instinktiv vor dieser entschlossenen Frau zurück und sahen ihr nach, wie sie in der Dämmerung des Flurs verschwand.

»Vielleicht besser, wenn du nach ihr siehst«, sagte Leon zu Isabelle, die Madame Marsenne hinterherlief.

80. Kapitel

Leon wachte auf, als jemand seinen Namen rief. Er öffnete die Augen, streckte die Hand aus und berührte Isabelle, die neben ihm erwachte.

»Du hast im Traum gesprochen.« Leon knipste die Nachttischlampe an und strich Isabelle zärtlich über die Schulter. »Hast du schlecht geträumt?«

»Sie hat so einsam ausgesehen.« Isabelle schien die Frage von Leon gar nicht gehört zu haben. »Als wäre sie der letzte Mensch auf diesem Planeten.«

»Madame Marsenne ...?«, fragte Leon.

»Das muss man sich mal vorstellen«, sagte Isabelle. »Da werden erst deine Kinder entführt, und dann springt dein Mann aus dem achten Stock.«

»Hör auf«, flüsterte Leon, »sonst kannst du wieder die ganze Nacht nicht schlafen.«

»Als ich sie gesucht habe, in der Klinik, da saß sie auf einer Bank und hat die Sterne betrachtet. Ich habe sie angesprochen. Aber ich hatte das Gefühl, dass sie mich gar nicht wahrgenommen hat.«

»Sie hatte gerade erfahren, dass ihr Kind tot ist«, sagte Leon. »Wie würdest du reagieren, wenn ich aus dem achten Stock springen würde?«

»Hör auf, Leon, darüber macht man keine Witze.«

»Im Ernst«, wiederholte Leon. »Was würdest du machen?«

»Ich würde den Mann suchen, der dich vom Balkon gestoßen hat«, sagte Isabelle.

»Du glaubst also auch nicht, dass Marsenne Selbstmord begangen hat?«

»Bestimmt nicht.«

»Komm her«, sagte Leon liebevoll, und sie kuschelte sich an ihn.

»Denk an was Schönes.« Leon knipste das Licht aus. Isabelle murmelte etwas vor sich hin. »Denk zum Beispiel an den Strand und wie es sich anfühlt, wenn die kleinen Wellen dir den Sand unter den Füßen wegziehen.«

»Das ist schön«, sagte sie.

Hätte Isabelle das Licht noch mal angeknipst, hätte sie gesehen, wie Leon sie liebevoll anlächelte, während er hellwach neben ihr lag.

81. Kapitel

Patrik Dizard war seit zehn Jahren Hausmeister im vornehmen Maison Blanche. In dieser Zeit hatte er so einiges miterlebt. Zum Beispiel den Wutanfall einer Ehefrau aus der vierten Etage, die ihren Mann mit dessen Sekretärin beim Seitensprung erwischt hatte. Woraufhin sie die gesamte Einrichtung vom Balkon warf. Definitiv alles, vom Sofa bis zur Zahnbürste. Ein Wutanfall, der sich über zwei Stunden hinzog. Dizard hatte damals mit Engelszungen auf die rasende Frau eingeredet, damit sie sich endlich beruhigte. Aber immer wenn er geglaubt hatte, dass sie zur Vernunft gekommen wäre, flogen die nächsten Einrichtungsgegenstände vom Balkon. Als sich schließlich der Schlüsseldienst Zugang zu dem Apartment verschaffte, waren die beiden Zimmer leer bis auf den letzten Nagel.

In einem anderen Fall hatte ein Mieter die Katze seiner untreuen Freundin vom Balkon geworfen. Allerdings hatte das Tier überlebt, unverletzt sogar, weil es sich geschickt auf die Terrasse ein Stockwerk tiefer rettete.

Aber der Fall Marsenne toppte alles. Nicht nur, dass der Selbstmord Tagesgespräch auf allen Fluren des Hauses war. In der gesamten Umgebung gab es kein anderes Thema. Was dazu führte, dass die Touristen in Scharen zum Maison Blanche pilgerten, um ein Selfie vom Ort des Grauens aufzunehmen und es dann an Freunde und Bekannte weiterzuschicken. Er hatte auch schon einige dabei erwischt, wie sie vor Ort eine Art True-Crime-Podcast über den Fall aufnahmen. Da der Tatort von der Polizei mit Flatterband abgesperrt war, war es für die Touristen auch leicht, die richtige Stelle zu finden. Zumal die Polizei den Blutfleck auch vierundzwanzig Stunden nach der Tat noch immer nicht weggewischt hatte.

Dizard hatte schon in aller Frühe den Reinigungsdienst bestellt, und man hatte ihm versprochen, jemanden zu schicken, aber bisher war noch nichts geschehen.

Der Hausmeister war einmal um das Gebäude herumgegangen. Dabei hatte er ein paar leere Dosen Red Bull und eine Tüte mit einem halb gegessenen Croissant aufgesammelt und in dem Müllcontainer versenkt. Er ließ den Deckel mit Rücksicht auf die Empfindlichkeiten der wohlhabenden Bewohner extra leise zufallen, als er am Boden des Lichtschachtes etwas aufblitzen sah. Etwas hatte sich zwischen Mülltonne und Hauswand verklemmt.

Dizard ging in die Knie, löste die Radbremse der Mülltonne, schob den blauen Container zur Seite und zerrte einen verchromten Golfschläger hervor. Genauer gesagt handelte es sich um einen Putter, was Dizard sofort erkannte, weil er gelegentlich einen älteren Bewohner zum Golfplatz begleitete. Dieser Schläger war ein teurer Cobra Blade-Putter für einen Rechtshänder, und er sah nagelneu aus. Sogar die Schutzfolie für den Schlägerkopf des teuren Sportgeräts war noch vorhanden. An dem Klebeband war ein Büschel Haare hängen geblieben. Dizard zog ein Papiertaschentuch aus seiner Jacke, trug das Sportgerät mit spitzen Fingern in seine Dienstwohnung, wo er die Polizei informierte.

Aber es sollte noch eine Weile dauern, bis das Beweisstück bei Leon im Labor landete und auf Fingerabdrücke untersucht wurde. Beinahe zu lang.

82. Kapitel

Die Einwohner von Le Lavandou stöhnten unter der Hitze. Schon mehrere Tage war das Thermometer nicht mehr unter fünfunddreißig Grad gefallen. Die Luft war staubtrocken und hatte sich wie ein durchsichtiger Schleier vor die Sonne gelegt. Und in diesem Schleier aus Milliarden winziger Partikel von Staub und feinem Sand spiegelte sich das Sonnenlicht dicht über dem östlichen Horizont und schien zwei zusätzliche Sonnen an das Firmament zu werfen. Die meisten Touristen ignorierten diese sogenannten Sonnenhunde, wie sie hier hießen. Aber die erfahreneren Anwohner, die Fischer und die Besatzungen der Fähren wussten, wozu solche Wetterkapriolen führen konnten. Die Menschen, die den Wind und die See kannten, fühlten sich nicht wohl, wenn sie zum Himmel hinaufsahen. Und manche gestandenen Männer gingen den kleinen Umweg an der Église Saint-Louis vorbei, um sich vor der Kirchentür zu bekreuzigen. Denn Sonnenhunde waren ein seltenes Naturphänomen und standen für Sturm.

Leon hatte seinen Wagen in einer Seitenstraße, zwei Blocks vom Polizeipräsidium entfernt, abgestellt. Er ahnte schon, dass es rund um die Polizeiwache zugehen würde wie im Supermarkt vor dem Nationalfeiertag.

Als er die Avenue André del Monte entlangkam, sah Leon sie

schon lauern, die Reporter mit ihren Smartphones, mit denen sie von jeder Stelle der Welt aus senden konnten, wenn es nur eine stabile Handyverbindung gab. Wie die Geier um ein verletztes Beutetier kreisten die Reporter um die Polizeiwache, ständig auf der Lauer nach einem neuen Gerücht.

»Docteur!«

Leon ärgerte sich, weil er so tief in Gedanken gewesen war, dass er beinahe mit Brigitte Dupin von Canal 6 zusammengestoßen wäre.

»Ich habe leider gar keine Zeit, Madame«, versuchte er höflich, die Journalistin loszuwerden. »Ich muss zu einer Besprechung. Ich bin spät dran.«

Das war nicht einmal gelogen, denn Zerna hatte Leon in aller Herrgottsfrühe aus dem Bett gescheucht, damit er mit Isabelle rechtzeitig zur Einsatzbesprechung im Revier sein würde.

»Ist es richtig, dass sich Roger Marsenne gar nicht vom Balkon gestürzt hat?« Die Frage von Brigitte Dupin klang in Leons Ohren wie eine Drohung.

»Da wissen Sie mehr als ich«, sagte Leon mit gespielter Freundlichkeit, wobei er sich fragte, wie dieses Ermittlungsdetail schon wieder bei der Frau gelandet war.

»Roger Marsenne hat in finanziellen Schwierigkeiten gesteckt, richtig?«, versuchte sie Leon zu überrumpeln.

»Sie wissen, dass ich nichts dazu sagen darf. Da müssen Sie die Polizei fragen.«

»Aber Sie würden auch nicht widersprechen, wenn ich unsere Zuschauer darüber informiere, dass Marsenne vom Balkon gestoßen worden ist?«

»Davon weiß ich nichts.«

»Aber ausschließen können Sie es auch nicht?«

»Ich kann überhaupt nichts ausschließen«, sagte Leon, bemüht, nicht so genervt zu klingen, wie er war.

Zwei Beamte bewachten den Eingang. Sie öffneten die elektrische Schiebetür und ließen nur Leon passieren.

»Wir sehen uns wieder«, sagte die Reporterin. »Früher oder später.«

Ein paar Minuten später betrat Leon das Büro des Polizeichefs. Isabelle, Kommissarin Lapierre und Staatsanwalt Simon erwarteten ihn bereits.

»Schön, dass Sie es noch einrichten konnten«, stichelte Zerna spöttisch in Richtung Leon.

»Da draußen geht es zu wie auf einem Basar«, entschuldigte sich Leon.

»Also ...?« Die Kommissarin sah den Polizeichef fragend an. »Ihre Sekretärin war ja überaus geheimnisvoll heute Morgen am Telefon.«

»Zu Ihnen auch?«, scherzte Staatsanwalt Simon gut gelaunt. »Ich dachte schon, Porez hätte gestanden.«

»Leider nicht«, sagte Isabelle.

»Gibt es denn inzwischen wenigstens eine Verbindung zwischen dem Tod von Monsieur Marsenne und dem Verschwinden seiner Kinder?«, fragte Lapierre.

»Ich hatte schon gehofft, Sie hätten vielleicht Louisa Marsenne gefunden«, Staatsanwalt Simon hielt seine Hände in die Luft wie ein Zauberer, der wartet, dass sein Trick klappt.

»Das ist richtig, wir haben das Mädchen gefunden«, sagte Zerna.

Es sollte cool klingen, aber Leon hörte Anspannung und Erleichterung in der Stimme des Polizeichefs.

»Sie haben ... was?!« Staatsanwalt Simon erstarrte in seiner Bewegung, als hätte ihn ein Stromstoß getroffen.

Für einen quälend langen Moment sagte in Zernas Büro niemand etwas. Nur Leon, Isabelle und Zerna wechselten ein paar schnelle Blicke.

»Wir haben Louisa Marsenne gefunden«, widerholte Zerna, »sie ist tot.«

»Sie ist ...?« Simon räusperte sich, musste sich sammeln. »Moment, Moment. Ich möchte daran erinnern, dass man mir die Leitung über diese Ermittlungen übertragen hat. Das ist nur wenige Tage her.«

»Sie meinen, die kleine Louisa ist ...?« Madame Lapierre brauchte einen Augenblick, um zu verarbeiten, was gerade gesagt worden war.

»Moment, messieurs dames. Sie erklären uns also, dass die kleine Louisa tot ist«, begann Simon mit wachsendem Zorn in der Stimme. »Wann wollten Sie uns über diese nicht ganz unwichtige Entwicklung im Fall Marsenne informieren?« Simon sah Isabelle mit arrogantem Blick an, der aber an der stellvertretenden Polizeichefin abzuprallen schien.

»Es war meine Idee«, meldete sich Leon.

»Ihre Idee?« Simon tat so als könnte er es nicht glauben. »Ich dachte immer, der Staatsanwalt wäre der Herr des Verfahrens und der Ermittlungen – und zwar vor allen anderen Beteiligten.« Den letzten Satz hatte er in Richtung Zerna gesagt.

»Das ist nicht ganz richtig.« Leon saß entspannt in einem der Besucherstühle und provozierte den Staatsanwalt mit seiner ruhigen Art. »Als Médecin Légiste bin ich nicht weisungsgebunden und nur meinem Auftraggeber verpflichtet. Das ist in diesem Fall der Klinikleiter von Saint-Sulpice. Aber das ist Ihnen ja zweifellos bekannt.«

Isabelle sah Staatsanwalt Simons düsteren Blick und konnte sich ein winziges Lächeln nicht verkneifen.

»Der Tod des Mädchens ist natürlich eine Tragödie«, sagte Zerna dramatisch. »Aber ich denke, wir haben jetzt eine gute Chance, die Entführer zu fassen.«

»Ach ja?« Simon war sauer, nicht nur weil ihm Isabelles Lächeln nicht entgangen war, sondern weil er sofort erkannte, dass sie jetzt tatsächlich eine gute Chance hatten, die Entführer aufzuspüren. Aber das würde er niemals zugeben.

»Zumal Madame Marsenne sich diesmal einverstanden erklärt hat, dass die Gendarmerie die Lösegeldzahlung mit allen ihr zur Verfügung stehenden Kräften überwacht und koordiniert«, sagte Polizeichef Zerna.

»Die Sache wird ein Nachspiel haben, das ist Ihnen allen hoffentlich klar.« Die Kränkung in Simons Stimme war jetzt nicht mehr zu überhören.

»Das sehe ich nicht so«, sagte Madame Lapierre. »Ich denke, dass alle Beteiligten in den letzten Tagen ihr Bestes gegeben haben, diesen Fall aufzuklären. Und jetzt stehen wir kurz davor, die Entführer in eine Falle laufen zu lassen«, fügte sie hinzu und sah die kleine Runde an. »Da frage ich mich, an was für ein Nachspiel Sie denken?«

»Das werden wir dann ja sehen«, sagte Simon trotzig.

»Das ganze Manöver funktioniert natürlich nur, solange die Informationen diesen Raum nicht verlassen«, sagte Isabelle.

»Sie glauben ernsthaft, die Staatsanwaltschaft Toulon würde bei Ihrer Vertuschungsaktion mitmachen?«, fragte Staatsanwalt Simon arrogant. »Ich kann mir auch kaum vorstellen, dass eine Mutter, deren Kind getötet wurde, bei einer solchen Scharade mitspielen würde.«

»Da kann ich Sie beruhigen, Monsieur le Procureur«, sagte

Leon. »Madame Marsenne hat ihr Kind in der Rechtsmedizin zweifelsfrei identifiziert, und sie unterstützt unser Vorgehen.«

»Sie haben die Tote also bereits untersucht ...?«, sagte Lapierre zu Leon, und dabei schwang eine leise Bewunderung mit. »Können Sie uns denn schon etwas über Todeszeitpunkt und Todesursache sagen?«

»Das Mädchen ist erstickt«, Leon blätterte durch seine Unterlagen. »Wir konnten in ihrem Blut eine hohe Konzentration von Dormazepin in der Stärke 20 Milligramm nachweisen. Dormazepin ist ein verschreibungspflichtiges sehr starkes Antidepressivum, das häufig in Kliniken eingesetzt wird.«

»Das ist alles? Tod durch Vergiftung?« Madame Lapierre klang fast ein wenig enttäuscht.

»Keine Vergiftung, eher Lähmung«, korrigierte Leon geduldig. »Sie müssen bedenken, dass es sich um ein Medikament für einen erwachsenen Patienten handelt. Mit einem Gewicht von fünfzehn Kilogramm und einer solch hohen Dosierung hatte das Mädchen keine Überlebenschancen. Der Tod trat keine halbe Stunde nach der Einnahme ein.«

»Sie sagten, das Kind sei erstickt«, vergewisserte sich Kommissarin Lapierre und stellte die Frage, die keiner auszusprechen wagte. »Dann hat sie von der Vergiftung nichts mehr mitbekommen?«

»Davon ist auszugehen«, sagte Leon sachlich.

»Keine weiteren Verletzungen?«, fragte Lapierre.

»Das ist richtig«, sagte Leon. »Es fanden sich auch keine Spuren von Missbrauch oder Misshandlung.«

»Dann ist das Mädchen also unmittelbar nach der Entführung gestorben«, sagte der Staatsanwalt. »Wir haben also die ganze Zeit eine Tote gesucht.«

Leon gab eine kurze Schilderung der Umstände, unter denen

er zusammen mit Jean-Claude die Leiche von Louisa gefunden hatte. Seine Einschätzung des Täters war, dass er sich in der Gegend gut auskannte und schon länger in Lavandou oder Umgebung lebte. Er schien den Tod der beiden Kinder, wenn nicht geplant, dann doch in Kauf genommen zu haben. Außerdem mussten die beiden Kinder dem Täter vertraut oder ihn zumindest gekannt haben. Leon hatte im Magen des Mädchens die Reste von Gummibärchen gefunden. Außerdem gesüßte Apfelschorle. Was die Frage beantwortete, wie der Täter die Kinder dazu gebracht hatte, am frühen Vormittag eine Überdosis zu schlucken.

»Spricht doch alles für Porez als Täter«, sagte die Kommissarin. »Oder er hat einen Komplizen.«

Bertrand Simon überging den Einwurf. »Verstehe, Sie wollen jetzt einfach so lange warten, bis der Entführer sich wieder meldet«, sagte Simon, »damit Sie ihn festnehmen können.«

»Es sei denn, der Täter erfährt, dass das Opfer gefunden wurde«, sagte Zerna. »Dann ist er weg.«

»Das ist unsere geringste Sorge.« Isabelle machte eine kurze Pause, während der Rest der Gruppe sie neugierig ansah.

»Der Täter hat sich bereits gemeldet.«

»Wann?«, wollte der Staatsanwalt sofort wissen.

»Heute Morgen«, sagte Isabelle und freute sich, dass sie Simon zum zweiten Mal abgehängt hatte.

83. Kapitel

Das Klappern und Klingen der Leinen, die gegen die Masten der Segeljachten schlugen, war lauter und ungeduldiger geworden. Vielleicht war es auch Victor Mignons Sorge, es nicht mehr rechtzeitig zurück nach Hyères in die Klinik zu schaffen, die den Eindruck verstärkte. Die ersten Wehen hatten sich bei seiner Frau schon vor Stunden angekündigt, und er saß immer noch hier auf der Insel Porquerolles fest. Victor Mignon machte sich aber mindestens genauso große Sorgen um die *Îles d'Or IV*. Das alte Fährschiff hatte schon mehr als vierzig Jahre auf dem Kiel, und acht Jahre davon hatte Victor auf dem Boot gearbeitet. Sechs Jahre als Bootsführer und die beiden letzten Jahre sogar als Kapitän. Inzwischen war er einunddreißig, und eines Tages hatte er sich gefragt, ob er auch noch den Rest seines Lebens ein Fährboot von Lavandou zu den Inseln und zurück steuern wollte.

Victor stand ganz kurz davor, zum ersten Mal Vater zu werden. Da macht sich ein Mann so seine Gedanken darüber, wie er für sich und die Seinen die Zukunft einrichten wollte. Im Augenblick machte Victor sich aber vor allem Sorgen um seine Frau. Große Sorgen. Françoise hatte vor drei Jahren schon einmal ein Kind kurz vor der Geburt verloren. Diesmal musste es einfach klappen. Françoise hatte besorgt am Handy geklungen, als sie ihn vor einer Stunde zum letzten Mal angerufen hatte. Die Ärztin in der Klinik hatte eine Unregelmäßigkeit im Herzschlag des Ungeborenen festgestellt. Angeblich nichts, was die zukünftigen Eltern beunruhigen sollte. Warum sagten Ärzte so was? Natürlich machte man sich dann nur noch umso mehr Sorgen.

Victor ging ein Stück auf den Landungssteg hinaus. Dort hatte man die Segeljachten vor dem heraufziehenden Sturm in Sicherheit gebracht, und so lagen sie jetzt dicht an dicht. Victor sah zum Himmel hinauf, der inzwischen gelblich grün war. Der junge Kapitän strich mit der flachen Hand sanft über die abgegriffene Reling des alten Fährbootes, das hier am äußersten Rand des Jachthafens von Porquerolles festgemacht hatte, die *Îles d'Or IV*. Victor spürte, dass der Wind wieder zulegte. Es würde mindestens zwei Stunden dauern, wenn nicht länger, bis der Wind wieder ein wenig abgeflaut wäre und Victor die alte Fähre zurück nach Lavandou bringen könnte. Das war zumindest seine Meinung. Andere Bootsleute waren da vorsichtiger. Allen voran Albert, der Hafenkapitän. Ihm hatte Victor zu verdanken, dass er immer noch auf der Insel festsaß. Schon dreimal hatte Albert an diesem Tag den Hafen freigegeben, weil der Wind abgeflaut war. Aber jedes Mal wenn er den roten Wimpel einholen wollte, kam der Wind zurück, und jedes Mal war er stärker als zuvor. Was soll's, dann würde Victor eben allein entscheiden und das fünfzehn Meter lange Schiff nach Hause fahren, wann er es für richtig hielt. Das verstieß zwar gegen die Hafenvorschriften, aber nicht gegen die internationalen Regeln für Küstengewässer. Da entschied immer noch der Kapitän. Vor allem dann, wenn er auch noch der Schiffseigner war, so wie Victor. Denn Victor hatte die alte Fähre gekauft. Zu einem absoluten Schnäppchenpreis. Aber er wusste auch, dass er viel Arbeit in das Schiff stecken musste, bevor er seinen Traum verwirklichen konnte.

Der junge Kapitän hatte nämlich einen Plan. Einen großen

Plan. Victor Mignon würde mit dem alten Fährschiff Tauchausflüge zu den Îles d'Or, den Goldenen Inseln, unternehmen. Die Leute liebten es zu tauchen, vor allem vor Port-Cros, einem der schönsten Unterwassernaturschutzgebiete von Europa.

Victor ging zu seinem Schiff und überprüfte noch einmal den Sitz der Leinen an Bug und Heck. Es knirschte, als der auffrischende Wind das alte Holzboot gegen den Steg drückte. Victor würde noch eine Weile warten müssen mit dem Ablegen. Sobald der Wind das nächste Mal abflaute, würde Victor die Gelegenheit nutzen und ablegen. Egal, was Albert sagte. Der Hafenkapitän war ein Angsthase. Fühlte sich wie der König der Meere, nur weil er die anlegenden Boote im Jachthafen ein wenig hin und her dirigieren durfte. Klar hatte ihm der Hafenkapitän das Ablegen untersagt. Hatte sogar von einem möglichen Orkan gesprochen. Dabei war das, was da an den Ästen der Platanen und Pinien rüttelte, höchstens eine steife Brise. Solche Winde waren tückisch und hatten ihr Eigenleben. Hier im Hafen von Port-Cros mochten sie ja noch relativ ruhig sein, aber da draußen, keine Seemeile entfernt, konnten sie zur gleichen Zeit die See zum Tosen bringen.

Manche von den alten Fährschiffern konnten sich noch an den Sturm vom Oktober 1982 erinnern. Da hatte der Wind die Marke von hundertzehn Stundenkilometern geknackt. Ein echter Orkan. Da wäre er mit einem Boot wie der *Îles d'Or IV* verloren. Solange es noch nicht regnete, weder Blitz noch Donner sich bemerkbar machten, und solange es in der Strandbar noch etwas zu trinken gab, bestand eigentlich kein Anlass zur Sorge. Aber Françoise hatte noch mal angerufen. Es ging ihr gar nicht gut. Und er saß hier fest. Sowie der Wind abflaute und es weniger riskant war, würde er mit seinem Schiff nach Lavandou übersetzen. Versprochen.

Die anderen hatten ihn gewarnt, jetzt auszulaufen, das wäre verrückt. So was wäre schon mit einem der neuen Boote abenteuerlich genug. Dabei hatten die sogar Bugstrahlruder, Radar und GPS. Aber mit Victors uraltem Fährboot wäre schon Starkwind mehr als leichtsinnig. Doch Victor ließ sich nicht so leicht einschüchtern. Denn Victor war sich ganz sicher, dass er den Wind lesen konnte. Ein Blick auf die Farbe des Himmels, und er wusste Bescheid.

84. Kapitel

Isabelle hatte ihr Versteck zwischen Wacholdersträuchen und einer Korkeiche gut gewählt. Sie lag hinter einem Felsen in Deckung und beobachtete den Übergabepunkt für das Lösegeld, den die Entführer bestimmt hatten. Die Sonne war untergegangen, aber der trockene aufgeheizte Boden fühlte sich für Isabelle an, als läge sie auf einem gigantischen Heizkörper. Sie schwitzte und verlagerte ihr Gewicht auf die linke Körperseite. Isabelle war froh, dass sie nicht noch früher in Stellung gegangen waren. In der letzten halben Stunde war die Luft spürbar abgekühlt. Die Sonne war längst untergegangen, und der Wind blies jetzt kräftig aus Osten. Anfangs war es nur ein leichtes Zischen gewesen, wenn der Wind in die Kronen der Bäume fegte, aber inzwischen war das Geräusch in ein lautes Brausen übergegangen. Die Böen wirbelten Sand und Staub in Isabelles Augen. Die Korkeichen rauschten laut im Wind, und man konnte Zweige knacken hören.

Sie warteten jetzt seit zwei Stunden, und nichts hatte sich getan. Unter normalen Umständen hätte sie den Einsatz längst abgebrochen. Aber die Umstände waren nicht normal, ganz im Gegenteil. Zerna, Lapierre, Simon und Isabelle wussten, dass sie nur noch diese einzige Chance hatten, die Entführer zu schnappen. In dem Moment, da die Kidnapper erfuhren, dass die Gendarmerie die Leiche der kleine Louisa gefunden hatte, würden sie abtauchen und verschwinden. Und die Kidnapper würden es erfahren, daran hatte sie keinen Zweifel. Isabelle wunderte sich sowieso, wie es gelungen war, den Tod des Mädchens schon so lange geheim zu halten.

Die Böen kamen jetzt häufiger, und sie dauerten länger. Isabelle senkte das Fernglas. Warum tauchten die Entführer nicht auf? Waren Isabelle und ihre Leute beobachtet worden bei ihren Vorbereitungen? Obwohl sie sich als kleine Jogginggruppe getarnt hatten, die rein zufällig hier vorbeikam. Isabelle und ihre Leute waren früh gekommen, deutlich früher als die Kidnapper in ihrer SMS gefordert hatten. Diesmal wollte Isabelle auf der sicheren Seite stehen. Keine Fehler, nicht wie beim ersten Mal. Die Kidnapper sollten glauben, dass ihnen das Lösegeld sicher war. Dass die Polizei sie in Ruhe ließ, um das Leben der kleinen Louisa nicht zu gefährden. Und dass die verzweifelte Mutter bereit war, jedes Risiko einzugehen, wenn sie nur endlich ihre Tochter wieder in die Arme nehmen durfte.

Am frühen Nachmittag hatte Zerna das Einsatzteam zum letzten Mal an diesem Tag gebrieft. Die Frauen und Männer der Gendarmerie waren entschlossen, die Täter zu stellen, nicht um den Millionären ihr Lösegeld zurückzuholen, sondern um die Verbrecher, die die Kinder entführt hatten, zu bestrafen.

Polizeichef Zerna hatte acht Mann der schnellen Eingreifgruppe GIPN, der Groupe d'intervention de la Police nationale, rund um die Schutzhütte verteilt. Die kleine Baracke, die eigentlich nicht mehr als ein Windschutz für Wanderer war, hatten die Entführer als Platz für die Geldübergabe bestimmt. In ihrer letzten SMS hatten sie noch einmal davor gewarnt, die Polizei einzuschalten. »Ein Fehler, und das kleine Mädchen stirbt«, hatten sie geschrieben.

Isabelle hatte schon vor Stunden die beiden schwarzen Pilotenkoffer mit dem Geld unter die Holzbank in der Hütte geschoben. Inzwischen war es weit nach einundzwanzig Uhr, und die Dunkelheit hatte sich wie eine Decke über das Land gelegt. Graue Sturmwolken hatten sich vor die Sterne geschoben, der Mond war noch nicht aufgegangen, und fünfzehn Frauen und Männer der Gendarmerie warteten nervös auf ihren Einsatz. So nahe am Punkt der Geldübergabe hatte Zerna nur eine Handvoll eigener Leute positioniert. Nahe genug, dass sie jede Bewegung vor und um die Schutzhütte beobachten konnten, aber doch weit genug entfernt, dass sie nicht gesehen wurden.

Auf einer Militärlandebahn keine zwanzig Kilometer Luftlinie entfernt stand ein Gendarmeriehubschrauber vom Typ Eurocopter 145 startbereit. Der Heli war nur für den Fall gedacht, dass es den Entführern, trotz aller Vorbereitungen der Polizei, gelingen würde zu entkommen.

»Zwei Personen auf einem unbeleuchteten Motorroller nähern sich von Norden unserer Position«, meldete sich Isabelles Funkgerät über einen drahtlosen Hörer, den sie in ihrem rechten Ohr trug.

»Abwarten und in Deckung bleiben, bis sie da sind«, sagte Isabelle leise in ihr Funkgerät. »Ich komme rüber.«

Eine halbe Minute später stand Isabelle bei der Schutzhütte. Neben ihr die Männer der Spezialtruppe. Die Männer der GIPN waren in ihren dunklen Tarnuniformen in dieser mondlosen Nacht kaum noch zu erkennen.

»Achtung«, flüsterte der Mann vom Einsatzkommando.

Im selben Moment kam der Roller den Pfad entlang. Erst kurz vor dem Unterstand schaltete der Fahrer das Licht ein. Am Lenker saß eine langhaarige blonde Frau, hinter ihr auf dem Sozius ein junger Mann mit Pferdeschwanz, der unter seinem Helm herausschaute.

Als die schwer bewaffneten Männer aus den Büschen sprangen und ihre Lampen und Maschinenpistolen auf das Paar richteten, stieß die Fahrerin erschrocken einen Schrei aus. Sie bremste scharf, und das kleine Gefährt kam schlingernd vor Isabelle zum Stehen.

»Motor ausmachen, sofort«, herrschte einer der Männer die beiden auf dem Motoroller an und richtete seine Waffe auf die Frau.

»Brigitte Dupin, von Canal 6«, stotterte die Motorradfahrerin. Isabelle konnte an der Stimme hören, dass die Frau Angst hatte. »Das ist mein Kameramann.« Die Frau deutete auf den Mann mit dem Pferdeschwanz. Einer der Bewaffneten griff zum Lenker des Skooters und zog den Schlüssel ab.

»Na, hören Sie mal«, sagte der Kameramann. »Wir sind vom Fernsehen.« Sofort bekam der Kameramann einen Stoß mit dem Gewehrkolben gegen die Brust, der ihn beinahe von den Beinen riss.

»Runter von dem Roller«, sagte der Beamte der Sondereinheit und deutete auf den staubigen Pfad. »Hinknien.«

»Wir sind Reporter«, beschwerte sich Brigitte Dupin. »Das wird Konsequenzen für Sie haben.«

»Ausweise«, befahl der Bewaffnete ungerührt und wedelte mit der offenen Hand.

»Das ist ein freies Land«, beschwerte sich Brigitte Dupin. »Wir haben Rechte.«

Isabelle hatte die kleine Auseinandersetzung beobachtet, die keine drei Meter von ihr entfernt stattfand. Diesmal hatte das Fernsehen alles verdorben. Wenn es diese Nacht Kidnapper in der Gegend gegeben hatte, dann waren sie spätestens jetzt über alle Berge.

»Schon in Ordnung, Lieutenant. Ich kenne die beiden. Wir

kümmern uns um sie«, sagte Isabelle und winkte zwei weitere Polizisten zu sich.

Es war wie verhext, dachte Isabelle frustriert. Sie hatte den Einsatz voll gegen die Wand gesetzt.

Zehn Minuten später standen die Einsatzleiter vor dem Minivan der Gendarmerie nationale. Bei ihnen waren Madame Lapierre, Polizeichef Zerna und Staatsanwalt Simon. Die Stimmung war gedrückt. Keiner wollte zugeben, was doch alle dachten: Sie hatten ihre Chance verpasst. Die Kidnapper, falls sie überhaupt je hier gewesen waren, würden sich auf keinen neuen Deal einlassen. Spätestens jetzt nicht mehr.

»Sie behindern dic Arbeit der freien Presse, ich werde mich über Sie beschweren, und zwar ganz oben«, schimpfte Madame Dupin mit schneidender Stimme.

»Halten Sie die Klappe«, sagte der Polizist unbeeindruckt von ihrer Drohung.

»Na, hören Sie mal«, wollte der Kameramann einwenden und wurde schroff von Zerna abgewürgt.

»Das gilt für Sie beide«, sagte der Polizeichef. »Sie haben einen Polizeieinsatz behindert, Sie sind in polizeiliches Sperrgebiet eingedrungen. Sie sind nachts ohne Licht durch den Nationalpark gefahren.«

Zerna wollte weiterreden, aber eine heftige Sturmböe fuhr mit beängstigendem Rauschen und Krachen durch die Äste der Korkeichen. Staub, Sand und Kiefernnadeln wirbelten jetzt wie eine schmutzige Wolke durch die Nacht und setzten sich in Nase, Augen und Ohren. Die Männer der GPIN waren mit ihren Sturmmasken einigermaßen geschützt, aber Isabelle und die anderen mussten sich die Hände vors Gesicht halten, um ohne Husten atmen zu können.

»Wir müssen hier weg, schnell«, sagte Isabelle.

»Ich habe gleich gesagt, dass das eine Scheißidee war.« Simon sah Isabelle abschätzend an.

»Von mir kam die Idee mit dem toten Kind jedenfalls nicht«, verteidigte sich Zerna, noch bevor ihn überhaupt jemand beschuldigt hatte. Die Reporterin drehte sich um und sah den Polizeichef an.

»Wollen Sie damit sagen, dass die kleine Louisa tot ist?« Isabelle konnte hören, wie die Stimme der Reporterin bebte.

»Nichts will ich damit sagen. Gar nichts.« In diesem Moment realisierte der Polizeichef, dass er gerade einen schweren Fehler begangen hatte.

Die Reporterin drehte sich zu Isabelle um. »Verstehe ich das richtig? Das hier ist alles nur 'ne Riesenshow?«

Eine neue Sturmböe fuhr durch die Äste und rüttelte an den Bäumen. Immer wieder musste Isabelle sich zur Seite drehen, wenn der Sturm ihr ins Gesicht blies und den Atem nahm.

»Wir müssen hier weg, sofort«, sagte Isabelle.

»Ich muss mit Ihnen sprechen, Capitaine«, sagte die Reporterin. »Jetzt gleich.«

»Später«, sagte Isabelle. »Sie fahren jetzt erst mal mit Lieutenant Masclau ins Präsidium.«

»Und der Roller?«

»Den bringt Ihnen morgen ein Kollege vorbei. Los jetzt.«

Die beiden Journalisten wurden von Masclau in eines der Einsatzfahrzeuge bugsiert. Zerna ging zu seinem Wagen. Simon hatte den Kragen seines Jacketts hochgeklappt, um sich vor dem herumfliegenden Sand zu schützen. Isabelle und Lieutenant Kadir kamen ihm aus dem Unterstand entgegen. Jeder der beiden trug einen der schwarzen Pilotenkoffer mit dem Geld.

»Die Staatsanwaltschaft kann das übernehmen«, bot sich Simon an.

»Ist mir lieber, es bleibt bei uns, wenn ich ehrlich bin«, sagte Isabelle. Sie ging mit Kadir zum Streifenwagen der Gendarmerie, stellte die beiden Koffer in den Kofferraum und schloss die Heckklappe.

»Willst du ganz allein fahren?«, fragte Simon mit falschem Mitgefühl.

»Ich brauch ein bisschen Zeit zum Nachdenken«, sagte Isabelle.

»Ich begleite dich«, versuchte es Moma und erntete nur den genervten Blick seiner Chefin.

»Danke, ich bin schon groß«, sagte Isabelle und schlug die Heckklappe zu. »Los, Abmarsch.«

Als Isabelle in ihren Streifenwagen steigen wollte, tauchte Lieutenant Masclau auf.

»Capitaine ...!« Masclau trat dicht neben Isabelle. Er musste brüllen, weil der Sturm inzwischen eine normale Unterhaltung unmöglich machte. »Madame Marsenne ... sie ist verschwunden.«

»Was heißt verschwunden?«, brüllte Isabelle gegen den Wind zurück. »Ich dachte, die wartet in ihrem Haus. Wir haben doch jemanden bei ihr. Oder ist die Frau etwa allein?«

»Nein, natürlich nicht«, antwortete Masclau. »Der Kollege hat mich ja gerade informiert.«

»Die kann doch nicht einfach verschwinden«, Isabelle wusste nicht, ob sie empört war oder sich besorgt fühlen sollte.

»Der Kollege hat gemeint, Madame Marsenne hätte nur einen kurzen Spaziergang machen wollen. Und von dem wäre sie nicht zurückgekommen.«

»Ihr Handy?«, fragte Isabelle.

»Madame Marsenne meldet sich nicht, geht nicht ans Handy, was weiß ich. Wir haben schon den ganzen Abend Probleme mit dem Funknetz. Der Sturm hat jede Menge Sendemaste außer Betrieb gesetzt.«

»Mist, lasst uns fahren.« Isabelle stieg ein und warf die Tür hinter sich zu.

Eine neue Sturmböe raste über das Land, und Isabelle war froh, dass sie im Auto saß und die Tür geschlossen hatte. Simon tauchte kurz im Scheinwerferlicht auf. Isabelle winkte ihn weiter. Sollte Bertrand doch mit den Polizisten fahren. War ihr nur recht. Sie brauchte einen Moment zum ungestörten Nachdenken.

85. Kapitel

Isabelle saß angespannt hinterm Steuer, den Blick starr nach vorne gerichtet. Es war eine Fahrt in die Apokalypse. Der Sturm wirbelte Sand, Staub und Müll durch die Luft und füllte die Welt da draußen mit einem undurchdringlichen Wirbel aus Dreck. Eine einzige große Staubwolke, der man nicht entkommen konnte. Es roch nach Fäulnis, Müll und Erde. Der Sturm riss Zapfen aus den Kronen der Pinien und Seekiefern und schleuderte sie wie Steine gegen Isabelles Streifenwagen. Manchmal war der Staub so dicht, dass nicht einmal mehr die Straße zu erkennen war. Die Sicht wurde immer schlechter und reichte jetzt keine fünf Meter mehr weit.

Die Rücklichter des vor ihr fahrenden Polizeiwagens drohten in diesem Chaos unterzugehen. Isabelle musste Gas geben, um den Wagen nicht aus den Augen zu verlieren. Als die schmale Route départementale durch einen hohen Zedernwald führte, ließ die Wucht des Sturms für einige Augenblicke nach. Isabelle starrte nach draußen in die Dunkelheit und dachte über das nach, was Lieutenant Masclau ihr berichtet hatte: Madame Marsenne war verschwunden.

War es möglich, dass sie alle getäuscht worden waren, fragte sich Isabelle. Aber jetzt war es sowieso zu spät. Niemand war zur Geldübergabe erschienen, der ganze raffinierte Plan war danebengegangen. Hatten die Entführer etwas von den Vorbereitungen der Polizei mitbekommen? Hatten die Täter doch einen Informanten bei der Polizei? Wie war die Information durchgedrungen?

Inzwischen war es Isabelle egal, was die anderen über sie dachten. Sie betätigte den Schalter der Warnblinkanlage und fuhr rechts ran. Es gab da etwas, das musste sie sofort klären, nur um sich zu beruhigen. Jetzt gleich. Der Polizeiwagen vor ihr mit Masclau am Steuer reagierte sofort und fuhr ebenfalls rechts ran. Die Tür wurde geöffnet, Masclau sprang aus dem Wagen und lief zu Isabelles Fahrzeug. Das Rauschen des Sturms hatte sich inzwischen in ein Brüllen verwandelt. Kleine Äste flogen durch die Luft und prasselten auf die Karosserie.

»Probleme?«, rief Masclau durch die Seitenscheibe, die Isabelle einen Spalt geöffnet hatte.

»Weiß nicht«, rief sie gegen den Sturm zurück und deutete über ihre Schulter zum Heck des Wagens. »Kofferraum ...!«

Isabelle stieg aus, als ganz in der Nähe mit lautem Krachen ein Ast zu Boden stürzte.

»Was hast du vor?«, fragte Masclau seine Chefin nervös, als die die Heckklappe des Wagens öffnete und einen der schwarzen Pilotenkoffer nach vorne zerrte.

»Ist was mit dem Lösegeld?«, fragte Masclau verwundert.

»Das werden wir gleich wissen.« Isabelle nahm eine Taschenlampe aus der Türhalterung des Polizeiautos, schaltete sie ein und reichte sie ihrem Kollegen. »Halte die ...«

Im Licht der Taschenlampe stellte Isabelle den vierstelligen Zahlencode am Schloß des schwarzen Pilotenkoffers ein. Dann schob sie den Riegel zur Seite und ließ die verchromte Schnalle aufspringen. Sie klappte die Lederlasche zur Seite und ... da war das Geld.

»Wow«, sagte Masclau, »so sehen also zwei Millionen Euro aus.«

In dem Pilotenkoffer lagen dicht an dicht gestapelt Banknoten zu 100- und 200-Euro-Scheinen. Das Geld war in Fünf- und Zehntausenderpäckchen aufgeteilt und ordentlich mit Banderolen versehen.

»Jetzt zufrieden?«, fragte Masclau und wollte den Koffer wieder schließen.

»Warte«, sagte Isabelle. Sie nahm eines der obersten Geldbündel aus dem Koffer. Darunter lag ganz offensichtlich etwas anderes. Im gleichen Moment fuhr eine Sturmböe in das Auto. Papier flog aus dem Pilotenkoffer hoch, wirbelte durch die Luft und verschwand in der Finsternis.

»Pass auf! Das Geld!«, rief Masclau.

Isabelle griff erneut in den Koffer und zog ein weiteres Bündel heraus. Das war kein Geld, das waren Flyer, mit denen seit Tagen überall an der Côte d'Azur nach den verschwundenen Kindern gesucht wurde. Isabelle ließ sich die Flyer vom Sturm aus der Hand reißen und sah, wie sie in der Dunkelheit der Nacht verschwanden.

»Verdammte Scheiße«, sagt Masclau, der einen der Flyer aus der Luft gefangen hatte und diesen nun fassungslos anstarrte.

86. Kapitel

Alle Fahrzeuge des Einsatzes waren ohne Schäden durch den Sturm zum Präsidium zurückgekehrt. Zerna hatte eine kurze Konferenz abgehalten und das Ergebnis des Abends in wenigen Worten zusammengefasst. »Fehlschlag auf ganzer Linie«, hatte der Polizeichef es genannt. Niemand widersprach. Isabelle wusste genau wie die anderen, das Zerna recht hatte. Die Gendarmerie war direkt mit vier Frauen und Männern zur Villa der Marsennes gefahren. Dort wartete ein verstörter Beamter, der eigentlich dazu abgestellt worden war, die Besitzerin des Anwesens vor einer erneuten Geiselnahme zu schützen. Doch Madame Marsenne hatte es sich ganz offensichtlich anders überlegt. Sie war verschwunden und, wie es aussah, mit ihr zusammen die zwei Millionen Euro Lösegeld. Die Beamten der Gendarmerie durchsuchten die Villa der Marsennes vom Dachboden bis zum Keller, vom Geld keine Spur.

Isabelle war wütend über sich selbst. Warum hatte sie die Geldkoffer nicht noch einmal überprüft, bevor sie sie von Madame Marsenne übernommen hatte, und sich so die Blamage erspart? Isabelle beschloss, wenigstens noch einen kurzen Bericht abzufassen, damit sie am nächsten Tag nicht mit völlig leeren Händen dastand.

Wohin könnte Madame Marsenne gegangen sein, fragte sich

Isabelle. Und war es überhaupt sicher, dass sie das Geld mitgenommen hatte? Wessen Geld war das eigentlich? Nach Aussage des zuständigen Notars der Familie Marsenne gehörte das Geld ausschließlich Lucas, dem Sohn. Aber darüber verfügen könnte erst ab seinem achtzehnten Lebensjahr. Solange würde einzig der Treuhänder über das Geld bestimmen. So hatte es der Vater von Roger Marsenne seinerzeit verfügt.

Es war ungefähr eine halbe Stunde vor Mitternacht, als Isabelle in ihrem Büro einen Anruf von Leon über das Festnetz erhielt. Die Telefonverbindung war allerdings schlecht und brach immer wieder zusammen. So verging mindestens eine kostbare Minute, bis Isabelle verstand, dass Leon vermutlich die Mordwaffe im Fall Roger Marsenne entdeckt hatte.

»Kannst du das bitte noch mal wiederholen, was ist die Mordwaffe?« Isabelle musste laut sprechen, denn der Sturm rüttelte immer wieder so fest an dem Gebäude, dass die Türen klapperten.

»Ein Putter«, sagte Leon. »Das ist ein Golfschläger, mit dem man …«

»Ich weiß, was ein Putter ist«, unterbrach Isabelle. »Dann hattest du also recht: Roger Marsenne hat keinen Selbstmord begangen?«

»Sieht ganz so aus: An dem Golfschläger befinden sich jedenfalls seine Haare.«

»Wie sicher bist du mit den übrigen Proben?«, fragte Isabelle.

»Morgen um die Mittagszeit müssten alle DNA-Auswertungen vorliegen. Und dann gibt es ja noch den Fingerabdruck.«

»Leon?«, rief Isabelle, aber der Hörer gab nur ein fernes Echo von sich.

»Was hast du gesagt?«, drang Leons Stimme schließlich wieder zu ihr durch.

»Was für ein Fingerabdruck?«, rief Isabelle.

»Fingerabdrücke von seiner Frau. Auf dem Schlägergriff.«

»Julie Marsenne ...?«, sagte Isabelle und lauschte einem Moment dem Klang ihrer Worte nach. »Kannst du dir vorstellen, dass sie etwas mit diesem Segler hat?«

»Welcher Segler?«, tönte Leons Stimme aus dem Hörer.

»Na, dieser junge Mann, von dem du erzählt hast – du hast die beiden zusammen gesehen. Und wir haben ihn mal im Jachthafen getroffen. Mit dem schönen alten Kutter. Es ist so laut!«, rief Isabelle. »Ich kann dich nicht verstehen! Hallo, Leon ...?«

Aus dem Hörer kam nur noch Rauschen. Sie legte auf. Dann nahm sie ihr Smartphone in die Hand und drückte Leons Kurzwahl, aber die Leitung war tot. In diesem Moment kam Lieutenant Kadir in ihr Büro.

»Du bist ja noch hier?«, sagte er erstaunt und sah das Handy in Isabelles Hand. »Meins tut es auch nicht mehr. Liegt an den Sendemasten. Ich hab mit den anderen Stationen über Polizeifunk gesprochen. Die meisten Sendemasten sind ausgefallen. Von Hyères bis nach Draguignan.«

»Mist«, fluchte Isabelle, zog ihre Jacke an und steckte das Handy ein.

»Was hast du vor?«

»Was alle vernünftigen Leute um diese Zeit tun sollten: nach Hause gehen.«

»Sei bloß vorsichtig«, sagte Kadir, »ist echt gefährlich da draußen.«

»So schlimm ist es auch wieder nicht«, beruhigte ihn Isabelle.

»Die Leute vom Wetterbericht haben gemeint, dass der Sturm bis auf hundertfünfzehn Stundenkilometer hochgehen soll. Das ist ein ausgewachsener Orkan.«

»Ich geh trotzdem nach Hause.« Isabelle hatte das Licht im

Büro ausgeschaltet, war zur Eingangstür gegangen und hatte sie geöffnet. Obwohl der Haupteingang im Windschatten des Gebäudes lag, wirbelte eine Böe eine dichte Staubwolke in das Polizeirevier.

»Soll ich dich nicht doch lieber begleiten?«, fragte Kadir.

»Nicht nötig. Ein bisschen Wind ist gut für die Seele. Da werden die Gefühle mal so richtig durchgeblasen.«

Isabelle lief in Richtung Hafen. In den Gassen, die um diese Zeit voller Touristen sein sollten, war jetzt niemand zu sehen. Die Menschen hatten sich in ihre Häuser zurückgezogen und warteten, dass der Sturm vorüberzog. Aber das Gegenteil schien der Fall zu sein. Die Böen wurden von Mal zu Mal wuchtiger und schärfer. Isabelle rannte von Deckung zu Deckung. Eine Sturmböe fetzte einen Sonnenschirm auseinander und trieb das Gerippe aus Stoff und Draht durch die leere Gasse. Der Schirm verfehlte Isabelle nur um Zentimeter. Eine Tür wurde vor ihr aufgerissen, und eine ältere Frau erschien.

»Kommen Sie rein«, rief die Frau. »Schnell, die im Wetterbericht haben gesagt, das soll noch schlimmer werden.«

»Danke, aber ich bin gleich zu Hause!« Isabelle verschwand in die nächste Gasse.

Sie konnte jetzt das Meer sehen, das seine Wellen gegen den Strand schleuderte und sogar die Mole überrollte. Dabei wurden die tonnenschweren Wellenbrecher herumgewirbelt wie Klötzchen im Baukasten eines Kindes. Dazu war der Himmel tief verhangen, und fernes Wetterleuchten schuf ein gespenstisches Licht.

Isabelle hätte später nicht mehr genau sagen können, was sie auf die Idee mit der Segeljacht gebracht hatte. Aber wahrscheinlich war es der kleine Katamaran am Strand vor der Segelschule, den ein Mann festzuzurren versuchte. Plötzlich erinnerte sich Isabelle an den Besuch in der Kirche. Als der Priester eine Messe für Louisa und Lucas Marsenne gelesen hatte.

Danach war dieser freundliche Segler aufgetaucht und hatte Madame Marsenne seine Hilfe bei der Suche nach ihren Kindern angeboten. Es war die Art, wie Julie Marsenne diesen Mann angesehen hatte. Genauer gesagt wie sie ihn am liebsten angesehen hätte, aber es sich nicht traute. Wie sie ihn gerne umarmt hätte, sich aber zurückhielt. Madame Marsenne und dieser Segler, das waren zwei Liebende, voller Sorge. Nicht wegen der verschwundenen Kinder, sondern davor, dass das Geheimnis ihrer heimlichen Beziehung aufkäme.

Warum hatte Isabelle damals nichts gesagt? Vielleicht weil sie selbst ein schlechtes Gewissen hatte? Weil sie mit der Vorstellung gespielt hatte, was alles zwischen ihr und ihrem ehemaligen Liebhaber aus der Polizeischule geschehen könnte? Sie wusste es nicht mehr.

Wie hieß noch das Schiff, das der Segler damals erwähnt hatte? *Vague Bleue*? Isabelle erinnerte sich plötzlich wieder an das Boot und seinen Besitzer. Bei einem ihrer Strandspaziergänge waren sie und Leon dem Segler an der Mole begegnet und hatten sich unterhalten. Der Mann war stolz auf sein historisches Boot, bei dem er jedes Detail selbst restauriert und eingebaut hatte. Er hieß Arnaud Fournier, und er plante einen großen Turn bis in den Pazifik, wenn sie sich recht erinnerte. Isabelle wusste auch, wo der Kutter festgemacht hatte: Ganz am äußersten Steg der alten Mole. Isabelle musste sich an einer Bank festhalten, um vom Sturm nicht umgeworfen zu werden, und nutzte die Verschnaufpause, um einen klaren Gedanken zu fassen. Vielleicht redete sie sich das alles auch nur ein, dachte sie.

Während Isabelle sich in Richtung des Hafens vorankämpfte, war der Sturm minütlich stärker geworden. Niemand hatte auf die große Zeder geachtet, die oberhalb des Umspannwerkes am Fuße des Hügels von Bormes-les-Mimosas stand. Angeblich war sie über zweihundert Jahre alt. Erst letzten Sommer hatten die Männer vom Gartenbauamt dem Baum einen großen abgestorbenen Ast abgesägt. Damals wurde auch der Vorschlag gemacht, den Baum ganz zu fällen, aber die Naturfreunde im Gemeinderat konnten sich durchsetzen. Trotz der dringenden Warnung der örtlichen Feuerwehr.

Jetzt waren die Behörden mit wichtigeren Dingen als einem maroden Baum beschäftigt. Die Zeder stand auf einem freien Platz, wo sie an sonnigen Tagen Schatten für die Fahrzeuge der Mitarbeiter des Umspannwerkes spendete. Aber bei diesem Wetter war die Zeder dem Wind hilflos ausgeliefert, denn die Sturmfront traf sie mit voller Wucht an ihrer ungeschützten Ostseite. In den heftigen Böen schwankte der alte Baum wie der Mast eines großen Segelschiffs in den Brechern. Gelegentlich drang ein lautes Knarzen aus dem zwanzig Meter hohen Baum, das wie ein Hilfeschrei durch das Brausen dieser Nacht hallte.

Isabelle lief in den Hafen. Die Leinen und Beschläge der Segelboote schlugen inzwischen wie wild gegen die Masten.

Als Isabelle den Pier erreichte, sprühte ihr bereits die Gischt ins Gesicht, aufgewühltes Wasser, das der Sturm in die Wellenbrecher schleuderte. Geduckt lief Isabelle den Steg entlang und nutzte dabei die kurzen Augenblicke, die der Sturm immer wieder nachließ. Nur bis die nächste Orkanböe herantobte, um nur noch härter auf Steg und Boote einzuprügeln.

Die *Vague Bleue* war das letzte Boot am Steg, und sie lag gut zwanzig Meter vom nächsten Schiff entfernt. Isabelle erkannte die dunkelblaue Jacht sofort wieder mit ihren großen verchromten Winden und dem Mahagonideck, obwohl das Ende des Steges nur mit einer funzeligen Lampe markiert war. Aber da war noch etwas: Hinter einem Fenster in der Achterkajüte war im Licht eines Blitzes eine Bewegung zu erkennen gewesen.

Irgendjemand ist also dort. Aber hatte ich wirklich recht, fragte sich Isabelle. Sind die beiden ein Paar?

»Hallo, ist da jemand?«, rief Isabelle, so laut sie konnte, aber es war sinnlos. Der Sturm riss ihr die Worte aus dem Mund.

Die alte Jacht war inzwischen voll dem Wind ausgeliefert. Der Sturm kam von See und drängte das schwere Holzboot mit aller Kraft gegen den Pier. Die Bootswände quietschten und ächzten unter dem tonnenschweren Druck des Wassers.

In diesem Moment kam es zu einem Ereignis, das noch weitreichende Folgen für diese Sturmnacht haben sollte. Die alte, vom Wind gepeitschte Zeder wurde von einer Böe weit nach vorne gebogen. Es knirschte unheilvoll in der Krone des stolzen alten Baumes, der so lange hier gestanden und sogar zwei Kriege überlebt hatte. Der Stamm knackste erst leise, dann schneller, und plötzlich war ein Brechen und Bersten zu vernehmen, und mit einem lauten Knall zersplitterte der Baum in drei gewaltige Teile. Die Krone wurde über den Zaun geschleudert. Die Hochspannungsleitungen rissen aus ihren Isolationskörpern wie Bindfäden. Kurzschlüsse schleuderten Funkenregen über die Anlage. Dann brannte mit einem lauten Knall der Kondensator durch. Eine fünfzehn Meter hohe Flamme schlug in die Nacht, und dann war es dunkel. Auf einen Schlag lag Lavandou in Finsternis. Hier draußen auf dem Steg war die Dunkelheit noch vollkommener. Wie ein Albtraum, aus dem man sich nicht mehr befreien konnte. Eine schwarze Nacht voller Unheil verkündender Geräusche.

Es war im Bruchteil einer Sekunde stockfinster geworden. Isabelle konnte sich nur noch schrittweise vorwärtstasten. Dort wo sonst an der Küste Hunderte von Lichter funkelten, Cafés, Bistros und Restaurants leuchteten, war jetzt nur noch Finsternis. Der

Ort war verschwunden, wie vom Sturm fortgerissen, zusammen mit seinen Häusern und seinen Menschen.

Der Wind schleuderte Isabelle ein nasses Tauende ins Gesicht. Es war glitschig und roch nach faulen Muscheln. Isabelle griff in ihre Jackentasche und fand ihre kleine Taschenlampe. Sie klemmte sich die Lampe zwischen die Zähne und schwang sich über die Reling der Jacht. Die kleine LED-Lampe gab nur spärliches Licht von sich. Aber Isabelle konnte erkennen, dass die Tür zum Niedergang offen stand und im Sturm hin und her schwang.

»Hallo, jemand an Bord?« Isabelle zog die Tür auf. Und ging die Stufen des Niedergangs hinunter.

»Hallo?«, versuchte es Isabelle noch einmal.

Sie ließ den dünnen Lichtkegel durch die Kajüte gleiten und stoppte abrupt. Da war etwas, das sie kannte. Sie schwenkte einen Meter zurück, und da standen zwei schwarze Sporttaschen. Eine war geöffnet, und sie konnte sehen, dass sie bis zum Rand mit Banknoten gefüllt war. Isabelle erkannte eine Bewegung, wollte sich umdrehen, da traf sie ein Schlag gegen den Hinterkopf, und ihr knickten die Knie weg.

87. Kapitel

Der nächste Brecher traf den Steuerstand. Victor Mignon hatte die Wasserwand auf sich zukommen sehen, sofern man in der kochenden Gischt dieses Orkans überhaupt noch davon sprechen konnte, etwas zu »sehen«. Aber wer konnte ahnen, dass sich hier draußen, keine zwanzig Meilen vor der Küste, solche Wasserberge aufbauen würden? Kurz vor dem Brecher tauchte die *Îles d'Or IV.* noch einmal tief in ein Wellental. Dann hob sich das alte Schiff wieder, aber mit ihm stieg auch die Welle. Sie wurde höher und höher.

Für einen Augenblick erinnerte sich der junge Mann noch an das Gesicht von Albert, dem Hafenkapitän. Als der Mann versucht hatte, ihn aufzuhalten, ihn bat, nicht hinauszufahren, sondern im sicheren Hafen den Sturm abzuwarten. Victor Mignon hatte trotzdem abgelegt. Seine Frau hatte ihn noch mit dem Handy erreichen können. Es gab Probleme bei der Geburt seines Kindes. Probleme, die Folgen für die Gesundheit des Sohnes haben würden.

»Du musst herkommen, bitte, ich schaff das nicht allein«, hatte seine Frau ihn angefleht. Da war er hinausgegangen auf den Landungssteg, in den Orkan und hatte den alten Diesel des Fährboots gestartet.

Natürlich war die Entscheidung leichtsinnig gewesen. Aber

Victor vertraute seinem Instinkt, seinem untrüglichen Gespür für das Wetter. Und dieses Gefühl sagte: »Der Wind flaut ab.« Und genau das tat er auch. In dem Moment, als Victor die Leinen löste und mit dem Boot aus dem Hafen der Insel hinaus auf die Küste zuhielt.

Victor hatte erwartet, dass das Meer zwar grob und aufgewühlt war, aber er würde mit dem Wind fahren und in spätestens einer Dreiviertelstunde in Lavandou im sicheren Hafen sein. Dann könnte er im Chez Miou einen Rosé trinken und den Kollegen von seiner tollkühnen Fahrt berichten.

Stattdessen war die kurze Flaute jedoch nur eine Pause gewesen, nach der der Sturm plötzlich wieder mit aller Kraft zulegte. Er wurde stärker, noch stärker als bisher, und dann drehte der Wind. Jetzt kam der Orkan über die offene See herangetobt und schmiss seine Wassermassen direkt auf das alte Fährboot.

Der große Brecher erwischte das Schiff direkt am Bug. Kaskaden von Meerwasser sprühten über das Deck, aber die Wasserwand brach noch nicht, sondern rollte über das Vorderdeck, knallte gegen das Ruderhaus, nahm die Windschutzscheiben des Steuerstands mit und schoss in den Niedergang, der zum Motorraum führte.

Plötzlich dachte Victor darüber nach, wie es wäre, wenn er es nicht mehr bis in den Hafen schaffte. Er schaute sehnsüchtig in Richtung Lavandou – in diesem Moment gingen die Lichter aus, und der Ort verschwand im schwarzen Nichts. Zum ersten Mal hatte Victor Angst, dass er dieses Mal den ungleichen Zweikampf gegen die See verlieren könnte.

88. Kapitel

»Es ist ein Geschenk! Ein Geschenk!«

Isabelle war sicher, die Stimme der Frau zu kennen, konnte sie aber nicht einordnen.

»Verstehst du das denn nicht? Es ist ein Geschenk an unsere Zukunft und an dich«, sagte die Frau in beinahe flehendem Ton.

Isabelle blinzelte. Sie lag in dem Boot, und sie hatte rasende Kopfschmerzen. Sie wusste nicht, wie lange sie ohnmächtig in der Koje gelegen hatte, alles, woran sie sich erinnerte, war der Schlag auf den Kopf. Jetzt tauchte sie langsam wieder in die Wirklichkeit zurück.

»Das ist nicht dein Ernst, sag mir, dass das alles nur ein verrückter Einfall von dir ist, ein Gag, um mich auf die Probe zu stellen!«, sagte der Mann.

Isabelle kam immer mehr zu sich und erkannte jetzt die Stimme des Seglers wieder. Wie war noch sein Name gewesen? Arnaud? Arnaud Fournier. Ihre Vermutung bestätigte sich, als sie vorsichtig die Augen öffnete.

Arnaud lächelte wie einer, der wusste, dass sie beide am Ende angekommen waren. »Das ist ein Test, richtig? Eine von deinen verrückten Ideen. Du willst testen, ob ich dich mitnehmen würde auf die große Reise.«

Isabelle drehte sich vorsichtig, aber rasende Kopfschmerzen

bestraften auch die kleinste Bewegung. Jetzt konnte Isabelle durch den Spalt der Kojentür in die Kajüte schauen. Arnaud saß auf der Bank, und vor ihm stand eine völlig aufgelöste Julie Marsenne, die das Chaos zu ignorieren schien und sich benahm, als wäre sie auf einer Party.

»Und was ist mit dem Geld?« Sie stieß mit dem Fuß gegen die geöffnete Tasche mit dem Geld. »Ahnst du überhaupt, was ich riskiert habe, um das zu beschaffen?«

Arnaud antwortete nicht auf die Frage. Es schien ihm erst langsam zu dämmern, was die Erklärungen seiner Geliebten bedeuteten.

»Was ist mit den Kindern?«, fragte Arnaud verstört und voller Entsetzen, wie jemand, der nicht glauben will, was er gerade gehört hat.

»Welche Kinder, Arnaud? Es gibt keine Kinder mehr«, sagte Madame Marsenne. »Du weißt doch, dass ich mit Kindern nichts anfangen kann. Nein, es gibt nur uns beide. Dich und mich. Verstehst du das denn nicht, Arnaud? Wir sind füreinander bestimmt. Du mit deinem Traum von einem Leben auf dem Meer, und ich bin bereit, alles zu tun, damit deine Träume wahr werden können.«

»Julie, wo ist Louisa?«, fragte Arnaud, und Isabelle konnte das Entsetzen in seiner Stimme hören.

»Es wird genau so sein, wie du immer gesagt hast, mein Schatz.« Julie antwortete nicht auf Arnauds Fragen. »Schluss mit der ganzen verlogenen Pracht«, sagte Julie. »Kein Golfclub, keine Bridgeabende, keine Gespräche über Geschäfte, Autos oder Kinder. Kein Champagnerurlaub auf den Seychellen oder in Sankt Moritz. Das wolltest du doch immer!« Julie Marsenne atmete tief durch, als hätte sie das ihrem Geliebten schon lange sagen wollen.

»Was ist los mit dir?« Arnaud stieß mit dem Fuß verächtlich gegen die Geldtasche. »Das kann doch nicht dein Ernst sein.«

»Wir sind zusammen«, sagte sie, »das ist doch alles, was zählt.«

»Du hast das alles …«, er unterbrach sich und schüttelte den Kopf, als ihm die ganze Dimension dieses Verbrechens klar wurde.

»Sag bloß nicht, du hättest von nichts gewusst«, sagte sie plötzlich streng.

»Ich … ich hatte keine Ahnung«, sagte Arnaud.

Julie lächelte ihn an. »Das meinst du nicht im Ernst. Das kannst du nicht meinen.«

Arnaud sah angewidert zu dem Geld. »Das haben die Entführer …«, er unterbrach sich. »Es gab gar keine Entführer, richtig?«, stieß er hervor. »Es war alles deine Idee, aber …« Julie lächelte ihn an, und er erkannte, dass sie sich von der Realität verabschiedet hatte.

»Ich liebe dich, Arnaud.« Julie machte einen Schritt auf den Mann zu und griff nach seinem Arm. Er wollte zurückweichen, aber es war eng in der Kajüte.

»Ich liebe dich wirklich«, sagte Julie. Jetzt konnte Isabelle erkennen, dass in ihren Augen Tränen glitzerten.

»Sag mir bitte, dass das nicht wahr ist«, sagte Arnaud und wusste, dass er die Wahrheit gar nicht hören wollte.

»Das alles …«, sie versuchte, seine Wange zu streicheln, und er drehte den Kopf weg. »Das alles habe ich für uns beide getan, verstehst du? Für dich und mich. Hast du es nicht gemerkt? Sie haben uns verziehen, alle haben uns verziehen. Sie haben uns sogar geholfen. Weil sie auf unserer Seite sind. Alle sind auf unserer Seite. Alle wollten, dass wir unsere Träume leben.«

»Was ist mit deinem Mann?«, fragte Arnaud.

»Welcher Mann? Ich habe keinen Mann, ich hatte nie einen Mann, und ich hatte auch nie Kinder. Verstehst du das denn nicht? Ich habe mein Leben lang nur auf dich gewartet.«

»Wir können nicht zusammenbleiben«, er deutete auf die Geldtaschen. »Nicht so.«

»Was redest du? Du hast mich befreit aus meinem ersten Leben. Einem schrecklichen Leben«, sagte sie. »Du bist gekommen, und von da an war alles gut.«

»Beantworte mir bitte eine Frage, Julie«, sagte Arnaud. Mühsam brachte er hervor: »Wolltest du deine Kinder ... töten?«

In diesem Moment wechselte der Orkan erneut die Richtung. Plötzlich trieb das Schiff weg vom Steg und kippte in einer neuen Böe auf die Steuerbordseite. Bücher, Töpfe und Geschirr flogen durch die Kajüte. Wieder tat es einen Knall wie von einer Peitsche. Arnaud sah sich besorgt um.

»Die Leinen, sie können das Schiff nicht mehr halten. Wir treiben ab.«

Julie bückte sich und zog eine Pistole aus der Sporttasche mit dem Geld. Sie richtete die Waffe auf Arnaud.

»Verdammt, was soll das?«, sagte Arnaud. »Bist du jetzt total verrückt?« Er ging an ihr vorbei zum Niedergang. Die Tür hatte sich geöffnet, und Wellen schwappten an Bord.

»Wir müssen das Boot vor den Wind bekommen, damit das Ruder wieder greift«, sagte er. »Schnell, hilf mir.«

»Du hast mir meine Frage nicht beantwortet«, sagte Julie, und es schien, als könnte ihr das ganze Chaos des Sturms nichts anhaben. »Wirst du mit mir die große Reise machen?«

Julie und Arnaud standen sich gegenüber. Sekundenlang schwiegen beide, dann stieß Arnaud sie zur Seite und lief die Stufen hoch zum Deck.

»Du bist ja völlig verrückt«, rief er.

Die beiden sahen nicht, dass Isabelle sich aufgerichtet hatte und ihnen schwankend an Deck folgte.

Isabelle stieß die Tür auf, und im Licht ihrer kleinen Taschenlampe bot sich ein Bild wie aus Dantes Inferno. Der Wind heulte. Julie und Arnaud standen sich gegenüber. Julie zielte mit der Pistole auf ihren Geliebten und hielt sich mit der anderen Hand an der Leine für das Großsegel fest. Gischt schäumte über das Mahagonideck des alten Bootes. Das Wetterleuchten war stärker geworden. Isabelle konnte sehen, dass sie auf vorgelagerte Felsen zutrieben.

»Dann sag es mir«, schrie Julie außer sich, während sie die Pistole hin und her schwenkte. »Sag mir, was du wirklich denkst. Machen wir unsere Reise? Los, sag es endlich.«

»Nein«, sagte Arnaud, so deutlich und kurz entschlossen, dass kein Zweifel blieb und dass es sogar Isabelle im Niedergang hören konnte. Bevor Isabelle einen klaren Gedanken fassen konnte, krachte ein Schuss durch die Nacht. Arnaud fasste sich an die Brust. Er sah zu Julie, die mit der Pistole auf ihn zielte, und zu Isabelle, die aus dem Niedergang aufgetaucht war. Niemand hatte bemerkt, dass sich der Mastbaum des Großsegels losgerissen hatte und jetzt wie eine Keule über das Deck fegte. Der schwere Holzbalken erfasste Arnaud auf Hüfthöhe und schleuderte ihn ins Meer.

Für einen Moment stand Julie wie hypnotisiert da und starrte in die tosende See. Am Horizont leuchteten Blitze auf und tauchten die Welt in unwirkliches Licht.

Isabelle konnte sehen, dass sie nach Nordosten drifteten, direkt auf das Cap Nègre zu, ein scharfes Riff, das das Schiff bei diesem Sturm in Stücke reißen würde. Julie wandte sich um und sah Isabelle in die Augen. Diesen Blick vergesse ich nie, dachte Isabelle.

»Wir müssen das Schiff von den Felsen wegbringen«, rief Isabelle gegen das Tosen des Windes.

»Dafür ist es zu spät«, schrie Julie Marsenne, hob die Pistole und zielte direkt auf Isabelle.

Keine hundert Meter entfernt, aber für die beiden Frauen an Deck der *Vague Bleue* in diesem Nebel aus Gischt und Lärm nicht zu erkennen, kämpfte Victor Mignon um sein Leben. Noch vor zehn Minuten war er voller Hoffnung gewesen. Da sah es noch so aus, als könnte er sich und das Boot, an dem seine ganze Zukunft hing, retten. Aber dann trieb da dieser Container durchs Wasser, der wahrscheinlich von einem Frachter ins Meer gespült worden war. Als Victor ihn entdeckte, war es zu spät, den Kurs zu ändern. *Die Îles d'Or IV* krachte mit voller Wucht in den Container. Es knirschte, und er spürte, dass sich irgendetwas im Ruder verklemmt hatte. Das Steuer stand wie festgenagelt bei zehn Grad Steuerbord, und das Boot wurde mit laufender Maschine von seinem Propeller Richtung Küste getrieben, genau auf die scharfen Klippen des Cap Nègre zu. Der Kapitän ließ den Motor laufen und hangelte sich über das Deck seines vom Sturm hin und her geworfenen Schiffes.

Vielleicht, dachte Victor, würde es ihm gelingen, das Ruder irgendwie wieder gangbar zu machen. Im Heck des Schiffes gab es eine Bodenluke, von der aus man die Mechanik des Ruders erreichen konnte. Wenn er die Ruderlage nur um fünfundvierzig Grad nach Steuerbord verändern konnte, würde er es vielleicht doch noch bis zur windabgewandten Seite der Bucht von Cavalaire schaffen und damit das Boot und sich selbst in Sicherheit bringen.

Das Ruder schien sich in seinem Lager regelrecht festgefressen zu haben. Victor arbeitete mit aller Kraft, und plötzlich löste sich das Ruder, und das Boot schwang in Richtung Steuerbord.

Doch die Erleichterung hielt nur Sekunden, dann sah Victor im Lichte eines Blitzschlags, worauf er da gerade zuhielt: Eine große Segeljacht trieb vor ihm, offenbar losgerissen vom Sturm und jetzt führerlos in den sich überschlagenden Wellen. Victor wollte nach vorne zum Steuer laufen, den Zusammenstoß irgendwie vermeiden, aber er wusste, es war zu spät.

Als Isabelle das Fährschiff sah, tauchte es zwischen zwei Wellen auf wie der Fliegende Holländer. Es stürmte geradewegs in ihren Weg. Sie schrie eine Warnung, so laut sie konnte, und dann hatte auch Julie das heranrauschende Fährboot gesehen. Ein Ausweichen war unmöglich. Isabelle sah den verzweifelten Blick von Julie. Im Bruchteil einer Sekunde hatte sie begriffen, dass es für sie keinen Ausweg mehr gab. Alle ihre Pläne, alle ihre Wünsche würden in diesen Wellen untergehen. Sie hatte Leben zerstört und nur Unglück gebracht. Und nichts davon würde ihr jemals ein Mensch verzeihen.

Im Bruchteil einer Sekunde schätzte Isabelle die Entfernung bis zur Küste ab. Es war höchstens noch ein halber Kilometer. Sie waren den Felsen schon nahe gekommen. Viel zu nahe. Sie könnte die Strecke schwimmen, besser gesagt könnte sie sich von dem starken Wind treiben lassen, der sie bis zur Küste schieben würde. Sie tastete nach der Tür in ihrem Rücken.

In diesem Moment stießen die beiden Boote mit voller Wucht zusammen. Der Besanmast brach, und das schöne alte Mahagonideck faltete sich auf, als wäre es aus Packpapier. Der Großmast brach, und die Takelage stürzte nach unten. Die Segeljacht wurde backbords so tief auf die Seite gedrückt, dass die See in die Kajüte schoss. Wanten krachten, Balken splitterten, und ein völlig verdrehtes Bündel von Leinen stürzte auf Isabelle und riss sie über die Reling.

Isabelle fiel in das tobende Meer. Instinktiv begann sie zu

schwimmen. Nur weg von den Trümmern, die sie verletzen oder unter Wasser ziehen konnten. Japsend und nach Luft schnappend kam sie wieder an die Oberfläche und wandte sich kurz um. Dann sah sie, dass sich die Jacht komplett um ihre Längsachse gedreht hatte und nun kieloben auf sie zutrieb. Sie musste hier weg, schnell – nur irgendwie in Richtung Strand.

89. Kapitel

Leon steuerte den Peugeot nur mit einer Hand und hielt in der anderen Hand sein Handy, mit dem er zum hundertsten Mal in dieser Nacht Isabelle zu erreichen versuchte. Das Letzte, was er von ihr gehört hatte, war ihre Stimme auf seinem Anrufbeantworter. Die Nachricht musste sie ihm direkt nach ihrem misslungenen Telefonat geschickt haben, aber er konnte den Anrufbeantworter erst seit einer Viertelstunde wieder abhören.

»Leon, kannst du mich hören …?«, hatte Isabelle gesagt, und ihre Stimme war immer wieder von lautem Rauschen überlagert gewesen. »Gut möglich, dass Madame Marsenne und dieser Segler …« Hier brach der Anrufbeantworter wieder ab, und Isabelle fuhr in einer weiteren Nachricht fort: »… hatten etwas miteinander. Ich gehe jetzt zu seinem Schiff, die *Vague Bleue* … Leon? Kannst du mich hören? Ich leg jetzt auf. Lass es uns später noch mal versuchen.«

Seitdem hatte er nichts mehr von Isabelle gehört. Leon sah kurz auf sein Smartphone, dann steckte er es zurück in seine Jackentasche. Er wollte zur Küste, wollte dorthin, wo er zum letzten Mal etwas von Isabelle gehört hatte. Natürlich war das nicht vernünftig, aber es half ihm, mit seiner Angst fertigzuwerden. Und es verschaffte ihm auf unerklärliche Weise das Gefühl, Isabelle nahe zu sein.

Immerhin hatte der Wind mittlerweile nachgelassen. Im Autoradio hörte er, dass der Orkan vom Wetterdienst auf Starkwind herabgestuft worden war. Aber in den Böen erreichte der Sturm immer noch Spitzengeschwindigkeiten von bis zu siebzig Stundenkilometern. Den Menschen in der Provence und vor allem an der Küste wurde dringend geraten, Häuser und Wohnungen nicht zu verlassen.

Leon kam nur langsam vorwärts. Es gab zwar so gut wie keinen Verkehr in dieser Nacht, aber dafür hatte der Sturm Schrott, Blätter und Äste auf die Fahrbahn geschleudert. Vorsichtig und oft nur in Schrittgeschwindigkeit umrundete Leon die Hindernisse. Eine große Platane, die der Sturm samt Wurzel aus dem Boden gerissen hatte, blockierte die gesamte Fahrbahn. Leon hielt an, setzte zwanzig Meter zurück und umfuhr das Hindernis über den Parkplatz eines Gartencenters.

Für die Strecke von der Klinik Saint-Sulpice bis nach Lavandou, die er sonst in fünfundzwanzig Minuten bewältigte, war er jetzt schon seit über einer Stunde unterwegs. Er hatte unterwegs nur kurz mit einem anderen Autofahrer gesprochen, der ihm geholfen hatte, eine umgestürzte Palme samt Betonsockel zur Seite zu schieben.

»Ich hab gehört, dass es in der Bucht 'ne Menge Boote erwischt hat« war alles, was der Unbekannte sagte, bevor er weiterfuhr.

Je näher Leon der Küste kam, umso heftiger waren die Sturmschäden. In Lavandou funktionierte der Strom immer noch nicht. Die Feuerwehrleute waren dabei, die wichtigsten Straßen freizuräumen. Mobile Stromaggregate versorgten die Arbeitslichter der Pompiers mit Energie und sorgten bei den Anwohnern für ein Gefühl von Sicherheit. Leon fuhr vorsichtig und langsam die Strandpromenade entlang. An einem Kreisverkehr wurde er von zwei Feuerwehrmännern aufgehalten. Als die Männer Leons Klinikausweis sahen, hob einer das Flatterband, das die Bucht absperrte, und ließ den »Docteur« durch.

»Sie kommen wegen des gestrandeten Boots, richtig? Die Jacht liegt da unten in den Felsen, gleich am Ende der Bucht!« Der Mann deutete in Richtung Strand.

»Eine Segeljacht?«, fragte Leon vorsichtig.

»Macht das denn noch einen Unterschied?«, fragte der Feuerwehrmann. »Das Boot ist jedenfalls nur noch Schrott.«

»Gab es Verletzte?«, fragte Leon den Feuerwehrmann.

»Keine Ahnung, aber aus der Jacht ist bestimmt keiner heil rausgekommen.«

»Wissen Sie, wie das Boot hieß?«

»Ja, so was mit Welle ... Ah ja: *Vague ... Vague Bleue*«, fiel es dem Feuerwehrmann wieder ein.

Als Leon den Namen des Schiffes hörte, lief er los. Er spurtete den Stand entlang zu der Stelle, an der die Jacht vom Sturm ans Ufer geschleudert worden war. Hier lagen die Reste eines Segelschiffes. Abgebrochene Masten, zersplitterte Bordwände und zerfetzte Segel. Der starke Sturm hatte die Trümmer einige Dutzend Meter weit den Strand hinaufgeschleudert. Vier Feuerwehrmänner mit Taschenlampen waren dabei, die Wrackteile zu untersuchen.

»Sind Sie von der Gendarmerie?«, fragte einer der Pompiers, die das Wrack mit ihren Taschenlampen ableuchteten.

Leon hielt dem Feuerwehrmann seinen Ausweis hin.

»Waren Passagiere an Bord?« Leon konnte seine Sorge kaum verbergen.

»Keine Ahnung, wir sind selbst gerade erst hergekommen, Docteur«, sagte der Feuerwehrmann. »Fragen Sie mich in zwei Stunden noch mal.«

Leon deutete auf die Taschenlampe, die der Feuerwehrmann als Reserve am Gürtel trug.

»Kann ich mir die mal kurz ausleihen?«

»Wiedersehen macht Freude«, sagte der Feuerwehrmann, löste die Lampe vom Gürtel und reichte sie Leon.

»Schon verstanden«, sagte Leon, schaltete die Lampe ein und lief los.

Der Lichtkegel der Taschenlampe beleuchtete nur einen schmalen Streifen des Strandes. Leon zwang sich, langsam zu gehen und den Lichtschein systematisch von rechts nach links wandern zu lassen. Er hätte nicht sagen können, warum er ausgerechnet hier mit der Taschenlampe durch die Nacht lief, fast fünfzig Meter vom eigentlichen Wrack entfernt. Aber er hätte es nicht ertragen, untätig herumzusitzen, während die anderen nach möglichen Opfern suchten. Außerdem wollte Leon sich beweisen, dass da nichts war, nichts, was seine Sorgen und Ängste rechtfertigte. Wahrscheinlich saß Isabelle längst wieder zu Hause bei einem Tee und hätte ihn angerufen, wenn nur diese verdammten Handys endlich wieder funktionieren würden.

Plötzlich blieb Leon stehen. Es war ihm, als hätte er ... Langsam drehte er sich um und starrte in die Dunkelheit. Da war sie wieder, diese Bewegung. Leon schwenkte langsam den Lichtkegel zurück, und dann sah er sie. Isabelle lag auf dem Rücken. Jeans und Hemd waren triefend nass. Sie versuchte, zu winken und zu rufen, aber sie war zu schwach. Mit ein paar großen Schritten war Leon bei ihr.

»Isabelle«, flüsterte er, »Isabelle.«

»Leon«, murmelte Isabelle, »wir sind gekentert.«

»Alles gut«, sagte Leon. »Ich bin ja hier. Ich bin bei dir ... Mein Gott, du bist ja ganz kalt.«

Leon riss sich die Jacke herunter und legte sie Isabelle um

die Schultern. Er spürte, wie sie haltlos zitterte. Leon setzte sich dicht neben sie und zog sie an sich. Dabei richtete er die Lampe in Richtung der Pompiers.

»Hilfe!«, rief Leon, so laut er konnte. »Wir brauchen Hilfe!«

In diesem Moment gingen die Lampen der Promenade wieder an. Der Strom war zurück. Leon hörte die Rufe der Feuerwehrmänner, die zu ihnen liefen.

»Ich bin bei dir«, sagte Leon, während er Isabelle fest in den Armen hielt. »Ich bin bei dir, ma chérie.«

90. Kapitel

Der Sturm lag eine gute Woche zurück, und die Einwohner von Le Lavandou hatten inzwischen ein kleines Wunder vollbracht. Die zerbrochenen Bäume waren abgesägt, die zersplitterten Scheiben in den Geschäften ersetzt und die Strände von Müll befreit und wieder mit feinstem Sand aufgefüllt worden. Wenn man nicht so genau hinsah, konnte man denken, man wäre in einem der gepflegtesten Ferienorte der ganzen Provence – und vielleicht stimmte das ja auch.

Isabelle saß auf ihrer Lieblingsbank ganz am Ende der Promenade und sah auf das Meer, das heute ruhig und harmlos dalag, als wäre es nie anders gewesen. Nur die Möwen und das Geräusch der kleinen Wellen, die den Strand hinaufplätscherten, erinnerten daran, dass das Meer launisch war und sich innerhalb von kürzester Zeit in eine Sturmhölle verwandeln konnte.

Isabelle trug den linken Arm, den sie sich beim Sturz von der Jacht ausgekugelt hatte, in einer Schlinge. Ansonsten hatte sie unglaubliches Glück gehabt. Außer einer Reihe von Hämatomen und einigen kleinen Rissen und Schnitten hatte sie keine Verletzungen davongetragen. Der Arzt hatte ihr vor allem Ruhe verordnet, die Isabelle natürlich keine Sekunde einhielt. Und Leon wusste, dass es sinnlos gewesen wäre, sie vom Gegenteil zu überzeugen.

Die Leiche von Arnaud Fournier wurde drei Tage nach dem Sturm mit dem Gesicht nach unten im Hafenbecken treibend gefunden, dort wo die Fischer ihre Boote festmachten. Leon hatte Tod durch einen Schuss in den Herzbeutel als Todesursache bei dem Segler diagnostiziert.

Keine achtundvierzig Stunden nach Fournier wurde auch die Leiche von Julie Marsenne gefunden. Sie war in die Felsen geschleudert worden, wo die hungrigen Möwen über sie hergefallen waren, weshalb die Frau nur noch anhand der DNA-Proben zu identifizieren gewesen war.

Von Victor Mignon fehlte zunächst jede Spur. Vier Tage später wurde seine Leiche in den Trümmern des Steuerhauses der *Îles d'Or IV* gefunden, das von der Strömung in die Bucht der Insel Porquerolles gespült worden war. Wie die Taucher feststellten, war der Skipper zusammen mit seinem Schiff untergegangen. Die Geburt seines ersten Sohnes hatte er nicht mehr miterlebt.

Isabelle blinzelte in die Sonne, als sich von hinten ein Arm um ihre Schultern legte.

»Hat dir Dr. Menez nicht geraten, ein paar Tage ruhig im Bett zu bleiben und einen deiner Yoga-Tees zu trinken?«, fragte Leon.

»Ja, Herr Doktor. Ausruhen und Tee trinken. Habe verstanden.«

»Du denkst immer noch an Julie Marsenne.« Leon winkte ab, so als wollte er die Antwort von Isabelle gar nicht hören.

»Ich war zu leichtgläubig. Das war ein großer Fehler«, sagte Isabelle.

»Mach dir keine Vorwürfe«, sagte Leon. »Wir sind alle auf sie reingefallen.«

»Als sie an dem Morgen zum Supermarkt gefahren ist ... Sie war so überzeugend, als sie in meinem Büro saß und geweint hat«, erinnerte sich Isabelle.

»Da waren keine Kinder im Wagen. Da war niemand. Ich weiß«, sagte Leon.

»Sie hatte die Kinder längst weggeschafft und uns alle suchen lassen. Kannst du dir das vorstellen?«, sagte Isabelle nachdenklich. »Wollte sich das Geld unter den Nagel reißen und einfach abhauen. Die hatte, so wie es aussieht, tatsächlich nicht mal einen Komplizen! Dass bei der ersten Geldübergabe ein anderes Auto aufgetaucht ist, war ein reiner Zufall. Unfassbar …«

Leon nickte wortlos.

Isabelle sah plötzlich auf. »Übrigens haben wir die Tante gefunden.«

»Welche Tante?«

»Die Schwester von Julie Marsenne. Sie wird sich um Lucas kümmern.«

»Gut gemacht«, sagte Leon und strich Isabelle mit den Fingerspitzen sanft über die Wange. »Ich habe dir noch was mitgebracht.« Er hielt Isabelle eine handtellergroße Schachtel hin.

Isabelle öffnete die Schachtel und sah hinein.

»Himbeeren«, sagte sie lächelnd und sah Leon an. »Du versuchst doch nicht etwa, mich abzuschleppen?«

»Gott behüte. Ich werde doch nichts mit der stellvertretenden Polizeichefin anfangen. Du weißt, wohin solche Dinge führen können.«

»Nein, keine Ahnung. Aber wir können es ja rausfinden.«

Isabelle legte Leon die Hände um den Nacken, zog ihn zu sich herunter und küsste ihn.

ENDE